……讲得，我还说……与……，在……学生中，我……正……，……"……"，……"]的……三人半……，二……，……"半"……，……，……，……为三人之一，与……都相些隔膜）……"人生得一知己者足矣"，我在安顺二……解放的"三人半"……自己的）……这吗？

……终于……来到我身边。我们师生又获得……这朝夕共处的机会。我发现这一……与过去……相同，……我们假设都……望了，因此这更……会。他听我的课，我听课，我在北大所有的学都听不出……车班，他……我以"认可"……之……，使我十分地感动。他……整天沉浸在读书的……与幸福之中。这种……敬业，也让人……尚又感动。我还时之……他两……到……，如果……时我们师生朝夕共处的机会，我们也何尝不……步会心之……交流"吗……。

目錄

1 第一輯
親友篇

2 第二輯 專題篇

書不盡言

錢理群書信集

Letters of Qian Liqun

1980–2020

著　錢理群

By Qian Liqun

香港城市大學出版社
City University of Hong Kong Press

國際統一書號
978-962-937-638-3

出版
香港城市大學出版社
香港九龍達之路香港城市大學
網址：www.cityu.edu.hk/upress
電郵：upress@cityu.edu.hk

Words Fail Me — The Life and Letters of Qian Liqun
 (in traditional Chinese characters)

ISBN
978-962-937-638-3

First published 2023
Second printing 2024

PUBLISHED BY
City University of Hong Kong Press
Tat Chee Avenue, Kowloon, Hong Kong
Website: www.cityu.edu.hk/upress
E-mail: upress@cityu.edu.hk

Printed in Hong Kong

前言

　　和朋友、讀者通信，以及為他們的著作寫序，是我之所愛；某種
程度上成了我的人際交往的重要方式，甚至成為一種生活方式。有一段
時間，我每年都要寫一、二百封信；而我的寫作習慣就是在寫完某篇或
某部重要著作之後，就集中一部分時間，為朋友、讀者寫信、寫序，直
到現在也是如此。而我的寫信、寫序的對象，從不考慮他的身份、地
位，只看他是否有自己的思想，是否真的需要我。因此，我有許多沒有
見過面的朋友，他們分散在全國各地、大都生活在社會的底層，主要是
各個領域的年輕人。這樣，寫信與作序，就成了我和中國社會，特別是
底層社會和青少年保持密切聯繫的重要途徑。這次編選的《錢理群書信
集》和《錢理群序跋選集》就是這樣的精神聯繫的文字表現。可以從中
看出我和幾個群體，主要是青年學者、大中小學學生、研究生、中小學
教師、青年志願者，被稱為「精神流浪漢」的社會青年，以及貴州（安
順）的新老朋友 —— 這七大群體的思想交流與心靈溝通，是自由、平
等，無拘無束、無所顧忌的，是真誠、坦率的，有思想的相互啟發，更
有不同意見的交鋒。我多次說過，我和他們的交往，絕不是單面的給
予，而是雙向的互動和互助。對我自己的學術和精神成長，更是具有怎
麼估計也不為過的意義：沒有這種精神聯繫，我早就被學院高牆困死
了，被體制收編了。我之所以還能夠保持學術的活力，能夠健康地、快
樂地、有意義地活着，全仰賴於我始終和這些既敢於面對現實，又積極
思考、探索的新生力量（我始終認為他們是中國未來的希望所在）的相
互支撐。當然，我也沒有把這些年輕朋友理想化：我很清楚，我們每一
個人都存在人性的善惡兩面；我們要營造的，是一個「揚善抑惡」的言
說環境，這就保證了我們的交往中每一個人都會自覺張揚並享受自我和

他人的人性之美，相互「抱團取暖」，以內在的光明抵擋外在的黑暗。幾十年過去了，今天重讀當年書信、序跋裏的燃燒的文字，依然感到陣陣暖意，原因即在於它蘊藏着人（而且是一個個具體的普通人）自身的真善美的生命的力量：人只能自己救自己，就像我經常說的那樣，「我存在着，我努力着，我們又彼此攙扶着——這就夠了」。

今天重讀當年的思想、情感的真實記錄，更會感受到一種歷史的意義與價值。這是因為，這些書信與序跋，都是寫在 1980 年代以來中國與世界發生歷史巨變的年代，作者又大多置身社會底層，且處於成長過程中，他們以好奇、困惑的眼光觀察、思考周邊所發生的一切，作出個人化、個性化的反應：這樣的真實的、不加掩飾的記載，恰恰是我們在既定、既有的被意識形態化、規範化的官方正統歷史書寫裏看不到的，是所謂「政治正確」遮蔽了這一切。

特別值得珍惜的是，我保存了大量來自全國各地的生活第一線的年輕朋友的來信。我們正可以從這些原始史料裏，獲取豐富的歷史細節，多方面的、複雜的歷史信息，感受其中的歷史氛圍，進入那個時代的具體歷史情境之中。這就為我們進行這一歷史時期的民間思想史、精神史的研究，奠定寶貴的史料基礎：整理、出版這些來信，將是我下一階段要做的工作。

還需要多說幾句的是，《序跋選集》裏特地集中展示了我為 1957 年的右派的回憶錄所寫的序言。這應該是繼《拒絕遺忘：「1957 年學」研究筆記》（香港牛津大學出版社，2007 年出版）之後，我的「1957 民間思想史研究」的又一個重要成果。我一直把右派的回憶錄看作是研究中華人民共和國歷史的不可或缺的資源，就像我在一篇序文裏所說，它提供了觀察共和國歷史的兩個特殊視角。其一，右派是「被這個社會打入另冊的專政對象」，他們是「在社會最底層的大街小巷、農村偏僻荒野、少數民族地區，以至監獄、勞改農場裏，觀察、感受共和國的歷史變遷的」，他們筆下的歷次政治運動，從土改到反右、大躍進、大饑荒、文化大革命，都和「正史」裏的敍述大相徑庭，卻具有帶血的真實

性。其二，他們自己更是「共和國歷史上最可珍貴的特殊群體」：「小人物有大境界，在生存境遇的卑微中，自有精神追求的崇高」。我通過右派回憶錄進入，就抓住了共和國歷史中最黑暗面的要害，也感受到了共和國「真正的脊梁」的力量，看到了民族的希望：正是這兩個方面構成了共和國歷史的真實。

這大概就是我要在「八〇（歲）後」編《錢理群序跋集》和《錢理群書信集》的動因：我要找一個總結我一生思想、精神、學術的新視角，也為我越到老年越是傾心的共和國民間思想史、精神史研究，提供新的資源：這應該是晚年又一個「夢」。

2021 年 1 月 15 日急就

整理附記

《錢理群書信集》的整理工作起步於 2019 年冬，至 2021 年夏基本完成。整理者依據信件的不同情況，將全部信件分為四輯：

第一輯：親友篇。收錄錢理群先生寫給家屬、好友的信件。本輯以收信人分類編排，每位（組）收信人之下依據信件年代排序。本輯內的全部信件均為手寫，整理者進行了手稿辨識和大量的年代考訂工作。

第二輯：專題篇。錢理群先生本人曾整理過關於一些重大事件和重要議題的信件，並自擬標題，每個標題之下有一封或一組信件。這些重大事件和議題包括：多卷本圖書的編纂、中小學語文教育、魯迅研究等等。為尊重錢先生本人的整理工作，突顯錢先生在工作與生活中關注的重要話題，本輯信件全部使用錢先生自擬的標題，依據年代排列。

第三輯：讀者篇。錢理群先生在《致青年朋友》(中國長安出版社，2008 年版) 一書的後記中提到自己「為此書而專門整理」了若干書信。在此次收集的錢先生書信中，有不少信件的體例就與《致青年朋友》相仿，即：在錢先生的回信全文之前，先用一段話簡述來信的大致內容。此類信件中有一部分已收入《致青年朋友》等公開出版的著作中，其餘的尚未公開發表。

第四輯：雜信編年。本輯收錄以上三輯之外的其他信件，按年份日期排列，除一部分為手寫書信外，大部分為錢先生的電子郵件。

感謝王家平、姚丹、謝保杰、李國華諸位老師對本次工作的大力支持，感謝王家平老師及其夫人穆小琳女士伉儷，以及謝保杰老師及其同事趙丹老師的辛苦整理工作，還要衷心感謝參與整理校對工作的魏

創世、何彥君、胡雪慧、程玉婷、何鑫鑫、李珂、劉東、李超宇、鍾靈瑤、唐小林、劉褘家、孫慈姍、秦雅萌、顧蘇泳、肖鈺可等各位同學。由於信件體量龐大，疏漏在所難免，希望讀者朋友們不吝賜教。

吳曉東 劉東 李超宇

2021 年 5 月 26 日

錢理群附記：我也要借此機會，對為此書整理工作而耗費心血的我的學生、朋友及學生的學生（其中許多人都沒有見過面），表示衷心的感謝：這是三代人的合作，它是建立在學術上的，更是精神上的強烈共鳴基礎上的，就作為我們共同的生命歷程中的一個永遠的記憶和紀念吧。

2021 年 9 月 7 日基本定稿時

作者簡介

　　錢理群，當代著名學者，被譽為 80 年代以來中國內地最具影響力的人文學者之一。1939 年生，21 歲時被分派至邊遠地區貴州中等專業學校教書。文革後考入北大中文系文學專業讀研究生，畢業後留校任教二十多年，於北大任教時因其獨立自由的思想與言論，一度被禁止作全校公開演講。

　　錢理群以研究魯迅、周作人等五四時期的現代文學而著稱，其對 20 世紀中國知識分子歷史與精神的審察，深得海內外的重視。2002 年北大退休後關注語文教育，同時從事現代民間思想史研究，被認為是當代中國批判知識分子的標誌性人物。

書不盡言

Words Fail Me

錢理群
書信集

The Life and Letters of Qian Liqun

1980—2020

親友篇

袁本良 / 我在貴州安順師範專科學校任教時的同事，後調貴州大學中文系，現已退休。

本良：

　　早就想給你回信，一拖又是兩個星期，望諒。

　　看來還是你走的路子對。知識分子關心國家大事的權利既被剝奪，又不願、也無能耐在名利場上拼搏，就只有關起門來搞點學問。不過，這需要能夠耐得住寂寞。我倒是能夠沉下來搞學問的，但我也有耐不住寂寞的一面——我的政治意識太強，太關心、也太愛思考國家大事，因此，即使我的科學研究也總有強烈的現實感，這大概也是本性難移，改不掉的。我也因此有太多的苦惱，即所謂憂國憂民憂自己。而我對政治鬥爭中幾乎是必不可少的權術又極端的厭惡，我實際上是關心政治又害怕政治的。這是我的矛盾，也是許多知識分子的通病。這些年，我的研究中心課題是：本世紀中國現代知識分子的歷史命運與歷史道路。越研究心情越沉重。在某種意義上，我是在自覺地折磨自己。這是自己選擇的路，有什麼辦法。

　　就做學問而言，這裏的氛圍與條件是好的。我現在大約每天都有十至十一小時的讀書與寫作時間（當然這中間包括講課、輔導研究生在內），每星期只須開半天會，平時也絕對無人來閒聊天（學生來也主要是談學習上的事）。當然，這有些寂寞，但似乎沒有在安順這樣的嘈

雜、煩亂。主要的遺憾是家沒有安頓下來，即所謂：雖有用武之地，卻也有後顧之憂。世上事難全，這已經是一個永恆的矛盾了。

　　好在一個多月以後（一月二十號左右）我就會回安順，那時再暢談吧。

　　匆匆寫此　祝
好！

理群　12．11

邱文俠 / 安順師專同事，袁本良老伴。

致本良、小邱：

你們好！

本良來信早已到，因為心緒不寧，一直未回信，望諒。

這一年一直疲於奔命，其中滋味，一言難盡。最後剩下一個房子問題，北大不能解決，已經決定離開北大，到其他學校，甚至作了離開北京，到新辦的煙台大學另闢天地的準備。我自己也由於身心交瘁，而病倒在床上。事情發展到了極端，最近又出現新的轉機。房子問題可望自己解決（當然，這付出了極其昂貴的代價）。如不發生意外，春節前可望把全家安頓下來。我一人住北大，可以像當年在安師那樣，一星期回家一次，一個人關在小屋裏苦讀。我明年已四十六歲，給我的時間大概只有五年──五十一歲前不能出一批有一定份量的系統著作，下面的年青人就要趕上來，我在北大將無立足之地。奮鬥數十年，現在算是一切基本條件初步具備，可以放開身手來幹一番，可惜時間僅有五年；時代老人對我畢竟太殘酷！但又有什麼辦法？！這五年內，全家（包括我在內）還要不生病才行。不過，儘管充滿了辛酸，我一想起即將可以着手進行的種種寫作計劃，就興奮得不能自已。命運之神終究不能擊垮我！──當然，這僅僅是一種阿 Q 式的自我安慰。但人又總是要一點阿 Q 精神的，不是麼？

你們生活得怎樣？小邸的病好了嗎？一切均在念中。我當初打算去煙台時，還曾設想過把你們也拉去（那裏是一個新辦大學，我如去，大概是要當個「學術帶頭人」，有一點說話權）。但現在已不可能了。說實在，我真希望你們能離開安順——那不是一個做學問的地方。

　　兩張畫片是崔可忻送給兩位小朋友的。

　　祝
新年快樂！

理群　12・22

本良、小邱：

你們好！

從敦煌回來不久，即收到本良來信，十分高興，在敦煌碰到了家驊與楊淑蘭（按：均為師專老師）。此次敦煌行的情況家驊恐已有報道，恕不贅述。

你們的調動果然遇到了阻力。孫慶升老師已去煙大，如他回京我當當面向他說說，但孫老師為人小心謹慎，要他不通過師專即借調恐有困難。不過，我想等幾天，若他不回來，即寫封信去說說你們的想法。你們也可以直接寫信給他，信寄：山東煙台市煙台大學中文系即可。

不知道我能為你們做什麼事。我想用我私人名義給章士元（按：時為安順地區領導）一信——我與他不十分熟，但他對我的印象很好，我可以從我的角度說一些話。若你們認為有必要，可速給我一信，並說說你們認為應怎樣說才好。

這次在蘭州碰到了貴陽的一些同志，他們說今年下半年貴州要成立現代文學學會，擬邀請我參加，我已原則上表示同意。如能成行，恐怕是在十一月份。屆時我當利用這個機會，來安順一趟，看看諸位老友。

前次信中談到的我與另外兩位年青同志合作寫的〈論二十世紀中國文學〉一文，即將在《文學評論》今年第五期發表，從今年《讀書》十月號開始將連載我們的〈二十世紀中國文學三人談〉，共六期。這是

我在學術界的第一次「出擊」，如果搞得好，有可能開創出一門新的學科。但我已有力不從心之感，和我合作的兩位青年都是當前學術界的「拔尖」人物，在某種程度上，現在是他們「帶」着我走。足見後生可畏與我輩之可悲。好在我還能和這些青年合作，因而還能「混」一段，不至立即淘汰，不過已是「垂死掙扎」。

近一年來，文學研究方面進展極快，我們已感到極大壓力。不知你們語言研究界情況如何？

有情況請隨時給我寫信。

匆匆寫此。

祝

好！

理群　9‧3

本良、文俠：

你們好！

來信收悉。沒料到事情如此難辦，你們現在的處境與心情，我當能理解。真可惜我不在安順，否則還可以給你們出些主意。

怎麼辦呢？這兩天我一直在想：你們現在事實上是面臨着二種選擇，一是調進城裏，到教育學院，以後就基本定局，難以再作調動。信中似乎對今後的聘任制存某些期望，但我以為是很難對之寄以希望的，因為從趙總理的報告看，在七・五期間，人才流動不會大開放，必有種種限制（包括避免所謂逆向流動），而且聘任制從試點到全面推廣，就會有相當一段時間，此其一。其二，聘任制總的說來，對我們這一批中年人並不有利；老年人已成定局，不會有影響；而一旦實行聘任制，我們就將面臨與年青一代的競爭，在這一競爭中，我們總的說來是處於不利地位的。

先要摸清情況：起決定作用的是什麼人，認準活動主要「目標」。然後，再對這「目標」作進一步調查，看找什麼樣的人才能對此「目標」起作用。這樣，找準了開這把「鎖」的鑰匙，問題就會較快的解決。當時，崔可忻調動卡在國家勞動人事部，開始，我們沒有認準目標，儘管託人打通了主管副部長這一關（此副部長是王力的學生，我們請王力出面才打通的），仍然無用。最後弄清楚關鍵是具體經辦人員，再打聽此人的「來路」，得知其人是北師大 77 屆畢業生，然後再輾轉找到他的同班好友，一句話就解決了問題。但願我們這點用無數痛苦、時間換來

的「經驗」對你們會有一點用。看來，你們身邊需要有參謀。我不在安順，只有動員我的學生了。想來想去，我想建議你們去找找二羅——羅迎賢與羅布農。他們在地區都有些認識的人（地區組織部有原來安師的學生，羅迎賢找過他們），至少可以幫你了解、分析情況，出出主意，找找人。羅迎賢與你們關係很好，自然會全力以赴了，你們要是同時找羅布農，可以告訴他是我讓你們找他的，請他務必處理。

至於省裏這一關，我有一個學生叫孫方明（他也是羅布農的好友），原來在中央辦公廳工作，現在調任朱厚澤的秘書，他與省裏的頭頭有較密切的聯繫；孫方明與我關係極好，是我的第一號「得意門生」，我已多次與他談過你的調動問題，他希望您能打聽清楚，省一級起決定作用的領導工作，他可以出面疏通。所以，你只要在地區一級打通了，省一級應該是沒有問題的。省裏我還有一、兩個學生，到時候還可以找他們為你具體地跑跑，只要我提出來，他們也是會全力以赴的。

因此，我建議你們：

1，與二羅商量商量，有日標、有針對性地做做工作，爭取儘快打通地區這一關；

2，萬一一時間仍打不通，就暫時放下，等待時機，例如上面精神有所鬆動。但千萬不要將此事了結（煙台方面也不要太回絕，他們那裏拖一個學期是不成問題的。頂多過一段寫封信給孫老師，籠統說一句「遇有阻力，還在努力」就行了）。

這樣，就還得在安師呆一段時間，千萬不要急於調進城——調進城，調動事即已結束，不好再進行了。我想，你與安師領導關係雖已弄僵，你暫時不走，他們也不能怎麼對你。你只須準時上課，上完課就回家，教學上對得起學生就行了。

當然，事情一「拖」，對你們精神壓力會加大。關鍵還在於你們如何「戰勝自己」，只要「想得開」，仍然可以一邊「拖」，一邊照常過日子，以至做學問的。

當然，我是局外人，說說是輕鬆的，你們作為當事人，困難是不難想像的。因此，寫到這裏，我自己也懷疑起來：是不是又在亂出主意？不過說出來僅供你們參考罷了。

　　這裏（按：指華僑大學）的環境很像安師——也在郊外，背後是山，周圍是農田。吃、住條件都比安師好，圖書情況也跟安師差不多。我住在這裏，就像回到了當年的安師一樣，又開始過着閉門讀書、寫作的生活。這裏極其閉塞，因此，我來了以後，學生不斷要求多給他們講些東西。於是，只好加課，現在已加到一周八節，再加上晚上一次講座，共十節課，差不多每天都有課。

　　剩下的時間都在寫作，整理我在北大的選修課講稿，實際上是在整理我幾十年研究魯迅的心得，準備寫成一本專著。由於這裏環境安靜，無任何打擾，以平均每天三千字的速度，進展頗為順利。估計今年上半年能夠整理出來，爭取下半年交出版社（已與上海人民出版社聯繫好了）。這將是我的第一本獨立撰寫的專著，我渴望它能夠成為我的「代表作」。因此，正在精心炮製，不敢有半點懈怠。可惜在這裏呆的時間不長，五月初即要回北京——那裏又會有一番忙碌。真希望每年都有這麼幾個月的時間到外地一個人「躲」起來寫作！我已經嚐到「甜頭」了。同時，又不免想到，過去在安師耽擱了多少時間啊！

　　好了，夜已深，這封信也寫得太長，就此打住罷！

　　祝，

好！

理群　4‧1夜

本良、文俠：

　　來信收悉。得知你們為最後未能調出安順，心緒不寧，我也很覺不安，急忙寫此信，但似乎也沒有更多的話好說。大概只能說「命運」總是要給人以折磨。如我處於本良的地位，大概也是要一怒而走的——你們知道我的脾氣。現在已經走到這一步，只有像小羅所說的那樣，隨遇而安，靜待以後的發展了。我們國家是多變的，不知什麼時候又會出現一個機會，而這機會又是稍縱即逝的。到時候能否抓住機會，就看平時有否準備。我以為，你們現在可以做的準備，一是養好身體——身體總是第一位的；二是繼續搞點科研，爭取多發表點文章——這次煙大願意接收本良，一個重要原因就是看了那一大篇「文章目錄」。今後實行聘任制，「文章」就更是敲門磚。我們研究生同學中現已陸續有人在當官，到時候一見安順地區肯放人，外面的接收單位總是可以想到辦法的。

　　本良說得對，現在關鍵恐怕是要如何「戰勝自我」，迅速地使自己從沮喪情緒中擺脫出來，安下心來，開始「新生活」；除上課外，關起門來，一養身體，二教育好孩子，三搞點學術研究，寫寫文章。有機會，身體狀況允許，不妨出來走走，看看。世界上的事，就是這麼一回事，真要想開點兒。——其實我這都是「多餘的話」，你們自會處理好的。

　　我現在的處境，比起你們可能要好些。但我也有我的苦惱。由於去年「衝」得太猛，太引人注目，招來了一些同行的嫉恨，今年以來，上面又在刮「批判風」，我們在《文評》的那篇文章由於影響大，也成

了某些人批判的靶子（此事情不要告訴安順方面的任何人，以免又引起一些誤傳），原說要在《紅旗》發文章，但至今未見，可能又有變化了吧。我這次回到泉州來，實際上也是避避風頭。今年本還有好幾處外出講學的機會，我都一概拒絕，也是免得引人注意。——現在我們這一批人與五十歲以上的一代「競爭」十分屬害，我們一講課，就把學生全部爭取過去，為避免摩擦，就只好不講課。我今年決心埋頭著述，把前幾年積累的東西全部整理出來。在泉州兩個月，整理出了十五萬字的書稿，回京再用兩個月，大概可以定稿，書名暫定為《我之魯迅觀——二十世紀中國先驅者靈魂的探尋》。這是我二十多年魯迅研究的總結，十年前在安師寫過一點，你是看過的，現在經過十年思考，變動很大，但仍有些東西還是保留下來了，現在我正在寫〈後記〉，總結自己前半生的人生道路與研究道路，其中有很大部分，是回顧安師的生活，不免有很多感慨。這是我的自我靈魂的解剖，也是五六十年代知識分子靈魂的一個解剖，估計發表出來，會引起世人的注目，會有種種議論，我已決心置之不顧：如果我這一輩子就出這一本書，我也心滿意足，因為我終於說出了我的心裏話。

我這裏課程已到尾聲。準備五月一日乘車到廈門，玩一天，五月二日乘飛機回北京。有信請寄北京。

可忻武漢學習已結束，回到了北京，來信說也是忙得不可開交。八月份她可能要參加一個代表團，到拉丁美洲去訪問。

夜已深，明天一大早還要上課。

　　祝

好！

理群　4‧24

本良、文俠：

謝謝你們的節日祝賀。

沒有料到本良的身體竟如此的經不起「考驗」——我一直在納悶：為什麼很久沒有收到你們來信，不料竟是「病」了。看來，還是應該把保養身體放在第一位，這其中的道理，本良是明白的，不用我多說。

我依然忙，九月份將《探尋》書稿寄出，十月份參加魯迅學術討論會，看了《現代文學三十年》一書的清樣。十一月份開始我的大哥病危，一直忙着往醫院跑，十二月六日終不幸病故，又一直忙着辦喪事。大哥長我十八歲，我一直以父親待之，大哥又是我們兄弟中才華最為出眾的，因此，大哥的病與死，給我心靈的創傷，是很難平復的，至今仍是如此。這幾天又在忙着還「文債」，片刻不得休息，此中的「苦味」說出來別人也很難理解。在一般人看來，我現在似乎十分「得意」，其實，各人都各有一本賬，一本難念的「經」。可忻亦是如此，出了一趟國，感覺「也不過如此」。我總是鼓勵她在業務上作「最後的衝刺」，她也想如此，但都苦於身體太差，她們單位人事關係也很複雜，於是弄得進退兩難，苦不堪言。

我們都有點自己跟自己過不去，——本良其實也是如此。因此，我們彼此都不必「勸」什麼了。大改進後就要在這種「矛盾」中生活下去。此所謂「本性難移」也。

就寫到這裏。

　祝
好！　　　　　　　　　　　　　　　　　　　理群　1・5

本良、文俠：

讀了你們來信之後，我想了很久。我完全能夠理解你們現在的處境與心情，但從實際情況考慮，又覺得困難實在太大。從最近報上的消息看，海南恐一時不會實行三不要的招聘政策。但從更長遠的發展看，目前人才「部門所有制」是一定要打破的。但何時做到這點，真正做到自由流動，是誰也說不清楚的。我試圖站在你們的角度，去設想；我想，你們目前可做的事，或可採取的步驟，無非是：

1，無妨寫一封信給海南省教育廳，作一番自我介紹（亦可複印一部分發表的論文寄去），說明目前單位不放的情況，及你們的決心，要求他們實行「三不要」。看他們如何回答；如應允，自然最好（這種可能性極小）；如拒絕，也可死了這條心。如表示先登記下來，以後再說，那也好，就算掛了一個號，以後有機會再說。

2，在目前，以至相當一段時間內，要盡可能靜下心來，在安順現實條件下，作一些事，也可以說創造一些條件。我覺得你們可做的事，一是繼續堅持作一些學術研究，也加強與外地的學術交流，一方面是一種「自娛」（如本良所說），一方面也是擴大影響。另一是把孩子教育好，培養好，這也是為了以後解除「後顧之憂」。切不可因為在安順靜不下來，做不成事，耽擱了年華。

3，時刻注意情況的變化，一旦出現某種機會，（這種機會何時來，以什麼方式出現，是誰也料不定的），就抓住不放，爭取「飛」出來。我以為，只要你們下定決心，按目前的形勢發展，國家不出現大反

覆，你們離開安順的機會總是會有的。不會一輩子永遠「困死」在安順。——倒是你們的孩子一定要教育好，將來上大學要爭取離開貴州，如果他們將來「困」在貴州，那你們二人要離開就困難了——即使有了機會，到時候你們可能也不忍心走。

我歷來主張「狡兔」要有二窟，即有兩個奮鬥目標，一是在現實客觀條件下，主觀努力即能達到的現實目標，二是客觀條件不具備，需要長時間地等待「時機」的努力目標——我當年（1960年）來安順時，就以「在安順當一個好教師」為現實目標，以「離開安順以至貴州作一個研究工作者」為努力目標。為第二個目標，我等待了十八年，也準備了十八年，一直到1978年機會才出現，雖然是稍縱即逝，但因我有了長期準備，終於抓住。我想你們要實現自己的「努力目標」大概用不着像我這樣等待十八年，因為現在形勢與當年完全不同。但恐怕也得等待相當一段時間，不可過於着急。在等待中恐怕要在「現實目標」上下點力氣，力爭在安順現有條件下作出成績來。這同時也是一種「準備」。

——以上說的這些，都是些「空話」，可能解決不了你們的實際問題。但確實是我的「經驗」之談。僅供參考吧。

我的情況依然如故。系裏已經安排我今年四月去香港講學一個月，我準備到香港去講講我的魯迅觀，不知效果如何。

勿勿寫此，祝
新年快樂

理群　1‧3

本良、文俠：

　　來信收悉。你們的職稱如能順利解決，也算了了一件大事。調動事，只有以後「靜待時機」了。說實在，你們現在如在大學，恐怕還要等一段時間才能解決職稱問題——我們學校大學畢業生只評到 1960 年至 1962 年畢業這一段（研究生要快一些）的。

　　本良羨慕我的「忙」及學術上的興奮感；其實，我自己很清楚，我的「研究」功利目的太強（倒不是為個人名利，而是追求對年青一代的「思想啟蒙」作用，把「研究」當作是「對生活的發言」），「研究」出來的東西，在現實生活中可能會起到某些作用，但學術價值是很有限的。真正的學術研究，是得像本良這樣持「讀書自娛」的態度的。這是兩種不同的待事態度與方法，依我看來，是各有利弊，不必硬比高下長短。關鍵是看是否適合各人的個性。我以為，我的選擇與本良的選擇都是大體符合我們各自的個性的。因此，本良只需堅持走自己的路就好，不必有什麼擔憂。

　　我這學期的「周作人研究」已經講完，學生反應不錯，我自己卻覺得有些「彆扭」，主要是我的思想、個性與周作人有些「隔」，不能如魯迅那樣融為一體。本良如有機會，不妨讀讀周作人的作品，我想你是會喜歡他的。魯迅研究（按：當為《心靈的探尋》）那本書出來以後當會奉送給你們，這是不在話下的。但現在出書慢，年底能出來就算不錯。

我們即將放假。我想利用假期將有關周作人的文章整理出來，匯成一書，爭取九月份交出版社。

假期你們有何安排？

勿匆寫此　即頌
夏安

理群　6‧16

附：

我七月份將去煙台大學講學，講「魯迅研究」，時間三個星期，同時可以休息一下，有信寄家裏。

致袁本良、邱文俠　　

本良、文俠：

　　寄來的賀年卡及信函均已收悉，謝謝。近兩個月來，因恩師王瑤先生的病與死，而弄得身心交瘁，無力、也無心顧及其他，未能及時函覆，望諒。

　　瑤師的遽然離去，對我精神打擊極大，我常有「大樹傾倒，無所依靠」的失落感，並有種種不祥的預感，非此信所能說清。小羅或許可以和你們略談一二。

　　我的一生大概是頗具戲劇性的。前幾年算是一次「大起」，現在大約又要「大落」，更確切地說，現在正在「大落」的開端。好在我已有精神準備，正以「不以物喜，不以己悲」作為座右銘。九十年代將是「病與死」的年代（八十年代我已看見了許多「死」：我大哥的死，二姐的死，最後是王先生的死；九十年代大概會目睹更多的死，以及自己的各種「病」），也是作生命的最後一搏的年代。希望有十年潛心讀書與寫作的機會——但我懷疑，歷史、時代會不會給我們這樣的平靜。如沒有了這樣的平靜，我們這一代人就算就此「完結」。——其實，人生的結局本也是「完結」，魯迅在〈死火〉裏，早就給我們算了命：不是「凍滅」，就是「燒完」。只要我們不甘心「凍滅」，而總想以「燒完」的形式作點「掙扎」而已。王瑤先生曾有言：活着，不是「坐以待斃」，就是「垂死掙扎」，說的是同樣的人生感悟。

　　我們已經放假。假期中準備寫兩篇論文，對魯迅文學史理論、方法及王瑤先生的文學史理論、方法作一點理論上的總結，也算是對我

的前輩作最後的「交代」，以後就要正式開始我的九十年代的獨立研究——但也不知這研究能進行多久。說實在話，我始終有一種不安全感。在某種意義上，我現在是在一種沒有安全感的情況下「搶」着做一點自己想做的事。這其中的滋味是難言的。好在我這個人還算是達觀的，而且任何情況下都能做事。

好了，不說了。

祝
春節快樂！

理群　1·20

本良、文俠：

　　頃接來信，十分高興。因為我現在正處於極度苦悶之中。最近事態的發展，意味着，一個相當安定與相對自由的時代已經結束。今後如控制不住局勢，將發生動亂；如控制住局勢，經濟會有所發展，思想、政治上大概要回復到「十七年」。無論哪一種前景，我都會感到痛苦。而我現在又處於北大這樣的敏感位置上，更是進退失措。我原先說過，我大概還可以發揮五、六年，已經覺得時間太短，這是由於我主觀上能力、水平不能適應學科的新發展，而現在又加上「客觀上不允許」，那就更加可憐了。反正我已下了決心：無論如何要說真話。如允許我說，就繼續寫下去；如不允許說，就只有停筆沉默。

　　目前當然不會波及我這樣的「非黨人士」，但遲早是要「具體」落實到各學科的。我這兩年發表的許多觀點難保不在被批判之列。可怕的不是批判，而是不允許你講你自己的意見。目前大家都很謹慎，不隨便議論，靜觀事態的發展。也請你們「慎言」，謹防有人打小報告。實際上，現在中國知識分子又在面臨一次選擇，「重賞之下，必有勇夫」，會有人趁機踩着別人肩膀爬上去的。我輩自然不想「爬」，但也要防止給別人當墊腳石。

　　心緒不好，就此打住。

　　　祝
新春愉快

　　　　　　　　　　　　　　　　　　　理群　1·26

本良、文俠：

你們好！

頃接來信，拜讀贈詩，大為感動。

說實在話，我現在處境並不好，各方面壓力頗大。不僅大環境，小環境亦如此。自從王瑤師去世，我失去了依靠，在系裏無人為我說話，過去在貴州安師受排擠的歷史似又要重演，這次出國即是阻力重重，評職稱已被壓了三年，今年恐也難解決。還有許多事，信中說不清，你們大概也能想像得出。——這些事，我過去在信中不願提，一則不願讓你們徒然為我擔心，二則我深知自己至今在安順還是個「新聞人物」，關於我的情況，一旦傳出去，會越來越「走樣」，還是不談為好。但這回，你們的詩中的友情打動了我，仍然忍不住說了出來，希望不要給你們增添心理負擔。

總的說來，我這個人是「拿得起、放得下」的，儘管心裏不舒服，仍在抓緊時間做學問。以後如果情況再惡化，說不定我書也不教了，專門「閉門讀書」也是可能的。我幾年前曾說過：「只要還有一張平靜的書桌，我也還要讀書、寫作」，現在也依然是這句話。

小羅來信說他要棄文經商了。我理解他的心情，他這回《故鄉人》獲得了成功，反而使他產生了「成功」後的幻滅感。一個人追求的目標一旦「實現」，是會反而感到失望以至絕望的。羅迎賢人聰明，經商也會獲得某種成功；但我深知，「經商」是條險途。我已寫信告訴他，讓他作好最壞的思想準備，因為在我們國家，經商要賺錢，非走「官道」

或「黑道」不可，二者都極危險。迎賢是一平民知識分子，沒有後台，稍有不慎，就會被當作「替罪羊」。——估計我這番話，小羅不會聽進去，他決定了的事，要改變是很難的，只能讓他自己去「撞」。你們在他身邊，如有機會，請隨時提醒他。——我們年長者也只能「提醒」而已。

仍極懷念安順。但暑期回安順，也只能說說而已。除非到時候心血來潮，就回來了。

匆匆寫此　即頌
暑安

理群　6・18

本良、文俠：

　　最近在集中償還信債。從眾多的私信中，翻出了你們去年年底（12.23）寄來的信，也記不得是否回過信，估計沒有，還是寫幾個字吧。

　　我去年下半年因職稱無端被卡，又被戴上一頂「學術方向有問題」的帽子，心情極不舒暢——其實是王瑤師仙逝後，「大樹倒了」，我失去了庇護，一些人事矛盾自然就表面化了。我這些年來，雖然在社會上小有影響，在本系卻一直是被「壓」着的；社會上也因為有些影響，近年來也一直成為人們（左派們）批判的「靶子」，總之，在內外都遭人嫉恨，精神上頗受壓抑。這些情況，小羅是知道的，但過去給你們的信中都不願提及，主要是不願讓你們為我擔心，也是因為深知自己在安順屬「新聞人物」，不願傳出去又成為人們議論的資料（因此，在這封信中所談，也不必與他人談及）。

　　你們是知道我的脾氣的：越是受「壓」，越是憋住了氣，幹自己的事。因此，去年下半年以來，我與外界極少聯繫，埋頭於著述——寫《堂吉訶德與哈姆雷特的東移》一書，與外界的通信也幾乎斷絕，積下來的信已有幾十封。

　　寫這本書，因為較多地涉及外國文學，這是我所不熟悉的，只得臨時補課，參考書就約有 200 種，寫起來比較吃力。現在已經寫了一多半，出版社催着要稿，正在日夜趕寫中。

我最近已向北大中文系提出調離申請，要求去清華大學中文系任教（清華已來商調），但系裏堅持不放，正在「談判」中。可能走得成，也可能仍留北大（此事也不足與外人道）。

今年四月，王學書與王家祥來看我，表示有意請我來安順講學，但仍需與地區文聯商量，原說是七月初去安順，但至今仍無消息，估計可能在經費上或其他方面有些困難，我也不想去催問（你們也不必催問）。再加上我七八月都得趕寫文章（書稿七月底要交稿，八月份還得為浙江文藝出版社編一本《周作人散文精編》），肯定來不了安順。九月份我原來就安排了要去河南與湖南開會、遊覽；十月份要去南京參加我的中學九十周年校慶活動。如今年去安順，只能在十一月，時間就排得太緊了。看來很可能要推到明年。但最後如何，還是先看王學書這邊最後的「答覆」。

我手頭這本書寫完，原定的「十本書」的計劃就算完成。我原來在安順時的各種「追求」均已實現。以後的日子就真得如你們所說，「悠着幹」了。也可能要去國外講一、二年學。——主要是經濟上的考慮，我預感到，我們這些人的「晚年」恐怕有些難過，得趁現在身體尚好，可以賺錢時有所儲備。我們這代人命運不濟，晚年時享受不了「兩種社會制度」任何一種的「優越性」，只會「享受」「兩種社會制度」的「劣根性」。此事說來話長，以後再說吧。

匆匆寫此　即頌
久安

理群　6‧6

本良、文俠：

　　二月份來信早已收悉，這一段一直忙於各種雜事，未及時函覆，望諒。

　　來信建議我將做學問從拼搏型轉向自娛型，對我頗有啓示；但眼前恐還要拼搏一陣，待以後確實應作這樣的轉變。這也許需要一個過程。

　　之所以還要拼搏，是因為我現在學術思想仍處活躍狀態中，似乎又在形成一個新的高潮。有各式各樣誘人的想法與計劃，實在捨不得放下，只得同時進行——不過，我採取了與年輕人合作的辦法，今年一、二月間與武漢的一位年青學者合作編了一本魯迅語錄，建立了一個魯迅思想的新體系。現在我又在同時進行四本書的寫作，兩本是與人合作的，兩本是自己寫的：一本是四十年代小說史，另一本是普及讀物；我在上海《語文學習》雜誌開闢了一個「名作重讀」的專欄，一月一篇，按學術界研究成果，對中學語文課本中的現代文學作品進行重新解釋，以後可望出一本專著。——我仍念念不忘當年在師專與老夏合作編教學參考資料的情景，我以為做一點普及工作，仍是我的責任。另外，我還在與出版社聯繫，準備出一套《淪陷區文學大系》，由我主編，我的研究生負責具體編選。最近，我和朋友們又在集資準備在北大附近辦一個專賣高水平的學術著作的「人文書店」，由我的一個畢業研究生具體經營，我們作「後臺」。以後如發展得好，政策進一步放鬆，或許能辦起自己的出版社來。我們現在已經有了自己的刊物，以後如有自己的出版社與書店，就能夠享有魯迅他們當年的「自由」了。

這正是我所嚮往的。總之，在當前中國社會歷史變動中，我們一面仍在埋頭讀書、研究，一面又抓住時機，盡可能多作一些事，把事業開拓一些。──但願這一切不是「夢」。

最近，中文系學術委員會已通過將我評為博士生導師，因我校有權批博士生導師。因此，如不出意外，我今年可以聘為博士生導師，明年就可正式招生了。當博士生導師的最大好處是退休年齡可延至 70 歲，後半生就算有了保證了。

當然這樣一來，就弄得很累，精力也確不如前，我每星期去學校兩三天以後，回到家裏，都要休息一天，才能恢復過來。

來信中談到擬去辦《學報》，我極贊成，這確實可以自成「一統」，減少許多麻煩。另外，有這塊陣地，多少也能做些事。

今年暑期你們是否有北上的計劃？另外，你最近有沒有見到迎賢？半年多以前，他來信，說已承包一歌舞廳，我十分為他擔心。曾去一長信，卻一直不見回信。不知他的近況如何？他那歌舞廳究竟辦得怎樣？迎賢這人，有時膽忒大，又過分自信，我真怕他成了「改革、開放」的「犧牲品」。但我遠在北京，鞭長莫及，也只有乾着急，只得請你們方便時打聽一下他的情況，給我一個訊息。

匆匆寫此，即頌
教安

理群　4·17

又，信中所說辦書店一事，請勿外傳，否則我又會成為一個「新聞人物」。

本良、文俠：

　　本良兩次來信均已收悉。

　　得知本良已接辦「學報」，十分高興。一方面有點事做做，一方面也可以避開系與教研室的許多矛盾。

　　但師專學報要專門介紹我，則似乎不必。一般人看了不會理解，反而徒然給人增加談資。

　　我最近情緒頗不好。今年系裏決定上報聘我為博士生導師，引起人們嫉恨。前不久，有人化名在南方某一小報（發行量有九十萬）上不點名的攻擊我，借我在《周作人傳》中的兩處知識性錯誤（《讀書》雜誌早已指出），對我百般辱罵，並直言這樣的人不配當博士生導師，等等。

　　其用意顯然是要阻止校方批准我為博士生導師，並在學術界將我搞臭。此事已為許多人所知，為我打抱不平的自然也不少人，但因此而幸災樂禍的，也大有人在。總之，一夜之間，我成了「新聞人物」，小報之可怕可恨若此！我從這件事看出了人心人性質惡，感到極其無聊。但又無力，也不願「還擊」——小報正希望我「還擊」，以便再製造出新的「新聞」，擴大它們的銷路。我唯有「沉默」而已。

　　看來，我這個人，前世所欠太多，還得經過一些「磨難」，命中注定如此，也無可奈何。

我當然不會因此而「垮」掉，但只是更覺得孤獨，無聊，更覺得「累」，我近日也時時想起本良的勸解：要逐漸將研究轉向「自娛型」——我雖在羨慕「自娛」的「閒適」，與世無爭，因此也不會有我這樣的「競爭」社會中的煩惱，但一時似乎仍做不到。

這兩天我都在休息，因心煩意亂而什麼事也不想做。這是近年來從未有過的——包括在那難忘的春夏之交以後我都沒有「休息」。

你們也不必為我着急。當然，更不必為外人道——否則，我又要在安順成為「新聞人物」了。

就寫到這裏　祝

好！

理群　93・5・31

本良、文俠:

你們六月十一日寄來的信,我六月底從歐洲回來以後才看到,以後又忙於各種雜事,未及時回信,望諒。

讀了你們來信,我十分感動:真正理解我的,還是你們。在「名」「利」上,看得不夠「透」,確實是我的致命弱點;「名」「利」這東西本是不可不追求,又不可過於追求的,我的許多煩惱問題大概就出在這「過於」上(說得客氣一點,就是你們所說的「執着」吧)。

我現在的情況是,「陣痛」已經過去,「隱痛」卻依然存在。歐洲之行,最後因簽證問題,只去了意大利。因禍得福,在意大利足足玩了十天,去了佛羅倫薩、威尼斯、比薩、羅馬 9 個城市,玩得十分痛快,是我近十年來唯一的一次大輕鬆 —— 既不談政治,也不談專業,只是玩,記得 60 年(當時我正在安順)那個饑餓的年代裏,我就曾對一位朋友講過我的一個夢想:將來一定要去歐洲旅遊,想不到這個「夢」竟在我今年處境與心緒最不好的時候實現了!這真叫人啼笑皆非。不過,這次旅行對醫治我心靈的創傷確實起了很大作用。

但回到國內,就聽到一個消息:北大校學術委員會因為小報那篇文章,竟最後否決了系學術委員會關於聘任我為博士生導師的建議。這事內幕十分複雜,信中一時說不清楚,我也不願多說(有些更深的內幕,我也不清楚)。我因此不僅對系更對北大領導徹底失望,但也因此得到一種解脫 —— 說實在話,我之所以很重視「博士生導師」的職稱,除個人名利的考慮之外,也確實是對北大中文系的發展,對現代文學學

科發展抱有某種責任感，因而有種種計劃、設想（可能在給你們的信中都談到過）。現在看來都是我「自作多情」。校學術委員會的「否決」幫助我解脫了這種一廂情願的「責任感」，從此可以閉門讀書、寫作，不管其他「閒事」，我計劃再勉力寫幾本書，就逐漸轉向你們所說的純粹「自娛」性的讀書與寫作，這一輩子就大抵交代過去了。在想清楚這些以後，我對作為校學術委員會主任的校長寫了一封信，對校學術委員會的最後「否決」提出了我的看法，表明了態度，就將此事了結了。同時，我準備在開學時向系裏辭去教研室主任的職務，最近幾年也不準備再接受研究生，或許可以從此集中精力做我想做的事。這或許就是魯迅所說的「無所希望中得救」吧。

儘管我已經想「通」了，但假期中雜事太多，始終不能靜下心來。或許還要再等一段時間。

假期中本來確實有來貴州的計劃，主要是想和老朋友聊聊天，因為我始終將安順的朋友視為真正的知己。但現在看來，恐很難實現。一是我這方面的原因：七月底韓國中國現代文學學會派專家來京，邀請我與另外三位老師參加十一月初在漢城舉行的國際魯迅研究學術研討會，說好在八月初發來正式邀請函，這樣我就必須在北京等邀請函，並開始辦相應手續（這裏出國手續極其煩瑣，至少八月上旬不能離開北京），而八月下旬崔可忻可能要出差，這樣，整個八月我都走不了了。另外，貴州這方面也有些問題：原來我所熟悉的一位省文化廳副廳長，說好在八月份貴州召開酒文化節時，要給我發一個邀請函，並由文化廳下屬某單位負責報銷路費，現在已是八月初，邀請函都沒有寄來，報銷路費也未落實。現在當「官」的，說話如此不可靠，真沒有辦法。也許還是因為我們自己書生氣太足。以上兩個方面的原因「湊」在一起，我這次「貴州之行」大概又要成為「泡影」。也讓你們白「等」了一陣，實在抱歉！

昨天偶爾翻翻《安順報》，突然看到一條報道：安順八小美術教室袁泉等因指導的學生得獎，自己也獲得了園丁獎。不知道這位「袁泉」

老師是否就是你家的「小泉子」？我記得她是喜歡美術的，並且算起來也應該工作了。還有邸老師的職稱及老二的讀書問題，不知最後結果如何？也在念中。

　　拉拉雜雜扯了這幾大篇，就此打住吧。

　　祝
好！

理群　93‧8‧2 夜

補：

我手頭的論文均已寄出，過一陣有了文章一定寄上。

理群又及

本良、文俠：

前有一信，想已收悉。

我從家驊來信中得知，你們這一段一直在為老二的上學問題奔波，據說已為師專所錄取，但我仍能想像你們的心境。

我的心情也依然不好。整個暑期幾乎沒有做什麼事，這幾乎是從未有過的。後來逐漸平靜下來，已開始着手做事，又接到某編輯部轉來的一篇文章，作者是一個普通工作人員，卻對我的《周作人傳》大加討伐，原因是我在書中論及周氏兄弟失和一事時，沒有完全站在魯迅一邊。這位作者認為，將周作人與魯迅並提本身就不能允許，「不是無知就是誹謗」，全文就像文革時大批判文章一樣，不講任何道理，給我加上一系列罪名，諸如違反傳統道德，像封建文人一樣殘忍、無人性等等，並暗示誹謗魯迅可以訴諸法律等等。本來這種文章可置之不理，但卻得到了學術界與文藝界的一些人的支持，據說「此文的意見有相當的代表性，講的也有道理」，因此，可能不久就會發表。當然，發表了也無所謂，但我卻因此而再一次感到「輿論殺人」的「可怕」。（我記不得上封信有沒有告訴你，由於《南方周末》發表了那篇攻擊我的文章，北大校學術委員會居然沒有通過授予我博士生導師資格，系裏一些人也因此幸災樂禍。）最近，又聽到了一個可靠消息，一位美國漢學界研究權威，華裔美人一再貶低我的魯迅研究，原因是前幾年他來北大講魯迅，徵求學生意見，我的一個研究生不懂事，當面對他說：你講的魯迅並不新鮮，我們錢老師比你講的更深刻。——我事後才知道此事，當

即嚴厲批評了這個學生，不料這位學者從此懷恨在心。——這對於我又是「飛來橫禍」，這一切，都讓我埋頭苦幹，好不容易在學術界立住了腳，就這樣無端地受到各方面的攻擊，明槍暗箭，防不勝防。學術界原也是名利場，處於這種名利場中，你的「存在」本身就構成對別人的威脅（但如你不具有「存在」的實力，別人就更要排擠你），你雖毫無傷害別人之意，別人卻偏要加害於你，「躲」也「躲」不及。想想真是無聊。反倒羨慕起你們在安順讀書自娛的環境（我當然也知道你們也有自己的痛苦）。我最近仔細考慮了我的處境，看來我正處於「盛極而衰」的狀態——從表面看，我正處於事業的頂峰，但已預伏着諸多矛盾，顯示着「衰退」的趨勢。看來我應急流勇退，如你所說，把研究作為一種自我精神的解脫與拯救，再進一步達到「自娛」的境界。好在我周圍還有三、五好友，有一個溫暖的家庭，還有一批相當不錯的學生，可以「躲」在這個「小圈子」裏，寫一些自己想寫的東西。

另一方面，在當前商品潮之下，出書也很不容易。我的一本論文集，前年即已編好，卻找不到出版社。另有兩本書，一為曹禺研究，一為短論、散文集，工廠已排印好，卻因訂戶太少，而不能開印。而且出版社對作者的要求也越來越苛刻，我的這本短論、散文集居然被強令刪去了七篇文章。我一怒之下，決定將被刪去的文章編成一本《刪餘集》，請人用激光排印成書，自費出版，只贈少數朋友。此書已排印好，只待一個封面。我突然想到請你為我刻兩枚圖章，印在封面上，我有一個初步設想，見另紙，請你作總體安排、設計，不知可否？如有困難，那就算了，我可以另外找人。如能成功，當然也可以成為我們友誼的一個紀念。

最近，我出了兩本書，一是我給你說過的《豐富的痛苦——堂吉訶德與哈姆雷特的東移》，一是今年我與一位年青朋友共同編的《魯迅語萃》，我準備連同其他幾本一齊送你，但恐怕要等半個多月以後（也許要到十月下旬），因為我要送出的書較多，還得請我的研究生幫忙。

就寫到這裏。原諒我在你們心情也不舒暢的情況下，向你們發了這麼多牢騷。信中所談的情況也不必外傳——我現在最害怕的就是成為一個「新聞人物」。

祝
好！

理群　9‧26

補：

又，關於給師專學校寫稿事，我剛寫完一篇〈四十年代小說理論概述〉，專業性比較強，可能會在《上海文學》上發表。

另，我最近為上海《語文學習》開闢了一個「名作重讀」的專欄，對中學語文課本中選入的魯迅作品及現代文學作品，按照學術界最新的研究成果以及我自己的學術見解，作了與語文教學參考書完全不同的解釋，據說這些文章在南方各省的中學語文界引起了強烈反響，可以說是捅了馬蜂窩，許多中學教員都寫文章與我「商榷」，也有寫信「討伐」我的。你們如有興趣，當然可以寄一份給你們（我寫了十四篇，已發六篇，還會陸續發），不過，你們再發表，就成了轉載，不知是否合適？

此外，還有一篇《周作人散文精編》的序言，我寄給《上海文論》一直未發表，如需要可轉給你們。

又及

本良、文俠：

來信及印章均已收悉，十分感謝！我已從韓國歸來。韓國現代文學研究學者都很年青，思想比較激進，有些還是馬克思主義者，都崇敬魯迅，把我們當作「老師」看待，這次訪問，走到哪裏，都有年青人攙扶——韓國比中國更多的保留了「尊老愛幼」的傳統，這樣一來，我倒真正感到自己已經老了。韓國學者對我的周作人研究毫無興趣，他們對日本殖民統治記憶猶新，特別反感；對《心靈的探尋》評價卻極高，已經翻譯了部分章節，也有人與我聯繫，擬將全書譯作韓文。

回來以後，又接到香港中文大學的邀請，作十四天的學術訪問（明年三月中旬以後），我正在辦手續。正如你所說，趁身體尚好，多跑幾個地方。我希望在後年有出國講學一年的機會。

我的情緒已恢復正常。從韓國回來後，趕寫了一批文章，又編了一個散文、短論集，名曰《世紀末的沉思》，其中一篇是應戴明賢之約而寫的，題為〈永遠壓在心上的「墳」——貴州情緣之一〉，這是我擬寫的關於貴州生活的回憶文章中的第一篇，可能會發表在明年某一期的《花溪》上。

最近，我們家裏還有一件大事。崔可忻的兩個孩子（一男一女）由他父親帶到廣州，現在都長大了。女兒安莉隨她的丈夫去了加拿大，兒子小彤大學畢業後在廣州某公司工作。最近女兒全家回國探親，兒子也已批准去加拿大讀書。前幾天，女兒、女媳、小外甥及兒子均來北京，與可忻及她父母團聚，住在我們家裏。我們因此度過了忙碌而愉

快的一周。看到可忻與她的兒女相聚甚歡，情感依舊，我感到十分欣慰。兩個孩子對我也很好，對於過去所發生的一切，終於有了正確的理解與諒解，我多年鬱結於心的「心事」總算有了一個圓滿的「了結」。只是我們年紀確實大了，忙亂了一個星期，身體都有些吃不消了，今天睡了一天，都恢復不過來。可忻尤其累，看到她拖着疲累不堪的身子，為兒女忙這忙那的情景，真讓人心裏不是滋味。人生就是如此，還有什麼話可說！……

今年這一年，兩次出國，當中又發生了那麼些不愉快的事，弄得精力分散，沒有寫出什麼大東西（小文章倒寫了不少！）休息一兩天，就準備抓緊年終最後一點時間，開始寫大東西了。並且作着明年的計劃——我仍然沒有放棄回安順的計劃，不過這一回絕不仰仗「當官的」，而要另想辦法，不然，就自費來。到時候再說吧。

老夏（按：即夏其模，原安順師專的老同事）寫了一封長信來，讀後頗為感動，也頗多感慨。畢竟是多年老友，儘管目前具體處境不同，心還是相通的。我只是偶然的機會離開了安順；若現在仍留在安順，彼此的處境與心境都會差不多。因為要還的信債太多，就不另給他寫信了，就將信中所談情況報告，或者將此信轉他一閱也可。

《師專學報》的文章是否可等我「四十年代小說史」寫出一部分再說（明年一開始，我即要着手寫，春節前後會有一些章節完稿）。

就寫到這裏　祝
新年全家快樂！

理群　93・12・5

致袁本良、邱文俠　　　

本良、文俠：

在異國收到本良的來信，真是高興極了。

我是九月十九日來到漢城的，今天是十月二十一日，恰恰一個月。我很快適應了這裏的一切。一星期上 14 節課：每周二、三、四、五四天上午 （9:00–1:00）給二年級六個班上「中級漢語會話」；星期三晚給在職研究生講二小時的「魯迅」。我住在外國專家公寓，一人一套房間：一臥室，一書房，一客廳（連廚房），一廁所。每天中午坐班車去學校，中午下課後即乘公共汽車回寓所（20 分鐘左右）。我自己做菜做飯，公寓附近就有商店，自選市場，一星期集中採買一次即可。我除每天上課，一星期上街採購一次之外，其餘時間都在家裏讀書及做家務。韓國人的作風像西方人，第一天把我接到公寓後即不再管我。幸而同住公寓還有幾位中國（包括台灣）專家，他們照顧我一兩次，就由我一人應對一切了。我因語言不通，採取「閉門不出」的方針，來漢城一個月，沒有上過一次大街，也沒有去任何地方玩。韓國的學術界也很奇怪，我來一個月，無一人拜訪，我也不去看望任何人。因此，這一個月，我基本上是一人獨自生活的。這對我自然是一個很好的鍛煉。我不無自豪地發現，我的獨立生活能力比想像（預計）的要強得多。也能耐得住寂寞，這一個月的閉門讀書收穫頗大。過去在北京雜事太多，現在，有了如此寬裕的時間與空間，正好集中精力讀讀書，思考一些問題，這對我們下一步研究是大有好處的。唯一不能適應的是，每天上的課都是「我要買五斤蘋果，多少錢一斤？」「我要去北京大學，該坐什麼車？」實在枯燥乏味。這學期期中考試，向一百多個同學問同樣的問

題，聽同樣的回答（口試），到最後一句話，也不想講了。我第一次嘗到了「職業」與「興趣」分離的痛苦。學生對我倒是不錯。已經有好幾位學生表示要陪我上街，下一階段我的生活可能會豐富一些。但我又怕學生來多了，耽誤時間，這也是一個矛盾。

本良來信談到拍電視之類的事，最好設法推掉，以我的經驗，這類事是最容易引起人事糾紛的，會激起一些你想不到的人的嫉恨，從你想不到的地方射來暗箭。這些年我為此已吃夠了苦頭。

書，我覺得還是要寫，不是在安順這樣的環境下還要作什麼奮鬥，純粹是為了自己，使自己精神上有所寄託，有所追求。我這次來安順，也感到你們的事業、學問在力所能及的範圍內，似乎已達到了頂端（其實，我自己也差不多到了這樣的頂端）。在這種情況下，最好給自己定一個稍高於現實的目標，這在生活中就會有一個興奮點，有一個「奔頭」。我不斷給自己提出各種寫作計劃，目的也在於此：不在於最後結果如何，而在於寫作過程中所達到的精神狀態，及所得到的精神補償。──當然，根據你的情況，寫作速度可放慢些，從容些，不必像我這樣的「拼命」。至於是否外出進修，更要根據自己的身體狀況，更不必勉強。

小羅原來說十月份要去北京，我來韓以後沒有再聯繫，不知他去了沒有。你們如在街上碰見小羅與小杜，可把我的近況轉告；如碰不到，也不必去信找他們。我離京前，已分別給他們寫了信，他們如有事，也會寫信給我的。

匆匆寫此。

　祝
好
　　　　　　　　　　　　　　　　理群　（94 年）10・21

我 12 月中旬大概就會回北京，明年 3 月初再來。

本良、文俠：

　　幾次來信及刊物、稿費均已收悉。勿念。

　　我已於去年 12 月底回到北京，這一段一直忙於各種雜事，反而沒有在韓國休息得好。

　　不知道在前幾次的信中，有沒有告訴你們：我的處境已有較大變化：去年年底評上了博導，並獲「國家有貢獻的知識分子」津貼，又分得三居室的新屋（在頤和園附近，尚未正式領到房號），加之這次去韓國一年，這樣，我的一切也已「到頂」，以後不再有所求（對學校），只需自己專心著述、培養學生了。

　　對你們的處境與心情，我相信自己是能夠理解的。前兩年南方尚有新辦大學，而現在，根據中央「大學不再作量的發展」的精神，已不再發展。老的大學（那怕是大專）即使要人，也大都是要年輕的一代。再加上新換一個單位，開始時生活條件都不會太好，而且現在中國任何一個單位都有複雜的人事關係，在大學則更講「出身」（以我而論，就因為不是「老北大」，自王瑤師去世後，這些年就吃夠了苦頭）。綜合以上因素考慮，我勸你們還是以「不動」為好。無妨自己關起門來，做點自己想做的事，也寫點東西。當然，在我這方面，我仍會留意，如有機會——條件是：一，工作適合你們的興趣與專長。二，基本生活條件同時解決——，當會竭力推薦。只是「機會」較為渺茫（北京市已用法律規定，入京戶口一人二十萬元，估計其他城市也會效仿。）。

無意中在《安順報》上看到袁田的文章，寫得很不錯，觀察比較細，文筆也很流暢，有一種內在的深情。為他高興，也為你們高興。

　　信到之時，已近春節。

　　祝全家
春節快樂！

理群　1‧11

近日將請我的研究生將《大小舞臺之間 ── 曹禺新論》一書寄上，是寄給小杜的（怕你們不去學校，收不到），他會將書送給你們。

本良、文俠：

　　來信及所附「教學參考資料」均已收悉。當即轉交給我那位日本友人，他十分高興，特囑代為致謝！

　　我回國已近三月，一直在忙碌中。我也不知道怎麼會有那麼多的雜事。當然也是怪我「好事」，回來後就忙於籌劃各種研究項目，想開闢一些新的研究領域，弄得我周圍的學生都忙得團團轉。最近正在四處聯繫，想出幾套叢書。我自己的研究，因環境雜亂，靜不下來，（新房鑰匙一直不交給我，一時搬不成家，但又在隨時準備搬家，許多圖書、資料都裝了箱，這就亂了套，再加上我一年不在國內，這回回來了，來訪者就特別多，各方面應酬也多。）只得暫時停下來。但關於「毛」的寫作設想已經定下來。等搬了新居一切安定下來就可以動筆。計劃分上、下兩部，是一部大著作。我對崔可忻開玩笑說，這部著作完成，就可以「死而無怨」了。

　　最近出了一本新書：《繪圖本中國文學史》，是我與社科院文研所的幾位授古典文學的朋友合作的，書印得極其精美，本身就是一個藝術品。現在出的是海外版，明年或許可出國內本，屆時將會寄贈一本給你們。

　　本良的古漢語研究論文受到好評，這本也是意料中的。但願能在《中國語言學報》上發表。

　　寫這封信除了報告近況外，還有一個目的，是想建議本良作一個新的研究。最近，我們學科正在討論「現代文學」研究的性質、對象、

範圍、歸屬等問題。過去，我們將「新文學」與「舊文學」作嚴格區分。將後者排斥在研究視野之外，現在有人對此提出了質疑，認為凡是在二十世紀的寫作都應作為研究對象。這樣，「二十世紀的文言寫作」就是相當大的一塊生荒地。事實上，本世紀「文言寫作」是一直存在的，除舊體詩外，也有文言散文（魯迅的〈淑姿的信·序〉就是用駢文寫的）——為什麼在五四文學革命用白話文代替文言文以後，這類文言寫作仍然存在，這個事實本身就值得研究。因此，現在我們這裏已經在議論應該寫出本世紀的「舊體詩詞史」及「古散文史」的問題，也就是說，「舊體詩詞史」不能只寫到晚清為止。而應繼續延續到今天。我們初步討論了一下，至少有幾部分人在本世紀仍在寫舊體詩詞：

1，晚清民國初年詩人繼續寫到三四十年代，如南社詩人，晚清宋詩派詩人。

2，新作家在「業餘」寫舊體詩詞，這樣的人極多：魯迅、周作人、郭沫若、郁達夫、田漢、錢鍾書、葉聖陶……等等。

3，政治人物「業餘」寫詩，毛澤東、陳毅、葉劍英、于右任，以至汪精衛……等等。

4，新出現的舊體詩詞作者，如女詞人沈祖棻等等。

我以為這項研究工作極有意義，可以先大量彙集材料，編出一本《二十世紀舊詩詞選》（或《二十世紀舊詩詞 XX 家》），然後逐一研究，寫出單篇研究論文，最後寫出《二十世紀舊詩詞史》。我覺得本良來作這樣研究是再恰當不過的了。我周圍的年青學生雖有熱情，惜古典詩詞修養不足，難以勝任。本良作這樣的工作，困難可能在資料的搜集，不過，大部分材料這些年已陸續出版，要作的是整理。當然，也有一部分要去查原始材料（舊期刊等）。我以為可採取集中收集的辦法，即先在安順把可以收集的材料都收集、整理了，再到北京來二、三個月，集中收集（有的材料可以由我自己動手，或請學生幫忙，在北京收集）。我現在擔心的是，本良的身體是否吃得消。我害怕我的這一「建議」又

打亂了你們生活的平靜——我這個人自己不安分，還老是攪亂他人，本來早就想寫這封信，為此而猶豫了好久，但仍終於忍不住寫了這封信。我的建議僅是參考，請你們根據你們的實際情況考慮。也可以把範圍、計劃縮小，先寫一些個別舊詩詞家的研究文章，慢慢積累。

可給師專學報的文章，手頭有兩篇，一篇是在韓國寫的，內容較尖銳，恐怕惹禍，另一篇是新近為參加一個國際會議寫的，不知能不能先在師專學報上發表，再送給《魯迅研究月刊》？如不能，我再看看有沒有別的文章，好在還有一個多月的時間。

就寫到這裏。

祝
好

理群　10·22
95·11·4日覆

本良、文俠：

　　幾次來信均已收悉。這一段一直在忙着《中國現代文學三十年》一書的修訂工作——此書改名為《中國現代文學教程》，將作為教委推薦的大學中文系教材。催得很緊，基本上是重新寫過，因屬教材，要看很多參考書，頗費功夫。現已接近尾聲。今日這裏停水停電，打不成電腦，又回過頭來處理《20 世紀詩詞選》的遺留工作。我初步整理了一下，現已收到 72 位作者（或家屬）的授權書，這個成績算是相當不錯了。還有一批徵求信可陸續寄出，估計最後可獲得一百多位作者（或家屬）的授權書，約佔全書作者的三分之一。有一百多位作者無版權問題。也就是說，我們從理論上應徵求 200 位作者的授權，現徵得的約佔一半。那另一半多是打聽不到地址的，也有的是領導人的家屬（我正在通過全國《政協報》的朋友打聽他們的地址，或許可以再找到十幾位的地址）。

　　從這次對我們的徵求信的回應看，所有的作者（及家屬）都很支持我們的工作，對只贈書不給稿費，無一人表示異議。因此，我估計，書出以後，如有作者（家屬）找到我們，將書補去即可，一般不會有太大的麻煩。幾位估計會有問題的作者（家屬）——錢鍾書、周作人與陳寅恪，經與何銳商量，已從選目中抽出。

　　今天整理來信，發現有幾位作者還需覆信，現寄上，請酌情處理，並請徑直回信，不必寄給我了。——你上次寫的幾封覆信，我已寄出，勿念。

我想把我的「序文」交《詩探索》發表，而將你的「跋」送《中華詩詞》(該刊主編曾來約稿)，這樣於新詩界與詩詞界都會造成一點影響。不知你意如何？

　　但對你寫的「跋」，我有一點意見：對新、舊詩的關係似乎說得不夠清楚。文中提到五四新文化運動時，有「當胡適之(……舊體詩便交上)被趕下寶座並打翻在地的厄運」，「今天當人們對新文化運動的進行反思的時候會批評那時的「過激之舉」，說本不應該在反傳統的大旗之下「把孩子和洗澡水一起潑掉了」等語。——這幾年確實有不少人持這樣的觀點，我是不同意的。這是一種缺乏歷史感的似是而非的說法。五四新文化運動初起時，舊體詩詞是佔絕對統治地位的，「新詩」所要爭取的是自己的生存權，而當時的守舊人物是根本不允許新詩存在的。所謂「新舊之爭」，是前者反抗後者的壓制，如果沒有胡適當年那樣的決絕態度，恐怕至今就只有一種詩體，即梁啟超主張的「改良詩體」，而根本不存在「白話詩」。而僅僅有「改良」後的傳統詩詞(也就是通常人們所說的「舊瓶裝新酒」)，是並不能充分滿足現代人表達現代思想感情的客觀要求的。我們固然不能否定舊(傳統)詩詞也可以表達現代人的思想感情，也就是存在着「裝新酒」的可能性；但也不能誇大了這種表現的可能性——在我看來，傳統詩詞在表達現代人思想感情方面是存在着一定的限度的，借用我在「序言」中引用的劉納的觀點，傳統詩詞相對穩定的(也相對完美、成熟)的形式與它所能表達的思想感情之間，有一種相對穩定的對應關係，存在着一個「形式與思想感情心理」相對應的「圈子」，當人們(現代人)的思想感情、心理進入了這個「圈子」，傳統詩詞形式運用起來就得心應手；但出了這個圈子，傳統詩詞就可能相形見絀，自由詩體反而會顯出它的優越之處。總的來說，詩詞有着相對完美、成熟的形式，但在表達現代人思想、感情、心理上有一定限度；白話自由詩在表達現代人思想感情、心理上天地較為廣闊，但至今仍沒有解決自身的形式問題：這大概就是詩詞與白話自由詩各有自己存在的理由，並且需要互補與相互吸收的原因。這

幾年的「國學熱」（對此，我有較多的保留，不是反對、不贊成振興國學，而在於這幾年的「國學熱」帶有很大的宣傳性，甚至成為一種商業行為，並沒有真正認真地研究與普及國學——這只要看這些年的大、中、小學教育就不難看出這一點）中，有些人借此否定五四新文化傳統，這是令人憂慮的。

這次在與有關作者聯繫中，也多少感到這個問題。例如，張濟川先生來信中就提出了這樣的觀點：「『新詩』是『舶來品』的『翻譯』『改造』而發展出來，短短百數十年歷史，並不足以代表中華文化。數十年來亦未讀到任何突出表現的作品，與中華詩詞之歷史，不可同日而語。……所謂『舊』的依然一枝獨秀，燦爛生輝，而『新』的，已黯然無光……聞一多的『勒馬回韁』，可以說明一切矣」。這是不符合事實的，顯然已經走到了另一個極端，似乎又要走到「一枝獨秀」上的全盤否定新詩的老路上去。我們講「繼承傳統」，應包括兩個方面：既要繼承古代文學傳統，也要繼承現代文學傳統，把「傳統」等同於（局限於）古代文化，無論如何是片面的。與此相聯繫的，還有一個如何估價當前的詩詞寫作水平的問題，從過去列為禁區（準禁區）現在形成一種風氣這個角度看，可以視為一次「復興」；但如從實際創作水平看，恐還不能如此樂觀。我同意你在文章中引用的臧克家的觀點，恐怕多數還是「平庸之作」。真正的藝術精品仍很少，真正的詩詞大師還未出現。恐怕對整個二十世紀詩詞創作的估價也不容太樂觀。我讀了選出的作品後，總的感覺是有不少佳作，也有一批各有特色的「名家」，卻無「大家」。因此我在「序言」裏表示同意魯迅的觀點：真正跳出「如來佛」手心的「孫悟空」是很少的。總之，無論新詩，還是詩詞創作的現狀，都不容過分樂觀，它們都在呼籲「新的創造力與想像力」，否則都是沒有前途的。——我說這番話，並不是認為你的文章有以上傾向，相反，我看出你也並不同意這些意見，你也是主張兼容互補的。只是我覺得你的文章在這些方面說得不夠清楚。我的這些意見僅供參考吧。

這幾天北京的天氣奇熱，幾乎什麼事也做不成。七月二十五日—八月十日期間，我將去桂林參加一個研討班，八月十八日以後還要應邀到神龍架去玩 10 天，這個假期就這樣「過去」了。不知假期中你們有何安排？

匆匆寫此。祝
好！

理群　97・7・15

杜應國 / 原安順二中學生，文革中作為知識青年下鄉，後回城當工人，因喜愛文學與理論研究，經朋友介紹與我相識。1974 年左右，我和一群年輕人形成一個「民間思想村落」，應國是其中的主要骨幹，我們也成了終生好友。

小杜：

　　來信已經收到，本打算過一兩天給你寫信，但看到你信中似乎很急於要聽到我的意見，還是先寫幾句吧。

　　考試競爭性強，這本是意料中的事。中文系招三百名，我以為並不算少。在這個問題上，我以為，第一，既然認為有必要一試，那就堅持試下去，所謂「不到黃河心不死」。第二，因為是「試」，當然有「不成功」的可能，有這種思想準備就行了。第三，還要有點自信心。要相信，這一夥人還是有一定基礎的，加之準備時間不算太少。比起因無把握考理工科，轉而考文科的「後生」們來，條件是要優越些的。考的人多，固然使競爭性增強，但是這裏又有某些假像，即裏面不乏南郭先生，純屬湊熱鬧。我們如果因為這些南郭先生多了而緊張起來，以至失去信心，豈非有些失算？我有一言勸諸君：對高考這類事情態度要灑脫些，抱定宗旨認真準備考試，至於其他的事，少打聽，少問，少想。任周圍情緒時漲時落，「我自有我的老主意」。

　　盡最大努力準備，考得上，最好；考不上，拉倒 —— 這樣就行了。切不要去自尋煩惱，更不要輕易動搖自己的決心，三不要滅了自己

的威風。至於「合不合算」的問題，我還是那句話：時間只有一個多月，哪怕是「浪費」，也無所謂。——何況還不會完全「浪費」呢？我們想做的事固然很多，暫時丟這個把月，也不算什麼。來日方長，何必斤斤計較於這個把月呢？——以上我的意見僅供參考。最後要你們自己決定。我以為也用不著考慮是否「辜負了我的一片心意」這個問題。你們這樣想，我反而覺得不安了。

我在這裏心一直定不下來，文章也寫不出來，煩躁得很。很想迅速擺脫這個「苦差事」，回到安順來——我對安順的環境已經十分習慣了。創作會議已召開，天天看戲，也是忙得不亦樂乎：不過是忙於看戲而已。小劉（按：即劉丹倫，也是我們這個群體的一員）的劇本事，我去打聽一下，有消息再告訴你們。

據說這次是由師院、貴大老師出題。他們都分別擬了複習提綱，師院複習提綱，我正在設法搞。貴大中文系老師出了七個作文題：① 讀《攻關》② 讀《重上井岡山》(重點在「事 [世] 上無難事，只要肯登攀」) ③ 讀《貴在鼓勁》④ 向科學現代化進軍⑤ 走又紅又專的道路⑥ 一顆紅心，兩種準備⑦ 為革命上大學 ——請你務必將這七個題目告訴準備考試的諸位朋友，請他們在原有題目基礎上，對這幾個題（特別是我出的題目中沒有包括在內的題）作一些思考，最好寫一寫作文提綱。另外，從他們出的這些題中，可以看出重點仍在政論文，據出題的老師說，他們要求將議論、記敘與抒情結合起來，這一點也請注意（另，湖南省摸底考試題目是：〈讀《攻關》〉、〈當我想起雷鋒的時候〉）。

匆匆寫此，隨時來信！

理群　13 日

向朋友們問好，請將我的意見告訴他們，不另寫信了。

杜、張、劉、羅、廖、楊、龔、田、龍、何、德光⋯⋯諸位朋友：

　　原諒我不可能一一給你們寫信，只能一口氣寫這一大排，向你們一併致意吧。信到之時，不知你們中是否有人已經離開安順，走上了新的學習崗位，如果有的話，就讓我先向他（或他們）表示祝賀吧。

　　從離開你們，踏上火車那一刹那起，我就置身在新的人，新的環境中了。⋯⋯一路上接觸的全是研究生、進修生（回爐生）、新大學生，現在還生活在他們中間。除了新大學生中年齡較小者還是用天真的眼光看待一切之外，大多數研究生、回爐生、老新大學生都有一個辛酸的「奮鬥史」，他們對阻擋他們前進的官僚們深惡痛絕，對未來有嚮往，有雄心，卻又深怕政局不穩定，有些憂心忡忡。當然，也有人已經以未來中國的要人自居，對「愚昧」的「群氓」表示極大的藐視。聽他們種種高談闊論，我有一種「局外人」之感。不過仍是十分有趣的。也許可以從這些人身上聽到未來中國的某些訊息。

　　現在，一切都已安頓下來。學習計劃業已宣布。是三年制，主要培養大學文科教師，要求畢業後即能獨立開出基礎課與專業課。第一年只有三門課：現代文學史（要求大量閱讀第一手資料）、日語（要求基本掌握）及政治（學習《反杜林論》、《費爾巴哈論綱》兩本書）。第二年學馬列主義經典文論，中國現代史及專題研究，第三年寫研究論文。以自學為主，導師一月指導兩次。一學期交兩篇讀書報告，舉行三次學術討論（由同學輪流擔任主講）。還要擔負一部分科研任務（編現代文學史大事記）和教學任務。現在我們正在根據上述總計劃制定個人學習計劃。

同學大都是老三屆大學畢業生，也有完全靠自學的（我們寢室就有一個五八年的中專畢業生），也有大改行的（比如學工的改學古典文學，學財經的搞漢語方言）。和這些同學初步接觸，我的結論是：小杜、小明（按：指孫方明）等去年沒有報考研究生，是一個歷史性的錯誤。請你們一定下定決心，好好準備。不要再猶豫了。學外文的事，請你們儘快落實下來，如需我幫什麼忙，請速來信。

　　今天我們聽了一個社會科學研究規劃報告。八年內，全國有二十五個重點研究項目，計：

　　　1，馬、恩、列、斯、毛生平、事業、著作的研究

　　　2，辯證唯物主義、歷史唯物主義基本原理及當代實踐所提出的哲學問題研究

　　　3，當代馬克思主義哲學的發展研究，對修正主義的批判

　　　4，政治經濟學社會主義部分研究

　　　5，當代各種真假社會主義理論與實踐的研究

　　　6，蘇聯社會帝國主義的研究

　　　7，現代資本主義、帝國主義問題研究

　　　8，三個世界形成以後世界政治的研究

　　　9，無產階級專政與無產階級專政下繼續革命的歷史經驗的研究

　　10，社會主義立法問題，社會主義法制問題

　　11，中國社會主義經濟管理

　　12，教育學與中國教育問題

　　13，中國共產黨史

　　14，中華人民共和國史

　　15，1840–1949 年中國歷史

　　16，（未記清）

　　17，世界通史

　　18，中國少數民族歷史，少數民族問題

　　19，文藝創作理論問題，文化遺產批判繼承問題

20，四人幫批判

21，社會調查

22，圖書、資料、情報

23，地方特殊問題，地方志

24，百科全書，各科辭典

25，大學文科教材

我覺得你們可以參考以上題目，在某一點上寫出一點有份量的探討性的文章（以上題目請轉告小明）。

另外，在這次規劃討論會上，各科都提出了自己領域需撥亂反正的問題。哲學所提出了社會主義社會階級鬥爭規律問題，認為社會主義不同歷史階段階級鬥爭有不同特點，總的趨勢是日趨緩和。

估計到現在，大家基本上都已安頓下來了。諸位有什麼新的計劃與打算呢？這是我所關心的。

小杜母親去世，我未能出多少力，這是我十分不安的。現在小杜情緒如何？有什麼想法？望來信。

總之，希望不久就能接到你們大家的來信。

要還的「信債」實在太多，就匆匆寫到這裏吧。

　　祝

好！

理群　10 日晚

我的地址是：北京大學 29 樓 202 室。

小杜：

　　你的四封來信都收到了。因為忙，也因為情緒不太好，一直沒有給你寫信。

　　我來到北京以後的感受是：我們國家確實正處在一個大轉折時期。胡喬木文章的發表是一個標誌，意味着一個重大的經濟改革與隨之而來的上層建築的變革即將開始。最近有很多文章都十分重要，請你注意（除胡文外，尚有鄧在工會的講話，韓英在共青團大會上的報告，《光明》、《人民》諸報關於民主、法制、實踐是檢驗真理標準、對主席評價等文章，對天安門事件的報道⋯⋯）。（另，胡喬木在社會科學研究規劃會議講話中，已借科學家之口，明確提出了「幹部終身制」問題）。與此同時，兩種力量的鬥爭已經表面化，公開化。而且，我預感到，對於主席的評價及文革的評價等問題可能很快就要公開提出來。甚至黨內若干歷史問題，諸如彭德懷問題、劉少奇問題、反右問題⋯⋯都可能在適當時機提出來。在這樣一個大變動時期，我基本同意小明及你的看法，可以「把我們平常考慮得較多、也比較成熟的一些看法公開亮出來」，應該寫一些比較「尖銳、重大、新穎的問題」。你那篇關於列寧思想的文章可以寄出去。具體還要寫什麼，你可以和小明、布農商量一下。此外，儘快落實下來。寫的時候要注意：寫得明快、尖銳，盡可能簡潔一些，不要有太多的顧慮，以免把自己手腳捆起來。（當然是就可以寫的問題而言）。另外，我以為你仍要下決心考研究生。最好能把寫文章與考研究生統一起來，做一統籌安排。總之，過去荒廢的時間太多，現在朋友們走了，你正可以安定下來，排除一切干擾，像你過去

幾年那樣，認真讀點書，做些事。也唯有這樣，才可以沖淡你的一些痛苦。

我不甚了解情況，以上意見，僅供你參考。

我在這裏已與研究生們混熟。可喜的一點是，大多數人經過文化革命的鍛煉，已經能夠用批判的眼光看待一切，並作出自己的獨立判斷。這一部分人如果起來，中國的事是會更熱鬧的。不滿意的是，我的學習始終不能走入正規，學習效果遠不如在安師。我有時甚至懷疑，來北大是否明智了。

要寫的信很多，就此打住罷。——你有什麼話，可隨時寫信給我。不會對我有什麼影響，請儘管放心。

另，《戰爭與和平》我正好沒有，請寄給我吧。

以後寫信請寄：北京大學中文系，不要再寄二十九樓了。請同時轉告其他在安朋友。

匆匆寫此

祝
好！

理群　11・1

（此信看完請燒掉，切記！）

另，此間內部書店有大部頭的蘇聯統計資料，不知你是否需要，如需要請來信（此書較貴，你如不研究蘇聯經濟就不買了；如要研究一定買來寄給你）。

小杜：

　　兩次來信都已收到。回信其實早已寫好，後又想冷一冷，再看看信中意見是否正確，就把它壓下了。這樣一來又拖了近半個月。那封信就算作廢——不，把信的後半部寄給你。其餘就另寫了吧。

　　最近，重讀魯迅《野草》，對問題有了一些新的看法。

　　首先，我以為，重大動盪的時代裏，任何人——只要是凡人，而不是聖人，思想上有些「陰影」：徘徊、猶豫，懷疑、苦悶、矛盾……都是不足為奇，正常的。——魯迅就是如此。從這個意義上看，你在這件事中暴露出思想上的某些陰影，也是不足為奇的。朋友們不要把這看得太重，你自己也沒有必要因此背上過重的包袱。在總的是前進的趨向下，思想上有某些陰影，這不是兩重性格。這是思想發展道路上的正常現象——在動盪時代尤其如此，對於一個青年更是如此。我這樣說，不是為你開脫，讓你不要正視某些東西，而是希望你放下包袱，客觀地、實事求是的來對待這些陰影。當然，過去你可能很少看到、或者不願意承認自己思想上有陰影，現在朋友們着重提出或揭出這點，使你更客觀、更全面地看待自己。這在一定條件下也是有益的。朋友們的用心也是好的，你應該看到並充分估計到這一點。

　　其次，我認為，對於「陰影」也要作具體分析。這裏有兩種情況。

　　我們要有堅定的信仰，這是對的。但我們也絕不要將自己的思想凝固化。我們需要不斷地用實踐來檢驗我們的思想、信念是否正確，是否符合客觀實際。如果實踐證明我們的信仰、信念是錯誤的，我們就應

毫不猶豫地向真理投降。但更多的情況卻是，雖然總的信仰、信念是正確的，但某些認識、思想卻是需要不斷修正的。這種修正，絕不是對信仰的背叛。應該承認，我們大家（包括我在內）都是極不成熟的，我們的馬列主義水平是低的。我最近就在考慮：我自己有沒有受到極左思潮的影響？我有沒有將某些不符合馬克思主義的東西當作馬克思主義的東西來相信了？對於我，存不存在一個「解放思想」的問題？……我的回答是肯定的。對於目前正在進行的運動應該一分為二地看待。一方面，正像我們大家所已經看到的，它有消極因素，但另一方面，它也有積極的方面，破除迷信，解放思想，正確地揭露了毛澤東同志思想與理論上的一些錯誤。而這些錯誤不能說對我們就沒有影響 —— 當然，有些問題我們是早有認識的了，但我們不可將這個方面誇大，以致似乎我們在一切問題上都早有「先見之明」。如果這樣，那就是自欺欺人。我以為，現在是一個大好時機，我們應該認真清理一下過去幾年我們的思想，看看哪些是正確的，應該堅持；哪些是錯誤的，應該修正；哪些一時還分不清正確、錯誤，那就暫時保留，留待以後的實踐檢驗。在這種情況下，對過去某些東西產生懷疑，這種「陰影」就是有積極意義的，不能一律斥之為「對信仰的動搖」。我們切不可把「有堅定信仰」變為固執己見，明明錯了，還要「堅定」下去，那是會釀成悲劇的。

現在着重提出這個問題是有積極意義的。我們只有正視並修正了思想上錯誤的東西，才會使我們的信仰更加堅定。你說是麼？

現在正是我們認真思考各種問題，並且積極發揮作用的大好時機。很多問題需要我們認真討論、思考，很多事需要我們去做：寫文章或者其他。我們（包括你）的主要精力應該放在這些問題上去。而現在呢？我擔心再這樣糾纏下去，會貽誤時機，貽誤青春，辜負時代！對於你尤其如此！你現在這樣一個人自由的、時間完全屬自己的生活究竟還能有多久？你考慮過沒有？我勸你再讀一讀《過客》，想一想：你聽到了、並且響應了「前面的呼聲」了麼？看看魯迅吧。在《野草》時期，

他的苦惱，他思想上的重壓，絕不下於我們現在，但他卻一分鐘也沒有停止戰鬥與前進。據有人統計，就在他痛苦地解剖自己、清理自己思想、探索前進道路的同時，一年多的時間，就寫了上百篇的戰鬥雜文！而我們呢？一有苦悶，就什麼也做不成了。如果非要等到苦悶結束、一切都想通了，再來做事，那恐怕「青春已逝」、心有餘而力不足了！那不是真正的悲劇麼？老實說，讀着你的來信，我一方面為你的坦率傾訴自己的思想，對我的信任而感動，另一方面卻為你惋惜：多少珍貴的時間被耽誤了呵！你現在是真正一無所有，而你唯一的財富不正是你的時間與青春麼？……

當然，我們是現實主義者。要你現在馬上「不顧一切」，拋開一切，是不可能的。這一段的思想動盪，如果導出積極結果，也並非絕對浪費時間。但我要奉勸你的是：不要長期地沉湎於其中！建議你：1，個人清理自己思想；2，與朋友們一起對我們過去的思想作一次清理；對當前國內提出的各種問題交換一下意見（思想可以解放一些）；討論一下下一步如何辦，當前可以做什麼事。

這封信，你如果認為必要，可以給小龔、德光、布農、小明一閱，或者由你把我的意見轉告給他們。

對我這封信中所提出的看法你和朋友們有何意見，望告。

夜太深了，這封信就寫到這裏。——原來寫的那封信也一併寄給你吧。你可以看出，我的思想也是有發展的。

理群　3‧11深夜1時

在這次理論務虛會上，宦鄉作了「國際共產主義運動的論戰與中國『左』傾機會主義路線的發展」的發言。其要點是：1，五六年赫（編按：赫魯曉夫）作秘密報告後，我黨發表「二論」，提高了黨和毛主席在世界

的威信，產生了驕傲情緒；五六年社會主義改造的勝利，產生了「上層建築決定一切」的唯意志論；匈牙利事件，產生了對資本主義復辟勢力過多估計及對階級鬥爭形勢的過左的估計，這是毛主席以後左的錯誤的三個根源；2，「九評」裏有許多「左」的東西，是文化革命以後「左」的錯誤的理論根據；3，我們對蘇聯的很多批判是不實事求是，不符合實際的。

小杜：

　　早就該給你寫信了。可是一則忙，二則心情不好，總是提不起筆來，就拖下來了。

　　不管你怎麼說，我仍然認為，你上次對貴陽的複試掉以輕心，這次不去報考，都是一個錯誤。就如同你去年不去報考大學一樣。但事情已是這樣，就不能不認真作另一番考慮：立足於長期呆在工廠裏。這就有一個「怎麼辦？」的問題。毋庸諱言，你如果作這樣的打算，你就選擇了最艱難的一條道路。這將是一個長期的不斷努力、不斷失敗的過程，長期「不見效果」的過程。並且是不斷地與周圍習慣勢力及自己內心深處的「弱點」進行鬥爭的過程。當然，在一定時期，這種「鬥爭」本身也會給自己帶來某種力量。但這力量是有限度的。我這樣說，不是對你潑冷水，而是要你對這種艱苦懷有足夠的思想準備。有了這樣的準備，才可以談具體的做法。我認為，根據你的條件，你可以作兩件事：一是經常地有意識地去感受去了解普通工人群眾的情緒，並把它記錄下來，進而反映在自己的研究中；二是堅持自學、業餘研究的道路。這就需要經過周密的考慮確定自己的專業方向，從現在起，扎扎實實地學習，先自修完大學專業課程與基礎課程，同時學好外文。在此基礎上，開展一些專題研究，以至著書立說。這種業餘學習、研究的道路，過去有人走過，並且也有獲得成功的。回顧這幾年，你似乎也是在走這條路，但實際上由於種種干擾，你實際上是沒有靜下心來認真學習與研究的。你現在也許正處在一個比較「孤獨」的狀態。這在精神上自然是很不好受的。但在另一方面說，這也是一個不可多得的機會。記得

我自己在文化大革命中，也曾有過這樣的長時期的「孤獨」，——不了解我的人，不敢和我接觸；了解我的人，不能和我接觸；於是我只有一個人，「倒鎖起門」來讀書、寫作。應該說，我從這種「孤獨」中真正獲益不少。我建議你，咬緊牙關，走這條「孤獨中奮鬥」的道路吧。不知你有這樣的決心與毅力沒有？如果你有這個決心與毅力，具體選擇什麼專業方向，是可以與小明、布農及我再作商量的；在資料方面，我也可以儘量給你一些幫助。這是一方面。另一方面，我仍然要鼓動你在明年考考研究生。據我所知，今年報考研究生的人數不多，質量也差（大多是工農兵學員與知青。即以北大中文系為例，今年僅有一百多名報考，大約十多名取一名。）你從現在扎扎實實地準備起，總來得及的。而且與前面所說的自學、業餘研究道路是不矛盾的。不知你的意見如何？

你在來信中談到對建國三十年來我國走過的道路的看法，我基本上是同意的。根據我來北京以後的體驗，我們過去可能對「左」的危害估計不足。這是一方面。但另一方面，我仍然認為我們的一個基本觀點是正確的，這也是我們與現在很多人根本分歧之點：這就是建國三十年來，我國也逐漸形成了一個特權階級（或者如毛澤東同志所說的「官僚主義者階級」）。而這種官僚主義者階級的形成，正是建國以來一系列右與「左」的錯誤的必然結果。尖銳地提出了這個問題，並且試圖解決這個問題，這是毛澤東同志晚年最偉大的貢獻，是毛澤東思想的一個帶根本性的部分。而毛澤東同志的錯誤與失敗，也是集中表現在這個問題上。只有抓住這個根本問題，才能夠對建國三十年來所走過的道路，對毛澤東同志的歷史功過，對文化大革命的歷史功過，作出正確的科學的評價。在某種意義上說，當前中國政治形勢的再一次陡轉，是有它的必然性的。因為前一時期，民主運動再進一步發展，必然要危及特權階層的統治。現在有些提法和做法，看起來振振有辭，我擔心它實際上將要起保護官僚主義者階級的作用。我們還是拭目以待吧。現在迫切需要研究的是：中國的官僚主義者階級是怎樣形成的？它有什麼特徵？這其間

的基本經驗教訓是什麼？對這些問題，我提不出什麼見解，很希望聽到你們的意見。

　　另外，你在信中提到的對馬列主義的研究問題，據我所知，國外早有人這樣研究過，他們中有的人甚至認為，恩格斯第一個在《反杜林論》等著作中，試圖把馬克思主義編制為一個包羅一切的「體系」，這就從根本上修正了馬克思主義。現在不僅意大利，連羅馬尼亞共產黨都認為，不能以「馬克思主義為指導」，而只能提「科學社會主義為指導」，因為前者會導致將科學社會主義凝固在「馬克思主義階段」。──這個情況，供你在思考問題時參考吧。

　　匆匆寫此。

　　祝
好！

理群　5．4深夜

小杜：

這封回信拖的時間實在太長了，一定使你失望了吧？

原因說起來有兩個：一是想好好地寫一寫，這就需要整段的長時間，但老是抽不出這樣的時間（因為趕功課，因為考試，因為要給侄女補課，輔導她準備考大學……），這就一直拖下來了；二是這一年來，離開了你們，一頭埋在本專業的業務中，對重大的政治問題，特別是重大的政治理論問題，很少作系統的思考與研究，因此，對你在信中提出的問題及你的研究計劃，很難提出具體意見。我本想抽點時間，認真思考一下，必要時，翻一點書，再給你寫信，這樣一來，就更把時間拖下來了。一直到今天，我都沒有來得及把這些問題好好地想一想，但是，我還是提筆給你寫信了。不然，真不知道要拖到什麼時候！先談談情況吧。

一個月以前，民間刊物《北京之春》翻印了雲南宣威的一個青年工人 1976 年寫的十三萬字的〈論無產階級民主革命〉一文。作者 1976 年將文章寫好，去年為考研究生將文寄出，不料卻因此被監禁，最近才放了出來。作者帶着文章到北京，各報社、雜誌均拒絕刊載其文章，不得已找到了《北京之春》，得到他們的支持，才印發了出來。文章先貼在北大，我聞訊趕去看了一遍，第二天即被撕去。所幸第三天在學校附近出售，我趕去買了一份。我準備設法託人帶給你，如找不到人，再寄給你。因為有文章在，這篇文章的內容我就不再介紹了。

又，我們這裏可以看得到香港的一些報紙雜誌。這些雜誌上，轉載了被取締的貴州解凍社與北京人權同盟最近寫的大字報，內容是：對

法制委員會的希望與要求，對三中全會的意見（含有批評與支持兩方面）。一方面繼續堅持原有的觀點；另一方面態度是溫和的，含有某種期望。從香港報紙雜誌透露，這次一共抓了幾十個人。國內外對此反應都很強烈。雜誌上，還登了一篇討論文化大革命的文章。其中提到最近國外一位有名的馬克思主義學者（名字記不住了）寫文章支持主席關於官僚主義者階級的思想，只是認為對這個新階級缺乏科學的界限與分析，這是文化大革命失敗原因之一。

現在，談談我對你幾次來信中談到的一些問題的初步看法：

1，我認為問題的中心正是在關於官僚主義者階級的形成問題

——對十七年路線的估計、對文化大革命歷史經驗教訓的總結，都不能離開這個面；我們現在與很多人的分歧，也正集中在這個問題上；對主席功過的評價，對當前中國社會及對未來的估價……也離不開這個問題。

我想你們的研究是不是可以抓住這個中心充分展開來進行研究。（這個問題也涉及馬克思主義的基本理論，和你們所想研究的馬克思主義的各個流派）。因為，首先提出這個問題的正是托洛茨基，以後有南斯拉夫的德熱拉斯。據說，卡斯特羅也提過這個問題。這樣，研究起來可能要集中一些，現實性也要強一些。

2，你對什麼是馬克思主義基本原理的理解是不是過於狹窄了？按照你的分析，只有「存在決定意識」這樣的最一般的原理才算基本原理，那大概就沒有馬克思主義了。因為「存在決定意識」這個命題是為所有的唯物主義思想者所共有的。

3，我贊成對馬克思主義產生以來的各種流派進行重新研究（現在國外還有人認為恩格斯與馬克思的觀點也不一致，他們在研究恩格斯是從哪些方面「修正」了馬克思主義的。但要是真正客觀的，不要為找合理因素而找合理因素。我以為正確的態度應該是：是否有合理因素，結論的得出，要在研究之後，有則有，沒有則沒有，有多少就是多少，而

不要在研究之前就先有某種結論，或某種傾向。這種看來微妙似有似無的「先入主見」是會把我們的研究引入歧途的。

4，我贊成為紀念你的三十大壽，寫一篇文章，借此清理一下思想。可以用主席的《政治經濟學筆記》的形式，一段一段地寫，不求系統，不求全面。有些段也可以只提出問題。對同一個問題，有幾種想法，幾種考慮也可以同時寫出來。這是一個「思考」的記錄（當然是經過初步整理的），其作用是：一供自己今後作進一步深入研究用；二啟發別人思考和討論。因此，對自己認識上的矛盾、困惑不要回避，也可以寫出來。有多少寫多少。可以陸陸續續地寫。文字要活潑、簡練，為活潑起見，文章中要有論戰，對不同意見的批駁，對流行觀點的質疑，都可以。我希望能儘早地看到你這個筆記。——我現在整天埋在我的專業上，思想太沉悶，很需要借助你們的力量衝擊一下。

5，關於你們所說的「馬克思主義的危機」，我以為要辯證地看。我寧願更多地從積極的方面來看待馬克思主義目前所面臨的許多問題。

想要說的就是這幾點意見，都沒有經過深思熟慮，全是感想式的，僅供你們參考。好在你們暑期要在小明處集中，你們討論如有什麼結果，望及時寫信告訴我。

你們在討論時，最好能定出一個寫作計劃，定人定量，限期交卷，一定要落實。不要像過去那樣，議論了很多，計劃了不少，卻總不見具體成果。

你要的考、托（編按：考茨基、托洛茨基）……等人書，最好開出一個單子來，我好到圖書館裏去查。

今天暑期崔老師要來北京，不能到安順了。我們只有明年寒假再見了！匆匆寫此

祝

好

理群　14 日

小杜：

　　還是談點國家大事。最近召開了理論務虛會。最要觀點是：否定「繼續革命」理論，否定「黨的基本路線」，否定「五一六」通知，認為毛在五七年以後推行了一條「左」的路線，文化大革命達到了頂點。鄧已正式提出，並已成為中央的決定：今後不提「高舉毛主席旗幟」，而提「高舉毛澤東思想旗幟」，並且解釋說，毛澤東思想是集體的，而不是一個人的。現在北京正在批「凡是派」，認為他們推行了一條沒有四人幫的四人幫路線，明確提出這是一場政治鬥爭，鬥爭的焦點是「從實際出發還是按既定方針辦」。據說七七、七八年有四次大的鬥爭。即：七七年三月中央工作會議前，汪（按：汪東興）授意李鑫（康生秘書）起草《學好文件抓好綱》的社論，提出兩個「凡是」，其要害是：天安門事件不能翻，反擊右傾翻案風不能變，以防止鄧出來。第二次是「實踐是檢驗真理的標準」討論，第三次是「中國青年」事件，第四次是去年十一月三中全會期間、11.3 陳雲同志提出給彭德懷平反，得到到會者熱烈響應。然而，11.24 毛着辦公室寫了一篇文章，送到《紅旗》，大批彭，並且提出要揪出一個比彭還要大的反黨集團。──看來這是一次攤牌。結果是：第二天（11.25）華代表政治局宣布給彭平反。──以上情況請轉告羅、孫，我不再給他們寫信了。

　　最後，問一下：你和小明準不準備參加全國研究生考試？如準備去（我以為應該去），應抓緊時間複習（針對你們這次考試所暴露的弱

點，應有計劃地補補課），不要掉以輕心！請將你們的打算告訴我！
（如要考政治經濟學專業，我寄去的書是無論如何要翻一下的。）

　　已是深夜二點，明天還要上課，就此打住！

　　　　祝
好
　　　　　　　　　　　　　　　　　　　　　　理群

小杜：

　　來信談到了你和小明、布農之間的一些分歧。這，我從小明來信中，也多少知道了一點。對此，我已在給小明的信中，談了我的看法：我支持你的想法與做法。但由於我自己沒有跟你採取同樣的行動，因此，我沒有權利對你表示支持，在你面前將保持沉默。但你的來信，卻動搖了我的這一決心。我想，還是坦率地談一談我的一些思想，也供你參考吧。

　　你當然知道：這一年我是在極端的苦悶與矛盾中度過的。到了最近，我簡直讀不下書去了。而這一年，我一直是用讀書來填滿我生活中的每一分鐘，以將內心痛苦強壓下去的……

　　這一年，我因為接近於全國政治中心，目睹了政治風雲的變化，我越來越堅定地得出了這個結論：對當權的統治集團，無論是主流派，還是非主流派，都不能抱任何不切實際的幻想。當然，主流派與非主流派之間是有區別的，在目前他們之間的鬥爭中，我們對主流派採取的若干多少含有進步意義的措施是應該支持的。但從最終來說，我們並不是「同志」。我不相信，靠主流派的恩賜、善心，或主流派與非主流派鬥爭的勝利，我們就能獲得真正的民主與自由。只要看看「民主牆」的命運就可以知道了：「民主牆」剛剛出現的時候，因為當時主流派在與「凡是派」鬥爭中，需要人民的一定支持，他們也就對「民主牆」表示了歡迎（我甚至懷疑，「民主牆」最初的出現是有背景的）；可是，當主流派取得了對凡是派的初步勝利，而「民主牆」的小民們還不識相地繼續向他們要求民主，甚至點名批評起他們自己來。於是，立

刻（可以說是毫不猶豫地）就唱起「四個堅持」的高調，對民主牆中的極端分子實行了無情的鎮壓！但是，他們畢竟是過多地估計了自己對凡是派的勝利，他們沒有想到：凡是派及其在軍隊、幹部中的實力頗為雄厚的支持者們，竟然利用他們自己提出的「四個堅持」的口號乘機反撲過來（文化部甚至發出簡報，揚言要大抓右派），一時竟又威脅到他們自己的地位。這時候，他們又想起了「人民」，想起了「民主戰士」。於是，抬出了張志新（張志新其人，自然是值得尊敬的，但這種宣傳卻是另有政治背景），也就在這樣的政治背景下，民間的社團、刊物又活躍起來。這種活躍，能延續多久，是值得懷疑的。當主流派再次取得對凡是派的勝利，大批新的鎮壓又要開始了。我承認，目前聚集在主流派旗幟下的人員是複雜的，其中也不乏「真誠的」革命者、愛國者，甚至馬克思主義者，他們如果將自己的立場堅持到底，到一定時候也必然地要與主流派分裂，因為在主流派中居統治地位的，也是鄧的官僚集團的一分子（他們只不過是官僚集團中尚有一定活力的一翼，與腐朽分子是有區別，有矛盾、鬥爭的）。我建議你去看一看《人民文學》第七期上蔣子龍的小說《喬廠長上任》。這位喬廠長就是主流派心目中的英雄。他們企圖呼喚出這樣的英雄，來扭轉目前由於非主流派的頑強抵制所形成的停滯局面（人民群眾對目前的停滯局面也是不滿意的，因此他們也歡迎喬廠長這樣的人物出現）。如果主流派的路線得到勝利貫徹，那麼，「喬廠長」將是未來中國的統治者，一個「新人」，「新英雄」。但，喬廠長不過是西方實業家形象在中國土地上的再現而已。——儘管現在很多人都在談論（我也承認）西方資本主義制度比我們的封建社會主義制度的優越性，但我始終頑固地認為，中國絕不能走資本主義道路，而且我仍不相信「中國走資本主義道路的歷史必要性」這種理論。我以為，中國的希望，仍然是、而且只能在民間，在人民中。具體地說，就是那些真正站在人民的立場上，無私地勇敢地探索着中國未來道路的「不同政見者」。當然，這些「不同政見者」，這些「民主戰士」情況是複雜的，他們必然地要發生分化，但他們中間也必然地要產生真正的馬克思主義者，真正的革命者。而這些人，不管他們將來的命運如何，他們

將真正代表着中國的未來。我們不能因為看到這些「民主戰士」成員、思想的複雜性，不能因為預見到他們未來的分化而對他們採取指手劃腳的態度，唯一的正確態度是與他們並肩戰鬥。在鬥爭中結識真正的戰友，組織新的力量。因此，你採取的立場是完全正確的，是我們這樣的人 ── 如果我們將自己的立場堅持到底的話 ── 必然要走的道路。

　　這就需要談到我自己的思想。這一年，我一直在「當學者」與「當戰士」這兩條道路中徘徊、矛盾、鬥爭、苦悶。一條「學者」的大道正在我的面前展開。我周圍的同學都在奮力走着這條路。周圍的人也希望我走這條路。然而，我不能忘卻過去。我無法安下心來。周圍的一切政治事變都在我思想上引起強烈反應。我不能不憂國憂民憂自己。而且，我研究魯迅，如果安心於作一個不問世俗的學者，我就根本背叛了魯迅。我的業務不能與政治分開。但另一方面，你完全說對了：我是一個「怯懦」的知識分子。我本來是一個再「正統」不過的、厭倦政治的中國傳統的知識分子，是文化大革命把我「改造」成現在這個樣子。但我的劣根 ── 不習慣於、厭倦甚至害怕政治 ── 未除；過去十年，我之所以一直捲在政治鬥爭第一線裏，一方面是客觀形勢把我推到了這個地位；另一方面，在很大程度上，也是你們這些學生、年輕人推動着我走的。我離開了你們，成了孤獨的一個人，就失去了勇氣。我曾經多麼想，我如果不離開你們，或者你們都來到了北京，我也許就會在你們的推動下，不由自主地走上鬥爭之路。然而，現在沒有這個條件（實在說，我一再鼓勵你們考研究生，正是有這個「私意」）。而我卻不習慣於、或者說「害怕」去結識我所不熟悉的人，去尋找新的戰友。這樣，我就只有深深地陷於苦悶之中了。我在給崔老師的信中，這樣概括了我的矛盾：當學者，不肯；當戰士，不敢；混日子，不願。我承認並且自責我的自私與怯懦。我畢竟不是一個真正的革命者，不過是一個知識分子中的理想主義者。我看到了我的前途：在矛盾苦悶、徬徨中牢騷滿腹地度過我的一生。可是，我不願如此，不甘心如此，我要掙扎，卻又缺乏必要的勇氣。我過去不願在你們面前把我心靈深處最陰暗的東西暴露

出來，因為我不願使你們失望，同時也不願更增加你們心靈的負擔。但有時我又時時自責：我是不是在「欺騙」了你們呢？特別是這一年中，我心靈深處的陰暗面佔了上風的時候，我更是常常這樣問我自己。我不願再扮演一個「老師」的角色了，因為我已經不配再當你們的「老師」了。即使說，我的某些見解在你們看來仍然無不「深刻」之處，但我言與行不能一致，這些「深刻」見解又有多少價值呢？老實說，這才是這一年我與你們疏於通信的真正原因。我覺得我是一個過渡性的人物。我應該退出你們生活的舞台了。我不希望我的思想成為你們繼續前進的一個阻力或負擔。因此，當我知道你獨立地做出了「走自己的路」的決定時，我是多麼的高興，可我又是多麼的慚愧呵！因此，我不想對你說更多的鼓勵的話，因為我無權說這樣的話。我只想對你說一句話：堅定地走自己的路！在尋找戰友中，注意保持自己的獨立性！此外，我還要說的是，在你在前進中，無論什麼方面，需要我的幫助的話，我仍然願意為你助一臂之力。——我即使不能當一名戰士，當一名贊助者、支持者、同情者總可以吧？——寫到這裏，我不禁有些心酸：生活是多麼無情，它竟為我安排了這樣一個角色啊！……

不想再寫下去了……

望接到你的來信！

理群

小杜：

　　老實說，一直在等你的來信。這感情是複雜的。在我的「學生」中，我真正寄以希望的，一個是方明，再一個就是你。在某種意義上，對你及你現在所從事的事業，抱有更大的期望。我以為，你所從事的事業，也許在相當長的時間內，不被一般人所理解，因而處於相對孤立的地位，你們會有魯迅所經常說的「寂寞感」。甚至估計得再悲觀一些，在你們這一生可能做不出什麼事來（因為歷史條件的不成熟）。但是，革命事業正需要你們來延續，你們也許正是通往未來的橋樑。你們當然不是中國唯一的希望，（我還是主張走多種多樣的路，而「條條大道都通羅馬」），但希望確實在你們這裏。正因為你們屬未來。而我，在嚴格意義上，是屬上一代的人物。因此，我一方面極願意與你們保持密切的聯繫，另一方面，我又害怕自己會拖了你們的後腿，怕我的一些可能過了時的思想會影響你的前進——特別是因為過去我們思想與感情上有那麼密切的聯繫。同時，坦率地說，寒假裏聽了你的介紹，又與那位雲南朋友初步接觸後（他的某些氣質與態度是我不喜歡的），我又有了某種擔心：你們對自己所從事的事業及自己的理論有充分的自信，這是必要的，沒有自信，就做不成任何事；但，你們似乎又缺少一點真正從事大事業的人所必須有的那種團結一切可以團結的人的胸懷與氣魄，在理論上似乎也有某種偏狹性。因此，對我這樣的人，你們將會持什麼態度呢？我沒有把握。——正是出於上面幾種考慮，我決定等待。

我還要說的話是：我希望你處好與安順同志的關係。你這次拒絕參加安順同志的聚會，我是吃驚的。誠然，這些同志每一個人都有自己的弱點，有的人也許將來不會走在一起。但是，又必須看到，每個人又都有長處，過去我們既然曾在一起並肩戰鬥，今天，在某些方面也還有共同語言，在沒有真正「分手」之前，就應該儘量團結。——當然，客觀地說，現在大家關係已經逐步疏遠，有些人將來可能會和我們更疏遠，但這疏遠的第一步，是不應該由我們來走的。這道理，你是明白的，用不着我多說。

　　我還希望你處好與小明的關係。看來，你和小明之間在理論上是有分歧的。小明來信談到他對異化理論是有不同看法的。（但他現在忙於準備考試，待考試完之後會來信進行討論的）。我以為這是正常的，而且，在某種意義上說，是好事。現在歷史正處在重新估價一切，重新探索道路的階段。在這探索期，在理論上與實際道路上，都要把路子走得寬一些 —— 需要有多種理論，有多種鬥爭道路。誰都不能預先判定哪一種理論，哪一條道路是絕對正確或唯一正確的，更大的可能性是，這些理論、道路都各有局限，最後需要互相補充，互相吸收，而走出一條比較更為正確的路來。當然，這最後的互相補充、吸收，一定是鬥爭的結果，爭論，甚至是激烈的爭論是不可避免的。我已經寫信給小明，贊成他和你進行理論上的爭論，同時對他提出一個希望，現在，也向你提出這個希望：希望你們在進行理論爭論時，不要把其他感情因素夾雜進去，要互相尊重對方。通過爭論，如果達到認識的一致或接近，當然最好；如果不能，也要在弄清楚彼此理論分歧點的基礎上，求同存異。一方面，各自按照自己的理論思路繼續進行探討，一方面，盡可能從對方吸取有用的思想養料。同時，仍然要保持友好的同志關係，在能夠進行合作的地方仍要繼續進行合作。總之，我對我們過去的戰鬥友誼是十分珍惜的。——特別是現在仍然有志於祖國、人類前途的探討的人並不多的時候。當然，我也考慮到，今後彼此之間發生一定矛

盾，甚至誤會的可能性仍然是存在的。這裏重要的是，無論如何要保持同志的信任，同時要互相體諒。

好了，關於彼此的關係，就說到這裏。相信我們是一定會處理好的。不是麼？

上星期我進城參加了一個明年魯迅誕辰一百周年國際理論討論會的籌備會。總的印象有二：一是真正的學術討論自由是不會有的；二，我們已經開始進入了一個競爭的社會，學術也是如此。這方面我都不能適應。我對自己今後在學術上的發展是沒有信心的。希望仍然過「教書匠」的生活。但能否如此，卻不由我做主。現在我們正在醞釀畢業論文題，我擬了兩個：一是魯迅與周作人的道路，企圖通過這個題來探討一下中國知識分子道路問題，一是論魯迅的藝術個性，企圖在研究方法上有一個突破：從個性、心理狀態、氣質等方面來探討魯迅思想與藝術的特色。——很想聽聽你對這兩個題目，以及如何進行魯迅研究的意見。

夜已深，明天一早要到圖書館搶位子，只得停筆。

——過兩天，再把《獵人筆記》寄給你。

匆匆　祝
好

理群　深夜 1 時

小杜：

很高興收到了你的來信。

拆信之類是預料中的事。如你們眼下沒有什麼新的活動，估計一段時間是不會有多少事的。但既已掛上了號，以後如有什麼風吹草動，隨時就有被控制起來的可能。在我們這樣的國家，這樣的事已經司空見慣，有何話可說！——比如，今天北大哲學系學生出的五一紀念特刊，發表了一個「民意測驗」，其中表達了一點學生的真實思想，不到半小時，就被撕掉！這件事發生在五四前夕，而且是五四民主科學精神的發源地——北京大學！這真是一個絕妙的諷刺！更可悲的是，大多數人竟對此表示沉默！——中國可憐的「國民性」！

對於人的研究的重視，大概也是我進校以後思想的一個發展吧。——當然，我現在主要是從文學的角度去考慮的；對整個理論問題則考慮得不夠。我之所以選擇了那樣一個研究魯迅的角度，也正是想以此作為一個嘗試，來開闢一條新的研究路子。但我這個題目估計導師不會同意，看來只有放到畢業以後再來做。我倒是很希望聽聽你對於人的研究的看法——在今年暑期我們可以交換一下意見，當然主要是聽你的。

我感到興趣的另一個問題是魯迅對中國國民性的研究。這個問題也是可以好好作些文章的。

我對你在照片後面的題辭並無任何反感。我也並不認為你「高傲」之類。我同意你的這個看法：對一個運動的初期參加者的一些思想、作

風上的毛病，是不可以苛求的。但我仍然認為，作為整個運動來說，特別是受着種種壓制，暫時處於相對「孤立」狀態，規模極小的運動，從一開頭就應該明確地提出要團結一切可能團結的人，堅持原則性與靈活性的統一，而在這方面，我總覺得你們是存在着某些弱點的。——當然，我的觀察也可能是錯誤的。聊供參考吧。對於我們過去在安順的那一段歷史，看來你是有一定看法的。我個人的看法大體是這樣：我以為主要是由於我對毛主席思想體系的絕對信任，甚至有某種「崇拜」，儘管當時我們對某些「神化」，是有一定的看法的，使得我們在一定程度上表現出某種「左」的傾向，脫離了群眾。但是，我以為我們當時思想上仍存在不少積極的因素，對有的問題的看法也是由一定的歷史條件造成的。作為我個人來說，對於那一段生活，以及同志之間的關係，仍是十分嚮往的。我對你們，既有負疚的心情，又有感激、熱愛與懷念⋯⋯種種複雜感情。——特別是這一年多來北京之後，與現在的環境對比，這種感情更為強烈。——對於這些問題，我們暑期在安順見面時，還可以進一步地交換意見。

來信中最後似乎提到要我在北大幫你查什麼書，但又沒有具體提出要求，（書名之類），弄得我莫名其妙。下次來信望說具體些。至於你要的「資本論⋯⋯」一書，目前書店裏還沒有；待看到後，再買吧。

就要熄燈了，只好就此打住！（做學生就是要受這麼多限制！）

匆匆　祝

好

理群　5 月 2 日

小杜：

　　信收到很久了，這一段大概是我最忙的時候：除了緊張的學習之外，還有許多雜事，臨時任務等等。今天才算告一段落，鬆一口氣，就急急忙忙來還「信債」。

　　讀你的來信，感到一種強烈的沉重感。這沉重感，當然首先是歷史的，我想我是能夠體會的。目前的狀況固然有中國人的惰性在起作用，同時恐怕也是客觀歷史條件還不成熟的緣故。在這種情況下，一個真正的革命者當然不能因此而無所作為，坐而等待（這正是我十分尊敬民運戰士的原因），同時，也是不可能大有作為的（如革命高潮時期那樣）。但堅持下來本身就是一個勝利，一個貢獻，不是麼？至於你對自己的估價，是否太悲觀了一點？這是一方面。另一方面，如果考慮到鬥爭的長期性，以及在相當長一段時期內，不可能出現大的高潮，以及你目前的健康狀況等等，我想，還是應該設法改換一下你目前的工作環境。轉換到教育崗位，是否有可能？等等，請你考慮一下，假期我如回安順，我們還可以商量一下，看看是否有別的辦法。

　　來信沒有說到你們的讀書討論會及你準備寫的書的進展情況，這也是我所關心的。理論上的一些突破，我認為你及你的新朋友，還是可能做到的。我也一直這樣期待着。

　　說到我自己，我倒確實是抱悲觀態度的。近二年的學習，已經使我最終認識了自己：在科學研究方面，我是沒有什麼才能的。所以我根本不可能在科學研究上作出什麼大的成績。何況又是這樣的政治條件

呢？我大概還是適合於教書。我所能夠作的，無非是培養一點人才，並在你們的鬥爭需要我幫助時，聊盡薄力而已。也許我們最終都要扮演一個悲劇的角色，但無論如何，在我們結束生命時，是不會為自己無所事事而後悔的。還是魯迅的話對：我們做不成太陽，就有一分熱發一分熱，有一分光放一分光罷！

假期在即，本已決定要回安順，現在因一些情況也可能不回來，還沒有作最後的決定。到時候我會寫信通知你的。

匆匆寫此　祝
好！

理群　12日午夜

小杜：

收到你的來信的時候，正是我的學業順利結束，三年「苦難的歷程」走到了盡頭的時候。可是我並不快活，我覺得在這三年中，我失去了很多東西。你的來信的禮貌的語氣，坦白地說，使我強烈地感到，曾經存在於我們之間的那種超出了一般的友誼的關係，已經失去。這使我感到悲哀與痛苦。——這種痛苦也許是你所不能理解的，在從小樂處得知你給他寫的信所說的情況，我曾寫了一封信給你，其中有這樣一段話：「這一次事件發生後，你沒有首先給我來信，這是我感到悲哀的，難道我們之間是有了如此的『隔膜』了麼？——我這樣說，絕無責怪你的意思。你是知道我對於這類事的一貫態度的：一切聽其自然，絕不能有半點勉強。我相信時間的因素。時『間』是會說明一切，澄清一切的。但我仍忍不住說了這一番『廢話』。請看過就算了，不要放在心上。但我還想說一句：請相信這一點，在你需要我的時候，我的手是不會縮回去的」。

這封信後來沒有寄出；但現在還是抄給你了。回想這三年，我們安順那一夥人發生了多麼大的變化呵！但不管發生什麼變化，各自也選擇了他的不同道路，但我從大家的不同努力中，仍然看出了一個共同點：努力要為促進中國的社會改革貢獻自己的一份力量。

我以為我們現在應該強調的正是這個「共同點」，求同而存異。不管各自選擇的具體道路有怎樣的不同，我們都應該互相保持一種諒解，一種理解，一種默契。而且我相信，只要在上述根本點上仍然一致，那麼「殊途同歸」，最後大家仍然會走到一塊來的。——我所「理

想」的大家之間的關係，是「君子之交淡如水」那樣的關係。彼此之間有一定距離：互相尊重各自的獨立性，不強求處處、事事、時時都保持「一致」(過去，我們曾天真地追求過這種「一致」，並在長時期內因為沒有得到這種「一致」而痛苦)；但同時又互相理解與諒解；互相信任，必要時互相支援。至於我與你之間，我原希望能有更親密的關係。在我所有的青年朋友中間，除小明以外，你是我最感到親近、最讚賞，也寄以最大希望的朋友。你在我心目中的地位，一直到今天，仍然沒有變。也許我現在向你說這一番話，是不必要的；但我的內心感情迫使我必須說出來。至於今後我們的關係將怎樣發展，還是聽之任之吧。我是不願意強迫任何人的。

很可惜，我不能馬上回到安順──儘管假期已經開始，我卻要和我的老師王瑤先生一起去寫一篇紀念魯迅的文章，我很可能要留校當王先生的助手。時間一個月，也許八月中可能回安順，不然，就要拖到明年初了。

但我們總會見面的！

就寫到這裏。

　祝

好！

理群　7‧6

如有信，請寄：北京大學 29 樓 202 室。

小杜、何幼並布農、嘉彥等安順諸友：

　　小杜的來信，喚起了我一種十分親切的感情——前幾天因為搬家整理舊物時，重讀了我 78 年來京前大家送給我的臨別贈言集《心事浩茫》時，也有過這種感情，因此，今天決心償還一大批「信債」時，首先提筆給你們寫幾個字。

　　真應該感謝大家對我的關心——小杜每次來信，都一再地傳達了「安順諸友」的這種關心，每一次都給處於困頓中的我，以極大的慰藉。現在，可以告慰諸友的是，我大概已經走出了生命的「狹谷」，可以相對自由地作點自己想做的事了。這不僅是指全面的形勢，也指我具體的小環境：我的「家」終於安頓下來，我自己在北大有了一間「小屋」——仍然是布農看見過的那間小屋，但現在已成了一個「看得過去」的書房：記得 1958 年我因公開宣布同意費孝通的觀點，嚮往着「一杯茶，一本書，一間屋」的生活，而受到批判；現在，經過二十多年的努力，終於有了「一杯茶，一本書，一間屋」，儘管這一天來得太遲，付出的代價太沉重，想起來「苦味」更多一些，但仍是有一些「興奮」的。——哦，中國的可憐的知識分子！

　　從小杜來信及方明處，得知大家都在抓住這歷史提供的「最後機會」，重新行動、活躍起來，感到十分振奮。我從來就深信，安順「這一幫人」生性不會「安分守己」，一有可能，就要充當時代的弄潮兒的。「永遠進擊」，「路漫漫其修遠兮，吾將上下而求索」，「在命運面前碰得頭破血流，也決不回頭」——這三句話當年曾經是，現在也依然是我們

共同的座右銘。我曾經說過，儘管我們中間曾經發生過，今後還可能再發生某些分歧，但只要報國之心不變，終會殊途同歸，走到一起來的。現在，我們在這股「改革」浪潮裏，又走到一起了，這是令人格外振奮的。

當然，我們應該（也必然）越來越走向成熟。坦率地說，讀小杜的來信，我產生了某種「隱憂」：你們對形勢的估計是不是太樂觀了一點，或者說，對正在進行的改革的期望是不是太高了一點。在接小杜來信前，在與方明的談話中，我們就已經感到了這種「危險」。關於經濟改革中潛伏的「危機」，方明這次大概會和你們詳細地談到。我在這裏想說的是意識形態方面。一方面要充分地估價目前的好形勢，另一方面我以為也不能忽視兩個在長時間內起作用的因素：一是這場改革由於種種歷史條件決定了，主要是採取「自上而下」的方式，而這個「上」是有很大局限性的，只要看近年「糾正不正之風」成效不大，就可明白；另一是在我國自上而下反改革的保守勢力不但始終存在，而且從上到下各個層次都在發揮作用，是改革者不能不認真考慮的，最起碼的「帝制」作用就不可低估。因此，我認為，這場改革能夠給人們的活動餘地不僅在整體上有一定限度，而且在不同層次的領域活動餘地也是不同的。——當然，現在總的形勢看，這種「限制」正在被逐漸突破，但「限制」的存在卻是一個嚴峻的事實。具體地說，我以為，現在經濟與自然科學領域活動餘地最大，文藝創作其次，社會科學理論再次（其中，經濟理論自由最大，其他就要差得多），政治領域（包括政治理論）則較小。不能認為現在宣布給創作自由，接着就會有出版自由，結社自由——這兩個自由是連在一起的，而一旦有了「結社自由」，就必然是「政治自由」（包括政治上反對派的合法化及政治理論的自由等）。這就牽涉到一些更大的更根本的問題，解決這些問題的條件目前顯然是不成熟，也不會被允許的。總之，政治上的「突破」，意識形態基本理論的「突破」，儘管現在可以（也必然）醞釀，但短期內是不會出現的。我這裏說的還是改革比較順利的情況；如果經濟改革出現某些「危機」，

政治、意識形態上出現某種「逆轉」的可能性仍然是存在的。我以為我們在積極投身於「改革」潮流時，對於這些應該有一定的思想準備。根據我們自己以往的經驗，有這樣的思想準備，與沒有這樣的思想準備，是大不一樣的。——這是一個很重要的問題，在信裏也說不清楚。正像小杜信中所說，如果我們能像當年那樣，在一起暢談，充分交換意見，該多麼好！當年的日子，實在令人神往！今後這樣的機會，不會絕對沒有。今後，只要有可能，我還是要爭取回貴州看看，為貴州的學術界、文藝界、教育界作一些力所能及的事——直到現在，我仍把自己當作半個「貴州安順人」，為「家鄉」效勞，是我的責任。說不定那一天，我真還要回來再講一次《野草》哩！

　　信寄到時，正臨近春節，那麼，就以這封信作為我送給諸友的新春禮物，並寄上我的衷心祝福！

理群　2．13 深夜

小杜：

　　早就想給你詳詳細細地寫一封信；正因為想「詳詳細細寫」，反而一再耽擱，竟拖了兩個月之久！

　　對於我來說，我們關係的疏遠，是一件使我萬分痛苦的事。因為你在我的心目中，一直處於極重要的位置。記得我在給何幼的一封信裏講過，在安順的青年朋友中，我最器重，並引為知己的，第一個是孫方明，其次就是你。方明至今仍與我心心相印，只要說一兩句話，就可以彼此完全溝通，而我們之間，卻發生了可怕的隔膜！我曾回顧過我在安順的生活，以為如有遺憾，就是我們之間最後產生的這種隔膜。我曾經拿我與你的關係，和與孫方明的關係比較，從中找出了一個原因：方明即使在與我關係最密切的時候，仍然保持一定的獨立性，因而我們的關係是比較親密而又有距離的；而我們之間，卻一直在追求「親密無間」的關係。老實說，所謂「不該干預的事」如換了別人，我一般是不會去干預的；唯獨對你，我當時說以為我們的關係已經親密到可以，而且必須去干預的地步了，結果是適得其反。以後，我在研究周作人時，才明白：每一個獨立的人，他都應該有屬自己的，任何人（包括最親密的愛人）都不得干預、過問的天地，在這個意義上，「各人自掃門前雪，休管他人瓦上霜」，是最高度的文明態度，特別是個人感情，更是不可隨便侵犯的。因此，古人云：「君子之交淡如水」，是極為深刻的；人與人之間不可能「無間」，而必須有一定距離——即使是夫妻之間，亦是如此。可惜我明白這個作人交友的道理已經太晚！當我明白了這個道理，我對你向我關上了心的扉門，也就釋然了。我當然在感情是難過

的，但我理智上卻十分清楚！我沒有任何權利強迫你打開這窗口，而且也沒有必要；「時間」也許能使你終於有一天自動地打開，也許不能，這都無關緊要，只要彼此珍惜曾經有過的感情就行。而且，我認為，隨着生活的變遷，人與人的關係發生時親時疏的變化都無可指摘，同時我又堅信，只要大家堅持共同的目標，總有一天會殊途同歸的。說實在話，我在寫給你們的信中，說的那番自責的話，也是出於「自私」的目的：我說出了鬱積在心裏的話，我承擔了道義的責任，我的靈魂也就「平安」了。這恐怕也是一種「阿Q精神」——呵，可憐的「人」！

把話換過來說，我至今仍對你寄以很大希望。期望你能夠在可能範圍內做一些有益的事情！現在你有了一個相對安定的環境，希望抓緊時間，讀點書，寫點東西。如有需要我出力的地方，請仍像過去那樣，儘管提出。

我依然如此 —— 家庭安頓不下來，心定不下來，什麼事也做不成。最近我已經正式向系裏提出，希望辦研究生班，並且毛遂自薦，自願負責這方面的工作。我希望在北京也能像在安順一樣，開闢出一個天地，繼續為青年們開路，做一個過渡的橋樑。有了安順的經驗，（包括與你相處的經驗），我希望在與青年的關係上，我能夠更加成熟。當然，我也不會因為有了新的年青朋友，而忘記了老朋友 —— 我將懷着最美好的感情回憶那些最美好的時光，因為那裏有着我最美好的青春。

就寫到這裏。

祝
好！

理群　9‧22

小杜：

很高興收到了你的來信 —— 我一直在等着的。讀你的信，有一種說不出的親切感。字裏行間透露出的那種理解、關懷……真讓人感動。

而且還鬧了一個笑話：可能我給你的信，誇大了我的病情，或者是你懷着那種感情，也就自然地把我的病看重了，而且告訴了羅安義。羅安義大吃一驚，連忙帶了禮物趕來看我，我卻好好的 —— 不僅是身體，連心境也變好了。

事情發展到極端，終於有了「轉機」，我現在已經買到了一套房子，儘管離北大很遠，汽車要坐一個半小時 —— 然而，這也正是我所希望的。「家」安在那裏，我自己仍如當年一個人住安順一樣，獨自住北大，儘管是斗室一間，卻可以自由地讀書，寫作，接待客人（我現在又有了一批青年朋友），每星期回家一兩天，補養身體，精神上也鬆弛一下。這樣安排，我與崔老師之間也可以保持必要的、雙方都希望的「距離」。總之，我將過着一種半單身漢、半家庭生活。這正是我理想的。

誠如你所說，在安順諸友中，我現在的條件是最好的。我自己也意識到，在我的「家」安頓下來以後，我一生的「黃金時代」終於到了 —— 是如此長期的艱苦奮鬥的結果，時間又如此短暫，至多不過五、六年，說起來也是夠辛酸的。我當然要珍惜這「黃金時代」，計劃寫十多本書，然後就把主要精力轉向培養年青一代。我渴望在北大建立起一個以青年為主的多學科的「文學研究中心」，還有「雄心」，組織一

個以青年為主的班子，寫一部規模巨大的「二十世紀中國文學史」。實現以上計劃，我一生就不算虛度了。唯一可以自慰，也可以告慰於朋友的，我一直到現在仍然保持着一種青春的、創造的活力。我仍然如過去一樣，總處於「躍躍欲試」的激情之中。比如，我現在就在熱烈期待着下學期的上課——下學期我將給高年級學生及研究生開一門選修課，題目是《野草》研究，實際是要講「我之魯迅面面觀」。你恐怕還記得當年我在安順給你們講《野草》的情形。而現在，經過這些年新的思考，將要講得更開放，也更深刻。準備採用一些新的研究方法，從語言學入手，找出屬魯迅這個人的特殊概念、意象、情緒，然後，從哲學、歷史學、社會學、心理學、宗教學……諸方面進行深入的開掘，闡發，既充分地講出魯迅的個性，又以魯迅作為「民族魂」的代表，分析中華民族的某些特性。我準備先在北大學生中試講，以後吸收學生意見，再寫成書。

這恐怕是我今年的主要計劃。

我在前幾年搞的《周作人年譜長編》，北大出版社已接受，大約在本月即可交稿（按：此書終未出版）。另一本我主編的《現代文學史》也要在上半年交上海文藝出版社出版。——說這些，無非是請安順的朋友們放心，我是不會辜負大家的期望的。

總的說來，我還是去年在安順說過的那個意思：現在可能是歷史給這一代人提供的最後一個機會，大家都應該從自己的條件出發，「拼搏」一番。從信中得知你已對教學工作有了興趣，我確實十分「欣慰」。記得過去在安順我曾和你談過，希望能夠做到「狡兔三窟」，現在看來你終於有了「二窟」了。一是現在條件就能做到的：做一個好的教師，二是創造條件，爭取做的：寫些文章，從事一定的學術研究。當然，對於你們來說，如果能夠直接參加變革的實踐，則是更應爭取的。「機會」總是會有的，現在關鍵是一面準備，一面行動。

對於方明，我與你有同樣的心情。一方面為他高興，甚至自豪（他確實不愧為我們這批人的傑出代表），一方面又為私人交往的必然減少而感到某種遺憾。他從貴州回來，我們僅見過一次，元旦本想約他來玩，他又臨時出差了。但願他今後能夠發揮更大的作用。——因為這不是他一個人，而是代表了一代人。歷史允許這一代人在多大程度、範圍內發揮作用，將決定中國的前途。

　　信寫得夠長了，就此打住罷！

　　祝

好！

理群　1·5

向安順的朋友們問好！

小杜、何幼：

你們好！

看來我比小杜還懶，五月份收到小杜的信，拖到七月中旬才來償還「信債」，真是夠糟糕的了。當然，我可以推之於「忙」——也確實忙。在今年春節前終於把「家」安頓下來，基本上沒有了「後顧之憂」之後，這學期就自覺地給自己加「碼」，全面「上馬」，結果把自己弄得狼狽不堪，連喘口氣的機會都沒有，後來想退下來也不行了，只得日夜加班，拼命地幹，也仍然負「債」累累，看樣子要忙到八月底，也許可以把「債」還清，從下學期（九月份）開始，做一點新的事。

《野草》課的講義是邊講邊寫，每周要寫一萬字才夠用，結果趕出了十幾萬字，才把課敷衍下來。學生反映十分強烈，聽課的人越來越多；我這個課主要目的是想尋找將魯迅與當代青年（當然是其中層次較高的一部分）接通的道路，看來這個試驗基本是成功的。這自然給我以極大鼓舞。現在這批小青年與當年的你們，大不一樣；因此，講課的感受也不一樣。但我似乎仍然能夠與他們找到「共燃點」，這也是令人高興的。但我又同時時時感到自己的「落伍」。特別是最近一年多來，社會科學方面的知識更新特別迅速，就文學領域而言，出現的「新信息」如此之多，連作一般全面了解的時間都沒有。不要說「化」為自己的東西了。而青年學生，則要敏感也迅速得多。上學期我負責組織一個全系性的「文藝講座」，請各方面的人來講文學的新方法，新潮流……最後讓學生作讀書報告，交上來的許多文章，所提出的新觀念，運用

的新方法，有許多我看都看不懂。現在學校實行教學改革，學生可以自由聽課，可以不聽課而僅參加考試，也可以轉系，學其他專業的課程，這樣，學生對老師的挑選十分嚴格，課程內容、方法陳舊，學生或者不來，或者中途退席；如果「趕時髦」，而不能消化，學生照樣不滿意，照樣走。這就向老師提出了更高要求。我已經感到了十分沉重的壓力。我們這些人，文學觀念都是十分陳舊的，但幾十年來已成了習慣，要改過來，接受新的，並且「化」為自己的，談何容易！因此，我經常感到一種「力不從心」的苦惱。我現在唯一的辦法，就是與青年人合作，最近，我就與兩位我們系青年研究工作者中的佼佼者合作，提出了一個「二十世紀中國文學」的新概念，要發一系列的文章。儘管這一概念是我首先形成並提出的，但他們很快就接受並作了極好的發揮，以至在合作中，我簡直覺得有些趕不上趟，全是他們「拉」着我走了。我一方面為從這種合作中獲得一種新的生命力而感到高興，另一方面卻時時湧上一種悲涼之感。——時代前進得太快，我們耽擱得太多，能夠繼續有效地發揮自己歷史作用的時間越來越少。我現在有一種從未有過的危機感與緊迫感。好不容易，歷經千辛萬苦，贏得了自己生命中的「黃金時代」，可以（有條件）幹事情了，卻已經到了「力不從心」的地步，真不知道該「喜」，還是該「悲」，也許這就是人生的「悲喜劇」吧。

我當然知道自己還算是一個歷史的「幸運兒」，我目前的條件在原來安順那一「黨」中算是好的，我似乎不應該在你們面前嘮嘮叨叨地訴說這一大堆。不過，過去已經習慣了在朋友們面前訴苦，因此，一提起筆，就情不自禁地寫了這一大堆。你們姑妄聽之吧。不過，這也印證了那句話：每個人都有自己的苦惱——不是麼？

你們的生活、情緒，歡樂與苦惱，自然是我想知道的。在稍有空閒時，我也時時回想起過去的那些日子，有一種說不出的感覺。因為我這裏總有貴州來人，也就常常想起你們現在在幹什麼。好像大家都有一種焦躁感，有一種騷動不安的情緒，都在尋找自己的位置，這實在是一個時代的民族情緒；這正說明，安順這一批人仍然沒有做時代的落伍

者，都還在希望作時代的「弄潮兒」，因而總安定不下來。——不知道我這個感覺對不對？

　　嘉彥在這方面大概要算一個典型。他在辦實業大學時，曾給了我一信，大概是想聽聽我的意見。我一方面因為忙，一方面也是不知道該說什麼，因此，沉默了，一直沒有給他回信。說實在話，我內心的直感告訴我，嘉彥這個人是適於在變革的潮流中做事的，那種火熱的，忙亂的生活是他渴望，並最能發揮他的才能的；但我的理智分析又告訴我，他所從事的「實業大學」是個不可靠的「事業」，嘉彥太熱情，太善良，不知道「防範」別人，也太容易上當：因此，我不敢鼓勵他「冒險」。何況我自己過着平穩的書齋生活，我又有什麼權利鼓勵別人「冒險」呢。於是，我只有沉默，並且繼續沉默下去。但我是十分關心他的，這一段時間，在安順諸友中，我想得最多的，就是他。因此，我很想知道他的近況。小杜可以寫信告訴我麼？

　　布農也是不大放心的。我真怕他的情緒「波動」。據說他從遵義調查回來，情緒「低落」。不知現在如何？是否又好了一些？

　　小明我們極少見面。他太忙。我也不願干擾他。由於他的工作性質，使我們的談話受到了限制：這也是件可悲的事。但我仍對他寄以很大希望；因此，在他面前從不流露我這種「可悲」感。本來只想寫一封「報平安」的信，因為有一大堆信債要還。不料一提筆就寫了這麼多，而且覺得還有很多話要寫，——但也只有硬着頭皮打住了，因為明天一早我還要給學校開辦的暑期班講課 —— 講曹禺的《原野》、《北京人》與《家》！……

　　祝

好！

理群　7・23

對了，請代向田制平問好！——我還欠他一封信。

小杜：

你好！

雖然久沒有給你寫信，卻一直在想着你 —— 我想，你是知道你在我心目中的位置的，算起來離開安順已將近十年。在這十年中，自然結識了不少新朋友，可以說，我們已經有了一個「小圈子」，而且在北京，以至全國現、當代文學的學術界都有一定影響。但正像我與嘉彥說過的那樣，在我內心深處，仍然懷念安順的朋友，及我們原來那個「小圈子」。那樣的真誠的友誼是再也不會有了。這一次，張嘉彥一來，我們雖長久不見，但三言兩語就將心靈溝通了 —— 這在現在的朋友圈中是很難有的。我與嘉彥現在每周可見面一、二次，或寥寥數語，或作長談，都頗為愉快。與小明見面反而極少。但思想大體上也是溝通的。

說實在話，我時時懷念安順的朋友。我今年第一次招研究生，我多麼希望有安順的朋友能夠來報考！

最後我還是勉強招收了嘉彥他們在貴大的一個同學 —— 最近又出了點小問題，還不知招得來不，總之，算是表達我對貴州的一點心意罷了。

我要去安順的「謠傳」大概也就是這麼產生的，因為我向好幾個人表達了這樣的願望，傳來傳去就變成真的了。不能來的原因，一是我太忙了，每學期都有課，實在脫不開身，二是找不到一個適當的「口實」（機會，理由⋯⋯）。但我想，我總是要回來的。

這幾年，我除了與幾個同志提出了建立二十世紀中國文學的設想，引起了學術界的注意外，主要集中精力寫了一本關於魯迅的書，題為《魯迅：先驅者心靈的探尋》，書並不厚，只有二十萬字，卻集中了我近三十年的心血，其中「後記」對我前半生的生活作了全面反省（其中有一大段講我們安順那一段生活），問題提得相當尖銳。

我用這份講稿，先後講了四個學期，先後有五百多個學生聽過課，引起了當代大學生極為強烈的反響，達到了我「溝通魯迅與當代中國青年」的目的，最近我還抽出其中一部分，以「先驅者的孤獨感 —— 魯迅，中國知識分子及其他」為題在北大全校作了一次報告，反應亦不錯（嘉彥去聽了）。這本關於魯迅的書，以及連續四學期講課，終於實現了我多年的夢想（這，你是最清楚的），也可能是我生命的頂點。以後就要由於自然規律而走下坡路了。原來我一直擔心，由於形勢的變化，書出不來，最近已接到通知，此書已送印刷廠，大約年底可以出來。我終於長長地吐了一口氣 —— 一生中，寫這麼一本用心血寫成的書，也無遺憾了。

當然，我還會奮鬥下去。特別是要利用我現在的地位與影響，繼續為青年一代開路。—— 我準備自己再奮鬥三五年，再寫出幾本書來，以後就以為青年開路為主要使命。

據嘉彥說，他覺得我的精神面貌與當年在安順並無不同，思想則更為成熟。而我自己，確實，至今未忘當年在安順立下的座右銘：「永遠進擊」，「路漫漫其修遠兮，吾將上下而求索」，「在命運面前碰得頭破血流，也永不回頭」，大概還保留着一顆赤子之心。但我內心深處，時時有一種悲涼之感。常常感到負荷太重，「疲倦」得很。所幸的是，我現在與崔老師的關係十分融洽，原來在安順所有的矛盾（你是知道的）因為崔老師現在的事業得到了發展，她的才能得到了發揮而基本解決，現在我們倆都在作生命的最後衝刺，一心撲在事業上，反而達到了心靈的相通與家庭的溫暖。這是我到了北京以後，最大、也最根本的變化。我想，知道這一點，你會為我高興的。

安順朋友們的處境我是理解的，現在大家都已充分成熟，自會自己選擇道路，因此，我似乎不必再多說什麼。我只希望能夠保留當年的那麼一股勁頭──當然，當年的「幼稚」是不能，也不會重複的。

　　那確實是值得懷念的歲月，那裏有許多珍貴的東西。我至今仍從中獲益。

　　何幼還偶爾寫點東西嗎？我後悔，當年由於我的幼稚，未能給她的試筆以更多的鼓勵。她是有寫作的才華的。

　　你還在進行共運的研究嗎？現在，蘇聯的改革正在引起全世界的注意，應該有很多問題可以研究。

　　還有你們的「寶貝」──我至今還珍藏着在孩子出生時你寄給我的照片。

　　未來是屬孩子的──祝福他們！

　　信寫得太長，就此打住罷！

　　祝
好！

理群　5·15

小杜：

　　讀了你的來信，不禁感慨萬端。

　　說實在話，我一直在關注着你，也經常與朋友們（原先主要是與小明，嘉彥來京後又加上了他）談論你；但我從來沒有對你本人說什麼，我是有我自己的考慮的。我知道你有你的苦衷，你信中所提到的「無人知曉的秘密和原因」，我是想到的，並且與小明討論過。這牽涉到一個大問題：如何看待當前改革運動的推動力問題。從表面上看，中國目前的改革，是一個自上而下的改良運動；但是，人們都往往忽視了，還存在着另一條發展線索，即自下而上的群眾的民主運動。事實上，這個民主運動不但從來沒有中斷過，而且它對前面那個自上而下的改良運動是起着推動作用的。但這種作用是以一種畸形方式實現的。即每一個重大的改革要求，實際上都是群眾中的民主運動首先提出的，開始不予承認，宣布為非法，但後來又在實際上作出「讓步」，接受了群眾民主運動中提出的某些要求，但都偏要說成是「自己」提出的。只是，群眾民主運動繼續被視為非法，其領袖人物繼續受到「懲罰」。這就形成了目前的一種「怪現象」：一方面，民主運動的一些要求、口號實際上已經成為當前改革運動中提出的要求與口號；另一方面，口號的真正提出者仍然「永世不得翻身」。這是一個真正的大悲劇、大荒誕劇。在我看來，這個大悲劇、大荒誕劇終有一天會結束，即群眾民主運動的歷史功勳終會被歷史所承認；但是，這將是相當遙遠的事，至少在短時間看不到這樣的前景。而在此之前，許多人，主要是群眾民主運動的積極分子及其領袖，個人將作出十分慘痛的犧牲。在我看來，你（以及一定

程度的布農、嘉彥）目前的處境正是表現了這種犧牲的全部殘酷性與不合理性。這首先是應由歷史負責的。因此，我以為，對你們目前的「無所作為」，完全歸於你們個人的精神狀態，是不公平的。這就是我對於你本人什麼也沒有說的原因。特別是我自己沒有投身於你們所投身並因此付出了代價的群眾民主運動，更沒有權利對你們「說三道四」。但我又確確實實為你們，特別是你的潛在的才能未能得到充分發揮而感到深深的遺憾。特別是我現在獲得了某種發揮的機會，這種遺憾感就更加強烈。我仍然希望你在可能的範圍內，作一些你願意做的事，這一方面於民眾有益，一方面也是一種「自我實現」，在這過程中會感到生命的充實。我以為精神是否平庸化，並不在於有沒有作出什麼具體成績，事業是否成功，而確實的是在於是否保持了積極向上的精神狀態，是否繼續保持對生活本身及思考生活、干預生活的興趣、熱情……。如果保持了這樣的精神狀態，只是由於客觀原因，暫時不可能「作出事情」，那仍然不能認為陷入了「精神的平庸化」。

好了，不再發表這些抽象的議論罷！看了你們的孩子的照片，更從你信中感到了一種深沉的父愛，和家庭生活的幸福感：這一切，都使我感到一種安慰。這多少彌補了我前面所說的遺憾感——你看，說不發表議論，又開始議論了！

就寫到這裏。

望經常來信。

祝
好

　　　　　　　　　　　　　　理群　8·28

小杜：

你好！

心裏一直惦記着：欠你的一封信。現在正是年底，再拖下去，就太不像話了。

讀了你的來信，我感到一種極大的欣慰：我們的心始終是相通的。這種理解是真正可貴的。記得近十年前，我剛考上研究生，在安師大家為我舉行的歡送會上，我曾表示，以後我們雖會「各奔前程」，但十年後如再見時會發現仍是「殊途同歸」的。——現在看來，我這預言正被實踐所證明。這表明我們之間的友誼的基礎是極好的；這是值得驕傲的。

來北京後，我確實又有了許多新的朋友，現在在我的周圍，仍然像當年我在安順時一樣，有一群年青人。但也許是我今天所處的「地位」，這些年青人對於我都過於「尊敬」，「拘束」，再沒有當年我們相處時那樣隨便與自由。我對此極不習慣，也努力想改變它，但收效甚微。人們都稱我為「先生」，也這樣看待我，我對此感到極度的悲哀。儘管來往的人極多，我內心深處卻有一種孤獨感——只有「躲」回家裏，我才不感到孤獨。正因為如此，我時時懷念你們，懷念安順的朋友，懷念那清苦的，卻充滿了真正友情的日日夜夜，懷念我在安師的那間小屋，懷念「婁家坡水庫」……。那是我的真正的故鄉，是我的「根」。新年又要到了，按「往年」（十多年前！）的慣例，我們又會在元旦的早晨，相聚在那裏……。「人」真是個奇怪的動物，我們當然都

不會（也不能）再回到那樣的日子裏去；但那時的生活卻對我們有着這樣一種永久的魅力，令人神往，又令人惆悵……

我這一年仍在忙碌中度過。唯一可告慰的是，我的精力仍然充沛，而且，近來甚至感到自己正處於思維的「巔峰」狀態，思想極為活躍，只是苦於沒有時間，不能關起門來坐下來寫作。——這又使我想起當年在安順，有多少空閒時間，被無味地「打發」掉了呵！

……希望有一天再回到安順 —— 安順對於我永遠有一種故鄉的「蠱惑」！

向所有的朋友問好，拜年 —— 布農，嘉彥，何幼，制平，德光，愛陽，小廖……

當然，還有你……

衷心地祝願 ——
新年快樂！

理群　12‧20

寄上一張近照 —— 今年十一月去福建講學，在武夷山風景區照的。

小杜：

接到你的來信後，就想給你回信。不料一拖再拖，又是兩個月過去了。今天下定決心，無論如何要將此信寫出來。

從安順回來後，我幾乎是馬不停蹄地一直忙到現在。今年是我虛歲五十歲，我有意識地要在各方面都作淋漓盡致的發揮，以達到生命的頂峰。因此，今年不僅活動頻繁，而且寫的東西也最多，發表的也最多。我自己也感覺，思想空前的活躍，寫起文章來也有得心應手之勢——這是從未有過的。今年，我的第一本書《心靈的探尋》出版，第二本書《周作人論》付印，第三本書《周作人傳》也寫了十七、八萬字（都是今年寫的），這第三本書有可能要超過第一本《心靈的探尋》，而成為我的生命的第二塊里程碑。但最近，卻發現身體上逐漸顯露出問題：9 月份作了全面檢查，發現血脂過高，肝大，脾大，雙膝也出現骨殖增生，現在上下樓梯都感困難，前不久去香山，上山都是羅迎賢攙扶着爬上去的。我預感到，今年既已達到生命的頂峰，以後就要逐步開始人生的「下坡路」了。這是自然規律，非人力所能抗拒。我打算明年再拼搏一年，把我想寫的幾本書都趕出來。後年大約可以評上教授，以後就要放慢節奏，寫一兩部大部頭的「傳世之作」，再奮鬥十年，六十歲以後就不會有太大作為了。——這當然是我給自己安排的「學者之路」。但另一條路也在時時誘惑我。我在北大學生中影響越來越大，現影響已擴大到北京一些高校，以至全國一些高校，社會上也開始注目於我，這樣，我就有了可能，在思想啟蒙以至政治上發揮一些作用。目前我仍持謹慎態度，許多活動都拒絕參加。我總的打算是，只要形勢仍向

和平方向發展，繼續保持社會安定，就仍然作一個「學者」——我內心深處的要求是更傾向於學術的；但一旦沒有了這樣的條件，就可能再作別樣的選擇。當然，我的「學術」也不會是純學術，它實質也是在做「思想啟蒙」。不知你對我的選擇，有何看法？

安順一行過於匆忙，未能暢談的遺憾，我也是感覺到的。特別是那一夜，我是決心與你好好聊聊的，但你心腸太好，過於為我着想，結果在我興猶未盡之時，就結束了談話。如果後來能去龍宮住一夜，人去少點，也許還可以再作暢談。這樣的遺憾，但願以後有機會彌補。你為整理錄音太費時間了——我當然懂得你的心情。但說穿了，真正珍惜這次談話的，恐怕也只有你，我，或者再加上幾個人。這一點我看得很「透」：大家都已「成熟」，各有自己的選擇，能夠這樣聚在一起已經不錯了。至於談話內容，更不是所有人都感興趣，都能理解的。不過，我感到高興的是，你我之間思路仍是相通的。有這一點，就足夠了。不知道我有沒有告訴你，我也許只與羅迎賢談過，在安順眾學生中，我真正引為知己（或戲稱「得意門生」）的僅「三人半」而已，一是方明，二是你，三是賀立，「半個」是羅迎賢，現在看來，迎賢要「上升」為三人之一，與賀立卻有些隔膜了。「人生得一知己者足矣」，我在安順二十多年，有你們「三人半」也足夠安慰自己的了。你說呢？

迎賢終於又來到我身邊。我們師生又獲得了一次朝夕共處的機會。我發現這一次與過去很不同，就是我們彼此都成熟了，因此也更契合了。他聽我的課，就聽出了我在北大所有的學生都聽不出的東西，他對我的「理解」如此之深刻，使我十分地感動。他也是整天沉浸在說不出的興奮與幸福之中。這樣的關係，真讓人既高興又感動。我也時時由他而想到你，如果此時我們再有朝夕共處的機會，我們之間會有多少會心的交談呵……。

你現在在幹什麼？——我想問這個問題，又不敢問，我怕我對你的關心會成為你的思想負擔，希望你不要管這些外在的東西，一切按自己「心的命令」去行事吧。

我的香港講學終未成。何幼要的書，只能有機會向西語系的學生或研究生打聽一下。如有線索，一定及早寄上。這次與何幼也未能暢談，我也覺得很遺憾。請代我向她問好。

　　夜太深，就此打住。

　　祝

好

理群　11·29

應國、何幼、布龍、嘉彥、小強、孔霞、制平：

你們好！

收到應國執筆的來信，十分高興。謝謝你們的關心。這次住院動手術，迎賢、偉華都在身邊，在我的感覺中，他們是代表了你們的；看來我的真正基礎是在貴州、安順——這次生病再一次證明了這一點。

人生的道路總是曲折的。去年，我的生命曾達到一個頂點；以後就逐漸走向生命的低谷，這次生病是走到了低谷的一個標誌，同時也意味着「走出谷底」的開始。如果說文化大革命中被視為「反革命」是我第一個生命「谷底」——那一次掙扎着走出「谷底」的歷程是與你們共同度過的；那麼，這一次就是第二個「谷底」——當然，情況已與當年很不相同，主要是主觀精神狀態已經發生了很大變化。不利之處是現在已人過五十，屬自己的時間已不多，更有一種緊迫感。我正在寫一本新書，在這本書的「後記」裏會詳盡寫下我這一段時間的種種思考。總的還是當年我最喜歡的幾句格言——

在命運面前碰得頭破血流也決不回頭

永遠進擊

路漫漫其修遠分，吾將上下而求索

——這些都是你們所熟悉的。

去年以來，我所寫的幾乎每一篇文章，都在那裏呼喚理想主義與浪漫主義激情，呼喚生命的活力——這也是一種「返老還童」？或者是一種「掙扎」？我這些話，在你們聽來，可能會有一些空泛，因為距

中國的現實相距太遠——最近因為一些熟知的學生畢業，經常與他們談起所謂「北大精神」；大家都覺得中國總需要有這麼一塊精神的「祭壇」，有一些人在那裏作一些脫離現實的，「形而上」的「空談」……

但最近我在寫王瑤師的回憶文章（約萬言）中，又談到王瑤師喜作「政治分析」，最後終不免成為「清議、空談」，而形成才華的浪費……

可見我自己也是矛盾的。

這次患病以後，我給自己定了一個六字方針，「盡人事，聽天命」。這恐怕以後會成為我的處事方針。因此，現在在各方面（從事業到身體）都在「盡人事」，至於結果如何，只有「聽天命」了。

——以上說的仍然都是「空話」，好在我的具體情況，偉華、迎賢回安順後都會告訴你們，我就不多說了。

總之，第一，有那麼一點問題；第二，沒有想像的那麼嚴重；第三，主觀精神狀態很好。結論：可以放心。我對於各位也是放心的，因為各人都在走「自己的路」——這就夠了。

如有機會，仍想回貴州來看看大家，並且在想着：作黃果樹上游瀑布群之遊，以及清水江、梵淨山之遊……

兆霞如來北京，請先給我打電話，電話號碼是：72XXXX。

匆匆寫此　祝
好

理群　7·9

小杜：

　　來信收悉。

　　這次終未能成行，我想，最根本的原因，還是目前這個時候，搞什麼「講學」就是不合時宜的。而且，如我在一次電話裏與你所說，我準備講的內容，更是不合時宜。因為，我根據我關於堂吉訶德與哈姆雷特東移問題的研究，提出了「思想的實現即思想與思想者的毀滅」、「還思想於思想者」這兩個命題，鼓吹要讓一部分知識分子自覺切斷「思想」與「行動」的關係，作「純思想」的研究（但不是脫離實際，而是在更高的層次上、在更根本的問題上提出超前的理論的設想），這正是與當前「下海」潮流相逆的。因此，我以後如來安順，也不想再「講學」了。我心裏也很明白，在安順真正希望和我相見並暢談一切的，也不過是你，小羅，袁本良等三、五知心好友，我自己想見的，也是你們幾個人。我倒不在乎一定要什麼「邀請」，要有什麼「接待單位」，對於各種應酬，更不感興趣——我在北京，也是儘量避免參加各種會議，我仍然喜歡與三、五個年青人或朋友坐在一起海闊天空地聊天。因此，我想如要來安順，還是借參加什麼學術會議的機會。現在主要問題仍是時間，因為這學期（春節後）我將要上課，就不可能長時間地請假（頂多兩個星期）。而我今年上半年已接到了參加兩個國際學術會議的邀請（去匈牙利和意大利，目前經費尚未落實，能否去還未定），八月份已決定要去香港開會。如這三個會都要去，就絕不可能再去安順。如到今年下半年，時間又似乎拖得太晚。而且現在因是否去匈牙利、意大利，沒有落實，所以暫時什麼也不能決定。只有到時候再說。

《豐富的痛苦——堂吉訶德與哈姆雷特的東移》一書今年4月左右大概可出書，我想也不必在安順代售了吧。如果銷不出去，反而被動。——想要此書的朋友都希望我贈送，不會自己掏錢買；而一般讀者大概對「豐富的痛苦」之類是不會感興趣的。別人不敢說，你和何幼我是一定要送一本的，此事你就不必操心了吧。

我完全理解你現在的處境與心情。其實，我早就意識到了這一點：你的根本問題是「沒有找到自己的位置」。明年我希望你能來北京一年，就是希望能幫你改變一下環境，或許可以在寫作上闖出一條路。眼下你似乎又走到一個十字路口，如何選擇，確實很難。我想來想去，無非三條：一，「下海」。但長期「下海」恐對你不合適，只能有條件有機會，做一筆生意，既解決現實生活問題，又能借此了解一下人生。二，維持現狀，以教書為主，也寫點文章，作些研究。三，再走我當年建議你走的路，到北京來學習一段。在「二」、「三」兩方面，我都可以幫你一點忙。有朋友在香港辦了《二十一世紀》雜誌，你想寫的文章，他們都會有興趣，禁忌也不會像《讀書》那麼多，我可以負責推薦發表。今年暑假我們系要辦作家班，你如加入了地區作協即可報名，到時候我會為你說話。（此消息請勿外傳，否則找我的人太多，我無法應付）。作家班進不了，其他系也會辦班的（不知你們學校會不會放？）——當然，像羅迎賢當年進了作家班，畢業回安順，現在仍然「下海」，所以讀書這條路到底有多大意義，我也說不清楚。反正僅供你參考吧。

我最感遺憾是，89年後計劃與你合作毛澤東研究的計劃未能實現，否則正趕上這幾年的毛澤東研究出版熱。我這幾年研究的中心即是共產主義運動與知識分子的關係，我主要是從知識分子的角度，並且偏於心理與人性的分析，我的曹禺的書與關於堂吉訶德、哈姆雷特的研究都是這方面的成果，正在寫的四十年代文學研究的一個重要內容也是這個問題，我準備繼續寫下去，寫五、六十年代與文革期間在共產主義政權統治下的知識分子的生存境遇、心理與話語方式。但這是一個側

面。另一面則是共產主義運動自身方面的探討。本來我想借這次來安順的機會和你好好談一談。我的兩本書出來後你可先看看，我想聽聽你的意見，如果我們的意見比較接近，我們也可以再度合作。——我想關於毛澤東的書可以等國內「毛澤東熱」過去以後再爭取在國外出版，當然，這對質量要求會更高。這事你還可以仔細想想，一切從長計議。

我的生活路已鑄定，大概就這樣寫下去。當前的經濟浪潮固然使我時有寂寞之感，但我覺得也給我提供了一些新的機會。估計今後在出版方面會有些鬆動，我現在已經與一些朋友用以書代刊的形式自辦同人刊物，以後如有機會，我也可能會加入辦同人出版社與同人書店的行列，但一是兼差，二主要是智力投資，就像當年魯迅、巴金、葉聖陶他們那樣。但辦這些事，北京的條件要好些。貴州、安順方面不知是否有這個條件，如這種方面的「經商」，你也是可以考慮的。

小明一直沒有聯繫，過幾天再和他通通電話。

這封信就寫到這裏。

祝
全家春節快樂！

理群　1．13

應國：

　　來信早已收悉。沒有及時回信，一則因為忙，二則是心緒不佳所致。

　　所謂「酒文化節」來貴州訪問事，是我今年 4 月在濟南開會時，遇到貴州省文化廳副廳長，她自己主動提出的，不料以後就渺無消息。偉華去找了龍超雲，龍超雲也就主動聯繫此事，後來不知在什麼環節卡了殼，我想大概又有什麼人不願我去貴州，或當官的覺得有為難之處——就像上次師專邀我講學一樣。都應怪我們書生氣十足，太把當官的一句話當回事了。我倒無所謂，只是弄得龍超雲很為難，八月底她曾來一電話，說是已聯繫好，由她的下層某單位出面邀請我，但我們馬上要開學，這學期我又有課，而十一月份我還要應邀到韓國去訪問，要耽擱兩周課，如我去貴州耽擱的課太多（我想要來就得至少三個星期，否則時間太短，又忙於各種應酬了）——這件事終於告吹。只有留待以後了。

　　另一個原因，就是我的心境。今年以來（實際應該說近一兩年）我的處境與心境都極不好——確實發生了一些令人極不愉快的事，但這封信仍不想多說，因為說起來太複雜，我已寫成文章，以後會寄給你看的——，在這種情況下，就產生了一種矛盾的心情：有時候有一種衝動，要回到我的「根據地」去，在老朋友與大自然中舐乾淨身上的傷痕；有時候卻哪裏也不想去，只願意呆在家裏，與「世」隔絕。就在這

兩種矛盾的心境下，度過了整整一個暑期。這個暑期我幾乎什麼事也沒有做，這也是「空前」的。

儘管我現在情緒仍未完全平靜下來，但還是在勉力做事。同時在寫好幾本書——或者我一個人寫，或者與一些年青朋友合寫。也在為寫毛澤東作準備。——如果明年我有機會去日本，在那裏住一年，就準備將此書寫出來。那裏可能有一些國內看不到的材料，寫作環境也要自由一些。我想用我寫魯迅那本書的方法寫毛澤東，即提煉出毛澤東的一些「基本觀念」（基本概念），初步想到的有：「大學校」（他的烏托邦理想）、「黨」、「軍隊」、「人民」、「群眾」、「民族」、「鬥爭」、「精神」、「實踐」、「浪漫主義」……這些基本「概念」（觀念）曾經支配了中國大半個世紀，已經深入好幾代人的靈魂深處，而我想做的事，是撥開一定歷史迷霧，作一次歷史的觀照，從政治、文化、歷史、經濟、心理以及人類學的各個側面，結合這些「觀念」在中國的現實實現，揭示其豐富而複雜的內涵。我想，這將是一次觸目驚心的揭示，也是對自己（以及這一代人）靈魂的一次驚心動魄的解剖。我現在想起其中的一些內容，都有些不寒而慄。我現在正在作準備。一方面是收集材料（包括大量歷史事實），一方面也在作理論的準備：我正在讀《法西斯主義群眾心理學》與《宗教心理學》，我想從人的本性上去尋找人們對毛澤東及其共產主義運動產生迷戀的原因。其中一部分思考的成果已經寫在《堂吉訶德……》一書中，此書的潛在線索是「共產主義運動與知識分子的關係」。我因此追溯到了海涅與馬克思的關係。此書對你正在考慮的「政治浪漫主義」有不少論述，其中提出了一個「專制主義的浪漫主義」、「獨裁政治的堂吉訶德」的概念，這本是西方學者在研究堂吉訶德時提出的概念，昆德拉在他的著作中也討論了「浪漫主義」（與此相應的詩，激情，抒情時代……等等）與「專制主義」的關係，姑且抄錄我讀的昆德拉的書以後的幾段筆記，或許可以讓你多少理解我的一些思路——

△ 讀昆德拉《小說的智慧》，引起了思想極大共鳴，多日苦思的「文章」似也有了眉目 ── 擬寫「抗戰時期中國知識分子的精神歷程」：從「流亡」心態到尋找「歸宿」──將「歸宿的象徵物（國家、民族、家庭、人民、農民、土地、信仰……）」神化 ── 神化了的象徵物外化為某種權力意志（黨、領袖、人民政權……）── 對權力意志的膜拜與歸依。正是這樣的心理指歸為以後（五、六、七十年代）中國知識分子「對強權的怯懦、諂媚」埋下了伏筆（禍根）。而這種尋找「歸宿」的心理欲求又恰恰是來自人的本性的，因此，由此而導致的對強權的膜拜是「代表了人和他的世界的一種基本可能性，一種並非歷史決定的卻或多或少是永遠地伴隨人的可能性」── 這正是一個「人類學」的悲劇，人的「存在」的悲喜劇。

△「人」總是希望把自己「英雄化」、「歷史化」，使自己扮演一個「歷史」的「英雄角色」，殊不知（當事人總是不可能「知」的）他們作出這樣的選擇與努力的時候，他們就在使自己「異化」、「非人化」。而一切共產主義者即是這樣的「英雄化」與「歷史化」的「人」。在那裏是沒有日常生活的。而現在要走出這樣的「迷陣」的關鍵，就是要「退出歷史」，使自己成為一個日常生活中的「凡人」。其實，堂吉訶德的「歸來」的意義也正在於此。

生活的斑斕色彩並不總是那麼美好，說不定它正是「毒蛇」的色彩，是一種欺騙與幻覺，而「灰色」也許更是生活的本色。

△ 這種「創造歷史」的感覺，中國現代知識分子幾乎是與生俱有的，四十年代當戰爭突然降臨時，中國的知識分子，特別是一些年青的急進知識分子，首先感受到的，不是戰爭帶來的苦難，而是戰爭給自己創造了一個參與「創造歷史」的時機，他們因此而歡呼戰爭的到來 ──這是後人幾乎不可想像的。這種戰爭浪漫主義、戰爭英雄主義與他們最後接受與參與極權政治的結局是存在着一種內在的深刻聯繫的。這種「創造歷史」的感覺，一直延續到 1989 年的春夏事件，按說事件本身是帶有反極權政治的性質的，但參與成員以及其領袖都是在極權政治氛

圍中培養出來的，其思維方式、精神氣質與其反對對象之間竟然出現了驚人的相似，這是發人深省的。

　　△ 我們從來都說：「青春是美麗的」，但現在我們都必須正視：「青春是可怕的」。

　　「青春是美麗的」，是巴金的名言，也可以說是中國現代作家的基本信念，中國現代文學的基本主題。但恐怕至今中國的作家與文學還沒有正視「青春是可怕的」這一更加真實的「負面」。

　　「歷史」和「青春」的關係，也是一個很深刻的命題。「歷史經常為青春提供一個遊樂場」，也許這正是描述中國現代史（現代文學）的一個很好的切入口。

　　在開錄的利用「青春」的「歷史人物」名單（包括拿破崙……）中，還應加上毛澤東的名字。毛澤東與青年、共產主義運動與青年的關係，都是應該用另一種眼光來加以重新考察和研究的問題。

　　△ 共產主義運動從誕生起，就打上了「崇高」的標記，過去我們只注意其正面意義，而完全忽視「崇高」往往導致「絕對」與「專制」的可能，即屬上帝的東西有可能屬魔鬼。在某種意義上，近代中國歷史以及現代文學史，就是一部由崇高轉換成專制的歷史——我們有勇氣正視這個事實嗎？

　　△ 晨起即到美術館參觀羅丹雕塑展，這是羅丹作品第一次來到中國。面對廣場上的「思想者」塑像，頗多感慨。延續昨夜的思考，想到十九世紀的「崇高美」在二十世紀逐漸顯露出其負面的歷史，不禁產生一種蒼涼感。突然想到，在社會主義國家裏，羅丹一直被給予正面的肯定，前些日子，一位血腥屠殺的歌者也在那裏大力提倡「崇高美」，總覺得這些現象之間有一種內在聯繫，值得深思。

　　△ 「絞刑架」與「圓圈舞」，這是「社會級」的典型意象；秘密的捕殺與公開的狂歡，這也是「社會主義」的典型現象，而且總是相互伴隨，相互補充。

△ 所謂「思想改造」(「洗腦子」) 就是千方百計地要讓人自己否定自己的歷史，遺忘了一切，就變成一個沒有歷史與記憶的「兒童」，然後「天真爛漫地按規定的節奏跳天使之舞」(老舍、曹禺)。建國後，兒童文學的成人化，成人文學的兒童化。

△ 天堂的夢與地獄之門，伊甸園與集中營並存：正應該這樣來把握、描述「文化大革命」。

△ 晨起，讀《中國知青夢》，書中有言：知青「他們理想主義失敗的全部悲劇意義，不僅在於沒能改變大自然，同時也在於沒能改變作為改造對象的自身」──誠然如此，毛澤東的最大烏托邦試驗即是對「人」的改造，這構成了二十世紀中國歷史的主要內容之一，但其最大失敗也在此，最大悲劇也在此，關於這方面的問題，值得深入研究，有大文章可做。

△ 我願自己是「二十世紀最後一個浪漫主義者」，應該由我 (我們) 來結束這個「浪漫的、抒情的時代」，同時，為新的時代開路。而這第一步，就是徹底地否定自己，從「鐵籠子」裏走出來。

好了，就此打住罷 ──但願有機會當面討論這一切！

國慶以後 (也許要到十月底) 我要寄《堂吉訶德……》一書給你，準備將送給安順朋友的書都寄給你，請你代為分發，並代我一一致意，就不再給他們寫信了。

我與一位年青朋友合編的《魯迅語萃》也出版了，準備同時寄給你。

這封信寫得實在太長，就此打住。

祝
好！

理群　9・26

向何幼問好！

應國：

你好！

那天從電話裏聽到你們的聲音，好像又回到了去年六月在安順相聚的日子——真希望還有相聚的機會。

我在韓國生活得很好，主要集中於關於毛的研究，已初步有了一個輪廓，擬分上、下二編，上編為「毛中心詞的變化：歷史的敍述」，下編為「毛中心詞的內涵研究」。我二月底回漢城後，將集中精力對毛著作作全面細讀，六月底回國後，或可開始寫作。

這次寒假主要在家休息二個半月，未寫一個字，這是多年來所未有的。我集中翻閱了去年一年的一些主要雜誌，意圖對世界及中國思想文化界的現狀及今後發展趨勢，作一個總體的考察與思考，以使我的毛的研究取得一個高屋建瓴的態勢與長遠的眼光與立場。正在考察與思考中，友人汪暉寄來一篇在國外發表的文章，我又與他作了一次長談，兩人談得融恰投合。現將他的文章複印一份寄上，儘管也存在一些分歧（如我認為他對中國現狀的總體判斷儘管有道理，但都有些簡單化，沒有完全揭示出其複雜性），但總體上我是同意他的意見的。我們共同的看法是：在全球資本主義一體化以後，馬克思主義將重新顯示出它的活力；在破除「歐洲中心主義」以後，中國的研究者應獲得一次新的思想解放，以更加獨立與平等的心態，一方面吸收西方批判資本主義的新思潮，一方面對中國的歷史（首先是近現代史）進行新的研究，對中國的現狀進行深入的實證性的調查研究，並在此基礎上，進行獨立的理論創造，以為世界「新思潮」的發展作出自己的貢獻。在這中間，對毛文化

的研究，將有一個特殊的地位（重要性）。——我以為，汪的文章及我們的討論具有重要的意義，很想聽聽你的意見。或許我們彼此再冷靜思考一下，待我從韓國回來後再詳作討論。當然，你也可在給我的信中談談你的初步意見。

這兩個半月，為準備搬家（北大另分一套三居室房間給我），我重新翻閱了保留的一些資料，意外地發現了張家彥當年寫給我的第一封信，小廖寫的《烈火贊》，以及龍超雲寫的悼念周總理的詩。也翻到了我在文革期間寫的許多文章、筆記。由此而激發起原來在安順提過的寫回憶錄的念頭。我設想以後寫的回憶錄，盡可能實錄當時的文字材料。而且，如我們在安順時所談到的那樣，將我們這一堆人都寫進去，也要寫到我們所經歷過的文化大革命與上山下鄉運動。因此，我想請你設法代我去朋友中搜集一下現在手頭還留下的當年的各種材料（包括日記、筆記、手稿、報紙、傳單等等），這些材料再不「搶救」，以後就會越來越難找了。以後我或許還會請你們寫一些專題性的回憶，我希望將來我的這本回憶能夠在一定程度上成為一種「集體的回憶」或曰「集體記憶」，這是很有意義的。陸續讀了你的一些散文，覺得很有意思。那一篇由酒引起的種種思緒，尤其令人感動。其實你自己就可以寫一本回憶，按照西方新史學的觀念，普通人記憶中的歷史是更為真實，更接近歷史的本來面目，更有意義的。可以用隨筆的文體來寫，如你已經寫過的一些一樣。

就寫到這裏。希望在韓國收到你的信。

　祝
好！　向何幼及安順諸兄問好！

理群　2·21

應國：

四月六日來信早已收悉，遲覆望諒。

信中所談，對我頗有啓發，我也基本上同意你的意見。最近，我寫一篇長文，題為「世紀之交的中國大陸知識分子對歷史的反思和現實的困惑」，這是應此間韓國一個全國性的教授組織（其成員大都傾向於馬克思主義）之邀而寫的。也算是把我來韓六個月的思考作了一個小結，也是我今後要寫的書的一個「綱」，是我的「世紀總結」，文中也吸收了你的一些觀點（包括我們去年在貴州安順討論的意見），此文發表後估計會在韓國產生一些影響，我還打算介紹到日本去。

我在這裏生活得很完美，我戲稱為「四面出擊」：既與毛澤東對話，又陶醉於四十年代小說，還四處踏春，攝影，同時不斷提高我的烹調技藝，已經多次宴請韓國朋友與學生 —— 這大概是你們所未嘗料及的吧？我頗有些得意（一笑）。韓國學期很短，六月中旬學期即結束，六月下旬我將與學生一起到他們農村家鄉去看一看 —— 我在這裏也團結了一群學生，我們每星期聚會一次，討論的問題相當深入，這也是這半年多的主要收穫，是我的教師生涯的國際化。以後還要去韓國南方參觀。七月十號將去台灣參加一個學術會議並參觀全島，我的主要目的是為我的父親掃墓，七月二十七日回漢城，七月二十九日回北京。——我的出國生活就此可以告一段落，以後就要閉門讀書與寫作了。我現在還在抓緊在韓國最後這一段時間讀毛的著作，已讀到 1956 年，這些年出版了大量毛的著作，有很多都是第一次讀到，十分有趣。可惜你不在

身邊，否則又該有多少問題可以進行深入的討論！——我至今仍留戀去年的安順之行的討論，可惜那一次時間仍太短了。真的時間過得太快，一年前相聚的情景仍歷歷如在目前，不知什麼時候再見！我這次回國後一時大概不會再有別的活動，但願還能找到相聚的機會，——就在韓國，仍在做回安順的夢，並在夢中得詩一句：「夢裏萬家竹樓」，我已寫信給本良，請他續句，也許他已告訴你了（我曾請他將近況轉告）。

　　就寫到這裏。

　　祝
好！

理群　5・20

向何幼及安順諸友問好！
（我擬去台灣事你不必外傳）

應國：

　　你好！

　　今天讀到了你們報紙上（按：這是應國和安順朋友為安順廣播電視報辦的一個「副刊」）刊登的《老譜新聞》，自是感慨良多。但有一個事實卻要訂正，你的《佚文舊事》裏談到答辯會上我隨口引證，得到唐弢先生「活字典」的贊語，此事是誤傳，不確：我既無這樣好的記性，在那種場合，唐先生也不會（事實上也沒有）作出這樣的評價。此事最好在報上訂正一下，以免以誤傳誤。當然，你在文章中所說，我當年在安順下的一番苦功夫，為了今日的研究打下了堅實的基礎，這確是不爭的事實。我之至今仍懷念安順那一段生活，這是原因之一。安順對於我更重要的意義也許還在於它是我的精神的故鄉，我正是通過與「安順」（不是抽象的，而是具體的，由許多活生生的人與事組成的）的聯繫保持了與中國現實生活的某種聯繫（當然還有其他聯繫途徑），否則我現在這樣整天關在書齋裏，是會有脫離現實生活，從而導致學術生命的枯竭的危險的。我會常常讀安順的報紙，總想回到安順走一走，看一看，除了想與安順的朋友重敍友情之外，也是希望從中獲取某種生命的活力。

　　我已於昨天搬了家（但劉家窰的家仍保留），地點在頤和園附近，這對於我來說，也許是意味着「新生活」即老年生活的開端——再過半個月，我就滿 57 歲了。希望再度過從容寫作的十年。我現在正在寫一本新書，題為《1948：天地玄黃》，寫那個轉折時代的知識分子的選

擇，寫「毛澤東時代」的開端，也算是我的毛澤東研究的一個準備、試筆吧。用的是類似《萬曆十五年》的寫法，用一年的歷史，來概括一個時代。前一段因雜事多，思路不開，寫得很苦，現在，開始順暢了，或許會順利地寫下去。

你及安順朋友們的近況如何？望來信。

匆匆寫此。　祝

好！

向何幼問好！

理群
正月十五，這一天

小杜：

　　又有很久沒有給你寫信了。儘管可以不斷地從你的文章中了解你的思想，也彷彿與你作了或一程度的精神的交談 —— 如今可以作精神交談的人是越來越少了。

　　讀了你近日寄來的兩篇文章，想了很多。真正構成「歷史」的，正是你在文章裏所記述的那些「生活」，那些「人」（包括「你」及你的這位「朋友」），我讀你的文章，彷彿在讀一本「文革史」，這是更真實、更深刻的「文革史」。同時，我希望你能把你們的這些通信好好保存下來，而且，我想，你在寫這些零星文章（關於文革，下鄉知青生活，你已寫了好幾篇了）的時候，能否逐漸寫得更有計劃，更深入，更具體，如有可能，真應該寫一本書 —— 一個邊遠地區的，社會最底層的普通人，在文革中（以及文革以後）的經歷，以及他的心靈成長史，甚至可以寫到現在，不僅寫自己，也寫周圍的人（包括我們那一群人），寫得具體（哪怕瑣細），深入（逼入心靈深處，要有無情的自我解剖）。我自己本來也有寫「回憶錄」的計劃，也想過要把我們「那一群人」（自然也包括你）寫進去。現在想，不妨各人分別寫出來，從不同的角度，不同觀點寫到我們那一群人，也是很有意思的。我以為，這一群人中，你的寫作條件是最好的（你的文筆，你的思考深度……）。這件事，你如有興趣，我們還可以詳盡討論。

　　寫到這裏，我又不免有些猶豫：因為我總是不斷地給你「出題目」，打擾你的情緒與安排。其實，你已經對我說得很清楚：你有你的

安排與計劃，而且我相信自己是能夠理解並贊同你的自我安排與計劃的，人只能從自己生存的現實條件、環境出發，作自己想做而又能做的。更重要的是，做一個平凡的「固守者」本身就有極大的意義，我們不必總用英雄主義的眼光來要求、設計自己的人生。——儘管如此，由於我總喜歡給自己提出各種各樣的誘人的「題目」（目標），也就情不自禁地要給自己認為最可信任、最知己的朋友提出各種題目，因此，我說的這些，你姑妄聽之好了，可聽可不聽，更是可做可不做的。信寫到上一頁的末尾，因為夜已深，怕打擾家人，就睡覺去了。不料睡在床上仍在想着那些計劃（夢想），突然想到，如果「我們」中的幾個人，假如你，我，還有方明，布農，迎賢，以至超雲，各人寫一本，從相識之日（或更早一些，如文革開始）寫到今天，我們這些人各自（特別是文革後）的經歷與心靈歷程都不同，如能詳盡而如實地寫出來，成一套書（一個系列），那將是極有意義的，是一部十分精彩的「二十世紀後半世紀（60- 世紀末）」的歷史。而且我認為，這樣的書在下一世紀初是有可能出版的。現在就可以作些準備。至少你，我認為可以考慮先寫起來。——當然，這又是一個「夢」，就讓我說說「夢話」吧。

我還在關心着你們的書店。（其時，應國又辦了一個私人書店）我能為你們做些什麼事麼？

就寫到這裏。

祝
好！

理群　9・30

向何幼問好！

又，我最近剛完成一本書稿：《1948：天地玄黃》，出版了一本新書：《名作重讀》，正在趕寫（整理）一部書稿《四十年代小說研讀》，忙得不可開交。

1996 年

此信信封幾乎全被裁開！

應國：

你好！

你託老管女兒帶來的磁帶與附信早已收悉，早就想給你回信，無奈今年以來我忙得不可開交，根本無暇提筆，一直拖到現在，讓你苦苦等信，這是十分抱歉的。

我今年之忙，一是搬家 —— 我們多年來一直無暇安排自己的家庭生活，這一次趁「搬家」之機，一切都重新「換」過，算是布置一個「新家」，這一切都是十分具體、煩瑣的，真是耗盡了心力（這一點你大概是能體會的）。這次「搬家」大概要算是我人生道路上的又一次轉折，從此將步入生命的最後一段路程，即所謂「老年」階段，儘管心中的火焰仍在燃燒，畢竟生活內容與生活方式都會發生變化。我現在終於擁有了完全屬自己的「一間屋」，一個相對自由而安靜的精神空間，我將在這裏寫出我一生中最重要的著作。同時，我也期待着更多的家庭的溫馨與安閒。但同時仍希望保持生命的活力與一顆赤子之心。這個境界的達到，還需要一個過程。這次搬家算是象徵着向這境界邁出的第一步，也提供了（創造了）必要的物質條件。

但眼前的我，仍是搞學術的，估計這一學術狀態要持續一年以上。原因是我在進入最後的「自由寫作」之前還要償還一些「債」。我目前正在趕寫一本書，題為《1948：天地玄黃》，是「百年中國文學總系」

的一本，是學習《萬曆十五年》的寫法，通過一個年代看一個時代。我選擇的「1948 年」正是一個大轉折的時代，其中的內容十分豐富。我所進行的這一研究極富開創性，將開拓許多未曾涉及的領域，提出許多重大問題，與往常一樣，我已經完全投入與陶醉其中。但由於這一次是一邊在電腦中寫出正式文稿（這也是我第一次用電腦寫一部書），一邊上課。就像過去有些作家寫長篇連載小說，寫一章發表一章一樣，我每一周都必須寫出 1-2 萬字的文稿，真是不堪重負，一點鬆懈都不行。此書從去年十一月中旬開始準備，要到六、七月份即完稿，七、八個月寫出一本 20-30 萬字的書，實在是太緊張了。寫完此書之後緊接着還要將拖了多年的《四十年代小說史》趕出來，其間還要出一本副產品。一年趕三本書，如果真能如期寫出的話，算是創造了一個「奇蹟」。

此外，還有許多其他任務。最近剛完成《百年中國文學經典》前四卷的編選工作，我還同時主編三套叢書。社會活動雖已盡可能壓縮，但仍不少。最近在學生中作了一次演講，反應之強烈仍如當年，使我大為感動。……好了，不再數下去了。不過，你仍可以看出，我雖時有不堪重負之感，情緒仍很飽滿，這大概也是本性難移。在這種情況下，我今年恐很難再南下了，到明年再說吧。

再談談你信中所說吧。我完全能理解你的心情。對你們寄來的小報，我每期都是認真看的，有些文章讀得津津有味。可惜有些朋友用的是筆名，如方便的話，請把各人的真名告訴我。每回讀小報，我都要想：如果當年我在安順時，我們能有這麼一塊陣地，那該多好呀！在這個意義上，你現在所做的，正是我們當年夢想的，自是有它的價值的。我也常常想，人能做什麼，常人要受所處的環境的制約，只能按已有的及有可能爭取到的條件來選擇自己能做、又願意做的事。至於價值，是說不清的。我常常對我周圍的年輕人及學生說，我對自己做的工作的估計是兩條，一是它是正面的，而不是負面的（不論對自己，還是對國家，民族，以及後代人），二它又是極其有限的，其實只要是「0.0000……1」也就夠了。我想你現在做的工作，也是符合這兩

條的。前些日子讀你們小報上的文章，我突發異想，如果能編一套《安順友人叢書》該多好，一人一本，例如你的散文、論文集，小羅的戲劇集，龔超雲的詩集，何幼的譯文、散文集，袁本良老師的詩詞集，管老師的音樂雜談集，小廖的戲劇集，嘉彥的詩論集……等等，還有方明的經濟論文集，我也可湊一本論文集……，有幾天，想到這一計劃，我興奮得睡不著覺。但後來一想到經費，又冷靜了下來。但我似乎並不死心，看看將來是否可能有這樣的機會。現在姑且作為一個「夢」談談吧。我想，有了這個「夢」，你們的寫作是否可以更有計劃些，比如，你的散文，是否可成系列，如「文革回憶」之類。

這是一方面。另一方面，我又在想，除了辦報，寫散文、短論之外，你是不是還可以再爭取、創造一些條件，再作更多的工作呢？我總認為你的《列寧後期思想研究》是應繼續下去的；如實在有困難或無興趣，我倒想給你出一個題目，即《文革民間思潮研究》。我始終認為，文革是毛將自上而下的「革命」與自下而上的「革命」結合的一個嘗試，而後者開始顯然也是他發動的，後來都有一個逐漸擺脫他的影響、逐漸衝破他的框架的過程。這一「民間思潮」從遇羅克的《出身論》開始，以後有「省無聯」及湖北「揚、決……」派（按：即「北決揚派」），李一哲大字報，一直到文革結束初期的民刊、競選中的各種言論，這是一條以青年知識分子（紅衛兵）為主體的思潮；其次，還有一些中共黨內的理論家的思考，顧準應是其主要代表，這方面材料不多，但如把黎澍、于光遠、李銳……這些人的思考放進去，內容也是相當豐富的；最後，還有一些中共領導人在文革中的思考，如胡耀邦，甚至包括鄧小平本人。這樣，可以從各個方面來體現文革中「全民大思考」的特色。材料自然應以文革中的為主，但也不妨把在文革中初步形成，在文革後才發表出來的材料也利用起來。我以為，這是一項極有價值的研究課題，寫出來以後出版並不困難（至少可以在大陸之外出版）。而且，我認為，你來完成這一課題是十分合適的。我可以在材料上給你幫助，也可以與你共同討論。先由你在安順，就已有材料寫出初稿，然後或由你來北京，或我來安順，或到另一地方再進行深入討論、修改。不知你是

否有興趣，並是否安排得下來，如你有意做這項研究，我們還可以詳盡討論具體操作計劃。

　　來信還談到向我約稿之事。其實，你不說我已經想到了這一點。你們這樣頻頻地寄報本身就是一個無言的催促，我自能領會；而且，我自己也想過，似乎有義務對你們表示支持。但經仔細考慮，還是想以不寫為好。一是我對自己的文筆缺少自信，實際我的文章（主要是散文）遠沒有你們寫得好，小羅曾未經我同意，從我的《人之患》中選了兩篇登在《安順文藝》上，比起同期和後來幾期同一刊物上發表的安順其他朋友所寫的散文，我實在自愧不如，心裏不安了好久。散文本不是我之長，應「揚長避短」，所以，最近一兩年我已基本不寫散文了，許多約稿我都拒絕了。當然，我有時也寫些短文（類似雜感的東西），但一寫起來就太尖銳，也太直露，寄給約稿的編輯不是被退回，就是經過刪節發表出來，我也不愉快。因此，這一陣，非不得已，這樣的短文我也不寫了。我本想給你們寫這樣的短文，但考慮到你們的處境，恐怕發表更為困難，即使你們大膽發表了，如果因此引出種種麻煩，也無必要。你要知道，我在安順是有「敵人」的，對我抱有成見，盯着我的也大有人在，這一點你我都清楚。我覺得完全沒有必要冒這種險。你們的小報並未完全站住腳，在這方面還是小心些為好。我甚至覺得，你們不必顯示出與我過分密切的關係，這對你們立足未必有利。在這方面我算是「老於世故」，因而比較謹慎。安順這地方的複雜性，我是有充分而清醒認識的。你們身在其中，有時也許反而考慮得不周全。正是從我自己、也從你們考慮，還是不寫為好。希望你及朋友們理解。

　　這封信寫得夠長了，就此打住罷！

　　祝

好

　　　　　　　　　　　　　　　　　　　理群　9・30

向何幼問好！

應國：

請小楊送上我的兩本書及一篇文章，請查收。

《文選》是書商印的，因此，封面弄得很難看。我之所以願意讓書商出書，是為了使更多的普通讀者能讀到我的書。這大概也是我的「野性」的一種表現吧。這本《文選》幾乎集中了我近十年的思考，因此，我自己很重視它，可以一讀。《天地玄黃》展現了我學術上的新追求，也是以後寫作的一個開端。

在這兩方面都想聽聽你的意見。寄上的這篇文章的寫作背景是「自由主義」與「新左派」的論戰，我想用這種方式表示我的態度與觀點。也想聽聽你的意見。此文也可給迎賢一讀。我還有一文給了迎賢，他也會拿給你看的。此文也不必傳給其他人看。——此文還未發表。大概也發表不了。

匆匆寫此。

理群　5 · 17

（反面還有）

正準備封口，又想起還有兩篇文章也可以給你與小羅一讀。

今年「五四」，我採取了「拒絕公開發言」的態度，不但拒絕了參加北大國際學術討論會，也拒絕了報紙的一切約稿與電視、電台的採

訪，卻在民間場合——好幾個高校，對學生作了公開演講，每次都講了這個「開場白」，有些話正好早說了一個月。

今年還是建國五十周年，我也不準備多說什麼，〈共和國歷史的另一種書寫〉算是我唯一的發言吧。——此文已在《文藝報》上發表。

薛毅 / 1980 年代在上海大學中文系讀石汝祥先生的碩士研究生時即與我相識 —— 石先生也是王瑤先生的研究生，算是我的師兄。以後薛毅又讀王曉明的博士生，就有了更密切的交往

薛毅兄：

　　原諒我拖了這麼長的時間才給你回信，原因是，當我初讀你的論文，即感十分興奮，這是我期待多年、而終於出現了的論文，本想再認真讀幾遍，好好地給你寫一封信，這樣，一些一般性的信倒反先函覆了，你這一封，都被我壓了下來。再加上此後有一、二個月的時間，我集中精力修改我的一部專著，幾乎斷絕了與外界的一切聯繫。待到專著修定，回過頭來償還信債時，仍然是先回覆容易寫的信，反又把你的信壓下了。今天已是除夕，家人忙着「年活」，我無事做，就給你寫信了。

　　也算是「湊巧」吧，在讀到你的來信之前，我也正在為「做戲的人生」感到極度的痛苦，你大概讀過黃子平發表在《上海文論》上〈做戲，還是無所作為？〉的文章，那其實是子平、平原與我三人共同的感受，此後，中國社會的發展，日益變成了一個「自覺地做戲」的國家，從上到下，全國皆然。特別是這一兩年，這種「做戲」的風氣已使我艱於呼吸，只得關起門來，到「書」裏去尋找真實與真誠，我的關於曹禺的專著就是這樣寫成的；在最近寫的該書後記裏，我這樣寫道：「在我們這『遊戲國』裏，『人』與社會、人生也都戲劇化了。或者說，『人生』與『戲劇』之間發生了『戲劇性』的轉化：『真』的人生、社會失去了真實與真誠，而『假』的戲劇裏都保留着真實與真誠 —— 這確實

令人恐懼，卻是我們必須面對的事實。……我自認並不缺乏正視的勇氣，都仍如年青時一樣渴望着真實與真誠，在這一點上，我永遠『長不大』，永遠是『不可救藥』的理想主義者。怎麼辦呢？……我所擁有的、真正屬我自己的只一座『書城』而已。於是，我對自己說：到『書』中去尋找吧，到公開承認自己『假』的『真』的戲劇中去尋找吧，那裏至少有：真誠的追求與真實的追求的痛苦……」──自然，我這裏仍然是我自己的人生體驗，自己的話語方式表達着、發揮着我對魯迅思想的認識的；可以看出，我（可能還包括石先生），我們這一代人我們的思想、情感、思維方式……都帶有濃重的擺脫不掉的人道主義、理想主義，以至浪漫主義色彩。即使我們也說到魯迅對人道主義的超越，談到魯迅思想中的現代主義因素，都仍然是「人道主義者」所理解的「對人道主義的超越」，與「浪漫主義者」所理解的「現代主義因素」──恐怕這正是我（我們）與你（你們）的魯迅觀的根本不同之處。你在信中談到我的魯迅研究的所謂「傳統」傾向，「是不是有將形而上的衝突拉回到僅僅是歷史衝突的層面上」？其原因之一，大概也在於此。不過，我要提醒你的是，魯迅的思考顯然已經升入到了形而上的層面，但他也許是自覺地扼制了這種思考，未將其深入下去，至少是未將其全部表達出來──魯迅常說他的思想太黑暗，有許多最黑暗的話沒有說出來，我以為，就是這一部分「形而上」的思考；在這個意義上，魯迅真正是「無法言說」的。「說出來的」與「沒有說出來的」本身就構成了魯迅的一種「破碎」。這是在研究魯迅的「話語」時必須充分注意的。這是不是也是一種「做戲」的狀態呢？因此，在你着力於「以自身的破碎來體驗魯迅心靈的破碎」，以求「從中發現魯迅的現代性」時，也要注意不要太將魯迅「現代化」了，更不要用「現代主義」來「整合」魯迅。

　　我也注意到了你的文章在方法和語言表述上的自覺追求，我很欣賞你「權力和話語結合的方式」的研究，這就使你對我一直極感興趣的魯迅「無物之陣」的研究比我原來的理解大大深入了一步，在這方面給了我很大的啟發。你在語言表述上追求「澀」，是有你的道理的，避免了我輩文字過於「清澈」，反而把魯迅思想簡單化、片面化的弊端，

但文字過於「澀」（當然，你的文字的「澀」遠沒有到「過於」的程度）有時又對文章的接受有礙，我還擔心，由於語言不明快，會妨礙你這篇文章在讀者群與學術界中得不到應該有的注意與重視。我已說過，我對你這篇文章的重要性（至少說你的文章所提出的問題的重要性）有較高的評價與期待，但我對於大多數或相當一部分讀者和學術界人士是否能和我一樣重視這篇文章，確信心不足，原因之一就是你文章的語言恐怕會使相當一部分人讀不懂，或者沒有耐心讀完。另一方面，由於你過於追求文章的「濃度」，水份「壓縮」得太多，也會給人以論證不充分的感受。——也許你本來就不追求大多數學術界人士讀懂你的文章，但由於魯迅這些思想有極大的歷史的、學術的與現實的意義，我以為還是應爭取盡可能廣泛的理解與接受為好。

這篇文章我已推薦給了《現代文學研究叢刊》今年第3期執行編委吳福輝同志，他已接受，儘管還需經過一些「刪改」，如編委會的最後審定等，但估計不會有什麼問題。唯《叢刊》一般稿件限制在一萬五千字之下，一萬五千字之上的文章要經特殊審批，為避免麻煩，使文章及早發表，我已擅自將大作壓縮為一萬五千五百字，考慮到你關於「專制極權下的做戲狀態」還要另寫一文，我刪去了有關這方面論述的1000字。——這些刪改雖然於文章有損，但這也是出於無奈，望能鑒諒。

十分羨慕你與石先生的關係，這正是我所追求的師生關係。可惜我的研究生中能夠與我這樣「對話」的不多，現在的學生年紀太小，與我輩的距離也會越來越大，真是沒有辦法的事。

如你能再來北京，可先打電話給我，約好見面時間，以免撲空。

匆匆寫就。祝
春節快樂！

理群　2・14日上午

薛毅同志：

我四月下旬從日本回來以後，一直忙於各種雜事，未能及時回信，望諒。

其實，與你這樣的有思想的年輕人通信，對於我並非負擔，而是一種「必須」。我常常從與你們的通信中，獲得思想的活力。

在你信中所提及的「期待」與「現實」的矛盾，其實是這些年人們在人生選擇中，經常遇到的：曾經有過對「黃金世界」的期待，實踐證明那已是一種欺騙；因此，前幾年人們偏於對「終極關懷」的否定，而強調「過程」的意義；但近一、二年來，人們似乎又關心「終極關懷」似乎也不可缺，與之相聯繫的「理想主義」以至「英雄主義」、「浪漫主義」又在一定程度上被重新肯定（或有限度地承認其合理性）——我想，你信中，對人道主義合理性的有限度的肯定，大概也是這個意思。我這次在日本，曾作了一個題為「堂吉訶德與哈姆雷特的形象束移」的報告，引起了日本朋友的極大興趣。在報告結尾，我說到，近年來，哈姆雷特的懷疑主義精神在中國年青一代人中十分盛行；但現在年輕人提出了一個新的問題：如何在堅持哈姆雷特精神的同時，吸取堂吉訶德精神的合理性（我在報告中強調，我自己及我的同代人，是曾經有過強烈的堂吉訶德氣質的），這也是當前中國現代知識分子共同思考的問題。——不知道你對這一問題有何看法？

下一期《魯迅研究月刊》上可能會發表我與王得后同志合寫的《魯迅散文全編》序言（還有一篇《魯迅小說全編》序言將發表在今年《叢刊》第 3 期），也希望能聽到你的意見。

很希望能及早看到你的碩士畢業論文。

假期中如來信請寄「北京□□□□□ 10 號樓□□ 401 室」。

請代向石汝祥老師問好！

匆匆寫就。即頌

文安。

理群　7‧6

你及你的同伴對《周作人傳》有什麼批評意見，能告訴我嗎？

薛毅兄：

　　原諒我拖了這麼長時間才給你寫信。

　　你的關於新一代的議論，使我想起，我在日本演講之後，也有一位日本朋友對我說，他認為當代中國青年恐怕既無堂吉訶德精神，也無哈姆雷特精神，你們可謂「英雄所見略同」。我對當代青年的觀察，也許會有某些「理想主義」色彩；不過，你的看法也許過於悲觀，每一代人都有自己的缺陷，但也總是從自己的方式在歷史發展尋找自己的位置的。而你關於「歷史與神性，懷疑主義與信仰」的矛盾的思考也是有意義的，這也是近年來我思考的中心問題之一，「哈姆雷特與堂吉訶德」的課題也就是這樣提出的。我基本同意你的意見，恐怕也只能「矛盾地思考矛盾」，而無法去尋求一個「合題」。

　　謝謝你對我的《周作人傳》的誇獎。就我自己的感覺，《周作人傳》的後半部（6-10 章）比前半部寫的好；原因很簡單，後半部寫於 1988 年上半年至 1989 年 3 月，那是我心情最舒暢的一個階段，寫作時，思想處於「自由」狀態，因此，既能夠「設身處地」地去「體驗」對象，又能夠「超越」對象；既有自我的投入，又同時有自我的超越；既面對現實，又超越現實，——當然，現在看來，體驗、投入、面對……還是多了些，超越仍嫌不夠，但這種寫作狀態是我過去寫作中所從未有過的，以後也恐怕很難再有了。

　　你對《散文全編》序的詳盡分析，使我頗有獲「知音」之感。這也是我近年思考較多的一個學術緣起（我戲稱，今年我的兩大課題或

「發現」，一是「堂吉訶德形象的東移」，二是「獨語」與「閒話風」——還有一個是關於戲劇形式的：「劇場藝術」與「廣場藝術」）我一直以為，「形式」研究的一個重要方面是「文體」研究，即要找出每一種文體的「內容」與「形式」的結合點——我現在所找到的，即是散文中的「閒話風」與「獨語」；戲劇中的「劇場藝術」與「廣場藝術」。這類文體研究，是由我及我的研究生共同進行的。因此，我的研究生吳曉東還同時寫有一篇從理論上闡釋「獨語」與「閒話風」的文章（這也是他的畢業論文），可能要在《文學評論》上發表，請你注意，並也想聽聽你的批評意見。

請原諒，你發表在《月刊》上的大作還沒有仔細讀——正因為準備「仔細讀」，反而沒有時間去讀，這是一個矛盾。等過幾天，我仔細讀了以後再談我的看法吧。

我現在正在讀四十年代小說，準備寫《四十年代小說史》。但讀了不少作品，仍是一鍋粥，幾乎一無所得，內心頗為焦躁——我的研究也得暫時遇到一個「死點」，這恐怕是難以避免的。關於四十年代文學史的研究，以至二十世紀中國文學史的研究，我有一個極為龐大的計劃，有種種設想，此後有機會再與你詳談吧。

很奇怪，儘管我們只通過幾封信，卻很自然的，覺得與你很談得來。因此，很羨慕你與石汝祥老師的徹夜長談，但願以後我們也會有這樣的機會。

說實在，我在北京也時有孤獨之感覺。我這裏有一個極好的朋友圈子（大都是原來研究生時的同學），但各人研究關注點不一樣，在一起真正談學術的機會反而少。我的研究生倒是能和我談，但由於種種原因，常難得我所期待的那樣自由無拘的暢談。——我常常想，可能是我現在的年齡、地位，年青人（似乎也包括你）對於我似乎過於尊重，反而影響了「心的交流」。說實在話，我直到現在，心態仍接近年青的學生（說的好聽點，即是赤子之心未失），不習慣於扮演一個「老人」、「名

人」的角色，我總是渴望與年青人作「同齡人」、「夥伴」式的平等、自由的交談，而總不得，這是我頗感悲哀的事。——恐怕這也是我的一個不可能實現的「理想」。我確實是一個不可救藥的理想主義者！

我能夠成為你與石老師談話的一個「緣起」，是深感榮幸的。我對石老師也有一種說不出的親切感（可能是同源於對王瑤師的感情？）請一定代我向他問好。

最後還要說一句，《小說全編》序寫得不好。因為我近年沒有研究魯迅小說，編輯一定要我寫，只能對近年的研究作了一個「綜述」，因此，引用別人的觀點多，而我自己的見解少。你對此文不可抱有什麼期待，否則，你一定要失望的。

這封信也寫的太長了，就此打住罷。

　祝
好

　　　　　　　　　　　　　　　理群　8‧27

薛毅兄：

感謝你連續給我寫了兩封長信，你的每封信都給我帶來一種興奮，並引起我的深思。可惜紙短情長意更多，如能當面作徹夜長談，該是多麼令人嚮往的事。我有一個主意，不知是否行得通：你以後可以爭取以「訪問學者」的身份（如不行，就用「進修教師」的身份）來我們系進修一年。來的任務不是聽課，而是與我及北京學界的朋友進行重點的討論，搜集有關資料，寫一本書（至少是寫書的大綱）。因此，「來」的時機要選擇好，要選好一個題，並作適當準備，在「呼之欲出」的時刻來京，那討論就會有一個中心，搜集材料也有了明確目的，收穫會更大一些。要辦成此事，關鍵是在於你們那裏是否肯出錢，我們這裏接受是沒有太大問題的。（進修教師不包食宿，一年只需交 1000 元，「訪問學者」提供食宿，錢要多些）。——此事不必着急，還可從長計議。

對你第二封信所談的看法，我極感興趣，並讓我的已畢業的研究生吳曉東（他現在是孫玉石先生的博士研究生）看了，他也很感興趣。我們都覺得你談的問題很重要，尤其是關於「雙重話語的組合」問題。我最近重讀《故事新編》也發現了魯迅小說情節與話語「互為顛覆，消解」的問題（這是讀懂《故事新編》的關鍵；不知我在過去的信中有沒有提醒你注意《故事新編》，在我看來，魯迅研究的熱點將會由《野草》轉向《故事新編》，正是《故事新編》的寫作與《且介亭雜文》……裏的雜文寫作，一起構成了魯迅創作的第二個高峰，過去我們對於這一高峰注意得不夠，研究的也太少）。吳曉東同學甚至建議你，像巴赫金研究陀思妥耶夫斯基小說一樣，也寫一本《魯迅小說詩學》，我也以為這

是一件很值得做的事（我們討論過的許多思想都可以包容進去），請你認真考慮一下。

我大概不會再認真地作什麼魯迅研究，只能打打邊鼓而已，順便告訴你，我與王得后合編的《魯迅小說全編》、《魯迅散文全編》雖然各印了一萬五千冊之多，卻立即售缺，新華書店要求出版社重印。出版社因此又約我們再編一本《魯迅雜感全編》——這樣，我們就從魯迅「雜文」中分離出了「散文」與「雜感」，這本身是有一定學術價值的，更重要的是，這是一項極有意義的普及工作，想到有幾萬人因我的介紹而去認真讀魯迅作品，我就止不住內心的激動。

最後，簡答你信中提出的問題：「無主名無意識的殺人團」一語出自〈墳·我之節烈觀〉，《魯迅全集》1 卷 124 頁。

匆匆寫就。即頌
文安

理群　12·19

向石汝祥老師問好！我如去上海，一定拜訪他。

薛毅兄：

　　你好！

　　來信收悉。本擬按你來信所示，暫不回信。但我因積壓信件太多，正在突擊回信，索性多加幾封，也算不了什麼。

　　你以後如有寫信交談的衝動，儘管來信就是，不必多有顧慮。說實在話，我很願讀你的信，因為經常能從你的來信中得到啓發。只要你給我「可以不回信，或不及時回信」的「特權」，你的來信就不會給我增添負擔，你儘管寫來。

　　汪暉的著作無疑將魯迅研究大大推進一步，代表了目前國內的最高水平，「老左」們以他為主要靶子，決不是偶然的。我以為，他的主要貢獻是將魯迅主體精神結構的分析提高到了哲學的高度；而魯迅主體精神結構與文本形式結構的關係問題是他著作提出而又未解決的問題（當然，他的一些具體分析仍是十分精彩的）。我建議你寫「魯迅詩學」研究，正要考慮到他的不足，以為這是魯迅研究的一個新突破口（即魯迅小說形式與內容互為轉換，精神結構與形式結構的互為轉換、話語方式與思維方式的互為轉換）。

　　汪暉對我的批評是正確的，我儘管也提出了「基本話語，基本觀念，基本意象」問題，但只是將其作為一個「切入點」，很快就越過形式而直「撲」內容，並沒有將其真正統一起來。因此，覺得我的方法用於研究詩學「似乎還不夠」，是很自然的。也許我沒有解決的地方，正是你可以由此深入的地方。

汪暉說我有沉重的「對自己的失望感」是真正的知我之言，並無誇大。我在《周作人論》後記裏略略透露了一點，在《周作人傳》後記（未發表）裏也談過。我是屬被耽擱了的一代，經過幾十年的奮鬥，好不容易獲得了現在的研究條件，卻發現了妨礙自己進一步發揮的，都是自身的局限，而這些局限都是無時間彌補了的，這就形成了終生的遺憾。就以魯迅研究而言，我的第一本書也就成了我自己的終點，我不是不想超越，也不是不知道該如何超越，只是意識到自己的局限（主要是知識結構上的局限），而我又沒有時間再來作彌補或調整了。於是，我只得在《心靈的探尋》的題辭裏，宣布要「自動隱去」，我之所以把全部希望寄託在你及其他年青朋友身上，同時也願意為你們打打邊鼓，出點主意，鼓點勁，也是對自己的一種「絕望」的表現，內心深處是充滿了悲涼感的。我現在作的許多事（包括研究）都是魯迅所說的「反抗絕望」，我是信奉「活了幹，死了算」的人生哲學的。

　　好了，不說這些了，免得影響你的情緒。就此打住。

　　　祝
好

　　　　　　　　　　　　　理群　7·15

薛毅兄：

你好！

幾封信均已收悉。沒有及時回信，一則是我回北京後一直在忙着前一段工作的掃尾，這幾天又在忙着將《周作人散文精編》最後定稿；二則也是在認真、仔細地考慮你的建議。現在，已基本想好，可以給你回信了。

（一）我完全同意合作編《魯迅小說細讀》，至於寫成專著，還是詞典，恐還需與出版社聯繫。《魯迅散文細讀》，我覺得難度較大，主要是我們目前還沒有找到「細讀」散文的方法，弄不好會與一般鑒賞文章區分不開。如果要寫，恐只能寫《〈野草〉細讀》，但《野草》是「詩」，讀得太細，講得太落實，恐怕也會適得其反，要慎重考慮。因此，我意不如先寫一本《魯迅小說細讀》再說，而把《散文細讀》暫時擱置起來。待寫定《小說細讀》，取得一些經驗以後再來決定寫不寫《散文細讀》。

（二）我同意你的設想：「細讀」的重點是探討「小說形式與主題意蘊的轉換」，即探討魯迅小說的「形式」與「意味」。因此，這主要是一本學術著作，是為我建議你寫的《魯迅詩學》打基礎的。我估計在單篇分析基礎上，「魯迅小說詩學」的輪廓會逐漸清晰起來，最後再在「序言」中將這一輪廓勾勒出來，在對魯迅小說詩學總體認識形成以後，可再回過頭去修改各單篇分析，使其形成一個完整的體系。——這樣的「細讀」可以看作是對魯迅小說的「當代闡釋」。因此，我建議還應補充一部分，即魯迅每篇小說的「接受史」研究。可以這樣處理：每一篇小

說背後按時間順序排列各個時期對該小說有代表性的闡釋，（而不是像你所建議的僅僅列一個篇目）；然後，在全書總序裏，寫一部分關於「接受史」的論述。我之所以不主張在每一篇背後都附一篇分析文章，是估計到這樣寫下來，一則篇幅太長，二則也會有重複。當然，你如認為有分篇寫的必要，也可以。

（三）應該先說清楚，我們這是一次「合作」，而不是你來貫徹我的意圖，這就是說，我們的關係是完全平等的，決不能分主次。如果要分主次的話，則應以「你」為主。我的意見僅供參考。因為最後執筆的將是你。如果不以你的意見為主，你反過來一味揣摩我的意思，文章是絕對寫不好的。──我這樣說，絕不是謙虛，而是從怎樣保證將書寫好這一角度來考慮的。我建議，我們採取以下方式合作：每一篇先由你提出一個初步想法，或用寫信形式，或以筆記形式，寄給我；我再提出我的意見；這樣，經過一次或幾次的討論，你認為成熟了，即可動筆寫，寫成後再寄我，由我最後定稿。最後在一半以上的文章分別寫出後，我們能見一次面，做幾次長時間討論，從而形成一個總體看法，為寫「序」與單篇文章進一步修改作好準備。

最後，仍由你寫成「序言」──這「序言」將定了《魯迅小說詩學》的基礎，而這本書我希望由你獨立完成，這是會奠定你以後在學術界的地位的。

這樣，通過這次合作，可以達到兩個目的：一方面，對我來說，可以促使我將原來的魯迅研究深入一步。可將我來不及做的事做完，是我學術生命的延長；另一方面，對於你來說，也可以促成你將《魯迅小說詩學》這一大工程完成，對擴大你在學術界的影響自然也會有作用，──在這方面，你不要有什麼顧慮，你知道，我是將自己視為「歷史中間物」的，「為年青人開闢道路」這一直是我的事業的一個有機組成部分。我在你的第一階段研究結束以後，確實在尋找一種方式，既為年青人開路，又使自己的學術生命得以延長，現在看來，這類「合作」是一個好方式。事實上，我現在已經有了三個合作計劃，除你這個計劃

之外，我已着手與武漢的王乾坤合作，編《魯迅語錄》，又與北京《現代文學研究叢刊》的董炳月合作，寫兒童文學史。——當然，這一切都在試驗中，但我還是滿懷信心的。

（四）比較難辦的，還是出版社。和你的估計相反，我與出版社聯繫極少。因此，我編好的自己的兩個集子至今還推銷不出去。當然，我仍會去設法與出版社聯繫的，你在上海方面如有機會，也可以先試試，可以說是我委託你去聯繫的，如需要我出面，我也可以寫信去。

（五）我還有一個想法，記得你原來談過，石汝祥先生對魯迅研究有許多未寫出來的見解，不知道他對魯迅小說方面是否有許多新想法，如有，我們這一次是否可以作一次三人合作，請石先生也參加。但我不知道，有他與我兩位老師參加，對你的壓力與束縛是否太大。對石先生願不願意參加這類合作，他會不會有什麼顧慮，我也沒有把握。因此，要請你先作一個判斷，如你認為三人合作可行，不如先問一問石先生的意見，如你認為三人合作不可行，或弊大利少，就不必提這件事。——一切要由你決定；我再說一遍，這次合作將以你為主。你應該有這樣的自信，把這一重擔擔當起來。現在，想到的就是這些。希望聽聽你的意見。我想，再經過一、兩次討論，這件事就可以定下來，開始着手進行了。真是巧得很，我這次回到北京，因為讀了一本題為《崔健在一無所有中吶喊》的小冊子，對崔健與王朔感到了興趣。並因此將《王朔文集》9卷本全部買了來。我由此而想到，你今後真可以把你的研究興趣集中在兩個方面：一是魯迅研究，一是新時期文學研究。而這兩個領域我們都是可以合作的。看來我那個龐大工程的「新時期」部分是得由你來完成了。你現在就可以注意搜集材料。除文學方面的材料外，一些報刊雜誌現在就要注意積累，還要注意搜集文化背景方面的材料。我也在留心搜集，在這方面，如果有機會，也可以作一些討論。（我們這次時間匆促，未及討論）。最近，我因為讀你在《上海文學》的文章，而讀了同期上梁曉聲的小說《棄偶》，聯想起王安憶寫的《叔叔的故事》與《烏托邦詩篇》，發現有一個共同點：都是知青這一代對五、

六十年代知識分子（即你所說的「左派知識分子」）的重新關照，將他們的這種關照，與右派知識分子的自我觀照（如張賢亮，從維熙，以至□□前些年寫的小說）對照起來考察，將是十分有趣的。由於關照的觀念、思維、心態……的不同，導致敍述結構等形式因素的不同，也是十分有趣的。不知你對這一文學現象是否注意到，並有何看法？

我回京以後，還讀了一本美國人柯文（？）的著作《從中國出發》，引起了我對我們的「二十世紀中國文學」概念及近十年來現代文學研究的全面反思，準備組織這裏的年青朋友作一次討論，也許這也是你感興趣的。不知你看過這本書沒有？

這次在上海的徹夜長談，也使我對你產生了親切感，以致這封信竟寫得這樣長。但仍有許多話沒有說盡，十分遺憾，我們竟不在一個城市！

還是感謝你的友人金志華老師和另一位老師對我的關心，這次未能與他們深談，是十分遺憾的。但願以後有機會彌補。另，請轉告史承鈞老師，他的關於老舍《貓城記》的大作已經編委會通過，決定在明年《叢刊》第 1 期發表。他這篇文章寫得很好，是對《貓城記》研究的一個新突破，但卻在《叢刊》編輯部壓了好幾年，這是要請他原諒的。

最後，還要請你代我感謝石先生，他對我的始終如一的關心，讓我十分感動，我對他也有一種說不出的親切感 —— 真不知道為什麼，也許真是「有緣」？

無論如何，該剎住了。

　　祝

好

理群　11・2 深夜

薛毅兄：

　　幾次來信，均已收悉。未及時回信，原因倒不在你所說的「合同」，或者「忙」，——我幾乎是「玩」了兩個多月，六月份以及六月以前的時間都用於歐洲之行了。所謂「歐洲之行」也只是在意大利玩了十天，斯洛伐克的幾處因為簽證未及時辦好而未能參加，因此也無法在漢學家會上一展我的「風采」。倒是因禍得福，得以從容地在意大利的佛羅倫薩、比薩、威尼斯、羅馬各地參觀，十多天裏，只是玩與吃，既不談政治，也不談學術，算是近十年來唯一的一次「大放鬆」。回國以後，上次信中所提及的一件不愉快的事就有了結果：有人化名在《南方周末》上寫文章，抓住我的《周作人傳》上的兩處錯誤，攻擊我不配擔任博士生導師。文章發出三天後，校學術委員會開會，校學位辦散發了這篇文章，結果校學術委員會否決了系學術委員會的意見，我的博士生導師資格竟未獲通過。而校、系兩級領導既不將此結果正式通知我，也不和我談話，可以說是「置之不理」。——此「事」看似突然，實非偶然。內中原因也非常複雜。既有人事上的關係——自從王瑤先生去世以後，我失去了可依靠的「大樹」，在校內處境就十分困難，去年我因此提出了「調清華大學中文系」的正式申請。其次，也有學術上的原因——我的學術道路，在北大某些人眼裏，是所謂「六經注我」的野路子，經常被戴上「不嚴謹」的帽子，我當年在「三人談」中曾批評過研究中的「爬行主義」，主張人文學科研究也要有「想像力」，有些人因此一直耿耿於懷，這回抓住我著作中一兩處知識性錯誤，自然要大作文章。你過去對我的研究道路頗為欣賞，但我心裏明白，你只代表了一部

分人的意見，在「正統」的「學術界」，我實際上是一個有爭議的人物，正因為我在像你這樣的年青人中有影響，就更引起這些自認為代表了學術研究「正確方向」的人的不滿，一有機會就要「肅清」我的影響。而我自己，何嘗不知道自己的弱點——你也許會注意到，當年我在紀念王瑤師的文章中，就借王瑤師之口談到了我的三大弱點，即一不懂外文，二古典文學修養不足，三文筆不好，也就是說，我的知識結構上存在着一些重大不足。這就形成了我的研究的一個基本矛盾：一方面，不客氣的說，就我的教養與精神氣質，我本有可能成為一個「大學者」，另一方面，我的知識結構的重大缺陷，又使得我不可能成為一個「大學者」。這一點我一直對自己有一個清醒的估價。而這種知識結構的缺陷，又不是我自己造成的，而是時代對我們這一代人的無法償還的「欠債」。清醒地意識到這一點，我是十分痛苦的，汪暉在評論我的《心靈的探尋》的文章裏，曾提到這一點，你曾來信問過，表示不理解，其實，汪暉是真正了解我的內心痛苦的。由於知識結構的缺陷，使我在學術上不能達到我本來可以達到的更高的高度——這可以說是我內心深處最大的隱痛。我的《周作人傳》裏的一些知識性錯誤，即是我知識結構的一個集中反映，我自己本來已經為這些知識性錯誤感到十分內疚與不安，現在竟然被人利用，公開嘲笑且不說，還要借此全盤否定我的學術成就與學術道路，這真猶如在傷口上撒鹽，使我深深感到人性的殘酷與可怕。而文章又發表在《南方周末》這樣的「小報」上，更使我有一種屈辱感。「小報」發表這樣的攻擊性文章，顯然是想利用我的「名人」地位製造一種「轟動效應」。我就成了人們賺錢、營利的工具：我終於懂得了魯迅當年對於小報記者與報攤文人的鄙棄與憤怒，並由此而深深感到了在商業社會裏一個毫無反抗能力的文化「名人」的悲哀。如果前幾年我受到了來自當局的政治上的壓力，現在我又受到了商品經濟以及來自知識分子內部的傷害。這種傷害，是難於向外人言說的——老實說，既使是對我的「同情」，我也擺脫不了屈辱感。因此，我只能如魯迅所說，獨自躲進草莽中，自己舐淨身上的血。這幾個月，我大概就是

在這種心境下度過的，我感到從未有過的疲憊與無聊，幾乎什麼事情也做不成——從意大利回來到現在，我只寫了一篇五千字的文章，此外，就是零零星星讀點書，編《四十年代小說理論資料》，還有應付各種雜事，完全靜不下心來，也無法集中精力寫比較有點份量的文章。儘管我心裏完全明白，在當前的處境下，我唯一的選擇就是閉門讀書，寫出我心裏想寫的東西。說實在話，我之所以對博士生導師有興趣，多半的原因是想通過帶博士生，使我的學術生命得以延長，對現代文學學科建設多作貢獻。現在看來這是我的「自作多情」，別人並不願意（或者說不放心）讓我多為學科培養人才，那我又何苦多管「閒事」呢。因此，我已下定決心，從此閉門寫作——按我的年齡與身體，大概還可以再寫作十年，那麼，就「十年後學術上見」！我計劃在未來十年中，再寫 10–12 本書，將我的主要著作「精神史」寫完，加上現在已經寫出的十本書，大約可以有二十幾本，五、六百萬字。就以這樣的「量」與「質」來回答那些惡意的攻擊者吧。——我已寫信給北大校長（他是學術委員會主席）表達了我的這一態度（當然，說得比較含蓄）。這件「事」大概就此告一段落。但我的心境、情緒的恢復恐怕還有一段時間。——現在，我還無法完全進入研究與寫作的最佳狀態。

因此，在目前情況下，我完全有時間與精力來看你寫出的文章。只是能否作即興發揮與提出「寶貴意見」都無把握。但你儘管寄來就是。（我家裏的郵政編碼：100075）。

「合同」我已將我們的意見寄出，仍未收到回信。「書」的寫法就按你的意見辦：就選有代表性的十幾篇來寫，不必面面俱到。但我仍希望盡可能向「魯迅小說詩學」靠近，即能夠總結出一些魯迅小說的內在美學機制。否則就成了一般性的鑒賞文章了。當然，目標也不能懸得太高，只能盡力而為，否則就不敢動筆，自己將自己手腳捆住了。這一點對你尤其重要，千萬不要因為是與我合作而過分拘謹，你想怎麼寫就怎麼寫吧。你應該有自信，不僅對你自己的研究能力要有自信，而且對我們之間心靈與魯迅觀的「契合」也要有信心。

《豐富的痛苦——堂吉訶德與哈姆雷特的東移》一書已出版，但只給了我十本樣書，過幾天我或許可以寄一本給你——我很想聽聽你的意見。

信中所說，除石先生之外，不要與其他人談及。學術界的是非太多，對我輩人過於「關心」的人也太多，不得不「防」。我現在只想安安靜靜地做學問，實在不願意成為人們議論（不管從什麼角度，站在什麼立場）的對象。「別管我」！這是我對世人唯一的要求。

匆匆寫就。

即頌
文安

理群　8‧9深夜

向尊夫人及石先生問好！
最近我買了「電腦」，正在學習用「電腦」寫作，但也無太大興趣。
又及

薛毅兄：

　　來信收悉。沒想到我遲遲不回信，給你帶來如此沉重的精神負擔，這同樣使我不安。我認為，根本的問題在於，你把我看得太高，這是不必要的。至少是我，自從去年在上海促膝長談之後，就把你視為一個彼此心靈相通的朋友，而朋友之間是應該絕對平等，是一種「平視」（既不要「仰視」，也不要「俯視」）的關係。我們之間的合作也應如此。我過去寫信中已經談過，你在這次合作寫作中，思想包袱太重，過分緊張，這會妨礙你自然與自由的發揮。在我看來，我們的合作本身就是一種「互補」，因此，根本不存在寫得不好，會影響我的聲譽的問題。只要我們都盡了最大的努力，寫出什麼水平就是什麼水平。至於你現在由於家庭情況發生變化，使得不能集中精力寫作，更是不存在「失信」的問題，你的種種顧慮完全不必要。事情的處理也極簡單：當然，首先要服從你的家庭需要，撫養孩子的意義高於事業，這是不言而喻的。你完全可以放慢寫作速度，反而可以從容地寫，以寫得自己滿意為原則，寫成一篇發表一篇，成書的事可放到以後再談，如真有質量總能找到出版社 —— 好在合同還未正式簽訂，我可以與出版社商量，是否可延至 95 年底交稿；如不成，就按我上面說的，暫時擱下。這件事你交給我辦就行了，你不必管。現在，對你來說，第一，要放下心來，盡力（至少用大部分精力）去盡好父親的責任，第二，調整好心態，自由無拘地去寫作（指我們之間的合作的「寫作」）。—— 你看這樣處理好嗎？

還要感謝你對我的理解與關心——還是一個真正朋友的理解與關心。我這個人的性格是「外強中乾」，根底上是較弱的。我在關於曹禺的書中，說曹禺是一個「弱者」，這也是一種自我體認；我說「弱者是不善於保護自己的」，也正是說我自己。正要你所說，我缺乏魯迅那種「蔑視世俗與對手」的強有力的精神力量，我本質上是一個人道主義的烏托邦主義者。當然，這些年來在我日益強化的「個性意識」中，也包含着一種「自信」，甚至在我的自我批判與否定中，也包含着這種自我肯定與自信。我不會因為別人的攻擊而輕易改變自己已經選定的「路」。我前不久在給北大校長的信中，就明確表示我對自己的學術研究的潛力是充滿自信的，也許有人因此而認為我狂妄自大呢。其實，這都無所謂。我這回反應如此強烈，也還是因為我對別人（包括北大）的期待太多，現在幻想破滅，我反而得到一種解脫。我最近準備印一方圖章，上寫「於無所希望中得救」數字，算是我今後的「座右銘」吧。

我已經開始新的寫作，——「四十年代小說理論資料集序言」，實際上是對四十年代小說發展線索作一個總的理論概括；你知道我對小說形式研究準備不足，因此寫起來十分吃力。準備了好幾個星期，都始終寫不出來。我現在的苦惱是在這一點上。這一段什麼也沒有寫，應上海《文匯報》之約，寫了一篇〈二十世紀末談夢〉，是發揮《豐富的痛苦》裏的觀點，也許還有點意思。還有一篇也是應編輯部之約而寫，雖只有一千二百字，卻是我第一次用電腦寫作的產品（最近我買了一部電腦，也花了不少時間），也集中了我對於學科發展前景的思考，寄給你一閱，你不難從中看出，我對自己的研究道路還是充滿自信的。

《豐富的痛苦》一書想已收到。我期待着你的批評意見，當然也希望聽到你對此書的全面評價。我手頭現在只有十本樣書，除送給外國朋友外，你是國內第一個讀者，我相信，你是真正能理解本書的朋友之一，因此，我十分重視你的意見，希望你能毫無顧慮地說出你的一切想

法。石先生請代致意，我的「沉默」竟也影響到他，這也是我深感不安的。還要向你夫人致意，幾次來信都談到她對我的關心，這同樣使我十分感動。

　　就寫到這裏。

　　祝
好
　　　　　　　　　　　　　　　　　　　　理群　8・23 夜

致薛毅 1993 年 12 月 28 日

薛毅：

你好！

很高興收到了你的信，特別是聽到了你的「反叛」的聲音（一笑）。

不過，我仍然要為自己作一點辯解。

我的文章裏，強調「設身處地」，主要意思是要說明「弄清楚研究對象自身的思維」，達到最大限度的「理解」，而不是價值判斷上的「認同」，我認為，不弄清楚對象自身的思路，就要下判斷是危險的，但同時，我又強調，研究者應比對象站得更高，並不一定是說研究者一定比對象高明，而是因為研究者與研究對象之間已經有了一個時間距離。正因為有了這段時間距離，研究對象按照他的思維所作出的選擇的內在矛盾就得以暴露 —— 而這一點，正是當時人所不能自覺認識的，今天的研究者都應該正視並揭示這內在矛盾及所造成的正面與負面的「後果」，一方面「設身處地」，一方面又「揭示內在矛盾，正視正負後果」，我以為就可以作到既「進得去」，又「出得來」，將「理解」的人情味與「正視」的嚴峻結合起來，達到一種「悲憫」的境界。

其次，對於你所說的我所思考的「前提」啓蒙主義的態度問題，我也有不同看法。我完全贊同打破「啓蒙主義的神話」，充分揭示啓蒙主義的局限與困境 —— 我這次在韓國的演講題目就是「知識者『想』與『說』（『寫』）的困惑 —— 魯迅關於知識者的思考之一」，其實，這個題目我在《豐富的痛苦》論及羅亭時也已經討論過，《豐富的痛苦》的一個任務就是打破啓蒙主義的神話，也可以說是我對自己的一個反思

與反省。但是，儘管我已經（或正在）破除啓蒙主義的神話，以一種近乎「絕望」的心情去看待與討論啓蒙主義，但我仍然要選擇或堅持啓蒙主義，因為，第一，我總認為，固執地認為，在中國，真正的啓蒙主義者不是多了，而是少了，第二，我更清楚地認識到，我自己的興趣、精神氣質最適合作一個啓蒙主義者，因此，我已下定決心，不管我說的話有沒有人聽，有多少人聽，聽了能不能理解，聽了有沒有用，還會有什麼副作用，負面後果，我仍然要堅持不懈地發出我的啓蒙主義的聲音——批判現實，批判傳統，批判國民性的聲音。這是類似魯迅的「反抗絕望」的選擇。我以為，當今的社會科學知識分子有兩類，一類是經濟、政治學、法律……這些處於時代中心位置的知識分子，應該最大限度地與實際政治、經濟……結合，充分發揮其引導（以至指導）作用；而另一類人文學者，或者說是人文學者中的一部分，應該堅持「純思想者」（即我在《豐富的痛苦》裏所提出的「還思想於思想者」），它的使命不是指導現實，而是超越現實，提出一些超前的思想，並以此作為批判現實的武器，因此，這一部分人文學者應作為社會的永遠的「異端」存在，他的任務就是「發出不同的聲音」，如前所說，是不管有沒有人聽，有多少人聽，也要講出自己的聲音，既不媚「人」，也不媚「時」，不媚「俗」，——這也正是我自己處在當前中國現實中，給自己選定的角色：我要在北京大學不停息地講魯迅，同時通過我自己的寫作，不斷地發出僅屬我自己的（經過我自己思考過的）聲音，這是一種不計成敗、不計算效果的「啓蒙」。至少我自己要堅持到底的，至於別人怎麼看待啓蒙主義及我自己對啓蒙主義的堅持，則可以不去管它。我認為，我們不能破除每一種迷信、神話（比如對啓蒙主義的迷信、神話）之後，就毅然宣布將其本身也放棄（否定），如果這樣，我們在破除了一個又一個的神話以後，最後又剩下了什麼呢？

這封信本想寫得長一些，但我實在太困了。只得草草收場。再說幾件具體的事：

①60元錢留你處，請以後代購滬版書。

②你寫的關於《故事新編》的文章，因王世家一再向我要稿，我已轉給他了，據他說很快就要發表，此事未徵求你的意見，我即擅自做主，望諒。

③你寫的幾篇魯迅的文章（草稿）我已仔細看了，總的印象不錯。其中《狂人日記》與《阿Q正傳》我在課堂上講了一遍，反應很不錯，我現在正在忙於寫別的書，我正在與社科院文研所同志合作寫一本《彩色插圖本中國文學史》，我與吳曉東合作，寫「新世紀的文學」這一部分，實際上要寫一部「二十世紀文學史」，篇幅要在五萬字以內，作為經典化的「中國文學史」的一部分，因此，對現代作家作品進行了一次嚴格的大篩選與重新選位。因而對現有研究格局有一個較大突破。這是一件遲早要做的工作。我正在興致勃勃地寫作，正寫出大部分初稿，明年初即要交出版社，明年7、8月可見書。此書裝幀與印刷都將十分漂亮，要一個豪華本。等此書交移後，我將對你的草案寫出我的詳細意見（這大約要到春節前後了）。

④過幾天我將讓我的研究生再給你寄上一本我的新著《刪餘集》，這是《人之患》一書編輯刪下來的文章及其他一些「附錄」彙編在一起的一本書，是我自費印刷的。出書的目的在「前言」裏已說的很清楚：主要原因是，我認為人們在商品大潮中似乎已經忘記中國仍然存在「文網」，中國知識者仍然處於寫作不自由的狀態中，我要用這本書作一個歷史的記錄，為後人寫「中國文網史」留下一份真實的史料。因此，編印這本書也是屬我的堅持對社會的批判，不斷發出「自己的聲音」的啓蒙主義工作的一個部分。這本《刪餘集》與《人之患》中的回憶文章及我的每本書的「後記」在一起，彙成我個人的心靈史，要與我的研究著作裏對他人心靈史的描述相融會。另外，《刪餘集》附錄裏關於我的著作的「反應種種」，也可以看作「思想文化史」與「學術史」的一個部分，我自己以為也有點「意思」。《刪餘集》只印五十本，每本有作者簽名，也有編號，送給極少數友人，也贈送一本給你，作為永久的紀念，石先生處就不再送了。你或許可以從這本書的編印以及我的「前

言」中看到我的「另一面」。很想聽到你讀了這兩本小書的「感想」。前不久，我將剩餘的稿子及這一兩年寫的回憶文章與短文又編了一本《世紀末的沉思》，已交出版社。這三本書可能為一組。此後或許還會繼續寫這類短文，作為我的生命的一部分的痕跡。近幾個月，我的心緒已趨平靜，又處於新的寫作高潮中。《四十年代小說史》已寫出提綱，急待動筆。又迫不及待地在構思《毛澤東論》一書，我計劃在明年之內將手頭的這些工作基本告一段落（因此，我希望我們合作的《魯迅小說細讀》明年可以有一些成果，爭取後年完成此書，你以為如何？）。從後面開始，我要集中精力寫我最後的兩大部著作了，即《毛澤東論》與《世紀心路》(7 卷本，即「二十世紀精神史」)，這也是我一生的最後拼搏了。——但願我還有十年的健康的生命！明年我就是 55 歲的老人了。

就寫到這裏。祝
全家新年快樂

理群　12‧28

薛毅：

你好！

首先要謝謝你的「提醒」，在這個問題上，我實際上也存有矛盾。在紀念王瑤先生文章中，我曾一再強調王瑤先生說在中國要當一個學者首先要學會保護自己，實際上也是一種自我提醒。實際上我又常常為同輩人的「不醒」、「麻木」與「忘卻」、「逃避」的痛苦，不得不「赤膊上陣」。我也知道，在中國有更需要我的事情要做，但對許多應該有反應的問題，人們（包括你說的年輕人）都保持沉默，而陶醉在許多虛假的「光榮的回想」中，這種情況也常使我憤怒而不能自製。我當然知道，這同時也暴露了我自身的弱點，你與王乾坤來信中都批評了我「缺少一點魯迅式的大輕蔑」，就是其中之一，王曉明在他的新著《無法直面的人生——魯迅傳》的「後記」裏，說道：「極度的憤激，正意味着抬高那使你憤激的對象，你會不知不覺地喪失冷靜地透視對象的心境，喪失居高臨下的氣勢，甚至自己也變得視野窄小，性情狹隘。激憤固然給人勇氣和激情，卻也容易敗壞人的幽默感，使人喪失體味人生的整體感和深邃感。我甚至相信，這是嚴酷的生活給人造成的一種深刻的精神創傷」，我想說的也是同樣的道理，——這些意見，我當然會「聽得進去」，請你放心。我會控制我自己。不過，最近還有兩篇以上憤激的文章要發表，你也都會陸續看到。

有一點你的估計不正確：真正「危險」因而出不來的正是你所認為的最重要的「著作」。這裏，順便告訴你一個「消息」：我去年曾寫過一篇三萬字的長文：〈「流亡者文學」的心理指歸——抗戰時期知識分

予精神史的一個側面），這篇文章實際上是我要寫的「二十世紀心史」（我稱為《世紀心路》）四十年代部分的一個提綱，此文寄《清華漢學》雜誌，最近被退了回來，因為出版社編輯與編審認為此文矛頭指向《講話》，是篇反動文章。我預感這正是我今後學術研究繼續深入，真正發出我自己的獨特的聲音（你所見到的，僅是一種「試探」而已）時必然遇到的命運，我已做好了它們難於與世人見面，或者必須在別處出版的思想準備。因此，我現在對自己的工作安排分作兩步：最近一兩年內，將想做而可以做的事全部做完。——去年下半學期以來，我同時在寫與編十本書：與我的學生吳曉東合作，寫了一部《繪圖本中國文學史（二十世紀部分）》，這是我的「文學史」新的實驗（已定稿）；我同時又寫了一部「名作重讀」，文章共寫了 18 篇（已定稿），準備加上其他文章，合為一本專著，這是我的學術研究的「普及」工作，也是對我過去曾經有過的中學語文教員工作的一個總結、「回報」；我還寫了一系列的類似散文、隨筆的東西，其中主要寫對我父親、哥哥的懷念，也包括一些現實思考，現已彙集成冊，題為《世紀末的沉思》，可以說是《人之患》的姐妹篇；最近，還寫了一篇〈魯迅與北京大學青年學生〉，這是我的《魯迅研究》課的總結，又寫了關於《繪圖本文學史》寫作構思的總結，這是《我這十年研究》的姐妹篇，是我的文學史觀的進一步闡發；還寫了一篇〈一代學者的歷史困境〉，這是為王瑤先生逝世五周年而寫；在與你合作《魯迅作品細讀》的同時，我正在與南京師範大學的朱曉進合寫《兒童的發現》一書，這也是我青少年時代的「兒童文學夢」的實現。同時編的書則有：《中國淪陷區文學大系》、《王瑤文集》(7 卷本)、《王瑤學術思想研討會論文集》、《錢天鶴文集》(我父親的論文集)、《中國現代文學研究十五年的回顧與展望論文集》(這是今年現代文學研究會年會的論文集) 等。這十本編與寫的書完成後，（當然，還有一本著作，即《四十年代小說史》），我的過去的「夢」已全部實現，我對於我的上一輩（王瑤老師……）的責任已全部盡到。我的學術地位已基本確定，如果什麼事也不做，也可以交代過去。但我的真正工作也正從此開始。我預計以上計劃大部分可在 1995 年上半年前

完成，這樣，從 1995 年下半年開始的十年時間，我得集中精力完成兩件事，一是寫一部《毛澤東研究》，一是寫《世紀心路》（多卷本）。這兩部著作將完全發出我自己的聲音，希望寫得比較透徹，無顧慮，也比較從容，不企望立即發表、出版（如有機會，當然也不會放過）。如果「上帝」不給我時間，不能及時寫出，也無太大遺憾。——這就是我在今年五十五歲生日時給自己定的計劃。以上十本書完成後，我的著作包括合作的著作，將達十七種，約 300 萬字，編的書也將達十八種，共三十五種。以後十年著作大約也會達 200 萬字。總共 500 萬字。這一生也就可以就此交代了。我正在抓緊一切時間，一步一步地落實這些計劃。因此，這一段時間我的心情特別平靜，工作效率也很高，——今年以來已寫了五萬字。當前的各種浪潮、危機似乎都與我無關。這是近年來所少有的——我去年的憤激情緒曾一度達到頂點，《刪餘集》正是這種情緒的反映。——關於我的情況、計劃就談到這裏。

再談談你的信中所說的事吧。

首先，我仍覺得你對給我寫信考慮的太多，這是不必要的，完全應該想到什麼就寫什麼，因此，我很想看到你寫了一本而沒有寄出的那些信（如果還保存着的話），我們既是朋友，你為什麼不可以「說三道四」呢？事實上，由於我現在所處的地位，我也處於魯迅所說的「包圍」之中，因此，我很難聽到對我的研究真正中肯的批評意見，如果連你這樣的「忘年交」都對我不能坦陳直言，而多所顧慮，我就覺得太可悲了。因此，我仍想聽聽你對《人之患》與《刪餘集》的評論，並想請你對《我這十年研究》繼續表示意見——當然，這要不影響你的家事與工作為前提。

其次，我希望看到你對《豐富的痛苦》一書的評論文章（發在《魯迅研究月刊》上會不會只限於魯迅部分，而不能充分展開），此書發行情況並不太好，許多地方都沒有見到這部書。學術界更是毫無反應。我曾請一位「權威人士」寫書評，結果根本不予理睬，見了面對此書一字不提，弄得我十分傷心。有學生與讀者反映此書寫得過於「學術化」，

引文太多。我在北大上課時，聽的人固然不少，但學生的作業中卻極少精彩的發揮，大多重複我的觀點，這一切都使我有些失望，並有寂寞之感。我正在反思這本書在哪一方面出了問題。不知道你的學生的真實反應如何？

再說說信中所談的寫作計劃。

我贊成你的「兩線作戰」計劃。作「魯迅思想專題研究」是我看了你關於魯迅論「遊戲國」的文章就想到的；在此後提出「魯迅式命題」與「魯迅的詩學研究」時，也想到了這一點。這正是對魯迅思想作重新研究的「起點」。不過，我想這本書還是你獨立完成為好——我當然感興趣，也當然會為你出主意，提意見，這都是「不言而喻」的。但是，我不贊成你所定的「把您的關於魯迅的想法能全面總結出來」的目標，我同意並支持你吸收我的一些研究成果，但我認為，你的主要着力點應在「出新」上。我擔心兩人合作，反而會妨礙了你的獨立發揮與「出新」。所以我想，《細讀》的合作既已開始，那就繼續下去，以此作為我們之間的永久紀念，而《魯迅論》一書還是你獨立完成為好，我可以打打邊鼓。《細讀》也希望以你為主。我贊成你關於「細讀」不要陷入單純的「認同」，而具有某種「反思」性質的設想。這當然是一個更高的目標，只能一篇一篇的試驗。

你寄來的幾篇，我大體同意。我認為抓住並且強調魯迅文本本身的分裂性，努力發掘魯迅小說內部兩個以上的異質成分的互相對抗、滲透、消解的自我否定結構，這樣的大的思維符合魯迅思維的特徵，是可做的。對你對每一篇作品切入口的具體選擇也大體是同意的。比如《狂人日記》抓「常人世界」與「狂人世界」的對立、滲透、彼此消解；《孤獨者》抓「故事」與「對白」的關係；《傷逝》抓「自辯」的「我」與「懺悔」的我的關係；《阿 Q 正傳》抓敍述的困境這些分析都大體切合文本，也有一定新意。不過，幾篇在寫作中都有比較冗長的部分，如《狂人日記》第 3 節、《孤獨者》第 1 節（這一節我以為可以不必要）第 2 節，（寫得比較精彩的是第 3 節），其他具體意見我已在文稿旁邊寫了，不再重複。

我讓我的研究生謝茂松（他就是你信中所問的、每次代我寄書的學生）仔細看了你的文稿，他也在旁邊寫了一些批注（用鉛筆寫的），僅供你參考。

　　這封信寫得太長了，就此打住，連同文稿一併寄給你。

　　另外，你寫作時可以從容些，不要因我的計劃而使你有緊迫感，而且首先要帶好你的孩子，就按你的計劃，從今年下半年開始吧。

　　就寫到這裏。

　　　祝

好！

理群　3・20

又，我給石老師寫了一封信，邀請他參加今年五月七日在西安召開的「王瑤先生學術思想研討會」，不知你們系能不能給他報銷旅差費，請關心一下這件事。

薛毅：

你好！

我正從香港回來。收到了你的來信及大作。

謝謝你對我所說的一切。我想，此文就這樣定稿，無須再作什麼修改。——但開頭關於我的經歷部分我想刪去。不知你的意見為何？

我覺得你寫此文仍有些拘束，但這類介紹性文學也只能這麼寫。關於你的學生，則似無研究我的必要。——我現在不可能進入「學術史」，成為學術史研究對象。

最近，王乾坤寫了一篇評我《豐富的痛苦》的文章，題為〈中國堂吉訶德們〉，《讀書》已同意發表。此文也是着重談我這個「人」，我的「學術」則談的很少，與當年汪暉的談論很接近。也許這正是我的真正價值所在？我的《豐富的痛苦》中一些對於知識分子與人所面臨的基本困境的討論，似乎沒有引起世人的注意，這是我感到悲哀的。——其實，王乾坤的文章寫得很好，我是滿意的。我的前述「悲哀」是另一回事。

在去香港之前，我去了一趟貴州，與原來的老朋友作了多次長談。這次去香港，又收集了大量的毛澤東著作及對毛澤東的研究著作，也讀了不少。最近幾年海外對中國的研究著作，頗受啓發，又產生了許多新的想法。對今後的寫作計劃作了進一步的修定，擬用今後十年的時間，寫三大部分的著作；一是「毛澤東文化批判」。「毛澤東文化」是我所提出的「概念」，以後有機會再對你詳加說明吧。二是「毛澤東

時代的知識分子研究」（分「四十年代」、「十七年」與「文革」三大部分），要研究：中國知識分子是怎樣接受「毛澤東思想」的；在「毛澤東時代」中國知識分子的歷史境遇、心態；最後檢討（反省）中國知識分子對「毛澤東文化」的形成發展所應負的歷史責任。三是「我 ──『毛澤東時代最後一人』的自傳」，這將是一部盧騷「懺悔錄」式的著作，着重於對於「我自己」的自我剖析、批判 ── 怎樣成為一個「毛主義者」，又怎樣開始了自己的獨立反思？同時，也要把我周圍的人與事寫進去，構成一部從個人角度出發的心靈史。── 此書三部分構成了一個的完整的結構，可互為補充。其主要目的是進行一次徹底地「自我清理」，我對貴州的朋友開玩笑說，寫完這三大部分的著作，我就可以乾乾淨淨、清清白白地去見「上帝」了。否則我總是擺脫不了自己的「負罪感」與「不潔感」。我的這一計劃是以原來的計劃為基礎的，不過，現在更集中，目的也更明確了，即是要着手進行「毛澤東時代」的清理與批判。這將是一個開拓性的研究（我不準備搞得十分細，我希望仍像《心靈的探尋》那樣，打開一條「路」，為後來的研究奠定一個基礎），同時也要一個自知其局限性的研究，即這只是「毛澤東時代的人看毛澤東時代」的研究，其局限在此，但其特別的為後代人的研究所不能替代的價值也是在此。

再回過頭來，簡單說說我改提「毛澤東文化」，而不提「毛澤東思想」的原因。我認為，「毛澤東思想」不同於其他的思想家的思想之處在於，毛澤東既是一個思想家，又是一個實際革命運動的領袖，是一個國家、民族的統治者，他的思想是被充分制度化的，是真正影響支配了整整一個時代的中國社會和中國國民的思想與行動的，並且形成了一個時代的、全民族的特殊思維方式、情感方式、心理 …… 以至語言的，它已經形成了中國歷史上的一個特殊文化形態，形成了我們的國民性，即使毛澤東個人的統治結束了，它仍然影響、甚至支配着今天中國人（從最高領導到普通老百姓）的思想與行動、甚至包括毛的反對者，在他們思維方式、情感方式、心理 …… 以至語言的深層面上都仍然打

着「毛文化」的深深烙印，也就是說，「毛文化」將中國知識分子與人民的改造得如此徹底，以至滲入到他們的「潛意識」層面，在這個意義上，「毛文化」已經不是毛個人創造物，中國知識分子以至全民族都參與了「毛文化」的創造。這就是說，「毛文化」自然是以「毛思想」為核心、基礎的，但它的外延與內涵都超出了「毛思想」。因此，對「毛文化」的批判（當然是科學意義上的「批判」，而不是簡單否定的「批判」）實質上是對以毛思想為基礎的意識形態及其制度化的批判，是對毛澤東時代所形成的新的國民性的批判，是對毛澤東時代的知識分子以至全民族的批判，因此也是對成長於毛澤東時代的自我的批判。我將要進行的「批判」仍然是從毛澤東思想的一些基本「觀念」（如「群眾」、「階級鬥爭」、「改造」、「浪漫主義」……）切入，同時考察毛澤東的這些基本觀念，在中國的制度化實現及在實現過程中中國知識分子、中國人民的創造性發揮及最後的實踐結果，而這每一步的研究，都要從政治學、哲學……各個側面進行深入的開掘。其研究方法是我所從《心靈的探尋》開始的研究方法的繼續，在某些方面則與西方政治文化史史學暗合。某種意義上，我所說的「毛澤東文化」也就是一種「政治文化」。

我現在有一種向最後的研究高峰衝擊的研究衝勁，同時，心情又特別的平靜。我現在需要的是「閉門研究與寫作」（關於另外兩大部分的寫作我也都有了一些具體的想法，包括具體的研究操作程序也都大體設計好）。這可能是我個人生命與研究生命的第二個「青春期」（我的第一個生命「青春期」是白白浪費了的），只是不知道「上帝」給不給我這麼些「時間」——大概要十年的時間。在完成了這三大部分的研究之後，我大概就應該「急流勇退」了。

而目前，我還在作前一時期的研究工作的掃尾，這一段因為一直在外奔波，有一點時間也是零碎的，因此，寫了一大批關於周作人散文的具體篇目的鑑賞性細讀的文章，共寫了十七篇，每篇千字至三千字，準備寫在《語文學習》上發表的文章（也寫了十九篇），連同原來陸續寫的有關現代文學的鑑賞文章合起來，編成《名作重讀》一書。這

些短文章寫起來也很有興趣，對周作人的研究也有所深入。我現在真是處於「最佳狀態」，寫什麼都很順手，只是時間太少，精力有限。──此外，我還在編西安會議的兩本論文集，還在為我在英國去世的哥哥編紀念文集。最近寫了一篇《前言》，其中有幾句很表達了我最近的幾天的心情，抄給你一讀──

「嗚呼，生不團圓，死各一方，錢氏家族竟是如此之不幸。但我們仍自豪與自慰，因為我們相親相愛，相濡以沫，手足情深，大海重洋無以阻隔，生冥兩界也不能將我們分離。

生命有限，而親情永恆。

面對過去、現在與未來，我們坦然無愧。逝者可以安息，生者將繼續前行。」

我還在為我父親編一本文集，這次在香港搜集到他在台灣的著述目錄，也算是一大收穫。提起我的家庭，又想起還應感謝你這次對我的外甥李小虎的接待。他已回到北京，也讓我代為傳達他的謝意。

另外，你的那篇紀念王瑤先生的文章，《月刊》最後沒有發，我已請王世家將文稿寄給我，我再設法寄出去發表。

假期中你在忙什麼？甚念。

請來信。匆匆寫就。祝
好

理群　8・6

崔可忻 /1994 年 9 月至 1995 年 6 月,北大中文系派我到韓國外國語大學任教,於是就有了和老伴崔可忻之間的「兩地書」。這裏收錄的是我給可忻的信,可忻寫給我的信,留待以後整理。

小貝:

電話機壞了,從昨晚到今晚,一直給你打電話,總是打不通,只得寫信了。

記得是星期一晚給你打的電話。星期二是中秋節,上午,台灣師大的一位年青教師夫婦陪我到附近街上走了一圈,大多數商店都因過節而關門 —— 韓國人極其重視中秋節,都回到家鄉去祭祖,漢城街上幾乎空無一人,最後在一兩個小店裏買了一些必需用品 —— 楊老師把廚房用具都留給我了,還有一個電飯鍋,因此,我主要是買吃的,米、麵、罐頭、雞蛋、蔬菜等等。中午朴宰雨請我們中國教師吃飯,除那兩位台灣人外,還有一對復旦來的夫婦,連我共五人。由於是大家一起去,我僅送去了月餅,酒是頭一天晚上即送給朴的,他很高興。從朴先生家回來後,就無人理睬我了,一切由我一人安排。住的屋子很寬敞,有一臥室,一書房,一客廳(連廚房),一廁所,有一個衣櫥及一用塑料圍起來的衣櫃,我買了十個衣架,把西服、褲子全部掛上,其餘則作晾衣服用。有煤氣灶(和我們家的差不多,用起來更方便),有冰箱但無洗衣機,也無電視機(一位助教問我要不要買一台舊電視機,我拒絕了)。二十四小時都有熱水,我現在每天泡一次澡,倒也很舒服。給了我兩個毛毯,一個枕頭,基本上夠用。據說冬天有暖氣。從星期三

開始我即自己做飯。星期四去上課,是那位復旦老師陪我去的,上午 8 時 10 分有班車,8 時 30 分左右到校,9 時上課,星期四連上四節,從 9 時上到 1 時,又由這位老師陪我去教師食堂吃飯。吃完飯後去校內小賣部及郵局買了信封、郵票等類。再乘公共汽車回住處。乘車站就在學校對面,直達住所外面的大街上,因此,我很容易就認識了。從星期五開始,我一人獨立行動。也是連上四節,頭一天上課人很少,星期五人就多起來,我講得也比較自如,學生似乎很喜歡我,下課即有五位學生約我上街吃飯。因為是第一次,我沒有掏錢,下一次大概就該我請客了。他們給我安排的課程是:二年級六個班的中級漢語會話課,每班二小時,共 12 課時,另有一個教育研究所的寫作課,一星期一次,2 小時,共 14 小時,集中在二、三、四、五四天,這些課都比較簡單,基本上不須備課。這樣,我的時間就相當集中了(也不用坐班,上完課即走)。這幾天我都在閉門讀書;沒有任何人來找我。只是跟老溫和張雙棣通了兩次電話。今天上街到自選市場買了一批東西。——離我的住處不遠,附近也有許多小賣舖,買東西很方便。肉食、蔬菜都有。我這幾天除自燒蔬菜外,都在吃罐頭,今天買了一隻雞,還不知道怎麼燒,反正總會燒熟的。這點你可以放心。總之,一切比我想像的都要順利。我們中國籍教師有四個助教,飛機票報銷,辦臨時戶口……等等事都交給他們辦了,我忘記帶圖章來,重刻一個花了 10,000 元,即人民幣 100 元。工資要到明天才領,我向那位復旦大學的老師借了十萬元,這大半個星期各種費用花了十萬(我一個月的工資是二百四十萬元),估計一個月要花五十萬左右。我現在因為有書看,所以情緒很穩定。多年來一直忙忙碌碌,現在突然有了一個很大的空間與有這麼多的空閒時間,一時感到頗為興奮,讀書的興致也很高。但今天開始就覺得寂寞了。想到一個星期前此時我還在家裏,而現在都已在千里之外,不知道一個星期裏小貝都在幹些什麼?算得出,星期二準備過中秋,星期三去銀行,星期四去中心,以後幾天呢?開始清理東西沒有?……當然,最重要的是,有沒有想我?——信寫到這裏,台灣來的先生敲門請我去他們家坐坐,復旦的那位也去了,幾個中國人聊了一晚上,此刻已是

11 時。他們告訴我，韓國時間 12 點以後打電話，收半費，這樣，以後我給你打電話的時間都會在北京時間 11 時以後，等着我的電話吧。

　　就寫到這裏。祝
好！

理群　9·25 夜

小貝:

你好!

你的兩封信相隔一天前後收到。真是奇怪。

傳遞快件終於在外國語大學收發室小姐個人抽屜裏找到,在此之前,我曾讓我們這裏助教多次去找她,問是否寄到,她總說沒有。如此不負責任,真讓人生氣。但也無可奈何。

關心的自然是北大的分房,不知有何新的進展。中國的事夜長夢多,這次最好能爭取得到。如同時能解決博導職稱問題,我與北大就不再有所求,加上這次出國,就一切都到「頂」了。

我的日子依然如此。找我的人開始多起來。目前主要是學生,但語言不通,也就不可能有更深入的交談,我也沒有太大興趣。前天(星期六)終於出去玩了一趟,還是與樓下孫老師夫婦同去的,是去漢城一座有名的山道峰看紅葉,我一路爬山,一路想着那年你、我與小羅一起去香山看紅葉的情景,此刻你要在我身邊,該多好!小羅最後有沒有來北京參觀?我之前曾給他一信,他也沒有回信,袁本良倒給我寫了封信。

我的生活更見上軌道。每天起床作廣播操,讀書休息時也作操,作我自編的幾個動作,姿勢十分「優美」。吃的花樣更多,今天就吃了兩隻螃蟹——韓幣 4,000,相當於人民幣 40 元,按這裏的工資算自然是便宜的。還吃了一次紅燒蹄膀。每星期都吃一隻人參雞(雞很小,味道很嫩很鮮)。我擔心這樣吃下去,人要發胖。已發了二個月工資,第1 個月 300 萬韓幣,這個月扣工資,只發 100 萬,到現在為止,我只

用了 40 萬，以後隨着交往的加多，會多花一些。總的說來，韓國人物價還是便宜的。而韓國大學教授的工資特別高，一般人的工資大約在一個月 100 萬左右。

上星期四，這裏學校校長請外國專家赴宴，我穿了那套黑西裝，還是滿神氣的。我西服穿得很小心，上完課回家即脫下來掛起，目前還可勉強混，我注意到，有不少外國專家也穿得很隨便，也沒有人「側目而視」，樓下倒是有電熨斗，如果實在過不去，再求他們吧。我估計這學期幾件西服輪流穿，應無問題。用電與煤氣我一直很小心，你可放心。

我不放心的仍是貝貝的「情緒」。我在家時，至少有一個可以傾訴的地方，我估計你現在在家中大概又是沉默不說話的時候多，這樣整下去對身體可不好，不然，就多給我寫信吧。還有，你去檢查身體結果如何？說實在話，我總是擔心你的身體在那一點上會出了毛病。我自己也一樣。按說我們現在的各種條件都算不錯，這也是多年奮鬥的結果，關鍵是我們兩個身體都要好。我會當心自己的身體，請你也要當心。另一方面，也要調整好自己的情緒──心情鬱悶，也會影響健康的。

二位老人，就讓他們這樣下去吧，要他們改變，已無可能。只要他們身體健康無事，就是「萬幸」，對於老太的嘮叨，你也不要太在意，她說她的，我們按我們的主意辦就是了。

正經十一點，明天大早還要趕去上課，就寫到這裏。

理群　10．31 晚

附：

1，《左聯詞典》我未預訂，如方便的話，請另匯款（28 元）去訂購。
　　地址：上海市多倫路 145 號左聯紀念館　姚辛 200081
2，如方便與願意的話，可以打電話問問陳平原，他去年從日本買回一部攝像機。

小貝：

你好！

電話打完之後，心裏總覺不安。看來你的情緒不太好，是麼？能向我發泄發泄麼？還有小裸姆怎樣「招」來的？情況怎麼樣？老太太的病是怎麼回事兒？老先生的身體，還有你自己的工作、身體……這些都是我想知道的，電話裏來不及說，也說不清楚，能寫信告訴我麼？

打完電話第 2 天，我即去台北駐漢城辦事處，遞交了有關材料，進展順利，並預定了七月十日去台灣，二十七日返回漢城的飛機票。這次在台灣除開三天學術討論會外，還將去台灣全島參觀訪問，將去日月潭、阿里山等風景勝地，內容比較豐富。主要是可以了卻我多年的心願——給父親掃墓，我將是大陸錢家第一個去台灣的。想到這，心裏就說不止的激動，幾乎流淚。我不知屆時來到父親的靈前，能否控制住自己的感情。……

回北京的飛機票也已預定，是七月二十九日，在旅行社順便打聽了一下，從韓國去歐洲旅遊十分方便，旅遊七個國家兩個人來回機票便要 400 萬韓幣，即五千美元，總開銷約一萬五千美元即可。真可惜這次失去了機會！

我翻了一下，我現在有下列服裝可帶到台灣去：

① 兩套西服：白色與灰色的；
② 三件短袖襯衣：一藍，一白（有隱線），一直條；

③ 兩件 T 恤衫：一白，一條紋；

④ 兩件新長襯衫（這回帶來的）；

⑤ 兩條長褲：一白，一灰，西服褲也可穿。

因此衣服是足夠的，你可放心。

　　我的日子依然平靜，一切都按「常規」，讀書也較順利。會做的菜越來越多，嘗試各種口味。每天按時收聽英、法、美三國廣播，知道的消息大概比你還多，也因此引起許多思考。除你的信外，僅收到小謝的一封信，與韓國學術界依然無來往，中國大使館倒是招我們去聚了一次會：到韓國來的中國人越來越多。每個星期幾個學生（就是今年寒假去北京的那幾位）來我這裏聚會一次，聊聊天，也解解我的「寂寞」。上個星期學生陪我去爬了這裏最大的一座山，因此間天氣冷（今年有些反常），花也還沒有全開，等到花開之後再去附近走走。六月底至七月十號之間也還有一段時間，還可以到漢城以外的地方一遊。

　　比起我的悠閒，你太辛苦了，這也沒有辦法，等我回國後再陪你「玩」。——先開一個「空頭支票」。其實時間過得也快，這封信到北京時，我已走了兩個月，再過三個月，熊猫就要回北京了！「妹妹」莫哭！

理群　4・19 深夜

可忻：

因等着你的信，在打電話以後，今天才給你寫信，昨天收到了你五月九日的來信。

你這次出差，竟會弄得大吐，看來，我們都越來越不適應混亂的生活，而在中國，恐怕除了北京之外，都還是一片混亂。我們真到了待在家裏安安靜靜地過日子的時候了。但什麼時候才會有只屬我們兩人的「小窩」呢？

我有一個預感：老先生這樣一天比一天沒力氣，「弱」下去，恐怕難闖過今年這一關了。但願能「熬」到我回北京以後（我想應無問題）。

老太太也必會變得越來越無法理喻。這也是沒有辦法的事。我們也只能一面「忍」着，一面我行我素，不理她就是了。

請你再忍一忍，混兩個多月，到七月底（七月二十九日）我就回來了。

這個星期一是韓國的教師節，學生專門召開「教師會」，非逼着表演，我將原來的一首詩改了幾句，胡亂編造：「漢城多麼好，漢城多麼美，／但是，請寬恕我／我常常想念我的祖國……」學生居然大受感動。不過，這也是我的真實心情。

也許是聽說我要走的緣故吧，最近來訪者多起來了。這裏到六月十五日即停課考試，二十二號左右放假。

學校上答應在此前後將到八月底的工資提前發給我們，這樣，我將在六月底匯一大筆錢給你。其餘的也將設法換成美金，帶到台灣用一部分，再自己帶回北京。現在我正在聯繫我今年暑假去北京的學生，託他們先將我的書帶回北京。這樣，我從漢城回國時就要方便得多。

總之，現在心思都集中在準備回國了。這一切辦好之後，在七月十日之前我可能要到韓國南方去玩一趟（有朋友約我去，也可能和一些學生到南方農村去玩）。

儘管為此忙亂，我仍在抓緊時間讀書。

比起你，我的日子，單純得多，主要是沒有那麼多煩人的事兒。

那天我打了電話以後，對購攝像機我又有些猶豫了——主要是怕麻煩。朋友們都勸我到台灣去買，去台灣看看再說吧。

北京的國際電話怎麼還是這麼貴？我這裏四月份打了三次長途只需一萬韓幣（人民幣 100 元）。我們這裏是隔月計算電話費——四月份電話五月底交費。以後你真不必給我打電話，還是等我的電話吧。

就寫到這裏。

理群　5・20

可忻：

　　昨夜得知老先生去世的消息以後，整個晚上以及今天整整一天心裏都很不舒服。想想老先生的晚年，特別是他最後的這一場折騰，想想你這一段難過的日子 —— 你在來信中說像過了一個世紀，我想你在一切結束，安定下來後會覺得是一場「惡夢」，再想想你來信中的反思，心情是夠沉重的。其實，不僅你在反思，我這一年，在韓國，與一切都有了距離以後，也在時時反思。結論與你所說差不多，我們這一輩子活得太窩囊了。先是不斷地強迫改造，夾着尾巴過日子（我這一年在讀毛的著作，幾乎把歷史的「老路」重溫了一遍，心裏真不是滋味！），以後又為工作，為職稱，為住房，為他人 …… 不斷地給自己加壓，活得太累。最後真正留給自己以及我們兩人的時間與空間幾乎等於零。現在看來，我這次出國與老先生的去世，應成為一個轉折點：以後應為自己（以及我們兩人）爭取自己的空間與時間，要按照自己的意願（而不是照顧他人的要求），獨立自立的生活。再說現在，我們也已經有了這個條件，你馬上就要退休，我一切均上到了「頂」，於外界已不再有所求，也無再需償還的「外債」與「內債」，再加上經過這幾年的奮鬥，基本的物質基礎已經具備，我們真可以放鬆一點，過「自己的生活」了。

　　尤其是你，這幾年裏裏外外一肩挑，付出實在太多，已經超負荷了。再如此硬撐下去，是非出問題不可的，—— 我預計，下一步我們的身體都會成為一個十分麻煩的問題，欠賬太多，到時候是會算總賬的。是我們下決心，作根本調整的時候了！

但有時一想到具體問題，又不免有些沮喪。信裏也不好多說，待我回來後再細細商量吧。我估計，你那裏的忙碌要到七月十號左右（正是我去台北之時）才能結束，然後，身心都要休整一下，正好我回國。——這一次我未能與你一起共渡「難關」，一切擔子都推給了你，我心裏一直很不安。我明白你的意思，也很感激你的苦心，這就越發增加了我的不安。我知道在家也辦不了多少事，沒有我你一切都會安排得下來，但我在，至少有人給你分分憂，在精神上有個安慰，也有個商量。這一切都已過去，多說也無用。但我對你欠賬太多，我都是一直記着的。以後再償還吧。

　　這一段我一直在「玩」，最近幾天則在休息。在玩時總要想：要是小貝在，該多好！照了無數的相片（攝影技術大有進步），目的是讓你分享。現在先寄上一批，——儘管目前你還無心思鑒賞！

　　七月一日將去南方一位朋友那裏，住三、五天即回來。或許十號去台灣之前還有一封信給你。再一封信就將從台北寄出了。在旅途中，我會注意自己身體，並節制喝酒，請放心。回國準備工作我已陸續在做。除已帶到北京的一旅行袋書之外，還有一旅行袋書已託了一位學生（他要到七月份才去北京）。可惜旅行袋帶來太少，準備去台灣買一個。這樣，重的東西均可放在旅行袋裏隨身帶來，托運的兩個箱子裏就只剩下衣服，估計不會超重（超重也不會太多）。因此，你可以放心。

　　就寫到這裏。

理群　6·28夜

可忻：

　　八封來信都收到了。看來這一段忙亂、折磨總算結束，從電話的講話聲音看來，精神似乎還好，才略略放心一點。我一直擔心你身心兩方面都吃不消。或許真正休息下來，又會感到累。不管怎樣，還是要好好休息一陣子。這一段千萬不要為老太太嘔氣。信中說她可能不會安於現狀，但我也實在想不出她還會為何折騰。一切到時候我們再商量着辦吧。目前先維持現狀。你要覺得家裏呆着不舒服，可以多出去走走，「看看天，看看地」，想着熊猫。熊猫就要回來，再等這最後二十天──這封信到你這裏，可能要在七月中旬，那距離我回北京也只有十多天了。

　　我這次去南方旅行，十分愉快。但仍出了一個差錯──你猜猜看是什麼事。這兩天在忙於赴宴，韓國的學術界、文學界這一年基本上與我無聯繫，現在聽說我要走了，又紛紛宴請，一些著名的、最有影響的學者都出面了，這前冷後熱弄得人莫名其妙。反正我就要走，也管不了這許多，一切只是應酬而已。

　　台灣活動安排很緊。除四天會議外，還要在台北及外地 ── 台中、台南參觀，日月潭，阿里山，高雄這些地方都要去。我已與龔姐的侄子聯繫好（電話聯繫）去台北的第二天（十一日）即去掃墓，看望龔姐的姐姐及當年照顧我父親的老人。去看望崔之道叔叔他們只能在開會期間的晚上，我去台北後會先與他電話聯繫。除此之外，我不想再見其他人（我已將此意告訴龔姐，她讓我分別給他們打個電話，這倒好

辦）。禮物已準備好，送給叔叔嬸嬸的是高麗紅參，價值韓幣 7 萬（人民幣 700 元）。在台灣，會再給你寫信或打電話。回國的行李已基本整理好，兩個箱子（全裝衣服）外，準備再買一個提包，裝剩下的書及各種雜物。在機場有關方面已託了人（外大學生），行李如超重（估計不會超很多）也無問題。

七月二十九日中午就可在北京機場見面 —— 回國的飛機票也買好了。是 KE651 班機，上午 10:35 離開韓國，11:40（中國時間 10:40）到達北京機場，我在七月二十七日或二十八日晚會給你打電話（從漢城打）。

熊猫也想回家。

理群　7・8 中午 11 時

龍超雲、羅運琪 /1974 年左右我在安順結識的老朋友。龍超雲在 1980 年代從貴州大學畢業後，開始從政，在貴州省人民代表大會副委員長任職上退休；夫君羅運琪在省文化廳工作，現也退休。

超雲：

　　為寫一篇論《北京人》的文章（中央廣播電視大學的約稿），正在翻你的那篇畢業論文，就收到你的來信，真是巧極了。

　　讀了你的來信，頗多感慨。

　　實際上，我現在不僅與你有了某種「隔閡」，而且幾乎與安順所有的朋友都有了「隔閡」──大概孫方明是唯一的例外，而他現在又不在安順，恰恰在北京，事實上是與我在一起的。對這種現象，我是想過一下的。我以為，這是因為我的「歷史使命」已經完成，大家都已經走上了獨立的生活道路，有了自己新的追求，新的生活圈子了。我歷來認為，我不過是一座橋樑，過了橋，該走什麼路，我管不了，也不必管的。而且，現在正是歷史的摸索時期，大至國家，小至個人，應該走什麼路，大家都在苦惱中摸索。很難說誰選擇的路就是絕對正確的。在這種情況下，就應該鼓勵道路的多樣性，提倡彼此間的寬容，即各人都按自己認為應該走的路去走，不必顧慮別人（包括過去的老戰友）會怎麼看；同時對別人不同於自己的選擇也不要橫加批評。

理群

運琪：

來信早已收悉，未能及時函覆，望諒。

謝謝你對我的病的關心。我的手術作得很好，最近又做了半年一次的複查，未發現新的問題，請放心。

無論如何還是應祝賀你的榮遷，有了這樣的職務，可以多作些事。特別是可以為一些「業餘作者」做些好事。──還記得當年你、我都還是地區的業餘作者的種種甘苦嗎？那時，如能得到有群眾藝術館這樣的單位的支持，該會受到多大鼓舞！

想想當年，就會知道今天該怎麼做了。說實在，我直到今天，仍盡一切可能給一些業餘研究者以力所能及的幫助，原因之一就是沒有忘記「當年」奮鬥的艱辛。

超雲去玉屏以後僅來了一封信，以後就不知道她的消息了。我想她大概是實在太忙了，也就不去責怪她。春節如回貴陽，請代我向她問好。

我的《周作人傳》已出版，託羅迎賢帶給你們，不知送到沒有？

當了「官」以後，應該有來北京的機會。來時請先打電話聯繫（我家電話是：721XXXX）

勿勿寫此　祝
好！

理群　12·23

（節錄）……你信中談到，在基層的實踐中去掉了許多浮躁與空虛，這一點極為重要。浮躁與空虛，正是這些年急進的知識分子，特別是青年知識分子的通病，也是一種時代病。

當然，在實踐中，也要注意思索，要思索一些更深刻的東西，也即想得更深更遠些。建議你多作些關於中國社會基本狀況的調查，而不僅是現行政策的調查。這二者也許是能結合的，多搜集一些各個方面的第一手材料，可供你離開這裏以後再作進一步的消化、研究。現在如無時間研究，可先將材料搜集了再說。如有可能，可以利用你現在的地位、權力，能給一些人去作有計劃的基本調查——不僅是歷史的，更是現狀的，應該看到這十多年來，中國的變化是相當深刻的，面廣，幅度大而多。對於變革中的中國現狀的調查極為重要。可惜很少人去做。——我說的這一大堆話，可能是我書齋裏的胡思亂想，僅供你參考吧。

我去年生了一場病後，幾乎與外界隔絕，卻抓緊時間寫了一部關於曹禺的書，約 30 萬字。我現在思想仍然活躍，還處在寫作高潮中……

理群

裴毅然 /1980 年代結識的上海年輕朋友，以後一直保持聯繫。

毅然兄：

　　來信收悉。因三、四月份去了一趟日本，未能及時函覆，望諒。

　　兄的議論自是有道理的：現代文學的研究確實脫離不了政治，也逃避不了政治。但文學與政治的關係是一個頗為複雜的問題，特別是中國現代文學中文學與政治問題，更是如此。這除了客觀上條件不允許討論之外，還有一個如何先掌握大量材料的基礎上，對這一問題的各個方面進行深入細緻的科學分析的問題。正因為這類問題比較敏感，容易動感情，就更需要冷靜的理性的分析態度。你所說的「宗教式的原罪感」確實是現代中國知識分子心理結構上的一大問題，值得認真研究。不過，你說「曹禺從 30 年代起就因自己的家庭出身和劇作負有一種宗教式的原罪感」，不知你的根據何在，就我接觸的材料而言，至少說曹禺在寫作《雷雨》《日出》《原野》時，他的心態還是比較健全的，他還保持了較強的藝術創造的獨立性。他的「原罪感」，真正突出地成為一個問題，應是在解放後。四十年代應有所表現，但我們現在還缺乏直接材料。

　　當然，這類題目，目前是不宜做的，至少是不宜作為專題來研究。在中國，作為一個學者，必須首先學會保護自己，一要「生存」，然後才會有「發展」。這固然是一種不幸，但都是我們必須正對的現實——正對這樣的現實，也是需要勇氣的，而且需要智慧。

就現代文學研究而言，文章與政治的關係，固然是十分重要的問題，但都不是唯一的。可研究（即既有研究價值，又能引起研究興趣）的問題是很多的。無論從什麼角度說，擴大研究視野都是十分必要的。比如，我現在正在研究四十年代文學，我發現，「戰爭與文學」「戰爭與人」的關係即是十分有意思的題目，如此等等，關鍵在於我們自己能夠去開掘，發現。

　　──以上意見，僅供參考。

　　匆匆寫此　即頌
文安

理群　5‧15

毅然：

大作早已奉悉。之後又收到了大作，因事太多，未及時函覆，望諒。

我所說的兩點意思，可能沒有說清楚——

1，「思想家不顧條件與可能，把自己的在理論形態上具有極大合理性的思想直接變為現實，就會釀成天下大亂」——這裏的關鍵是「條件與可能」及「直接」。理論變成現實，是需要許多中間環節，要有「條件」，要考慮「可能」性的。我強調的是，如果缺乏中間環節，不具備條件，強行將理論「直接」變成現實，就會造成災難。這是二十世紀的一個慘痛的歷史教訓。

我的觀點中，並沒有你說的「理想形態上具有合理性」，都「不能貫徹於現實」這樣的矛盾。只是提醒人們，要注意思想理論自身的限度。

2，由此而提出的是「思想者」與「實踐者」的不同邏輯，思想講徹底，實踐則講妥協。思想者如要保持自己思想的徹底性，就必須超脫於具體實踐。因此，我提出「還思想於思想者」的觀點。超脫於具體實踐，並不等於脫節現實，沒有現實關懷，放棄社會責任感，而恰恰是促使思想者對現實進行更帶根本性的思考，並保持對現實更徹底的批判性，同時保持超越於一切利益集團的獨立性，更自覺地維護民族、國家、社會、世界、人類長遠的利益。這裏，還有一個知識分子的角色認定的問題，我要強調的是，人文知識分子不是「軍師」，也不是「國

師」，他不擔負「指導」社會發展與具體實踐的任務，他的主要功能有二，一是為社會提供新的價值理念，二是對違背自己所堅守的價值理念的一切社會現象，進行徹底的批判。

當然，這是就「理想形態」而言，具體到具體的人文學者，他可以有不同選擇，完全可以在堅持根本性的獨立思考與思想創造的同時，介入社會，從事一定的社會實踐活動，在思想的邏輯與實踐的邏輯之間取得某種平衡；而同時也應該有、應該允許一部分人文學者，不介入具體的社會實踐，進行獨立而超越的，其實是更根本的思想創造，作一個純粹的思想者。——說老實話，當下的中國，最缺少的正是這樣的思想者，真正能創造新的價值理念的，從根本上影響一個時代與歷史的大思想家。這樣大思想家看似脫離現實，因為他們從不對具體的社會現實發言，但他們所進行的是更根本性的追問，是一種本質性的現實批判。而我們有時因為過於介入現實實踐，考慮的是所謂「壞」與「更壞」之間的選擇，也就必然有許多必要與不必要的妥協（在現實中這是分不清的），並必然與各種利益集團發生複雜的關係，從而喪失了思想的徹底性與批判性。

我自己，則是自覺地將「思想者」與「實踐者」兩個不同角色區分開來的：當我作為「思想者」進行寫作時，我堅持思想的徹底性與批判性。當我作為實踐者參加一定的社會實踐活動（如這些年我對中小學語文教育的加入）時，我在努力實踐我的思想時，也是時時有各種妥協，充分考慮現實可能性的，這就是我所說的「思想要激進，行動要謹慎」的意思。

以上所說，僅供參考。

　　祝
文安！

錢理群　11·29

侯峻山 /1978 年我考上北京大學中文系現代文學專業研究生，因考了第一名，嚴家炎先生在接受新華社記者採訪時，專門提到了我。侯峻山當時是鄭州某工廠的工人，也喜歡魯迅，就主動寫信與我聯繫。我後來還專門到鄭州，在他家住了幾天，因而和他的父母，全家人都成了朋友，侯峻山就更成了我的好朋友

峻山同志：

　　你熱情洋溢的來信，使我深受感動。未見面的朋友，常常是使人更感親切的。不是麼？

　　寄給你的書，是內部處理的廉價書，理由是裏面有一篇許廣平批判周揚的文章——僅此一點，你大概就可以多少知道當前我們文藝、學術界的情況之一部分了吧？所謂「徹底打破禁區」不過說說而已。不是給你吹冷風：情況儘管比過去大有好轉，但仍十分複雜。我身在北京，略知內幕，眼見各種風雲變幻，不能不得出結論：在我們國家，我們所希望的真正的政治民主、學術自由是不可能有的。只能在被允許的有限範圍內，作些有益的事而已。這就是我在上封給你的信中，談到自己在學術上不會有多大成就的主要原因（另一個原因則是主觀條件的限制：畢竟年紀已大，才能也有限）。儘管如此，還是要努力拼命向前的——至少要學習魯迅，「以悲觀作不悲觀，以無可為作可為，向前的走去」！

你來信中提到了一連串「為什麼」，也是我經常考慮的。近來重讀魯迅《阿Q正傳》，想到了一個重要問題。過去，我們在談到魯迅「國民性思想」，總認為是魯迅前期思想的一個局限性。現在看來，魯迅關於「中國國民性弱點」的解剖，是包含着十分深刻、豐富的內容的。我們中華民族當然是一個偉大的民族，但也不能否認，我們民族思想、性格中也有許多弱點——這恐怕也是我們的人民與民族能夠聽任四人幫這樣長期猖獗的一個重要原因。現在重提一下魯迅關於國民性弱點的思想，可能不會無益罷？可惜，我現在忙於其他功課，否則就這個問題寫一篇文章倒是很有興味的。看看我們的周圍，現在阿Q難道還少了麼？過去總是認為「阿Q主義」是統治階級思想對阿Q這樣的貧農的毒害，現在看來，「阿Q主義」的產生是有着更加深刻的社會歷史原因的，中國幾千年的封閉的小農經濟結構恐怕也是阿Q主義產生的原因罷？聯繫實際，探討一下阿Q這個典型的意義，以及阿Q主義產生的原因，也是很有意義的。

上次來信問及研究生生活，我可以坦率告訴你：單調枯燥極了！完全跟學生一樣，整天在圖書館裏（一般是十至十二小時），除了吃飯及睡覺外，差不多一切可以利用的時間都用來讀書。平時沒有時間讀書的人，可能會羨慕我們這種讀書生活，但天天這麼讀，也會厭煩的。我們的學習是以自學為主，兩星期舉行一次讀書報告會，由大家輪流主講，導師也參加討論、作指導。我們是三年制，第一、二年主要是打基礎，博覽群書，到第三年要寫一篇論文。如此而已！

你有意考研究生，這當然很好。但不知你準備報考什麼專業？如是現代文學專業，則要準備如下功課：1. 外語（現在十分強調外語，今年許多人就是因為外語沒有達到五十分，而未被錄取），2. 政治，3. 文藝理論，4. 中國古典文學，5. 中國現代文學。複習時首先要讀這幾門課的大學教材（最近都已出版），以後在專業課上則可再稍擴大範圍，多讀一些書。——詳細書目等你確定了準備報考的專業以後再寫給你吧。

來信還談到希望得到我的照片。但我手頭一張也沒有。實在抱歉得很！

　　為了不讓你久等，匆匆寫出這幾句 ── 請原諒我寫的如此簡略草率！

　　　祝
好

理群　12・1

致侯峻山

峻山：

儘管你來信說，讓我晚一點回信；但今晚臨睡前還剩一點時間，就給你隨便塗幾個字吧。

來信中談到你思想的一些變化，我很欣慰，也頗感慨。這個星期，我應去年上過課的那個班團支部之邀，給 81 級學生作了一次關於現代知識分子歷史道路的演講，主要宣傳魯迅精神，結果大受學生歡迎，引起了強烈反響。這也使我大受鼓舞。因為這證明了：當代青年也能夠接受魯迅。由此，更加堅定了我對自己生活道路的選擇：努力作一個魯迅精神與青年人之間的一個橋樑；如能這樣，生命就極有意義了。

讀了你的信之後，我心中又有了一種不安。因為我們接觸畢竟太少，你所能看到的，大多是我身上的光明面；其實我與許多凡人一樣，也是有不少陰暗面的。我的思想、性格……各方面都有許多弱點。我已有了這樣的經驗：在一般青年與我初接觸時，大多被我身上的光明面所吸引，產生了類似你現在這樣的感情；但有的青年由於對我估價不正確，在接觸與了解我的陰暗面以後，竟有棄我而去者。我的歷史使命本來就是充當橋樑，故等任務完成之後，青年們各走自己的路，與我的關係逐漸疏遠，這是正常的，我從不因此而有任何埋怨。但如果是由於對我估價不客觀，了解不全面，態度從一個極端到另一個極端，則常常使我感到不被理解的悲哀。而且我也有引錯路的時候，例如，我由於對主席感情太深，對主席的一些錯誤估計不足，因而對文化革命中有些事判斷失誤，就曾對我身邊的青年有過不好影響。我也常常為此而感

到內疚。——我之所以在這裏一再和你強調這些，正是希望你對我要有一個全面估價與認識，不要陷入盲目性，千萬不要把我理想化了。看不到生活中的光明面，對一切採取懷疑態度，顯然不對（你現在能認識這一點是極好的）；但因此對生活中的「好人」過於理想化，也同樣是一種片面性。生活中的光明面與陰暗面本來就是同時並存甚至糾纏為一體的；生活中的人也是如此。我想，不僅對我應如此看，對其他人也應如此看。——這些話也許你一時不能接受；或者只能在理智上接受，因為我們之間接觸時間畢竟太少。以後有機會見面時再詳談吧。

你如能去教育科當然最好，記得我在鄭州時就有過這樣的意見。既然你現在工作條件這樣惡劣，就更應這樣做。當然，這是性急不得的。眼下工作太緊，無時間學習，暫時放鬆一下也是必要的。我總勸你，弦不可繃得太緊，一切要作長期打算。

我的安陽之行能否成功，現還不得而知。因為最近系裏也不催問這件事了。我反正是可去可不去。至於你去不去，更可從長計議，若你最後那樣孤注一擲地去，我有點不太贊成。這對你經濟上損失太大。我們是現實主義者，不能不考慮經濟，而且你已經有了自己的家。搞不好還會與領導把關係搞僵，不利於以後的考試。我不是已經答應你在鄭州或鞏縣見一面嗎？你又何必非去南陽呢？——不過這事，還是以後再說吧。

夜已經很深，就寫到這裏。

　　祝
好

理群　11・28

峻山：

　　你實在是太多慮了。每星期六給朋友們寫信，已經成為我的習慣與樂趣了。有時候要寫的信多，就寫得短一些；有時信少，就寫長一點。你何必擔心什麼「麻煩」「耽擱時間」呢？但實在，你長久不來信，倒真使我擔心呢。我們之間應該算是有「緣」的，說句心裏話，我是願意看到你的來信，並且也喜歡給你寫信的。總之，還是那句話：隨便一點，自然一點吧。想到要寫信，提起筆就寫；有時因為忙，或者因為心情不好，或其他原因，不想提筆就不寫，不要攙雜進其他考慮。你意以為如何？

　　至於棄我而去的青年，自然也有像你說的那類，但情況也並不如你想的那樣簡單。有的也是因為理想太高，無意中把我美化，最後發現不是這麼一回事兒，終於失望而去；也有的是另有志向，選擇了另外的生活道路，自然分手；有的則產生了思想分歧，……，我以為這一切都是十分自然的。人生道路上，總是分分合合，但只要目的都在為民族、為後代作點有益的事，終會殊途同歸。

　　我一直很欣賞沈從文對魯迅的這個評價：懂得世故而不世故。懂得世故，就是對人世認識極為清醒，充分看到其複雜性，不抱不切實際的幻想；不世故，就是始終保持赤子之心，保持對生活的信念，以及努力奮鬥的精神。我一直想學這種人生態度，卻沒有學好，但仍是這樣努力去做。

我喜歡你的耿直，或者說是「造反派的脾氣」。你不會驚訝，我用肯定的語氣談到這個詞吧？但與我所接觸的一些與你同類型的青年相似，你也許缺乏更深刻的理論修養及更深刻的思索，因此你似乎並不能完全正確地總結過去經歷的一切，因此，你過去的經歷並沒有幫助你真正深刻地認識我們的國家，我們的民族，我們應該走的道路，反而在某種程度上成為你的一個包袱。這是不好的。你不願為生活壓垮，這是極其可貴的；但要做到這一點，任何依靠某種外來的刺激，或簡單依靠自己的毅力……都是不夠的；而必須建築在科學的深刻的理論修養與認識上。要有勇氣、毅力，同時要更深刻些！

　　我十五號就回貴州，二月底返回北京。最近接連遇到一些不愉快的事情，安陽我已經不準備去了。

　　改善中年知識分子待遇問題云云，不過是宣傳，「一句話耳」。你怎麼會如此輕信呢？──我所謂不愉快的事，也正指此類事。說來話長，眼下也不願多提這些事。以後有機會再說吧。

　　你的調動有何進展？

　　匆匆覆此　祝
好！

理群　1‧9

峻山：

鄭州匆匆一見，又過去很多日子了。

請轉告你母親：她的一番厚意，我心領了。以後有機會到鄭州，當再去看望她老人家。

我的《魯迅：先驅者心靈的探尋》一書，已送上海文藝出版社，該社準備大肆宣傳，反而耽擱了發稿時間。至少到目前為止，出版尚無問題，但真正與讀者見面，恐怕也是明年年初的事。

我們的《中國現代文學三十年》據說今年上半年可出。

我現在正在給本校高年級學生及研究生開「周作人研究」專題課，大受學生歡迎。在此基礎上，可望寫出兩本書，一本今年交稿，一本明年交稿。

最近形勢持膠着狀態。文藝界、學術界大家都在持觀望態度。可能會沉寂一段時間。不少人都像我這樣，一方面儘量減少外界活動，一面抓緊時間，閉門讀書，或閉門寫一些自己願意寫、而暫時不發表的東西。

今年《文藝研究》第一期與《讀書》第二期都有我的文章。由於我去年寫了不少東西，今年發表的文章可能會多一些。

我的身體仍很好，請放心。

　　匆匆寫此　祝
好！

　　　　　　　　　　　　　　理群　3 · 16

致嚴忠國

1979 年 10 月 6 日

嚴忠國 /1970 年代，我在安順師範學校任教時的來自農村的學生，而且是所謂「社來社去」班，即來自農村公社，畢業後不予分配，仍回公社。我也因此特別同情這班學生，嚴忠國是這個班和我走得最近的學生，畢業後也一直保持聯繫。

忠國：

　　來信已經收到。記得在接到你的上次來信之後，曾寄一份大學複習資料給小杜讓他轉給你，不知收到沒有？

　　你們的「請願」，北京似乎無議論。我是從貴州一位朋友的來信中，知道這個消息的。我當然是同情與支持你們的。可惜你信中說得不詳，各地區教育局把你們領回去以後，又有何下文呢？省裏是如何答覆的？……來信問及「社來社去」的有關情況，我在這裏無法查問，但我記得，在文化革命中，衛校一個「社來社去」班曾經提到，這是劉少奇首先提出來的，是它的「兩種教育制度」的組成部分，但現在劉少奇即將平反，兩種教育制度又在重新提倡。而且看來，「社來社去」這種形式今後還會繼續有。因此，我認為，你們如在「社來社去」問題上大作文章，在策略上是不利的。（「社來社去」，毛主席確實未提過，但現在人們早已不以毛主席的話作為衡量是非的標準了）。你們所能強調的，我想只有兩點：① 你們這樣的班級是在學「朝農」那股風下辦起來的。「朝農」搞的畢業後回隊拿工分，是打着破除資產階級法權之名，而行「增加農民負擔，剝奪農民」之實，是極「左」的產物，是與中央關於農村問題兩個文件精神相違的；② 強調你們的實際困難，要

求予以解決。（在這方面應該有具體的落實的調查材料，包括一些統計數字在內等等。）——當然，我對你們的實際情況完全不了解，以上兩點意見僅供你參考，也不必對外宣揚。

你現在的工作、生活、學習情況如何？這是我所關心的，望來信。

匆匆。

祝
好！

理群　10．6

忠國：

收到你的來信，真是高興極了。老實說，在我的比較接近的學生中，你是最讓我放心不下的一個。現在好了，我可以放心了。

來信說，不對任何人感恩戴德。這態度很好。但實在說，你現在不過是取得了自己所應該享有的權利——而這權利過去是被不合理地剝奪了的。中國人實在太習慣於把自己的命運交給某個「大人物」，這是魯迅所痛斥的國民性弱點之一。我們現在應該有新的覺悟：一切靠自己去爭取！而不靠任何人的「恩賜」！

在你現在的一陣狂喜過去以後，你又會有新的不滿——這是正常的。也是魯迅所說：不滿，是向上的輪子。怎麼辦呢？還是靠自己去爭取！

你現在有許多學習計劃，這很好。不過我勸你還是要把範圍縮小。否則必然是力不從心，一事無成。你現在需要的是，儘快使自己冷靜下來，踏踏實實地邁開新的步子。對前途的估計不要太樂觀，對今後生活中新的不如意，以至不幸，要有足夠的思想準備。只有這樣，才能真正做到一個「韌」字。根據你的情況，我建議你還是先把目標集中於一點：爭取在三、四年內（或者再早一些）修完大學中文系課程，達到文科大學畢業生的水平，準備參加未來的大學畢業考試。（目前這種考試還沒有，但我估計在若干年內是會有的。）你可以先從學習現代文學與文藝理論這兩門開始，前者教材是唐弢主編的「中國現代文學史」及上海教育出版社出版的中國現代文學史參考資料（計有史料選、散文

選、小說選、戲劇選、詩歌選，約十多本)。後者主要教材是以群主編的「文學基本原理」。——以上各書在安順都可以買得到，最好能爭取你們學校買一部分，否則你自己是買不起這麼多書的。讀書的方法還是一邊讀，一邊作些筆記，寫內容提要。平時有可能可以多看看文學評論、文藝報等雜誌。

另外，外語是不可缺的。有條件，現在就要抓起來。

想到的就是這些。——當然，這些意見，也僅供參考。一切要你自己拿主意！

我現在很忙——似乎是近入決戰階段，要寫畢業論文，也要準備畢業考試，我們明年夏天就要畢業，時間也實在過得太快了！

好了，就寫到這裏！

祝

好！

理群　15 日

向小胡問好！伍隆升還在你們區上嗎？也代向他問好！

忠國：

　　你好！

　　十分愉快地讀完了你的來信，謝謝你如此細膩又如此生動地向我描繪了你的鄉居生活。更為你現在已經成為一個優秀的教師，精心地為自己的家鄉培養人才而感到欣慰。

　　我從來認為農村的孩子，直接面對大自然，面對底層社會，他們對於社會、人生，特別是文學藝術，有一種天然的感悟力。他們中的出眾者，更有一股潛在的靈氣 —— 但在未受現代科學文化知識啓蒙，未受點撥之前，他們的感悟力、靈氣……都是沉睡的，一旦被喚醒，就會爆發出巨大的能量。我認為，你現在所做的，就是「點撥」，「啓蒙」的工作，這件事做好了，培養了人才，將是功德無量的。

　　從來信知道，你現在仍在抓緊自己的業務學習，這更使我感到高興。祝賀你不斷取得進步！

　　我很願意讀你的來信，只要你有空，願意寫，就儘量寫吧。字跡潦草一些也不要緊，不必重抄一遍！不過，我因為工作忙，有時不能及時、按時給你寫回信，這是要請你原諒的。

　　匆匆寫此。

　　祝
全家好。

　　　　　　　　　　　　　　　　　　理群　12・6

忠國：

很高興收到了你的來信。謝謝你對我的關心，我想，我們總還會有見面的機會的。

你這些年來，一直保持着一種積極向上的進取精神，堅持刻苦學習，不滿足於現狀，這都是極不容易，也極其可貴的。希望你繼續保持下去。同時，也要注意不斷改進學習方法，使自己的努力能夠取得更好的效果。在我們國家，各種機會隨時都會有，但又稍縱即逝，在這種情況下，誰有準備，誰就會抓住這個機會。希望你堅持努力，同時搞好本職工作。既在本職工作中得到樂趣，又有更大的目標，不斷激勵自己前進。

你現在能夠借調到民族中學上課，也是一個機會。如工作需要，教教政治也好。祝你在新的工作崗位不斷取得新成績！

今後希望繼續保持聯繫，來信仍寄：北京大學中文系。

　　祝
好！

　　　　　　　　　　　　　　　　　　　　理群　9．21

遇到伍隆升，請代問好！

忠國：

在久別之後收到你的來信，感到特別高興。

第二次搬家時我並未回安順，一切都是羅銀賢代辦的。現在我的家一切都已安頓。家離學校很遠，我仍一個人住北大，每周末回家一次，星期一仍趕回學校。崔老師在全國兒童發展中心工作，離家也很遠，每天上下班來回奔波，十分辛苦。——謝謝你的關心。

你說我給你播下了「上進」的種子，這使我很不安。因為從此就弄得你極不安定。我這個人，自己不安分守己，弄得自己很苦。現在影響及你，也弄得很苦。而我現在仍在繼續鼓動學生「上進」，繼續弄得他們很苦。當然，我也可以為自己辯護：苦中也自有樂趣——你有沒有感到這種樂趣？

你有志於繼續深造，這自然是好的。但我以為也不要以此為唯一的目標，這樣，萬一達不到，太容易失望。我以為如何做一個好的農村教師，為農村多培養一點有用人才，這個事業本身就值得為之奮鬥，就是說，也可以作為一個奮鬥目標的。或者可以把這二者結合起來：後者作為現實目標，前者作為爭取的目標，不知你意以為如何？省教育學院我一個人也不認識。但小杜（杜應國）已於去年考取了教育學院政教系，你可以請他打聽一下。寄「省教育學院政教系 84 級」即可。

上學期你表弟曾來一信，讓我代購英文字典，當時我正為搬家事弄得焦頭爛額，實在無法顧及，本學期開學後也忙於上課，待以後稍空些時，再代為購買。請去信代為說明，並代致歉意。

　　匆匆寫此，祝
好！

理群　4・6晚

忠國：

　　來信收悉。因前一段到杭州去開會，未及時函覆，望諒。

　　真沒有想到，你這麼快就畢了業，重新分配了工作。能夠分到某辦公室工作，在目前，就算是很不錯的。我想你還是會安心工作的。只要努力，踏踏實實工作，總會取得一定成績的。而且，我相信，你也會像過去一樣，在業餘時間認真讀書。當然，在目前形勢下，我仍鼓勵你讀書，似乎有些不合時宜。其實，這也是我的一個信念，即使在文化革命時也未動搖過：知識，對我們國家與民族始終是最寶貴的；中國只要有一天要搞現代化，就遲早要重視知識，知識就會有用 —— 儘管暫時可能會顯得「無用」。而且，我們這樣的人，一無背景、後台，二不能不顧道德原則地胡來，唯一可作資本的，就是我們的知識即所謂真才實學。幾十年來，我就是靠這一點為自己在社會上爭取一席之地的。我想，對於你，也同樣如此。是麼？

　　我這學期無課，稍微空閒些。下學期一上課又要忙起來了，所幸身體還算好，請放心。

　　匆匆寫此。

　　祝
新年好！

　　　　　　　　　　　　　　　　　　　　　理群　12·15

許家驊 / 原安順師專的老同事，老朋友，我來北京後一直有聯繫。

家驊：

前後兩封信、寄來的書、錢均已收到——錢是昨天才收到的，因此拖到今天才回信，一定讓你等了，請原諒。

錢寄來之前，陳、伍二位已來我這裏，他們買了四百多元的書，——實際上，這件事我是可以代辦的，（因為書店負責代寄，並不太費事），但學校寧願花這麼多旅差費派人來買，卻在寄錢給我的問題上多方刁難，這實在是令人……！聽說，你因此而與總務處大吵，這更使我憤慨而不安。信中說，這一百元在年底前要用完，這可有些不好辦。因為最近正是缺書季節（估計在元旦要賣一批），可買的書不多。有些書，陳、伍已購，似無再購之必要。我現在提出兩個方案，請你定奪，一是能買多少算多少（二三十元的書是買得到的），其餘寄回；一是不管三七二十一，把一百元花完算數，——請速來信指示，以便「照辦」。又，學校講義，一般都是開的集體發票（我們買講義，都是用研究生集體名義），不可能有單獨發票，這在報銷上恐有困難。我想只有寄給教師個人，（好在講義不多）。不知你意如何？

我們現在學習開始走上正軌，忙得不亦樂乎。我現在已經習慣於像一個學生一樣，每天衝鋒似的跑來跑去：吃飯搶着排隊，上課搶座位，上圖書館也搶座位。我們一天生活用一「搶」字是以概括。這裏最大的好處，是經常聽到各式各樣的報告（從政治到學術），北大老師思想極其解放，極其活躍，也極敢講話，我到這裏，覺得思想根本跟不

上，有些問題越聽越糊塗，只有感嘆而已。好在我現在是學生，可以不發言。

現將有關專業的一點情況向你介紹一下（報告很多，無法都抄給你，只能有選擇的寫幾個題目給你，請原諒）。

一，當代文學曾召開過一個預備會議，提出了幾個問題：

1，對二十九年來當代文學的歷史過程怎麼看？

① 爭論焦點在：十七年是否存在一條劉少奇修正主義文藝路線？或文藝黑線？
一種意見是：有；一種意見是：只有劉少奇修正主義路線的干擾、影響，而沒有一條黑線。

② 對文化革命十年怎麼看？是不是毛主席革命路線佔主導地位？大多數回避，有人則否認。有人認為十年有兩種文化，天安門詩歌運動是最光輝的一頁。

2，對二十九年歷史過程中一些問題怎麼看？

① 有人提出，王蒙《組織部來的年青人》、劉賓雁《在橋梁工地上》，不是毒草。當時，某些領導人在指導思想上有形而上學。

② 六二年廣州會議應予肯定。

③ 大連會議應如何看？

④ 新橋會議應如何看？

⑤ 文藝八條、十條怎麼看？

⑥ 對主席兩個指示怎麼看？有人講「黑線」，就是根據主席批示「基本上不執行……」這句話。有人則認為，從毛主席對文藝工作總估計來看，主席是肯定的。兩個批示是主席一系列指示的一部分，但不是全部，應該抓住體系，抓住主要的。

3，對二十九年文學成就怎樣看？總的看法是過去估計低了，肯定的不夠。

4，對當前一些文學現象怎麼看？(這部分《文藝報》第四期已發表，不過內部講話要更露骨一些)。

二，去年到今年，關於現代文學開過如下會議：蘭州會議（主要爭論文章已發表在《甘肅師大學報》，請查看）、廈門會議、昆明會議、北大學術討論會、北師大學術討論會、北師院學術討論會、上海老同志座談會、北京老同志座談會、黃山魯迅研究學術會議。集中討論了：1928 年「革命文學」論戰、兩個口號論戰、對左聯的評價、魯迅研究等問題。前三個問題基本上已見報，後一個問題，文研所「當代文學研究動態」中有一段，摘抄如下：

如何準確、完整地學習魯迅的問題

有人說魯迅難道比黨還高明？我認為魯迅不比黨高明，但比某些黨員高明，比當時上海左聯的某些黨員高明。我們在政治上要高舉毛主席的旗幟，在文學上要高舉魯迅的旗幟。不能說魯迅是受馮雪峰蒙蔽的，魯迅是對的，他堅持的是正確的。

陳漱渝認為，魯迅答徐懋庸的公開信，是鑒於左聯領導人在右的道路上越走越遠，在這種情況下，怎能公開質疑魯迅在胡風問題上是否「失察」？為什麼幾十年後還要指責魯迅？國防文學倡導者掌握了多少胡風的材料？魯迅不相信叛徒的話。如果當時有足夠的證據，為何要到五五年利用胡風餘黨的力量才把胡風反革命集團揭出來？如果這樣指責起來，就要指責我們黨失察了，這是不應該的。魯迅說的「四條漢子」，不是什麼政治概念，但也不僅僅是一個性別的概念，不能否定它的感情色彩。夏衍一次又一次講這個問題，無非是要否定魯迅答徐懋庸公開信。其實四條漢子，穿西服還是長袍，這不是本質的東西。

黃修己認為，魯迅是偉人，但偉人並不是完人，完人只有一個，那就是黑格爾說的絕對觀念。在胡風問題上，難道也是完美無缺的嗎？張毓茂認為，胡風對周揚等同志的誹謗與中傷，對魯迅是有影響的，使魯迅把周揚等同志的錯誤與缺點，看大了，看重了，有些批評

也難免有過頭和不夠確切之處。歐陽山說，整個三十年代都有一個對魯迅的評價問題。任白戈說，是不是和創造社爭論時，魯迅就成了共產主義的偉人？李初梨說，我根本不承認有天生的文學聖人，有沒有誰敢於用唯物史觀來研究魯迅？夏衍說，在魯迅提出「四條漢子」之前，茅盾告訴魯迅，胡風有問題，魯迅不相信。被魯迅罵過的人是不是都是壞人？李四光是被罵得最早的。周而復說，對魯迅的評價，應該用發展的觀點，用馬列主義的觀點。趙銘彝認為，魯迅生病，不大出門，胡風之流對他有影響，聽了一些一面之辭。但在總的方向上，與周揚等沒有什麼相反的情況。葛正慧說，四人幫對能打倒的，則堅決打倒之，不能打倒的，就捧倒。他們的戰略意圖是打倒魯迅，但用的是捧倒法，把魯迅當幌子。柯靈說，如何正確地對待魯迅，這個問題不解決，三十年代的問題不好解決。四人幫對魯迅是捧殺，對其餘的左翼作家是打殺，流毒是不是肅清了？魯迅是不是有某些弱點？周揚在告訴魯迅，胡風有問題，這有什麼錯？魯迅對青年是很愛護的，但也受騙上當，比如對胡風和姚克。因此對魯迅也有個準確地、全面地理解的問題。他是左翼文藝運動的旗手，把他和左翼文藝運動的黨內領導人對立起來，把他們之間的矛盾張揚擴大，這種「四人幫」故意造成的流毒必須堅決肅清。引用魯迅作品（特別是書信）的片言隻語，任意曲解，這實際上不是尊重魯迅，而是糟蹋魯迅。對《賽金花》的批評，無論如何是過火了。這個劇本有缺點錯誤，但是不應該掩蓋這個主要事實，其目的是為了諷刺國民黨政府不如妓女愛國。國民黨禁演《賽金花》就是鐵證。簡單化地談《賽金花》是壞作品，是毒草，我看是服務當時的政治和社會需要，不符合歷史唯物主義精神的。怎麼能把夏衍和江青相提並論呢？在四人幫垮台後，大批這個，算什麼呢？葛正慧也說四人幫垮台後，有些批判文革，還是把張春橋與周揚擺在一起，說張春橋攻擊魯迅，是因為周揚攻擊魯迅，張春橋跟着周揚。其實張春橋既不是國際派，也不是大眾派，而是反革命派。

　　上個月召開的黃山魯迅研究學術研討會，貴陽師院的謝凡也參加了。這次會議，主要是討論為何肅清四人幫在魯迅研究上造成的流

毒，會議的主要報告提出了三個方面的表現：1. 把魯迅研究扭到替黨奪權軌跡上。2. 把魯迅思想無限制的、隨心所欲的拔高，不實事求是。3. 形而上學思維的影響。報告人提出了如下引起爭論的觀點：「實事求是的原則是唯物主義的，它適用於一切，包括對於機會主義路線的代表人物甚至是敵人」（作者具體指出對姚文元的批判應實事求是，不能因人廢言，因此引起爭論），「辯證法是無往而不勝的。批判機會主義路線的代表人物也要遵循辯證法的規律，對具體事物作具體分析。機會主義路線代表人物的錯誤，並不是與生俱來的，而也有一個發展過程。他們的錯誤路線和錯誤思想是由小而大，由淺而深，由漸而着地發展起來的。在這個過程中，對某些具體問題，他們也很可能提出正確的見解。因此，對於他們的言論，我們要分前後，辨正反，不能籠統地否定。就是他們已經發展為機會主義路線的代表人物之後，由於他們是社會中人，不能不為複雜的社會關係所制約，這就使他們不能對每一事物都發表錯誤的見解。退一萬步說，為了欺騙和蒙蔽，他們也必須給錯誤的內容找到一個正確的形式。我們如果不作具體考察，而對他們的一切看法都採取輕率的否定態度，是一定要大上其當的。因人廢言，其所廢，往往包含正確的東西」。另外，會議一致對瞿秋白《魯迅雜感序言》給予了比較高的評價。

——抄了這一大堆，就抄到這裏罷！

另，你要的北大現代文學史講義，只買到第二分冊，已託陳、伍帶給你，請查收。

就此打住罷 —— 我需要還的信債太多了！

祝
好！

理群　17 日

向伯母及尊夫人問好！
請代向老賀、郭老師、賀堅問好！

老夏、家驊：

很久沒有給你們寫信了。

我的生活依然忙碌而單調。這一個學期都在準備寫論文。論文提綱最近已經被導師通過，現正在正式執筆寫 —— 也就是進入了最緊張的階段。我現在基本上決定寒假不回安順（崔可忻可能要來北京）。下學期還有學位考試、論文答辯，實在是夠緊的了。

最近，教育部副部長接見了北大黨委書記及研究生代表，明確了幾件事：1. 畢業後工資為 62 元（即我現在的工資）；2. 畢業後研究生不能自然成為講師，基本上仍是助教；3. 畢業分配權原則上下放給學校（北大準備怎樣分，尚不得而知）。—— 我們聽了這些消息，心都涼了半截！我馬上想起，如果在安師定職稱時，再一次把我排除在外（像上次評工資那樣），我吃大虧了！在我們國家裏，任何人想上進，多學點東西，多為國家做點事，都要在個人生活上吃虧，這實在令人寒心。我十分清楚，定職稱的事其麻煩程度不下於評工資，不能寄以太大希望。現在之所以這樣做，無非是不服氣罷了。你們的處境，我也很理解；為我的事，一再麻煩你們，實在有些過意不去！

北京的政治空氣也是忽冷忽熱。前不久，北大開展了轟轟烈烈的競選運動，湧現了許多有才幹、有思想的熱血青年，多少看到了一點國家、民族未來的希望。然而，當局者一頂「不同政見者」的大帽子扣下

來，又是「萬花紛謝一時稀」了。最近大有「收」的架勢。──這般「收風」大概不久也會傳到地方上去的。真是劉少奇所說的「左一下，右一下，直到莫斯科」了。──牢騷發到這裏為止。還是「躲進小樓成一統」吧。你們的身體、工作、生活如何？安師有什麼「新聞」？往來信告之一二。

　　匆匆寫此。祝
好！

理群　3日

家驊：

　　寄來的稿紙與信均已收到，謝謝！

　　信中談到賀堅事（按：我的老友賀益洪、郭德瑜的小兒子，文革中他和他的哥哥賀立都是我的「戰友」），說實在，我也有我的一番苦心。我未嘗不知道此事的困難，按你的辦法當更穩妥，但為賀堅想，這裏卻有一個根本問題。即，如果他在本職工作上「混」，而把主要希望寄託了在業餘的科研上，但業餘科研能否取得成績，這是一點把握也沒有的。且不說主觀條件 —— 賀堅畢竟起步太晚，各方面的準備嚴重不足，就從客觀條件來說，就有更多的複雜因素，這裏有一個「機遇」問題。萬一碰不到機遇，很有才華的人在科研上一輩子做不出事來的情況是經常遇到的。何況賀堅本身又有那樣的弱點。當然，經過努力，賀堅要發表一些文章，當然是可能的；但要以此根本改變自己狀況，進而以此作為精神支柱，那是辦不到的。至少說是極困難的。我根據自己的經驗，歷來主張，「狡兔」至少要有「兩窟」，即，有一個基本上可以發揮自己的工作崗位，據此建立起一個具體可行、稍加努力即可達到的奮鬥目標，然後再定一個更高的、經過努力、可能實現、也可能不實現的奮鬥目標。如果只有後者而無前者，萬一一切奮鬥都無成果，豈不成了一個大悲劇？反之，只有前者而無後者，也會使一個人滿足於現狀，平時不作準備，即使遇到了一個機遇，也不能及時抓住，造成終身遺憾。基於這樣的觀點，主張賀堅要設法找一個使他有興趣、並能發揮的職業，他來信說他對中小學毫無興趣，我這才想到了教育學院，我以為，經過努力，賀堅是有可能成為稱職的現代文學教師的：

（1）他與現在的一些青年不同，有自己的思想，有一定的事業心；（2）他生性固執，也就會產生一種不達目的不止的毅力與頑強精神；（3）他具有一定的文學藝術的素質；（4）他的家庭條件允許他集中精力於學習；（5）他畢竟經過電大的基本訓練，有了一定基礎；（6）他有較好的社會條件，可直接得到你及他母親的指導、幫助，間接地可以得到我的幫助，如果再幫助他創造一些外在條件，如來北大進修，我將盡大力幫助他「突」上去。總之，替賀堅設計，他如能到教育學院（有沒有可能去師專？），就可以有一個現實的奮鬥目標：爭取當一個合格的大專教師；同時可以有另一個爭取達到的目標：業餘從事科研，寫出一些文章來。這樣，他的生性就有可能達到某一程度的充實 —— 這對賀堅這樣的身體上有缺陷的人是至關重要的；同時大專教師的地位對他解決個人問題也可能要有利一些 —— 儘管當前社會上一般的姑娘是瞧不起大專教師的，但總有些姑娘重視這樣的地位，而一般說，這樣的姑娘可能正是賀堅需要的（這是我提出這個建議的一個重要的、不便向賀堅說明的原因）。另一方面，從教育學院方面着想，賀堅雖無牌子，最後經過努力，絕不會比一般大學生差，而且他的事業心、安心工作……又是一般大學生所不能比的，從現代文學學科特點來說，這個年輕學科今後在學術觀點、研究……上會有更多的突破、發展，像賀堅這樣原來一無所知的人接受新東西還會更快、更無阻力，從長遠來看，培養像他這樣的青年教師比從外地調來一個老教師是更有利的。

我說了這麼一大篇，是希望你能理解我的苦心，並盡可能地在這方面出點力 —— 因為我畢竟太遠，有些鞭長莫及。當然，經過努力達不到，也沒有辦法，只好再想別的主意。

開學後，一直沒有收到陳銳鋒老師的信，不知貴州省的學會是否開得成？我還找過樂黛雲老師，轉達了你們的邀請，她因工作實在太忙而婉言謝絕；如果樂老師不來，我也不想去了，—— 你知道我這個人害怕應酬。有了樂老師，我可以躲在後面，她不去，我就得被推到第一

線，這是十分難過的事。再加上我這學期有課，請假亦有些困難。我已將樂老師的態度及我自己的想法寫信告訴了陳老師。

　　文稿我是一定要寫的，但可能要稍拖一下，主要是「二十世紀中國文學」一文發表後，各方面反應強烈，紛紛來約稿，我們也有意思寫一本專著。而這樣的文章寫起來是要下大功夫的，時間就顯得很緊了。但只要有可能，我一定會抽空寫的，請放心。

　　這封信寫得夠長了，就此打住！

　　祝
好！

理群　10・1晨

張海波 /1984 年底因代王瑤先生回信而結識，當時張海波還是山西大學中文系的本科學生，畢業後成為我的首屆碩士研究生。

張海波同學：

　　來信收悉。王瑤先生因年事已高，工作也很忙，不能親自給您回信，特囑我將他的意見轉告給您：王先生看了您的信，得知您年紀雖然很輕，卻對魯迅有了遠比同時代人更為深刻的認識，並決心從事魯迅研究工作，感到十分欣慰，希望您能堅持下去，持之以恆，並注意開擴自己的眼界與知識範圍，在大學期間打下一個比較全面、堅實的基礎；按照教育部及學校的安排，王先生今後只帶博士研究生，不再招收碩士研究生，您今後只有投考其他導師的研究生了。現代文學（包括魯迅）研究生考試除政治、外語外，主要考古典文學史、現代文學史及文藝理論。要求是比較全面的，所以你在校期間除應用一定時間鑽研魯迅著作外，其他各門功課也要注意，尤其是外語更不可忽視。

　　──以上是王瑤先生的意見。

　　下面我簡單介紹一下自己：我於一九六零年大學畢業，分在貴州工作，一九七八年考上王瑤先生研究生，一九八一年畢業以後即擔任王瑤先生的助手。

　　讀了您的來信，我的心情也很激動。因為我自己也是在大學期間年齡與您差不多的時候，立下了將自己一生獻給魯迅研究的偉大事業的志向的，大學畢業後生活道路一直十分坎坷，此志卻始終不變，並一直

堅持業餘研究，在大學畢業十八年後才通過研究生考試，終於有了機會
成為專業研究者。在某種意義上，我從你身上看到了我自己。所以雖
然我們的年齡相差甚多（我今年已四十四歲），但仍然願意和您交個朋
友，希望您以後經常給我寫信，有什麼問題，或者需要我幫助的（比如
您需要什麼書），儘管提出，不必客氣，您有什麼文章，也可以寄給我
看，也可以在信中談談您對各種問題的看法，互相交換意見。

　　要說的話很多，這封信就算一個開頭吧，以後有信請寄：北京大
學 21 樓 224 室。

　　祝
好！

錢理群　10．7

海波：

　　你的兩次來信都收到了，沒有及時給你回信的原因是，最近我的姐姐不幸患癌症去世，我們姐弟間感情極好，因此，這一段一直心緒不好，提不起精神來寫信，這是要請你原諒的。由此使我想到，需要向你說明一點，今後也可能發生這樣的事。比如我由於工作忙亂，或者其他原因，有時候就不能及時給你回信，希望你能諒解。但你也不必因此對給我寫信有所顧慮。說實在的，我多年來一直在年輕一代中尋找知音，卻苦於知音之少，因此，看到你這三封信，我立刻從內心發出一個聲音：「就是他！」這種喜悅是難以言傳的。另外，我從你身上，看到了我自己；但我走過的路過於曲折，生活對我至今仍是嚴酷的，這樣我不得不在「人到中年」之時才開始創業（我讀研究生時已經 40 歲了），這就常常使我有「力不從心」之感。我認定自己不會有太多的成就，不過是魯迅所說的「中間物」。歷史給我規定的任務，也是我自己自願承擔的使命，是為老一代劃句號（我現在擔任王瑤先生助手，就是做的這項工作），同時為年輕一代作「引號」——我以為後者是我的主要職責，因此我十分樂意為青年們做點開路工作，或者盡我的可能為之助一臂之力。我是信奉魯迅的「青年勝過老年，將來勝過現在」的理論的，不僅中國的未來，而且魯迅研究的最後突破也是要靠青年人的。多年來，我也一直是在青年人身上汲取力量與勇氣的。而你，正是我們十分樂意接觸的青年之一。你恐怕很難想像，你的三封來信給我帶來了多大的快樂！正因為如此，我是很願意經常讀到你的來信的；也會盡可能的及時給你回信，只是萬一偶爾有所延誤（像這次這樣），則是要請你原諒的。

現在，談談你的第三封信所談到的問題。首先我不僅十分欣賞、而且十分感謝你能十分坦率的對我的文章提出批評意見，這樣，我們的交往從一開始就有了一種同志、朋友式的平等、親切、坦率的氛圍，這認為這正是我所期望的。

　　還是談談具體的看法吧。

　　第一，周作人強調「人生之始，首在求生」，固然如你所說有唯物的色彩；但對於周作人來說，則表現了他將「人」主要看作是一個生物的「人」的人性論觀點；周作人是把這種「人」的「求生意志」，看作是人的生活及藝術創作的基本動力與源泉。這構成了他人生觀與文藝觀的理論基礎。他在大革命失敗以後的白色恐怖中，採取「苟全性命於亂世」的態度，以至最後成為漢奸，這種「求生意志」論是有原因的。他的這種理論與馬克思主義相距甚遠，而是直接從英國自由主義思想家、性心理學家藹理斯那裏來的。對於周作人這種「人本位主義」的理論的歷史評價，需要放到一定的歷史條件下作具體分析與考察；列寧在評價俄國現代民粹派時曾提醒我們：「應該記住恩格斯的名言：『在經濟學的形式上是錯誤的東西，在世界歷史上可能是正確的』」（《兩個烏托邦》）。恩格斯的名言是具有方法論的普遍意義的：對於任何一種思想理論的評價，不僅應該注意其純理論形式的是否正確，更應該把它安放到一定的歷史條件與環境下考察其具體的歷史的實踐作用與意義。——可惜由於時間關係，這裏我無法向你具體地敍述我對周作人理論在不同歷史時期不同意義的看法。我正在計劃寫一篇約有四萬字的長篇論文：《周作人和他的道路》，有機會再向你詳談吧。

　　第二，關於五四時期時代思潮的問題，也是一個頗為複雜的問題。我建議你看一篇文章，即發表於《現代文學研究叢刊》（北京出版社出版）1983 年 1 期許志英〈「五四」文學革命指導思想的再探討〉，此文最近被中宣部點名為現代文學研究領域「自由化」的代表作之一，其「罪名」是反對馬克思主義與毛澤東思想。你可以看看，也很想聽一聽你的意見。

第三，你的意見是正確的。魯迅關於「中國群眾」「永遠是戲劇的看客」的思想，包含了比較複雜的因素，其中不乏深刻之處，簡單地說是「誇大消極之一面」，是缺乏說服力的。

我再說一遍：對你的獨立思考精神我是極為欣賞的，希望你繼續坦率地來信發表你的意見。至於你的文章（或提綱）我當然也會認真閱讀，並提出我的意見的。如我認為你的文章確有價值，我也會介紹給其他同志看的，這點你可以放心。

這封信昨晚寫了一半，未寫完，今天又接到了你的第三封信，你的熱情使我感動，我以後一定努力照你的要求去辦。從你的來信中，我隱隱的感到一點：你似乎對於今後前進道路上的曲折，缺乏足夠的思想準備。誠然，你「是時代的寵兒」，也許不一定會像我那樣要經過二十多年的曲折，才能走上研究魯迅的道路。但是我仍然要向你強調指出：在中國要堅持魯迅那樣生活、戰鬥，就絕不可能道路十分平坦。這種「不平坦」（當然，「不平坦」形式、程度會不同）不僅是歷史的必然，而且唯有經過生活的磨難，才有可能真正懂得魯迅。我認為，你在選擇這條道路時，必須有這樣的思想準備，否則是難以堅持到底的。——不知你以為如何？

這封信似乎應該繼續寫下去，然而時間與精力都不允許，好在以後還有機會繼續寫，還是就此打住罷。

　祝
好！

理群　10 月最後一天深夜

海波：

　　你的幾次來信、附寄的文章及你最近信中寄來的月曆、照片都收到了。最近一段時間我的工作特別忙——撰寫大百科全書《現代文學》卷「現代文學概述」條目，給留學生上課……，但又想給你寫封長信，談談對你的文章的看法，這樣反而延誤了寫信的時間，讓你失望，這是我深感不安的。今天晚上本想下決心給你寫封長信，無奈不斷有人來，我又有一大堆信要處理，這樣一拖再拖，現在已經是深夜一時，看來這封信也只能簡短的說幾句，寫長信要留待以後了。——我後天就要帶留學生到上海、杭州、紹興、富陽參觀訪問，本月二十二日回北京。

　　看了你的照片，覺得你確實是「可愛的小朋友」，不過比我想像中要高一些。

　　你現在感到有許多矛盾、許多苦惱，其實都是正常的，人總是在思考如何正確的評價自己，如何正確的找到自己應有的位置，這幾乎是一輩子的事。青年人有時充滿了幻想，對自己評價很高，有時遇到挫折，就不免悲觀失望……，這都不要緊，重要的是要保持那樣一股「勁頭」，要堅持一種追求，堅持向上，並且不鬆懈自己實際的努力，只要能做到這一點就行了。不要過多地「懺悔」、「自責」，這樣會挫傷自己的銳氣的！考試偶有失敗，不應沮喪，而要總結經驗教訓。外文無論如何是應該抓緊的，我認為你不一定要貪多，一下子就想學多種外文，首先是把現在正在學的英語學好，——不是分數高，更重要的是實際的掌握。我認為你能在大學把英語學好，成績就算不錯，日語可到研究生階

段再去讀。課堂學習、課內學習當然是重要的，主要課程 —— 我指的是文學理論、中外古今文學史、哲學是必須學好的，而其餘有些課程則只要一般了解即可，不要去追求「高分數」。大學本來是逐漸要做到自學為主，不一定非要跟着老師跑不可。我仍然主張你學習的面要鋪得寬一些，你將來搞研究工作，當然是要借助別人研究成果，但只看別人成果是不行的，例如你所說研究魯迅與尼采，對尼采的著作如不看原作（哪怕是翻譯過的原作），只看別人分析尼采的文章是不夠的，因為有許多研究文章常常歪曲了尼采的原意。也許你很難體會，我現在搞魯迅與周作人的比較研究，就深深感到研究對象的淵博與我的自身知識結構相對狹窄的矛盾。這個矛盾不解決，魯迅研究是難以有突破的。你如想突破，應在這方面下點功夫。

要說的話似乎還很多，但現在已是深夜二時了。只好打住，以後再詳談吧。

還有一件事：你給王先生的信及文章，王先生都轉給我了。王先生現在精力大不如前，一般信件及來稿都是由我處理。因此你以後不必再寫信給王先生，更不必寄稿去，有什麼話由我轉告即可。

你要的兩本書北京都沒有：《胡風論魯迅》沒有見到，《論魯迅小說創作》已售缺。

對你兩篇文章的看法容我下次寫信時再談吧，下次寫信已是本年底了。

匆匆　祝
好！

理群　12‧6

海波:

剛從南方回來,就收到了你的熱情洋溢的來信,十分高興。

這次南行是十分愉快的,特別是到了魯迅的故鄉 —— 紹興。突出地感受到一種「純淨的美」,也使我看到了魯迅的另一面。魯迅確實是一個多層次、多方面的系統,過去我們對他的理解太片面了。

還是談談對你的論文的看法 ——《魯迅與毛澤東》至今還沒有收到,因此只能談兩篇文章。

文章的優點我不想多談,要談的是我認為值得注意與警惕的兩個問題。

一、對魯迅作品的分析要從魯迅具體作品實際出發,即要從作品具體分析中得出結論,而不能從邏輯推理推導出結論;同時要充分注意作品的文學特徵,而不要作純邏輯的歷史分析,要把歷史的分析與美學的評價統一起來。比如,你認為《狂人日記》「具有濃厚的反封建性之外,也同樣有反帝的一面」,你沒有從作品的實際描寫中擺出任何論據,你的論證是:「因為狂人反封建的徹底性,必然帶有反帝的性質,這是由中國特殊的歷史社會條件所致」,這完全是一種邏輯的推理,缺乏說服力。二,注重宏觀研究是好的。但宏觀研究必須建築在微觀研究基礎上,否則就容易陷入空泛。你的文章就有空泛的毛病。比如你反覆申說《理水》等代表魯迅小說創作最高成就,卻沒有作任何具體的分析與論證。這說明你對《理水》等作品的實際成就是缺乏深入研究的。而且,你認為《阿 Q 正傳》、《狂人日記》的語言中的雜文色彩是魯迅藝

術不成熟的表現，這也是值得推敲的。《理水》等《故事新編》作品中雜文色彩更濃。這不僅不是魯迅的弱點，倒反是顯示了魯迅藝術的不拘成規的特點的。他是自覺地將詩、雜文以至戲劇的因素引入小說中，同時也將小說因素引入詩與雜文中的。

我以為，過多的偏向於抽象思辨，這對你可能是不利的，我重申以前信中所說的意見，我不贊成你現在過多地花精力在寫論文上，而主張你多讀──讀得更廣泛些、更深入些！同時可以多寫些札記、筆記之類。我完全理解你希望發表文章的理由──包括經濟上的理由。但你可能對學術出版界的複雜情況估計不足（甚至可能毫無認識），根據我的經驗，你這樣盲目投稿是不會有多大效果的。或者說費的力氣太大，而收效甚微。至於你們想出一本研究巴金的小冊子，恕我直言，也恐怕難以實現。首先王先生就不大可能為你們作序。老實說，就連我與你的通信王先生都是不大贊同的。因為他認為你所需要的具體指導，應就近找你的老師。──順便再說一遍，希望你以後不要再給王先生寫信，有什麼事找我就可以了。我把王先生這一態度告訴你，並不意味着我自己也不願意和你同行，恰恰相反，我是很喜歡你這個「小朋友」，並且樂於與你聯繫的。正因為對你有愛，有期望，我這封信才寫得如此嚴峻──不至於「嚇」倒了你吧？當然，我的這些意見你不一定能接受，但希望你冷靜的想一想，好嗎？

接下去談你的研究方法。我不反對你做一些宏觀的思考，但我建議你，在作具體研究時，不妨找一些比較具體的小一些的題目，甚至對一篇具體作品分析入手──因為這是「基本功」。

還有，你們的巴金研究小組，還是不要用「地下」這類名稱好，並且人也不宜過多。你的巴金研究是否也可以從比較具體的題目入手呢？比如《寒夜》剖析，比如巴金的《家》與老舍的《四世同堂》中的「家族」（或家長形象）比較研究。

這封信本來還想寫下去，但夜已經很深，再加上也希望你早點看到這封信，否則你又要等急了。——因此，還是就此打住罷！

　　最後，你要的照片仍然不能給你，因為我翻了半天，沒有找到。——所以，只有留待以後了。不過可以告訴你，我的樣子與你想像的完全相反——不是「高高的個子」，而是矮矮的，不是「消瘦」的，而是胖胖的；平時也不戴眼鏡（但看書寫字卻必須戴老花眼鏡）。——你大概又失望了吧？

　　　祝
好！

你的大朋友　12・27

海波：

　　來信收悉。現在，我在靜靜的深夜裏給你寫信。

　　關於「《狂人日記》有沒有反帝的一面」，你提出了三個論據：① 作品所反映群眾的精神弱點，也是帝國主義物質、精神剝削、奴役的結果。② 狂人作為一個覺醒的民主主義戰士，必然有朦朧的、無意識的反帝思想。③ 魯迅前期也存在反帝思想。—— 就你三個論據本身而言，都是可以成立的；但問題是他們並不能成為「《狂人日記》有反帝一面」這個論點的論據，你的論點與論據之間沒有必然聯繫。問題是：作品本身並沒有寫出帝國主義物質、精神剝削、奴役怎樣造成了人們的精神弱點；也沒有具體寫出「狂人」具有怎樣的反帝思想，哪怕是朦朧的、無意識的；更沒有表現魯迅的反帝思想。還是那句話：分析具體作品的思想、人物一定要從作品描寫實際出發，而不要從邏輯推理出發，不能用我們自己對作品人物的分析、認識代替作品本身的實際描寫。作家有什麼思想，當然會在他的作品總體中表現出來；但絕不會、也不可能把作家的每一個思想（哪怕是重要的思想）都在每一篇作品中表現出來。按照你的論證，魯迅所有的作品都應該有反帝思想，這顯然是不妥的。—— 我的這些意見是供你在思考時參考吧！

　　讀了你的《毛澤東與魯迅》，覺得你的許多意見都很不錯，如強調應高度重視與充分肯定魯迅後期思想與文學的貢獻；強調要「從多方面來認識和研究魯迅」，強調魯迅研究後繼無人問題的嚴重性、尖銳性等等。你能夠提出這些問題，表現了你對馬克思主義的一種信念，這在當今青年中確實難能可貴，而與我們這一代有了更多的共同語言。這是令人十分高興的。我以為對魯迅思想的認識，還需聯繫國際共產

主義運動史來進行考察。魯迅在三十年代初轉變為一個馬克思主義者不是孤立、偶然的，甚至可以說是一個國際現象。在「紅色的三十年代」，國際上有一批傑出的知識分子宣布自己 ## 了馬克思主義，如羅曼羅蘭、薩特、布萊希特，聶魯達、阿拉貢、德萊塞……等等。但在以後國際共產主義運動本身犯了錯誤，蒙上了濃重的陰影（主要是斯大林 1937–1938 年的「大清洗」及以後一系列錯誤），又使得這些到馬克思主義中尋找出路的知識分子產生了幻滅感，有的又因此回到了老路上，重新信奉資產階級人道主義、ＸＸ主義，面對馬克思主義產生了懷疑。而另一些知識分子如某種程度上的郭沫若，則對馬克思主義隊伍內部產生的教條主義、個人迷信……採取了盲從的態度，自身也陷入了巨大的悲劇。這說明：知識分子經過千辛萬苦找到了馬克思主義真理，但並不是知識分子道路的終點；在找到了馬克思主義以後，還有一個如何認識、對待馬克思主義，包括馬克思主義隊伍內部不可避免的陰暗面——而在這些方面，魯迅正是一個光輝榜樣。這牽涉到魯迅接受馬克思主義的道路，魯迅的馬克思主義觀……等一系列極有意思的問題。如何將魯迅與國內外同代人作一些比較研究，將會得出許多有意思的結論。這個問題是值得深入搞下去的。

最後，我還想重複一下我上封信給你的建議：你對魯迅已經有了一個較好的總體認識、總體評價，就不宜再停留於此，否則會越搞越空泛；現在需要在總體認識下，選擇一些具體的課題，具體地深入地研究，有了若干個深入、具體研究就會反過來加深豐富、發展原來的總體認識。另一方面，現在對於你更迫切的是，擴大知識面，把基礎打得寬一些，扎實一些，具體的深入研究可以搞一些，但不宜太多，這樣的研究可以放到研究生階段去做。

這封信已經寫得很長了，就此打住罷！

　　祝
好！

你的大朋友　1‧10

親愛的小朋友：

　　幾封來信都收到了，因此，總覺得欠了你的一筆債。但需要還的信債實在太多（共有十一封之多），這封信也只能寫得很短，這是仍然要請你原諒的。

　　我以為你的許多煩惱，原因之一就是對自己的要求不夠切合實際。大學學習主要是打基礎，是屬普通教育，真正的專業訓練要放在研究生階段，因此現在主要任務只有兩個，一是把基礎打得寬一些，扎實一些，二是掌握學習方法。

　　從你的多次來信及你寫的文章看，你似乎很喜歡作抽象思維，這是你的長處，但由此我也產生了擔心，一，不知你的基礎知識掌握得如何？二，不知你的藝術鑒賞、感受能力如何？這兩方面的訓練都是不可少的。而第一方面，不僅是基礎，而且在研究生考試中佔極重的比例。現將今年北大現代文學試題寄一份給你，其中四、五、六題就是純屬知識題，你不妨自我測驗一下。

　　另外我不贊成你的下述意見：「對於一些小說（甚至是些大部頭名著），知道其要旨或大意，在現階段似乎就不必再翻閱了」。要知道，閱讀作品不僅是為了知道大意、要旨，更重要的是從中吸取思想與藝術的營養，這就需要認真地閱讀、體驗、思考，豈只翻閱而已！我所反對的只是不加思索的、囫圇吞棗地亂讀，但因此而否定讀作品的必要性，就走向了另一個極端。恰恰相反，搞文學研究的人，一個基本條件就是要多讀作品，讀得越多越好！你如要準備考研究生，首先就要大量閱讀現

代文學作品。另外，我還擔心你是否用太多的時間去讀雜誌上的研究文章，這些文章只能供參考，主要是自己去讀、去鑽研原作品！

外語一定要抓緊，抓緊，再抓緊，並抓出成效來。

你所說的《魯迅研究》上的文章，我大部都沒有看過，只有以後再與你討論了。

匆匆寫此　祝
好！

你的大朋友　4·1

親愛的小朋友：

在我愛人的病榻旁收到你的來信；現在又坐在病榻旁給你回信。

首先應該告訴你，《馬恩選集》(四卷本) 就是人民出版社出版的，我的信大概是筆誤。

讀馬列原著，開始可能會比較吃力，無論如何要硬着頭皮看下去；而且，馬列經典著作是需要反覆多次讀的，並且會常讀常新，第一次讀，要求不要太高太急，一般說來，初讀的目的是「認門牌號碼」，就是說大體知道其內容，以後需要用時，隨時可以翻得到。因此，初讀時，不要鑽得太細，不必要求每一句都懂，懂多少算多少，不懂的地方看過去就算，以後看到後面反過來又會懂的。當然，讀的時候也要多動腦筋，可以寫點筆記、心得，至少可以摘抄一些你認為重要的精彩論斷。

讀魯迅著作亦是如此。書信你讀起來感覺吃力，可能是因為對有關人事的情況不了解，這就要充分利用注釋。而且讀多了，讀到後面，有些情況你也會逐漸了解的。書信是不公開發表的，更接近魯迅的真心真意，因此，讀魯迅書信時，更要注意從中了解魯迅的個性、氣質，他的內心世界、情感……

從英語競賽中發現自己的弱點與不足，是很好的事。希望你一定抓緊外語學習，務必爭取在大學期間基本過關。要知道，新一代的知識分子不懂外語是根本不行的。

我愛人手術情況良好，但恢復卻要一段時間。初步恢復後，即準備與我同時去京。時間大約是下月中旬。

因為是在病榻旁寫字，很不方便，就寫到這裏。

　祝
好！

理群　5·22夜

親愛的小朋友：

　　原諒我，你給我寫了這麼多信，我卻始終沒有回信，原因是我一直在忙於搬家，直到上月末，才與我愛人一起來到北京。我愛人手術後情況一直不太好，因此，裏裏外外都是我一個人在忙，弄得狼狽不堪。再加上我這次回貴州兩個月，積壓了一大堆工作，回京後就忙於還債（包括還信債）。因此，就連這封信也只能簡單地寫幾句。

　　諶容的《錯，錯，錯》我是在貴州看的，這篇小說顯然是一篇當代的《傷逝》。小說是作者探討當代中年知識分子心理、情感的又一次嘗試，我以為還是有意義的。文學與時代的關係是複雜的，正面反映時代重大問題（如《人到中年》）固然是好的，從側面反映時代中人的思想感情、內心世界仍是一條路。時代情感也是複雜的，不能認為表現了某些感傷情緒就是違背了時代本質。以五四文學為例，《女神》這樣的表現了時代昂揚情緒、時代精神的作品固然是時代的一面鏡子，《沉淪》這樣的表現感傷的時代病的作品亦是時代的反映，全面地說，只有既反映了時代正面精神，又反映了時代背面的時代病，兩者結合起來，才能說是全面地、立體地反映了時代。我以為你對這個問題的理解可能有一些狹隘，不知你意見如何？

　　《求實集》已購到，隨信寄上（為使你不至太着急，先將信寄上，再寄出）。你暑期有什麼學習計劃？

　　匆匆　祝
好！

理群　7·3

親愛的小朋友：

　　來信收悉。

　　我完全理解你的痛苦。愛情與事業的矛盾，幾乎是一個永恆的矛盾。每一個在事業上有追求的人都會遇到這個矛盾。說實在，連我自己直到現在都還有家庭與事業的矛盾，並深深為此而苦惱。當然，處理得好，愛情對事業也有促進的一面；既矛盾，又促進，恐怕就是一種最理想的關係。一般說來，人們提倡，為了事業，要晚一點談戀愛。但現在既然初戀已在不知不覺之中悄悄地來到你的身邊，你當然必須正視 ── 既不必回避，也不必後悔。我建議你找一個恰當的機會，與你的女友開誠布公地談一次：讓她理解你對事業的追求的熾烈，希望她支持你，共同為了事業而奮鬥（或者共同考研究生，或者支持你考研究生）。如果不能做到這一點，我（不無殘酷地）建議你，還是儘早地結束這個感情。因為據我對你的了解，如為愛情而犧牲了事業，你將會產生更大的痛苦，甚至痛苦終生。你還年輕，以後還會有新的機會，但我同時還要告訴你，事業的發展也不會一帆風順，不要企望，為事業犧牲了愛情，事業很快就會順利發展。恰恰相反，必須做好這方面的思想準備：研究生不能一次考取；報考中遇到意想不到的阻力等等。而且，事業的發展也不一定要與必須考上研究生聯繫在一起。考研究生，固然是一條較好的路，但卻不要把它當做是唯一的路。凡事不要太心切，中國有句俗話：欲速則不達；心太切，反而達不到目的。對考研究生這種事，既要認真對待，積極準備，又要看得開一些，以灑脫態度處之。對研究生考試的準備，又要抓好基礎，不要好高騖遠，只注意高、深、

難，而忽視了基礎知識。研究生考試，主要的還是考各門學科的基本知識，是按大學生標準考，而不是按研究人員的標準考。——這個問題以後我們再可以作詳細討論。

原諒我就寫到這裏，你在處理愛情問題上有什麼苦惱，可隨時寫信給我。我知道，苦惱是需要發泄的，發泄出來了，心裏就要好受得多。

___

　祝
好！

理群　9・22

海波：

幾封來信均已收悉。

得知你複習情況正常，十分高興。

幾封來信都談及目前形勢的發展。事情十分複雜，以後我們可以再詳細討論，現在我要提醒你的是：無論你對目前形勢如何看法，在考試時特別是政治考試，你必須「旗幟鮮明地堅持四項基本原則」，如果在考題中有這方面的內容，一定要按照報上社論、文章的觀點去回答，切不可自己亂發揮，更不能唱反調。因此對於最近發表的有關社論、文章一定要認真地讀，並且記住其基本觀點。今年研究生考試一定會十分注重考生的政治態度，請務必注意！

　　餘不贅　祝
春節好！

理群　1・24

第二輯 | 專題篇

收入本輯的信，或曾在報刊上登載，或收入了文集，
算是公開發表的私人信件

致杜保瑞君

杜保瑞 / 杜保瑞時為台灣國民黨政府一個半官方的組織負責人，1995 年邀請了一批在海外工作、學習的大陸人到台灣參觀，我正在韓國外國語大學任教，也借此機會，第一次到台灣為我父親掃墓。

保瑞：

你好。直到現在，我仍為未能在北大與你相見，而感到遺憾與抱歉。以後又接到了你們聯合會的來信，要求寫點「台灣之旅」的感想。當時我正忙，又想到會有許多人寫，可以偷點懶，就將這件事放下了。不料今天早上醒來，突然想起這筆未了的「情債」，竟感到莫名的不安。於是決定給你寫這封信，算是對你及你的朋友，以及對我自己一段經歷與體驗的交待吧。

首先，應向你「坦白」：我這次來台北，是另有目的的，徑直說，我是來為先父掃墓的。先父　天鶴先生在抗戰時期曾任國民政府農林部常務次長，1948 年隻身來到台灣，而將先母與我們兄弟姐妹都留在大陸。先父來台以後曾任中國農村復興聯合委員會農業組組長與委員，為台灣農業的發展作出了重要貢獻，1960 年退休後，一直生活在孤寂之中，1973 年病逝，安葬於陽明山麓。我們父子離別時，我僅十歲，在記憶裏只留下父親模糊的身影；但以後四十多年的命運卻時時與父親聯在一起，其間的種種，不堪回首，還是不說了吧。但有一點我卻無法回避：我曾半是被迫、半是自動地與父親劃清「界限」，以至親手燒毀了父親的照片。──我永遠也不能原諒自己的這一「罪過」，此刻回想起來，心仍在痛苦的顫抖。我想，瞭解了我這一心靈的創傷，你大概

就不難想像我在得到你們的邀請信時的心情了吧。我興奮，不安，甚至有幾分恐懼：我不知道該怎樣面對我那律己與律人都極嚴（這是我後來讀了有關的回憶錄留下的深刻印象）的死去的父親。而那一天（就在我來到台北的第二日，即 1995 年 7 月 11 日）真的到來時，當我經過幾番曲折，終於在面對觀音山的一個小山峰頂找到了父親的陵墓（這「尋覓」過程當時就讓我感到了某種象徵意味），焚香禮拜，放聲一哭之後，我竟然陷入了心靈的木然、平靜狀態。我甚至有了一種往事如煙的感覺，彷彿就在我悲切、淒厲、哀怨、蒼涼的一聲長嚎這一刻，我生命與心靈的一段歷史就已經結束，「過去」將被深埋，不經攪動不再浮現，如我在一篇文章裏所說的那樣，逝者已經安息，而生者還要繼續生活下去。於是我有了擺脫（至少是暫時擺脫）重負的輕鬆 —— 這正是我要感謝你和你的朋友的：你們或許於無意中幫助我實現了某種生命的「告別」。

其次，我還要感謝你們的是，你們在為我提供了許多參觀的機會，從而得到大量信息的同時，卻並沒有強迫我發表感想，也即給了我「不說話」的自由 —— 禁止人說話固然是思想專制，在我看來，不允許人沉默不說話也是一種壓迫，而且是我們在日常生活中經常遇到的。正是由於你們的寬容，我這次得以以一個普通人的身份，看了、聽了許多，卻可以一言不發，因此而想了很多。比如說，在會議期間，我常常作為一個旁觀者對與會的兩岸的青年作有趣的對比，產生了也許僅屬我自己的聯想，並因此而時時發出會心的微笑。你大概知道，我是研究中國現代文學的，我在用歷史對照現實時，經常發現了某種「循環」：這一次是本世紀三十年代知識分子面貌的「重現」。台灣青年（更確切的說，是我所接觸的台灣青年）的思想、舉止常使我聯想起那個時代的自由主義知識分子，以至我不由自主地要把他們看作是「胡適的傳人」（包括胡適對政治的熱衷）—— 儘管我也警告自己，我的這一觀察也許是浮面的。而與會的大陸青年（當然不是全部，很多人也與我一樣沒有說話；這裏說的自然是最為活躍、最引人注目的那一部分）卻逼似於三十

年代的左翼青年，儘管政治立場（與選擇）已經截然相反，但更為深層的思維方式、行為方式，以至言語方式卻基本沒變。而這「不變」即是意味着與其今天的政治反抗對象在內在精神上的相似與相通，這是他們自身所難以認識與接受的，也就帶有極大的諷刺性與悲劇性，而這一事實本身卻包含着相當深刻、豐富的思想內涵，是具有精神史與文化史的價值的。但從另一方面來比較，大陸部分青年固然有太多的草莽氣，台灣青年的紳士氣似乎也是太重，而在我看來，這兩者是可以、而且應當互補的，也就是說，海峽兩岸的青年（恐怕不只是青年而已）的主要差異恐怕更是內在精神上的，正是這種差異使他們都可以、而且應該從對方學到自己所沒有（或缺乏）的東西。

我不想回避，在這次總體上是十分愉快的「台灣之旅」中，我也有不太愉快的感受。──其實不僅是在台灣，在日本，韓國，以至香港，總之到了大陸之外，我總不能擺脫一種壓迫感。簡單地說，就是當人們因為大陸在經濟、政治上的相對落後，以及大陸知識分子處境的相對困難，而對我（我們）表示同情（更不用說還有的人流露出掩飾不住的鄙視與嘲弄）時，我總感到居高臨下的威逼，並因此產生一種屈辱感。而當看到我們的一些大陸同胞（特別是某些知識分子）以傾訴自己（甚至以大陸同胞的代表自居）的種種不幸來乞求對方的同情與支援時，儘管我也竭力去理解這裏或許含有不得已的無奈，我無權指責別人，但卻不能控制自己內心的羞愧，不安，以至憤怒。我於是發現了自身的矛盾：當身處大陸時，我對大陸常有許多的批評；一旦離開，卻不太願意批評大陸──當然，我也不會走到另一極端，反過來處處為大陸辯解，甚至加以美化，因此只要再回到大陸我又會恢復我的批評，或許更加尖銳也說不定。但我卻因此而看清了自己由於生於斯、長於斯而產生的「大陸情結」，這與因父親長眠於台灣而生的親情感是並存於一身的。正是這雙重情感（它們當然在根本上統一的）使我在這次你們組織的活動中，常常會產生相當複雜的感情反應。我十分真誠地為台灣所

取得的一切成就感到高興，甚至有幾分驕傲，特別是想到這裏可能有我父親（和他的朋友、同事）的貢獻時。但也不必諱言，當我看到（聽到）有人洋洋自得地將「台灣經驗」絕對化（在我看來無異於製造一個新的神話），並以「勝利者」的姿態來解釋歷史時，我無法掩飾我內心的反感，並且同樣引起了歷史的回憶，看到了又一種「循環」。這段歷史對於你和你的朋友可能是陌生的，卻是我所親歷的：1949 年，當國民黨政府跑到了台灣，共產黨在北京創建了中華人民共和國時，毛澤東曾慨然宣布，他所領導的革命的無可懷疑的勝利，已為歷史作出了結論，即中國共產黨的主張的絕對正確，國民黨的主張的絕對錯誤，前者代表了歷史前進的必然規律，後者則是逆歷史潮流的反動。這一判斷由於有前者成功、後者失敗的事實作依據，曾說服了許多原來對共產黨有所保留的知識分子，但人們卻很少考慮到隱藏於後的歷史觀，其實正是中國傳統的「成者為王，敗者為寇」的觀念。正是這種歷史觀，把歷史寫成了一時的勝利者從勝利走向勝利的歷史，也即勝利者的「英雄史」和失敗者的「罪惡史」，這不僅掩蓋了（否認了）勝利者曾經有過的失誤，而且把事實證明具有一定合理性的選擇絕對化，同時否定了不同於自己的其他選擇一時未能實現、卻可能具有的合理性，從而導致了自我封閉與極端化，這最後的歷史結果，今天人們已經看得很清楚，而且似乎有了新的結論，但當我發現隱藏於後的依然是「成者為王，敗者為寇」的歷史觀時，在驚訝之餘，也感到了悲哀。在二十世紀，我們曾經製造過「一貫、永遠、絕對正確」的「神話」，並因此而付出了無法向後代交待的代價，難道我們還要在世紀末再來製造一個「一貫、永遠、絕對正確」的新的「神話」嗎？這次我很遺憾沒有機會聽到台灣知識分子和青年對「台灣經驗（和現實）」的批評，我相信這一定是有的，而且會比我們這些旁觀者更為深刻、中肯。我仍然相信魯迅的話：多有不自滿的民族才是真正有前途的。而炎黃子孫卻太容易陷入盲目的自大了。我想，在兩個世紀交替的歷史時刻，更多地強調民族的自我批判與知識分子的批判職能，對海峽兩岸的健全發展都是有益的。

我這麼說當然不是要全盤否定與拒絕台灣經驗，我只是不贊成將其絕對化而已。應該感謝你們這次為我們安排了不少頗具啓發性的報告——儘管也有些報告給人以試圖給聽講者「洗腦」的感覺，這當然是徒勞的，尤其是對我這樣的有過被「洗腦」的慘痛經驗的知識分子。但我仍然以極大的興趣傾聽、並思考了許多真知卓見。給我印象最深刻的是一位教授對台灣政治改革經驗的概括總結：「開始要早，步子要慢」。我想，這一「早」一「慢」不僅是對政治改革而言，或許還具有更大的普遍性，它甚至還涉及東方國家的現代化道路問題。東方國家，尤其是像中國這樣的東方大國，在陷入盲目自大時，常因缺乏改革的自覺性而動作「遲（緩）」；一旦有了改革的要求，卻又因急於改變面貌而盲目求「快」，一味追求近期效應，而不顧長期後果。我在韓國工作一年中多次看到的災難事件，據韓國朋友介紹，這都是對十多年前大建設中盲目求快的「懲罰」。我自然不免要聯想起大陸，在經濟與政治改革中是不是也存在着「遲」而「快」的危險呢？——這是一個相當重要與複雜的問題，需要專作討論，這裏還是點到即止吧。

　　而且我這封信也應該結束了。其實所涉及的每一個問題，都是可以再作近一步展開的。那麼，我們就此剎住，正好為以後的深入交談留有一個餘地。——這封信不過是向你及這次「台灣之旅」活動的其他組織者和參加者作一個回報而已。反正「後會有期」，相見不難，是不是？

　　祝
好！

錢理群　1995 年 10 月 21 日寫於北京

余杰 / 當時還是北大中文系的學生，因出版了稱為「黑馬文叢」的批判現實的書，1990 年代末在大陸青年中頗有影響。我在全力支持他的同時，對他的某些文章流露出來的某種傾向感到不安，因此寫了此信。

余 X：

你好。最近，讀了你同時發表在好幾個地方的〈昆德拉與哈維爾——我們選擇什麼，我們承擔什麼？〉，有些不同的意見，或者說有些不安。那天我已當面說了這個意思；因為旁邊有人，不便詳說。後又想，口說可能講不清楚，還是用筆寫吧，於是就有了這封信。

我能夠理解你對中國知識分子的人格弱點的不滿與批判，實際上我自己近年來也一直在作這方面的反省，而且這樣的反省與批判還應該繼續下去。但任何合理性往前多跨一步，就有可能產生意想不到的問題。在我看來，你的文章中的某些觀點，就存在着這樣的危險。這就是我感到不安，並急於與你討論的原因。我想分幾點來說。

第一，你在文章中引用了德國哲學家雅斯貝爾與哈維爾的話，強調「在整體性的罪惡中，知識分子罪不可赦」。這使我想起最近也有人在強調紅衛兵、知青都應該進行自我「懺悔」，這好像已經形成了一種輿論，而且乍一看也似乎有理，是對前一時期一些知青、紅衛兵的自我吹噓，以及一些知識分子缺乏自省精神的一種反撥。但是，我們卻沒有必要為了批評一種傾向就非得走向另一個極端。有一個基本的事實，或者說中國的特殊「國情」決定的我們的特殊「語境」是不可忽視的：

在雅斯貝爾的德國，對法西斯的極權主義的體制是進行了徹底的清算的，有關的罪犯都受到了法律的懲罰；而哈維爾的那番話，如你在文章中所說，是發表在「『天鵝絨革命』成功以後」；而我們這裏，是連基本的罪責都沒有、也不允許分清，更不用說法律的追究與體制的清算了。正因為如此，當有人號召進行「全民懺悔」時，我的導師王瑤先生曾十分激動地質問：「應該對罪惡的歷史負責的還沒有承擔罪責，為什麼要我們懺悔？」他當然不是拒絕自我反省，而是強調首先要分清極權體制下的統治者、壓迫者和受害者的界限；然後再檢討受害者自身由於容忍、接受，並在一定程度上的參與而應負的責任。應該說，這是兩種不同性質的責任，如果因為強調「罪責是全民的」而有意無意地抹殺這二者的界限，那將是危險的。除此之外，還應該劃清「奴隸」與「奴才」的界限。這個問題是魯迅提出的，可是人們卻不加注意。身為奴隸而不知反抗，自然是應該反省的，所以才有魯迅的「哀其不幸而怒其不爭」；但這與奴才的賣身投靠，自覺充當幫凶還是有區別的。當然，奴隸身上也有奴性，而且奴隸是有可能發展為奴才的，但兩者的界限卻又是存在的，不可因不滿奴隸的不覺悟而抹殺他們與奴才的界限。在我看來，中國的知識分子中真正的奴才還是少數。因此，籠統地說「在整體性的罪惡中，知識分子罪不可赦」，既可能混淆壓迫者與受害者的界限，也會抹煞奴隸與奴才的界限。尤其在極權體制與這種體制的既得利益者、主要維護者未受到徹底批判，而且正在壓制這方面的任何批判的中國語境下，把主要批判鋒芒指向知識分子、知青、紅衛兵，過分地追究他們的歷史責任，單方面要求他們「懺悔」，那就可能放過真正的「元凶」，走到了原初願望的反面。魯迅早就提醒人們注意，以為「文人美女，必負亡國之責」，「卸責於清流或輿論」，這是「古已有之」的老調子──這傳統，我們是萬萬不能繼承的。

第二，你在文章中對哈維爾的「靈魂自足」與道德勇氣給予了高度的評價，這是我完全認同的；你進而認為哈維爾的選擇具有榜樣的意義，這在我個人（請注意，我說的僅僅是我自己）也是可以接受的。

但你再進一步，以你所稱為的哈維爾這樣的「聖人」的選擇作為一個道德的價值尺度，來評判中國的知識分子在文革中的表現，作出了「沉默也是一種犯罪」的嚴厲判決，並且聲稱「對知識分子必須嚴格嚴格再嚴格」。這樣，你也把自己的觀點推向了極端：你實際上是在宣揚一種「不是聖人，就是罪人」的道德觀，這裏的邏輯確實十分明快，卻是危險的。

人們首先要問：是不是每一個人都能成為「聖人」？魯迅曾經說過，「別國的硬漢比中國多，也因為別國的淫刑不及中國的緣故。我曾經查看過歐洲先前虐殺耶穌教徒的記錄，其殘虐，實不及中國」。我體會魯迅的意思有兩方面：一是強調中國的「硬漢」（也即你說的「聖人」）的難能可貴，同時也說明，不是所有的人都能成為「硬漢」（「聖人」）。承認這一點，會不會導致道德上的虛無主義、無是非觀呢？不，在「非聖人」的選擇中，也還有別的界限，例如，不能主動地「為虎作倀」，充當幫凶，也即你文章中說的「不參與整人、打人」，或者用今天的流行語言，不能觸犯法律，侵犯、傷害他人；儘管你對這樣的選擇很不以為然，但確實是一條「底線」。這至少說明了：並非「不是聖人就是罪人」，在道德評價上，不能只有少數「聖人」才能達到的「高線」，而沒有大多數人可以、而且必須作到的「底線」。我們可以宣傳、鼓動、號召人們向「聖人」學習，卻不能輕率地宣布，達不到聖人的道德「高線」就是犯罪。要求人人都成為「聖人」，最起碼說，也是一種「烏托邦」的幻想，對於大多數普通人（包括知識分子）的人性的弱點，是應該有一種理解，甚至是諒解的。

還有一個尖銳的問題更是不能回避的：你自己能不能像「聖人」那樣行事？比如說，面對今天中國的許多違反人權的事，我們像哈維爾那樣提出了抗議了嗎？至少我沒有這樣的勇氣。那麼，你所宣布的「沉默也是一種犯罪」的邏輯是不是也適用於我們自己呢？更重要的是，如果自己都做不到，又有什麼權利裁判他人呢？不錯，我自己是時時為自身的軟弱而自責的；但我也僅能限於自責，而不能以一種居高臨下的姿

態去要求、責難別人。這裏確實有一條原則，說是道德原則也可以，就是律己要嚴，或者用你的話來說，要「嚴格嚴格再嚴格」，但對於他人，只要不是「主子」與「幫凶」，則是應該儘量寬容的。不是不可以批評，但這種批評應以理解為基礎，是「勸說」而不是「判決」。這就說到了另一個層次的問題：即使我們自己做到了，也沒有權利裁判他人。周作人曾這樣談到中國傳統與現實中的道學家，說他們「不知道自己也有弱點，只因或種機緣所以未曾發露，卻自信有足以凌駕眾人的德性」，「依恃自己在傳統道德面前是一個完人」，相信在「聖廟」中有自己的份，便任意地「裁判」他人。這樣的「傳統」我們當然不能繼承。我完全清楚，你的本意並非如此，我是故意地把話說得如此嚴重，無非是想提醒你：某種極端觀點的邏輯推演，是會落入自己絕不願意、也從來沒有意料到的危險的「陷阱」中去的。

其實，在這類問題上，早就有過慘痛的教訓。毛澤東當年就大力提倡過這樣的「聖人倫理」。他不是高歌「六億神州盡舜堯」嗎？他就是以「毫不利己，專門利人」的「聖人道德」來要求每一個中國人與知識分子的，強制人們「在靈魂深處爆發革命，狠鬥私字一閃念」，進行「脫胎換骨的改造」。在這樣的倫理觀的統治下，每一個有「私心」的人都真的成了「罪人」，當年盛行一時的「早請示，晚彙報」，其中一個重要內容就是為自己的「私心雜念」而懺悔、請罪。「六億神州盡舜堯」的烏托邦理想就是這樣變成思想控制與專制的。這難道還不夠觸目驚心嗎？還可以再舉一個血的事實：在五十年代的朝鮮戰爭中，由於指揮員的失誤，曾有幾十萬的志願軍成了美軍的戰俘。其中有一部分經過英勇頑強的鬥爭，回到了祖國，卻出乎意地受到了嚴厲的審判，依據就是所謂「聖人道德」：被敵人抓住了，就應該殺身成仁，以死報國；你現在沒有死，活着回來了，這本身就是「有罪」。懲罰是空前殘酷的，多少人因此而家破人亡。我曾經為此而寫過一篇文章，稱之為「共和國歷史上最可怕的一頁」。這篇文章當然不能發表，但其中的教訓是任何時

候都不能忘記的。此刻我在向你 —— 沒有經歷過那段歷史的年輕朋友重述這一切的時候,我的心仍在顫抖,並且突然有一種恐懼感:當隨着時間的流逝,血跡洗滌以盡,歷史真的會重演嗎?

第三,你的文章是以昆德拉與哈維爾的選擇作對比來展開討論的,而且明顯地傾向於哈維爾,這都是沒有問題的。儘管我並不贊成你將哈維爾稱作「聖人」——坦白地說,我對「聖人」這個詞有着本能的反感;而且我覺得你將「聖人」(這包含着一種道德的評價)與「智者」(這是一種知識的評價)對稱,褒前而貶後,這多少有一點道德主義的味道,也是我不太贊同的 —— 不過這都無關緊要,或者說僅是小的分歧。但當你推論到中國知識界的現實,我卻產生了某種隱憂。不錯,你也說了「錢鍾書的學術成就和王小波的文化意義自然是不容忽視的」這樣的話,而且你個人也完全有權利不選擇他們的道路,因此對他們的選擇提出種種批評 —— 在我看來,任何一種選擇都存在着某種「陷阱」,因而是可以批評或者提出某種忠告的。你的批評意見中有的我有同感,有的則不敢苟同。比如,你把「專家」這種職業化身份的選擇,與現實保持一定距離的純學術、文化研究的選擇,也就是我們通常所說的「學院派」學者的選擇,判定為是這些知識分子「人格與精神資源稀薄」的表現,甚至斷言他們「元神出竅」,指責他們的選擇是「為了生存」而「放棄所有的原則和所有的承擔」,這就很難讓人接受。不排斥有的學院派的知識分子可能會有你所說的情況,但就整體而言,你的這一判斷是缺乏分析,並不符合實際的。更重要的是,你這裏遵循的仍然是「不是聖人就是罪人」邏輯,於是你發出了這樣的質問:「這樣的知識對於特定時空內的「中國」來說,是不是「有機」的知識呢?」這裏的意思是十分明白的:至少說當今的中國,是不需要學院派知識分子,以及他們所作的純學術研究的;中國當代知識分子的唯一出路就是「走向哈維爾」。這樣,你又把自己具有合理性的選擇推向了極端。我於是想起了周作人的一個觀點:「過於尊信自己的流別,以為是唯一的

「道」，（以）至於蔑視別派為異端」，儘管「原也成一家言，有相當的價值」，也會產生「許多流弊」。不管你現在怎麼看待周作人，但他的這一提醒還是不可忽視的。

我還要談談歷史的經驗教訓。在本世紀，中國知識分子中，一直存在着「革命救國」與「科學（教育、文化、學術）救國」的不同選擇。到 1949 年，革命勝利了，新中國誕生了，這一歷史的結果，幾乎是順理成章地對知識分子中的這兩種選擇作出了一個價值判決：「革命救國」的道路實踐證明是唯一正確的，而且具有道德的崇高性。許多學院派的知識分子都真誠地懺悔了：在革命者為國家流血犧牲時，自己卻為了一己、小家的生存而躲在書齋裏，這是有違良知的。正是這樣的道德自責使許多知識分子「心悅誠服」地接受了「改造」，輕易地否定了自己所從事的學術、文化、教育工作，認為那是「資產階級改良主義」，是為反動統治服務的，不但一無可取，而且是有罪的。從這樣的邏輯出發，最後推導為知識分子的原罪性：知識、學術本身就是無用而有害的。——知識分子的不無真誠的自我反省，就這樣最後陷入了文化專制主義與反智主義的陷阱。這也是血的教訓：知識分子自有弱點，中國知識分子更有許多劣根性，這是需要反省與批判的；但千萬要注意，不能把這種反省與批判，變成對知識與知識分子本身的否定。——當然，你的這篇文章並沒有走向這樣的極端。

這封信寫得比我預料的要長得多，但我還要再說幾句。你在文章中談到了魯迅，我自己也是不斷地從魯迅那裏去吸取精神資源的。最近我也在反省自己的魯迅觀：或許我們在強調魯迅的懷疑主義，他的精神上的沉重面的時候，對他的理想主義的生命的亮色注意得不夠；我們在突出他的批判的尖銳，激烈，不留情面的時候，對他精神氣質中的寬厚的一面有所忽略。而這種亮色與寬厚更可能是構成他的生命的「底氣」的東西。——「底氣」是我最近考慮得比較多的問題；在好幾篇文章中我都提到《紅燈記》中李玉和的那句話：「有媽這碗酒墊底，什麼都能對付」；在我看來，魯迅正因為有了這樣的亮色與寬厚作「底」，他

無論怎樣悲觀與憤激，都不會走向極端。正因為如此，魯迅才一再提醒人們，對那些故作激烈的言詞要保持高度的警惕。我想，這對我們大家都會有啓示作用。記得我們在一次交談中，我提醒你，在對一種社會文化現象作批判的時候，言詞不妨可以尖銳一些；但在批評具體的人，特別是指名道姓的批評時，則要謹慎，要充分地考慮到批評對象的複雜性，多面性，批評要有餘地，不要只圖自己說得痛快而有意無意地傷害別人，也就是說，既要堅持原則又要寬厚待人。你對我說，你的內心深處，其實也有寬厚，甚至軟弱的一面，這我是相信的，有你的一些散文為證。因此我希望你在今後的寫作中，更好的調動與發揮自我生命中的各種因子，既要保持批判的激情與銳氣，又要以對人的寬厚與理解作底；在堅持某種選擇的同時，不但不要輕易地否定不同的選擇，而且自己也不妨從這些不同的選擇中吸取有益的養料。你知道我是最尊崇魯迅的，並不認同周作人的選擇；但我仍從周作人那裏得到了很多東西。據我的經驗，以某一種選擇為主，同時對他種選擇有所擇取，達到互補，這對我們自身思想、人格、性情的健全發展是大有好處的。——當然，這僅是供你參考而已。

其實，我上面所說的一切，不僅是與你商討，更是對自我的一種反省，或者說是一種自我警戒。很希望能聽到你的意見。這封信當然不準備發表。如果你願意，也可以給 XX 等朋友一閱，或許能引發出某些討論。

　　祝
好
　　　　　　　　　理群　1999 年 1 月 10-12 日陸續寫成

致北大陳佳洱校長的一封信　　　　　　　　1999 年 7 月 24 日

陳校長：

　　您好。

　　我是中文系的教師錢理群。我認為有些事應該向您報告：

　　1. 去年十月以後，有兩個學生社團邀請我給他們作學術演講。我答應了，但他們在提出申請時，卻被有關部門以「沒有教室」等不能成立的「理由」拒絕了。

　　2. 今年四月，中文系學生會與團委組織全校性的文化講座，學生也約請了我。我因為有前述「經驗」，開始一直婉言拒絕，但經過學生再三懇請，我還是同意了。不料學校有關部門得知後，就給中文系打招呼，不准我在全校作學術演講。中文系出於無奈，只好安排我在一個星期六的晚上，在只能容納三十人左右的系會議室作報告，在校內與中文系內都沒有貼海報，大多數學生（包括中文系學生）都不知道。——此事中文系的領導都清楚，您可以去作調查。

　　3. 七月二十日，我收到了北大愛心社的邀請書，請我於七月二十四日上午九時半去參加「九九愛心萬里行」出征式活動。我仍然婉言拒絕，我不願意可能引起的麻煩，使邀請我的學生在心靈上受到損傷——前次中文系活動的主持者曾為對我的不公正的安排而失聲痛哭，我至今仍感到不安：我即使有天大的「罪過」，為有關方面所不容，也應我一人承擔，讓天真的學生的心靈因此蒙上陰影，這是殘酷的。但學生一再打電話來堅請，我還是動搖了。而且這次不過是與學生見見面，隨便說幾句，估計不應有什麼問題吧。於是我決定放下手頭正

在寫的一篇重要文章，冒着酷暑，參加學生的活動。但我仍然是太天真了：二十三日深夜，負責與我聯繫的學生來電話通知我，有關方面認為我「不適宜」參加這樣的活動。這位學生痛苦地說，他不明白這是為了什麼。

我也不明白：這一切是為了什麼？難道今天的北大，已經容不得學校裏的一個教授，竟要一而再、再而三地剝奪他與自己的學生見面，談話，作學術演講的權利？這豈不是對北大「科學、民主」的傳統，「思想自由，兼容並包」的傳統的一個褻瀆與嘲弄？

而且，這樣的封殺一位教授在校園裏的言論自由的行為，已經在部分學生中產生了很壞的影響。在中文系演講事件發生以後，有不少學生或當面詢問，或來信、來電話，表示不能理解，有的甚至認為這是對他（她）對北大的信念的一個打擊。還有的學生告訴我，今年五四北大演講比賽時，有不少同學要求請我擔任評判員（這是因為我曾任去年百年校慶演講比賽的評判，並發表講評，給學生留下了深刻的印象），也遭到了有關方面的拒絕。而且好像在一次學生幹部會上談到這件事，因而在一些學生中傳開了。

面對年輕人真誠、困惑的目光，我作為一個把與青年學生的血肉聯繫視為自己的生命的教師，感到揪心的痛苦。而且，坦白地說，我真正地憤怒了。——我要維護作為一個教授，一個知識分子的尊嚴和自己應有的權利。

這樣的事發生在剛剛紀念過百年校慶的北大，這不能不說是北大的恥辱，北大的悲哀。

我把這些事向您報告，並不是期望您來解決這些問題。只是覺得，您作為一個北大校長，應該知道校園內發生的這些並不小的小事。

我作為一個歷史的研究者，卻發現了其中的「典型意義」：它確實反映了世紀末的北大所存在的某些深層次的問題。因此我認為它或許具有某種進入北大歷史敍述的價值，而不僅僅是我個人受到了不公平的待

遇。從歷史學者的眼光看來，我寫給您的這封信，也是一個「立此存照」。

　　　即頌

夏安

1999 年 7 月 24 日寫於燕北園

1999 年我因主持編寫《新語文讀本》，而與一批中小學語文教師結識，有了最早討論「中小學語文教育改革」一些通信。

黃玉峰 / 時為復旦大學附中高中語文教師，後來成為《新語文讀本》編委之一。

（一）

理群老師：

我是上海復旦附中的語文老師，常讀您的文章，十分敬佩。最近又讀了您的《學魂重鑄》一書，更是心嚮往之。我特買了十本，要求班裏每一個同學都仔細看一遍，並在書上寫寫劃劃，然後開一個討論會，我想這對他們人格的形成一定會很有好處的。有感於語文教育對孩子們的摧殘，我在七八年前開始另搞一套。九七年接新班，更是大刀闊斧地進行了改革，無非是恢復了一些傳統的學習語文的方法，少分析或不分析，少做習題或不做習題，把時光還給學生，讓他們多背些多讀些多看些，然後自覺自願地多寫些。為了對前人的讀書有感性的體驗，今年之初，我還帶他們去進行了為期八天的浙東學旅，同學們要求提高自己的人文精神的欲望空前高漲。無論將來是考文科考理科的都認識到首先要做一個人。寄上我們的班刊《讀書做人》四本，這反映了近兩年來學生進步的一個方面，請您多指教。第五期即將出，一半是關於這次學旅的，屆時當寄上。此外，再寄上

《詩情畫意》一本，這是我在上海教育電視台策劃的一檔同名節目的講稿結集，更請您批評指正。

專此布達　並頌

大安

　　　　　　　　　　黃玉峰　九九年三月

　　　　(二)

玉峰先生：

　　十分高興地收到了您的來信，當即以極大的興趣拜讀了隨信寄來的《讀書做人》及《詩情畫意》，可以說是既驚又喜。玉峰先生，你和你的同事真做了一件大好事，你們的工作是極為重要，極富開拓性的。

　　坦白地說，最近這一段時間，我雖然發表了一些對中學語文教育的意見，似乎也頗引人注目，但是我自己卻是心裏有數的：這樣的批評雖可以在一時起到引起注意的作用，但卻是缺乏建設性的。我也當過十七年的中專語文教員，因此我知道，對於第一線的教員，最重要的是具體的示範。「破」固然不可少，「立」卻更重要。我前幾年寫過一本《名作重讀》(不知你有沒有；沒有，我可以送一本給你)，大概可以算是一種「立」的工作。但我畢竟已經脫離了中教界，其他工作就很難做了。因此當我得知你所做的實驗工作，並且取得了如此明顯的效果，是十分興奮的：這正是我想做、而做不了的事。因此我是懷着一種羨慕之情來給你寫信，並向你及你的同事表示祝賀的。同時也希望你們將自己的工作作出更具體、系統、詳盡的總結，把它介紹到全國中學語文界。

　　讀了你們學生自己主編的《讀書做人》上的文章，彷彿看見了那些開始學會用自己的眼睛來讀書、看世界的年輕人，他（她）們實在是太可愛了，他（她）們身上的潛能實在是無窮無盡的。我從來認為，教育的根本目的是將人的潛在的想像力、創造力，美好的人性的因子，開

發出來，加以培育，昇華。而你們正是成功地（或部分成功地）做到了這一點，於是，這些孩子的內在精神就發出閃光了，那是怎樣生機勃勃的，具有原創力的，美好的生命！和這樣的孩子生活在一起，真是幸福！請代向他（她）們表示我的傾慕之情。希望他（她）們堅持下去，不斷地完善自己，打好自己一生「精神的底子」，用自己的行動來證明：青春是美好的，生命是美好的。

還要謝謝你與你的學生對拙作的關心。希望以後繼續保持聯繫。

匆匆寫此　即頌

教安

錢理群　九九年四月二日

（三）

錢老師：

收到您的信真是喜出望外，我立即把信全文讀給學生聽，他們也都高興得手舞足蹈。《名作重讀》我沒有，但曾借來給同學們講過，再加上都看過您的《學魂重鑄》，同學們對您已很熟悉了，且都懷着敬意。正如您所說，與這些學生在一起是一種幸福，除了教師，有誰可以天天和這些朝氣勃勃的學生在一起！

語文教學走到今天這一步，我以為是由來已久。前輩們有感於學語文所花時間太多，想為後輩找一條近點的路，為後輩做了分析文章的榜樣。他們的工作都是開創性的，有益的。不料以後的分析代替了讀書背書，把學習語文的最基本的方法拋棄了。繼而以所謂的知識點代替語文，範文不過是詮釋知識點的例子，把語文當數學教，以為只要推導出幾條公式就可以到處套了，以為這是學習語文「多快好省」的方法。可憐我們的孩子學了十二年的語文，恰恰不是語文，而是非語文，為了這些知識點，把語文的人文精神全部閹割殆盡。平時學知識點，考試考知識點。正如你所說

的，害了現代科技病，人成了工具、奴隸。所有潛在的想像力、創造力，美好的人性因子，全被扼殺。面對着這些可愛的孩子，我常感到痛心。為此，四五年前，我即開始歸真返璞，另搞一套。我欣賞三味書屋的讀書方法，盡可能借鑒。幾年來確實收到一定效果。然而高考指揮棒的力量太強，使我不能大刀闊斧的進行。不過經驗證明，一旦語文素質從根本上提高了，即使應付如今的高考，也比為應試而讀書要好。我欣喜地看到，一旦掙脫應試教育的繩束，同學們潛力的發揮，遠遠超出了我的意料之外。寒假裏我帶學生去浙東進行了八天的學旅，同學們回來後寫了大量文章，都使我大吃一驚（寄上兩篇新作，請老師指點）。再有幾個月，就要分班了（分文理），但無論如何這條改革之路，我們都將堅定不移地走下去。即使考理科的同學，看了您關於文理融通的文章也表示，決不會放棄文科（情感）方面的追求。我與同學們都希望繼續得到您的關懷和指點，祝您身體健康。

即頌

大安

黃玉峰　九九年四月

（四）

玉峰先生：

這次到上海參加你們的論文答辯，回到北京，已經有一個多月了。但我一直不能忘懷你那些極富創造力的孩子（這是我第一次和他們見面），他們在論文寫作與答辯會上所表現出的才華，給我留下了極深刻的印象。同樣不能忘懷的是答辯老師（他們都是著名的大學教授）嚴肅認真的態度中表現出的對孩子們的尊重與期待。對我來說這是一次全新的教學體驗：這些年我不知道參加過多少次學生（大學生、碩士研究生、博士研究生）的論文答辯，但參加中學生的論文答辯，卻是第一次；而且像這一次這樣，竟然引發了我長久的思考，更是不多見的。在

這個意義上，我應該感謝你，你們的校領導，以及你的學生，給了我這樣一次學習與思考的機會。

我的思考，最主要的集中在一點：我們對自己的教育對象——這些成長中的中學生們，有着真正的理解，正確的估計了嗎？這本來是教育工作的一個前提；而在我看來，恰恰就在這教育的前提上出了問題。是不是可以說存在着兩個「嚴重地估計不足」：一是對中學生（或許還應該包括小學生）學習語言的潛力（尤其是學習作為母語的漢語言文字的潛力）嚴重地估計不足；另一是對學生的創造力、想像力等智力的潛能嚴重地估計不足。坦白地說，在這次答辯中你的學生的口頭語言表達能力、文字表達能力，特別是他們的某些論文中表現出來的對語言的美的敏感與感悟力，是讓我吃了一驚的。我以為，這不只是表明了你的教育的成功，更是顯示了一種青年人學習語言的潛力與才能的；或者說，你的成功僅僅在於為學生創造了一個優化的語言環境，提供豐富而科學的良性語言刺激，把學生自身學習語言的潛能激發起來，得到充實，昇華與提高，得到健康的優化發展。我贊成或許有點誇張的這種說法：青少年是學習語言的天才；並且想再加上一句：中小學生學習語言，是他們自身腦功能發育與智力、人格發展的內在需要：我們的語文教育應該放在這樣的基點上。而目前存在的過分繁瑣的外在的強制灌輸的「保姆」式的教學，一個重要的認識誤區就在於低估了孩子們學習語言的潛力與內在欲求，把教育對象「小化」、「矮化」了。

我還要強調中學生的創造潛力，這一點給有幸參加這次答辯的所有的大學教授，都留下了最為深刻的印象。應該說句老實話，當我們乍一看到學生們的論題：「從探佚學看《紅樓夢》的悲劇色彩」、「從多角度比較分析《包法利夫人》的悲劇」；「屈原人格探源」，「杜甫之死獻疑」；「魯迅、周作人思想之比較」、「張愛玲和她筆下『認同危機』的人們」；「人性與戰爭小說」，「荒誕屬誰？」；「鄭和下西洋之吾見」，「比照中西方啓蒙運動中的信仰危機」，「從兩個角度看中國禪宗興盛之原因」……等等，其論及範圍之廣，之深，之大……都是讓我們大吃一驚

的，甚而至於有所懷疑，並且事實上也是引起了不同意見的爭議的。但一進入答辯，我們都為孩子們讀書之多（儘管從專業的角度還有許多書沒有讀），思維之敏捷，探索問題之熱誠，態度的從容與自信……所感動了。特別是我們從那些看似稚嫩、片面的論述中，看到了思想的火花，對人生、生命的感悟、體驗所達到的某種深度，甚至極有想像力、具有原創性的思想生長點……，真是又驚又喜。有的先生提出中學生似不宜做過於「大」的題目，還是「以小見大」為好。作為學術論文的寫作訓練的要求，這自然有道理，但我也同意有些先生的意見：喜歡思考「大」的問題，包括人生、哲學的根本問題，這大概是青少年思維的一個特點；而且，從一開始，讓孩子有一個高遠的眼光與胸襟，對他們的終生發展可能是更為有利的。在和你的學生有限的接觸中，深感他（她）們總是想大事，立大志，說大話，自有一種大氣度，一股沛然之氣，和周圍環境追逐蠅頭小利的氣氛很不和諧。但在我看來，「少年意氣」，本就應該如此的；不和諧的根子在我們的時代出了問題。當然，孩子們還年輕，需要引導，但必須十分小心：不要壓抑了他們的創造的銳氣。面對科學的高峰，廣大的未知世界，那不可扼制的好奇心與探索激情，是應該保護的；那「沒有不可解的難題，沒有不可探討的奧秘」的自信心與「初生牛犢不怕虎」的勇氣，更是彌足珍貴的。如果說這就是「狂妄」，那麼，我正是要對這些年輕人說：此時不狂，更待何時？！我們當前教育的最大弊端之一，難道不正是將學生的志氣、銳氣幾乎磨平？！因此，正確地、充分地估計中學生的創造潛力，實質上是一個解放中國的年輕一代被壓抑的創造力的問題，你及你的同事的工作，在我看來，正是在這裏顯示出它的重要意義。我之為這次中學生答辯感奮不已，至今難忘，原因即在於此。

　　當然，這畢竟只是一個開始，初次嘗試。如何做好「中學生的論文寫作」工作，還有許多應該探討的問題。或許對「中學生應不應該作論文寫作的訓練」這個問題也會有不同的意見。我想，這裏的關鍵，是要從中學語文的課程目標出發，恰當地確定論文寫作的教學目的與要

求。在我看來，中學生的論文寫作是高年級的一種綜合性的訓練，同時又帶有探索性，主要是培養學生的想像力與創造性思維，其中也包括自我質疑的逆向思維能力。另一方面，從中學語文教育要為學生的「終生學習」打下基礎這一目的出發，還應該對學生進行學習方法的能力訓練，例如指導他們圍繞論文的寫作，學會運用工具書，查詢資料，收集學術信息，綜合與分析前人研究成果；掌握論文寫作的基本規範，逐步形成明確的論點，充分的論據，合理的論證過程，並遵循基本的寫作規則，包括如何作注釋，列參考書目……等等。某些看起來只是純技術性的操作問題，其實也是包括教育的目的的。例如，凡引用別人的學術觀點與材料，必須詳細注明出處，這本身即是一個尊重他人的勞動的學術道德問題。這就是說，操作、能力訓練的本身也是一個科學的態度、精神，學風，學術道德……的培育過程，這裏同樣也體現着你所注重的「求學、治學」與「做人」的統一。如果以上這些「學術論文寫作訓練」的目的、要求能夠成立的話，你們的這次實驗所存在的問題也是明顯的；例如，有的學生還不善於正確地對待前人的研究成果，或者知之甚少，或者被參考文獻牽着鼻子走，妨礙了自己的獨立思考；至於論點的相互矛盾，論點與論據之間缺乏必然聯繫，缺少論證過程，以至知識上的「硬傷」……這些論述的基本毛病在不少論文（包括一些優秀論文）中都時有所見。我們當然不能以大學生與研究生的論文水平來要求中學生，在某種意義上，中學生的論文寫作帶有極大的試驗性，純屬於一種訓練性質，還不能算是嚴格意義上的學術論文寫作。但也正因為如此，一些基本的訓練要求還是應該嚴格的，比如前文所說的論點、論據與論證中的問題都涉及邏輯思維的問題，是不可忽視的。

但無論如何，這第一步還是跨出去了，而且是出人意外的好。可以想見，你和你的學生為此付出了多麼巨大的勞動。中學語文教師本身的負擔就已經夠重了，而你還要給自己「超負荷」。當你的兒子悄悄告訴我，你這些日子每天只睡幾個小時時，我真的深深地感動了。我們的處在教學第一線的語文老師，我們的致力於中國的語文教育改革的仁人

志士們，是多麼的辛苦、勞累啊，他們是真正地將自己的身心都無私地奉獻了。難道我們不應該向他們表示最大的敬意嗎？難道我們不應該盡力給他們以微薄的支持嗎？我的這封信，就算是一種聲援吧——不只是對你一個人而已。或者說，這是一種相互支撐。我剛為一位中學老師寫的一本出色的書寫了一篇序，其中引用了莊子的「相濡以沫」的成語——我經常吟味這四個字，其間蘊含着無限的溫暖、悲涼與無奈，是能夠讓人落淚的。

這封信寫得比我預計的要長得多，本想趁這次到上海講學當面交給你，不料準備南下之前，突然病倒了。在病中想得更多，這封信也越寫越長；現在信寫完了，病也快好了，只是仍覺得身子虛軟無力。趕緊把信寄出吧，也算了了一件心事。——不向你和你的那些可愛的學生，說出這番心裏話，我總覺得不安。想來這些孩子已經進入了緊張的備考「決戰」了。儘管對此類「備戰」頗有腹誹，我仍要向他們表示最美好的祝願！

就此打住　即頌

教安

理群　1999 年 11 月 14–16 日陸續寫成

關於《新語文小學讀本》的通信

王尚文 / 浙江著名教育學者，應邀和我合作任《新語文讀本》中學讀本副主編，在我被迫退出以後，獨立主持《新語文讀本》小學卷編輯工作。

王尚文先生並編委會的朋友們：

你們好。

從尚文先生的電話與李人凡先生的談話中，得知你們的工作順利，有了一個很好的開頭，十分高興。而你們對我的健康的關心，更使我感動。你們中有許多是我的老朋友，有的還沒有見面的機會，但都有一種說不出的親切感。

由於身體的原因，我這次不能與諸位一起工作，心裏感到極為不安。這幾天一直在考慮我還能貢獻些什麼。但我又覺得很難，因為小學語文教育是我完全陌生的領域，要取得發言權，就得從頭學起，這在我目前的條件下，幾乎是不可能的。但我仍不甘心，就趁體力稍有恢復，翻了一些手頭有的材料，作了一番思考，因為是在病中，思考力已大不如前，總算勉強湊了幾條意見。這些想法有的恐怕是小學語文教育的常識，有的你們早已考慮在內，但不管怎樣，還是寫出來，供你們參考，也算是表達我的一點心意吧。

一，小學是學生學習語言的起始階段，恐怕應更突出「聽、說、讀、寫」能力的基本訓練。我們在編寫課外讀物時，有兩點是要特別注意的。

一，突出漢字的特點。在這些方面可以作一些嘗試。如《新語文中學讀本》初中第一冊即有王尚文先生編的有關楹聯知識的介紹，在小學階段更可加強「屬對」的訓練，可以由易到難、由簡到繁形成一個體系。還可以選用一些謎語。周作人曾專門寫有〈謎語〉一文（收《自己的園地》），說「謎語體物入微，情思奇巧，幼兒知識初啓，考索推尋，足以開發其心思。且所述皆習見事物，象形疏狀，深切著明，在幼稚時代，不啻一部天物志疏，言其效用，殆可比於近世所提倡之自然研究歟？」周作人還說：「謎語之中，除尋常事物謎之外，還有字謎與難問等，也是同一種類。他們在文藝上是屬於賦（敍事詩）的一類，因為敍事咏物說理原是賦的三個方面，但是原始的製作，常具有豐富的想像，新鮮的感覺，醇樸而奇妙的聯想與滑稽，所以多含詩的趣味，與後來文人的燈謎專以纖巧與雙關及暗射見長者不同：謎語是原始的詩，燈謎卻只是文章工場裏的細工罷了」。我想，周作人的這些論述有助於我們認識謎語在兒童教育上的價值。我們可以利用字謎來培養學生對漢字的象形特徵的感悟力，利用物謎啓發學生對周圍事物（包括大自然）的觀察體悟，利用謎語中的「難問」來開發學生的智慧（比如西方著名的斯芬克思之謎即可選入，周作人的文章中還提到英國、中國與韓國……各民族都有這樣的智慧之謎，都可酌情選取），當然更重要是對學生的想像力、聯想力、感覺……的培育。周作人曾經談到漢字的「裝飾性、遊戲性與音樂性」的特點（參看《看雲集·論八股文》、《藥堂雜文·漢文學的傳統》），而這些特點又是與兒童的天性相通的，這應該是中國的小學語文教育得天獨厚之處，在這方面是大有文章可做的。比如周作人在論及上述漢字特點時，除對聯、燈謎外，還談到「急急令，笑話，以至拆字」這樣一些他所說的「俗」的語言遊戲，都是我們在編選時可以借鑒的。

此外，我還有一個不成熟的想法：近年來有些語言學學者提出了「漢字文化」的問題，我們是否可以利用他們的某些研究成果，進行一

些試驗。這方面我更是一個外行，談不出具體的意見，只能把問題提出來，請你們考慮。

　　二，要突出「母語教育」的特點。比如，中國孩子在進入識字教育之前，就已經具備了初步的聽話與說話的能力，這是我們進行語文教育的極有利的條件，應該充分利用。因此，我建議，在編選小學讀本的同時，還編選一套《新語文朗讀讀本》，這主要是供家長與老師在幼兒與初小階段，孩子具有獨立地閱讀的能力之前，讀給孩子聽的。這樣的學前與初小的朗讀教育對孩子的學習語言能力的開發作用是絕不能低估的。而用這樣的方式更有利於實現家長的參與，使我們的「語文教育大課堂」的理想得到落實。我始終覺得中國的家長在教育孩子方面有着巨大的積極性，這也是我們進行小學語文教育的有利的條件，現在的問題是缺乏正確的引導，我們或許可以通過《朗讀讀本》的編寫在這方面作一些嘗試，其意義也不可低估。聽說現在的坊間有這樣的書，但似乎缺少明確的教育理念，我們要做的是將這樣的《朗讀讀本》納入「新語文」的教育體系，成為其中的有機組成部分，而整個《新語文讀本》也就獲得了一個從「幼兒—初小—高小—初中—高中」的完整規模與系統。我和出版社的朋友還在醞釀再編一套供非文科大學生及高中以上文化程度的在職青年繼續學習用的《新語文大學讀本》(或稱《人文讀本》)，這樣就真正成「套」了，可以更加完整與充分地體現我們的教育理想。這樣的前景確實是令人鼓舞的。

　　作了這一番暢想後，再回到這套《新語文小學讀本》上，現在需要考慮的是，在整個小學，特別是初小階段都要突出朗讀教育，重視聽、說能力的訓練及其對讀、寫能力訓練的促進作用，其中包括與家長、老師的《朗讀讀本》的相互配合。這不僅要體現在文章的編選，也要體現在閱讀建議的編寫上。這都需要進一步研究與實驗。在突出母語教育的特點方面，我們還有什麼「文章」可做，這也是要請諸位進一步解放思想，開拓新的思路，大膽探索的。

三，小學語文教育要充分注意兒童學習語言的趣味性、遊戲性的特點。這裏一個重要方面就是要注重文學與藝術（音樂、舞蹈、戲劇等）的結合。這本來也是《新語文中學生讀本》的一個特點，我們曾選了歌詞，選編了有關談音樂、繪畫、建築……的文章等等。在小學讀本中還可以做進一步的嘗試。例如除了傳統的看圖識字外，組織詩（或文）畫配的專題（這方面有些現成的成果可利用，如豐子愷為周作人的兒童雜事詩所作的插圖，豐子愷的子女為父親的畫寫的漫畫趣繹《爸爸的畫》，黃永玉好像也有這樣的畫與文的結集）。歌詞也可以多選一些。此外，還有一大塊就是「戲曲」。周作人在《兒童的文學》裏（據他自己解釋，他所講的兒童文學其實是「小學校裏的文學」），談到少年期的教材，除詩歌、傳說、寫實的故事、寓言之外，特意強調要選「戲曲」，並作了這樣的說明：「兒童的遊戲中本含有戲曲的原質（周作人後來在〈兒童劇〉一文中專門回憶了他十二歲在三味書屋讀書時與魯迅一起演戲，將「童話戲劇化」的情景 —— 錢注），現在不過伸張綜合了，適應他們的需要。在這裏邊，他們能夠發揚模仿的及構成的想像作用，得到團體遊戲的快樂。這雖然是指實演而言，但誦讀也別有興趣。我覺得周作人的意見中有幾點很值得注意。一是強調兒童的戲曲表演能形成「團體遊戲的快樂」。周作人認為，「小學校裏的文學有兩種重要的作用，(1)，表現具體的影像；(2)，造成組織的全體」。這實際上是提出了學校教育（包括語文教育）的一個重要特點：它是一種群體性的學習（小學階段尤其如此），因此，如何組織起一個好的學習群體，並充分發揮其作用，是語文教育中必須認真考慮的問題，在這方面文學教育，特別是戲曲教學是能夠發揮其特殊作用的。其二，周作人在這裏使用了「戲曲」這樣一個比較寬泛的概念，是提醒我們，除了兒童劇（我覺得還應包括兒童歌舞劇）之外，要注意從中國民間戲曲中吸取資源。我因此而想起，讀本中可以適當選一點相聲、快板書……，這都是對學生進行語言訓練的好材料。我曾經在一本供外國人學習漢語用的教材中，看到編者編寫的一些相聲的小段子，其實就是一些具有幽默感的小對話，我想，孩子們是會有興趣的。現在的問題是

真正為孩子們寫的戲曲作品太少，除了盡可能搜尋外，恐怕要組織一點力量來創作或改編。周氏兄弟「童話戲劇化」的做法就很值得借鑒，可以考慮將一些童話、寓言改編成對話體的戲劇，不僅我們自己改編，也可以鼓勵孩子來改編，我們在中學《讀本》中就曾作過這樣的嘗試：在學生閱讀了伊索、拉封丹與中國少數民族的寓言以後，就建議他們將其改編成歌舞劇，在班級晚會上表演；在學生讀了宗璞的〈冰的畫〉以後，又建議他們根據自己對冰上的畫的想像，編寫兒歌，邊唱邊舞邊表演。在小學讀本中似可以加強這方面的練習。其三，周作人在談到兒童劇的作用時，說「其間還有一種用處，或者比演要容易又比看還有用，那就是當作對話念」。他還引用了一位外國研究者的話：「幾個小孩，個人分配一個腳色，或者個人自選，出來站在同班的前面，說一件對話的故事。這種練習需要注意集中，細密用心，大家合作。說話的人想要娛樂聽眾，自然使他着意體會去扮演那故事裏的腳色。合念對話的練習可以養成清楚的捉住文字中的思想之能力，養成一種本領，用了謹慎的措辭，輕重的口氣，自然的表示，去傳達自己的思想」（參看〈兒童劇〉序二）。我想，這樣的「對話體」應該成為我們的《讀本》的基本文體之一，要多選一些對話體的文章（其內容又可以是十分廣泛的，記得高士其的科學小品中就有用對話體的），這樣，與我們的關於「對話」的基本理念也是相配合的。

四，關於小學讀本與中學讀本的內在統一問題，這也是我考慮的一個重點。我想，除了「立言以立人」這樣的基本教育理念要作為整套讀本的指導思想之外，還要有一些基本的貫穿線索。我曾在《〈新語文中學讀本〉編輯手記》中，對中學讀本的貫穿線索有過一些總結，其中有些部分我設想是可以貫穿下來到小學部分的。這大概有幾個方面。一是「基本母題」，如「愛」的母題，「人與自然」的母題，等等。二是「基本想像」。比如，關於基本物資元素與基本生命元素的想像，在小學階段或許還有特殊的重要性。按照人類學的觀點，「人類的個體發生和系統發生的程序相同」，兒童與原人、兒童的文學與原始的文學

自有相通之處（參看周作人《兒童的文學》），因此，這些人類的基本想像與兒童的天性的相通，就不是偶然的。人們早就注意到，兒童對於水、土、火、草、木……都有與生俱來的親情，對高空、對遠山，以及天外之天，山外之山……都有天生的嚮往與想像。我們應該從兒童的這些特點出發，組織關於水、火、天空、土地、雲彩、草木（可以更具體為蒲公英，向日葵，玫瑰，垂柳……），山、河……的專題。比如，我設想這樣組織一個「天上的雲」的專題：選一二篇描繪雲的形象的文字（來不及、也無力氣查書，臨時想起蕭紅《呼蘭河傳》裏那段關於「火燒雲」的描寫，現、當代作家這樣的文字不會少），再選一些關於雲的兒歌、謎語、童話、傳說、故事……，如配上精美的插畫，那是會很有吸引力的。在閱讀建議中還可以引導孩子自己去觀察雲，想像雲，自己動手畫雲，寫雲。再比如在「土地」專題裏就可以選用（或改編）《封神演義》中有關土地神的神話，還有外國的有關神話。在這方面是大有可為的，我們也要發揮自己的想像力，去精心設計與編選。這些專題都可以與中學讀本中的有關專題相呼應。但也應該與中學讀本的編選有所區別。我現在想到的是一點：中學的選文比較重視這些基本想像背後的哲思，比如高中第一冊那組「關於火的文學想像」就大談由火的形象引發出的對人的生命本質的某些感悟。這樣的偏於理性思考的文字就不適宜於用在小學讀本裏，小學階段主要應是感性的開發，要引導孩子去觀察、感受與想像這些基本的物資與生命元素，而不是去追尋背後的更深的玄學意義。周作人在這方面也有一個意見很值得注意。他認為在「兒童文學（也即「小學校裏的文學」）」上「有兩種方向不同的錯誤：一是太教育的，即偏於教訓；一是太藝術的，即偏於玄美：教育家的主張多屬前者，詩人多屬後者。其實二者都不對，因為他們不承認兒童的世界」。他還作了這樣的進一步闡述：「藝術裏未嘗不可寓意，不過須得如做果汁冰酪一樣，要把果子味混透在酪裏，決不可只把一塊果子皮放在上面就算了事。但是這種作品在兒童文學裏，據我想來還不能算是最上乘，因為我覺得最有趣的是那無意思之意思的作品。安徒生的《醜小鴨》，大家承認他是一篇佳作，但《小伊達的花》似乎更佳；

這並不因為他講花的跳舞會，灌輸泛神的思想，實在只因他那非教訓的無意思，空靈的幻想與快活的嘻笑，比那些老成的文字更與兒童的世界接近了。我說無意思之意思，因為這無意思原自有他的作用，兒童空想正旺盛的時候，能夠得到他們的要求，讓他們愉快的活動，這便是最大的實益。至於其餘觀察記憶、言語練習等好處即使不說也罷。」（參看《兒童的書》）。周作人的說法或有過於極端之處，但還是能給我們以啓示的。

關於基本想像，我還想談談「關於基本圖形的想像」。這個選題是張中先生提出的，我覺得很重要，可惜由於時間緊，來不及從容組織，只由張中先生在高中讀本中編了一個「關於圓形的想像」的專題。我希望這次編小學讀本能有所彌補，是否可以考慮在高小階段編選關於圓形、方形、三角形……，關於點、線……的想像的專題。對這一點我完全無把握，也提不出具體意見，只是直感到它的重要。提出來請朋友們斟酌，如覺得難以操作，也只有留待以後再說。

還有關於對學生聽覺、視覺、觸覺……的開發，在小學階段也許是更為重要的。這方面也請注意，並作進一步的嘗試。

「閱讀經典，走近大師」，這本是中學讀本的一個基本編輯思想。在小學階段要不要貫徹，怎樣貫徹，這都是需要討論的問題。我個人認為，這一編輯思想也適用於小學讀本，但必須考慮小學生與小學教育的特點，並尋找新的途徑。一般說來，經典作品都太深太長，不適合小學生直接閱讀。我想，有兩個解決辦法。一是節選片段。舉我熟悉的魯迅作品為例，比如我們可以從《故鄉》中節選關於童年閏土那一小段，命名為「沙地上的小英雄」；《社戲》也可節選兩段：「月夜看戲」和「偷吃羅漢豆」；〈從百草園到三味書屋〉雖然初中課本裏已經選入，小學階段也可以先選讀一段「我家的泥牆根」；甚至〈狗・貓・鼠〉這樣的有很強的議論色彩的散文裏，我們也可以節選一兩段，如「祖母講的貓的故事」，「我的墨猴」，等等。我想，只要我們下功夫，是一定能節選出許多能夠顯示經典作家的文字風采、又適合兒童閱讀的精彩文字的。當

然，更大量的還是要用改編或重述的辦法（即使是「節選」，也要作一點文字處理），這方面有些現成可利用的成果，有的得靠我們自己或約人動手了。另外，我們還可以選一些講述歷史人物故事的文章，幫助孩子們「走近大師」，樹立一個高的思想境界，中學讀本在這方面作了一些嘗試，小學讀本似可加大這方面的份量。此外，關於「閱讀建議」的寫法，中學讀本也有過一些自覺的追求，例如採用與學生談話的方式，等等。這些追求如何貫徹到小學讀本中，還需要研究。小學讀本也可以根據自己對象的特點，作一些新的嘗試。

五，最後我還想談談兒童觀。在翻閱有關材料時，周作人的一段話引起了我的警覺。他引述了一位瑞士心理分析家的一段兒時回憶：「這些夫人們，他們的家裏我都喜歡去，……她們說各種好話，只令我不舒服，覺得討厭。凡兒童們覺得大人們故意作出小孩似的痴呆的態度對他們說話的時候，都是這樣地感覺」，並且反省說：「這樣看來，我們對兒童說的話恐怕十九都是這一路，自己以為裝得很好，不知毛病就出在那裏」（〈小孩的反感〉）。我由此想起了去年在廣州開中學讀本編輯工作會議時，復旦附中的那位學生提的一條意見：「希望老師們不要把我們和我們的弟弟妹妹看得太小，特別是不要選那些『故作小人狀』的甜甜蜜蜜的東西給我們看，那是會倒胃口的」。我以為這背後實際是隱藏着一個兒童觀，即如何看待我們的教育對象的問題。周作人在《兒童的文學》裏說得很好：「以前的人對於兒童多不能正當理解，不是將他們當作縮小的成人，……便將他看作不完全的小人，……。近來才知道兒童在生理心理上，雖然和大人有點不同，但他仍是完全的個人，有他自己的內外兩面的生活」。他由此而得出一個重要的結論：「我想兒童教育，是應當依了他內外兩面的生活的需要，適如其分的供給他，使他生活滿足豐富」。我想，這也適合於我們這套讀本：我們就是要「適如其分的供給」小學生們需要的精神食品。這裏的關鍵，是要把兒童看作是「完全的個人」，充分尊重與發展他們的個性，既不要把他們看得太大，也不要看得太小，要「適如其分」。我們在編中學讀本時，就反覆

強調不要低估中學生學習語言的潛力和他們的想像力與創造力，現在我們編小學讀本也同樣要注意這個問題。這裏還涉及我們整套讀本的風格問題。「故作小孩狀」，就是矯揉造作，一股小家子氣：我們追求的是坦誠，自然，大方，一派大家氣概。——即使「不能至」，也要「心嚮往之」。

我要說的，就是這些。朋友們可能會注意到，我較多地引述了周作人的觀點。這固然是因為我是研究周作人的，對他比較熟悉，現在要應急，就只能搬出我的「老家底」。這其實也是我的說話的習慣：盡可能地從自己的專業出發，避免說外行話。另一方面，也是因為周作人的兒童觀與兒童文學觀、教育觀，是代表了「五四」時代水平，並且體現了「五四」精神的。而我們編這套新語文讀本，其中一個重要動因就是要繼承「五四」關注青少年成長、關注中小學語文教育改革的傳統，因此，對「五四」兒童觀、兒童文學觀與教育觀有這樣自覺的借鑒也是順理成章的。不難看出，以周作人為代表的「五四」兒童觀、兒童文學觀、教育觀有着明顯的「兒童本位」與「趣味主義」的傾向，我們在從中獲得有益的借鑒的同時，也要注意不要走向極端：強調「兒童本位」並不是否認教師在教育中的地位與作用，也不是否認我們編寫讀本的教育目的；強調「趣味」在兒童學習語言上的重要性，並不是說學習語言就不需要刻苦努力，不需要一定的難度，等等。當然，更重要的是任何借鑒都不能代替我們自己的探索與創造。「新語文讀本」的「新」，正是說明這是一項試驗性極強的工作，它要求我們每一個參與者最大限度地發揮自己的想像力與創造力。小學讀本能否取得我們預期的效果，完全仰賴於諸位的創造性的辛勤勞動，而我只能打打邊鼓而已。以上所談，僅供參考。祝朋友們在王尚文先生的主持與指導下，把新語文讀本的編寫工作推向一個新的階段，並創造出新的經驗。

錢理群　2001 年 1 月 15 日寫畢

于漪先生 / 上海著名的語文教育家，也是《新語文讀本》的支持者。

于漪先生：

　　您好！

　　我的字跡過於潦草，只得借助電腦給您寫信，這是首先要請您原諒的。

　　記得前年我們曾在黃玉峰老師主持的學生小論文答辯會上匆匆一見，但未能深入交談，一直深感遺憾。——這些年，陰差陽錯的種種機緣，使我介入了中學語文教育改革，冒然發表了一些「門外之談」，雖然至今不悔，但也深知自己的局限，渴望向第一線的語文教育專家與老師請教，共同作平等的學術的探討。您正是我所尊敬的語文教育界的前輩之一，因此，當上海教育出版社將您主編的《高中文化讀本》二、四、六冊寄贈時，我是很高興的。而在拜讀了以後，更是連聲叫好：在許多問題上，我們都想到一起了。

　　比如書題上的四個字「走近經典」也正是我們編《新語文讀本》的基本指導思想。「引導孩子們讀什麼？」這是在課內與課外閱讀教育中首先遇到的大問題。記得前幾年我在北大為理科學生開設「大一語文」課，選的也是經典，就有一個學生幾次三番找我辯論：他認為應該多讀市場上流行的「快餐讀物」，理由是，現在是信息時代，要讀的東西太多，讀「快餐」是最符合「多快好省」的原則的。我當然不能同意這位學生的意見；但有一個事實卻是不能回避的：現在不少學生有限的

課外閱讀是以讀「快餐」為主的，用孩子們的話來說，讀起來比較輕鬆，而不像讀「經典」那麼費力。但這恰恰是我所憂慮的，因為一味追求輕鬆，就有可能像魯迅所說的那樣，胡亂追逐時髦，「迷於廣告式批評的符咒」，「隨手拈來，大口吞下，不料許多並不是滋養品，是新袋子裏的酸酒，紅紙包裹的爛肉」（〈我們要批評家〉）。其結果不只是倒胃口而已：吃「爛肉」、喝「酸酒」長大，是可能成為畸人的。特別是當下中國的文化市場極端混亂，假冒偽劣讀物充斥的情況下，我們更應該這樣尖銳地提出問題。這關係着民族的未來，絕不可掉以輕心。當然，「快餐讀物」作為一種大眾文化，不會都是「爛肉」與「酸酒」，其中也有健康有益的，我們不能簡單地禁止學生去讀，相反，語文教師有責任幫助學生區分「雜陳在書攤上」的快餐讀物，哪些是「可看的」，哪些是「很要不得」的。這也是課外閱讀指導的一個重要方面。但僅僅作這樣的區分仍是不夠的，還要看到健康有益的快餐讀物本身的局限性；如果一個人完全（或主要）用快餐讀物（即使是健康有益的）來滋養自己，那他的精神發展是有可能趨於平庸化的。作為學校教育，是引導學生接觸並逐步佔據人類與民族文化的制高點，還是用社會文化的平均數來教育學生，這同樣關係着學生將成為什麼樣的「人」這樣一個大問題的。我們提倡「閱讀經典」最根本的原因就是因為經典是人類與民族文明的結晶，我們正是要引導學生與代表了人類、民族、時代……最高水平的大師、巨人進行精神的對話，心靈的交流，並在這一過程中來實現精神文明的傳遞，使學生真正從一個自然人成為文明人。您在《文化讀本》「前言」中引述賀麟先生的觀點：「讀書是劃分人與禽獸的界限，也是劃分文明人與野蠻人的界。……讀書即所以享受或吸取學問思想家多年的心血的結晶。所以讀書實人類特有的神聖權利」。我體會最能體現讀書這一本質的，無疑是經典的閱讀；而強調這是「人類特有的神聖權利」，就把閱讀（特別是經典閱讀）的意義提到「人權」的高度，這本身也是意義重大的。當然，經典的形成與確立是要有一定的過程的，強調經典閱讀並不排斥吸取當下的新的文化成果，二者是相輔

相成的。而在中學階段，選擇什麼樣的經典，如何編選，怎樣引導學生閱讀……等等，這都需要根據學生的知識儲備、年齡特徵、接受能力與我們的教學目的、要求，作認真的研究與精心的安排。我從這次參加《新語文讀本》的編選工作，就體會到這實際上是一門「學問」，我們現在所做的，僅是一個開始。

您在「前言」中提出：「人的成才要靠扎實寬厚的基礎。青春年少之時，對自然科學、社會科學、文學藝術，對古代的、現代的，東方的、西方的、民族的、外來的影響等讀物，廣為涉獵，開闊視野，對認識自然、認識社會、思考人生，有百利而無一弊」。這也正是我們編選《新語文讀本》的一個基本的指導思想。在「編選的原則」裏，我們明確提出：「要有民族的、現代的、世界的、人類的多元的開放的眼光，讓學生接觸多民族、多國家、多地區的作家作品，接觸不同思想、文學流派和風格的作家作品，開拓廣闊的視野，並在比較、撞擊中培養學生獨立思考、判斷的能力，在具有強大的精神與藝術力量的大師們面前，也保持自己思想與人格的獨立」，「我們強調要有『大文化』的觀念，不僅選文學作品，同時選具有豐富的歷史、哲學、科學、宗教、藝術……內涵的，文字又是第一流的，由這些領域的頂尖學者撰寫的文章。我們追求『文理的交融』，對有文采的科技文章給予特殊的關注」。我想，您的這套書命名為「文化讀本」本身也是體現了「大文化」的觀念的；而你們的選文也較好的體現了這一指導思想。比如高中第二冊選關於建築學（培根：《論建築》、宗白華：《中國園林建築之美》），關於考古學（普格爾：《凍土裏的猛馬》、張光直：《泛論考古學》），關於生物學（達爾文：《物種起源》，赫胥黎：《支持〈物種起源〉的工作》）的文章，基督教、伊斯蘭教、佛教的經典片斷（《創世紀》、《優素福》、《九色鹿》），高中第四冊選關於思維（蘇格拉底：《申辯》、狄德羅：《達朗貝和狄德羅的對話》），關於哲學（黑格爾：《哲學開講詞》、列寧：《談談辯證法問題》）的文章，關於繪畫（達·芬奇：《繪畫論》），關於音樂（喬治·桑：《貝多芬田園交響樂》）的文章，高中第六冊關於

馬克思主義的經典（馬克思：《資本主義積累的歷史趨勢》），關於科學史、關於自然科學的幾個單元（「世紀回眸」、「宇宙之謎」、「星際遐想」、「滄海桑田」）的文章……，都選得很好，給人以「耳目一新，大開眼界」之感。坦白地說，有些單元的設想，我們在編《新語文讀本》時，也曾經提出過，後因沒有選到合適的文章，只能作罷；現在看到你們不但選出了，而且選得這樣好，真是由衷的高興。順便說一句，你們的選文都很短，這也是《新語文讀本》所追求而最終未能達到，因而留下了許多遺憾。我們從自己的力不從心中更能體會到你們為此付出了怎樣的辛勤勞動，對編選者的敬意也就油然而生。

您的「前言」裏的一段話也引起了我的強烈共鳴：「讀書在於目在紙上，心入書中，靠自己咀嚼、品味、感受、領悟，觸類旁通，舉一而反三，別人講解、剖析，最多只是點撥，引導而已」。這裏所說，已不限於中學生課外閱讀教育，更是課內閱讀教學，以至整個教育的一個基本原則，卻是長期以來沒有弄清楚的，即閱讀（教育）的「主體」是誰 —— 是每一個學生個體，而不是其他；閱讀（教育）的最終目的應是什麼 —— 是學生獨立閱讀能力的實實在在地提高而不是其他，是學生自身智力的開發，精神的成長，而不是其他。我們在《新語文讀本》中提倡「學生主體的自由閱讀」也就是這個意思。為此，我們還提出了「閱讀就是對話」的理念，並在《讀本》的編寫中，作了一些具體的嘗試。在這方面，我們另寫有專文，並已呈送，希望得到您的指正。

寫這封信原只想表示一點我的敬慕之意，不料一開筆就收不住，而且拖了好幾天。寫到這裏，索性再說點「題外話」吧。

記得在編選《新語文讀本》一開始，我就提出了一個「自我質疑」的原則，後來在「編者的話」中就有了這樣一段話：「（我們）在為自己設立了一個高標準的同時，也自覺地把我們的追求相對化，從而認定：我們所提出的語文教育學的理念、原則與設想，在擁有自己的價值的同時，也會存在不足和缺憾，因而是可以、並且歡迎討論的。我們也

將在自我反思與認識深化中，在他人的批評、質疑過程中，不斷對之進行修正，使之逐漸完善。我們也只是期待《新語文讀本》能夠成為眾多讀物中有自己特色的一種」。我想，在這一點上，我們也是能夠達到一種共識的：無論是《高中文化讀本》，還是《新語文讀本》，現在只是「初步呈現」，顯示一個大的輪廓與總體風貌，它需要在讀者——我們的服務對象中學生們的實際閱讀中接受檢驗，更需要聽取同行、專家的意見，在不斷修訂中，逐步到位。我之所以急於與您討論，目的也在於此。希望以後還有機會對這兩套書所存在的問題，進行一次專門的比較深入與具體的討論。

你我都知道，中學語文界在許多問題的認識上，是存在着分歧的。在我看來，有分歧，因而七嘴八舌，是正常的；掩蓋分歧（這就意味著對不同意見的壓制）以維持表面的「高度統一」，反而是不正常的。說一句直話，即使是你我之間，儘管如前所說，有些想法比較接近，但如果深入討論下去，也是會發現意見分歧的；在我們編寫《新語文讀本》過程中，編委之間就經常為一些問題爭得面紅耳赤。問題是如何對待。在我看來，應堅持兩條，一是發揚「學術民主」，進行平等的，充分的，自由的討論與爭辯。應該承認，語文教育是一門非常複雜的學問，誰也不可能完全掌握它的內在規律，任何主張都可能存在某種盲點，而且有些盲點一時還看不出來，是要在實踐過程中逐漸顯露出來，並為人們所認識的。也正因為如此，在學術討論中，一方面每一方都必然要堅持自己的意見的合理性，即所謂「據理力爭」，另一方面，也要尊重對方的意見，要善於從對方的不同意見中發現其某些合理的因素，從對方對自己的駁難中警覺自身可能存在的盲點或陷阱。這裏，最要防止的，就是絕對化的極端思維，即認定自己絕對正確，對方絕對謬誤；為了與對方「劃清界限」，不惜將自己的觀點推向極端，其結果必然是自己的觀點中原有的合理性在極端的推演中喪失殆盡，而走向反面。說到底，教育思想、觀念上的是非不是靠爭論所能解決的，它需要

接受教育實踐的檢驗。因此，在我看來，最理想的方法，就是語文教育界持有不同意見的朋友，大家不僅儘量的據理力爭，而且各自按自己的觀點，編出自己的教材或課外讀物，並且在教學中進行實驗性的運用，由此形成各家的良性競爭。而競爭的結果，在我看來，不會是「一家吃掉一家」，而是平等共存，互為補充，又相互制約。這對於教育改革的健康發展是大有好處的。——當然，這是我的理想，也許仍然不符合語文教育界的實際，我又站在「門外」任情妄想了。如有不當之處，望能鑒諒，並予批評指正。這封信寫得實在太長，真該打住了。

匆匆寫此，即頌
教安

2001 年 6 月 24 日寫畢

附信一封

莅驪並轉為松：

　　我讀了你們寄贈給我的《高中文化讀本》，十分高興。在很多方面我們的思路是接近的。

　　我由此看到了一個很好的勢頭：大家都來關注中學語文教學，關心孩子們的課外閱讀，為提高他們的語文素質，為他們的精神成長，提供精美的讀物。在這個基礎上，大家共同來探討中學語文教育與課外讀物編寫中的「學術問題」，這對中學語文教育改革與語文教育出版工作的改革，都會是一個有力的推動。為此，我寫了一封信給于漪先生，表示我對她的敬意。先寄給你們看看，並請轉交給她。在此之前，我已請商友敬先生將《新語文讀本》與「編寫手記」送去，希望能夠得到她的指正。

　　匆匆寫此　即頌
編安

理群　6月9日

錢永祥 / 這封通信的對象錢永祥先生，是台灣著名的學者，也是我的朋友。

永祥先生：

因為沒有及時將電腦打開，也就耽誤了回應的時間，這是要請您原諒的。

您提出的問題其實也是我的困惑所在。我大概是屬文革的「在場者」，而且我是在邊遠的底層 —— 貴州的一個小城市裏遭遇文革的，我又幾乎是參加了文革的全過程，沒有當過一天所謂「逍遙派」。因此，我是有自己的文革特殊記憶的。但我至今基本上沒有啟動這些記憶 —— 只寫過很有限的幾篇文章。原因就是不知道怎樣才能保持這種記憶的真實性，並使其儘量具有某種現場性。這是極其困難的。我想，這裏有幾個方面的原因。一是儘管現在在中國的大陸文革還是一個禁區，但事實上這二十年還是形成了一個強大的「集體記憶」模式的，只要你進入文革回憶，就不能不感到這種模式的壓力，並且自覺不自覺地受其影響；而這種「集體記憶」模式除了其鮮明的強烈的意識形態性之外，最大的特點是掩蓋了文革的全民參與性，以及由此帶來的極端複雜性 —— 從另一個角度說就是極端豐富性。在我看來，人類歷史上大概沒有一個「群眾運動」像文革這樣牽動了幾億人口 —— 它幾乎觸及到每一個家庭，每一個人的利益，改變着每一個家庭，每一個人的命運，攪動了每一個人的心靈（思想，情感，心理……），從而自覺不自覺地都卷了進去。因此，每一個中國人都是在場者，都有一個僅屬自己的（和自己家庭的）不同於他人（其他家庭）的文革史，以及

相應的文革記憶，文革理解。正像您所說的，儘管從表面看，當時全民都使用統一的官方語言，主要是毛語言——這種「統一」正是毛發動文革的目的之一，即所謂用毛澤東思想來改造一切，統一一切；但實際上每一個人都賦予這樣的統一語言以不同的理解與相應的不同內涵。有人說文革中有兩個「毛澤東」，其實豈只是兩個，每一個人心中的「毛澤東」都是不一樣的。而毛想通過文革來「改造一切」，在我看來，是相當程度的達到了這一目的的，可以說，每一個經過文革的中國人都被「改造」得與文革前不一樣了。也就是說，每一個人都受了文革的不同影響，而且直接間接地影響了每一個人在文革以後直至今日的選擇，從而影響了文革後的中國的歷史選擇與歷史進程。這就是說，文革的影響是絕不可低估的；同時，談到文革的影響，也同樣必須注意這種影響的全面性與複雜性——文革幾乎是改變了中國的一切的：這一點至今也是被遮蔽的。文革時期的中國的社會、經濟、文化（新聞，出版，教育……）……各方面，特別是普通老百姓的日常生活，事實上至今都沒有進行過認真研究的。

被我所說的「集體記憶」模式遮蔽了的另一個重要方面，就是前述全民參與並不只是意識形態的驅動，或者說，在意識形態的口號背後有著「利益驅動」。因此，全民的參與既有被動的方面，也有主動的方面。不同的人有不同的利益驅動，又與每一個人在文革前與文革中的中國大陸社會結構中的位置直接或間接相關，這也是極其複雜的。與此相關的，還有一個問題：在我看來，文革是毛澤東的「掃蕩中間官僚階層，建立領袖獨裁與群眾專政直接結合的新的社會主義模式」的一個嘗試，因此，「群眾專政」就成了文革的一個不可忽視的特點。在文革中，儘管也有不少的人始終是被專政的對象，但更多的人，在被宣布開除出「群眾」隊伍之外時，固然就成了被專政的對象，但一旦被承認為「群眾」，也就不同程度上、自覺不自覺地參與了對他人的專政；而即使是被專政者之間，也是被強制相互鬥爭，實際上也參與了對他人的專政。這樣的「被專政」又「參與專政」，對每一個人的心靈的傷害與扭曲都是極其嚴重的。因此，我曾經說過，文革最可怕之處，就是在一

種非正常的狀態下，它把人（而且是每一個人）人性中惡的因子誘發出來，並使其惡性的發展。人一旦回到正常狀態，再回顧這段歷史，就會有不堪回首之感。在這個意義上，可以說，幾乎每一個中國人的文革回憶，都是一種殘酷的記憶。我甚至認為，如果強制每一個中國人都來回憶這一段歷史，檢討自己的責任，那本身也構成了一種殘酷；有些人，特別是普通老百姓想像一場惡夢一樣，將其徹底忘卻，從記憶中驅除，是有它的合理性的——我曾經說過，人的記憶總是「避重就輕」，自覺不自覺地回避那些不堪回首的痛苦的醜惡的因而給自己以沉重的壓力的記憶，而突出、強化那些輕鬆美好能給自己以陶醉感的記憶，這也是人之常情，或者說是人性的弱點，是應該給以理解的同情的。但另一方面，如果整個民族對自己民族最不堪的歷史都採取回避的態度，也就不可能真正從中吸取必要的教訓，歷史就有重演的可能（當然會採取新的形式），這也正是我們現在所面臨的危險。這就構成了一個矛盾。而在我看來，在解決這一矛盾方面，有責任感的知識分子是有很多工作可以做的。至少是「從我做起」，對那段歷史，包括自己在那段歷史中的全部表現作出毫不回避的反思和認真清理，只有在這個基礎上，才可能有相對真實的回憶，與相對客觀、全面的研究。但這樣做，無異於要重新撕裂自己記憶的傷疤，這是絕難做到的，這種「絕難做到」的苦境卻是非親歷者所難以理解的——他們不知道文革的創傷有多麼嚴重和殘酷！坦白地說，即使是我，儘管已經意識到這樣做的必要性與迫切性，但對自己是否有足夠的勇氣與力量也依然沒有把握，這至少是我至今也還沒有開始這樣的工作的一個重要原因。因此，今天您看到許多避重就輕、遮遮掩掩、似是而非的回憶，就是可以理解的了。

還有一個情況也是不可忽視的。前面已經提到，文革是直接間接地影響了文革結束後 20 年每一個文革經歷者的選擇與命運的；因此，親歷者當他們言說文革（無論是回憶還是研究）時，都不可能把文革當作一段與己無關，因而可以純客觀的去關照的歷史，相反，他們有着極強烈的「問題意識」：不僅是大陸中國歷史與現實的問題，更是當下自我選擇提出的問題，而這兩者又往往是交合在一起的。這樣，他們在這

二十年中國社會發展的不同階段，對文革的敘述必然發生我所說的重心的轉移，也就是說，他們的文革記憶實際上是經過篩選的：在強化某一側面的同時，也必然地掩蓋另一些方面。就我個人而言，就經歷過這樣的轉移：在文革期間，我對文革有一個從懷疑到接受的過程，後來就成了堅定的文革支持者。我當然不會不知道後來所說的文革的「負面」，但我都用毛澤東的「無產階級專政下繼續革命的理論」將這些「負面」視為「必不可少的代價」而加以「理解」。而在文革的後期的「重新思考」中，儘管對文革中暴露的許多問題開始從體制上進行追問，但對文革的理念卻更加堅定，認為文革的問題正出在其不徹底性，甚至走到了自己初始目標的反面（我們也是在這個意義上反感於江青這些「新貴」）。我正是帶着這兩個方面（「代價論」與「不徹底論」）的文革理解進入文革後的歷史的。在 1980 年代，由於接觸了更多的在文革中被掩蓋了的殘酷迫害的事實，對文革的反人道與反文化的方面有了更深切的認識，所謂「代價論」就發生了根本的動搖，並因為自己曾以「代價論」容忍了文革的許多暴行而陷入深深的自責中。這樣，從文革的陰影中解放出來，就成了 1980 年代新的自我的恢復與確立的一個必不可少的過程。在這一時期，我對文革的言說（回憶與研究）都必然是批判性的，具有強烈的反思性與自省性，文革後期開始的對體制問題的思考當然也在這種反思與自省中逐漸深入。儘管同時對 1980 年代官方與民間對文革那段歷史的全盤否定仍持保留態度，但從反思、自省的角度，卻將這種保留壓抑了下來；另一方面，也不可否認「集體記憶」模式的壓力與影響。——一個知識分子要在「時代思潮」面前完全堅持自己的獨立性，是很難的；除了某些人性與知識分子自身的弱點（例如「從眾心理」等等）之外，也還因為「時代思潮」形成本身總是有自己的某種「合理性」與「必要性」的。當然，由於文革後期的思考中形成的「不徹底論」，我和我的朋友對文革後的改革，是有自己的期待的，因此，對文革後中國實際發生的改革運動，是既有支持的方面，也有保留與批判的方面。應該說，在 1980 年代的主要傾向是支持；隨着「中國式的改革開放」的內在矛盾與弊端的逐漸暴露，到了 1990 年代，批判的成

分就逐漸加重。而在對中國現實的批判性反思中，當要追問並理清其來龍去脈時，就不能回避：對文革時期的全面否定所帶來的消極後果。正是在這樣的新的「問題意識」下，「文革那一段歷史是不是只是罪惡的堆砌，留下的是否只是一片精神廢墟？」這類的問題就提了出來。這樣，對文革的言說（回憶與研究）就有了新的關注點，如文革後期的「民間思想村落的思考」等等。在這樣的新的關照中，文革本身的複雜性也就浮現了出來。於是，就有了我現在正在進行的「文革民間思潮」的研究。也許是因為有了 1980 年代太受時代思潮影響的教訓，現在我一邊進行研究，一面卻時時反問與提醒自己：我因為時代提出的新問題而確立了這樣的研究課題，會不會因此又遮蔽了文革的某些東西，如同我的 1980 年代的言說曾經對這段歷史有所遮蔽一樣。同樣，如何看待對自己 1980 年代的文革言說，既要進行必要的反思自省，又不能完全否定，這也是必須考慮的問題。坦白地說，正是這樣的不斷反問與自我警戒，卻又使我變得猶豫不決，為如何以更複雜的態度去言說文革而思慮再三，遲遲不敢動筆。──這是我二十多年的研究生涯中，從未遇到過的。

當然，或許我給自己定的目標：盡可能地恢復原生形態，進入歷史現場，這本身就是有問題的。這涉及歷史敘述與研究的一系列理論與實踐問題。我們都很熟悉，這裏就不多說了。

儘管對文革研究是我最感興趣的，並且一直在作準備；但目前我還在作別的方面的研究，因此，這一段時間對文革的問題思考並不多。您的來信觸發了我的思考，這是要感謝您的。但畢竟是一時的感想與感觸，難免膚淺，對您出的題目很可能「文不對題」，這都是要請您原諒的。但我仍希望以後有繼續交流的機會。

匆匆寫此　即頌
文安

錢理群

編完《有關錢理群的評論、報道編目》初稿，有幾個發現，一是自己的研究、寫作、編輯工作頗不安寧：許多重要的研究著作、論文，如《心靈的探尋》、《周作人傳》、《話說周氏兄弟》，以及《論二十世紀中國文學》、《繪圖本中國文學史》，都曾引起激烈的爭論，以至批判；一些思想隨筆如《拒絕遺忘：錢理群文選》，更被列為禁書，其中一些文章如《說「食人」》、《想起七十六年前的紀念》、《不容抹煞的思想遺產》，都曾得罪權貴，以至「驚動」最高當局；一些重要的編輯工作，如主編的《中國淪陷區文學大系》，編選的《百年中國文學經典》，都遭到嚴厲的審判；而介入中學語文教育改革的大討論，更是觸犯某些人的既得利益而引火燒身，弄得身心俱瘁。而在任何時候，無論處於順境還是逆境，都能在北大的學生與貴州安順的朋友那裏，得到最深刻的理解與無保留的支持。這是最讓我感到欣慰的。同時發現的是自己已經開始成為一個研究對象，這又引起了隱隱的不安。於是，在給一位自稱在為「錢理群研究」作準備的朋友的回信中，寫了這樣一番話 ——

XX：

　　你如此認真地「研究」我，使我深感不安。倒不是怕人研究，而是覺得不值得研究。我經常將自己命為「倖存者」。其含義有二，一是我一生經歷多次「屠殺」：五七年、大饑荒時代、文革，以及六四，許多人都成了這一次次「屠殺」的犧牲品，而我卻倖存了下來。二是有許多人無論就思想，還是學識都遠遠超過了我，但在中國的話語結構中卻被剝奪了話語權，發不出聲音；而我卻陰差陽錯，倖存在中國八、九十

年代的中國思想文化學術界，多少能夠發出一點聲音，而且似乎還有一點影響，以至「我存在着」本身就讓一些人感到不舒服，這或許是我的存在的最大價值吧，但這卻是以無數人的應該存在，而不能存在這一慘痛的歷史現實為代價的，這其實正是壓在我心上的「墳」──更為內在，也更為沉重。因此，當我讀到關於自己的評論時，常常想到「世有英雄，卻使豎子成名」，而感到歷史的不公和殘酷。

而且要真正說清楚「我」也不容易：連我也說不清自己。「我」遠比人們描述中、想像中的「我」要複雜得多。最近，有一位朋友寫文章說我的「人」與「文」有不一致之處；這我是知道的。一位韓國朋友第一次見到我時，就露出十分驚異的神情，說：在讀錢先生的文章時，我想像你是痛苦的，憔悴的，卻不料先生竟是這樣的樂觀而健壯。其實我的思想也是充滿矛盾的，我的自我期許也同樣充滿矛盾，而人們總是要按照已經成為我們中國集體無意識的「站隊意識」，把我歸為「某一類」，這當然是自有根據的，可以舉出我的許多言行作為「鐵證」，但我自己卻很明白，我還有另一面，被論者有意無意地忽略不計了，這就不免有被誤解，以至委屈之感。比如，說我「激進」，其實生活實踐中，我是相當保守，穩健，有許多妥協的；說我是「思想的戰士」，其實我內心是更嚮往學者的寧靜，並更重視，也更執着於自己在學術上的追求的；說我「天真」，其實我是深諳「世故」的；說我「敢說真話」，其實是欲說還止，並且也如魯迅那樣，時時「騙人」的。就思想傾向而言，很多人都將我歸於「自由主義」，但我對自由主義理念是既有認同，也有保留，懷疑，以至批判的，我骨子裏有一種「左翼」傾向；但我同時對中國歷史與現實中的「左翼」持有很多的保留，懷疑，以至批判。在所謂1990年代的「自由主義」與「新左派」的論爭中，我既對這樣的命名有保留，同時又「什麼都是，什麼都不是」；我很可能就是魯迅所說的「蝙蝠」，是「毫無立場」，即無以歸類的。「蝙蝠」如魯迅所說，是常常被「作為騎牆的象徵」而被「大家」所「討厭」的。從另一個角度說，「騎牆」的態度的背後是對所謂堅定不移的鮮明立場

的一種懷疑：不是沒有立場，而是在選擇了某一立場，作出了某一判斷的瞬間，又對這樣的立場和判斷產生了懷疑，在這樣一個不斷選擇、堅守，又不斷懷疑的過程中，自身的立場就顯得模糊，也不堅定了。但從另一方面說，卻形成了相當徹底的批判態度，即對既成的各種立場、態度，都投以懷疑的眼光：或不能認同，或有所認同，但同時又有懷疑與保留。因此，我說過，如果把我心裏的話完全說出來，就很有可能成為所有的人的「公敵」，我就得「橫戰」。但我又無魯迅那樣的勇氣，或者說，我有魯迅所深惡痛絕的知識分子的潔癖，我害怕在一片混戰之中弄髒了自己，傷害了他人，也傷害了自己。因此，我通常的做法，一是對事不對人，對不以為然的思想文化現象提出我的批判，而盡可能地避免涉及具體的個人；二是將主要的批判鋒芒指向權勢者及其奴才；三是對自己的朋友、合作者儘量採取「求同存異」的態度，一方面對彼此之間的分歧（有的還可能是原則的分歧）心中有數，但在一般情況下，絕不公開點破，更不進行論戰。這大概就是我的「世故」之處。正是這樣自覺的掩飾分歧，也容易產生許多誤解。而且使自己處在一個尷尬的地位。一方面，我存在於當下的中國思想文化學術界，主客觀情勢下，都必然要被歸於某一類，或某一命名之下，某種程度上也是我可以認可的，如「理想主義者」、「批判的知識分子」、「學院知識分子」等等；但同時也就遮蔽了我與處在同一分類、命名下的知識分子之間的分歧（如前所說，有的甚至是原則的分歧），不能真正回歸到我「自己」——一個名叫錢理群的「這一個」，一個充滿矛盾，比任何描述與概括都要複雜，也更豐富的，更普通，也更真實的「這一個」。

　　說清楚了這些，你大概已經能夠瞭解我對你的「研究」的看法了：應該說，你的許多分析都是反映了我的某些側面，而且我還要感激你對我內在矛盾的如實揭示與批判（儘管你用了很委婉的語氣）；但同時，這也是你心中的「錢理群」，或者是你希望看到的「錢理群」，有着你自己主觀融入的「錢理群」——恐怕一切研究者與被研究者之間的關係都是如此。當然你也沒有完全回避我們之間的不同和分歧，這也是我對你

的研究最感興趣的部分。而且，我還要坦言，我們之間的分歧可能比你想像的還要大。但這並不妨礙我們在更大的更根本方面的同道。我一直把你視為「精神兄弟」也就因為此。我不滿的，倒不在我們的分歧，而在你對我的過於尊敬。我理解你的心情，你遭遇到過多的失望，突然看到這麼一個「錢理群」，就不由自主地將他理想化了。某種程度上，你也是借你所描述的「錢理群」來表達你自己的理想與期待。但作為我個人來說，則希望你能夠把我看作是一個普通的朋友。這可能需要更長久的日常生活中的相處，可惜我們相距又如此遙遠。但願能有補償的機會。

　　謝謝你的來信和研究，引發了我以上這番思考與言說，希望聽到你的意見。

理群

李紅葉 / 作者李紅葉是北大當代文學研究生，《安徒生童話的中國闡釋》是她的畢業論文。

紅葉：

　　你好，大作已經拜讀，寫得出乎我意料的好，我讀了以後很受感動，引起了許多思考，甚至引發了我的研究兒童文學的衝動——我早說過，這可能是我在生命最後階段所要做的事，是我的最後一個研究計劃。這也是我的浪漫想像：在七八十歲時，通過對兒童文學的研究，實現人生老年與童年的相遇，這是一件真正具有詩意的事情。就為重新喚起我的浪漫想像這一點，我也應該向你表示我的感謝。另外，讀了大作，也引起我重讀安徒生作品及有關研究論著的興趣。不知在明年會不會出新的《全集》，最好是有精美插圖的。如不再出，請向我推薦已出版的一種：是不是林樺的譯本最好，還是葉君健的？研究論著也請推薦幾本：《丹麥安徒生研究論文集》還是別的？如有可能能否為我代購？——因為我很少出門，更少去書店。去了恐怕也找不到。這都會給你帶來麻煩，是先要致歉與致謝的。

　　寫的幾句評語，請查收，並請提出修改意見。

理群　11 月 5 日

附：讀李紅葉著〈安徒生童話的中國闡釋〉（錢理群）

　　作為一個普通讀者，一本學術專著竟喚起了自己童年的閱讀記憶，喚起了「對一切已經逝去和尚未到來的美好事物的溫柔感覺」（作者語），這真是一個美妙的生命體驗。

　　作為一個中國現代文學研究者，我為作者所警示的「在『成人文學研究』中，安徒生的缺席」現象感到羞愧。「兒童的發現」對中國現代作家與現代文學的意義，至今還沒有進入研究者的視野，在這方面，本書的寫作，會給我們許多啟示。

　　作為關注當下中國中、小學教育的知識分子，更被作者所做的三千人的閱讀調查所震撼。孩子對安徒生作品充滿靈性的感悟和獨特解讀，讓我們驚嘆不已；而作者最後提出的問題：在這個「日益為物欲所困擾，為當代蕪雜信息所迷惑的時代」，還需不需要「童話精神」？更令我們悚然而思。

2004 年 11 月 5 日

國平兄：

　　我實在太忙，來不及仔細思考，也寫不出詳細意見。只能在去西藏前簡單說幾句。先傳給你一篇我最近寫的〈做教師真難〉一文，其中融入了我這一兩年在南京、北京中學上課的一些觀察與感受，不知能不能在貴刊發表，以後我可能還會有這一類的文章。我以為文中所提到的龍城中學所提出的「促進教師的全面和專業化發展」的這一命題，是可以作為整套中學教師讀本的指導思想與宗旨的。因此，我們這一本人文讀本，就不是一般地來談人文精神，而是討論「中學教育的人文精神」、「中學教師的人文素養」問題，我杜撰一個概念，叫「中學教育人文學」。其重點應放在「中學教育中的人文問題」，並要有針對性，即「當下中學老師的人文素質問題」。我因此想了幾個方面，即：「教育的獨立精神與教師的獨立人格」（「不跪着教書」等等）；「教育的民主化，教師與學生的民主權利」；「教育平等，關注每一個學生的全面發展」（不僅每一個適齡兒童享有平等的受教育權，而且每一個學生都應有接受高質量的教育權，作為教師必須對全體學生負責，給學習有困難的學生以更多關注）；「教育中的人道主義」，可包括「愛的教育」、「生命的關懷與生命教育」等；「作為思想者的教師：思想的獨立與自由，理想的追求，精神的境界」；「教師的教養、風度與自律」；「教育的神聖性與教師的尊嚴感」；「教育的淨化功能與『教育守望者』的意義」（教育既要與社會保持聯繫，又要有一定距離，絕不能隨波逐流，尤其是在社會風氣敗壞時，更應起淨化作用；在這種時候，教師的堅守就具有特殊意義）。還可以專門談鄉村教師的意義。

可能還有一些命題，你們在開會時不妨深入討論一下。然後根據這些命題組織單元；當然，單元可組織得更細一些，標題也可更活潑些。所選文章，我想可以有三個方面，一是西方與中國古代經典（以西方為主），包括教育經典；二是中國現代經典或名文，如魯迅、胡適、陶行知等教育家的文章，這部分可以多選一些；三是當代有價值的教育隨筆。我隨便想起的如魯迅的〈我們現在怎樣做父親〉、〈論照相之類〉（講「主奴二性」）、〈上海的兒童〉（《南腔北調集》），陶行知的〈學做一個人〉等等。

這些想法都是粗線條的，我已來不及細想，且無暇查閱有關資料，只能如此交差，這是要請你們原諒的。僅供參考而已。等我回京再聯繫。

錢理群　7月7日深夜

附：做教師真難──讀《發展路上──龍城高級中學教師隨筆集》（錢理群）

　　我的這個題目是從深圳龍城中學高二英語老師郭禮喜先生那裏抄來的。他在一份「問卷調查表」上，在回答你作為教師「感受最深的是什麼？你最感到困惑的是什麼？」時，這樣寫道：「做教師真難。現在我覺得越來越不會教書了」。短短的兩句話使我如遭雷擊，說不出話。稍稍平靜下來，又覺得有許多話要說，卻不知如何說好。那麼，就從這本《教師隨筆集》說起。

（一）是什麼導致教師主體地位與作用的喪失：體制的束縛與理念的偏頗

　　本書編者來信告訴我：「出版此書的意圖是促進教師的全面的和專業化的發展」。應該說，這是一個很高的立意，實際上是提出了一個十分重要、卻被普遍忽視的教育命題。而現在，龍城中學將其作為「文化立校」的基本理念提出來，並付諸實踐，是很值得注意的。順便說一句：像龍城中學這樣重視理論的建設確不多見；他們明確提出：「校本行動，首先是理論的行動。沒有理論，就沒有高度，沒有方向，也就無所謂建構，無所謂發展」，這是高瞻遠矚，極有見地的：理論準備不足，本來就是我們的教育改革的先天不足；中國的中學教育改革要獲得持續、健康發展，必須在理論建設上下大工夫。一個普通中學，對這樣一個關係全域的問題，有着如此的自覺，確實難能可貴。他們在〈建構我校教師專業發展模式〉一文中這樣寫道：「在教師專業化發展進程裏，教師在教育實踐中的主體地位和主體作用得到確認，教師的工作作為重要的專業和職業得到確認，教師的發展的意義和可能得到確認」。── 在我看來，這三大「確認」是具有極大的理論與實踐意義的。

這乃是因為在中國中學教育的現實裏，教師的主體地位和主體作用實際上是不被承認的；很多人（包括教師自己）都不承認教學工作的專業性，不以中學教師為教育專業工作者，這也是這些年否認與取消師範教育成為一種潮流的內在原因；在這種情況下，中國傳統賦予教師工作的神聖性被消解殆盡，教師工作無法作為可供終身發展的事業，吸引年輕一代為之獻身，就是必然的了。在我看來，這本身就構成了中學教育危機的一個重要方面。

我們要追問的是，這背後的體制與教育理念上的原因。很顯然，當我們的教育還不能根本擺脫應試教育體制時，教師就永遠是一個應試機器上的工具；在前述問卷調查裏，一位教師談到他最感困惑的是「學校裏管理者的評價觀。在高一階段還過分在意那麼一點點分數差異，還搞什麼末位淘汰制」，這其實正是應試教育體制的產物。其後果是使學生的考分成為教師價值的唯一體現與唯一評價標準，在這個意義上，考分不僅是學生，更是教師的命根。更為嚴重的是，考分在某些缺乏民主意識的管理者手裏，還會成為控制教師的法寶。長期以來，普通教師在學校教育中並不擁有發言權，逐漸被弱勢化，成為校園裏「沉默的大多數」，這是很值得注意的。在這個意義上，教師主體地位與主體作用的缺失，實際上是一個教師權利的缺失，校園民主的缺失。

體制之外，還有教育理念上的偏頗與失誤。這裏我要特別介紹發表在龍城中學《發展》第六期上的一篇題為〈育人目標與教育價值〉的文章，據編者介紹，該文原發在學校網站上，因此不知其作者。這位隱名教師提出了一個極為重要的問題：「在當代，對教育本性的認識，基本上偏向於對受教育者本身的關心，主張張揚個人的價值，但這同時，對教育價值的認識，潛藏着滑向虛無主義、功利主義極端的危險，從而使群體和公共規範處於逐漸的瓦解之中。教育形式上成了公眾產品，實際上卻演變為受教育者私人之事：符合受教育者需要，受教育者就接受，否則，就不予認同」。這就會造成兩個後果：一是「教育的崇高性、理想性，對人類文化、文明

的終極關切都變得毫無意義」，這就實際上取消了教育本身；另一方面就必然將教育變成「為受教育者服務」的商業行為，即所謂「受教育者應像顧客一樣，教育的目的在於滿足受教育者的要求」。這樣，教師就成了學生及家長的雇員，這些年有些地方出現的某些家長（特別是某些身為大官與大款的家長）任意使喚教師，對教師缺乏起碼的尊重的怪事，就是這樣的極端功利主義的商業化的社會、教育思潮結出的惡果。在這種情況下，教師的獨立性與主體性自然是談不上的。

新課程標準強調學生的主體性與培養學生的自主學習、合作學習的能力，針對將學生視為被動接受知識灌輸的容器，這確實是教育觀念上的重大轉變，在這本隨筆集中就有好幾篇文章談到了這方面的實踐經驗與體會，看到中學生在老師的引導下，開始成為學習的主人，是頗受鼓舞的。這應該是教育改革的重要成果。特別感到高興的是，龍城中學的領導與老師並沒有因為對學生主體性的強調而走向否定教師主體地位與作用的極端，而是科學地提出了「雙主體」的理論，指出「教學過程中學生是發展性主體，教師是主導性主體」，明確「教師是學校構建素質教育的課堂教學模式的主體，必須依靠教師的力量，必須尊重教師的首創精神」，這其實是抓住了教育改革的關鍵的，並避免了可能產生的某些混亂。

（二）內在制約因素：教師自身素質

教師的專業化發展，除了確立教師的主體地位與作用之外，還有教師自身的專業化的問題。龍城中學在這方面也有高度的自覺，在〈建構我校教師專業發展模式〉一文中這樣寫道：「教師專業化是指教師在整個專業生活中，通過終身專業訓練，習得教育技能，實施專業自主，體現專業道德，逐步提高從業素質，成為教育專業工作者，即從『普通人』變成『教育者』的專業發展過程」。這裏提出的教師的從業素質問題可以說是抓住了要害。如龍城中學的老師所理解的，所謂「教師素質」不僅有知識、能力方面的要求，如專業知識智能，專業組織、行動能力，教育研究能力等諸多方面，更有價值、情感、道德的要求，如教育理想、使命感，教育良

知，以及教師職業精神等等。而無可諱言，當下中國教育改革所遇到的一個難題，就是教師的素質與教育改革的客觀要求不相適應的問題。教育對象學生的素質問題的背後，往往映射着教育者自身的素質問題，這是我們必須正視的。比如，很多老師都談到了學生的厭學，其實教師的厭教恐怕是更應該讓我們憂慮的。諸如理想的缺失，價值觀的扭曲，虛無主義、享樂主義盛行，精神空虛，行為失範，以及學習動力不足，不讀書，特別拒絕經典……，所有這些難道僅僅是青年學生的問題？我們有沒有勇氣承認，這同時是，或者說這更是學校領導、我們教師自己的問題，是整個中國校園的問題？說得更透徹一點，這其實是我們整個國民素質出了問題。因此，我們在這裏討論教師的素質問題，絕不是在進行道德審判，因為事情很清楚，主要責任不在教師本身，也不是簡單的個人道德問題，這是有關一個時代風氣的問題，其背後的原因就更加複雜。如果說我們也有某種責任的話，那就是學校在整個社會結構中本應該（這自然是一種理想主義的說法）是一個民族（或地方）的精神聖地，它以自身的相對純正、健康的精神範式影響社會，發揮着淨化社會風氣的作用；但我們現在卻反過來為社會所左右，屈從以至趨從於不健康的社會時尚，毒害了自身。

認清這一點，我們或許可以對今天提出的素質教育的意義有一個更深入的理解：學校的素質教育不僅是提高國民素質的基礎，而且它本身的發展也離不開整個國民素質的提高與社會風氣的改變，二者應取得良性的互動；而學校的素質教育的關鍵又在教育者 —— 校長與教師自身素質的提高。龍城中學提出了「做高素質的現代中國人」的教育理念，按我的理解，這不僅是一個針對學生的培養目標，而且應該是校園裏的全體成員 —— 從校長到每一個教師、職工的共同要求與目標，應該成為學校全部工作的出發點與歸宿。在我看來，教師提高自己的素質，不僅是推行學校素質教育所必須，而且應該是自身精神發展的需要，這首先關係着教師的獨立自主性的確立與發展。我們在前文討論當下中國教育中教師主體地位與作用的缺失問題時，比較多的談到了外在的體制、教育理念諸多方面的原因，其實，教師自身的素質問題是一個更內在的制約性因素。試想，一個沒有理

想，獨立思考力與創造力不足，缺乏上進心，具有依附性人格的教師，用南京師範大學附中的王棟生老師的說法，一個「跪着教書」的教師，能夠獲得主體地位，成為學校的主人，主動地把握自己的命運嗎？

經過以上的討論，我們越來越清楚地看到，龍城中學所提出的「教師專業化發展」、「教師的主體地位與作用」的問題，關涉到教育的獨立性、民主性、科學性等根本問題，並最後歸結為教師自身的素質問題。於是，我們也終於懂得，在受着體制的種種限制，為各種似是而非的時髦的教育理念所束縛，又為自身素質的缺陷所困擾的現狀下，要做一個真正合格的專業化的教師，即獨立自主的，站起來的，有理想，有思想，有追求，有學養，有創造的，在教學中真正佔據主體地位，發揮主體作用的教師，是多麼的難。—— 這就是我對龍城中學的郭老師所提出「做教師難」這一命題的第一個方面的理解。

（三）教育轉型中的困擾：「我越來越不會教書了」

不過，我猜想，郭老師所強調的「做教師難」，還有更具體的針對性。於是，我注意到了和郭老師一樣，許多老師在問卷調查表上都提出了自己的困惑，看着老師們真誠而又無奈的傾訴，心裏真是堵得慌：「我深感在應試教育向素質教育的轉變過程裏，存在的矛盾在教學過程中難以解決」，「最感困惑的是現在的新課程改革與教學效果的矛盾」，「學校教育評價和教育實踐的不一致」，「這樣就難免不『穿新鞋走老路』」，「課改與考試兩張皮使教師處於兩難境地」，「如何應對評價的短時效應和學生終身學習與發展的矛盾？」「素質教育的『素質』的高低，要在學生成材後需幾年乃至幾十年才能體現出來，如何評價得了？而應試教育只需要幾次考試成績，就能體現出『考試素質』來。在教育評價功利化的時代，素質教育之路到底有多長？」「學生對新課程理念、非傳統教學方式很排斥，如何最大限度降低高考要求與教育本質的衝突？」「走進教室看到的不是一張張渴求知識的眼睛，而是被動而麻木，眼神沒有光澤，沒有了求知的渴望，沒有了求知的熱情。是孩子們本身出了問題，還是我們的教育真出了問題？」「教

育制度與社會現實脫節」，「現在這種社會環境下，如何把學生納入正確的軌道？」「感受最深的還有自身的專業知識隨着時代的發展不斷地更新和跨學科知識的學習，以及其他相關知識的瞭解與充實的問題。在當今信息時代，學生通過各種渠道所獲取的知識相當廣泛而且有一定深度。因此，在教育教學過程中，常有力不從心的感覺。」

......

老師們竟然面對着如此繁多、如此複雜的問題：從學校到社會，從學生到自身，從教育體制到具體教學，可以說，與中國社會轉型相應的教育轉型所遇到的所有問題，所有矛盾，都集中到了第一線的普通教師身上，而他們直接面對的是教育的對象 —— 處在人生發展的起點的學生，而所有的教育上的矛盾、問題，所產生的後果，都會在學生這裏得到直接的反應，而且是這些第一線的老師所無法回避的。於是，他們要承受教育的一切壓力，要為各級教育官員，各種教育專家的合理的、不合理的，可行的、不可行的，名目繁多，而且常常是朝令夕改的觀念、舉措，承擔一切後果。在當今中國教育環境下，做一個有責任感的教師真的是很難、很難啊。於是，郭老師們只能仰天長嘆：「我越來越不會教書了」，這是無奈的自嘲，又何嘗不可以看作是微弱的抗爭？ —— 但又有誰會聽呢？

在問卷調查裏，老師們還普遍談到了「工作太辛苦，太累」，整天「疲於奔命」，「沒有時間讀書與思考」，「最感到困惑的是：怎樣才能靜下心來，較為充分地看點書，做點事」。

這是確實的：這一兩年我在中學上了一點課，就親眼目睹了中學老師的忙累，那是超乎想像的。但似乎誰也沒有注意這一點，因為這幾乎已經成為一種生活的常態，老師們自己不會提及，學生們甚至毫無感覺，我只是在一篇文章裏讀到，有一個學生直到大學畢業工作多年以後，回到母校，才突然醒悟到，當年老師常常是在極度疲倦的情況下，硬撐着和自己談話的，於是終於明白：「老師在學生身上耗去的是生命」。這個真實的校園故事是能催人淚下的。但感動、感慨之後，我們是不是應該做更進一步

的思考呢？於是我又注意到了郭禮喜老師在說了「做老師真難」之後，還講了一句話：「需要寬鬆環境，少一點人為干擾」。這又是一個發自肺腑的呼聲：第一線的老師感到的是身、心兩個方面的疲憊，他們已經不堪重負了。我們誠然要為學生減負，但為什麼不首先為教師減負呢？我們的教育部門的各級領導，能不能少搞一點考試、檢查、評比，少開一點會，減少一點名目繁多卻並無實效的教研活動，一句話，少一點花架子，花點子，「少一點人為干擾」，讓我們的教師喘一口氣，有一點時間，安安靜靜地讀一點書，想一些問題……，讓我們的校園少一些喧嚷，多一點寧靜，少一些急迫，多一點從容……：惟有從根本上改善教師的生存條件，提供較為寬鬆的精神空間，才有可能使作為學校主體的教師的身心得到健康的發展，這其實也是關乎立校的根基的。

應該說龍城中學對此也是有一定的自覺性的，作了多方面的努力。如建立了全員福利機制，盡力為教師提供良好的物質條件；建立教師專業發展狀態預警、師生員工情意狀態預警機制，關心師生的身心與專業的發展。同時，又提出了「學習，對話，反思，培訓」的專業化發展模式，通過編輯出版《發展》期刊，建立教師學習會、青年先鋒論壇等多種方式，為教師提供展現實驗成果，交流經驗，相互切磋的平台。而放在面前的這本《教師隨筆集》，就是一次集中的展示，我們或許可以從中看到龍城中學教師專業化發展的某些側面。我在閱讀時就特別注意到，在老師們的教學活動背後所隱現的精神面貌：我以為這是更為重要的。

（四）難能可貴的「中學教師精神」

這是一個讓我感動並思考的細節：我先是在問卷調查中得知高一語文組的丁文靜老師的憂慮：她因學生缺乏學習熱情而追問：「我們的教育是否真的出了問題？」——我在前文已有引述；但接着我就在這本隨筆集裏連續讀到了丁老師的五篇文章，她是那樣熱情地進行着從課堂教學到班主任工作的多方面的試驗，用一切教育手段來激發學生學習的熱情，而當學生的學習積極性開始被調動起來，她真是欣喜若狂，當孩子開始向她吐露真情

時，她又情不自禁地高呼：「我們班的學生都是有情有義的孩子」，為了他們，「我覺得再苦再累也值得」（《播灑愛的種子，架起師生溝通的橋樑》）。

我知道，我們的許多老師都是像丁老師這樣對待自己的工作的：他們明知做教師很難，很難，但仍然要做，而且十分地投入；他們對當下教學工作的困境有着清醒的認識，明知無力根本走出困境，卻不肯放棄自己的努力，要在困境中求生存，在束縛中尋發展，「戴着鐐銬跳舞」，無論如何也要為孩子開拓一條健康成長之路，並在這一掙扎、奮鬥過程中尋求並獲得自己生命的意義與價值。這是什麼精神？這是「知難而進」的精神，這是「知其不可為而為之」的精神，這是「不問收穫，只顧耕耘」的精神：我想把它稱之為「中學教師精神」，這是在中學教師中已經存在，而又應大力提倡的精神。

所謂「在困境中求生存，在束縛中尋發展」，在具體的教學工作中就表現為在現有條件下進行各種教學實驗，這樣的實驗可以是有規模，有長遠目標的，也可以是點點滴滴的。它的意義在於可以從因僵硬而枯燥乏味的教學模式中部分地解脫出來，使教學工作多少變得有點創造性，使教師在總體被動中多少獲得某些主動性。在這一過程中，教師可以感受到作為一個有理想，有追求的人的創造性勞動的快樂，並且加深對教師工作和自己的人生選擇的意義與價值的體認。

（五）善於等待，善於寬容，善於分享，善於選擇：教師應有的境界

這裏，我想特別推薦高一地理組的莫越秀老師〈以古典的心情對待教學〉一文。莫老師說，這是他「沉思」中的感悟：「在新課程的實施過程中，教師既要激情澎湃地融入其中，持有一種執着的情結，重視創新與合作；同時，更要學會自我反思和調整，使自己永遠保持有一種古典的精神：善於等待，善於寬容，善於分享，善於選擇」。他並且作了這樣的闡釋：「善於等待，意味着教師能用發展的眼光看待學生，意味着能用從容的心態對待自己的工作 —— 不急於求成，不心浮氣躁，不指望一次活動，一次談話，就能收到立竿見影的功效」；「善於寬容：教育就是引領人們從狹

隘走向廣闊的過程」,「我們要努力使自己變得胸襟開闊,氣度恢弘,盡可能地尊重多樣性,珍視個性,在教學中創造一個寬厚、寬鬆、寬容的心理氛圍,以促進學生的健康成長與和諧發展」;「善於分享:教育的過程其實也是教師和學生一道分享人類千百年來創造的精神財富的過程,分享師生各自的生活經驗和價值觀的過程。分享,意味着教師更多的是引領,而不是灌輸;是平等的給予,而不是居高臨下的施捨或以自我為中心的強制」,「我欣賞我的學生,欣賞他人成為分享的一種境界」;「善於選擇:作為新課程改革下的教師,當成功與失敗並存、機遇與暗礁同在時,正確的選擇就成為走向成功,抓住機遇的十分重要的一步」,「我們應該持有這樣一個評價自我教學文明程度的尺度 —— 每一節課中我在多大程度上,多大範圍內,為學生個人自由發展提供了可能性」,也即多種選擇性。作者的結論是:「真正的教學正是人們深層次的需要,是『思接千載,視通萬里』的精神漫遊。教學過程中,我們既要使學生能得到自由全面的發展,又要通過教學活動愉悅自身的精神,真正使教學活動成為『教學相長』的契機」。文章結尾說:「在都市生活的浮躁中,倘還能保持一些古典的心情,一些雖經污染卻還能以沉靜的心情去對待教學,那才是做教師的一種最高境界」。

我幾乎是情不自禁地從莫老師的文章裏抄錄了這麼多,實在是激賞這樣的科學實驗精神所達到的沉思狀態,這樣的真知卓見:「善於等待,善於寬容,善於分享,善於選擇」可以說是道破了教育的真諦,而由此達到的沉靜、從容的境,如莫老師所說,確是做教師的「最高境界」,是這個浮躁的時代所絕難達到的,但「雖不能至」,也要「心嚮往之」:有、還是沒有這樣的嚮往,境界也大不一樣。而且追求「最高」本身,就是一種理想主義精神,它可能是不合時宜的,卻又因此而難能可貴。

(六)在反思中堅持實驗:教育改革所呼喚的專業化教師

莫老師的文章中提到了「反思」,這是龍城中學教師專業化發展模式中的一個重要概念,因此還需要再說幾句。在前引〈發展模式〉一文中有這樣的闡釋:「反思就是用批判和審視的眼光多角度的觀察、分析、反省自

己的思想、觀念和行為，並作出理性的判斷和選擇」。既熱情、執着地堅持實驗，又保持清醒，對實驗工作進行冷靜的分析和反省，這樣的改革精神與科學精神的結合，是顯示了一種成熟的。於是我注意到了龍城中學老師的反思與質疑。高一語文組的丘晶晶老師用「新型的上課方式」上了一堂課，學生們「嘻嘻的說喜歡」，她卻不安起來：「這樣的課，只是表面上熱烈，其實根本沒有觸動學生靈魂深處的東西，若干年後，他們對此又能記住什麼呢？」她的選擇是：「拒絕表面的浮華，而去追求生命最深處的崇高」（《觸動學生的靈魂》）。高二歷史老師吳龍山也這樣提出問題：「如何正確對待表面熱熱鬧鬧，實質平平庸庸的課堂教學？有沒有表面『沉默』『靜謐』，實質上思維含量、知識質量都極高的課堂教學？」（《問卷調查》）於是，丘晶晶老師又作了另一種教學實驗，她稱之為「我對學生『滿堂灌』」，並且有了這樣的體會：「我的這種『滿堂灌』，沒有素質教育的課標所要求的問答、討論、互動等形式，但是，我仍不認為它是一種填鴨式的應試教育。問答、互動有多種表達，而心靈的悸動才是至高的表現形式」。

丘老師們對形式主義的警惕與拒絕，是十分重要的。當改革成為一種潮流，甚至時尚時，最容易走向形式主義，其最大的危險也在於此。因為形式主義會使改革成為「熱熱鬧鬧走過場」，並使其變質，造成混亂，為反改革者的「復辟」提供口實。當然，我們也應該看到，在改革的過程中，形式主義的出現，幾乎是不可避免的，再加上改革既然是一種試驗，也就一定會出現許多難以預料的問題，因此，產生某些混亂也是在所難免的。在這樣的情況下，一個成熟的改革者，既要堅持改革方向，絕不因問題以至混亂的出現而動搖，更不因此而走回頭路；同時又敢於正視矛盾與問題，善於及時作出調整與修正，並根據所暴露出來的新矛盾、新問題，進行新的試驗。在我看來，這就是「反思」的真正意義與價值所在。龍城中學將其作為專業化教師的基本素質，也是抓住了要害的。

這樣，我通過這本《教師隨筆集》，看到的是一個普通中學的老師們在平凡的教學工作中，所表現出的知難而進的精神，實驗的精神和反思精神，是理想主義和科學態度的結合；它和我們在前文所詳盡討論的「做教

師難」，形成了強烈的反差，但或許正是這兩個方面所形成的張力，才真實地反映了當下中國中學教育的實際。我們的教師處在這樣的現實境遇中，既為「做教師難」而困擾，又堅守在教師的崗位上。而正是這樣的堅守精神，使我們看到了中國教育的希望。我們應該向這些「教育的守望者」致敬。

寫到這裏，我突然覺得，還應該在郭喜禮老師的感嘆裏，再加上一句：做教師真難，更值得尊敬。

2005 年 6 月 28–30 日

作為思想者的語文教師
——給梁衛星老師的一封信 | 2006 年 3 月 18 日、20 日、22–24 日

梁衛星 / 湖北仙桃縣一位中學語文教師，在給他寫這封信以後，我們就成了知音，好友，我的許多教育思想都深受他的啓發。

2000 年我在和一位邊遠地區的語文老師通信中說過這樣一段話——

> 中國的教育有沒有希望，中國的語文教育能否真正體現人文精神，一個重要方面，就是是否擁有大批的『有思想的教師』；而中國的教育，中國的語文教育之所以需要改革，一個重要原因，也在於現行教育體制在某些方面首先束縛了教師的思想，不容或不利於『有思想的教師』的發展，當然也就很難培養出真正有獨立思想、人格的學生。因此，我認為，教育改革（也包括語文教育改革）應該是一次思想解放運動，首先在教育體制上給教師、學生以較大的自主權，讓他們真正成為教育的主人，把教與學的主動權掌握在自己手中；同時也要求思想的解放，創造最廣闊、自由的精神空間。—— 這是我們的理想，是我們的奮鬥目標。但它的現實實現卻要有一個過程，甚至是漫長的過程；這就產生了所謂理想追求與現實的矛盾，每一個有思想的教師都會面臨你所說的在夾縫中掙扎的困境，但也正因為如此，更需要有一批有追求、思想獨立與自由的自覺的教師的堅守，更準確地說，是在困惑中堅守，即魯迅所說的「荷戟獨彷徨」。（《語文教育門外談・相濡以沫（二）》）

正是因為有着這樣的期待，所以當一位湖北仙桃縣的老師給我寄來了他的一本自印的書，我從中讀到了許多獨特的見解，我真的是被震撼了。於是，迫不及待地寫了一封信。這封信寫得很長，談及的問題也很多。現在公開發表時，為了閱讀的方便，就在信中加上了一些小標題，這樣或許會使這封信顯得有些不倫不類，但也顧不得這麼多了。

梁衛星老師：

我終於等到了上次在電話裏，我說過要給你回信，但卻一直被雜事纏身，幾乎失言了，這是要請你原諒的。

這次總算下定決心，把手頭的工作全部放下，集中精力，讀你的《勉為其難的抒寫》。但沒想到，這本書竟讓我受到了如此大的震撼，幾天來我都被其纏繞，無論做什麼事，都想着它，不得安寧。

我對自己說：這就是我所期待、所呼喚的語文老師，中學教師，民間思想者，中國的知識分子，我等得太久太苦，他終於出現了。於是，我決定寫一篇「讀後感」：〈作為思想者的語文教師〉——考慮到要公開發表，有些話不能說，只能選這樣一個相對狹窄的題目。但幾次提筆，都無以成文。轉而又想，還是先寫回信吧，勉得欠債太久，向你無法交代；而且既是私人信件，就可以說得更爽快點。

對知識分子責任的追問

我首先被震撼的是你提出的三個問題：「思想是如何失蹤的？」「在這樣邪惡的無道肆虐的十六年裏，我們在做什麼？」「……之後，我們何為？中國何為？」——這對漢語文化的追問，對中國知識分子的逼視，確實驚心動魄。關於前者，我完全同意你的〈王權統治無人國〉等文的分析，我發現與我關於 1949 年以後的文化的分析十分接近，我寫有《我的精神自傳》，對我的這些分析有一個概括的說明，以後再傳給你看。而後者，也正是這些年我一直在痛苦地追問自己的。就像當年魯迅筆下的狂人一樣，我發現這越來越瘋狂，也越來越精緻的吃人肉的宴

席，我也在其中，我也「未必無意之中」，吃了「幾片肉」！我也由此而做出了與你類似的結論：在 1949 年以後，前三十年，中國知識分子是「整體的萎縮」，而後二十年，則是「整體的腐敗與墮落」！──這也包括我自己在內。這樣的「參與吃人」的罪惡感，我在文革結束時曾有過，這是我從事學術研究的最初動因，第一本《心靈的探尋》就是這樣的因懺悔而覺醒之作；而現在，我又有了新的罪感，卻陷入了無以言說的困境……

因此，我完全同意你對所謂「自由主義知識分子」（以至「不同政見者」）與「新左派」知識分子的尖銳批評，可謂擊中要害。在我看來，根本問題在於，他們都共同地有一個「國師」情結，自以為有一套治國「良策」，總希望與一定的權力集團聯盟，以借助其力量來實現自己的「大志」。因此，他們實際上都是以一個政治家的思維與行為方式去思考與做事的。在我們這些多少有些理想主義的烏托邦情結和無政府主義傾向的人看來，他們與官方總是有些曖昧關係，並且他們的那種政治功利主義與實用主義也確實讓人不放心。這裏存在着一個「思想者」與「政治實踐者」之間的差異：前者追求思想的徹底與純正，因而多疑，常導致行動的猶豫，終於只陷於空談；而後者無論言與行都顯得果敢，追求時效，因而也時時講妥協，謀略，在某種情況下能夠堅守，但也不妨隨形勢而變。在我看來，魯迅就是這樣的思想者，他一再說自己不懂政治，也不適合搞政治，這是確實的。我自己也是這樣的一個充滿矛盾的思想者，對許多反抗行為，儘管內心持支持態度，但對其某些內在理念和背景卻又存疑慮，為保持自己思想的獨立與自由，因而採取觀望態度；但一旦參與者受到了迫害，就常常引發對自己的道德的自責，並為自己只能空談而痛苦……

你的下述看法也引起了我的共鳴：「在專制統治下，一個真正的自由主義者，他首先必須是一個真正的左派」。魯迅正是在國民黨的一黨專政統治下向左轉的；在我看來，當今的中國，堅持真正的獨立、自由，對現有一黨專政體制持徹底批判態度，不抱任何幻想的知識分

子，也是必然要向左轉的。問題是，當下中國，是「既無真自由主義者也無真左派」的，所謂新左派，只要主張回到毛時代，美化毛時代的專制主義，那就只能是假左派。——當然，對中國共產黨在歷史上反對國民黨一黨專制的鬥爭，對毛澤東及其在中國進行的社會主義試驗的評價，是一個複雜的問題，應持更為複雜的科學分析態度，在這一點上我與自由主義是有分歧的；但不能因此而否認其一黨專政的本質，在這一點上是絕不能含糊的，特別是我們現在還生活在這樣的由毛所奠定的專制體制下，任何對歷史的美化，都會導致對現實的美化，這也是我與新左派的分歧所在。在我看來，我們真正應該繼承的，是魯迅的左翼立場與傳統，魯迅才是中國現代史上真正的左派，甚至可以說是唯一的真正左派。所以，現在一些自稱「真正反專制」的「自由主義者」，居然大反魯迅，而吹捧自覺充當「諍臣」的胡適，就實在令人難以理解。

魯迅式的左派及其困惑

我理解的「左派」魯迅，就是他說的「真的知識階級」，其基本立場有二，一是永遠不滿足現狀，因而是永遠的批判者，二是永遠站在平民，也就是我們今天所說的「弱勢群體」這一邊。由於這兩大基本立場，就決定了魯迅式的左派的命運：他將永遠處於社會的邊緣，而且永遠是孤獨、寂寞與痛苦的。這樣的左派，在其思想上，也必然帶有我前面所說的理想主義的，烏托邦主義的色彩與無政府主義的傾向。

但當我選擇了這樣的魯迅式的左派立場之後，也就陷入了深刻的矛盾中。

一個是你在《游移：在沉默與言說之間》裏所描述的理想主義的困惑：「理想主義的話語體系只能在沉默中於某個邊緣地帶苦苦掙扎，也正因為如此，他很大程度上只能在某個精心護持的環境中封閉性的堅守其生命的存在」，而且理想主義也自有其陷阱：「由於長期以來缺乏與現實主義話語體系的交鋒而可能流於惡劣的孤芳自賞」。於是，就會產生你所說的那種「自己存在狀態的荒謬」感，以至「現實和理想都成

了我刻骨銘心的敵人」。但又「只能保留自己的懷疑，讓內心的悲涼不可外溢，所以在沉默與言說之間游移⋯⋯」。這其實也是魯迅當年的處境。

為了緩解這樣的矛盾，我近年提倡並身體力行於一種「低調的理性的理想主義」，即所謂「想大問題，做小事情」，把理想的追求落實為具體的可操作的現實行為，且預先估計其有限性，不抱過大希望，最後就變成「能幫一個算一個，能做一點算一點」，反正要做，要像魯迅的「過客」那樣，聽着「前面的聲音」（堅持理想）而「往前走」，一步一步地走。如有可能，就聯合一批人相互攙扶着走，即我經常強調的「相濡以沫」；如果沒有，就一個人走。——在我看來，你大概也是這麼做的，這幾乎是你、我所唯一能選擇的道路。但實踐起來，也有許多矛盾。付出的代價與收穫絕對不成比例不說，我還經常遇到「播下的是龍種，收穫的是跳蚤」與「象徵意義大於實際意義」的尷尬和悲哀，最後就變成了一種自我證明，無非是表明自己是在堅守而已。而這不就成了阿Q的「精神勝利法」了嗎？⋯⋯

警惕「精英擴張心態」、「文化決定論」和「民粹主義」

至於所謂「站在弱勢群體這一邊」，問題就更多更大。

首先，你真正瞭解弱勢群體，他們的真實狀態與真實要求嗎？這個問題對我這樣的深居京城的大學教授，就是更為嚴重而現實的。我因此而對你所談及的農村社會的一些文章特別感興趣，〈難以命名的邊緣80年代：無聲無事的悲劇〉就引起了我的強烈震撼。同時又加重了我的自我懷疑，這就是你所說的，「一方面，對言說對象保持着亢奮的言說熱情，一方面，則又對言說對象所知不多，甚至一無所知」，這就陷入了「良知與真誠的尷尬」。問題還在於如果對這樣的尷尬缺乏自覺，誤以為自己的農村想像就是農村的真實，就可能帶來更為嚴重的問題。如你所說，有些知識分子（我自己反省，大概也是屬這樣的知識分子）心目中的農村文化更接近於一種田園牧歌情調，實際上，這「只

是知識分子的語言建構，其依據不過是農村生活的表像」，「如果認定這種牧歌情調的確是農村文化的一部分，甚至是主要部分，那只能是一種粗暴的精英文化意識形態強迫症」，「這是一種更深刻的對農村文化的去主體行為，是更可怕的對農村文化的遮蔽與抹殺」。（寫到這裏，我突然想起魯迅早在《風波》這篇小說裏，就已經嘲笑過這樣的製造詩意幻想的文人：「河裏駛過文人的酒船，文豪見了，大發詩興，說：『無思無慮，這真是田家樂呵！』」）……

　　這就說到了一個更需要警惕的精英主義的「擴張性心態」。你說得很好：「在長久形成的對『三農』主體的輕賤與不尊重的傳統籠罩下，知識分子即使是出於真誠的心願去表達對『三農』主體的尊重，也會變成對『三農』主體的可怕的抹殺」，「只有知識分子始終對自身所負載的文化意識保持足夠的反省與警惕，扼殺住知識分子精英文化的擴張性心態，才有可能實實在在地對『三農』主體的尊重從內在的良知焦慮走向外在的行為贖罪」。這個問題之所以重要，就在於對農民主體的忽視正是當下中國三農問題的關鍵所在。三農問題之根在權貴資本對農民的剝奪與精神控制，而今天當局迫於社會矛盾的激化，而採取某些改良措施，儘管我們不必否認其可能有的積極意義，但必須看到，其內在思路還是中國封建帝王的「為民作主」，而不可能真正尊重與確立農民的主體性，解決農民的權利貧困與精神貧困問題，他們最害怕的就是農民自己組織起來爭取與維護自己的權利。在這種情況下，知識分子不管出於什麼目的與動機，如果也忽視或遮蔽農民的主體，就在客觀上形成與統治者的合謀，至少是不能與之劃清界限：而在「三農」問題成為時髦，一種主流意識形態的時候，劃清界限就是十分重要的，如果我們不願意成為時髦口號下的新的幫忙與幫閒，而要堅持發出自己的獨立聲音的話。

　　這裏還有一個「文化決定論」的陷阱，這也是你所說的「精英文化的擴展性」的一個重要方面。誠然，知識分子，特別是我們這樣的人文知識分子對文化問題的特別關注，是十分自然的；我們對三農問題的

介入，更多地關注農村的文化、教育問題，這也是合理而自有意義與價值的，這都沒有問題。問題在於，我們是否清醒地意識到，「農村文化教育問題應當還是一個政治化、體制化的問題。不從政治途徑與體制化改革方面下功夫，文化教育問題永遠不可能解決」。因此，我們在討論農村教育、文化問題時，如果陷入文化決定論，就有可能形成對中國農村的最大的真問題：政治體制問題的遮蔽，就有可能走向我們的善良願望的反面。

另一方面，還有一個「民粹主義」的陷阱。我完全理解你的恐懼：「在一個民族素質不高的國度裏，做一個民粹主義者就意味着放棄對高貴的追求與對超越的嚮往對理想與希望的憧憬。在一個幾千年無「人」的國度裏，做一個民粹主義者就意味着永無指望的等待與毫無血性的寬容。在一個冷漠麻木的國度裏，做一個民粹主義者，還意味着做永遠的看客與毫無自覺的奴隸甚而奴才」。有的知識分子常以底層人民的「代表」自居，這不僅有前面所說的「是否真正瞭解底層人民的要求」與「精英主義的擴張性」的問題，而且還會遮蔽知識分子與底層人民的區別與矛盾，放棄知識分子的責任，甚至喪失自身的獨立性。因此，今天重溫魯迅的「改造國民性」的思想，以及他的要防止成為「大眾的幫忙與幫閒」的警告，是有很大意義的。魯迅說得好：「由歷史所指示，凡有改革，最初，總是覺悟的智識者的任務。但這些智識者，卻必須有研究，能思索，有決斷，而且有毅力。他也用權，卻不是騙人，他利導，卻並非迎合。他不看輕自己，以為是大家的戲子，也不看輕別人，當作自己的嘍囉。他只是大眾中的一個人，我想，這才可以做大眾的事業」。（《門外文談》）

對自我存在的根本性追問

於是，就產生了關於自我存在的根本性追問：「我是誰？我何以存在與言說？」如果我們真想成為一個思想者的話，就必須這樣不斷地追

問自己。這也是《我的精神自傳》的主題。因此，你的自我認定引起了我的強烈共鳴——

「我不可以做一個國家主義者」。

「我不可以做一個自由主義者」。

「我不可以做一個民粹主義者」。

「我可以是什麼主義者呢？保守主義者？共和主義者？激進主義者？……不，我其實不屬任何主義者。我明白這世間的任何東西都可以加冕主義，然而，無論多麼好的東西，一旦被冠上主義的巍峨之帽，就只能是對其本身的背叛；就只能是對我腳下的這無邊無際的泥土的背叛。有時候，人道主義不都成了殺人的利器了嗎？」

「我不是什麼主義者。我是一個人，一雙腳深踏在這苦難大地上的無足輕重的人。一個血液中喧響着泥土的無辭的言語的人。一個脈搏中跳動着泥土的憂傷血液的人」。

「我是如此的微不足道與無能為力。我只能盡自己所能的記錄下自己所看到所聽到所遇到的黑暗與苦難，只能寫下自己在黑暗中的感受，只能在黑暗中對黑暗的始作俑者，對一切有知與無知的幫忙與幫閒們發出自己微弱的詛咒與憎恨」——「我所有的言說只能也必須建立在這樣一個基點上」。

但作出這樣的選擇的同時，又不能不產生新的自我置疑，因為「人若反抗，最後等待他的必然是對自己存在本身的置疑」。在中國曾經有過「從未有過的如此深刻的異端思想家」，這「墮落的歷史國裏唯一的異端」魯迅以後，已經「沒有人」了。

教育產業化帶來的教育大滑坡

呵，你談到了教育，這令人痛心的可詛咒的中國教育！

我完全同意你的基本估價：「中國教育已臻禍國殃族之境」！——記得我在 1999 年的一次訪談中，曾經提出，1949 年以後的兩大難以

彌補的失誤，「一個是人口問題」，「其次就是教育問題。而最近這二十年最大的失誤之一，也是教育問題」。我還說：「教育方面所造成的惡果短期內是看不出來的」，「越是看不出來，積累下來的問題就會越多，隱藏著的惡果也就必然越大」（《語文教育的弊端及其背後的教育理念》）。後來，在 2000 年對我的大批判中，這也成了我的主要罪狀。但恰恰從 2000 年開始，中國的教育又發生了全面的大滑坡：從中小學到大學，從農村到城市，其惡果今天已經看得很清楚了。

我所說的「大滑坡」及其惡果，主要指兩個方面。

首先是教育出現了嚴重的兩級分化，成為這幾年急劇發展的社會不公的集中表現，以至教育成為中國老百姓的主要負擔，可以說是權貴資本對中國民眾，特別是農民的一次集中大掠奪。

其根源就在於所謂「教育產業化」理念、政策的提出與瘋狂推行。令人憤怒的是，當局至今還在推卸責任，在最近的兩會期間，教育部還大言不慚地宣稱：「我們從來就是反對教育產業化的」。真的如此麼？白紙黑字，是抹不掉的：早在 1992 年《中共中央、國務院關於加快發展第三產業的決定》裏，就明確提出，教育事業是對國民經濟發展具有全域性、先導性的行業，屬第三產業。而 1999 年召開的第三次全國教育工作會議更是規定要「切實把教育作為先導性、全域性、基礎性的知識產業」，關鍵是「要進一步解放思想，發展教育產業」。翻翻當時的報道與鼓吹文章，就可以知道，那是曾稱為「教育思想新解放，教育改革新突破，教育工作新跨越」的重大標誌的。（蔣國華：〈十字路口的現代教育——教育產業的過去、現在和將來〉，收《革新中國教育》，2004 年出版）

而教育產業化的要害，就是否認教育的公益性與公共事業性這一基本性質，當時的批評者即指出：它可能帶來的最大風險就是「使政府推卸了在調節社會公平上應負的責任」，而鼓吹者也說得很明確，就是「教育產業化可以促使家庭把儲蓄轉化為教育投資和消費」，作為「拉動內需」的重要手段（參看張人杰：〈「教育產業化」：一個存疑的命題〉，

文收《解讀中國教育》，教育科學出版社，2000 年出版）。說白了，就是要將老百姓在改革開放中依靠自己的辛勤勞動所獲得的有限財富，再從老百姓的腰包裏掏出來，「轉化」為權力資本：這是明目張膽的對老百姓的掠奪，是改革開放成果的一次惡性再分配。

其後果是明顯的：一方面，在所謂「大學擴招」、創辦「大學城」、「示範性中學」、「公辦民校」等名義下，將公共教育資源急劇向城市裏的富人階層、利益集團傾斜，另一方面則通過「亂收費」極大加重普通民眾的負擔，而且造成了空前的教育腐敗，形成了校園裏的利益集團，「亂收費」現象屢禁不止，原因即在于此。而不堪承受教育重負的農村，就出現大量的輟學現象，所謂「義務教育的普及」成了一個公開的謊言。你的文章裏對農村教育的凋敝，農村兒童失學，以及農村青少年的出路的描述，特別是女孩被迫出賣肉體，男孩淪入黑社會的底層社會現狀的揭示，都是我們必須正視的現實。它與我在城市裏見到的貴族學校的奢華，形成如此觸目的對比，實在驚心動魄。

功利化教育帶來的一代人的精神創傷和病態

教育大滑坡的另一方面，是至今未被人們所忽視的，就是你在文章中所指出的，「在中國教育精心而一意孤行的培植之下，惡之花怒放在幾乎所有的心空！中國教育成為了絕望、仇恨、麻木、恣睢、狹隘、無知而又狂妄自大、無恥而又頑固保守、非理性而又世故圓滑的基因培育基地」。我完全同意你所說：這絕不是危言聳聽，而是我們必須正視，許多人不敢、不願承認的教育現實。

在我看來，這正是這些年的極度功利化與兩極分化的教育所帶來的一代人的精神創傷與精神病態。

當然，首先還是社會的原因。因此，你的學生對你的「教訓」，就讓人心驚肉跳——

「老師，你別白費勁了，什麼愛，有錢有權才有愛」；「老師，你不用操心了，考上大學又怎麼樣？沒有錢沒有關係還不是沒有工作」；「老

師，我爸媽是農民，他們沒用，我瞧不起他們。將來？我是不會做農民的。上不了大學就混唄。街上許多人不上班不幹活原也沒什麼後台，還不是混得比誰都好」；「老師，我們只是玩玩而已，當不得真的，你就別操瞎心了」；「老師，這社會什麼都是假的，你看電視上層出不窮的歌舞晚會總是說盛世道繁榮講愛心，我家裏那麼窮，誰管了？」「老師，電視那些青春偶像劇裏的人們一天到晚出入高級賓館星級飯店除了談情說愛還是談情說愛，沒錢沒勢行嗎？讀書？讀書有什麼用？」「老師，你看電視上全部都是皇帝戲，你看那些皇帝多拽，他們把手下人玩弄於股掌之上，做人就得這樣！」……

這正是我們這些多少懷有教育理想的老師的尷尬所在：社會的力量遠比教育強大，「當教育者費心盡力地給孩子們植入愛與溫情、寬容與平和，求知欲與救世志的時候，整個社會整個體制整個傳統卻在以不可抗拒的力度與強度，告訴孩子們必須要做一個沒有溫情，沒有愛心越冷酷就越好的人 ── 一個非人！」

但如果教育不能對抗社會的假、惡、醜，做社會的淨化劑；而是向其投降，看齊，自身成了社會「假、惡、醜」的有機組成，一個培養「假、惡、醜」的溫床呢？ ── 這正是我們必須正視的現實與問題：這不僅是教育的失職，更是教育的變質。

在這樣的教育下，能夠出現什麼樣的孩子呢？

你有一個很準確，也最令人痛心的概括：「仇恨與冷漠，世儈與無情，頹廢與混世 …… 正在這些年幼的心靈深處茁壯成長」，而且「沒有人可以阻止，沒有人」。

我和你一樣，為許多孩子驚人的冷漠感到恐懼。一個孩子被車禍奪去了生命，另外兩個孩子竟是毫無反應，一個說，沒有什麼想法，人總是要死的；一個說，我以後要遵守交通規則，走路要小心一點。類似的事情，在今天的中國校園裏是經常發生的，人們已經見慣不慣，因為我們的老師、校長已經和孩子一樣冷漠與麻木！你說得很對：可怕之處

在於「不僅對別人冷漠無情，對自己也一樣，如此沒有熱度的生命有什麼可以使他們疼痛與傷神呢？」這其實也正是這些年不斷有中學生、大學生自殺的最根本的原因。他們的生命是「沒有熱度的生命」，因為兒童、青少年生活中應有的一切歡樂已經被我們的教育剝奪殆盡了，從生命的起點上，就了無生氣與生趣，怎能不漠視自我與他人的生命呢？培養健全、健康的生命，本是教育的天職，而現在，我們的教育卻在扼殺孩子的生命的生機：這不只是變質的教育，更是罪惡的教育！

我完全理解那一個時刻你的內心感受：「那兩個學生什麼時候走的，我不知道。我攤在椅子上，良久，一動也不動。我不僅被打敗了，我更感受到了世界與生命本身的荒唐與無意義。然而，這一切又是怎樣造成的呢？」我還要問的是，我們作為這樣的社會與教育裏的一員，對這一切又有什麼責任呢？──這樣的感受與追問，又豈只是在那一刻！

你說得很對：愛的缺失，心靈冷漠的另一面，是心靈的毒化。這正是兩級分化的不平等的教育結出的一個惡果：「絕大多數的人被擋在了教育的門檻之外，而少數通過家族公養或破家賣血得以留在校內的貧民子弟也只能在屈辱和輕賤，漠視與排斥中艱難求學，除了靠仇恨和隱忍度日，他們根本別無選擇。馬加爵就是確例。如果聽任這一局勢發展下去，也許不出十年，中國教育將成為仇恨的火藥桶，引爆劇烈而不可收拾的激變！」──這絕非危言聳聽，在我看來，這樣的仇恨與怨憤，正是培育「文革」那樣的大動蕩、大破壞的溫床。

心靈的毒化之外，還有心靈的奴化。這就是你在文章中反覆質疑的以「培養有用的人才」和「工具」為目的的充滿功利主義、實用主義色彩的國家主義的教育，這是一種「極度狹隘而短視」的教育，「封閉而全面異化」的教育，或者如你所說，「在教育的領地上，我們什麼都有，惟獨沒有本質意義上的教育」！這樣的「沒有人」的教育，我們這些年一直在批判，但它卻僵而不死，甚至死灰復燃，最根本的原因，是它符合體制的需要，是體制的產物。所以你才發出這樣的感嘆：「我們

的教育是多麼的恐怖，我們的語文教育上多麼的幫忙幫凶，我們的作文教育又是多麼的幫閒幫護」！

體制打造的「淑女淑男」：這才是最危險的

而體制要精心培育的，是你在〈我有一本雜誌，名叫「蟲豸人生」〉一文裏所描寫的「淑女」。讀這篇文章我真有驚心動魄之感，因為在我身邊，正有多少這樣的「淑女」「淑男」！我們的所謂「精英教育」正是在精心地打造這樣的淑女、淑男，這是中國兩級分化的教育在另一端所結出的惡果。他們確實如你所說是「無所不知，無所不能，興趣廣泛，恐怕大海和天空也容納不下的精靈」，他們十分熟練地用「偉大而嚴肅的文化飾品」包裝自己，有時也無妨「刻意表現農家貧寒女子的大度與純真」，但他們的生命卻「與現實人生無關，與社會苦難無關，與生存問題無關，與蓬蒿之人無關」，他們生命中只有自己，所做的一切都是為了最大限度地謀求自己的利益，這是絕對的，精緻的利己主義者。所謂「絕對」，是指一己的利益成為他們一切言行的唯一驅動力與理由；所謂「精緻」，是指他們有很高的教養，所做一切在表面上（僅僅是表面上）都是符合遊戲規則的，合理合法，因而無可挑剔，更指他們的一舉一動，甚至一個微笑，都是有明確的功利目的的，這是魯迅說過的「精神資本家」，為他人所做的一切，都是一種投資，是要收取利息的。他們的另一面，就是你所說的「世故」，令人驚異的「理性化與成人化」，即所謂「少年老成」。他們與主流意識形態有着內在的親和力，不僅是因為共同追求「穩定」與「秩序」，而且他們正可以利用主流意識形態來謀取最大利益，因此經常作出「忠誠」的姿態。但他們同時又是魯迅所說的「不忠實的走狗」，也要與有可能成為下一個主子的反對派保持某種聯繫，因此也有限度地做出某些民間反對者的姿態：他們是十分精通魯迅說的「二醜藝術」的。不過，他們畢竟年輕，初出茅廬，有時表現得過於情急，因而引起反感與警惕。不過，這不要緊，總是會逐漸「成熟」起來的。重要的是，他們是體制的產物，是體制所需要的，正在或必將被培養為接班人，這也是他們的自覺追求。而這正是這

些現代中國淑女、淑男的危險所在，須知他們是要決定與主宰中國未來的命運的。一想到他們就是我們的教育培養出來的「尖子」人才，你們這些中學老師辛辛苦苦地把尖子學生送到我們這樣的重點大學，結果造就出這些淑女淑男，我不禁倒抽一口冷氣，也如你一樣，「感受到世界與生命本身的荒唐與無意義」！——我和你，分處在中國教育的高層與底層，而我們的感受竟是如此的相同啊！

現行體制下教師的自我選擇：「不做自己憎惡的人」

而命運卻安排我們當上了這樣的教育體制下的教師。我理解你的痛苦：「我討厭教書，我從骨子裏蔑視那些站在講台上的人。從有明確自我意識的高中年代到憤世嫉俗的大學時代，我沒有聆聽過一節令自己衷心感佩的課，沒有碰到過一個有理想有激情有才華的老師。死氣沉沉的校園，戒律重重的學生生活，言語寡淡的課堂，千篇一律的教學模式，自以為是的白痴老師……讓我對學校和教師們充滿了恐懼和厭憎。然而我命定，只能教書！……我只能走上講台，成為我自己憎惡的那種人！這讓我內心彌漫了屈辱和悲涼。」——應該說，我和你屬不同時代，也有不同的境遇，我和你關於教師的記憶是不同的：我的教師感受與想像裏充滿了浪漫色彩，對教師職業充滿了神聖感與自豪感。但我必須承認，你的教師感受，更接近真實。你所提供的是一個或許難以接受、卻是必須正視的中國教師的現實圖景。

但最讓我感動的，卻是你的自律：「別做自己憎惡的人」！「希望自己能通過內在的努力，做一個與眾不同的教師，一個真正的教師」！

然而，這又是怎樣一個艱難的選擇啊，這真是漫漫長途啊：「在講台上一路跟蹌着走來，辛酸而沉重」……

自我七問：「有思想的教師」的提問

你確實與眾不同，確實「永遠也做不了一個社會認同的教師」，因為你向自己提出了幾乎無人思考的問題——

「你對自己生活的世界有獨特認識嗎?」——你如此追問,是因為在你看來,「作為一個教師,如果他對世界的真實面貌沒有屬自己的明確認識,而且他也沒有想過要有自己的認識,他就無權站上講台,因為他必須給孩子們一個真實世界」。

「你有信念嗎?你有屬自己的信念嗎?你感受過這屬自己的信念的生命氣息嗎?」——因為在你看來,「『知識起於信念』(狄爾泰),一個人對知識的選擇與傳播、創造更應當是始於信念」,「如果沒有自己的個體信念,我們怎麼可以毫無愧色地做一個教師呢?」

「你有不同於他人的教育觀嗎?」——因為在你看來,「教育!每一個站在講台上的人都無法避開這一詞語的詰問。每一個站在講台上的人如果沒有明確的教育觀,他其實根本無權停駐於這一詞語所指稱的生命空間。正常的狀態應該是每個人心目中應該有不同於他人的教育,儘管在終究旨歸上它應該是不言自明的」。

「你反思、追問了自己的知識觀了嗎?」——因為在你看來,知識觀是決定教育的目的與教師的立場、身份認定的:如果「我們稟承着一種旁觀者的知識立場」,那麼,「教師們就不可避免地以工具理性的態度對待教育,教書對於他們來說,僅僅是一種謀生的職業,頂多也是一種獲取所謂成功的工具,而不是一種生命運動,更不認為他們關乎到自己的生命倫理的完成」,「教師還會以布道者自居,成為講台上的暴君和老大,進而成為學生的敵人」,同時也將導致教師自身「精神世界的日見萎縮乃至乾涸」。

「你思考過,應該有怎樣的課堂語言,言說姿態嗎?」——因為在你看來,「作為一個教師,對語言缺乏自覺是不可思議的」,「說到底,語文教學其實就是一種敘事行為」。因此,一個有責任感的教師,不能不「對自己的課堂語言充滿了警惕」。你說你「字斟句酌,絞盡腦汁,如林黛玉進賈府一般,處處留心,處處在意,害怕我的語言對學生形成誤導」……

「你思考過『啓蒙』與『教師』的關係嗎？我們需要怎樣的『啓蒙』?」──因為在你看來，儘管「在一個據說是已進入後現代的時代裏，啓蒙立場本身就是遭人詬病和譏諷的」。但「一個教師不論以什麼樣的姿態營造他的課堂，不論以什麼角色面對他的學生，他始終都是一個啓蒙者，他的使命始終是啓蒙」。但「啓蒙」這個詞語卻使你的「教學生涯充滿了尷尬與難以言說的沉重」。你不斷地充滿警戒地追問自己：我是「一個高高在上的導師」嗎？我是「一個不可一世的審判者」嗎？「我的人格與權威」真的「高於一張課桌」嗎？我能支配「學生生命倫理的形成與踐履」嗎？你終於明白：你和你的學生是「互為啓蒙者」的，「在啓蒙星空下湧動的是充滿了現代意識的獨立自主的個體人格」。你還意識到「啓蒙不是以理性為上帝，而是以理性和非理性的融合為宗旨」，因此，你說你的課堂「在啓蒙的指令下，不獨面向社會，面向知識，更面向大地與天空，河流與樹木」。期待你的課堂裏走出的是「具有大人格的人，具有悲憫情懷的人」，「他們愛自己的鄰人一如愛自己，他們愛自然一如愛自己」。你給自己豎起了一個高標尺：這是一種全新的現代啓蒙，因此，你說你的「啓蒙之旅充滿了反啓蒙的色彩」。

「一個教師，可以沒有一定的藝術判斷力與審美力嗎？」──因為在你看來，「沒有什麼比藝術更有助啓蒙的進行了。」但你卻提醒人們警惕「偽藝術」，因為在我們的學生的生存空間裏正充斥着各種偽藝術。你特別提出要注意「文化工業批量生產的藝術」與「政治化的藝術」的腐蝕作用：後者讓人在充滿謊言的灌輸中「喪失自我」，前者「讓人在快樂與消遣中忘卻痛苦和憂傷，逃避反抗與追求，安於現實，最後使人格集體平庸化」。這是一個及時的警告：因為許多教育者對此似乎還毫無警覺。

我不厭其煩地一一列舉你所提出的問題，因為這是真正的思想者的提問，是一個有獨立思想的教師，自覺的教師，在走上講台時，必須向自己提出的問題。重要的不是你對你提出的問題作出了怎樣的回答，因為答案是可以而且必然是多樣的，意義在於你在思考與追問。而

這正是中國的教育、教師所匱缺的。至少說在 1949 年以後，就沒有、或者說很少有人，特別是普通的中學教師在思考這樣的關於教育、關於教師的根本性的大問題了，人們已經習慣於把這類問題交給某個特定的人和組織，教師成了機械的貫徹者、執行者，成了沒有獨立思想與創造，沒有獨立意志與人格的按圖製作的真正的「教師匠」。不是教師願意如此，而是體制需要如此。

然而，「你」出現了──這自然不是僅指你個人，而是人數不多、千呼萬喚始出來的一批人，即我所說的「有思想的教師」。在我看來，這是這些年的教育大討論、教育思想解放運動最重要的成果。你的書引起我如此大的震撼，並迫不急待地要和你討論，並藉以表示我的喜悅與敬意，原因即在於此。

有思想的教師的處境：反抗絕望

你我都清楚，有思想的教師在當下中國和中國教育界會落入怎樣的境地。如你所說：「對當今中國第一線的教師們訴之以思想的要求，實在是太不切實際了」。你說你是教育的「叛徒」與「異端」，這是確乎如此的。我們這個國家的文化傳統與體制對異端的嚴密控制是有如天羅地網，使你無路可逃的。讀讀魯迅的《孤獨者》、《狂人日記》、《長明燈》，就知道這種扼殺是多麼的殘酷而有效。這是古已有之，於今尤烈的。不僅是體制的壓制，必要時隨時可以全部或部分地剝奪你的教育權和飯碗；不僅是同行的嫉恨，不用說教育界的既得利益者，就是在一些安於現狀者看來，你的存在都構成了威脅：不僅是集體無意識與輿論形成的有形無形的壓力，使你陷入永遠的孤獨中；不僅是家長、學生的不理解，拒絕，以至出賣；不僅是「戰友」的背叛：你會發現「思想者」、「批判者」也有真、假，特別是思想、反叛成為時髦的時候，你更會經常碰到魯迅所說的「偽士」，就會出現你所說的「偽精神信仰」，以至你都要拒絕承認自己是「思想者」；但最致命的是你自身的困惑，自我懷疑：「我的所有的經驗真的可以涵納人世的真相嗎？我的真誠真的如此純粹嗎？我的良知真的無可質疑的可靠嗎？我的文字難道不是充滿了狂

亂和迷誤、偏執與成見、無知與殘損嗎？我其實無法相信我自己，無法相信自己的言說」，「我迷失於生活中，不能確定自己是誰，我發現自己會時常成為自己的陌生人」，「我有時發現自身的言語行為走向了自己期許的反面」，「我成了自己無法戰勝也不敢正視的對手」：這樣的困惑與懷疑是思想者存在的條件，一個真正的思想者必然要「反身自噬」，因而他自身的困境也是無以擺脫的。

於是，就有了這樣的自問：「為什麼我的內心總是充滿了恐懼和憂傷？」

或許正是要抗拒這樣的恐懼和憂傷，就有了艱難但是必須的堅守：這是頗近於魯迅的「反抗絕望」的。

如何面對學生

你的《最後一堂課》大概就是因為這一點，深深地感動了我。但我要告訴你，首先感動我的，卻是你的退讓與妥協。你說，我們「畢竟生活在一個一考定終身的國度」，你的學生「都是農村的孩子」，「更需要通過考試」去圓自己及祖父輩「幾代人的大學夢，其實，那不只是圓一個夢，那還是對一種生活的渴望」。因此，你說，你不能拿學生的未來去做教學實驗，「我不能」！——這「我不能」讓我的心為之一震！不僅因為這其間的無奈，不得不作出犧牲的痛苦，更是表現了一種真正的愛與理解，真正的教師的良知，知識分子的良知，正是在這裏和那些貌似激進，其實是沽名釣譽的「偽士」劃清了界限。儘管如此，你仍然向學生「鄭重道歉」，請他們「原諒我這個朋友真誠的無奈」，而且告訴學生，他們在以後也會「如我一般充滿無奈」，希望學生認真思考：自己「該如何對待」。——把真實告訴學生，不許諾虛假的光明：這才是真正的教師！

但告訴學生要正視現實的黑暗，只是教師責任的一半，更要引導學生：「不能因為世界的不公與黑暗而放棄對生命意義的追求，永遠也不應」！「我們不能逃避，更不能自我放棄」，「永遠都不要自怨自艾，

也永遠都不要仇恨」，這四「不」裏的理性精神，自強精神，是真正的教育精神。

但你並不滿足於這樣的精神激勵，進一步引導學生將自己對「生活的意義」的追求落實到「每一分每一秒的生活細節之中」：「細節」正是你的教育思想的一個重要概念。

而你最後的囑咐與自勵，把你所有的思考與困惑都化作了強大的精神力量——

「將來，無論你們面臨什麼困境，無論多麼的無奈，無論是怎樣的屈辱與絕望，也不要放棄！在不放棄中，在對愛和希望的持守與踐履中，無論多麼弱小的心靈，都會豐富強大起來！」

真正的教師必須是理想主義者

我也終於明白：我們之間，儘管有着種種的不同，但我們的內心深處，都是為生命的理想之光所照耀的。而教育就其本質而言，它必然是理想主義的。我多次對年輕人說過，一個真正的教師，必然、必須是一個理想主義者；如果你不想選擇理想主義，——這也是你的自由，你就最好不要選擇教師這個職業。當然，如前所說，我們對理想主義也有、而且應該有質疑，我們追求的是質疑中的堅守，而且我們在享受理想主義者生命的充實與歡樂的同時，也承受着理想主義所必然帶來的生命的沉重與痛苦。

在你們面前，我感到內疚和不安

但我在你們這些仍然堅守在第一線的老師，心懷理想主義的老師，作為思想者的老師面前，仍然感到不安。因為我太知道當下的中國教育是多麼的可怕了，我太明白你們實際上是在泥淖裏掙扎；而我卻退休了，已經逃離苦海了。是的，我在退休後，曾經回到中學，試圖和你們「並肩戰鬥」，但我很快就發現，中國的中學校園已經是針插不進、水潑不進的獨立王國，我這樣的理想主義的、力圖有自己思想的教師已無立足之地，於是，我知難而退，最終宣布結束自己的教學生涯。儘管

也還是給自己描繪了一個浪漫的尾巴，說我為自己的教學生涯結束在中學，感到驕傲；但心裏卻明白：我是在臨陣逃脫。儘管沒有人會指責我，因為我本該退休，也就是說，我的年齡比你們大，就給了我逃避中國許多讓人煩心、絕望的事情的權利與機會。而你們，就因為年輕了幾歲，十幾歲，幾十歲，就必須繼續承受苦難，承擔責任。因此，當我在這裏和你談論「堅守」之類的大話，我無法擺脫我的內疚與不安：自己做不到的事情，有什麼權利和別人討論這樣的話題？這其實就是你的文章讓我「不得安寧」的更加內在的原因。一方面，我有很多話想和你交談，另一方面，我又擔心或者說害怕陷入空談與虛偽。但不管怎樣，我還是寫出來了，而且寫得如此之長，所謂「一吐為快」吧。但我真的因此而輕鬆了嗎？我不知道，甚至這封信要不要寄給你，我還要想一想。——不過，恐怕還是要寄出的。因為我已經把你看作自己的朋友了，而在朋友面前，就不妨袒露一切。

　　匆匆　即頌

教安

理群

2006 年 3 月 18 日、20 日、22–24 日陸續寫成，11 月 21 日發出

錢老師：您好！

關於《魯迅十講》一書的「第十講」，兩位副總編都讀過了，他們和我一樣對您的寫作風格都很喜歡，但因有關領導部門有個通知，「不能借『假如魯迅還活着的話題攻擊黨的知識分子政策』」。因此，「第十講」中的一些分析比較深刻，措辭比較尖銳，希望您能稍作刪節和修改，我們也是出於無奈和企業安全的需要，才向您提出這樣的要求。

我現將「第十講」發回給您，其中紅字部分就是我們比較擔心的內容，「王實味之死」和「發生在 1957 年的事」兩段能否帶過，其他紅字是銜接部分，能否既表達意思，又不那麼直接。為了不使文章支離破碎，還請您費心作一些調整。我們不敢隨意刪改，提出這樣的要求，實在出於無奈。請求您的理解。

　　　祝
大安！　　　　　　　　　　　　　　　　　　　　　　張 XX 敬

張 XX 先生：

郵件收悉。我能理解你們的困難。我想了一下，既然有這樣的禁令，而且刪改得七零八落，讀者也會覺得莫名其妙，還不如乾脆刪去此文，變成《魯迅九講》，反而簡單。我希望你們儘快發稿。我明年 1 月初要去台灣開會，不知能否帶幾本去送給那邊的朋友，也為此書作點宣傳——此書第四講已在台灣發表，他們因此對全書有興趣。還有什麼問題，請隨時聯繫。並請代向你們的總編、副總編致意。文明

　　　　　　　　　　　　　　　　　　　　　　　錢理群　11 月 19 日

2002 年 12 月 12 日在北京大學，12 月 18 日在汕頭大學，2004 年 4 月 12 日在南京大學浦口分校，5 月 17 日在復旦大學古代文學研究中心的演講。

　　我今天講的題目是「魯迅的命運」。為什麼要講這個題目呢？因為每次上課或演講，總會有人提出這樣的問題：如果魯迅不是 1936 年去世，而是活到 1949 年以後，甚至活到現在，他會有怎樣的命運？特別是去年魯迅的兒子周海嬰在《魯迅與我七十年》裏，提到著名的翻譯家羅稷南先生的一段回憶：1957 年毛澤東對他所提出的「要是今天魯迅還活着，他可能會怎樣？」的問題，作了這樣的回答：「以我的估計，（魯迅）要麼是關在牢裏還是要寫，要麼他識大體不做聲」。於是，就有很多人寫信或當面問我如何看毛澤東的這段話。我今天的演講，也就算是一個回答吧。

　　魯迅、毛澤東在冥冥中的對話

　　我想先向同學們提供魯迅這方面的一個材料。其實，在周海嬰的回憶中，還提到一個重要的事實，不知為什麼，大家在討論毛澤東的前述說法時，都沒有注意：曾為魯迅編選《集外集》，因而深得魯迅信任的楊霽雲先生曾對海嬰說到魯迅「生前與他談過許多看法，其中也包括中國共產黨奪取政權和執政後的一些分析估計」。儘管「這些內容楊先生也一直沒肯講出來」，但至少證明，魯迅對自己這樣的知識分子在革命成功以後的命運是曾經有過認真的考慮的；而楊先生的緘口不言，這本身也頗耐尋味，或許是因為所談內容過於嚴峻，楊先生多有顧慮的緣故吧。但魯迅的想法也曾與別人多少透露過：與魯迅曾有過密切聯繫的

李霽野先生（他也是一位翻譯家，是魯迅所支持的未名社的成員），寫的一篇題為〈憶魯迅先生〉的文章中就談到他曾親耳聽到魯迅與F君（估計是馮雪峰）的一次談話：魯迅「故作莊重的向F君說，你們來到時，我要逃亡，因為首先要殺的恐怕是我。F君連忙搖頭擺手的說：那弗會，那弗會！」——此文發表在《文季月刊》，收在許廣平編的《魯迅先生紀念集》，又寫在魯迅剛去世不久（1936年11月11日），這回憶應該是比較可靠的。其實魯迅在自己的著作中也曾經有過類似的表述：1934年4月30日（逝世前兩年）他在寫給曹聚仁的信中，就預言：「倘當（舊社會）崩潰之際，（我）竟尚倖存，當乞紅背心掃上海馬路耳」。[1]

這樣，我們把魯迅自己的預感與後來毛澤東的說法對照起來看，就很有意思了，這彷彿是冥冥中的一場對話：一個說，你們來了，第一個要殺的恐怕是我；一個說，是的，如果你不識大體，我們就把你關在牢裏。因此，我們可以這樣說，最瞭解毛澤東的是魯迅，最瞭解魯迅的是毛澤東：他們都把對方看透了。在下面的講話中，我會談到，魯迅與毛澤東是20世紀中國最重要的兩個人物，他們之間的這樣一種相互認識，就有着非同尋常的意義，可以引發出許多關於20世紀中國的重大問題的思考。這也正是今天我想和同學們討論的。

最早的相遇

我們先來具體地考察魯迅與毛澤東的關係。

毛澤東最早與魯迅相遇，是在1934年左右。1931年毛澤東被排擠出了中共領導層，他後來回憶說：「那時候，不但一個人也不上門，連一個鬼也不上門」，在極度的孤寂中，他讀了許多書。從後來他與馮雪峰一起談論魯迅，說明這時期他大概是讀了一些魯迅著作的。我曾經說過，一個人在春風得意、自我感覺良好的時候，大概是很難接近魯迅

1　〈340430　致曹聚仁〉，《魯迅全集》13卷，87頁，人民文學出版社，2005年出版。

x

的；人倒霉了，陷入了生命的困境，充滿了困惑，感到孤獨，甚至感到絕望，這時就走近魯迅了：這很可能是魯迅接受史上的一個規律，毛澤東大概也不能違背這個規律。因此，當 1934 年 1 月，馮雪峰因為叛徒出賣險遭毒手，被迫轉移到中央蘇區，毛澤東聽說他是從魯迅身邊來的，就主動找其攀談。據說有一天，毛到馮住處，開口就說：「今晚我們不談別的，只談魯迅」，並且不無遺憾地對馮雪峰說，當年在北京見過李大釗、陳獨秀、胡適、周作人，就是沒見過魯迅。馮雪峰告訴他，有個日本人說，全中國只有兩個半人懂得中國，一個是蔣介石，一個是魯迅，半個是毛澤東。毛澤東聽了哈哈大笑，沉思片刻又說：「這個日本人不簡單，他認為魯迅懂得中國，這是對的」。馮雪峰還告訴毛澤東，黨內有人主張魯迅到蘇區來擔任蘇維埃政府的人民教育委員，毛澤東搖頭說：「這些人真是一點也不瞭解魯迅！魯迅當然是在外面作用大」。馮雪峰還說到他們曾出題目請魯迅做文章，毛澤東頗不以為然：「你們給魯迅先生出題目？不出題目不是更好些？」[2]

　　說到這裏，我想插一句：馮雪峰作為中國共產黨與魯迅的聯繫人，給魯迅出題目的事，許廣平的回憶中，也提到過，並且有一個相當生動的描述：當時馮雪峰住在魯迅家附近，他大概每天一大早就出門幹他的革命工作，到晚上十點鐘才回來，就經常看見他的太太摟抱着孩子在門口等着，餓久了，沒辦法，孩子就用乾麵包充饑。他是不管家裏人着急不着急，非到相當時間才回來。回來以後，已經十一點鐘了，他還敲魯迅的家門，他是不管的，敲門聲一響，他來了，一來就忙着談話，談完了往往凌晨兩三點才走，魯迅還得繼續工作，一直到東方發白。聽他和魯迅的談話也真有趣。往往是馮雪峰說：「先生，你可以這樣這樣地做」。魯迅說：「不行，這樣我辦不到」。馮雪峰又說：「先生，你可以做那樣」。魯迅說：「似乎也不太好。」馮雪峰又說：「先生，你就試試看吧！」魯迅說：「姑且試試也可以。」魯迅對這樣一個固執

2　轉引自易言：《毛澤東與魯迅》，3 頁，2 頁，4 頁，河北人民出版社，1998 年出版。

的不達目的絕不罷休的年輕的共產黨人，可以說既無可奈何，但卻又是從心底裏喜歡的。許廣平在講了這些「故事」以後有一個評價，大抵上也代表了魯迅的看法：這些「對莊嚴工作努力的人們，為了整個未來的光明，連自己的生命也置之度外的」。[3] 可以看出，魯迅是通過對他身邊的年輕共產黨人的實際接觸與觀察來瞭解共產黨的。在他看來，中國共產黨內是集中了一批中國的優秀青年的，他從中看到了某種希望。馮雪峰之外，還有一位是柔石。同學們讀過〈為了忘卻的記念〉，還記得魯迅是怎樣描述、評價柔石的吧。他稱讚他的這位年輕朋友樂於踏踏實實地做平凡瑣碎的工作，說「無論從舊道德，從新道德，只要是損己利人的，他就挑選上，自己背起來」。[4] 因此，魯迅能夠認可馮雪峰起草的文章，用他的名義，公開表示對「毛澤東先生」為代表的中國共產黨人的支持，恐怕不是偶然的：「那切切實實，足踏在地上，為着現在中國人的生存而流血奮鬥者，我得引為同志，是自以為光榮的」。[5] ——這是魯迅著作中第一次、也是唯一一次提到毛澤東的名字，自然引人注目。

值得注意的是，魯迅對「現在中國人的生存」的強調，他實際上是提出了衡量一個人，一個集團的標準，就看是不是為「現在中國人的生存」而奮鬥。具體地說，第一，看你反不反抗壓抑、妨礙「現在中國人的生存」的黑暗反動勢力，你反抗黑暗還是助長黑暗。第二，看你能不能夠腳踏實地的，切切實實做有利於「中國人的生存」的事情。在他看來，當時的中國共產黨是在中國社會裏唯一的公開反抗國民黨一黨專政的法西斯獨裁政權的黑暗統治，並且為中國人的生存、自由、民主不惜流血犧牲的政治力量。因此，在 1930 年代他對中國共產黨的支持與合作是一個獨立的自主的選擇。

3　許廣平：〈魯迅和青年們〉，《魯迅回憶錄》「專著」上冊，367-368 頁，北京出版社，2005 年出版。

4　〈為了忘卻的記念〉，《魯迅全集》4 卷，497 頁，人民文學出版社，2005 年出版。

5　〈答托洛茨基派的信〉，《魯迅全集》6 卷，610 頁，人民文學出版社，2005 年出版。

而且在這背後，也還有一個更深層次的文化選擇問題。我們知道，早在 20 世紀初，魯迅就已經確立了自己的「立人」的文化理想，追求人的個體的精神自由。在他看來，這樣的思想正是中國的傳統文化中所缺少的；而他對西方現代都市文明進行深入考察時，又發現西方資本主義現代化模式比之東方式的專制固然有很大的進步性，但也會產生新的奴役關係，而且在中國的歷史條件下極容易與中國專制傳統糾纏，形成「本體自發之偏枯」與「交通傳來之新疫」「二患交伐」的惡性嫁接。其實對西方資本主義文化的失望不僅僅是魯迅的，在 1930 年代，隨着西方經濟危機的大蔓延，許多進步的知識分子都對西方文化產生了一種批判意識，把希望寄託在「第三種文化」即「社會主義文化」上，關注當時蘇聯正在進行的社會主義試驗。這時，有一個目睹十月革命後的蘇聯的變化的中國勞工寫了一本《蘇聯見聞錄》，魯迅在序言中這樣寫道：「『一切神聖不可侵犯』的東西，都像糞一般拋掉，而一個簇新的，真正空前的社會制度從地獄底裏湧現而出，幾萬萬的群眾自己做了支配自己命運的人」。[6] 這正是魯迅一生的追求。他的「立人」理想注定了他始終關注「幾萬萬的群眾」即社會最底層的大多數人的命運，他的啟蒙主義、人道主義的最大特色，正在於他以生活在「地獄」裏的被壓迫者「自己做了支配自己命運的人」為出發點與歸宿。儘管後來當他得知蘇聯的大鎮壓，而產生了新的「擔心」（這一問題嚴家炎先生有專門的討論，有興趣的同學可以去讀收在《論魯迅的複調小說》一書中的〈東西方的現代化模式與魯迅的超越〉一文），但他恐怕至死也是堅持這一社會主義的理想與追求的。

矛盾與衝突

　　但魯迅仍然把他的懷疑主義堅持到底，並沒有將他寄以希望的中國共產黨，他所支持的工農革命運動理想化、神聖化與絕對化（這正是他與太陽社、創造社的革命文學家的區別與根本分歧所在）：他在合作

6　〈林克多《蘇聯聞見錄》序〉，《魯迅全集》4 卷，436 頁，人民文學出版社，2005 年出版。

的同時始終堅持自己冷靜的觀察與獨立的思考，並因此與中共上海地下黨的領導人發生了激烈的衝突，這就是同學們所知道的所謂「兩個口號」之爭。

魯迅並不反對周揚們提出的「國防文學」的口號，他之所以要提出「民族革命戰爭的大眾文學」的口號，無非是要提醒這些年青的革命者要警惕有人在「愛國抗日」的旗幟下，美化與強化國內現實存在的人壓迫人的奴隸制度，在「一致對外」的口號下損害大眾的利益，這是與我們剛才所說的魯迅對底層的最大多數人民的命運的特殊關注相一致的。而且在魯迅看來，兩個口號可以並存而相互補充，意見不同大家可以討論，這是魯迅的邏輯，也可以說是現代民主的邏輯。但周揚們卻另有邏輯：「國防文學」這一口號是黨提的，再另提口號，就是標新立異，和黨抗爭，於是他們就給魯迅加上一個「不理解黨的政策，危害統一戰線」的罪名。這裏實際上是提出了一個「以是否理解與服從黨的政策來判斷是非，以至革命、反革命」的標準，這是一個「黨專政」的邏輯，與前述現代民主的邏輯是完全對立的。魯迅這樣的支持共產黨領導的工農革命運動的左翼知識分子就面臨着一個嚴峻的考驗：是甘當黨的「喇叭」（後來就叫作「黨的馴服工具」），不管理解不理解，同意不同意，都無條件地服從黨的一切主張和決定；還是堅持獨立思考，無論贊成或反對，都是出於自己的自由意志，並且保留公開發表與自主行動的權利。我們可以看到，中國的左翼知識分子正是從此發生了分化。魯迅的選擇是：「不聽他們指揮」，並且公開進行論戰，這樣，就守住了獨立知識分子的底線。當時有朋友提醒魯迅，這可能有風險；魯迅回答說，這事關「中國文藝的前途」，必須堅持。[7] 果然有人打上門來，威脅要「實際解決」。魯迅勃然大怒，問：「是充軍，還是殺頭呢？」[8] 我猜

---

7 〈360915　致王冶秋〉，《魯迅全集》14 卷，149 頁，人民文學出版社，2005 年出版。

8 〈答徐懋庸並關於抗日統一戰線問題〉，《魯迅全集》6 卷，558 頁，人民文學出版社，2005 年出版。

想，魯迅對馮雪峰說：「你們第一個要殺我」，正是受了這樣的威脅的暗示。魯迅並由此作出了「奴隸總管」、「革命工頭」、「在革命的大人物」、「文壇皇帝」這一類的概括。[9] 這是魯迅對中國現代史上的一種新的社會典型的發現：他們打着「革命」的大旗，也就是說，是以反抗壓迫與奴役為自己的理想與追求目標的，因此魯迅本是視為「我們」自己人的；但在實踐中，一旦成為某種勢力，就會「戲弄權威」，「倚勢定人罪名」，而且「批判的武器」必然要變成「武器的批判」，最後以權勢殺人，仍然沒有走出「造反（革命）當皇帝」的老路。這又是一次歷史的循環：從反抗奴役與壓迫的這道門走進去，卻走進了製造新的奴役與壓迫的房間，自己成了「奴隸總管」。

　　另一場對話：關於「山大王」

　　這就說到了以馮雪峰為中介，魯迅與毛澤東之間的另一場意味深長的「對話」。據說馮雪峰在上海時，曾將毛澤東的一首詞給魯迅看——我估計是毛澤東的〈西江月·井岡山〉：「山下旌旗在望，山頭鼓角相聞。敵軍圍困萬千重，我自巋然不動」。魯迅看了以後說，這詩有「山大王」的氣概。馮雪峰到了江西，就把魯迅的這一評價轉告給毛澤東，據說毛聽了，開懷大笑。毛澤東確實是以「山大王」自居，並深以為傲的。據有關材料介紹，毛澤東在帶領紅軍上井岡山時，就說：「如果說我們也要當『山大王』，那麼這個『山大王』，是從未有過的『山大王』，是共產黨領導的，有主義，有政策，有辦法，鬧革命的『山大王』」。1945 年毛到了重慶，在一次聚會中，他的湖南老鄉周谷城問他：「過去你寫過詩，現在還寫嗎？」毛澤東回答說：「近來沒有那樣的

9　參看〈350912　致胡風〉，《魯迅全集》13 卷，543 頁；〈360515　致曹靖華〉、〈360825　致歐陽山〉，《魯迅全集》14 卷，99 頁，133 頁，人民文學出版社，2005 年出版。

心情了。從前是白面書生，現在成了『土匪』了」。1965 年在一次講話中，毛還這樣說：「我是小學教員、中學教育、綠林大學」。[10]

這裏，就有了一個很有意思的問題：魯迅究竟怎樣看「山大王」、「綠林」好漢？我要向大家介紹一篇文章，就是魯迅寫在 1926 年的〈學界的三魂〉，收在《華蓋集續編》裏。當時，魯迅正在與「現代評論派」的陳源們激烈論戰。陳源這批人剛從英美留學歸國，很有股「紳士氣」，骨子裏還有點「官魂」，就將魯迅等人稱之為「學匪」。魯迅針鋒相對地回答：說我是「匪」，我就是「匪」又怎麼樣呢？在《〈華蓋集〉題記》裏，他特地寫明：「記於綠林書屋東壁下」，自命為碰「壁」的「綠林」強盜，這是頗能顯示魯迅的性格的。我想，魯迅把綠林好漢引為同道，理由有三：他們一來自民間，二反抗官府，三多少有些無拘無羈的野性、野氣。但魯迅和「匪」的相通大概也只有這些，不可誇大。魯迅對來自民間的「匪」在理解、同情的同時也有警惕，在〈學界的三魂〉裏，就有更為理性的分析。他引用一位學者的觀點，指出「表面上看只是些土匪和強盜，其實是農民革命軍」。而農民革命的本質是什麼呢？無非是「任三五熱心家將皇帝推倒，自己過皇帝癮去」。借用項羽的話，就是「彼可取而代之」：不是根本否定人奴役人的制度，而是用新的奴役代替原有的奴役。所以魯迅說，如有人問：「在中國最有大利的買賣是什麼，我答道：『造反』」。[11]應該說這是一個非常深刻的命題：「造反」對某些人是一種投資，而投資是要有回報的，就是造反成功，當官做皇帝。所以在中國，所謂「官」與「匪」是相通的：「官」是今天的統治者，「匪」是明日的統治者。實際上魯迅所寫的「阿Q革命」，就是這樣的造反買賣：阿Q著名的土穀祠的夢無非是要通過造反來獲取財寶、女人與權勢，就是「彼可取而代之」。魯迅後來還特意點明，他所看見與寫下的，恐怕並非「現代的前身，而是其後，或者竟是二三十年之後」，他斷言：

10　轉引自易嚴：《毛澤東與魯迅》，4 頁，10 頁，11 頁，河北人民出版社，2005 年出版。

11　〈學界的三魂〉，《魯迅全集》3 卷，221 頁，人民文學出版社，2005 年出版。

「此後倘再有改革，我相信還會有阿 Q 似的革命黨出現」。[12] 1936 年 7 月 19 日，魯迅在一封通信裏，又特意表示，對「《阿 Q 正傳》的本意」「能瞭解者不多」而感到「隔膜」。[13] 這正是魯迅逝世前三個月，這時的魯迅正處於他一生中最為困難的時刻：懷着反抗奴役和壓迫的理想支持革命，卻發現自己在革命成功後不可避免要成為革命祭壇上的犧牲品；但在目前卻又不能不繼續支持這個革命：不僅因為這是唯一的反抗力量，而且也因為革命隊伍中還有許多真誠的革命者。自己只能作有限的反抗與揭露，也不被理解；而對革命成功「以後」的遠憂更幾乎是無人可以傾訴的：「故作莊重」，用半開玩笑的方式對馮雪峰說的那句真話，對方不是搖頭否認，沒有得到任何響應麼？理解了這些，我們就能懂得魯迅在「遺囑」裏所說「趕快收斂，埋掉，拉倒」以及「忘掉我」的深意了。魯迅實在是希望隨着自己的死去而徹底地結束一切。

遠行以後：毛澤東三評魯迅於不同的原因與目的，都不能忘掉魯迅。念念不忘者中，就有毛澤東。

關於魯迅逝世以後，毛澤東與魯迅的關係，我另外寫有《遠行以後》的專著，同學們有興趣可以自己去看，這裏只說個大概。在 1949 年建國前，毛澤東有三次談到魯迅。第一次是 1937 年他在延安陝北公學紀念魯迅逝世周年大會上，發表《論魯迅》的演講，宣布魯迅「是中國的第一等聖人，孔夫子是封建社會的聖人，魯迅則是現代中國的聖人」。[14]「聖人」不同於「豪傑」，所完成的不是某一方面的具體事功，成為傑出的軍事家、政治家，而是以思想影響當代與後世，是改造人類靈魂，淨化世俗風氣的精神導師。毛澤東在 1937 年將魯迅封為「現代中國的聖人」，顯然是看重與強調魯迅對中國民眾（特別是青年）的思想影響力，而其

---

12 〈《阿 Q 正傳》的成因〉，《魯迅全集》3 卷，397 頁，人民文學出版社，2005 年出版。

13 〈360719　致沈西苓〉，《魯迅全集》14 卷，119 頁，人民文學出版社，2005 年出版。

14 毛澤東：《論魯迅》，《毛澤東文集》2 卷，43 頁，人民出版社，1993 年出版。

實他自己是更願意成為這樣的「現代中國的聖人」的,儘管那時他還在忙於具體事功的建立,在思想影響上還不能不借助魯迅之力。

在兩年後即 1939 年所寫的《新民主主義論》裏,毛澤東又近一步將魯迅定位為「中國文化革命的主將」,強調「魯迅的方向,就是中華民族新文化的方向」,並且盛讚「魯迅的骨頭是最硬的,它沒有絲毫的奴顏和媚骨,這是殖民地半殖民地人民最可寶貴的性格」。[15] 其目的也在將魯迅的旗幟、五四新文化運動的旗幟牢牢地拿到了自己手裏,中國共產黨人就理所當然地成了五四新文化運動和魯迅事業的唯一的合法繼承人。這為中國共產黨爭奪思想文化政治領域的領導權,提供了有力的歷史與理論的依據;對爭取魯迅影響下的知識分子與年輕一代也是關係重大,而且是頗為有效的。

但到了 1942 年《在延安文藝座談會上的講話》裏講到魯迅時,重心就發生了微妙而重要的變化,一是強調「魯迅的榜樣」意義在於「和新的群眾的時代相結合」,「做無產階級和人民大眾的『牛』,鞠躬盡瘁,死而後已」,一是強調「魯迅的雜文時代」已經過去,「雜文形式就不應該簡單地和魯迅的一樣」,如果再要用「冷嘲熱諷」的魯迅筆法,「把同志當作敵人來看待,就是自己站到敵人的立場上去了」。[16] 為什麼會發生這樣的變化?毛澤東一語點破:現在是「人民大眾當權的時代」,也就是說,中國共產黨掌權了,就只需要、只允許「歌頌光明」,而不能像魯迅那樣「暴露黑暗」了。

王實味之死:魯迅學生的遭遇

其實這正是魯迅所憂慮的:他在一篇題為〈文藝與政治的歧途〉的文章,就已經談到「文藝和革命」之間,原有「不安於現狀的同一」。政治家在從事革命,反抗現實時(魯迅把這樣的政治家稱為「政治革命

---

15 毛澤東:〈新民主主義論〉,《毛澤東選集》658 頁,人民出版社,1967 年出版。
16 毛澤東:〈在延安文藝座談會上的講話〉,《毛澤東選集》834 頁,829 頁,人民文學出版社,2005 年出版。

家」），文藝家的話，他是「贊同」的；但「革命成功」了，「政治革命家」就要把「革命」拋掉，成為純粹的「政治家」，「最不喜歡人家反抗他的意見，最不喜歡人家要想，要開口」；但只要是真正的文藝家就仍然要「出來，對社會現狀不滿意，這樣批評，那樣批評」，弄得整個社會「都不安起來」，這就威脅到政治家所需要的穩定，就非使用自己手中的權力將真正的文藝家「排軋出去」不可，甚至「非殺頭不可」。政治家所要鼓勵的是文藝家的「恭維」與「頌揚」，但魯迅說，「這已不是革命文學。他們恭維革命頌揚革命，就是頌揚有權力者，和革命有什麼關係？」[17] 魯迅既有這樣的預見和看法，可以想見，他如果活到1942年，大概也會給毛澤東增添許多麻煩。

　　毛澤東是看到這一點的，他之所以強調「魯迅的雜文時代」已經過去，其實就是給魯迅的學生打招呼，提出警告。而當時在延安就是有一批魯迅的及門弟子與私淑弟子，像魯迅說的那樣，站「出來，對社會現狀不滿意，這樣批評，那樣批評」，其中最突出的就是王實味，寫了篇〈政治家・藝術家〉的雜文，所發揮的就是魯迅《文藝和政治的歧途》裏的觀點，並且最要命的是，他還沿用毛澤東對魯迅的評價，號召延安的知識分子以魯迅的「硬骨頭」精神反抗革命的「大人物」(魯迅也用過這樣的概念)。毛澤東看了，就說這是一個「誰掛帥」的問題，在他看來，王實味是在打着魯迅的旗號來爭奪領導權，這自然是絕不允許的，於是就把他關進了監獄，後來又乾脆槍斃了。

　　如此看來，毛澤東1957年所說的不「識大體」就要「進牢房」的話，早在1942年就在魯迅的學生王實味那裏實現過一次。事實上，凡真正實踐魯迅精神者，都逃脫不了這樣的命運。

---

17 〈文藝與政治的歧途〉，《魯迅全集》7卷115頁，120頁，人民文學出版社，2005年出版。

發生在 1957 年的事

現在我們就來談發生在 1957 年的事。但要說清楚毛澤東在 1957 年關於魯迅的態度的複雜性，需要對毛澤東在這一年先發動整風運動，後又發動反右運動的內在動因與邏輯有一個大體的瞭解。我對這些問題也正在研究中，這裏只能簡明地，同時也就必然有點簡單地說一個背景。毛澤東在 1957 年 3 月的一次講話中，對 1956 年匈牙利事件發生的原因作了一個概括：一是「官僚主義，脫離群眾」，二是「資本家簡單地被打倒，知識分子未被改造，反革命分子沒有鎮壓」。而在毛澤東看來，中國也是存在着類似的隱患的，因此，他是準備兩個方面作戰的：首先要借助民主黨派、知識分子的力量來整風，反對黨內的官僚主義，如果「未被改造的知識分子」以至「反革命分子」跳出來，也是一種暴露，反過來收拾也不遲。

這樣的兩面作戰，同時在某種程度上，也反映了毛澤東自身的複雜性。如我們在前面所談到的，魯迅有過這樣的分析：「革命政治家」在革命勝利以後，往往強調社會的穩定，表現出維護現狀的保守性，因而與永遠不滿足現狀的知識分子、文藝家發生衝突，甚至將他們關進牢房。但毛澤東則有些特別，如他自己後來所說，他身上有股「猴氣」，總是不滿足現狀，即使大權在手，也總有一種不斷破壞與創造的欲望，這樣就必然和強調維持現狀與既得利益、並日益脫離群眾的黨官僚發生衝突，因此，他在 1957 年提出要整黨內官僚主義、主觀主義與宗派主義的風，是認真的，為反對黨官僚，他反而要利用不滿足現狀的知識分子。但毛澤東同時更是一個不受監督與制約的強權政治家，他身上更有「虎氣」，是不惜以強力來維護自己的統治的基本穩定的。他可以利用知識分子的不滿，但這必須是有限度的，並且是要他所能控制的。而且從根底上說，對知識分子，特別是後來在反右運動中所說的「大知識分子」，他始終有一種不信任感，是心懷疑懼的。他將「未被改造（也即未從根本上馴服）」的知識分子視為心腹大患，後來要轉過來「反右」是必然的。

我們在前面說毛澤東深知魯迅，就是說，他深知魯迅在現代中國，是一個永遠不滿足現狀的永遠的批判者；而且魯迅是絕不屈服於任何強權的，「他的骨頭是最硬的」——這兩點都抓住了魯迅的根本。毛澤東更深知，魯迅在現代中國的知識分子與青年中的影響、號召力，並且已經形成了一個「魯迅傳統」。應該說，作為個人，魯迅的永遠不滿足現狀，以及永不屈服的性格對毛澤東都是有吸引力的，他後來一再強調「我的心與魯迅是相通的」，這固然有政治家的謀略的一面，但同時也不乏真誠。而作為政治家，毛澤東更是深知魯迅的影響力的不可小視和大有用處。

這兩個因素，就決定了當毛澤東要進行某種變革時，就必然要請出魯迅這個「鍾馗」來幫他「打鬼」（據毛澤東說，他自己在文革中也被當了一回「鍾馗」）。但他更深知，「請」出來的這位打鬼英雄是一把雙刃劍，弄不好也會打到自己頭上。因此，舉魯迅這面旗是有政治風險的，但或許也正是這一點刺激了毛澤東。他是最喜歡在政治棋盤上下險棋的：這才能充分發揮與顯示他的非凡的政治才情與駕馭力。對此毛澤東是充滿自信的：他既然能將「魯迅」「放」出來，就一定能「收」回去。其實我們在前面所說的延安時期毛澤東先號召知識分子學習魯迅的硬骨頭精神，後來又將現實中的「硬骨頭」關殺，所玩弄的正是這樣的政治「放、收」術，或者叫政治「辯證法」。

「假如魯迅活着——」：兩次不同表態

現在，毛澤東又要在 1957 年的中國，大顯神通、大施神威了。於是，就有了讓一些人深感不解的兩次關於「假如魯迅活着……」的不同表態。

第一次是在 1957 年 3 月，在召開中共全國宣傳工作會議期間。當時是一個什麼形勢呢？一方面，毛澤東的戰略意圖是要盡可能地動員知識分子起來「助黨整風」，即利用知識分子的力量來打擊黨官僚；另一方面，貫徹他的這一戰略意圖卻遭到了很大的阻力，一是黨內的強大反彈，二是知識分子鑒於歷史教訓（也包括前述延安整風的教訓）而顧慮

重重。這次會議特地印發了幾位軍隊文化幹部寫的《我們對於目前文藝工作的幾點意見》，用毛澤東的說法，這是以「衛道士」的面目來阻礙他的鼓勵知識分子鳴放的雙百方針的實施的；而據毛澤東自己說，這種來自軍隊的反對意見「恐怕代表了黨內的大多數，百分之九十」，而他的主張「毫無物質基礎，與大多數同志的想法抵觸」。[18] 在同時召開的各界知識分子的座談會上，曾被魯迅譽為「有熱情有進步思想的作家」的巴金則反映說，現在要「鳴」出來不容易，講公式化（話）最容易，很多人不習慣甚至害怕「鳴」。正是在這樣的內外壓力下，毛澤東決定請出魯迅。

於是就有了 3 月 10 日同新聞出版界代表座談中的這一番話：「有人問，魯迅現在活着會怎麼樣？我看魯迅活着，他敢寫也不敢寫。在不正常的空氣下面，他也會不寫的，但更多的可能是會寫。俗話說得好：『捨得一身剮，敢把皇帝拉下馬』。魯迅是真正的馬克思主義者，徹底的唯物論者。真正的馬克思主義者，徹底的唯物主義者是無所畏懼的，所以他會寫。……魯迅的時代，挨整就是坐班房和殺頭，但是魯迅他不怕。現在的雜文怎樣寫，還沒有經驗，我看把魯迅搬出來，大家向他學習，好好研究一下」。[19] 在前兩天（3 月 8 日）同文藝界代表的談話中，毛澤東還這樣談到魯迅如果「在世」可能採取的態度，以及共產黨對他的「安排」：「我看魯迅在世還會寫雜文，小說恐怕寫不動了，大概是文聯主席，開會的時候講一講。……他一定有話講，他一定會講的，而且是很勇敢的」。[20] 可以說這一段時間，毛澤東是一有機會就要講魯迅，比如 3 月 12 日在全國宣傳工作會議上就大談「魯迅後期的雜文最深刻有力，並沒有片面性，就是因為則時候他學會了辯證法」，又

18　毛澤東 1957 年 4 月 4 日在思想動態彙報會上的講話，轉引自《毛澤東傳》（上），659 頁，中央文獻出版社，2003 年出版。

19　毛澤東：〈同新聞出版界代表的講話〉，《毛澤東文集》7 卷，263 頁，人民出版社，1999 年出版。

20　毛澤東：〈同文藝界代表的講話〉，《毛澤東文集》7 卷，253–254 頁，人民文學出版社，1999 年出版。

說：「魯迅式的雜文可不可以用來對付人民內部的錯誤和缺點？我看也可以。」[21] 3 月 19 日在南京上海黨員幹部會議上的講話提綱裏也提到「誰怕批評？阿 Q」。[22] 4 月 10 日在與《人民日報》負責人談話中又再一次提到「魯迅的雜文就很全面」，並且表示自己在辭去國家主席職務後也給《人民日報》寫文章。[23] 如此等等。

應該說毛澤東的鼓動是有效的，知識分子紛紛起來說話了，一個時期報刊上的魯迅風的雜文可以說是「風起雲湧」，前幾年有人曾將當年的雜文小品彙集起來編了一本《烏「畫」啼》，同學們有興趣可以找來看看。「烏「畫」啼」這個題目是來自復旦大學教授徐仲年的一篇雜文，強調「烏鴉是益鳥」，「向人『報喜』的喜鵲反而是害鳥」。魯迅也曾自稱「梟鳴」，貓頭鷹與烏鴉一樣是「不祥之物」，因此魯迅斷定人們總是「歡迎喜鵲，憎厭梟鳴」，並且早有預言：以「烏鴉為記」的刊物是不會有好下場的。相比之下，1957 年作「烏『畫』鳴」的作者們比之他們的前輩魯迅是更要天真的，他們不懂得，即使「開明」如毛澤東者，偶而聽聽烏鴉叫，或許還能容忍，甚至作出某種歡迎之態，但一味鼓噪不已，破壞了「大好形勢」，是要召來殺身之禍的。特別是當毛澤東斷定，知識分子是借鳴放來爭奪領導權，也就是說，又像延安時期那樣，出現了「誰掛帥」的問題，他就必然要像對待王實味那樣，來對付響應他的號召，真心實意地學魯迅的「傻子」，要「反擊」新時期的反革命「右派」了。這個時候，再舉魯迅的旗幟就真的有危險了，用毛澤東慣用的說法，就是在政治上有害了。因此，就需要給那些還在迷戀魯迅、不適時務的人們打個招呼。

21　毛澤東：〈在全國宣傳工作會議上的講話〉，《毛澤東文集》7 卷，277–278 頁，人民出版社，1999 年出版。

22　毛澤東：〈在南京、上海黨員幹部會議上講話的提綱〉，《毛澤東文集》7 卷，290頁，人民出版社，1999 年出版。

23　毛澤東：〈同人民日報負責人的講話〉，轉引自《毛澤東傳》(上)，667 頁，中央文獻出版社，2003 年出版。

於是，對「魯迅活着會怎樣」這樣一個同樣的問題，就有了不同的回答：「要麼關在牢裏還要寫，要麼識大體不作聲」。時間是 1957 年 7 月 7 日，距 3 月 10 日的講話不到四個月。毛澤東自己說得很清楚：「三月間，我在這個地方跟黨內的一些幹部講過一次話。從那個時候到現在，一百天了。這一百天，時局有很大的變化」。即所謂「此一時也彼一時也」。應該說提問者與回應者的心情、思想都有了很大的變化。問者顯然對毛澤東發動反右不能理解，心目中仍懷有魯迅情結；毛澤東則明示：不能再學魯迅「捨得一身剮，敢把皇帝拉下馬」了，心裏有話也要「一句不說」，不然，就要準備「關進牢裏」。結果如何呢？又一批魯迅的學生與同道有了和當年的王實味一樣或相類似的命運，更多的知識分子真的「識大體」沉默了，但正如毛澤東在反右結束後所說，還是有「至死不變、願意帶著花崗岩頭腦去見上帝的人」。[24] 強權有效也有限，而魯迅精神卻常存，毛澤東也無可奈何。

不滿足現狀的永遠的批判者的宿命

　　毛澤東後來在文革中幾乎把這一段歷史再重演一遍：依然是先號召年輕一代「學習魯迅的革命硬骨頭精神」起來「造反」[25]，然後又將一批又一批的造反者關進牢裏。中國現代史上的毛澤東與魯迅關係的三次重複（分別發生在 20 世紀 40、50、60 年代），也並非簡單地重演，因為每一次重複，都在促使人們思考與覺醒，直到今天，當人們重新面對這一問題時，也依然在思考。當然，不同的人會得出不同的結論。我今天的演講也無意將自己的觀點強加給諸位。坦白地說，有許多問題我自己也沒有想清楚。

　　我關注的始終是像魯迅這樣的永遠不滿足現狀的永遠的批判者的命運。對魯迅來說，他對自己如果活着就要被抓起來、死了就要被利用的命運是早有預言的；這也並無神妙之處，而是出於他對中國社會的判

24　毛澤東：〈介紹一個合作社〉，《建國以來毛澤東文稿》7 冊，177 頁，中央文獻出版社，1992 年出版。

25　1966 年 10 月 19 日《人民日報》社論。

斷，即是他在一篇文章裏所說，「中國人向來就沒有爭到過『人』的價格」，只要中國社會沒有走出「想做奴隸而不得的時代」與「暫時做穩了奴隸的時代」的歷史循環，[26] 這樣的有着人的自覺、並因而反抗一切對人的奴役的永遠的批判者的命運，就不可避免地要重複。但魯迅又說過，即使到了人們所說的「黃金世界」，也還會有將「叛徒」處死刑的事情發生。[27] 這些永遠不滿足現狀的批判者自然就是這樣的「叛徒」。這是不是說，這些永遠的批判者的「消滅一切人壓迫人、人剝削人的現象」的理想是一個彼岸世界的理想，而在此岸世界是永遠不能完全實現的，他們要堅持這樣的彼岸追求，就永遠不會滿足現狀，他們的邊緣化，以至被視為「叛徒」而遭迫害的命運就永遠不能避免。毛澤東就說過這樣的話：「我看頑固不化的右派，一百年以後也是要受整的」。[28] 這就是說，他們的命運是與他們的選擇緊密相聯的：有這樣的選擇，就有這樣的命運，這是一種宿命。這也就是說，如果我們要學習魯迅，自願地選擇了要做這樣的「永遠的批判者」，我們就要準備接受這樣的命運。

而魯迅也未必希望大家都走他選擇的路：和毛澤東的聖人情結不同，他拒絕做任何人的「導師」。他早就在〈墓碣文〉裏，通過那具「從墳中坐起」的「死屍」對我們說：「……答我，否則，離開！」

我的講話完了，謝謝大家。

2003 年 2 月 16 日整理，2004 年 2 月 21 日重新刪節，補充

---

26 〈燈下漫筆〉，《魯迅全集》1 卷，224 頁，225 頁，人民文學出版社，2005 年出版。

27 〈兩地書（四）〉，《魯迅全集》11 卷，20 頁，人民文學出版社，2005 年出版。

28 毛澤東：《打退資產階級右派的進攻》，《毛澤東選集》5 卷，455 頁，人民出版社，1977 年出版。

和一位青年志願者的通信

2007 年 1 月 21–22 日

2002 年 6 月，我從北大退休；11 月底即結識了北師大「農民之子」協會的青年志願者；到 2004 年就更加自覺、主動地參與了方興未艾的青年志願者運動，並和一些志願者朋友有了不少通信，討論了許多重要的，有意思的問題。這是其中的一封。

XX：

你好。我外出半個月，前天剛回來，現在才回覆，請原諒。拜讀了大作，我覺得你提出的問題很重要。其實，志願者組織就是一個小的公民社會，或者說，參加志願者行動的目的之一，就是要學會如何成為一個現代公民，這是一次構建公民社會的實踐。作為現代人，首先應該有自由思想、獨立人格，這一點，是許多志願者認同並身體力行的；但現代社會又要求「社會人格」，認定人的個性只有在一定的社會條件下，在社會交往中，才能得到健全的發展。因此，我們不僅要建構獨立的個體人格，而且要培育社會性的現代公民人格，在「個體個性化」與「個體社會化」之間求得平衡發展。這就需要正確處理你所提到的「個人」與「集體」、「自由」與「約束」、「民主」與「集中」、「多數」與「少數」的關係這樣的一系列問題。我們過去有過以「集體」、「集中」、「約束」(紀律)、「多數」壓抑「個人」、「民主」、「自由」、「少數」的教訓，但今天恐怕也不能反過來走向另一個極端。我們所需要的是兩者之間的動態平衡。

你提出的另一個問題，也很重要：志願者必須弄清楚「我是誰？我要幹什麼？」這個根本問題，並在這一點上獲得最大限度的共識，這

是合作共事的前提。這個問題的重要性還在於，如你所說，中國正處於十字路口，正面臨着「前進」還是「倒退」，以及「進」到哪裏去的問題。就志願者所參與鄉村建設而言，也同樣存在要建設怎樣的鄉村社會，以及怎樣建設的問題。這也是我所憂慮的問題：現在大家都到農村去了，或者說大家都「來了」：政府官員來了，知識分子來了，外國慈善機構來了，我們這些青年志願者也來了，但「來了」之後，到底給農村，給農民帶來了什麼？我們的作為，是建設性的，還是破壞性的？會不會帶來了現實的利益，卻損害了農民的長遠利益？會不會只是一個過場，來了又去了，什麼也沒有變？還有，我們的作為，對農村哪一個利益群體有利，會不會被利用？—— 等等，這都是必須認真思考與對待的。這裏的關鍵，還是我們自己要弄清楚：我們到農村去，要幹什麼？怎樣建立我們自己的主體性與獨立性？

而要真正回答清楚「我是誰」的問題，還涉及你在郵件中所提到的「為什麼活着」的問題，即人生觀與信仰的確立的問題。這是我們大家共同的問題，甚至是一個全球化的問題。但對於你們這樣的剛剛走上人生之路的年輕人則具有更大的迫切性。而且這個問題只能自己來解決，別人是不能代替的。其實，我之所以重視青年志願者行動，就是因為在我看來，這是一個年輕人聯合起來，在參與社會實踐中，重建價值理想，尋找自己的人生之路的行動。因此，你們應該充分利用在農村的機會，進行社會調查，以真正瞭解中國社會，這是奠定人生觀的基礎；同時，也要利用農村生活相對寧靜，外在誘惑較少的條件，多讀書，最廣泛地開拓自己的精神資源，逼向自己的內心，並把它記錄下來，這樣把「實踐—讀書—思考—寫作」結合起來，就會使我們自己的身心在參與志願者行動的過程中，同時得到健全的發展，成為一個有明確人生目標的獨立自主的人。

以上意見，僅供參考。或許我們以後有機會一起作更深入的討論。

錢理群　1月21-22日

附：來信：關於草根公益組織志願者管理的一些想法

　　提這個問題，主要是因為現在我所接觸的一些草根志願者機構，都或多或少地存在如何管理志願者的問題。要麼是管的太鬆了，缺乏紀律性，工作效率不佳，自由散漫，做事有目的性，責任心不強。要麼是管的太緊了，機構出現家長制和官僚化的傾向，導致志願者資源的流失。這兩者，現在以前者為絕大多數。

　　為什麼會出現這種情況呢？志願者原本應該是一群道德高尚、關心社會的人才對，怎麼就成了不守紀律、自由散漫的代名詞了呢？我覺得這是由於缺乏對志願者定位的思考。如果是把當志願者作為一種業餘的生活方式，體驗不一樣的經歷，為社會做一些力所能及的事情，還可以自我「陶醉」一下，那麼當一名短期的志願者是合適的。但對於希望長期從事公益事業的志願者來說，這樣的認識顯然是不夠的。長期志願者必須對自己有更高的要求，因為你必須對得起自己投入的大量時間和精力。當今社會，有公益意識、社會責任感的青年人本來就不多，可以說是極度稀缺的資源，要是就浪費在一種精神上的自我滿足和自我陶醉，實在可惜！所以，我以為長期志願者對自己的投入和產出就應該斤斤計較。計較什麼？就是計較諸如我們為什麼做志願者，我們應該做哪方面的志願者，該怎麼做好志願者，等等的問題。不好好想明白這些問題，是很難成為一名合格的長期志願者的。為什麼呢？我後面會講到。

　　當然上面所說的很具有功利主義的色彩，有人會說，其實公益活動和志願者服務，就不需要帶這麼明顯的實用主義，總去談投入產出比和工作效率是會令一些嚮往輕鬆愉快、到處充滿愛的生活的人們望而卻步的。其實我也承認，比起對志願工作的成效斤斤計較來說，完全出於本能的關

愛、帶着多一點的快樂去參與公益服務可能是更高的一種境界，也是我們所嚮往和追求的理想社會。可是這種境界更多的應該是一種人與社會的統一，離開了與之相適應的存在環境 —— 即一個和諧的社會，個人也就失去了達到這種較高境界的前提和條件。就好像人類社會的和諧發展比互相破壞當然是更高的正義，但是如果個人生於戰爭年代，那麼最大的正義就莫過於對敵人的破壞。我覺得現在的中國社會正處在十字路口，前進還是倒退，哪個方向謂之進，如何進，這些問題需要有更多的人的關注和行動，而這種關注和行動是有很強的時代背景的，就是為了找到問題的答案。我以為這就是當代公益活動的功利目的所在。

既然我們的公益活動也好，志願者行為也好，在很大程度上有了這種時代的功利性目的，那麼無可避免的要考慮如何有效地達到這個目標。也就是說效率的問題。這個問題有很多方面，但我想先說一下公益機構中志願者管理的問題。也就是本文的題目。

毫無疑問，志願者管理的效果將直接影響到公益機構工作的效果和效率。但現在的志願者管理既然如本文開頭所說的，存在明顯的問題。那問題的根源在哪裏？我以為是因為對志願者這個群體來說，缺少足夠的約束。其實幾乎所有人一旦沒有了約束，或者缺少了必要足夠的約束，就會出現自由散漫的傾向。這個主要不是人的問題，而是制度的問題。同樣的志願者，在自己的工作單位恐怕是決不會用同樣散漫的工作態度和作風去對待老闆分配的任務的。這就是由於在工作單位，對員工是有足夠的制度約束的。要麼是嚴格的規章制度和操作流程，要麼是賞罰分明的責任制管理，當然大多數情況是兩者皆有。在大多數情況下，這樣的制度約束員工不得違反公司規定，並對員工完成自己的工作任務產生足夠的激勵。但是，這樣的約束制度安排是有一個前提的，必須有與工作成效相對應的獎勵和懲罰。工作完成的好就漲工資甚至升職，反之，則扣獎金或者解職。這對於公司和員工的關係來說是可行的，卻不適用於公益機構和志願者的關係。志願者本來就是無償或低回報地在為公益機構提供幫助，也就基本不存在升職或者薪資的問題。即使要獎勵，也大多是一種精神上的鼓

勵為主。這樣的話，公司的那套管理制度就顯然不能起到同樣的效用。這一點，很多公益機構的管理人員也都在實踐中意識到了，但接下來就陷入了迷茫，不知道該怎麼樣管理這批充滿理想化和自由化傾向的年輕人。出了問題，最多是批評幾句，懲罰是根本談不上的。而且批評還不能批評重了，不然就把「寶貴」的志願者資源給趕跑了。要是沒有了志願者的參與，就現在這些正式工作人員絕大多數不超過 5 人的草根機構，還能做起什麼事情呢？再加上，志願者本來就容易產生自我認同的優越感，沒有了約束，就更加不好管理了。總體的工作效率自然大受影響。

說了這麼多，我的觀點很明白了，就是公益機構也要有一套制度來管理約束志願者。當然不管是出於公益組織和志願者的特殊情況，還是我本人的思想傾向，我都不能認同那種獨裁的家長式管理，估計大多數志願者也是不會接受。但對於另一個極端 —— 放任自流或者完全「民主」，事事討論商量，又考慮大家的意見，又尊重個人的喜好和選擇，充分保證個人的自由權利，恐怕也不行。我的選擇是集中民主制，以之為核心，制定一套相應的制度。當然對於不同的機構，不同的志願者，具體的制度該如何，不是我想討論的問題。問題是為什麼選擇集中民主制，尤其是「集中」二字，相信很多反對的意見會集中在這上面。其實我所提的集中民主制與平時所說的民主集中制是有根本不同的。真正的民主集中制，要包括少數服從多數，下級服從上級，個人服從組織，全體服從中央。這裏有很強的特殊背景，針對的主要是共產黨的組織領導，尤其是革命鬥爭期間的共產黨。為的是在艱難的革命鬥爭環境中生存下去。可以說，民主集中制的根本是集中制，只是一種帶有民主色彩的集中制。但對於公益組織和志願者管理而言，肯定是過於嚴苛了，恐怕不太為人所接受，而且也沒有其絕對必要性。何況，集中制在現代，相比民主制，恐怕是一種落後的制度了。那麼什麼是集中民主制呢？我認為無非就是民主制 —— 少數服從多數，加上組織管理的內容 —— 下級服從上級和個人服從組織。之所以要提集中民主制這個概念，只是為了強調「集中」的必要性。沒有集中，沒有對個人自由的約束，何來民主，何來少數服從多數。難道在我們口口聲聲要民主

的時候，必須預帶我們本身就是多數派一員這個前提麼？難道當我們成為少數派的時候，就可以以「自由」的名義來抵制多數的「暴政」麼？確實這是很有意思的問題，也是一個很難回答的問題。不同的時代，有不同的答案。

但既然我在這裏，以反問語句提出此問，答案就很明顯了。有人就會提出不同的意見。主要就是這樣的制度會侵害志願者的自由，進而影響工作積極性和工作效率。

我的看法是，首先，本來就沒有絕對的自由，至少在人類社會中是這樣。如果是獨裁的制度，當然缺乏自由。但就是我們很多人所提倡的民主制，也不可能。民主的重要組成部分之一就是投票表決，這種投票並非單純的表達自己的看法，而是將個體的看法轉化為整體看法的一個過程，是個人對整體決策產生影響的一種權利的體現。無論從權利和義務對等的角度，還是現實可行性的需要——個人的意見與整體的意見常常是存在分歧的，個人都存在服從整體決定的義務，即放棄一部分自己的權利和自由。如果，一出現分歧就拒不執行，甚至退出組織，那麼這樣的「民主」組織肯定一事無成，最終將分崩離析。其次，對於草根公益機構和志願者而言，值得警惕的不是組織對個體權利的侵害，不是多數的暴政，也不是組織領導的專斷獨行，而是志願者群體和草根機構與生俱來的自由散漫作風和所謂追求人性自由、人格獨立的傾向。如果一個志願者受到了上級或者多數其他人的侵害，很難想像他會繼續待下去，他完全可以選擇立即離開這個組織。這是由志願者與公益機構的特點關係所決定的，完全不同於員工之於企業，個人之於國家。也正是由於志願者有這樣的選擇，公益機構也不太可能冒着流失志願者資源的風險，去嘗試侵害其正當的權利和自由。最後，志願者和志願者之間，志願者和公益機構之間，其共同的理想，共同的目標是遠遠大於其不同和分歧的。因此，也基本不存在那種利益衝突和壓榨侵害的動機。

然而，我並不否認，這樣的制度對於某些志願者而言，無論多麼理性，仍然是無法接受的。那麼必然會影響其工作的積極性和工作效率。這

裏就牽涉到一個志願者的認識和定位問題。也就回到了本文開頭提出的如何才能成為一名合格的長期志願者這個問題。就好比民主的少數服從多數的背後，必須有一個大於互相間分歧的共同點或者共同利益一樣。離開了超越分歧的共同之處和相互認可，很多人都無法說服自己在沒有利益驅動的情況下，接受一份可以避免的約束，接受對自己自由和獨立的「剝奪」，至少在某種程度上而言是這樣。那麼什麼是志願者的最大的共同之處呢？我認為就是志願者心中對於諸如為什麼做志願者，應該做哪方面的志願者，該怎麼做好志願者這些問題的答案。只有對公益事業的整體的認同以及對特定的公益領域的認可，才可能使志願者心甘情願地接受制度的約束，而不產生過度的抵觸情緒，也才能使集中民主制，或者隨便其它什麼管理制度真正起到效果。才能組建出一流的，高效率的志願者團隊。

總而言之，我認為制度的約束對於志願者管理是必須的。但是，最最關鍵的因素是如何讓志願者群體，尤其是長期志願者群體對自己的理想和使命有一個更加統一的認識，從而產生足夠的向心力和凝聚力，結合必要的制度，以防止其自由散漫的傾向，達到理想的組織管理運作目標。

和台灣學生的一封通信

2010 年 2 月 3–7 日

2009 年我有幸被邀請到台灣講學，因此第一次與台灣青年、學生有了交往，這是其中一封通信。

　　在我離開台灣的前夕，一位聽課的學生，送來了一封信，提出了一些非常有份量的問題，我來不及回答，一時也不知道如何回答，就和她約定，回京後再作答。現在，時間又過去了兩個月，才抽出空來，寫這封回信。但依然說不清楚，只能勉力寫出我的想法與困惑，算是和這位學生，以及有相同興趣的台灣年青人，一起討論吧。

　　這是學生來信的開頭——

　　錢老師，你好。我是 1984 年出生於台灣，目前就讀於暨南大學中文所的學生徐綉惠。這學期旁聽您的課程，那生命經歷凝結的思緒與痛苦，給我啟發甚深。因自己對大陸的陌生與歷史造成，長期缺乏「左眼」的觀看，有許多貧乏、幼稚的問題，盤繞於心。提問方向有個人感觸，亦有涉及目前碩論處理知青世代遭遇的瓶頸，唐突的提問，還望您包涵。

　　以下是她所提的六個問題和我的回答——

　　問：第一個問題是去中國旅遊所觸發。讓部分人富起來的副作用是不可避免的貧富差距。面對國家機器，知識分子（或百姓）是否有回應的方式呢？對於生在紅旗，長在紅旗下的幾代人來說（這代際之間是否又有特別的差異？）又是怎樣調適？當發達資本主義已滲透到中國的各大城市，而許多偏遠的農村還在經歷「衛生的現代性」改良，雖有許

多後現代的理論供我們分析、討論，但我更想理解你的親身感受：近年來大陸經濟起飛以後，作為一個熱烈擁抱過社會主義的中國知識分子，您如何看待今日中國（您少年時滿懷理想地追問：中國何處去？世界何處去？這些年又發生了什麼樣轉折呢？）？八五新潮、第二波現代化的洗禮，對您的思想是否有巨大的變化？或是許多問題和質疑早已在您心中累積，這種思想的轉捩點是來自於外在的衝擊，或是內在的發生？

答：你問的問題很大，我把它歸結一下，大概有兩個方面的問題，一是如何看待當下的大陸中國社會？二是作為一個知識分子，特別是我這樣的「紅旗下長大」的，曾經懷着社會主義理想的知識分子，對這樣的中國變化，持什麼態度，作何反應？

對三十年中國改革，我有兩個判斷：一是改革的結果，中國經濟確實在起飛，人民生活有了改善，這就意味着中國基本上解決了幾億人口的吃飯問題；同時，中國在世界格局中也獲得了更為獨立的地位，這一直是近百年來人們奮鬥的一個基本目標，因此具有重大意義。對此，作為一個愛國主義者，我和我這樣的知識分子是持肯定態度的，我們不贊成不加分析地將改革開放三十年全盤否定，反對回到毛澤東時代去，這是和當今中國的許多老、新「毛派」相區別的。但同時我們又要強調，中國的經濟起飛，是以資源的大破壞，勞動者權利的大剝奪為代價的，按我在課堂上引用的顧準的說法，這是「用野蠻的方式來實現現代文明」。因此，在經濟起飛的同時，又形成了權貴資本主義的特權階層，造成了巨大的兩極分化，和道德底線的大突破，形成了巨大的政治、社會、思想、道德的危機。對此，作為一個曾經懷有社會主義理想的知識分子，我們要持尖銳的批判立場，要和利用「經濟決定論」來觀察當下中國，因而美化改革開放，美化當今中國社會的所謂「愛國的自大」的知識分子，劃清界限。

當下中國大陸社會，我有兩個判斷：一個是這是最壞的社會主義和最壞的資本主義的惡性嫁接，同時患有東方專制病和西方文明病，是

魯迅說的「兩患交伐」的病態社會。另一個就是你在中國旅遊所感受到的大城市和邊遠農村的巨大差距，我稱之為「前現代，現代，與後現代」的並存，這就更造成了中國問題的複雜性。我在台北的公開演講〈「魯迅左翼」傳統〉裏，對此已經作過詳細闡釋，不知你去聽了沒有？我最近已將講稿整理了出來，你有興趣，可以看看。

你的問題的第二個方面，是大陸知識分子的反應。從前面的分析中，你大概不難看出，當下中國知識分子已經發生了深刻的分化，不可能有統一的立場。這是一個更加複雜的問題，以後有機會再作討論。因此，我這裏只能談談我自己的反應，而不能代表任何其他知識分子。

應該說，這樣的結果是完全出乎我的意外的。這也是我在講課中已經說到的，在文革後期的民間思想村落裏，我們討論「中國何處去」時，因為面對文革發展到極端的東方專制主義，我們討論得最多的，是民主問題，而我和我的朋友所理解和期待的民主，又具有鮮明的社會主義色彩，是以勞動者參加國家管理為核心的民主。這樣的民主理想在以後的中國改革中基本是無人問津，更不用說是化為實踐了，相反，卻走上了一條剝奪勞動者的不歸路。到了八十年代，我又受西方自由主義思想的影響，以西方現代化模式作為中國改革的理想，卻缺乏必要的反思。因此，當西方文明病的毒瘤在中國蔓延時，至少我是完全沒有思想準備的。這樣，對我來說，是面臨着曾經的「社會主義夢」和「西方現代化夢」的雙重破滅的。因此，像我這樣的知識分子，要面對當下中國社會，主要的問題，還在自己，就是要對自己的理想、觀念，進行新的反思，找到自己的批判立場和立足點。這是我真正困惑之處：既不願意放棄青少年時期的社會主義理想中的平等、正義等普世價值，又不願意放棄西方現代化中的民主、自由、人道等普世價值，同時又要對現實的社會主義模式和資本主義模式都進行批判性的反思。我的走出困境的辦法，是從中國自己的近百年歷史，包括共和國六十年歷史經驗教訓的總結中去尋找新的資源，這就是這些年我不遺餘力地研究魯迅，特別是後期魯迅，以及共和國民間思潮的原因。這次來台灣講學，就是把初

步的研究成果告訴今天的年輕一代，我雖然直接面對的是你們這些台灣學生，其實我心中還始終存有大陸青年。我在講學中重點講述的「魯迅左翼傳統」，在某種程度上，就是我通過總結魯迅的經驗而為自己找到的一個新的價值理想與立場。我願意和你們年輕一代分享我的經驗和認識，這大概也是在當下我能夠為中國所做的唯一的事。

問：第二個問題是自身台灣人認同錯置的困惑。當我來到黃河岸壺口瀑布，理應有慷慨激昂、民族情感的浮現，但很荒謬的，我失落，難以言喻，是祖國，還是異國？腦子浮出「大陸尋奇」（在台灣播出十數年介紹大陸風光的電視節目）主題曲：「九曲黃河怒濤湧，長沙三峽一舟輕」。觸摸黃河水，細細滑滑，濁濁的黃泥，說不上感慨，只是覺得自己很可笑，自然特色景觀帶來的震撼似乎超過了我本來預期的滿腔的歷史文化感。叨叨絮絮的抒發，只是想要詢問老師對於 1949 年後「離散」有什麼看法？這種「認同」危機是否也在你的身上發生過？認同問題讓我延續思考的是民族國家的問題，中國為何沒有獨立分裂成歐洲諸國？這種強烈的認同感是如何凝聚的？用階級取代民族？您又如何看現今中國對少數民族的政策？

答：坦白地說，你的問題恰恰是我較少思考的，這大概就是我在課堂上一次講話中曾經提到的大陸知識分子常有的中心心態，我是來了台灣以後，才有了反省，也才注意到台灣老百姓，包括年輕一代的「認同危機」的。最早讓我意識到「認同」問題的嚴重性的，是一位香港同學和一位澳門同學跟我的談話，他們告訴我，儘管香港和澳門已經回歸大陸，但他們是在與大陸隔絕背景下成長的，因此，一直很難達到對大陸的認同，但不認同又不行，就處在十分尷尬的境地。台灣情況當然不同於香港和澳門，你們有你們的認同危機。你談到了 1949 年以後的「離散」，我在課堂上講過，這樣的離散是直接影響了我的家庭的，我是深感離散之苦的，但對我來說，主要是親人的離散之苦，而我因為成長於大陸，也就幾乎不存在國家認同的問題。我的問題是對國家現行體制的不認同，因此，我是堅決地拒絕大陸當局極力鼓吹的「愛國就是

愛黨，愛社會主義」這類的「愛國主義」意識形態，以及為了所謂國家利益，實際是統治這個國家的黨的利益而犧牲個人一切利益的「國家主義」說教。對我來說，國家和政府、執政黨是嚴格區分的，我所認同的中國，始終是中國這塊土地上的文化和人民。但問題的複雜性，就在於，國家和統治國家的政府的關係，又有難以分開的一面，特別是大陸實行「黨、國一體」的體制，就更是如此。因此，我雖然對政府及其背後的現行國家體制持尖銳批判的態度，我作為一個國民，又必須服從政府的領導，也不能、不會一味地反政府。我所能做的，是竭力堅持自己的獨立立場，支持政府所採取的符合國家利益，大多數老百姓的利益的舉措，同時，對其一切侵犯老百姓利益的行為持批判與保留態度，並在可能範圍內促進其改革。我認為，這是我對國家的責任。這樣，我對現行國家體制的批判與國家認同，就統一了起來。在這個意義上，我始終理直氣壯地認為，自己是一個「真正的愛國主義者」，而那些「愛黨國」者，卻是魯迅說的「奴才」式的「愛國主義者」：「滿口愛國，滿身國粹，也與實際上做奴才並不妨礙」。

在我的感覺中，你的問題比我要複雜得多。你是生活在另一個政府統治下的中國人，你並不認同大陸的政府及其建立的國家體制，但你又不能像我這樣，把對大陸國家體制的批判，作為自己對國家的責任。而你在大陸旅行，觀察、體驗這個國家時，又無法將你預期的歷史文化和眼前的現實文化（如你強烈感受到的兩極分化）分割開來，這就很容易產生你所說的「是祖國，還是異國」的失落感。這就說明，在大陸沒有實行認真的政治體制改革之前，要真正讓台灣的年輕一代產生完全的國家認同，是困難的。可惜，大陸的政府當局不願意承認這一點，以為單憑經濟實力的增強和所謂統戰，就可以實現國家統一，這其實也是對台問題上的「經濟決定論」。

當然，在我看來，為增強國家認同，你和有這樣願望的台灣年輕人還是有事可以做的。具體來說，我建議你要加強對海峽兩岸的中國歷史的瞭解。據我的觀察，缺乏歷史感可能是台灣青年的一個弱點。不僅

是古代和近代、現代的兩岸歷史，更是 1949 年以後，也即兩岸分離後的歷史 —— 我發現，你們不僅對 1949 年以後的大陸歷史完全隔絕，而且對 1949 年以後的台灣歷史也相當的陌生。你們需要補這一課，當你們真正進入兩岸歷史中去的時候，就會發現兩岸歷史與現實文化、精神上的血緣般的深刻聯繫，即使在分離以後也存在着或明或隱的糾纏關係。或許你會用一個新的歷史眼光來看待兩岸共有的中國歷史與文化。

你還問到大陸的民族問題。我不是這方面的專家，因此也只能談談我自己的經驗和觀察。你大概知道，我在貴州生活過十八年，貴州就是一個多民族聚居的地區，但那裏的多民族並沒有發生分裂，相反，卻出現了相互融合的趨勢，而總的傾向又是逐漸被漢化，這可能和貴州的少數民族自身文化力量不夠強大，而以漢文化為中心的中原文化傳統特別深遠與深厚有關。因此，你可以注意到，所有有分離傾向的民族，如藏族、蒙族，都是具有相對獨立的，強大的民族文化的。但這樣的民族並不多，因此，中國的民族分裂的傾向並不嚴重與廣泛，民族認同感卻是相當強烈的。在這個意義上，我以為中國政府當局是過分誇大了民族分離的趨勢，對任何對民族文化獨立性的強調，都視為「民族分裂主義」而加以強力打壓，有時候反而起到了「為淵驅魚，為叢驅雀」的反作用。這就說到了你問及的大陸政府對少數民族的政策。這個問題需要專門討論，這裏只講我的一個新觀察，我發現最近中國政府在處理西藏與新疆民族問題時日益顯露了一個思路，就是用「發展經濟，改善民生」來解決民族問題。這固然會有一定的作用，並且有一定的積極意義，但這還是一個「經濟決定論」的思路，並不能解決根本問題。如果再同時採取政治上的高壓政策，這實際上是將內地「經濟放鬆，政治壓緊壓死」的模式移植到西藏、新疆，也就必然將這種模式的後果，諸如兩極分化，不斷產生的新的社會矛盾，也移植到西藏和新疆，而所有的這些社會問題，在西藏、新疆這樣的民族地區都會變成民族問題。這正是我所擔憂的。

問：三，毛澤東、斯大林獨裁專斷，是否源於社會主義要求以「群眾」訴諸理想？喪失「個人」獨立思考後，領袖很容易就被神格化，這種奮不顧身的理想性最後都成為歷史上最可怕的大災難（烏托邦落入現實下墜？）我很難理解社會主義最後為何會演變成個人意志操控群眾（這種說法或許不準確，老師在課堂上也曾提到過這是一個複雜的平行四邊形結構，不僅是施壓與被施壓這麼單純）。但每次新的運動都是由當權者提出，然後群眾腦子發熱，這樣的社會關係究竟是怎麼發生，又該怎麼清理回顧？官方拍板的說法並不能彌平歷史當事人的傷痛，大陸近年許多的回憶錄，是否都可以視為一個廣義的「傷痕」文學（如章詒和《最後的貴族》，楊絳《幹校六記》，楊顯惠《定西孤兒院紀事》）對於記憶與傷痛的文學，讀者感嘆之餘還能做些什麼？每次讀完這類散文雜記除了情緒性的氣憤，自己竟是這麼無力。對於楊顯惠的書寫策略最感興趣，他談到了反右運動、大躍進、大饑荒年代，那讓人驚心動魄的揭露背後似乎沒有控訴和反思，甚至讓我覺得有一絲為黨說話的錯覺（僅是多年前個人的閱讀感受）。或許現在重讀會有不同觀點，但實在提不起勇氣讀第二次，不知老師如何看待傷痛的回憶錄？又是怎樣閱讀回憶錄的書寫動機、策略？

　　答：你其實是問了兩個問題。先說第一個問題：社會主義、黨、毛澤東和群眾的關係問題。講到「社會主義」，應該有兩個方面，一是作為理想的社會主義，一是現實實現形態的社會主義，如蘇聯式的社會主義，中國式的社會主義。魯迅對社會主義有一個理解，也是我所認同的，就是「幾萬萬的群眾自己做了支配自己命運的人」，應該說，這是一個社會主義的理想。但魯迅卻又有一個誤解，以為三十年代的蘇聯已經實現了這一點，後來我們也曾經誤認為毛澤東時代的中國，也做到了這一點（今天也還有人在竭力鼓吹這一點）。我在課堂上也講過，毛澤東本人就不斷地宣稱「勞動人民已經開始統治中國這塊土地」云云。但歷史與現實卻恰恰相反，群眾，勞動者並沒有真正成為主人，如前面所說，中國經濟的起飛是以剝奪勞動者為代價的。真正的主人始終是自稱

「代表」群眾利益的黨和領袖毛澤東，而群眾，不過是被利用的對象。因此，有人把毛澤東所發動的「群眾運動」稱為「運動群眾」，這或許是更接近事實的。當然，這裏還有一個為什麼群眾會「被運動」的問題。這大概也是你的疑問所在。

我覺得這可能有兩方面的原因。一是必須承認，毛澤東作為一個政治家，他很能夠把握群眾的情緒，因此，他發動的運動大都有一定的民意基礎，比如他的大躍進，至少在開始階段是反映了中國老百姓，特別是農民迅速改變一窮二白的落後狀態的要求的，他發動文化大革命，也是掌握了群眾日益積累的不滿情緒的（儘管造成不滿的原因實際在他那裏），這就是每回他登高一呼，總有群眾響應的原因。

但問題在於，在毛澤東的統治下，普通百姓，包括被稱為主人公的工人、農民在內，是沒有任何政治權利的，既不能成立獨立的組織，沒有結社自由，也沒有自由表達意志的言論、出版、集合、遊行的自由。也就是說，他們無法獨立而自由地提出自己的利益訴求，也無力為自己的利益而抗爭，一切都被黨和毛澤東「代表」了。而如上所說，毛澤東有時也會從自己的需要出發，來發動群眾，而要發動群眾也必定要在一定程度上表達了群眾的某些意志，但正因為這樣的意志是「被代表」的，群眾從一開始就是被動的，只能隨着毛澤東的意志而動。比如文革初毛澤東需要群眾造反，群眾本來因為內心蘊結不滿也有造反的要求，於是就跟着毛澤東造反，但當群眾的造反超出了毛澤東允許的範圍，毛澤東就毫不猶豫地加以無情鎮壓，沒有任何權利的群眾的大多數也只能束手就範，但也有反抗到底的，這些人後來也都成了毛澤東的反對者，我在課堂上講到的林希翎、林昭等就是其中的傑出代表。而更重要的是，儘管大多數老百姓是沉默的，但人心自在，毛澤東一次次地利用群眾，到文革後期，終於失去民心，而成了孤家寡人。當然，由於最根本的人民權利的問題沒有解決，又開始了被新的領袖如鄧小平利用的歷史。這樣一個「利用，反抗，再利用，再反抗」的歷史在大陸還在不同程度上繼續，但利用卻是越來越困難了，簡單說，就是群眾越來越不

聽話了，這正是當下大陸統治者常有如坐火山不安全之感的原因。但他們只願意用適當照顧民生的辦法來緩和矛盾，卻不肯真正給人民以他們應有的權利和自由，這也是我前面一再說到的「經濟決定論」的治國思路，在我看來，很可能是短期有效而長期無效的。

從這個角度看，你所問及的這些作家的寫作，以及這些年大量出現的各種對過去苦難歷史的回憶錄，都是一種反抗，我們在大陸稱為「拒絕遺忘」。因為「強迫遺忘」正成為大陸官方的既定文化政策，就是設置各種禁區，對中共建國以來的錯誤（包括前面說到的利用、欺騙）都禁止討論和研究。如我在好多場合都提到的，有四大禁區，即1957年的反右運動，1959-1961年大饑荒，1966-1976年的文化大革命和1989年的六四大鎮壓，在大陸都是不准說及的。其結果，就是造成了今天大陸的年輕一代，連六四都不知道了。在這一點上，恐怕連你們這些台灣的青年都不如，你們至少還有可能聽到我這樣的課，但我的課在大陸是絕不可能講的。這正是我們這些歷史的親歷者最感痛苦和最為憂慮的。你如果瞭解了這樣的背景，就會懂得大陸作家能夠寫出你所說的「記憶和傷痛」的文學和回憶，是需要極大的勇氣，並且是極難的。在這個意義上，這些寫作都是在不自由的情況下的不自由的寫作。他們不能不多有顧慮，欲說還休。他們不得不採取只敘述事實而不多分析，只揭露而不控訴、不反思的寫作策略。這些，都是需要你這樣的生活在不同環境裏的台灣年輕讀者，理解和諒解的，而不能苛求他們。作為大陸的學者，作家，知識分子，當然不能滿足於這樣的歷史事實的展示和揭露，我們的責任是要進行學理的反思，提升出批判的理論，這才能真正總結歷史的經驗教訓，以啓示後人。這其實正是我這次講課所要做的工作。但你也可以看出，我實際上是力不從心的，每個人都有許多限制，只能盡力而為，這也是一種掙扎吧。

問：肆，老師縝密的推論毛澤東時代與其邏輯謬誤，談到自己深受毛影響與吸引，但或許是自己不身在其中，離時代氣氛太遙遠，始終無法理解毛一次次政策與實踐出現巨大落差後，人民怎麼繼續被吸

引？這強大的魔力來源是中國自鴉片戰爭以來的民族挫敗感？社會主義理想？或是什麼呢？社會主義理想者的身影（如陳映真）讓人感到沮喪與嘲諷，自己也有向左向右的困惑。這是很膚淺、粗疏的認識。想請教老師關於現代知識分子心靈的幾個面向，如張承志的遁入伊斯蘭信仰，韓少功回歸農村這些選擇背後的因素，而老師個人又是怎麼安頓自身的？

答：先討論你的關於中共一次次錯誤，人民卻繼續被吸引的問題。我想，我們不要抽象地來討論，還是對具體的歷史作具體分析。實際上建國六十年來是出現過三次大的危機的：大躍進造成的大饑荒；文革造成的大破壞；六四造成的信任危機。而實際情況也並非你說的「人民繼續被吸引」，事實上每一次危機後，都有因對根本體制的懷疑而引起的民間反抗，如我在課堂裏所介紹的，在大饑荒年代，林昭他們就成立了「中國自由青年戰鬥同盟」；在文革結束以後，也有以「西單民主牆」為代表的民間民主運動；六四之後這樣的民間反抗更是一直沒有停止過。而這樣的反抗，也都遭到了殘酷的鎮壓，以致今天人們（包括你在內）都已經不知道這些確實有過的反抗。這是「硬」的一手。當局同時還有「軟」的一手：一是對人民作出讓步，這也是我講過的，如大饑荒年代所採取的全面調整方針，讓老百姓喘了一口氣，也就緩和了矛盾。另一方面，就是提出一個多少反映了老百姓要求的新的目標，例如在饑荒年代借著外國的封鎖而提出「自力更生」，高舉維護民族獨立自主的旗幟；在文革結束以後提出「四個現代化」的新目標；在六四以後提出「繼續堅持改革開放」，這些都是符合民意的，至少向老百姓表明，毛澤東、共產黨雖然犯了錯誤，但他們還是願意改正的。這裏，還要特別提出的一點，就是我們前面說過的，在中國只有一個黨，而完全不允許反對黨的存在，共產黨始終是唯一者，而不可能有任何力量取代。這是和 1949 年前國民黨統治時代大不一樣的。在上一世紀四十年代末，國民黨腐敗了，但還有共產黨，共產黨又高舉反腐敗，反專政，要民主的旗幟，人民自然就選擇了共產黨，這是國民黨最後失敗的

主要原因。而當今的共產黨，其腐敗程度比國民黨早就有過之而無不及，但由於沒有反對黨，人民儘管不滿，也毫無其他選擇，只能寄希望於共產黨自己改正，而如前所說，共產黨又總能及時做出要改正的姿態，而且多多少少也改了一些，有的地方（如經濟發展）還取得了相當的成績。這樣，在更根本的，也更徹底的反抗被鎮壓的情況下，大多數人就只能採取支持共產黨自己改革的態度，這就很容易給人（包括你）一個「人民繼續被吸引」的印象，其實是有許多無奈的。

通過這樣的難免有些粗疏的討論，我們大概對共產黨和毛澤東，以及他們的統治，有兩個認識。首先是所謂「硬」的一手，即強硬的專制，絕對的壟斷一切權力的唯一者，將一切反抗都消滅在萌芽狀態中，這是能反映其本質的一個方面。另一方面，所謂「軟」的一手，也並不完全是策略、手段的問題，他們總能夠提出一些多少符合人民要求的口號，以度過自身的統治危機，也多少反映了他們自身的某些本質性的特點的。這就是我在課堂上也說過的，中國共產黨和它的領袖毛澤東，宣稱自己是馬克思主義者，其實他們更是一個民族主義者。毛澤東一再提倡「馬克思主義的中國化」，他所作的實際上是將馬克思主義中的空想社會主義和中國農民的原始社會主義結合起來；而今天的當局更是把他們所說的「中國特色的社會主義」的核心價值歸結為「愛國主義」（當然是意識形態化的「愛國主義」，即愛國即愛黨，愛社會主義之類）。這都表明，中國共產黨和毛澤東和他們自稱的「馬克思主義」其實是相距甚遠的，歷史給他們提出的任務，就是解決民族國家的獨立、統一和人民的溫飽這三大問題。他們在大饑荒以後提出維護國家獨立自主，在文革後提出現代化，六四之後提出繼續改革開放，都是自覺地在完成這三大歷史任務，而且客觀地說，從今天中國發展的實際來看，他們也基本上完成了這樣的三大任務。——當然，我們還必須同時強調兩點：他們是用專制的野蠻手段來完成這些歷史任務的；同時又產生了許多十分嚴重的問題，如生態破壞，兩極分化等等。這兩個方面，也正是中國當局要竭力掩蓋和否認的。這就是今天大陸的統治還具有一定的合法性，同時又面臨日趨嚴重的合法性危機的原因。

應該說，正是大陸體制的這兩面性，造成了我這樣的既懷有民主、自由、平等、正義理想，但也同樣不能不堅持民族立場的知識分子選擇上的困難。對此，我在回答第一個問題時，已有說明，不再多說。今天要堅持自己理想的知識分子，是可以有不同的選擇的，你所說的張承志、韓少功的選擇，都是令我尊敬的。而我自己，則如前面所說，是從「魯迅左翼」這裏找到自己的基本立場，而藉以「安頓自身」的。

問：伍，中國（或是社會主義）是如何建構自己的「現代化進程」？我們當下面對的問題，似乎和晚清面臨的相差不遠？我們仍有「中體西用」的情結，仍舊在尋找自己的民族自信心，儘管方案不同，時空，現實問題不相類，但似乎沒有跳脫回應西方現代化的框架，老師又是如何思考這個命題？

答：對你的問題，我想作幾個方面的回應。首先，我要強調，今天的中國大陸，實際上所推行的依然是「中體西用」，所謂「中體」，就是以毛澤東建立的一黨專政體制為體，在這一點上，當局是絕不會讓步，鬆動的；在這一前提下，西方的科學技術，管理方法，以致某些不涉及專政體制的具體制度，都可以為我所「用」。這樣的「中體西用」，就既維護了黨對國家權力的壟斷，又保持一定的彈性和靈活性，便於應對危機，中共正是依靠這硬、軟兩手維持其統治的。其二，我要提醒注意的，是當下中國經濟的「崛起」，固然有助於提高你所關注的「民族自信心」，這是有積極意義的。但卻又可能被煽動起極端的民族主義，中華中心主義情緒，這正是要警惕的。這樣的極端民族主義的一個重要表現，就是藉口要「走中國自己的現代化道路」，拒絕西方經驗，否定普世價值，同時又要將所謂「中國模式」普世化。在我看來，這樣一個新一輪的極端民族主義、國家主義思潮在大陸還有繼續發展的趨勢，其危險性就在於它是為當局所要推行的以「集中力量辦大事」為核心的「國家社會主義」張目的。——這個問題比較複雜，以後再找機會詳盡討論。其三，在我看來，你所提出的「構建自己的現代化進

程」的問題，是有價值的，也確是當下中國大陸（或許還有台灣）需要解決的問題。但首先要和所謂「中國特色的社會主義」劃清界限，我們所說的「自己的現代化進程」不是和西方世界隔絕的，更不是拒絕普世價值的，而是要真正用魯迅所說的「拿來主義」的胸懷，吸取人類一切文明成果，包括西方文明的成果，也包括東方文明的成果。同時也要認真總結我們自己的經驗，因為中華民族現代化歷程已經有一百多年的歷史，在這方面積累了相當豐富的經驗，也有許多慘痛的歷史教訓，這些經驗、教訓包括大陸的，也包括台灣的，都需要認真的總結。這裏，還有一個如何總結的問題，如果把一些歷史的謬誤當作寶貴經驗來總結與推廣，那會帶來更大的災難。總結歷史經驗的同時，還應該作現狀的調查、研究和實踐經驗的總結。比如當今的大陸社會、台灣社會的性質，就是一個沒有搞清楚的問題，而社會性質不清，又何談去構建自己的現代化？應該說，這樣的歷史和現實的調查、研究、總結、實踐，都有極大的空間，還有許多空白，需要我們去填補，開拓。這樣的歷史使命可能要落在你們——台灣和大陸的年輕一代身上。這也是我的一個期待吧。

問：陸，老師在課堂上提及中國農民有不自覺的原始社會主義色彩，毛澤東《為印發張魯傳寫的批語》裏也談了很多次的宗教起義，這種宗教引發農民起義的危機感與中共限制法輪功是否有關？老師又是如何看待法輪功的迅速發展？這與中國信仰真空（或許很長時間社會主義是信仰，但今天還有多少人保持信仰？）是否有關呢？

答：法輪功問題在大陸比較敏感，我也因此沒有機會談我的看法，現在正可以借你的提問，簡單地說一點。我自己對法輪功的信仰和他們的一些行為，是有保留，有不同意見的。但必須承認，它最初是一個具有準宗教性質的大陸民間組織。它的特點有二。一是它在民間社會有相當的基礎和影響：它們提出的「真、善，忍」三大理念，是能夠打動尚有求真、求善之心，而不得不忍受無盡災難的底層普通民眾的心的，其簡明扼要的概括語言又是文化程度不高的民眾所能接受的，真正是為老

百姓所喜聞樂見。我曾經略帶自嘲地說，我們這些啓蒙主義知識分子說了無數的話，對民眾的影響還不如法輪功的這三個字。另一方面，法輪功的練功，實際起到了健身和情感交流的作用，這對缺乏基本醫療保障和社會交往機會的底層老百姓，特別是退休、下崗的工人、市民是特別有吸引力的。我印象最深的是一位朋友告訴我的一件事：在法輪功遭鎮壓以後，一位參與練功的老人痛苦地說，我是因為不想增加孩子的醫療負擔而去練功強身的，沒想到反而因此連累了孩子。這是很能說明問題的。法輪功的另一個特點，就是具有極強的組織力，我注意到，後來遭審訊的法輪功的骨幹其中有不少人是中共黨員和幹部，在某種意義上可以說他們是按共產黨的組織方式來組織法輪功的。這樣一個在民間深有影響，組織力如此之強，而又不受共產黨控制的獨立組織，自然是共產黨所不能容忍的。你所說的農民反抗運動中的宗教影響，確實是中共最為擔憂的。所以，你可以注意到，毛澤東對中國的統治，始終把握住一條，就是防止農民成為遊民，對民間宗教更是高度警惕，在建國初期，就把許多民間宗教，如一貫道取締了。也是靠民間造反起家的毛澤東深知農民反抗運動和民間宗教結合對政權的危險性，是他一定要防控的。他的繼承人也當然繼承了毛的傳統，但由於鄧小平的改革開放，允許農民流動，這就使得在九十年代的中國，逐漸出現了有相當規模的流民群體，這樣的流民如果和民間宗教結合起來，那是會形成顛覆性力量的。這也就是最高當局對法輪功特別警惕的原因所在。我查了一下江某人的文選，他在 1999 年 4 月 25 日寫給政治局常委的信中就說：「人不知、鬼不曉，突然在黨和國家權力中心的大門口周圍聚集了一萬多人，圍了整整一天，其組織紀律之嚴密，信息傳遞之迅速，實屬罕見」，「對這種已形成全國性組織，涉及相當多黨員、幹部、知識分子、軍人和工人、農民的社會群體，卻遲遲沒有引起我們的警覺」，「說明我們外面一些地方和部門的思想政治工作和群眾工作軟弱無力到了什麼程度」，結果就開始了殘酷鎮壓，卻引起如此巨大、持續的反抗。這大概也是當局所沒有想到的，他們都低估了宗教和準宗教的反抗力量。

你還談到中國人的信仰真空的問題，這是一個很大的問題。我在清華講魯迅，最後也討論了這個問題。中國文化本身就缺少信仰文化傳統，魯迅也沒有解決這個問題，而在當下信仰的缺失更是大陸（或許也包括台灣）年輕一代最大的問題。我對彌漫一時的虛無主義是非常警惕與擔憂的。在這樣的背景下，宗教活動在中國社會，特別是農村社會的迅速發展，是一個非常值得重視的思想文化現象，我沒有專門的調查與研究，因此，無法發表具體意見。

這裏就不多談了。這封信也寫得太長，應該就此打住了。

學生來信最後寫道——

「抱歉提問得不夠清楚與直接明確，很想跟老師分享着學期上課後自己的感想。但這糾纏、豐富的感受似乎只能這麼扭曲受阻的表達，希望沒造成老師的困擾。

學生　綉惠敬上　2009 年 10 月 17 日

我最後的回覆是——

我的回答大概也有些纏繞，這是要請你原諒的。而且依然要感謝你的提問，引起了我的許多思考，一些過去沒有機會談及的問題也談到了。而所說的一切，都是一己之見，僅供參考。寫完此信，已近春節，那麼，就致新春的祝福吧。

理群　2010 年 2 月 3–7 日

陳為人先生：

　　前一段一直在趕寫一篇文章，這兩天才開始拜讀大作，確實受到了震動，也引發了許多思考，但一時無法理清楚，只能趕寫出這篇〈讀後〉，就算是推薦語，作為「交差」吧。我原來有一個寫「1949 年以後的中國知識分子」的大的寫作計劃，我趕寫的文章，就是寫胡風與舒蕪的（還沒有寫完），趙樹理也是我想寫的。讀了大作，更激發了我寫作的衝動，許多方面，大作已經寫得很好了，我再要寫，可能就是〈讀後〉裏提到的趙樹理引發的思考，但我也得像你一樣，從閱讀原始材料入手。因此，想請你幫一個忙：在已出版的《趙樹理全集》、《紀念趙樹理誕辰 100 周年暨創作研討會文集》（這些我都可以在網上購買）之外，還有沒有其他有關趙樹理的材料（包含有價值的回憶）？或提供有關書目，或直接提供原始材料，都可。謝謝了！對趙樹理研究，我還沒有開始，還在「門外」，首先要先向你們這些先行者學習，請不吝賜教。

錢理群

附：陳為人《插錯「搭子」的一張牌——重新解讀趙樹理》讀後（錢理群）

　　最讓我感到驚心動魄的，是本書《尾聲》所講述的趙樹理的當下命運：他的形象「與時俱進」，卻「面目全非」；他被安置在殿堂、廣場，以至螢幕，供人瞻仰；「毫不相干，強加給他的塑像」竟有八處之多，他的兒子也只能自嘲地說：「人家說他是我爹」。—— 在這樣的氛圍下，被呼喚而出的「後趙樹理寫作」，會是什麼模樣，實在令人擔憂。

　　本書正是對這樣的「時代風尚」的一個反撥。作者以「直面一切事實」的老實態度，將所能收集到的趙樹理的方方面面，紛亂無序，甚至相互抵牾的材料，都一一展示給讀者。我們，至少是我，越讀越糊塗，趙樹理究竟是什麼人：「毛澤東《講話》精神的忠實實踐者」？「黨的忠貞的兒子」？「農民的代言人」？「真正的人民大眾的文學」的大師？——，都像，都不像，總之一片模糊。而在我看來，提供這樣一個模糊的，難以作出簡單、明確判斷的趙樹理，而且引發我們許多想不清楚的思考：關於趙樹理，關於毛澤東，中國共產黨，關於中國的知識分子，農民，關於趙樹理生活的、以及今天我們生活的時代，國家，民族——，最後所有這些思考，都會歸於對歷史，對人的命運、存在的追問，卻又沒有結論：這正是本書的真正價值與貢獻。

2011 年 1 月 22 日

嚴老師：

　　原諒我拖了這麼久，才交出這份答卷。——其實我在一個星期前，就已經寫了一大半，卻不小心在電腦上弄丟了，只得憑記憶重寫，就把時間耽擱了。

理群　10 月 21 日

我的讀後感

嚴家炎老師的《敢於面對時代命題交出答卷的先驅者——從魯迅的〈文藝與政治的歧途〉說起》，提出的問題十分重大，論證也很精當，我深受教益和啓發，引起了許多的聯想與思考。老師希望我談談看法，遂遵囑略寫一點讀後感。

嚴老師在文章中指出，魯迅如此尖銳地提出文藝家與政治家的關係問題，是同「魯迅不僅關心中國人的命運，而且關心人類命運這種寬廣的社會理想有關」。我由此而想到，這裏或許有三個層面的問題。

首先，當然是魯迅對中國革命和蘇聯革命的看法。對此，嚴老師已有詳盡的討論。我想補充三個材料和思路。其一，是馮雪峰曾經回憶，當他把毛澤東的一首詩詞（我估計是〈井岡山〉念給魯迅聽，魯迅立即反應說：「這是山大王嘛」。而魯迅對「山大王」的造反，也即農民起義，是有明確的看法的；他在《學界的三魂》裏，曾引述一位學者的觀點，指出：農民造反是為了「自己過皇帝癮去」，並且預言，在中國，「最有大利的買賣」就是「造反」。其二，魯迅對蘇聯的「文藝政策」是有過專門的關注與研究的，他注意到蘇聯革命勝利以後，文藝政策一派「偏於階級」，一派「偏於文藝」的現象（《文藝政策》後記）。嚴老師在一篇文章裏引述過胡愈之的回憶，說魯迅對斯大林的大清洗是有警惕的，這當然不是偶然的。其三，周海嬰在他的回憶錄裏，談到楊霽雲先生曾告訴他，魯迅生前曾詳細地和他談到了「革命勝利以後」自己和知識分子的命運，但因為並無第三者在場，沒有旁證，因此不便寫出。解放後楊霽雲幾乎沒有寫過回憶魯迅的文章，原因就在於此。這至少證明了，魯迅對中國革命和知識分子的關係是有過深入的思考的，他對馮雪峰說「我要逃跑」絕非一時之戲言。

其二，這裏，還有個「共產主義運動與知識分子的關係」問題。這個問題，是海涅首先提出的，他談到了自己既認同共產主義者的平等理念，欽佩其革命意志與精神，同時又擔心革命的勝利會導致自己為之獻身的文化的毀滅的矛盾。我認為魯迅也是思考過這一「海涅命題」的。他在三十

年代支持瞿秋白翻譯盧那察爾斯基的《解放了的堂吉訶德》，就討論過「堂吉訶德式的知識分子」和共產主義革命的關係問題。對於這一問題，我在《豐富的痛苦 —— 堂吉訶德與哈姆雷特的東移》一書裏，有過詳盡的討論。

其三，魯迅或許還有超越具體運動的，關於人性，人與人之間的利益關係問題的思考。我注意到的，是魯迅在〈小雜感〉（收《魯迅全集》3 卷）裏所說的這個論斷：「曾經闊氣的要復古，正在闊氣的要保持現狀，未曾闊氣的要革新。大抵如是。大抵！」這就不只是共產革命和斯大林、毛澤東模式的社會主義制度的問題，而是具有更普遍性的問題了。魯迅在《關於知識階級》裏，強調「真正的知識階級」要「永遠不滿足現狀」，要永遠站在「平民」這一邊，在《中山大學開學致語》裏呼籲要做「永遠的革命者」，就有了更為深遠的思慮和意義。

最後，要談談我在思考中還沒有解決的問題，想求教於嚴老師。這也是最近和王得后先生在一次聊天裏談到的。他說，對魯迅的有些說法，還有不太理解的地方，他談到了魯迅的兩個提法。一是魯迅在《關於知識階級》裏說：「知識和強有力是衝突的，不能並立的；強有力的人不許人民有自由思想，因為這能使能力分散」，「各個人思想發達了，各人的思想不一，民族的思想就不能統一，於是命令不行，團體的力量減少，而漸趨滅亡」，「總之，思想一自由，能力要減少，民族就站不住，他的自身也站不住了。現在思想自由和生存還有衝突。這是知識階級自身的缺點」。其二，魯迅在《思想‧山水‧人物》的〈題記〉裏說：「我自己，倒以為瞿提（海涅）所說，自由和平等不能並求，也不能並得的話，更有見地，所以人們只得先取其一」。這也是我在研究魯迅時，感到困惑之處。和我們這裏討論的問題有關的是，魯迅既持有這樣的觀點，1949 年以後，毛澤東用「民族生存」、「統一」、「平等」等理由限制、壓抑知識分子的「自由」時，魯迅的反應又會如何呢？至少他不會一開始就反抗吧？或者會在矛盾中採取沉默、靜觀的態度？事實上，當時的許多知識分子，不僅是左翼知識分子，還包括一些自由主義知識分子，都是在維護民族統一與發展，追求社會平等的理由下，接受了對自由的限制的。當然，我深信，魯迅最終是會奮起

反抗的，但也絕不會像人們想像的那樣簡單。也不能簡單地把魯迅有這些想法視為魯迅的「局限性」，事實上，「自由」與「平等」，「個人自由」與「集體（國家，民族）的統一與強大」之間的關係，是極為複雜的。而且是中國革命和現代化發展中所遇到的理論與實踐問題。用過去的「左」的觀念來看待這些問題固然不可，而簡單地用自由主義的理念來作判斷，恐怕也不行。究竟如何看，我也沒有想清楚，不知嚴老師有何見教？或許以後可以找機會在私下作一些深入的討論。

學生　錢理群　2011 年 10 月 21 日

XXX 先生：

因為連續外出，未及時回覆，望諒。來信問及魯迅的「復仇」、「打落水狗」、「不寬恕」的問題。這裏不妨談談我的看法。

魯迅當然可以批評。但是，在批評之前，需要先弄清楚他的意思，他是在什麼樣的語境下提出這些主張的，他的思想邏輯是什麼？比如，「不寬恕」的問題。他在〈死〉裏是這樣說的：「損着別人的牙眼，卻反對報復，主張寬容的人，萬勿和他接近」，可見他「不寬恕」的是有特定對象的，他針對的是一種思想文化現象：中國的權勢者（統治者和一些通常掌握着思想文化權力的知識分子），他們一面用自己的權力，「損着別人的牙眼」，對無權無勢者施加壓迫，一點也不寬容，但一旦有人反抗，他們就高喊「寬容」，「反對報復」，不過是要剝奪別人的反抗權利而已。魯迅的邏輯是：權勢者你要講「寬容」嗎？必須你自己先講「寬容」；對那些正在一點也「不寬容」地迫害着自己的人，是無法講「寬容」的。

「痛打落水狗」的命題，是在〈論「費厄潑賴」應該緩行〉一文裏提出的，意思也很清楚，他並不是反對「費厄潑賴」（以及相應的「寬容」、「寬恕」之類），只是指出必須具備一定條件，「首先要看清對手」，「待到它也『費厄』了，然後再和它『費厄』也不遲」。當狗還在咬人，即使落水了起來還要繼續咬人，對這樣咬人（迫害人，壓迫人）本性不改的落水狗只能「痛打」，不然老實人是要吃虧的。魯迅舉了許多歷史的例子，我們也可以舉出許多現實的例子。

「乏走狗」的問題是〈「喪家的」「資本家的乏走狗」〉一文裏，提出來的。你讀讀原文就知道，魯迅是對梁實秋的回擊，是梁實秋「批判」（「罵」）在先的。梁實秋罵左翼知識分子「到共產黨去領盧布」，做「擁護蘇聯」的勾當，這就不是一般的「罵」，而是控告和他意見不同的左翼作家是共產黨，和蘇聯勾結，在國民黨統治下的三十年代，憑這樣的罪名，是要坐牢的，就像今天我們指控某人是「不同政見者」，拿美國情報局津貼一樣。魯迅回罵以「資本家走狗」，話雖難聽，但不會置人於牢獄。今人一味質疑魯迅，卻同情梁實秋，這只能說是一種偏見。而且魯迅指梁實秋為「資本家走狗」，也是有緣由的：梁實秋是公開主張「優勝劣敗」的社會達爾文主義的，認為「聰明才力過人的人（永遠）佔優越位置，無產者仍是無產者」。魯迅「罵」他是「資本家走狗」，無非是指責他是資本主義制度的辯護士，只不過因為是文學家，就用了比較形象的「走狗」的說法。我們可以批評魯迅說話尖刻，但是絕不能用一個「罵」字抹殺了魯迅批評的正當性，抹殺一切原則的論爭。

總之，魯迅要堅持與維護的，是受壓迫者反抗的權利。他說：「人被壓迫了，為什麼不反抗？正人君子者流深怕這一著，於是大罵『偏激』之可惡」。（〈文藝與革命〉）我們如果願意站在受壓迫者這一邊，是不能跟着正人君子罵魯迅「偏激」、「不寬容」的。因為在今天的現實生活中，魯迅批判的權勢者、正人君子，也是這樣自己對人不寬容，損害、壓迫着弱勢者，一點也不和諧，卻大談「寬容」、「寬恕」、「和諧」，我們絕不能上當。

魯迅也並不一般地鼓勵暴力反抗，尤其是「殃及無辜」的暴力，他稱之為「卑劣」的反抗，他提醒「點火的青年」，在引起群眾的「公憤」之餘，也要注入「明白的理性」（〈雜感〉）。他再三強調，「革命是要人活，而不是要人死」的。他還警告說：「辱罵與恐嚇絕不是戰鬥」等等。魯迅不鼓勵暴力反抗，但魯迅要維護受壓迫者暴力反抗的權利，即是說，當面臨統治者直接的暴力壓迫，被壓迫者應該有被迫採用暴力的權利。在這個意義上，是不能籠統地否定革命的（不贊成和否定不是一

回事），其實法國的《人權宣言》裏，就把「革命」也視為一種人權。當然不能因此而濫殺無辜。我是贊同這一立場的。我不贊成用革命的方式，特別在用暴力來解決當下中國的問題；但我對那些走投無路，因而以「一命抵一命」的方式進行「復仇」的無權無勢者，是有同情的理解的，雖然我也依然不贊成用這樣的方式復仇。

以上意見，僅供參考。

錢理群　2011 年 12 月 2 日

從處理歷史問題入手，推動「民族和解運動」
——致《炎黃春秋》編輯部的一封信 2012年12月5日-6日

　　《炎黃春秋》2012年12月期發表的〈民主轉型中的歷史問題處理〉（作者：榮劍），是一篇極為重要和及時的文章。文章指出：「歷史問題，尤其是重大歷史問題，是威權國家政治轉型過程中難以逾越和必須逾越的歷史障礙」，「歷史真相的揭示，是形成新的社會衝突，製造新的歷史悲劇，還是從歷史的清算中重新走向民族和解和國家團結？這是中國目前必須面對的一個重大問題」。這裏所說的解決歷史問題的一個「必須」，一個「難以」，都點到了要害。文章更把問題提到人類歷史發展的高度：「威權國家的歷史，作為世界上大多數國家都普遍經歷過的一個階段，是人類必須承受的代價。如何化解這個代價，如何在付出這個代價之後，能夠實現人類的正義和進步，是人類面向歷史、現實和未來必須正視的問題。」文章也因此簡明而準確地總結了韓國、南非和台灣地區的歷史經驗，提出了「轉型正義」的理念和處理歷史問題的「四個原則」，即「真相原則」、「補償原則」、「和解原則」和「憲政原則」，這都有重大的理論價值與實踐意義。如作者所說，「其中的許多經驗是可以直接效仿的」。正是有鑒於此，我建議貴刊能就此展開一個關於處理歷史問題的討論。寫這封信，是想先說說我的一些思考和具體想法。

　　在我看來，要處理好歷史問題，必須將其置於「民族和解」這一大的框架中，即以促進民族和解作為處理歷史問題的動力和最終目標。而民族和解正是當下中國眾多問題中的一個重大問題。最近新一代領導提出了「民族復興」的「中國夢」；民族復興的一個重要前提，就是民族的和諧，以形成民族的凝聚力。而現實的問題，恰恰是民族凝聚

力的不足，甚至形成了全民族的不信任感，從下到上社會各階層的怨憤情緒，都已達到了爆發的臨界點。這樣的全民怨憤，首先自然是由現實的體制弊端引起的，因此，進行政治、經濟、社會、思想文化體制，特別是政治體制的改革，具有極大的迫切性，是第一位的。同時不可忽視的，是歷史的積怨。我曾經說過，歷史問題不解決，執政黨和民眾、知識分子的「心結」就永遠解不開，其合法性就永遠得不到民心的承認。因此，要解決中國問題，要達到民族和解與復興，就必須從「推動體制改革」和「處理歷史問題」兩方面着手，而且兩者是可以相互促進的。

應該說，在基本實現了國家統一、獨立目標，經濟獲得發展的當今中國，確實有一個難得的歷史發展機遇；而能不能抓住這個機遇，就要看能不能高舉「民族和解」的旗幟，並落實為實實在在的體制改革和歷史問題的處理。中華民族一旦真正實現和解，團結為一個整體，其創造活力和前景是不可估量的。這才是真正的愛國主義。在當今的中國，任何一種政治勢力，要想有所作為，都應該舉起「民族和解」和「民族復興」的旗幟，是不可掉以輕心的。

當然，處理歷史問題，是有風險的。這也是榮劍先生的文章一再提醒的：歷史真相的揭示，是有兩種後果和前景的，或者「形成新的社會衝突，製造新的歷史悲劇」，或者「從歷史清算中重新走向民族和解和國家團結」。之所以要強調以民族和解作為處理歷史問題的動力與目標，就是為了避免前一個後果，爭取後一個前途。而韓國、南非、台灣的經驗，都證明，這樣的目標是可以達到的。這裏的關鍵有二，一是國民（民眾，知識分子）的理性與勇氣是否形成強大的壓力，二是執政者是否順應民意，正視歷史。關鍵時刻，領導者的決心，又是起決定作用的。執政者、領導者的決心，又取決於兩個因素。首先，是把一黨之利即所謂執政地位放在第一位，還是把民族利益放在至高無上的地位。其次，是否有承擔歷史責任的膽識。如榮劍先生的文章所尖銳指出的：「作為威權統治的末代領導者，將不可避免地為威權統治的歷史承擔最終責任」，他們也因此面臨最為嚴峻的考驗。應該看到，在處理歷史問

題上，威權統治者是有兩大包袱的，一怕造成混亂，危及統治，二怕未來遭遇被審判的命運。因此，以往的執政者總是掩蓋真相，按其特有的意識形態方式隨意解釋歷史，設置禁區，「企圖依靠時間之流徹底沖刷人民的歷史記憶」。但正如榮劍先生文章裏所說，這只能欺騙、拖延於一時，歷史的真相最終無法遮蔽，而且拖延的時間越久，欠的賬越多，積怨越多，最後總爆發起來就真的要危及與毀滅既成的一切。反過來，如韓國、南非、台灣的經驗所證明，執政者、領導人越早承擔責任，自動轉型，就越能獲得主動，規避政治風險，並得到人民的寬恕和諒解，在實現由威權政治向民主憲政的轉型中，完成民族和解與振興的偉業。何去何從，真的是應該作出選擇的時候了。

當然，我們的立足點，還是要放在民眾、知識分子的反抗、鬥爭上，而不能寄希望於執政者和領導人的善心。雖然問題的最終解決，還是要靠體制內、外的上、下力量的結合，體制外的群眾鬥爭，既對體制內阻礙解決歷史問題的力量形成壓力，也是對體制內願意解決歷史問題的力量的一個支持，在這個意義上，民間運動是起決定作用的基本推動力。在今天的中國，需要一個民間「民族和解運動」，以促進「民主轉型中的歷史問題處理」。這裏又有兩個關鍵。一是民間運動要有足夠的力量，形成強大壓力，促使執政者讓步，這是韓國、南非、台灣的經驗的基本點。二是要有充分的理性。在這方面，韓國、南非與台灣經驗，更有可借鑒之處。我以為最重要的也有兩條。首先是「轉型正義」的理念，既要「督促政府停止、調查、懲處、矯正和預防未來政府對人權的侵犯」，又要約束民眾避免「陷入仇仇相報的衝突」，在分清歷史是非，充分揭示真相、實行補償的前提下，具體處理時要有最大限度的寬容，「提倡歷史性妥協、和解與放棄法律追責等方式重建國家團結」。其二是民主和解最終要落實為民主憲政的制度建設，「通過制度而不是尋求道德覺醒以避免歷史悲劇的再發生」。

鑒於中國問題的複雜性，歷史問題的處理，又應該遵循先易後難，局部試驗、逐漸推動的原則。在我看來，從處理反右運動的歷史開

始，或許是一個較好的選擇。首先，無論是當年的受害者，還是歷史的責任人，都已年邁，問題的解決有更大的迫切性，而且引發社會動盪的可能性也是最小的。其次，今天的各級執政者都沒有直接的歷史責任，阻力應該是最小的。其三，由於這些年歷史受害者自身和知識界的努力，反右運動的歷史真相已經逐漸呈現，形成了一定的輿論，這些年體制內的各方面也不斷有人提出正確處理的建議，可以說，時機已經成熟。儘管處理反右運動的歷史，僅是跨出了解決歷史問題的一小步，但它所可能產生的效應卻不可低估：其一，這一「遲到的正義」，針對的是承擔歷史重負最多、生命已經到了盡頭的一代人，它的象徵意義是超出事件本身的。其二，由於處理反右運動問題牽涉面相對有限，問題相對單純，因此，正可以此作為處理歷史問題的試驗，其所積累的經驗和教訓，對以後的處理，是大有啟示的。其三，也是最重要的，1957年反右運動涉及中國政治體制改革的兩個重大問題，許多人是因為要捍衛 1954 年通過的憲法，要求落實憲法規定的言論、出版、結社、集會自由而被打成右派的；而這兩大問題，也正是當今中國政治體制改革必須處理的問題。因此，通過對反右運動的處理，分清是非，正可以提供歷史經驗，對今天推動民主憲政建設，是一個有力的思想支持。

對於中國的改革，我一直有一個想法，就是「開始要早，步子要穩」，切忌消極拖延和急躁冒進。在這兩方面，我們都有過沉重的血的教訓：開始時，常常能拖就拖，矛盾因此日益積累，到了總爆發時，就驚慌失措，聽從最激進的意見，亂來一氣，結果是造成了更大的混亂，以至災難。歷史的經驗教訓值得吸取。今天要解決歷史問題，首先是「開始要早」，早了才能掌握主動權，從容應對，有計劃有步驟的慢慢推進。因此，我期待着，也希望大家都來推動這第一個「開始」：從處理反右運動起步。邁出了第一步，其餘的問題就好辦了。

2012 年 12 月 5-6 日

給「新農民工」的一封信

2012 年 12 月 22 日

2004 年我介入青年志願者運動時，就接觸到「農民工」問題：開始是參加北師大「農民之子」主辦的「首屆北京市打工子弟學校作文競賽」的相關活動；到 2013 年，我又主持編寫了《平民教育人文讀本》，為「新生代農民工」自身的教育提供服務。這就有了 2004 年與 2012 年先後兩封通信。

寫在前面

2004 年 12 月，我收到江蘇的一位年輕人寄來的《「新農民工」對話錄》。所謂「新農民工」是指「從鄉村走出來的大學生，尤其是那些相對貧困的農村走出來的大學生」，並有這樣的自我心理分析：「我們身上時時顯現着一種強烈的『身份強化意識』，總是有意無意地對貧困、落後、老土的農村孩子的文化身份進行強化（想擺脫卻擺脫不了），既包含着強烈的自尊，也夾雜着強烈的自卑，用這夾雜着自卑的自尊把自己包裹起來，拒絕任何同情、憐憫，甚至真誠的幫助，從這種自戕行為中尋找快感和心理平衡。它促使我們不斷奮進，同時又造成我們目光的狹隘，成為怯懦的退縮的藉口和受傷後尋找慰藉的栖息地」。《對話錄》還談到自己的「雙重失語」：「在城市人眼裏，我們是『鄉巴佬』『土包子』，在鄉親眼裏我們又成為『城市人』，無論在哪裏都無法得到一種歸宿與認同」。他們這樣描述自己在回家過程中的感受：開始「總帶些衣錦還鄉的榮耀感」，「面對鄉村，我們這些『新農民工』所流居的城市反而成為在同齡人面前值得炫耀的資本」；但是，每次回來卻又「有一種心理創傷感、失落感，在傳統倫理的回歸欲望和心理張力之間搖擺。似乎有一個循環的圈子：走出鄉村 —— 試圖融入城市尋求心理認同 —— 逐漸遺忘鄉村 —— 由於身份強化意識作用 ——

加上城市的受挫 —— 開始覺醒回歸的欲望 —— 在鄉村失落受挫 —— 回城療傷 —— 試圖重新尋求認同」。《對話錄》最後說：「一旦走出來，我們就無法回頭了，無論如何我們都不會再回去了，我們不願意我們的後輩，我們的孩子，再像我們一樣艱難地走出來，甚至是更艱難的走出來」。

　　這封來信和《「新農民工」對話錄》，讓我思考了許多問題，當即寫了回信，並將它收入了我的《致青年朋友》一書中（中國長安出版社，2008年出版）。最近，我又有機會讀到了打工者寫的關於回憶家鄉，表現鄉愁的詩歌散文作品。作者應該是比八年前給我寫信的農村出身的學生更加年輕的，名副其實的「新農民工」；但我從他們的創作裏，依然讀出了當年引發我思考的問題：關於鄉村文明的命運，關於流動於城鄉之間的一代人的文化身份。於是，又想起了當年的通信，並作了一些新的補充，並以此奉獻給今天的新農民工朋友。

　　那位江蘇的朋友當年給我的信中，一開始就說了一番話，談到對我的印象：「您比較可愛，感覺您生活很開心，充滿激情，還有一點，就是據說你的字比較難看」。於是，我的回信也這樣開頭 ——

XX：

　　我的字依然難看，但我仍然用筆給你寫信了，因為我覺得親筆寫信，更要親切些。

　　讀了你們的對話，心裏很不好受，我一直在關注你們這樣的「新農民工」，「城市裏的鄉下人」。從你們的來信裏，我看到了殘酷的真實。你所說的在城鄉之間流浪的失根狀態，以及由此產生的「身份強化意識」和「失語」，以及走不出「離去 —— 歸來 —— 離去」的生命循環，是一個現代社會的普遍現象。其實魯迅的《故鄉》寫的就是這樣的生命形式。最近我也在和一些年輕朋友討論「漂泊者」與「堅守者」兩種生命形態及其所存在的生命危機。

所謂漂泊者，就是離開家鄉，到遠方去發展；堅守者就是不離故土，在本地尋求發展。應該說，這兩種選擇，都是自有意義與價值的，每個人都有自由選擇的權利。但不同的選擇也各有自己的困惑：漂泊者會因為靈魂的無可着落而陷入歸來與繼續流浪的兩難；堅守者也會因為不堪承受生活的艱難而面臨逃離或繼續堅守的困頓。但如果他們自有家園，就會大大緩解各自的困惑：漂泊中會有鄉思，困守裏也自有依傍：他們都是有根的。你們現在所面臨的危機，並不在於漂泊在城市，而是在你們的內心裏，逐漸將生養自己的鄉土遺忘。坦白地說，由於你們從小受到的教育的失誤（這裏暫不作討論），你們對自己的家鄉，土地上的文化與鄉親，本來就相當陌生；如果現在又產生了認識、情感、心理上的疏離感和逃離感，這就有了釜底抽薪的危險。而另一面，你們又事實上無法融入城市社會，這就陷入了兩頭不着地的尷尬，成了無根的一代人。

　　在這個意義上可以說，你們現在正面臨一個尋根的生命命題。而要尋根，又必須解決認識上的幾個問題。這也是我想在這封信裏，和你及你的朋友探討的。我的意見不一定正確，只是想引發思考與討論。

　　首先，是不可回避的鄉村文化的敗落。我曾經說過，鄉村文化具有現代城市所不可企及的三大優勢：一是生活在大自然中，既腳踏大地，又仰望星空，這是人的最佳生活方式，也是最好的教育環境；二是深厚的民間文化，包括民間戲曲，民間節日等等，中國最偉大的現代作家魯迅就是他的故鄉裏的社戲培育出來的；三是濃郁的鄉情，家庭、家族、鄰里親密接觸、和睦相處的農村日常生活裏，充滿了人情，鄉村倫理與智慧，是最有利於人的健全成長、發展的。但是，這一切都在消失，農村生態環境的惡化，民間文化的商業化，以及家庭鄰里關係的淡漠、緊張與陌生化，以及傳統鄉間倫理秩序的解體，新的合理的價值秩序又遠沒有建立，剩下的就只能是金錢與利益，能不能賺錢成了衡量自我價值的唯一標準，消費文化成為農村主宰性的意識形態。應該看到，你們這一代的農村人，就是在這樣的鄉村文化敗落的背景與環境下

　　　　　　　　　　書不盡言——錢理群書信集

成長起來的。這樣，你們也就很自然地無法對鄉村文化產生親和感和皈依感。但同時城市文化對你們又始終是遙遠而陌生的。這就是我們前面談到的你們的失根狀態的更深層次的原因。但你們中有些人還保留着一些童年的鄉村記憶，於是就有了你們自己的詩歌、散文創作中的鄉思與鄉情，其中充盈着你們對遺存的鄉村文化的感悟和記憶，將其置於前述鄉村文化敗落的背景下，就顯得彌足珍貴。

接着的問題是，如何看待這樣的鄉村文化的敗落？有人認為，這樣的敗落是必然的，而且是一種歷史的進步，或者說是歷史進步必須付出的代價，因為隨着城鎮化的發展，鄉村文化最終是應該消亡的。這樣的觀點的背後，是隱含着一個更大的問題的，即如何看待和對待農業文明（鄉村文化）和工業文明（城市文化），以及它們二者之間的關係？這也是我要和你們討論的第二個問題。這種以農村文明的敗落作為農村城鎮化、現代化的代價的主張，是有着三個理論觀念支撐的：其一，是農村和城市，農業文明和工業文明，鄉村文化和城市文化的二元對立，二者具有不包容性，必須作出非此即彼的選擇；其二，是所謂「文明進化論」：採集文明─漁獵文明─農業文明─工業文明是一個直線的進化運動，後者比前者具有絕對的優越性、進步性；其三，這是一個取代，以至消滅的一個時代，後一種所謂「體現了歷史發展方向」的文明，只有通過前一種「已經落後於時代」的文明的毀滅，才能取得自己的歷史性的勝利。但這三大理論在我看來，都是可疑的。其主要問題是對工業文明和城市文化的理想化與絕對化，在全球工業文明已經日益陷入危機的情況下，就更顯得有些一廂情願。當然，我們也不能因此而走到另一個極端，將農業文明、鄉村文化理想化與絕對化。我們總是在農業文明和工業文明兩個極端來回搖擺，其思想根源，就是工業文明與農業文明，城市文化與鄉村文化的二元對立。如果不從這樣的非此即彼的思維模式中跳出來，我們就永遠走不出在鐘擺中不斷損害農民利益的怪圈。我們應該以更加複雜的眼光，態度和立場，來看待歷史和現實的各種文明形態。首先要確認：它們都是在自己獨特的歷史過程中生長起來

的，而且都是在長期實踐中創造出來，並寄託了一代又一代人的理想的生存方式和生活形式，因而都有自己的獨立存在的價值，而且積澱着某種人類文明的普世價值（如農業文明、鄉村文化對人和自然關係的和諧，人與人關係的和諧的注重，工業文明、城市文化對科學、民主、法制的強調，等等）。但同時，又各自存在着自己的缺憾和問題，形成某種限度，也就為另一種文明的存在提供了依據。也就是說，各種文明形態，既是各不相同，存在矛盾、衝突，相互制約，又是相互依存和補充的。由此形成文明的多樣性和文明的生態平衡。

以上討論，在有些年輕朋友看來，或許有些抽象和理論化；其實，是和你們的人生選擇和文化選擇直接相關的。前面說到，你們是遊走於農村和城市之間的一代人，從一個角度看，你們因此容易陷入兩頭不着地的失根狀態，這一點，我們前面已經討論過，你們自己也會有深切的體會。但我們能不能換一個角度思考：這樣的身份，有沒有自身的價值？你們出身於農村，自然地就有對鄉村生活與鄉村文化的感受、經驗、體驗和記憶，而且你們的父母現在依然生活在農村，這都決定了你們和中國的鄉土，鄉土上的自然、歷史文化，以及世代生養土地上父老鄉親，有着天然的血緣關係和精神聯繫，這是你們天生的一個優勢，是許多城市人所不能企及的。我多次和出身於城市裏的大學生說，你們必須到農村去，進行補課，因為不瞭解農村，就不可能真正理解中國。而另一方面，你們出身農村，又走出了農村，來到城市發展，以後有條件和機會，還可以出國，走向世界：這都是你們的權利。任何人都不能限制農村出身的人接觸更廣大的城市文化，世界文化。你們應該抓住這個機遇，以更開闊的視野，接觸和接受人類文明的一切成果，以突破農業文明、鄉村文化的局限，從而形成固守在農村裏的人所沒有的另一種優勢。這就是說，出身於農村，又來到城市發展的諸位，如果善於利用自己的特殊身份，既珍惜、保留、深化與發展自己的農村經驗，又渴求、主動、積極、廣泛吸取城市文化和世界文明的積極成果，就會形成雙重優勢。這是單有一個方面（無論農村與城市）的經歷和經驗的同齡

人所不具有的。我曾經說過，一個人，如果能夠自由出入於城市與鄉村，高層與底層，中心與邊緣，精英與草根之間，那就能得到更為健全的發展。當然，你們現在距離這樣的境界，還相當遠，但你們出入於城、鄉之間的身份，就有了一個很好的基礎。目前這只是一個潛在的優勢，需要你們自己去將其轉化為實實在在的現實優勢。如果你們採取相反的態度，以自卑心理看待自己的農村出身，甚至恨不得將其作為包袱徹底拋棄；另一方面又因為融入不進城市文化而怨天尤人，那麼，這些潛在的優勢就都轉化為劣勢，就真正陷入了「身份困境」。在某種程度上，主觀選擇是決定一切的。你們現在正處於人生選擇的關鍵時刻，而首先要解決的是文化選擇的問題。具體的人生道路，比如繼續在城市發展，還是重返農村發展，都不是最重要的，有了鄉村文化和城市文化的雙重優勢，無論在哪裏發展，都會有不同於他人的自己的特點與優勢。認真考慮農村文化與城市文化的關係這些問題，並作出正確選擇，是非常重要而迫切的。這也是我最想向諸位提出的建議，希望能夠引發你們的思考與討論。

2004 年 12 月 9 日初稿，2012 年 12 月 22 日補寫

2014 年左右，我有機會接觸到部分愛讀書的年輕朋友自發組織的「青年讀書會」，產生了很大興趣。於是就有了和浙江一所民辦學校老師的「我讀名著」讀書會的主持者的通信。

陳薈楠老師：

　　你先後寄來的兩封信及書稿早就收到了，實在是太忙 —— 不是忙於開會，應酬，而是忙於寫自己想寫的文章，幾乎是馬不停蹄地寫，完全無暇顧及其他；這就把該回復的信也耽擱下來了，十分抱歉。

　　大作我拜讀了。但這是我完全不熟悉的，關於性的問題我也很少思考，只是在研究周作人時有所關注，記得他也為「蕩婦」作過辯護，我寫過一篇〈性心理研究與自然人性的追求〉，或可參看。文收《周作人論》，剛由三聯書店重版。

　　你們的微信要轉發我的文章，應該沒問題。當年魯迅曾說過，「歡迎翻版，功德無量」，我也認為，你們這樣的轉發，也是幫助傳播，功德無量的。

　　你們的《我讀名著》，田帥軍老師寄給了我，按照他的要求，我寫了幾句話，附後，請也轉給他。還有一封給他的短信，也一併請你轉吧。謝謝。

　　即頌
教安

　　　　　　　　　　　　　　　　　錢理群　2015 年 7 月 9 日

田老師：

你寄來的書與郵件，均已收到，遲覆為歉。

讀了你發在《我讀名著》裏的文章，覺得很好。特別是〈讀懂賈寶玉，做個好男人〉和〈警惕「商鞅主義」的幽靈〉兩篇，有新意，又有現實的針對性和批判性，表明你在堅持獨立思考，堅持用你的方式關注現實，堅持對青年學生的積極引導。你的朗讀也很有力量。這都讓我感到欣慰。

我在「退休」以後，全力寫作，很有收穫。完成了一部 70 萬言的著作：《歲月滄桑：1949 年以後的知識分子精神史》，還有一部《我的精神自傳》的姐妹篇《一路走來：錢理群自述》，同時編了三本選集：《魯迅與當代中國》，《致中小學教師》與《和青年朋友聊天》。其中一篇《我和中小學教育》，也一併發給你看看吧。

我還要這樣寫四五年，以後就徹底休息，真正「隱居」了。一切就要靠你們這一代了。

　　餘不贅　祝
好
　　　　　　　　　　　　　　　理群　2015 年 7 月 9 日

附：這正是我所期待的──讀《我讀名著》（錢理群）

《我讀名著》的編者把書寄來，希望我寫幾句話。

我讀了，第一個反應就是：「這正是我所期待的」。

我在去年給北京的部分大學生作了一個演講，題目是「讀書，為了健康地，快樂地，有意義地活着」，強調重建「健康，快樂，有意義地活着」的生活理想與生活方式，是中國教育的核心任務，其實也是中國改革的目標所在；而讀書，正是一個突破口。

我因此注意到，全國許多地方，目前主要是大中城市，湧現了一批以青年為主體的「讀書會」，參加者不僅是在校師生，還有在各部門工作的青年，他們通過一起讀書，形成某種共同信念以後，又一起組織志願者活動，參加適當的力所能及的改變現實的社會實踐，我稱為「靜悄悄的存在變革」。我因此總結說：「讀書，思考，寫作，實踐」是一條健康的青年成長之路。

你們走的也是這樣一條路。放在這樣的大背景下，你們的努力就顯示了意義。而且你們還有自己的特點，比如你們地處相對底層；你們「閱讀」範圍不只是書籍，還包括影視作品，不僅眼看，還提倡朗讀；你們以網絡為平臺，等等。

我對你們有一個建議：在各自閱讀自己喜歡的書，保持閱讀的自主性的基礎上，是否可以考慮在一定時間集體讀一兩本書，以便於更好地彼此交流，形成某種共識和集體試驗（例如教育改革的試驗）。這也是我接觸的其他讀書會的經驗，僅供參考。

2015 年 7 月 9 日

關於「詩和自然」的通信 | 2016 年 12 月 5 日

周鶴 / 周鶴先生是空軍文化部的領導，也是一位「軍旅詩人」。我們在泰康養老院裏相識，於是，就有了這封通信。在信的結尾談到了「在大自然中頤養天年」的問題：這是我接觸、思考「養老學」的開始。

周鶴先生：

原諒我拖了這麼長的時間，才給你回覆。原因是我一直在集中全部精力寫一部 70 萬言的著作，實在沒有精力旁顧，現在書總算寫完，趕緊仔細拜讀大作，寫感想。未及時回應，另一個原因，是我雖然研究現代文學，卻很少研究現代詩歌，當代詩歌接觸得就更少。倒不是我小看詩歌，恰恰相反，我把詩歌看得太神聖，甚至有些神秘：我始終認為，詩歌是「最文學」的，是直通人的靈魂的。因此，它只能在吟誦中用心去感悟，它是無法言說與評論的。一說就俗，變味了。我喜歡朗誦詩，心裏有所觸動，就行了，絕不作深想。我們中文系一直傳說一個「故事」：俞平伯老先生給學生講古典詩詞，只是把他選的詩發給學生，在課堂上搖頭晃腦地朗讀，反覆說一句「好呀，好呀」，其餘的話一句也不說，他的引導作用只在選好詩，到底「好」在哪裏，要學生自己領悟。在我看來，這是真正懂得詩歌的做法。現在要我評論詩，我真有些為難，再加上一忙，拖延至今，非常抱歉。

而我真要談讀你的詩的感受，大概也只能像俞老先生那樣，連聲說「好」了：《冬日 我和大雪在一起》——好！《雪原》——好！《奔跑的岩石》——好啊！《冰面 一條條江船擱淺》——好啊！《雪原 絕不是無底的謎》——好！還有：《奔馬》——好！《鳴沙山》——好呀！《海

第二輯・專題篇・關於「詩和自然」的通信　　　　375

的饋贈》——好呀！《品海》——好！《雲　你這天空裏多情的山巒》——好！《跑道　流向天邊的長河》——好啊。我還要大聲朗誦這樣的詩句：

「狂風　一如呼嘯的醉漢　奔突着祭起雪的長鞭　猛烈地抽打莽莽雪原」

「看　雪原裏的紅毛柳　正在冷寂中燒成　一掛掛紅艷艷的火鞭」

「冬日　我和大雪在一起　全身心地感受着它的生存方式」

「在雪國時日越長　越覺得　摸不清雪原對命運的思索　我問離春天　還有多遠多久　大地無言以對」

「倏然　捧起海的碧波　躬下腰　品一品變幻的水色　頓時滿心都是　苦澀酸甜　半是憂煩　半是歡樂」

「鳴沙山　這沙漠的頭顱　威嚴地昂起　在太陽的投影下　燦燦金色的流蘇　飄揚成大漠的旗幟」

——這真是美的生命的享受！我想起了你說的話：詩人和詩歌的讀者，都是「美的維護者和施行者」。

而且我突然發現，我喜歡和反覆吟誦的你的詩，寫的都是：雪原，荒漠，天空，大海——。如果說許多人看到的是一位「軍旅詩人」，我看到的是「大自然的謳歌者」。你的散文，最讓我動情的，也是書寫廬山的篇章。在我的眼裏，你的藝術創造以至生命，都是和大自然融為一體的。這是你的真正價值之所在。正是在歌咏大自然的詩篇和散文裏，你的「詩人素質、哲學素質和戰士素質」（李明天先生語）才得以淋漓盡致的表現。這恐怕不是偶然的。就像你自己說的那樣，「我在空軍生活、工作近四十年。深邃而湛藍的天空，變幻莫測的雲霞、明明滅滅的星辰和我所熟悉的眾多飛行員的心靈，不能不集結在我審美心理的大海之中。它們時時撞擊我的靈感之門，喚起我的詩性，並且支配了我對詩的題材的選擇」，在你這裏空軍戰士的生活和大自然也是融為一體的。更重要的是心靈的融合：「詩的美，它孕育於大地、山岳和江河

湖深處。它有自己的色彩、音樂和線條構成的深沉激越的情愫。當你以詩來表現它們的時候，你務必深入到這些客觀世界的心靈之中，然後以詩的特有手段，比如形象，比如意象，比如極富詩的特質的語言，表現出它們心靈的聖潔，並且讓你的情感、能力透紙背」（《積極的精神內涵是詩的美》）。在我看來，這是可以視為你的詩學的：純正的詩，正存在於人的心靈與大自然的心靈的契合處。這同時也解決了我們曾經討論過的現代新詩寫作如何從中國古典詩歌傳統裏吸取資源的問題。誠如你所說，「天人合一」是「中華民族優秀文化的極寶貴的傳統」，「與天地合其德，與日月合其明，與四時合其序」（《易經》），「天地與我並生，而天地與我惟一」（莊子《齊物論》），乃中國為人、為文之道。（《走，我們去親近自然》）。「天人合一」的境界，一直是中國古典詩詞所追求的最高境界。你說得很好：從屈原到李白、王維、白居易到蘇東坡、陸游、歐陽修，「他們已經不僅僅在欣賞自然的美，而是在更高的美學意義上委身自然，達到人與自然的和諧相處」（《綠色情感的結晶》）。說得真好：「在更高的美學意義上委身自然」，抓住這一點，你就真正走進了中國古典詩詞藝術的最幽深奧妙之處。鄧蔭柯先生在《序言》裏說你「追求完善的人生，努力鍛造一副追步古人的筆墨和一番當代君子品行」，這是真正知你之言。

你大概可以看出，我之如此欣賞和評價你的大自然之歌，也是有我自己的主觀投入的：這也是一種共鳴。前面談到的「心靈合一」，不僅存在於詩人主體與大自然客體之間，也存在於詩人與讀者兩個主體之間。我曾經自稱「大自然之子」，認定「人在自然中，是一種最好的生存方式，是最好的教育方式」，並且說，「面對大自然，我常有人的自卑感。那些大自然的奇觀，使你感到心靈的震撼，而無以言說」，我因此不無極端地認為，「自然，包括自然風景，恐怕不是語言文字所能描述的。語言文字僅是人的思維與表達的工具，在自然面前，就顯得無能為力」。我因此喜歡攝影，在我看來，攝影本質上是人與自然發生心靈感應的那瞬間的定格，是一個「瞬間永恆」。它表達的是一種直覺的、

本能的感應，有極強的直觀性，就保留了原生形態的豐富性和難以言說性，這正是語言文字所達不到的」。因此，「我的自我表達，也就有了這樣的自然分工：用文字寫出的文章、著作，表達的是我與社會、人生，與人的關係；而自我與自然的關係，則用攝影作品來表達」。或許正因為是這樣，我在讀到你的對大自然之美的詩性的文字表達，就感到特別欣喜與振奮：我做不到，卻能欣賞，也就情不自禁地寫下了以上這些文字。

最後，還要說一說你的《陸游和他的養生詩》和《白居易特別強調的養生理念》：我們是在養老院裏相遇，「養生」正是我們面臨的共同生命命題。我完全贊同你的分析：「追求在自然界裏頤養天年，遠比陷於塵囂世俗之中，要有益得多」，贊同你所引古人的話：「閒則能讀書，閒則能遊名勝，閒則交益友，閒則能飲酒，閒則能著書。天下之樂，孰大於是？」我來泰康，就是為了遠離塵囂，親近大自然，讀書，交友，著書。我想你也一樣。這一次，算是以詩相交：真要感謝你的大作給我帶來的精神的享受。

2016 年 12 月 5 日於燕園

和「為中國而教」的朋友們的通信 | 2018 年 10 月 10 日、12 日

2012–2013 年我曾在專門培訓到農村任教的老師的「為中國而教」(Teach Future China, TFC) 志願者學校講課；到 2014 年初編完了《論志願者文化》一書，就結束了對志願者運動的參與和介入，並於 2016 年 7 月搬進了養老院。但沒有想到，在 2018 年 8 月「為中國而教」又轉來當年聽過我的講課的現正在農村任教的老師的來信，暢談實際走上農村教育崗位以後的種種感受，又引發了我的許多思考，於是就有了這裏的通信。

XX、XX、XXX、XXX、XXX 老師，XXX 同學：

讀了「為中國而教」的朋友轉來的你們的來信，我大為感動：這是我收到的最好的教師節禮物，就像 XX 老師所說，真要「感恩我們的（再次）相遇」！

在我的感覺裏，這又是一次三代人的「對話」──不只是我和你們，也包括你們的學生。從另一個角度看，三代人實際上代表了人的生命發展的三個階段：你們的學生，擴大了說，包括所有的小學生、中學生、大學生，都處在人生的「春天」；而你們逐漸人到中年，就進入了「夏天」與「秋天」的季節；而我，已是白髮老人，就生活在「冬天」裏了。這使我想起了在年輕時候，讀到的俄國著名的文學批評家、教育家伯林斯基說過的一段話。他說，人生的各個季節都有各自不同的生命命題和使命，應該按步就班地好好完成，一步步地往前走，絕不能放棄，也不能顛倒季節，把步子走亂了。伯林斯基的這段話影響了我一生，我就是按照這樣的人生季節的正常軌道，「一路走來」的。讀了你

們的來信，我首先想起的，就是這個「人生季節」的問題。這封回信就談談這個話題吧。

按伯林斯基的說法，人的生命的「春天」，是一個「做夢」的季節。所謂「做夢」就是一個理想的追求與形成的過程。這是人「入世（進入社會）前」最重要的準備。用我習慣的說法，就是打好「精神的底子」，當然，還有「知識的底子」。這可以說是學校教育（從小學，中學，到大學）的兩大基本任務。XXX 老師說得好，「孩子單純，善良，樸實，對於新鮮事物充滿了好奇，有很強的可塑性」。老師和教育的責任，就是要珍惜、保護這樣的人性的「單純，善良，樸實」和「好奇」的天性，並把它引導、提升到自覺的人生追求：永遠用善意待人，保持心靈的單純與樸實；永遠保持對未知世界的好奇心：這正是一切創造性思維，思想、學術、藝術、科技創新的原動力。以此反觀今天的應試教育，就可以發現，它的根本問題，就是扼殺孩子的善良天性，好奇心與創造力，從學生的人生起點，就不允許他們按人的天性自由地做夢，讓他們在沒有任何準備的情況下，就過早地入世，根本顛倒了人生季節。於是，天真變成世故，善良變成惡意待人，自私，狹隘，喪盡了好奇心，就陷入混世、厭世的魔障：所有中國成年人的問題，都過早地出現在中國孩子身上，這是一切關心中國教育的人最感痛心的。老師們身在其中，更有切身體驗，我就不多說了。寫到這裏，想起了你們中間唯一的大學三年級學生 XXX 同學的問題：「在剩下的兩年中，我應該做什麼？」我的建議是：要抓緊生命的春天的最後時節，做好兩件事：打好專業知識功底 —— 不是為了你說的為「帶物理競賽」做準備，這是你以後安身立命、實現理想的基礎與前提；同時堅持自由讀書，擴大自己的精神視野與境界 —— 我說過，大學是最後的自由讀書的機會，入世後就沒有多少時間讀書了。這個建議僅供參考吧。

我要多說一點的，是已經入世、進入人生夏、秋季節的諸位老師面臨的問題。這是伯林斯基著重討論、也是我當年（1960 年）分配到貴州當老師時，所面對的最嚴峻的問題。這就是理想與現實的矛盾與衝

突。這也是老師們來信的敍述中讓我最為關注和最有痛感的。XXX 老師說，自己作為一個生活在社會底層的農村老師，「經常感到黑暗，經常感到不公」；XXX 老師則談到工作了幾年以後，「再也無法像剛畢業時執着和沉靜，總覺得浮躁的氣氛充斥在生活和工作中」；XXX 老師也談到自己經常「對教育感到有心無力」。老師們說得非常簡單，但我能感覺到其中的份量，背後的現實的沉重。因為這也是我曾經有過的人生經歷與生命體驗，儘管我和你們所處的時代、環境，遇到的具體問題有很大不同，但問題的實質卻具有普遍性：所有的人的生命旅程上，從做夢的春天，步入炎熱的夏日，充滿涼意的秋天，都會產生夢想的幻滅感。如何面對理想與現實的巨大反差，就成為人生夏、秋季節的最大生命課題。我在幾篇演講裏，都曾談到可能有的四種選擇。一是繼續閉着眼睛做夢，不肯正視現實確實存在的問題，看似堅持理想，其實是逃避現實，主觀盲目，最後碰得頭破血流。二是放棄理想，和現實妥協，開始時有點勉強，不自然，但一旦從中獲利，嘗到甜頭，就越來越自覺，終於和現實中的既得利益者同流合污，完全走到了自己當初的理想的反面，發生了異化。三是既不願為堅持理想付出代價，又不甘於或沒有機會被體制收編，就消極頹廢，無所作為，得過且過，混日子了。四是冷靜面對現實，不斷深化對現實的認識，在此基礎上，反思當初的理想，糾正某些不切實際的想法與做法，對自己的理想作出某種調整，同時尋找新的實踐機會與方式，在現實的縫隙裏發現實現或局部實現理想的恰當途徑，這就需要我經常說的「韌性與智慧」。這當然是一個極其痛苦而艱難的過程，但如魯迅所說，「新的生命就會在這痛苦的沉默裏萌芽」（見〈和即將去農村的師範生談心〉，〈新一代鄉村建設人才的培養問題〉，均收三聯書店新出版的《論志願者文化》，可參看）。從來信裏得知，你們都在不同程度上，作出了第四種選擇。XXX 老師說，「如今我能做的就是做好一名普通老師，認真教好我的學生。我想我不僅僅傳授他們知識，也在嘗試着教他們一些做人的理念和社會責任感」。XXX 老師說，儘管經常看到黑暗，也要「在黑暗中尋找光明，並把光明帶給孩子」。XX 老師說，一個普通教師所能做的十分有限，只要讓

「孩子們行在正路，而且健康」就十分快樂了。XX老師對我說，他希望有一天和孩子一起讀魯迅的書和您講魯迅的書，「而後，他的心裏就會出現一個與您、與我都不一樣的魯迅」，「這是一件多麼神奇而幸福的事情！」XXX老師則報告說，不管外在環境如何，她只管「在自己的層面，儘量給學生們做到最好」，「比如每周給孩子看一部經典的動畫電影，每天獎勵一個孩子一本書去讀，常常跟他們說外面的事」。她說，「我也無法保證會一直在農村工作，不過只要我在農村工作一天，我就會做到自己的極致。這種自我的要求，可能正是TFC和很多出色夥伴的影響」。我知道，你們說這些話時看似輕鬆，但在現實生活裏堅持這麼做，是極其不容易的；這也正是讓我特別感動和欣慰之處。

因此，我還要對你們的這些堅守，多說幾句。我們談到了在學生時代形成的理想與進入社會後遇到的現實之間，發生尖銳的衝突時，需要對理想作出某種調整，以至妥協；但是，這樣的調整與妥協，又必須有一個底線，即是無論如何也要堅守做教師的基本職責。在我看來，老師們說的，要讓孩子「行在正路，而且健康」，要教孩子一些「做人的理念和社會責任感」，這都是教師的基本職責。而在今天的現實中國教育界，這都成了問題。寫到這裏，我想把話題拉開，談談我最近一直在緊張思考的「新國民性」的問題。我在關注、研究中國現實時，都注意到中國國民性在很多地方都出了毛病；這個問題實在太大，需要另作專門討論，這裏只談兩點。一是許多中國人（當然不是全部）都失去了精神的追求，變成了本能的人，完全按照「趨利避害」的生存法則「活着」。「趨利」就談不上理想，「避害」就更不可能為理想的實現付出任何代價。但人也因此不成為人，徹底地「動物化」了。再就是許多中國人都成了「兩面人」，都有兩套或兩套以上的話語，習慣於在不同場合說不同的話，特別是迎合權勢者的意志說話，越來越有意識地說假話、大話、空話。我把這些稱之為「新國民性」，就是要強調它的全民覆蓋性：不僅精英們（官員，知識分子，企業家）如此，普通幹部（包括教師）和民眾都如此；不僅老年、中年（我們也在內）如此，

青少年、兒童也都如此。應試教育早就讓我們的孩子從小就懂得趨利避害，早就學會了根據考試的需要，看着老師、家長的臉色說假話、大話、空話。在我看來，這構成了當下中國國民最大的精神危機，中國教育的根本危機。把老師們的堅守放在這樣的背景下看，就不難看出它的特殊意義和價值。按我的理解，老師們說的要教孩子「做人的理念」，就是引導孩子不僅要做「物質的人」，更要做「精神的人」；所謂教孩子要有「社會責任感」，就是引導孩子不僅要做「個體的人」，還要做「社會的人」。這樣做到「物質與精神，個體與社會」的有機結合，就有了一個健全的人性，成為一個全面的人。這就是老師們說的「行在正路，而且健康」。我要補充和強調的是，「怎樣做人」之外，還要教會孩子「如何說話」，這更是語文教師的基本職責。教學生說話，就是要教他們懂得並堅守說話的基本原則，主要有兩條，一是「說真話」，二是「說自己的話」，歸根到底，要說「人話」，而不是奴隸、奴才的話。還要教學生「會說話」，就是學會清楚明白、準確無誤、有創造性地表達自己的思想和情感。做到了這兩方面，既教學生如何做「人」，又教學生怎樣說「人話」，我們就無愧為「人之師」，而且在教學生過程中，我們自己也成了一個「堂堂正正的人」：在我看來，這就是我們應該追求的「人的教育」。其實老師們已經這樣做了，我這裏不過是將其理論化與理想化：我始終是一個不可救藥的理想主義者。

這就說到了我自己。老師們來信中談到很關心我的養老院生活。我搬進養老院，就意味着自己真正進入了人生的「冬天」。按伯林斯基的說法，到了生命的嚴冬季節，人就應該回到春天的理想主義，在更高層面上「做夢」：這是人性的良性回歸。這也是我的自覺追求。我實際上是把養老院看作是一個「世外桃園」，可以不受干擾地自由做夢。施麗君老師說她的 87 歲的老爺爺，還在田頭轉，「種種菜什麼的」；我也在自己書房裏，「耙來耙去」，種我的「一畝三分地」：寫自己的書，把自己當年想寫而沒有時間和條件寫的文章，全部寫出來。這不是為評職稱、為獲取稿費而寫，全憑着自己的興趣，想怎麼寫就怎麼寫；這樣

的沒有任何功利目的的「說夢話」，是真正自由的寫作，純碎的精神享受。此外，我每天都要到園子裏散步，看花草蟲木，觀藍天白雲，而且是用「嬰兒的初次看世界的眼睛」，去重新尋覓，看或微或猛的風的吹拂下，或陰或晴的天空的映照下，這些似乎看慣的花草蟲木的風姿與色彩如何發生微妙的變化，從而顯示出千姿百態。我覺得自己依然在「腳踏大地，仰望星空」，繼續作着「發現大自然」的夢，進而使自己的生命不斷獲得「新生」。這是真正的「返老還童」，心裏有着說不出的豁亮和暢快。這樣，從「春天」的盡性做夢；到「炎夏」、「涼秋」季節，在理想與現實的劇烈衝突的掙扎與堅守中，收穫「豐富的痛苦」；到生命的「冬天」，又繼續自由做夢：我的這一人生旅程，雖也有許多遺憾，但卻是正常的，可以說在這個變化莫測的時代是難得的正常。施麗君老師說，她羨慕我的「心態」，希望自己「老年之時」也能保持我「這樣的熱情」。這也是我要祝福諸位的：願大家都能有一個「正常的人生」，在生命的不同季節，做自己該做、願意做的事情。

這封信寫得太長，這是老年人難免的嘮叨，還是趕緊打住吧。

祝
一切都好

錢理群　2018 年 10 月 10 日，12 日

第三輯　　　　　　　　　　　　　　讀者篇

這裏收集的是我和讀者的通信，經過整理，曾收入我
的相關文集，也算是公開發表的信件。

致吉林的大學生 | 2000 年 5 月 30 日

一位吉林的大學生來信說：「我願像朋友一樣說：儘量別給自己壓力太大，方法有許多，有用的未必有，但目的是使自己的心仍在跳動」，「支持你，你是一種自由。代表我，我不能代表任何人。」

XX：

謝謝你的來信。

謝謝你對我的理解。

謝謝你對我的寶貴支持。

儘管有壓力，但我仍然生活得很好。

我在工作。

曾經有人氣勢洶洶地問：「他們要幹什麼？」

我則想回答：我在做事，為中學生編一套大型的課外讀物，要把我們民族與人類文明的結晶，把最好的精神產品奉獻給我們的孩子。

這是一件極重要，也極有詩意的工作。

我因此生活在「詩」中。

就以此，以心中的光明，來對抗外在的黑暗。

你的來信也給我帶來了光明。

因此，我要再一次地感謝你。

而且，我們真的成了朋友了。——不是麼？

　　祝

好！

　　　　　　　　　　　　　　　　　　理群　5 月 30 日

一位浙江的讀者來信，向我揭露了幾位北大畢業生與在校研究生的一件醜聞。

XX 先生：

你的來信確實讓我感到震驚。儘管我早已意識到，並且多次談及某些北大人的墮落，卻沒有想到已經達到了如此驚人的程度。這恐怕不是孤立的現象。我在一篇文章談到，經過近二十年的經營，現在中國已經形成了一個自上而下的與權力結合在一起的利益集團。這個集團的最大特點是已無任何信仰、道德原則，一切都出於利益驅動。這利益集團中就有不少年輕的所謂「知識精英」。你信中點出名來的這幾位人士就是其中的成員。他們私生活如此糜爛與無恥，在政治生活中卻是道貌岸然，儼然現政權的維護者，也同樣無恥。這是一個流氓政治、流氓經濟、流氓文化充斥的時代，也是流氓橫行的時代。

但正如魯迅引用的愛倫堡的一句名言所說：「一邊是荒淫無恥，一邊是莊嚴的工作」。當這些「精英」在肆無忌憚地嫖娼，自己又充當政治、經濟、文化娼妓的時候，也總有人在默默地艱難地進行着看起來不合時宜的精神的堅守。我想，這正是你，我，以及許多朋友正在或將要做的；而且我們應該以不同的方式聯合起來，互相支援。……

　祝
好！

　　　　　　　　　　　　　　　　　　理群　5 月 30 日

一位來自江蘇一所縣城中學的學生，寄來了一篇批判中國教育制度的文章，其達到的理論深度讓我吃驚。他要求我將他推薦給北大，卻使我十分為難。

XX：

　　我極有興趣地讀了你的文章，你將現行教育制度置於「後極權主義」的背景下進行審視，這是抓住了要害的。而你的結論：「社會從應試教育下的後極權主義步入了素質教育下的後極權主義」更是揭示了當今中國社會所進行的「改革」，包括教育「改革」的本質，「物質的繁榮掩蓋了思想的貧乏，肉體的自由掩蓋了思想的專制」，正是我們面對的現實。我對你的論述有強烈的共鳴，卻不能給你以任何的幫助。北大並沒有如你所期待的那樣，成為中國現今教育制度的「例外」，它也「徹底淪為官僚機構」了，我根本不敢把你的文章推薦給任何一級領導，如果那樣，就真的出賣你了。正如你的文章所說，後極權制度下的學校是不容具有叛逆性格的教師的，我目前在北大已無任何發言權，學校有關部門甚至禁止我給學生開講座，做報告。只是由於我的年齡和學術地位，還沒有剝奪我上課的權利。而且兩年後的今天，我就要退休了。坦白地說，我一直在猶豫着：要不要把上述情況向你和盤托出，我真不忍心讓你失望。但我仍決定把一切都告訴你，我想，你的思考既已如此徹底，你也必然有勇氣正視這一切。是麼？

　　而且，通過這次通信，我們彼此已經相識相知 —— 我想，這一點，對於你和我，都是極為重要的。或許我們一老一少，真的可以「相

濡以沫」了。你我都要相信，進行和我們相似的思考的朋友也還有，儘管在總的人口中所佔比例不大，但數卻絕對不會少，因此，我們並不孤獨。我最近也正在尋找「真朋友，真同志」。現在我又有了一個小朋友、小同志了。你說是麼？……

祝
好！

理群　5 月 30 日

一位山西的中學生讀了我的《話說周氏兄弟》以後，來信提出了一些問題。

XX：

……你的信中所提出的，實際上是一個「國家」與「每一個具體的公民」的關係問題。於是就有了如下幾個需要進一步追問的問題：

1. 誰是國家的主人？

2. 管理國家的公務人員（包括你所說的領導人員）是怎麼產生的？是民選的，還是上級委派的？他們向誰負責：選民還是上級？他們受不受監督？是終身的，還是有期限，隨時可以罷免的？

3. 國家公務人員代表誰的利益？如果他們任意侵犯公民利益和權利，他們還代表國家嗎？

等等等等。

這就涉及國家體制的問題。如果是一個真正的屬人民的民主國家，每一個公民的個體精神自由是應該得到尊重與保護的。在這個意義上，也只有在這個意義上，「立人」與「立國」是統一的。

當然，公民也應該對國家履行憲法規定的義務。國家利益與公民個人利益有時也會發生衝突，這就需要在憲法的範圍內來進行協調。請注意，我說的是「協調」，而不是「絕對服從」。如果要求公民無條件地絕對服從國家利益，那就成了國家至上主義。國家至上的危險性在

於，它實質上不是國家利益至上，而是自稱代表國家的某個集團、個人的利益至上。

　　以上這些都是我個人的理解，僅供你參考。重要的是，你要自己獨立地思考這些問題。作文也一樣，要寫自己想說的話，這就自然有新意了。

　　即頌

學安

錢理群　5 月 30 日

一位廣州的中學生寄來了他寫的關於魯迅的文章，據說在同學中引起了爭論，因此想聽聽我的意見。

XX：

　　從來信中得知，你和你的同學正在讀我的《心靈的探尋》，非常高興。不過，我的書只是一座橋樑，希望你們通過它進一步了解魯迅，然後自己去讀魯迅的書，我的書就可以丟掉了，我的目的也達到了。

　　我讀了你的文章，你抓住了一個很重要的問題：學習魯迅的自我批判精神。這不僅是魯迅精神中的一個核心性的問題，也是當今中國知識分子的一個致命問題，如你在文章中所說，「在當代文壇上，敢於自我批判的作家似乎太少了」。

　　魯迅的自我批判是建立在他的「中間物」意識之上的。就像他在《狂人日記》上所說，他批判吃人的舊制度，最終卻發現「我也在其中生活了很久」，未嘗沒有吃過人。於是，要否定吃人的舊制度，首先要否定自己。而這樣的「我也吃過人」的歷史是代代相傳的。你們這些青少年，當然不同於我們老年人，沒有那麼沉重的歷史包袱。但是如果認真反思一下，也不難發現，你們也是作為舊教育制度的遺蹟 —— 應試教育培養下成長起來的，你們一方面反感於這樣的應試教育，另一方面卻不可否認，應試教育的毒汁已經在長期熏陶中浸入了你們的心靈。恕我直言，奴性的服從，說假話……等等心靈的扭曲現象，在當今中學生中，不是到處可見嗎？你的同學說得很對：「現在的青少年所缺乏的

是自我意識」，那麼，怎樣才能重建自我意識呢？首先要做的，就是把應試教育已經注入每一個人的心靈中的奴性除去，這不就是自我批判嗎？這裏所說的自我批判，絕不是要否定自我意識，而是要為自我意識的健全發展掃清障礙。自我批判也是一個自我完善的過程。

不知道我說清楚了沒有。當然，這也只是我個人的一種理解，說出來也算是參加你們的討論的一個發言吧。

　　祝
好！

錢理群　5 月 30 日

一位安徽的老先生寄來了某報上的罵人文章，表示憤慨；說自己年邁無力著文反駁，希望有年輕人能寫點文章。

XX 先生：

大札奉悉。

先生來信中表達的對思想者的關心，對衛道者的憤慨，令人感佩。先生以七十五歲的高齡，仍如此關注現實，為文壇中的種種怪事「扼腕長嘆息」，對仍在苦苦掙扎中的我輩，是一個鼓舞與支持。特寫此信表示由衷的感謝。

寄來的奇文也已拜讀，對這樣的不講理只罵人的文章，還是「不理」為好。我們有自己要做的事，不必為此徒然耗費精力。

即頌
大安

錢理群　5 月 31 日

一位部隊的讀者來信和我討論魯迅，並寄來了他的一篇被退回的詩稿。

XX 同志：

現在人們都喜歡稱「先生」，而忌說「同志」。其實「同志」本意很好，後被扭曲，引起反感，遂不用。我倒是喜歡用的，當然不是所有的人都可以稱「同志」的。我們相「同」之「志」，大概就是對魯迅的敬佩吧。

我讀了你的《中國文人》，覺得很不錯，沒有什麼「不便發」的。詩中自有你的鋒芒，或許就為此讓有些人感到「不便」吧。現在的「文禁」是各種各樣的。有的是官方明禁，更多的是造成一種氣氛，主編、編輯因為自危而自律過嚴，形成了許多自定的禁令，一些詩文也就「不便發」，實即「不能發」了。

這是我們必須面對的現實，也似乎無能為力。於是，大作也只能作為「抽屜文學」而存在了。

不亦悲夫！

　　即頌
文安

　　　　　　　　　　　　　　　　　錢理群　5 月 31 日

湖南婁底三中的老師羅光國先生寄來了他指導的學生文學刊物《窗外文學報》，希望我寫幾話。

羅光國先生：

寄來的刊物已經拜讀。《窗外》……這個刊題就引人遐想。「窗下」寫作，既將窗內自我天地向窗外無窮的遠方延伸、拓展，又把窗外大千世界包容、聚斂於內在心靈：真正的寫作就實現於這主體與客體、內與外、近與遠、有限與無限……的相互轉換與制約之中。

這期刊物也很吸引人。「作文也可以這樣寫」一版尤其有意思。鼓勵學生自由創造，寫出不拘一格的文字，其影響不僅在作文而已。

從報道中得知，你指導的婁底三中窗外文學社及《窗外文學報》，已經走過十四年不平凡的歷程，成績卓著，碩果纍纍，這是應該向你及你的學生表示祝賀的與最大的敬意的。我雖已脫離中學語文教育崗位二十多年，但對堅守在第一線的老師仍懷有一種無法言說的親切感與敬仰之情。

請代向新當選的社長與社委會成員，以及文學社的全體同學致意，祝願「窗外」更多的好風景奔湧於他們的筆下！

為文學社寫的字另紙附上。

即頌

教安

錢理群　5 月 31 日

附：

有真意，去粉飾，

少做作，勿賣弄。

　　　　——錄魯迅《作文秘訣》與窗外文學社的同學共勉

　　　　　　　　錢理群

　　　　　　　　2000 年 5 月 31 日

又是一個江蘇的中學生寄來了他的文章，寫得確實很有才氣。

XX：

　　很有興趣地讀了你的來信與文章。完全同意你的觀點：「成年人總是過於低估了中學生的思維水平，於是在一種不承認中學生創造力的教育體制下，中學生的創造欲與創造力也就被閹割了。」在我看來，這正是中學教育必須改革的一個最基本的理由。而改革又必然是一個長期的過程。許多在我們看來已經是不合理的東西還會繼續制約我們的行動，甚至決定我們的命運。這正是我們現在必須面對的現實，也是我們的困惑之所在。魯老夫子有云：「於無所希望中得救」。把這些事情想透了以後，就可以而且應該放下一切精神包袱，以一種放鬆的心態去迎接你無法避開的高考，盡可能考出一個好成績來。如果最後仍進不了北大，也無所謂。進北大，可能是一個比較好的選擇，但絕不是唯一的路。一個真正的人才是不會被環境所壓倒的。

　　你說你有些早熟，可能是這樣吧。勇於面對現實的黑暗，這是好的，但還是要保持對光明的信念，對真、善、美的追求。也就是說，要強化自己內心的光明面，這樣才有足夠的精神力量去對抗外在的黑暗與內在的黑暗。──你說呢？

　　無論你考上了什麼大學，都希望給我一信，以便保持聯繫。

　　祝
好。

　　　　　　　　　　　　　　　　　　　　　理群　5 月 31 日

一位復旦大學的研究生，幾次來信，寄來了同學們自己編的刊物，述說着辦刊的種種艱難，提出了今後的選擇問題。一次在信封後題了一首詩，說是「獻給錢先生和他的弟子們」的，詩題為「行吟歌者」，打動我的是最後幾句：「不管有沒有人聽見，/ 不管有沒有人聽見。/ 也許終於沒有人聽見，/ 也許終於有人聽見」。

XX：

　　我欠着你的信債，一直記在心上。今天終於有可能來償還了。

　　首先要告訴你：我喜歡你們的《常識》，因為它畢竟說了一些真話，一些青年們想說的話。只是不知道它的命運如何：夭折或者變質，或者仍在苦苦掙扎？不管怎樣，它曾經以這樣一種方式，一種面貌存在過，在有關人的記憶中就不會消失。

　　我是相信中國的變革是通過一種「合力」的作用而不斷推動的。每一個人只能在自己主客觀允許的條件下，做一些首先為自己、對社會變革多少會起一點作用的事。因此，有的人偏於理念的批判與重建，有的偏於制度的改造與重建；在精神領域，有的偏於根本性的思考與批判，有的偏於具體社會現象的揭露與曝光；有的進入權力內部，推動變革，有的如你所說「處於邊緣位置進行對原有權力運作的打破與重建」……，都是有意義，有價值的。同時這樣的意義與價值又是極其有限的。尤其它落實在個體生命的選擇上，就更是如此。人們就是在這樣

的「希望」（因為畢竟有一點價值）與「絕望」（因為價值極其有限）之流的交匯、撞擊中，艱難地走着自己的路。

這就是生活。真實的生活。

「不管有沒有人聽見，/ 不管有沒有人聽見」。

我存在着。我努力着。——這就夠了。

祝
你和你的朋友們好！

理群　6 月 1 日

河南的一位中學語文教育界的同行來信，有誠摯的支持，也有委婉的勸告。

XX：

我從你的短短的來信中，感到一種理解，一絲溫馨一直留在我的心上，至今仍能感到。

誠如你所言：「既得利益者力求維持現狀，而超前思維要冒風險」。其實我所說的，不過都是些常識。可在中國，「回到常識」都如此之難，更不用說真正的創新了。而你所說的「利益」正是要害所在：中國的教育改革之艱難，就在於它必然要觸犯既得利益。而應試教育體制下的既得利益者又絕非劉某等幾個人，很可能是相當一大群人，其阻力之大，即可想而知。我就被人當面質問：你不是中學語文界的人，你有什麼資格來談論中學語文？看來有些人是把中學語文視為自己的地盤，我貿然「侵犯」，於是就成了「公敵」了。不過既已經冒犯，大概就要繼續冒犯下去。……

謝謝先生的提醒：「婉言要比直言的效果好」。

即頌

教安！

錢理群　6 月 1 日

廣西一位年輕的大學中文系的學生寫了一篇文章，被某報刊退回，他寄給了我，希望我看看。

XX：

　　很有興趣地拜讀了你的大作，如你所自信的，「它如果發表是不會辱沒任何一個刊物」的。文章從「看足球」切入，討論的卻是關於國民性的大問題。這正是當年魯迅、周作人都尖銳批判過的非理性的迷狂。你當然是有感而發的。「進行過分的愛國教育，往往培育出的是一批有着無端仇恨情緒的人群，培育出偏執的民族自大狂與奴性，只會有利於專制和獨裁」，這些話都是切中時弊的。你一再提及的「皇帝的新衣」，是每一個有良知的知識分子處於世紀末的狂歡中，不能不時時想起的。

　　我要感激你寫了這麼一篇好文章，並且出於信任，把文章寄給我，我也確實得到了很大的啓發。請你相信，北方有一位老人，隨時都願意諦聽你的傾訴。同時也期待着你，堅持自己的獨立思考，堅守住精神的陣地。

　　祝
好！

理群　6 月 1 日

一位上海的中學老師來信，自稱是我的「受害者」──當年因讀了我的《名作重讀》而懂得了理想的中學語文教育應是怎樣的，卻陷入了現實的困惑中。同時寄來的是他的一篇關於語文教學的論文。

XX：

　　讀來信，引發了我的許多感慨：中國的教育改革要真正深入下去，必須涉及政治、思想文化體制的根本改革，而在目前的狀況下，又是不可能的。這就是說，我們是在政治、思想文化體制不變的情況下，單項突進地進行教育改革的，這本身的局限是十分明顯的。這就決定了，我們正在進行的教育改革，包括中學語文教育改革，所能達到的程度是極其有限的，甚至隨時有變質與走過場的危險。但這畢竟又是一個時機，我們不可能坐等一切條件具備了再來進行。這樣，我們就只能在力所能及的範圍內，盡可能地多做點事，同時又不要寄以太大的希望。這將是一場長期的「戰鬥」，非得有魯迅所倡導的韌性精神不可。在這一過程中，就不免會產生你所說的種種困惑，陷入「語文困境」之中。但是又必須堅守這塊陣地，這是你這樣的有思想有追求的教師真正感到進退兩難之處。而像我卻是主動跳入這一黑洞之中，就遇到了許多麻煩，這也是自討苦吃，你說我「害人」，其實是首先「害己」的。而我們這些「害人者」與「被害者」，卻又偏偏要在一起討論把自己害得不淺的語文教育問題：在有些人看來，這是不可思議的，就只能「以

小人之心度君子之腹」，說我們「別有用心」了。這是多麼可悲的隔膜啊。……

　　即頌

教安

錢理群　6月1日

收到了一位年輕的教師的來信，幾年前我曾在一封通信裏鼓勵他堅守在中學語文的教學崗位上，此番來信卻告訴我，他「無法再忍受下去」，已經考上某大學的研究生，「中學吸引不了優秀的人，他們來了也會走掉」。他在信中說：「終於要走了，我很慶幸，也很失落，我就這樣離開了我熱愛的教育事業，離開了我的理想，離開了恰恰需要我這樣的老師的學生們」。信的末尾，他這樣寫道：「錢老師，我不知道該說什麼，我只想告訴您，我要走了，我還希望您能快活地生活，因為您是『好人』。我無力去阻止那些對您的傷害，我只能說：我尊重您，愛您」。

XX：

　　……你說我是「好人」，就如同我的學生說我「很可愛」一樣，都讓我開心，並感到一種溫馨。我們都是普通的人，自己面對壓力時，只能默默承受；看到他人受難，也只能以無言表示聲援，如你信中所說，「不知該說什麼」。——也正是這「不知該說什麼」，讓我深深地感動了。

　　於是，我仍「快樂地生活」着——真的，快樂的。我的老伴也說我這兩天心情特別好，原因就是我在給你這樣的朋友們寫信。寫着，寫着，心就變暖了，變熱了，以至什麼也說不出來了。

　　你終於走了，「離開了恰恰需要我這樣的老師的學生們」，我理解你，又不免感到惆悵。

但相信你還會關注中國的孩子——他們實在是太應該讓我們關注了。相信這幾年的教學生涯將對你今後的研究發生影響。——職業可以變，心卻是不變的。

　　祝
好！

理群　6月1日

一位河北的中學生給我寄來了他寫的《少年賦》與《蛹之夢》。

XX：

很高興地拜讀了你的習作。

我為你的少年意氣而喜，也為你的蛹之夢而悲。

但我更感到悲哀的是，有許多像你這樣的少年，他們被種種有形無形的力量壓迫得既無豪情，也無夢了。

而我又覺得，你的文字（或許還有生命）中缺少了一些更明朗、更歡快的色調。這本是你的年齡所應有的。你生活得太沉重了。而這沉重本應該是屬我們成年人的。卻偏有些成年人醉生夢死，活得過分瀟灑──這又是一種人生季節的顛倒。

衷心希望你快活些，鬆弛一點。

祝
幸福

理群　6 月 1 日

一位湖北的大學生來信問：如何看待人們對現代作家的不同選擇，如何看待魯迅當年的論戰與今天文壇上的許多論爭。

XX：

我們希望生活在一個多元化的社會裏，人們對作家作品的選擇必然是多元化的。有人願意多讀些周作人、梁實秋的文章，少讀、甚至不願意讀魯迅的文章，也屬正常，並不就構成什麼「時代疾病」。

關於魯迅與青年的關係，我有兩個基本觀點：一是沒有必要（也不可能）要求每一個年輕人都讀他的作品，二是我堅信，在中國，只要達到一定的文化程度，並且願意或正在思考問題的青年，都能與魯迅進行精神的對話，從他那裏得到啓發。

魯迅確實和很多人都進行過論戰，但他也不是整天罵人。如果你仔細讀當年論戰的文章，就會發現，常常是別人罵上門來，魯迅才被迫應戰。從另一方面說，文人相爭是正常的事，有不同看法自然要論爭，真理是越辯越明的。但必須建立在平等、自由的基礎上，即是「有理大家說」，不能不講理。魯迅有一句名言：「辱罵與恐嚇絕不是戰鬥」。現在的許多「論爭」，恐怕正是講理太少，辱罵與恐嚇太多。還有的人總是想借助政治權力的力量來壓倒對方。當年梁實秋與魯迅論戰，說魯迅「拿俄國盧布」，這就相當於今天說對方「拿美國情報局的津貼」，這樣的誣告是會讓人坐牢的。不是依靠論辯的力量，而是企圖

仰仗政治權力的干預置對方於死地，魯迅因此稱之為「乏」。今天這樣的「乏文人」實在是太多了。

　　以上都是我的個人意見，僅供參考吧。

　　祝

好！

理群　6月2日

一位多才多藝的家在重慶的女孩子給我寄來了她的文章:「我有一個夢,聖潔的關於諾貝爾獎的夢,只有北大能幫助我,真的」,「我多麼需要同時得到最好的中文教授和理、工科教授的幫助,我多麼需要擺脫專業的束縛,在大學裏拼盡一切力氣學習更多、更廣、更深的知識,我多麼需要在最活躍的科學空氣中盡情地呼吸。而這,只有北大」。同時寄來的是一封給「北大人」的「自薦信」:「真羨慕你 —— 能夠呆在北大,一個離教條很遠,離夢想很近的聖潔的地方,多麼幸福」。

XX:

今天重讀你的來信,突然感到了靈魂的震動。

因為就在幾天以前,我的一個學生橫遭暴虐死去了。

她是你的同鄉,曾和你做着同樣的夢。

她實現了自己的夢想,成了你所羨慕的「北大人」。

然而,她卻被殘暴地殺害了。

學校當局的冷漠,更讓人震驚 —— 在他們的眼裏,在「壓倒一切」的穩定面前,一個學生的生命是微不足道的。

聖潔被玷污了。

我們所有的人的「夢想」都破滅了。

也許聖潔本就不存在。

我們被自己製造的夢欺騙了。

這女孩子的血使我們驚醒。

如果我們早一點從夢中醒來，不那麼麻木，如果我們早就直面北大與社會的黑暗，提出抗爭……，也許悲劇就不會發生。

面對死者，我們每一個老師，每一個學生，每一個北大人，都感到內疚與羞愧！

……

懷着難以抑制的痛苦與自責，我把這一切都告訴了你。

你還願意來北大嗎？

我仍然歡迎你來，不是為了尋夢……。

　　祝
好！

理群　2000 年 6 月 4 日深夜

一位陝西的理科大學生和他的朋友在年初寄來了他們自己辦的刊物，我卻忙得沒有時間回信，心裏很不安。

XX：

　　我一直欠着你和你的朋友的債 —— 信債，更是情債。你們把心血澆灌的《百草原》饋贈於我，我卻遲遲不予回報。今天早上醒來，突然想到你就要畢業了，再也不能拖下去了，於是匆匆提筆。—— 當初也是因為想「好好地寫一寫」，卻找不到整段時間從容交談，反而拖下來了。而今天大概也只能簡要地說幾句感想，這也是要請你原諒的。

　　你們刊物裏的文章一篇篇讀下來，我的心也一直往下沉，沉……。一個問題苦苦地纏繞着我，最後竟變成了一個聲音固執地追逐着我：命運，命運，命運……

　　這是你我都在緊張而痛苦地思考的「當今中國思想者的命運」。曾經有人問道：「中國有沒有思想家？」在我看來，這對當下的中國是一個過於高遠，甚至是奢侈的問題：今天要做一個思想者，能夠獨立地思考，發出自己的聲音，就很不容易，實在是太難太難了。

　　你們的刊物就是一個證明。你們的切身體驗化成的文字，則向人們揭示了中國思想者的種種困境 ——

　　他們面對體制的強大壓力 —— 這個體制正在「忙於與世界接軌」，結果就如魯迅所說，「舊疾」與「新疫」並存，不但舊的專制壓迫仍存，

中國人還要「六歲就開始與人競爭」，於是，「長時間大規模有組織有計劃地製造閹人」的「傳統」更有了創造性的繼承與發展。

作為學院裏的知識者，他們時刻面臨大學官僚體制的壓制——「這兒沒有真正獨立自由的社團生存的環境，同樣喪失了自發組織真正社會實踐的自由。我們無法發表真正想說的東西……我們的嘴巴除了吃東西外，已不是為自己所生；我們的大腦除了裝下統一配給的東西外，已不再是為自己思考」，而一旦「被劃為思想的異端」，今後的命運更是不堪設想。

他們更面對成為「文明的奴隸」的危險：電視、電腦……「支配着每一個現代人的生活，是我們發明的『暴君』」，對「我們的思想進行着掠奪同化」，「不知不覺讓我們交出了一切：時間，空間及思考」，「在未解除身體被奴役」的同時，我們的思想緊隨網絡時代文明「變化的迅速及無孔不入而喪失獨立」。

而所有這一切外在的壓制，都會轉化為內在的困惑，對自身價值的懷疑：「自身的種種矛盾和混亂，時時將我們逼近分裂與崩潰的邊緣」；「每每在動筆寫作的時候，本意以之擺脫孤獨與寂寞，卻更深地感到恐懼和寒冷，感到自己的無力，或許，這就是魯迅所說的：『當我沉默的時候，我覺得充實；我將開口，同時感到空虛』」……

這也許是更為可怕的。

如你們刊頭所引勞倫斯的話所說，「我們時代整個龐大的體制必須除去。而除了勃然萌發並緩緩突破其根基的生命萌芽，是沒有任何東西能真正使它滅亡的。我們不能不全力拼搏，保護生命的新芽不被壓垮，並茁壯成長。我們無法造就生命，我們只能為生長於自身內部的生命戰鬥」。

於是，我們每一個願意做一個「思想者」的人，自身對獨立、自由的思想的追求與堅守，就有了一種意義與價值：它不僅是一種對

抗 —— 即使失敗了，也能夠像魯迅說的那樣，使那些思想的壓迫者的．統天下不那麼圓滿；它或許也是一個壓不垮的「生命萌芽」。

如果我們以某種方式聯合起來（你們的刊物就是一個嘗試），互為聲援，也會使這種意義擴大，儘管也是極其有限的。

我願這封信也是一種聲援。—— 不僅是對你們已經作出的努力；以後，當你們以任何方式進行思想的拼搏與堅守時，都會有一雙關懷的眼睛在注視着你們，也從你們那裏汲取。

如果你們終於放棄了，那也沒有什麼。畢竟堅持過，並且「堅持到了最後」。

「我的劍未刺向敵人，已先置己於死地」。—— 都是如此的。

而且總會有後繼者。作為個體會由於各種原因或堅守或放棄，作為一個思想者的譜系，它總是會一代一代地承繼下去的。因為，思想，對精神的追求是人的本性，在任何時候，或者說在有人的地方，就會有思想者存在。這或許正是希望之所在，也是我的對於人的有限的樂觀主義吧。

但是，你們要畢業了。幾乎可以斷定，當你們告別校園，投入生活的漩渦中時，很快就會發現，現實比你們想像的要險惡得多。只有到那時你們才會更深切地認識到今天所做的一切的意義。你的預感是有道理的：「這大學四年，可能仍是我一生中最自由，最快樂，最作為一個人而生活而存在的四年」。但你又預言：「之後更深地被同化和異化，也許是我的宿命」，這又是我不完全同意的。走向社會以後，當然存在着被同化與異化的危險，對此作最充分的思想準備是完全必要的；但這恐怕不是必然的宿命 —— 退一步說，即使這是宿命，也仍然要掙扎與反抗。因此，我更願意說，「反抗與掙扎」才是每一個曾經是、並努力繼續做一個思想者的個體生命的宿命。而且你要相信，總會有與你同在掙扎的人存在，因此，你還要繼續地去尋找你的「真同志」。「路漫漫其修

遠兮，吾將上下而求索」，這是從屈原到魯迅的中國知識分子的傳統，應是我們最寶貴的精神後盾。魯迅還有一句格言：「永遠進擊」，這是我年輕時的座右銘。那是在文化大革命的後期，陷入極度困惑與痛苦之中，正是這句話支撐着我走出了精神的低谷，並照亮了以後的人生道路。現在我把它轉抄給你和你的朋友，就作為畢業贈言吧。

　　祝
好！

理群　6 月 12-13 日

河北的一位中學生寄來了她寫的一篇小說，表示要「走文學創作的路」，並認為這是一條「唯一的路」，希望得到我的支持與幫助。

XX：

很高興地讀了你的作品。小說寫的是你熟悉的生活，也有你真實的感受與體驗。這說明你的寫作是有一定基礎的。以後確有所見所感，也不妨寫下去。但我不贊成你過早地「下決心走文學創作這條路」。因為你現在還在學習階段，要更廣泛地汲取各種知識，過早地定於某一方向，是會影響你的全面發展的。而且最終能不能走向文學創作這條路，是由許多條件決定的；以你現在寫過一些作品，是很難斷定你今後是否能夠從事文學創作的。你現在的主要任務還是學好中學階段的各門功課，打下一個較全面的基礎。對文學有興趣，可以在課外多讀些書，也可以寫點東西，如果以後有機會上大學中文系深造當然更好，但進大學中文系也不能保證將來一定走上文學創作的道路。說到底，文學創作是發自人的內心的，也要聽其自然發展，刻意追求反而會適得其反。……

　祝
好！

錢理群　8 月 1 日

又一束信（2000 年 9 月）

致致邊疆的朋友 | 2000 年 9 月 13 日

一位邊疆的朋友寄來了他的一組雜文，以作交流，遂寫了自己的「讀後感」。

XX：

　　拜讀了大作，不少地方都引起了共鳴。記得當年魯迅與瞿秋白曾經提醒人們要注意區分「真假堂吉訶德」。在我看來，大作所提出的也是一個「區分真假……」的問題，這在當下思想文化界是有一種重要意義的。

　　你在〈淺說知識分子〉一文中提出：「知識分子要批判社會，也要勇於批判自身」。我以為這裏實際上是提出了一個區分「真假批判型知識分子」的標尺。居高臨下地對他人進行「宣判」，或把自己想像為真理的化身（代言人），向自己心目中的「愚眾」宣喻真理，這是「聖徒」，是「道學家」，而非真知識分子。——順便說一句，「批判」只是知識分子的一種功能；在現實社會中，一些知識分子着重於發揮這方面的作用，是可以的，也應該受到尊重，但似不宜誇大這一作用，更不能因此而否定或貶低另一類型的知識分子的另一種選擇。

　　你在〈駁第三個『愛國』觀念〉一文中提出了「區分真假愛國主義者」的問題，更是具有極大的現實針對性。當年羅蘭夫人說：「自

由，自由，多少罪惡假汝之名以行」，今天，我們也可以說：「愛國，愛國，多少罪惡假汝之名以行」。你說得很好。貌似愛國者「其傳統的表現是自覺不自覺地跟隨皇帝的心態和視角，很習慣地把以往皇帝治下的一切，說成是最輝煌最偉大的一切，把其他國家和民族一律放到次於自己而必需臣服於自己的位置」；而「真正的愛國，應該是正視自己（的不足與現實的黑暗面），不是表演愛國，也不是鼓吹文化沙文主義」。──而現在「表演愛國」實在是太多了：這也是世紀末景觀之一種吧。

〈兩隻眼的英雄和三隻眼的英雄〉大概是最不合時宜的了，但我也最看重這一篇，並以為這是你的一大發現：「兩隻眼的英雄品格雖然很高尚，但只克己而不犯上，不追求人的自由，作為良民的榜樣去推廣，可以讓民眾彎腰低頭只顧苦幹，生產馴服工具」；而「三隻眼的英雄在既得利益者看來就可怕了，他們能洞穿一切，是清醒者，追求思想自由，不盲從，不但克己而且克他，動搖包括自己在內的不合理的現實存在」。這樣，你所指出的現實也就一點也不奇怪了：「誰動員過學習林昭，學習張志新，學習彭德懷，學習遇羅克，學習李九蓮？當前評這先進，那先進，什麼光榮稱號都有，但你見過『反腐敗鬥爭積極分子』這個稱號嗎？」──沒有，當然沒有。這確實發人深省。不過，我倒不希望有「反腐敗鬥爭積極分子」這樣的稱號，因為那也可能成為表演：現在是什麼都要演戲化，遊戲化，這是更可悲也更可怕的。

你的〈可怕的靈魂之死〉一文刻劃了一類知識分子的典型：他們一生經歷了「信念堅守者─保守者─奴隸─奴才的靈魂衰死過程」。正如你所說：「人到了這一步，自我完全根絕，個人意志完全被鏟除，留給自己的只是迷信，只是為人生符號而進行聖教徒式的誓死捍衛，一個運動只要一調動起那個符號，他們便高度昏熱起來，瘋狂起來。文革之所以能搞起來，不正是因為成千上萬失去靈魂而只有人生符號的人，一面在熱昏中大歌大頌着，一面在瘋狂地摧殘着破壞着而釀禍於天下的嗎？」──這樣的人，顯然是具有悲劇性的，他們曾有過自己的信念，

這是好事，本值得尊重；但他們一則「以此為牢，喪失批判精神」，進而將自己本具有一定合理性的信念絕對化，凝固化，從而從根本上失去了發展的生機，走進了死胡同，二則將自己的信念唯一化，將他人的其他選擇視為「異端」而必滅之而後快，這就成了一條「棍子」，由理想主義走向專制主義。這兩個方面都使他們走到了自己追求的反面，這裏確實包括着深刻的歷史教訓，值得認真總結。同時，也要看到，這些人在九十年代的變化：他們的言行中信念的成分越來越稀薄，而代之以利益的驅動，在一定程度上，他們是為失去的，和還擁有的權力與相應的利益而瘋狂，並越來越自覺地在九十年代的中國思想文化界扮演警察與告密者的角色，而為一切尚有良知的人所不恥。但他們在一定的條件下，也會興風作浪，甚至有效；正是這種「有效性」提醒人們注意：在中國，發生「文化大革命」的溫床並沒有根除，社會基礎還依稀存在。因此，你的文章中重提文革的歷史教訓，就有一種警世的意義，也是甚得我心的。

這封信寫得比預計的要長，這要感謝你的高見引發了我的思考與這一番議論。就此打住。

祝
文安

理群　2000 年 9 月 13 日

收到一位中學生的來信，一邊看，一邊發出會心的微笑，信讀完了，立刻展開信紙，欣然回信。

XX：

很有興趣地讀了你的來信，真好像認識了你這位「一代浪俠」。不知你的「文武兼修」這幾個月來又有了什麼新進展，或者你依然「小病不斷」，打亂了平靜的生活，更擾亂了快樂的心境？

但我仍希望你永遠快樂。——快樂、自由的生活，這是你們這一代的權利。

你嚮往北大，這我能理解，也很希望有一天會在燕園迎接你。進北大，是很多你這樣的年輕人的夢。但我仍希望你以「拿得起，放得下」的「男兒」氣概對待這個夢。能變夢想為現實固然很好；如果因為種種外在與內在的原因未能實現，也不要緊：學習環境雖然重要，但最根本的還是要靠自己。

贊同你的男兒志氣：「不管成敗與否，都會認真走下去，直到最後」。

我已經是「近夕陽」了，看到你這樣的「朝陽」升起來，仍是十分高興的。

謝謝你的來信增添了我的幾分朝氣，給了我許多的快樂。

祝
好

理群　9 月 15 日

一位貴州的老鄉，曾經做過我的訪問學者，來信向我述說他的苦惱：「回到貴州，我彷彿又回到了一個遙遠的星球」，表達他對北大的懷念：「常在靜夜中凝視北方的天際，那裏有一個光輝燦爛的星系，真想從中得到一種力量，鼓舞我走完前方的路」。

XX：

　　我理解你對北大的情感，而我這樣的身在北大的人，卻更多看到它「失精神」的那一面。在我看來，「北大」已經越來越成為人們心目中的一個「夢」。人總是要做夢的，尤其在當下「滿目的貧瘠與荒涼」之中，人們更需要一個遠方的淨土。北大實際上就扮演了這麼一個角色。這是令人感慨的：明知是夢，卻依然要做下去。

　　我也理解你的處境與苦惱。這裏仍然存在着一個反差：我這樣的一個生活在抽象精神的象牙之塔裏的知識分子，常常會羨慕世俗生活的現實感與人情味。而你身處於世俗之中，卻苦悶於「雜事如蠶絲一樣纏得人日益消沉，人的精力就這樣毫無意義地一點點消失，如指縫間不斷漏落的沙子」。理想的人生大概是應該自由地出沒於精神的象牙塔與世俗生活之間吧。

　　感謝你的來信引發了我這些思考。

　　有什麼需要我出力處，請儘管來信。

　　祝
好
　　　　　　　　　　　　　　　　　　　　　理群　9 月 15 日

一位大學生來信談到他所在的校園裏接連所發生的「令人心痛的事」:「一位女生在宿舍裏被其男友砍殺,據說兩位都是優秀的畢業生」;「在校園一個陰暗的角落,幾個民工輪奸了一個女學生」。信中說:「我放肆地問一句:『學者們為何沒有人出來整理一下這將頹的風氣?』」

XX:

來信中所說之事確實驚心動魄,暴露了我們的教育中的問題,以至國民性的問題。魯迅早在本世紀初就提出我們國民性中最缺乏「誠」與「愛」。而「愛」的核心,在我看來,就是對人的生命的珍愛與敬畏。你大概還記得,過去還發生過著名詩人殺死他的妻子的慘劇。這次又是大學生因為失戀而置對方於死地。如此輕易地殺人,毀滅自己所愛之人的生命,這裏所表現出的「嗜殺性」是真正令人震驚的。而對人的生命的冷漠,更是處處可見。我曾說過一句沉重的話:中國人太多,中國人的生命太賤了。要根本改變這一狀況,是必須從孩子的教育抓起的:魯迅的小說裏就寫到,在中國,連孩子都高喊着:「殺,殺,殺」。他們將來長大了,成了大學生,是也會因為失戀,因為其他原因而輕易殺人的。我這幾年特別關注中小學語文教育,就是希望從小就給孩子的心靈上打下「愛」與「敬畏生命」的底子。這是改造中國國民性的根本。當然,我們只能做一點力所能及的事,不可能如你期待的那樣去「整頓風氣」。現在我也只能說這些無用而無力的話,這是要請你原諒的。

　　祝
好

理群　9 月 15 日

一位朋友寄來了一篇〈創建地球村大學〉的文章，提出了他的教育理想與理念，其要點有：1，「貫徹人類精神大融合的寬容思想。防止和減少種族、地域、國家、體制、黨派的人為限定和隔閡，使人類資源共享，人類教育共建。培養站在人類共同立場上面向真理、捍衛人類尊嚴的，無偏見的，優秀的地球公民。」2，「辦學思想應該是：精英化與大眾化結合，人類永恆準則與生存現代化結合，人類文明智慧和偉大自然共存共生」。3，「辦學形式：私立，自主。」4，遵循「教育財政公平」原則和「人類資源從富裕流向貧困」的原則。5，「校園建設要體現偉大自然與人類智慧的圓滿結合，使神聖與人道合一，實用和節儉合一」。6，「對教師的人格要求：無偏見，反對暴力，捍衛人類共同尊嚴，關懷我們共同生存的地球和宇宙」。

XX：

拜讀了大作，頗受啓發。這樣一種更加徹底的教育改革的理想，是十分吸引人的。但對現實的中國，這只能作為長遠的目標，以你所說的「堅定信仰之下的永不放棄的堅韌精神」，持續努力，才能在某一階段開始實施。

首先要走的一步，是實現「教育的獨立」。這是從根本上制約中國教育發展的「瓶口」問題，要害問題，正是當局者所絕對不能讓步的。這裏，又有兩個方面的問題，一是國立學校的體制改革，另一方面是私立學校，特別是私立大學的開禁。中國的教育改革的突破，大概也正應

從開辦、發展私立大學入手。有了私立大學的競爭，才有可能促進國立大學體制的變革。

　　但在中國，要發展私立大學是十分艱難的。除了政治上的種種壓制與限制，也還有投資者 —— 中國的民間企業家本身的局限：一是脫離了官方他們幾乎無法生存，因此，總要與官方建立千絲萬縷的聯繫，這在初創時期幾乎是不可避免的，但也會因此造成他們先天的妥協性，而不可能實行真正的教育獨立；二是他們自身的文化素養的不足，人文精神的稀薄，過分追求商業的利益，很容易把私立大學辦成你所說的「講習班」，同時又竭力控制學校，隨意地干涉校政，從而從另一方面影響教育的獨立。—— 中國早期的民營企業家大都有家長式專制的傾向，這也是一個不可忽視的制約因素。這樣，要創建我們所理想的真正意義上的私立大學，是很不容易的：我們將長期面臨理想與現實的矛盾與困惑。對此，必須從現在開始，就有足夠的思想準備。

　　但不管怎樣，路總是要走，有一個開端就好。

　　這也是我退休以後，所想要參與的工作。—— 但不知道是否有這樣的機會。我們可以有種種的設想，但在實際運作中卻始終處於被動的地位：這大概也是我這樣的人文知識分子的悲哀吧。

　　祝
好
理群　9 月 15 日

一位年輕的讀者寄給我一篇他寫的〈錢理群先生的困惑〉，是對我在《文學評論》上發表的〈矛盾與困惑中的寫作〉的回應。作者把現在的時代稱為馬爾庫斯等說的實驗的時代：「（它）具有折衷、脫離權威範式而進行觀念遊戲等的特點，它提倡展示與反省，對於在實踐中的事物採取開放的態度，對於研究方向的不確定性和不完善性採取寬容的態度」。文章說：「錢理群先生的矛盾與困惑正是實驗時代中寬容精神的體現，他的困惑是真誠的拷問而非激烈的批判，我形象地認為錢先生是站在波濤洶湧的海岸邊，有着一種坦然的精神和氣質。但無疑，錢先生是從『歷史進化論及歷史決定論的文學史觀』的深刻影響中走過來的，這種思想的直接作用是崇拜權威和渴望成為權威。錢先生在文章中流露了相似的意思：他希望自己能有一個對二十世紀中國文學的『屬自己的，穩定的，具有解釋力的總體把握與判斷』，相信正是如此重的使命感使得錢先生的困惑更加深入和廣泛，有了『豐富的痛苦』。但是，我願意在這裏坦率地說：錢先生無疑看得太重了。就史而言，客觀、公正遠比『穩定的，具有解釋力的』要重要得多」。

XX：

　　謝謝你對我的關心與信任，謝謝你的坦言。你說得很對：「擺脫舊的體制，將整一套的機制放到一個具有靈敏反應能力的充滿活力的氛圍中去」，這確實是發展中國思想、文化、文學、學術的關鍵之一。這裏的「擺脫」，既指外在的擺脫，即體制的根本改革，更指內在精神的擺脫。這對我們這些在舊體制下成長起來的知識分子是更為困難的。而我們的困惑確實比你想像的更為深刻。這幾乎是要像魯迅當年所說的那

樣「橫站」，既要抗拒現行舊體制的權力的壓制，又要應對仍然沉湎於舊體制的同代人的嫉恨，甚至是千百倍瘋狂的壓制（魯迅早就引用過梅林格的話：「在壞了下去的社會裏，倘有人懷一點不同的意見，有一點攜貳的心思，是一定要大吃其苦的。而攻擊陷害得最兇的，則是這人的同階級的人物。他們以為這是最可惡的叛逆，比異階級的奴隸造反還可惡，所以一定要除掉他」），還要面對強大的社會習慣勢力的壓力，更要直面更為年輕的一代的誤會與利用……。這一切外在的「黑暗」都會轉化為自己內心的「黑暗」：自我價值的懷疑，絕望，無助，恐懼，怨憤……等等。這就要求有極大的精神的光明力量來抵禦這外在與內在的黑暗。但又面臨這光明的精神資源來自哪裏的問題……等等等等。這都會形成一種巨大的，難以言說的困惑。

　　而我們也只能在困惑中掙扎着前進。——真是一步一個血印。

　　再一次謝謝你對我的啟發。

　　祝

好

理群　9 月 15 日

一位中學老師寫信來與我討論思想文化界的一些問題。

XX：

　　來信中談到「批判的激情有變成另一種專制的可能」，這其實也是二十世紀思想文化史上最重要的歷史教訓之一。今天的中國，一方面是批判精神的匱缺，另一方面一些批判者又往往缺乏自省精神，易把自己的批判推向極端，而產生某種危險，例如變成「道德審判」而顯示出某種專制傾向。而一些人在批評這種傾向時，似乎又走向了否定批判的意義的另一個極端，這同樣令人憂慮。

　　需不需要批判，怎樣批判，這仍是一個當下思想文化界未解決的問題。這都需要我們共同來探討。

　　　祝
好

　　　　　　　　　　　　　　　理群　9 月 16 日

致江西作家朋友

2000 年 9 月 17 日

通過寫信我與江西的一位作家成了沒有見過面的朋友。我們在通信中，討論他的創作，也探索中國國民性的問題。在最近的一封信中，他談到了「怨恨」的問題，提出「毛澤東是煽動怨恨的大師，怨恨使他成功，怨恨又最終使他走向反面」，「怨恨是毛致勝武器，也是他的性格，是『共和國文化』的精神內核」。

XX：

拜讀大札，頗受啓發。「怨恨」確實已經注入了中國國民的血液之中。幾十年的反覆折騰，不斷地「革命，革革命，革革革命，革革⋯⋯」（魯迅語），使所有的中國人都在成功與失敗，整人與被人整⋯⋯中輪回，就造成了對他人，對社會的極度的怨恨，毒化了整個民族的心靈。──我們在反省極權體制對人的心靈的影響時，注意了「奴化」這一面，卻忽略了「毒化」，其實，這也許是更為深刻的。這個民族已經不懂得愛，不知道對生命（人的生命，大自然的生命）的敬畏，而是無所畏懼、肆無忌憚地怨恨，踐踏，破壞，毀滅一切有價值的東西。問題是不僅是掌權者、勝利者如此，就是受迫害者、失敗者也是如此，這是一個全民族的怨恨，破壞，腐敗與專制，這是極為可怕的，是中國式的極權結出的最大惡果，要真正從我們民族心靈中消解這種滲入骨髓的怨毒，恐怕要經過幾代人的努力。

這也是我對中國現實的一個最大的隱憂。記得十年前（1989 年 1 月），我曾經在一篇文章裏指出，「現在的中國文壇與知識界，一方面是自我感覺過於良好，一方面，又充滿了不滿、不平，甚至怨毒、仇

恨。試看今日之域中，何處不再怨氣沖天地發牢騷」；這使我想起了魯迅的一段話：「我覺得中國人蘊蓄的怨憤已經夠多了，自然是受強者的蹂躪所致的。但他們卻不很向強者反抗，而反在弱者身上發泄，……再露骨地說，怕還可以證明這些人的卑怯……，卑怯的人即使有萬丈的憤火，除弱草以外，又能燒掉什麼呢？」（見拙作〈反思三題〉）。十年過去了，現實的中國怨憤不是減弱反是愈加強烈，幾乎到了臨界點。面對這樣的全民怨憤、怨恨，坦白地說，我的內心反應十分複雜：一方面，我非常清楚，這「是受強者的蹂躪所致」，它內蘊着一種合理的反抗性；但我又確實擔心，會導致盲目的非理性的破壞。因此，我希望能如魯迅所說，在合理的反抗中注入「深沉的勇氣」與「明白的理性」。這本是知識分子的責任。但正是這十年中，中國的知識分子始終陷於自憐與自戀之中，事實上已經脫離了中國民眾的大多數，失去了對現實中的問題作出反應的欲求與能力，將來中國無論發生什麼，知識分子都將被無情地拋棄，這幾乎是一個無可改變的趨向。而這樣的結果不僅是中國知識分子這個群體的悲哀而已。——這是一個更為重大的話題，以後再從容討論吧。

再回到「怨恨」這個話題上來。最近這一兩年，我經常收到一些年輕人的來信，談到他們精神的歷程：開始時，天真地相信人們告訴他們的一切，用玫瑰色的眼睛看待一切；後來，由於種種原因（也包括看了我們這些人寫的書），他們「睜開了眼」，開始正視現實的黑暗。從「瞞和騙」的大澤中走出來，這本是一種覺醒，但我從這些年輕人的來信中卻隱隱感到了新的危險：有的人在為上當受騙而失悔的同時，又似乎失去了對人的信任，在用新的懷疑的眼光看待世界與他人時，處處都看到了黑暗。於是，在字裏行間，流露出了怨恨：對曾經欺騙過他們的成年人與社會的怨恨。這引起了我自己的反省：我們在尖銳地批判現實的時候，是否有意無意地也流露了內心的毒氣（「批判」從來都是雙刃劍，在殺傷批判對象的同時，也會傷害了自己），而對青年產生負面的影響。我們確實應該引導青年「睜眼看現實」，不僅是要正視真實的

黑暗，同時也要看到真實存在的光明，最終的目的是要喚起年輕人靈魂深處的善良美好的人性因子，加以細心地培育與昇華，以內在的光明來抵禦外在與內心的黑暗。年輕人，特別是處在成長時期的中學生、大學生們，他們的思想具有一種不穩定性，看問題容易走向極端，而且經常在兩個極端中搖擺；因此，成年人的引導應該十分謹慎，在喚起他們的批判、懷疑精神的同時，更要引導他們敬畏生命，對他人，人生，社會……保持一種基本的信任與愛，在任何時候都不能以「怨恨」毒化他們的心靈。

來信中還談到，「苦難並不能讓人擺脫卑微，只有徹底擺脫那個權力網絡，在天地中自然行走，才能擺脫卑微」，這也是我十分贊同的。前幾年我提出「怎樣將苦難轉化為精神資源」，就包含有這樣的意思。張中曉說得好：當人們處於苦難中時，是存在着兩種可能性的，一是精神得到昇華，走向「天堂」，另一是走向「地獄」，精神也沉淪了。這種精神沉淪就包括前面所說的「怨恨」。其中也有你所說的「對強權者膜拜、誘惑的精神內傷」。

你對「前勝利者」即「共和國」的受益者的觀察也很深刻：「那些當家作主，一腦子天真的國民（紅色家庭），其實都是精神內傷者」。——這一命題還需要進一步展開。

「揭示國民精神內傷」，這是一個極重要的課題，希望不斷看到你的新作，並經常進行這樣的討論。

　　祝
好

理群　9 月 17 日

某大學物理系的一位學生來信說：，「我從小就表現出對數理化極高的領悟力」，是一個「物理系的高材生」；但「在讀過索爾仁尼琴的《古拉格群島》以後，我經過一陣如分娩的陣痛之後，再一次拿出我所有的勇氣決定從文了」。他如此說道：「熱血如我真的能不聞窗外事而埋首於自己的理論物理嗎？」「我明白文字並非經國之偉業，不朽之盛事，只是希望發出自己的吶喊來，這對我是一種痛苦，又是一種幸福」。

XX：

　　我能理解你的想法，也讚賞你的社會責任感。但我想對你說的是，「文」和「理」在根本上是相通的，層次越高越是如此。理論物理是需要哲學的思維的，真正的理論物理學家是絕對地具有人類關懷的，而具有人類關懷的人，也一定是關注人，關注人的現實生存狀態，從而對一切壓制人、奴役人的現象發出抗議之聲的。我建議你去認真地讀一讀《愛因斯坦文集》(許良英教授翻譯)，你就會明白，真正的理論物理學家是什麼樣子的，你所說的「不問窗外事埋首於自己的理論物理」的，不是真正的理論物理學家。老實說，當我從你的信中得知，你既對數理化有「極高的領悟力」，又喜歡文學，具有人文關懷，是很興奮的。你應該走的是「文理交融」的路，而不是「棄理從文」的路。你應該堅守在物理系，爭取成為一個出色的物理學家；同時，在業餘時間，多讀文科的經典著作，不僅是文學經典，還包括哲學經典與歷史經典，提高自己的人文素養，並保持對現實的關懷。這樣，當你在物理學上取得成就，成為一個有力量者時，你同樣可以對社會，國家，以至人

類的問題，發出你的聲音。現在，我們國家，並不缺乏文學家，思想者，也不缺乏科學家，缺乏的是將科學家與思想者（思想家）二者結合的人才。二十一世紀也正呼喚着這樣的更高層次的人才。你既有了這樣好的基礎，就應該從這個方面去努力，這才是你的真正社會責任之所在。你「棄理從文」，實際上是放棄了自己一個方面的優勢，是極為可惜的。

請認真地考慮我的意見。仔細想想，不要匆忙作出決定，這關係着你未來的自我設計，

不可掉以輕心。

祝

好

理群　9 月 17 日

一位大學生來信與我討論《話說周氏兄弟》一書中探討的「奴性」問題，提出「日常生活和工作中要靈活，『奴性』只是一種處事技巧。待我們入『主』之後，才有能力解決此類問題。這也符合『留得青山在，不怕沒柴燒』的道理。但要有種堅強意志，時機成熟之時再露鋒芒」。

XX：

我同意你的意見：在現實生活中不能不講妥協，需要有一定的靈活性。我們並不贊成逞一時之勇而赤膊上陣，尤其是正在求學中的青年人，尚處於人生的準備階段，更要學會保護自己，即所謂「留得青山在，不怕沒柴燒」。

但我想，妥協要有一個「度」，靈活性必須與原則性相結合。這裏有一個不能不作妥協、忍讓，與為達到自己的目的，而與社會的黑暗面同流合污的區別。如果不擇手段而終於入「主」，那就很有可能不是你所想像的真能「解決此類問題」，而是使自己成為黑暗本身，那樣的「再露鋒芒」實在是很可怕的。生活中有許多這樣的例子：有些人出身底層，備受「主」的欺辱，於是，忍辱負重，甘心為奴，即採用所謂「靈活」手段，一心一意要「爬」上去。開始時或許還有點「善良」動機：自己爬上去，當了「主子」，有了權力，再來為同在底層的鄉親們做好事。殊不知，一旦真的爬了上去當了「主」，有了權，就被權力所

腐蝕，私慾膨脹，反過來加倍瘋狂地攫取財富，成為鄉親們更殘暴的新的統治者。對於這樣一條由「奴」爬上「主」的道路一定要保持警惕。

以上意見，僅供參考。我姑妄說之，你姑妄聽之吧。

　祝

好

理群　9 月 17 日

一位中學生來信問「如何理解魯迅《作文秘訣》中的那四句話」。

XX：

　　魯迅強調作文要「有真意，少粉飾，少做作，少賣弄」，關鍵是「有真意，少粉飾」。「有真意」就是要有真情，實感與真知，說自己的話，說自己想說、願意說的話，好的文章都是從自己心底自然流露出來的。「少粉飾」就是要說真話，對現實，對自己，都不要掩蓋，遮蔽，粉飾，是怎麼樣就怎麼說。如果無話可說偏要說，或者按照別人（老師，考官……）的要求說話、寫作：心裏這樣想卻不得不那樣講，看見的是這樣卻偏要說成那樣，那就必然要故意「做作」，或者「賣弄」了，非但不自然，而且實際上是自欺欺人。可見，魯迅這裏講的是「怎樣作文」，其實是包含着「怎樣做人」這個大問題。當然，說自己的話，說真話，這是第一步，是一個前提，一個最基本的要求。第二步還有個「怎樣說」，如何說得清楚，明白，正確，動人……的問題。這就需要認真學習語言，提高語言的表達能力。在表達中，需要借助於一些寫作的技巧，其中也就會有寫作上的刻意追求，而且在學習過程中，有時也免不了要露出追求的痕跡。這與前面所說的「做作」與「賣弄」是不一樣的。而且寫得多了，真正成熟了，痕跡就沒有了，這就是我們通常所說的「返璞歸真」，這自然是一個更高的寫作境界。

　　　祝
好
　　　　　　　　　　　　　　　　　　　理群　9 月 17 日

我從遙遠的大西南收到了這樣一封信 ——

「我想，在你的面前不需要偽裝什麼，今天，在我接過你寄來的書的那一刻，我哭了。原來幸福時也可以流淚，而且這種感覺很美，很美。

沒有想過你竟然也記得我們，因為我們之間近似於陌生人。你離我們是那樣的遙遠。但當我拿起這本書時，卻覺得你無比地熟悉而親切。也許你覺得你只是做了一件很普通的事：我們喜歡北大，而你就送給我們一本關於北大的書（按：指我編的《走近北大》一書）；也許你把我們當作一群追夢的孩子，而你所做的只是讓我們離夢更接近一點。但是，你難以想像這本書在我們，至少在我的心中引起了怎樣的波瀾。

在學校，很少有老師喜歡我。有時讀完兩三年書，認識我的老師也不過一、兩人。而這一、兩人，記得的也只是『XX』這個名字，而不是這個人。在學校，我也幾乎不招呼老師，因為師德有問題的老師被我鄙視，而在我喜歡的老師面前，我又往往手足無措。當他們快要經過我身旁時，我往往會很緊張，把頭埋得很低，因為我覺得自己不是好學生，沒有資格叫他們，甚至怕自己會褻瀆了『老師好』這三個字。當他們走遠時，我才會抬起頭，望著他們的背影，在心裏祝福他們。要是有一天我碰到了你也多半會是上面這種表情。

所以當時的心情絕不是感動二字就能概括的。曾經看到這樣一個故事，一個人在自殺時，僅僅因為想起美術老師對他讚揚的一句話而放棄了自殺，決心重新生活。以前總懷疑它的真實性。不過現在不

了。真的，有時只因為你對別人說了一句很普通的話或做了一件很普通的事而引起這個人的某些變化，就像你對我，你讓我知道了應該怎樣去面對我的學生。……

做你的學生真好，他們時常會被感動，這樣他們的心靈會永遠充滿愛與感激。錢教授，真的請你原諒，學了兩年中文，文筆卻一點都不好，既無法寫出當時的心情，也無法寫出對你的那份感情。我只是一個人坐在桌前捧着那本書哭了很久，但流出的是很幸福很幸福的眼淚。我覺得上天對我真是太好了，我還有什麼可埋怨的呢？」……

XX：

你的來信讓我感動。

字裏行間充滿了愛。——不只是你我之間，我們也應該用這樣的愛對待周圍所有的人。

這裏有一種心靈的溝通。——我們這個社會太需要這樣的溝通了。

從信中看，你現在是一位教師。你說你知道了「應該怎樣面對我的學生」，這個問題也是我一直在思考的。在我看來，教育的本質就是將學生內心深處的善良、智慧……這些最美好的人性因子激發出來，加以培育和昇華，以此來壓抑人的內在的惡的因子。——按照我的人性觀，人是善惡並存的；問題是我們要「揚」什麼，「棄」什麼。而善的激發，是需要一種愛心的。這種愛是發自內心的，是自然的，如你信中所說，是毫不經意的，而不是一種着意的表演。而當下社會裏，這樣的愛的表演也實在是太多了。

你的來信，引發了我的思考，謝謝你。

祝

好

理群　9月18日

一位年輕的大學生來信對我的文字挑了一大堆毛病，並且說：「我認為我應該是你的敵人，是你文字（不是文筆文采文風文氣文思文心）的公敵，但又是你的情感（是情愛情意情調情思情心情真）的私交」，信的最後一句是：「為什麼愛我的人傷我最深？」

XX：

　　謝謝你對我的寫字、用詞、標點的不當處的指正。我這個人向來比較粗疏，寫得太多（因內在的寫作慾望太強烈），也太快，往往來不及細細斟酌，修改，這就常有「小辮子」被別人抓住，弄得自己很狼狽。這樣的毛病大概也很難改。只有煩請你這樣的朋友經常把關，「不吝賜教」了。用你的話來說，就是充當「文字的公敵」，而且要長期當下去，好嗎？

　　──當然，這是義務的，我不會給你一分錢。一笑。

　　　祝
好

　　　　　　　　　　　　　　　　　　　　　　理群　9 月 20 日

一位中學老師給我寄來了一篇「剖析繼續教育的現狀」的文章，提出「繼續教育也要打假，救救學生，也要救救教師」。文章揭露，作者所在的市，在短短的三個月的時間就收到有關教師培訓的紅頭文件 6 個，還不包括口頭傳達的文件。如此頻繁的培訓是幹什麼的呢？一次「知識更新」的培訓是由勞動人事局主辦的，教材兩本只有六百多頁，外加兩本筆記本，文件袋一隻，收費 120 元，形式是集體聽課，每次必 200 餘人，不參加你增資無望。這樣的培訓、複習迎考，時間最長的老師一年可達 230 天（一般都是業餘時間），成為不堪承受的負擔。一次為時三天的培訓，到場的有老師，也有教師的外婆、奶奶、小孩去代聽的……。

XX：

　　謝謝你的大作提供了當前繼續教育的真實情況，並作了切中時弊的分析。坦白地說，這都是我所不了解，也沒有認真思考過的。

　　拜讀了大作，我首先想到的是，隨着教育改革的深入，教師的「繼續教育」應該擺在越來越重要的位置。這一點似無須多說。而大作所提出的問題是如何進行教師的培訓。我很贊同你的兩個觀點。

　　一要講實效。現在看來，不僅是繼續教育，所有的教育改革的舉措，都有走過場的危險。而其中深層次的問題，是某些教育部門的掌權者為了既得利益，而將繼續教育變成賺錢、顯示政績，以便升官的工具，這就從根本上變了質。如大作所說，明明是「吸着教師的血」，卻「唱着為教師、為學生、為社會的高調，扮演着學生代言人的角色，學

生為主體的導向變成了他們為主體」。這裏所說的「誰為主體」，正是要害所在。我完全同意你的觀點：第一，絕不能以自命為「學生代言人」的掌握權力者為主體——正是在這個問題上，集中暴露了現行教育體制的根本弊病。第二，也不能簡單地說「以學生為主體」，教學是在教師的指導下的學生學習的過程，是一個雙向運動，它必然要求調動教師與學生兩個積極性，最終達到「教學相長」。

二，繼續教育也必須「個性化」，發揮接受繼續教育的教師的主體的自主性。你說得很好：「統一教育，統一模式，教師的思維也會修剪得松牆一樣整齊」，「它又反作用於學生，形成惡性循環」。因此，解放學生，首先要解放教師，要發揮學生的自主性。中國的教育改革全賴於有一大批「適應時代，開放，有個性，有自主能力的教師」，這裏也包括教育行政人員。因此，你提出對第一線的教師、教學行政人員要多一些理解，多幾分寬容，要為他們提高自身素質創造條件，都是十分適時的。

當然，我也理解你的具體處境，如信中所說，弄不好是要被「穿小鞋」的。我這封信也只能表明我對你及第一線的教師們的一種理解與敬意，作一點並無實效的聲援，僅此而已。匆匆寫此。

　　祝
好

理群　9 月 20 日

一位湖北的大學生寄來了他的一篇文章,題目是《天之驕子,我來剝你的皮》。文章尖銳地指出:「這個時代,大學生差不多早已變得不太會說屬自己的話了。有個朋友說:從我們進大學的那一天起,我們就不斷被教導、被灌輸、被暗示、被誘逼,哪些話該說,哪些話不該說,見到甲該怎麼說,見到乙該怎麼說,在台上該怎麼說,在台下該怎麼說。我們已經喪失了大學生自己的靈魂。『告別萬歲』的大學生並沒有成為真正的自我,沒有塑造出自我健康的人格。告別權威,他們又走向了另一個極端:盲從社會,迷信流行,沒有自己的觀點,缺乏智慧的思想」。「他們成為了什麼?」「他們在實踐中追隨一種普遍流行的服從,滿足於自我精神深度模式的消解和平面化的現狀,虛偽,形式化的思想行為正成為一種流行的時尚」,「一些人『平日則放蕩漫遊』,考試則熟讀講義,不問學問之有無,唯爭分數之多寡」,「一些人放縱着自己的情欲,尋求生活的刺激和偽先鋒式的瀟灑」,「一些人醉心於『理論聯繫實際』所獲取的可觀報酬,他們過早地走進了商業操作的流程」,「一些充當『學生精英』的學生幹部,以鍛煉能力的謊言和藉口,滿足權力的角逐欲和官癮,沉醉於發號施令和振臂一呼應者雲集的精神鴉片之中」。

XX:

坦白地說,讀了你的大作,我的心情頗為沉重:至少你說出了相當程度(當然不會涵蓋大學生的全部)的真實,我在北大這塊被稱為「精神聖地」的地方,也看到了許多這樣的學生。我曾經因此感嘆北大教育的失敗:許多學生都是滿懷理想與激情考入北大的,四年教育的

結果使學生失去了追求。上學期一位學生在作業中的一段話曾使我震驚：「我很欣賞老師的這門課，這種生活方式。雖然有現實生活中的種種的束縛，還是能活得很自由自在，在思想上始終堅持一種自由的狀態，永遠對自己的愛好、自己的事業充滿激情，對自己的生命也充滿激情。而回想我這幾年的大學生活我覺得我的心態已經老了，我對一切都抱着一種順其自然的心情，這可以說是寬容，更殘忍，更確切的說法是，這是一種消極的生活態度。現在的我還是在這樣的心態中生活着，自己覺得很可悲，但已經很懶再去改變了，我想等我跨出校門之後我或許會改變」。這年輕人心態的衰老與倦怠是可怕的，而且我相信它具有一定的代表性，這就更使我感到悲哀。你在信中也談到了你的困惑：「我不明白的是，現今的大學生不是不知道自身的淺薄，工具化。但他們為什麼甘於這樣，為什麼安於這樣的狀態，存在總有其合理性，更深層次的心態到底是什麼？」這確實值得探討。你和你的朋友自身就是大學生，當然更有發言權。我想到的有兩方面。一是外在的社會的原因。儘管我們現在口頭上也在大談「創新人才」，但實際上在現行體制下需要的是有效率的工具，國家與商業機器上有用的「螺絲釘」；另一方面，「官本位」的體制也從根本上扼殺了人的創造性與積極性，再加上不公平的競爭，由此產生的腐敗，人與人之間的敵意、相互傷害等社會風氣的毒化……，這都會造成年輕人的工具化，淺薄化與老化。從大學生自身來看，我以為根本的問題在於缺乏信仰，失去了追求的目標與動力。沒有了精神的信念，信仰與追求，失去了生活的目標感，人成了「空心人」，只能把人本能的欲望膨脹到極端，或者依靠利益的驅動，不擇手段地在名利場（官場與商場）上追逐，有的則消極退縮，陷入遁世或混世。因此，現在的中國，最迫切的是「文化的重建」，其中一個重要方面就是價值觀、理想、信念與信仰的的重建。如你所說，即使有的大學生不滿於自身的狀態，但只要「新」的精神信念未「立」起來，他們也就必然處於迷茫中，或按照現有生活的慣性繼續生活下去。但這樣的重建，是不能靠他人來「指點」的，只能由青年人自己來尋求，創造。因此，我非常贊同魯迅當年的觀點：「青年又何須

尋那掛着金字招牌的導師呢？不如尋朋友，聯合起來，同向着似乎可以生存的方向走。你們所多的是生力，遇見深林，可以闢成平地的，遇見曠野，可以栽種樹木的，遇見沙漠，可以開掘井泉的。問什麼荊棘塞途的老路，尋什麼烏煙瘴氣的烏導師」。你在信中說你們已經有了一個民間的思想村落，這就是一個好的開端——路正在你們的腳下，這是確實如此的。

　　祝

好

理群　9月24日

一位退休教師寄來了他多年研究的成果：一篇分析《阿 Q 正傳》的論文，希望和我進行討論。

XX：

　　你的大作引發了我對《阿 Q 正傳》的重新思考，這是首先要感激你的。

　　你對魯迅自己關於《阿 Q 正傳》的論述所作的梳理，詳盡而準確，令我嘆服。這些材料過去都看過，但經你前後貫串，詳加分析，竟有耳目一新之感，像是第一次讀到似的。於是，你引述的魯迅逝世前三個月所寫的一段話，引起了我的注意與思考——

　　「《阿 Q 正傳》的本意，我留心各種評論，覺得能了解者不多。搬上銀幕以後，大約也未免隔膜，供人一笑，頗亦無聊，不如不作也。」（〈致沈西苓〉，1936 年 7 月 19 日）

　　這就是說，魯迅在他的生命的最後時刻，還在為很少有人了解他寫《阿 Q 正傳》的「本意」，他與他的讀者、評論者之間的「隔膜」，感到悲哀。

　　這確實令人震撼。

　　那麼，魯迅寫《阿 Q 正傳》的「本意」究竟是什麼？

　　其實，魯迅自己就有過說明，這也是你的文章裏着重引述與討論的——

「民國元年已經過去，無可追蹤了，但此後倘再有改革，我相信還會有阿Q似的革命黨出現。我也很願意如人們所說，我只寫出了現在以前的或一時期，但我還恐怕我所看見的並非現代的前身，而是其後，或者竟是二三十年之後。其實這也不算辱沒了革命黨，阿Q究竟已經用竹筷盤上他的辮子了」。（《〈阿Q正傳〉的成因》）

這裏，魯迅說得很清楚：「人們」所不了解的，是他關於「阿Q似的革命黨」、「阿Q似的」改革的思考的深意。這一思考，也就是《阿Q正傳》所着力描寫的，有兩個側面：一是中國已經發生、正在發生，以及將要、可能發生的「改革」（「革命」）是什麼樣的；二是這樣的「改革」（「革命」）與「阿Q們」（中國以農民為主體的國民）的關係如何。魯迅特意強調，他「所看見的並非現代的前身，而是其後」，說明他關注的是中國進入「現代」歷程「其後」的問題，這其中一個核心就是現代改革（革命）。這正表明了魯迅憂慮的深廣，他的思考的超前性。這幾乎涵蓋了從辛亥革命直到今天的改革的全部歷史。在這個意義上，《阿Q正傳》確實是二十世紀中國歷史經驗的總結——在他寫作的二十年代中期，這種總結帶有很大的預測性，卻被其後的歷史所證實。這樣的「思想史與文學史上的奇跡」來源於魯迅對中國社會、中國文化、中國人的深知與真知，這是現代中國無人可以企及的。人們與魯迅的隔膜，說到底，是對中國的真正國情（絕不是今天已被說濫了的「國情」）的隔膜。這也是《阿Q正傳》對處於世紀之交的中國人、中國知識分子的最大啟迪：需要重新認識我們的國情，以此作為我們的新的思考與探討的出發點，其中一個重要方面，就是重新思考魯迅在《阿Q正傳》中所提出的那兩個問題。

當然，即使弄懂了魯迅的「本意」，也不算完成了對《阿Q正傳》的研究。因為作品的實際內涵遠比作者的「本意」要豐富得多。在這方面，給讀者與研究者的再闡釋留下了極大的餘地。也就是說，每一個認真的讀者與研究者對《阿Q正傳》都可以、可能有自己的「發現」。在

這個意義上，《阿 Q 正傳》和所有的不朽的著作一樣，是說不盡的：它的魅力也正在於此。

你看，讀了你的大作，我竟是思緒綿綿，情不自禁地說了這麼多的話，現在真應該打住了。但我的心中依然激蕩着歡樂的水花 ── 這是思考的歡樂，是與沒有見過面的朋友切磋學問、探討真理的歡樂，我真要陶醉其中了。

再一次謝謝你。

祝
好

理群　9 月 24 日

一位師範大學教育系的青年教師寄來了一篇關於小學語文教育的論文。

XX：

　　從信中得知，你從事小學語文教學法研究曆有十數年，你現在是師範大學教育系的一位青年教師，十分興奮。因為我一直認為，隨着語文教改的深入，語文教育學理論的研究應該成為一個關鍵性的環節置於突出的地位；而要推動語文教育學的發展，又必須充分重視與發揮青年研究者的作用，特別是這些年從師範大學教育系畢業的大學生、研究生，他們中蘊藏着很大的潛力；師範大學，特別是教育系也應該得到充分的重視，有更大的發展。我甚至認為，什麼時候師範大學的教育系成為一個熱門系，我們的中小學教育才真正有了希望。——我的這些話說得有些絕對，我卻堅信不移。

　　拜讀了大作，我完全同意你的意見，而且確實發現，我們的想法有很多相通之處。不過我說的多是經驗性的意見，是「門外談語文」，而你卻是以專業的素養、眼光來討論這些問題，就比我更加理論化與科學化。所以我總說自己只能敲敲邊鼓，最終還要仰賴你們這些專業研究者。希望以後繼續保持聯繫。

　　祝
好

　　　　　　　　　　　　　　　理群　9 月 27 日

一位中學老師寄來了他編的學生優秀論文選，題為《表達》。看來這位老師對這項工作十分投入，這引起了我深深的共鳴。

XX：

讀了你編的刊物，頗有親切感。

你說你是「沒事找事幹」，我大概也是如此：好好地當着大學教授，卻要來對中學語文教育說三道四，弄得一些人十分惱火，非要把我趕出他們的「領地」，我又偏偏賴着不肯走，至今仍是一個僵局。我倒覺得很好玩。——這大概是「好事之徒」的壞脾氣吧。不過，魯迅當年到廈門大學發表公開演講，就是鼓勵大家都做「好事之徒」，也是弄得一些大人先生、正人君子滿臉不高興，卻也無可奈何。反正他們的一統天下被打破了。

你的「自作多情」我也很欣賞。要多有幾個「多情」人，中國的教育就有希望了：現在有多少人是出於「情」而不是出於「利」來辦教育的呢？馬克思早就對把一切都浸在「金錢的冰水」裏的怪事提出過尖銳的批判，但今天有多少人記住他老人家的話呢？包括那些念念有詞的所謂「馬克思的信徒」們。

你在「編後絮語」裏對你的學生說的最後幾句話，我尤其贊成：「在讀（刊物）的過程中，你可一定要保持批判的眼光 —— 包括我的作文。」你也真的這麼做了：這一期就選登了一篇批判你的文章：〈說「臭」——與曾老師商榷〉。學生敢寫，你也願登，這都是很了不起的。

這不僅體現了一種師生的平等，更是培養了學生獨立的批判的精神。從語文教育的角度看，這才是真正的「自主性的獨立寫作」：說真話，說自己想說、願意說的話，並且敢於發表自己的不同意見。——中國的教育改革正應該從這裏開始。

還要談談你的刊名：「表達」。是的，我們應該爭取與維護本屬我們自己的自由表達的權利。同時，我們還要學會正確、準確、生動、活潑地表達自己。——你的刊名道盡了寫作教育的本質。

最後，我還要表達一點贊同：你的幾篇「初中語文課本研究」採用了與學生「對話」的方式，你指導學生寫作，自己也參與進去寫，並且和學生的作文放在一起，讓學生也來評頭論足，這都是把自己的心袒露出來，交給學生，與學生進行平等的交流，形成心靈的撞擊，使作文寫作真正成為師生雙方的生命運動。——這是同樣體現了語文教育（甚至是一切教育）的基本精神的。

謝謝你的刊物引發了我的這些思考。

　祝

好！

理群　9月28日

一位大學生來信問及如何看待三十年代與九十年代的「文人相爭」。

XX：

　　這是一個很有趣的現象：三十年代發生的許多事在九十年代又重現了。文人論爭之多也是其中之一。我不想對三十、九十年代的具體論爭一一作出評價，只想從三十年代論爭中概括出幾個問題，或許對如何看九十年代的論爭有所啓示。

　　一是不可將文人的論爭簡單地一筆抹殺。三十年代曾有人籠統地將文人論爭稱之為「文人相輕」，魯迅寫了不少文章加以辨正。他指出，「作文『藏之名山』的時代一去，而有一個『壇』，便不免有鬥爭，甚而至於謾罵，誣陷的」。有不同的觀點，思想存在分歧，就必然要「爭」，而且會有是非；至於謾罵、誣陷，更是有誣人者與被誣者的是非之分。如果「不施考察，不加批判，但用『彼亦一是非，此亦一是非』的論調，將一切作者詆為『一丘之貉』」，那就只能混淆是非，「增加混亂」，「謾罵固然冤屈了許多好人，但含含糊糊的撲滅『謾罵』，卻包庇了一切壞種」。

　　二，要警惕有人的「罵」（批判）不是真正要與對方論爭，甚至也不是給讀者看的，他是「罵」給權力者聽的：無非是報告「敵情」，發現了「異端」。這樣的告密，自然是向權力者表功、獻忠，是想借助權力的干預，來壓殺對方，以濟其思想、文學、學術上的「窮」：這就是魯迅所說的「乏」。

三，還要注意有的論者，他和你論爭，並不是真要爭出個道理，而是「尋開心」，是為了取得市場效應，鬧着玩玩的，他並沒有非要堅持的一定之見，唯一關心的是如何使自己處在輿論關注的中心位置，因此，「說的時候本來就不當真，說過也就忘記了。當然和先前的主張會衝突，當然在同一篇文章裏自己也會衝突」，「你若認真的看，只能怪自己傻」。

　　但也還是魯迅說得好：「總歸有許多所謂文人和文章也者一定滅亡，只有配存在者終於存在，以證明文壇也總還是乾淨的處所」。

　　這是已經被歷史所證實了的。以歷史觀現實會更加有趣，你說呢？

　　就寫到這裏。

祝
好

　　　　　　　　　　　　　　　　　　理群　9月28日

一位中學畢業生考完了高考，就給我寫了一封信，並寄來了他的作品。

XX：

　　讀了你的「思考」與「獨白」，看出你正在睜開眼，用自己的眼睛看世界，並且用自己的頭腦思考，於是，你有了自己的發現，感悟，體驗，用自己的文字寫了下來。

　　讀你的文字，好像是在與你對話。有好些段落，我都是一邊看，一邊發出會心的微笑。

　　例如──

　　「實在不知道朱自清的〈背影〉有什麼好感動的，倒是看着語文老師熱淚盈眶的朗讀，被他的敬業感動了」。

　　「抗日戰爭打了八年，歷史教科書介紹了 327 頁；文革鬧了十年，教科書卻只有 7 頁。所以，當老師說我自我反省不深刻時，我總不大服氣」。

　　等等。

　　也有我不喜歡的。例如，「在中國，每個人都分配一張嘴真他媽的有點多餘。──除非中國有自己的海德公園」。我不能理解，你為什麼要用「國罵」。如魯迅所說，這是中國人怯懦的表現，不值得口傳筆錄。

　　不管怎麼說，你已經有了一個好的開端。

但這又僅僅是一個開端。這樣的「思考」、「獨白」，大多是即興式的，是思想的火花，是瞬間的感悟。但畢竟只是「火花」，只是「瞬間」，這是遠遠不夠的。

你需要讀更多的書，要有更多的積累，不斷地充實自己。

你需要有更開闊的視野。

你需要更持續，更深入，更廣泛，更系統地思考。

這都是進入大學要完成的任務。

大學是人生最寶貴的時光：它沒有負擔（比之大學畢業，參加工作），沒有太大的壓力和束縛（比之中學）。建議你沉下來，更自由地讀書，更自由地思考，更自由地寫作。

順便問一句：你考取了哪個學校，什麼系？

匆匆寫此　祝

好

理群　9 月 28 日

一位醫學院的學生來信述說他對文學的喜愛，並詢問應如何學習文學。

XX：

　　得知你作為一名醫學院的學生，又喜愛文學，十分高興。在我看來，醫學與文學有着根本的相通，因為它們都是以「人」為對象，醫學着眼於人的肉體、生理，文學着眼於人的精神、心理，而人的肉體與精神，生理與心理是存在着內在聯繫，密不可分的。許多文學家（如外國的契訶夫，中國的魯迅、郭沫若）都熟悉醫學，許多著名醫生都有濃厚的文學興趣，很高的文學修養，這都不是偶然的。

　　作為一個醫學生，業餘學習文學，應把主要精力放在文學經典作品的閱讀上，這些作品是人類文明的結晶，充分地顯示了人性的複雜，揭示了人的靈魂的深度，展現了人的內心世界的豐富性，這都會幫助你更深刻地理解「人」，而不僅是提高自己的文學修養，陶冶自己的性情而已。閱讀的面不妨寬一些，古今中外都要讀一點，文學之外，藝術（音樂，美術，舞蹈……）都要有所涉獵，這會使你的眼界更開闊，精神世界更加豐富，最終把你引入一個「真正的醫生」所應有的「境界」：他不僅有高超的醫術，更對人有深刻的理解，同情與愛，有着一個博大的胸襟與情懷。正是在這裏，醫學與文學交融為一體了。

　　匆匆寫此　祝
好
　　　　　　　　　　　　　　　　　　　　理群　9 月 30 日

一位大學生來信述說他思想上的苦悶。

XX：

　　我理解你的心情。我接到過很多青年的來信，他們都有着和你類似的思想歷程：先是一個「理想主義者」，「把一切都看得很美好，看不到現實的虛偽和世態的炎涼」，成了一個「馴服」的「信徒」。但以後終於睜開了眼，發現自己「被蒙蔽與愚弄」了。作為一種「報復」，又成了一個「憤世嫉俗的厭世主義者」。——從蒙昧中覺醒，這自然是好事，但成為「憤世嫉俗的厭世主義者」，則令人擔憂。把一切都看得很美好，把一切都看得很黑暗，這看似兩個極端，卻都看不到「真實」。真實的人生、社會、人性，是既存在美好，又存在醜惡；既存在光明，又存在黑暗的。而且二者是始終處於相互鬥爭，消長起伏的過程中。我們的任務是促成美好光明方面的發展，壯大，不斷縮小醜惡、黑暗面。因此，在任何時候都要「敢於直面慘淡的人生，敢於正視淋漓的鮮血」，同時，任何時候也不要喪失對人的生命的美好，社會的進步的信心。不僅要有勇氣揭示醜惡、反抗黑暗，也要善於從周圍的生活，周圍的人的身上，發現、發掘美好的東西。我們當然「不滿」於許多事情，但這種不滿，應該成為魯迅所說的「向上的輪子」，即成為我們努力地去變革現實的動力，而不能把自己引向消極頹廢，對一切失去信心。當然，我們每一個人「變革現實」的力量是極其有限的，我們受到了許多限制，但我們總要去做，有時甚至需要有一點「只顧耕耘，不問收穫」的精神。這仍然是一種「理想主義」，但它不是虛幻的自欺欺

人，是正視現實、正視自我的局限以後的精神堅守，它也不是空幻的烏托邦，是腳踏實地的努力奮進。這是我們所應追求的一個更高的精神境界。我自己也沒有達到，卻心嚮往之。——讓我們以此共勉吧。

　　祝
好

理群　9 月 30 日

心有靈犀一束通信（2001 年）

這是一位新結識的任中學老師的「小朋友」在幾個月前寫給我的信，其中一段話給了我很大的震動，一時竟不知該怎麼回答才好。即使在病中也老是想着，引發了一些思考，於是就有了這封遲覆的信。先將他的來信抄在下面——

「儘管我在認真地教書，但我沒有做成任何事情。留給學生的，暑假一過也就差不多了，他們畢業以後，我甚至可能成為他們嘲笑的對象。儘管他們現在對我抱着喜愛和尊重。

可我仍然不得不相信，社會現實不費吹灰之力便將撕碎我苦心經營起來的一切。這是一種巨大的冷漠，無動於衷啊。這也使我想起了同為人師的您。記得孔慶東先生在一篇文章裏提醒您小心被人利用，而且利用您的卻恰恰是在台下為您鼓掌的那些人。對此我也有相似的看法。我知道您的課很受歡迎，您的著作都是暢銷書。但您的演講和著作在您的聽眾和讀者心中所引起的並非是一種痛感的共鳴，不是喚起他們的責任感和憂患意識，而是一種快感的消遣。社會中，所謂『不得志者』大有人在。由於水平和資歷都不夠，他們很難獲得一吐為快的機會，於是就只得從您的言語（作品）中去一聽（一睹）為快了。這只是一個『看客的群體』，說不定哪天您就成了示眾的材料。事情有大有小，但道理卻往往是相通的。我站在講台上亦是如此。面對中

學生，我亦不希望喚起他們太多的痛感，我只力圖培養他們一點純美的志趣，一點於國於家起碼的責任心，在小是小非大是大非面前，有一點獨立的判斷力……。而我的處境如您在北大的尷尬一樣，我們都成了不諳『世故』的孩子，成了『做戲的虛無黨』們台上一個供人玩笑的戲子！在我們把他們看作是需要開化的觀眾的時候，他們卻將我們置於瘋子隊列的前沿！當然，我怎樣說也只是針對於效果而言，從本質上講，您的讀者（聽眾）群體和我的學生都不乏心靈的善良，然而他們可能對我們產生喜愛和尊重，但很少會在理智上接納和認可我們，更不會有什麼真正的行動。與這種無動於衷的理智與行動相比，情感的親近又是一件多麼脆弱的事情啊！……」

XX：

……其實，你所說的「被利用」的可能，我並非不知道。我在許多文章與演講中，都曾談到，在我們這個充滿「看客」的「遊戲」國裏，一切嚴肅的努力與崇高的追求，都會變成哈哈一笑。因此，每次上課、演說，在興奮之餘，也會有一種無聊感。但你的來信仍然給我以震動：它再一次讓我看清自己的真實處境；你剛走上教學崗位，就有了這樣的感受，則讓我心酸；而中學生也會成為「看客」，學生比老師、年輕人比老年人更懂世故，這一事實更是觸目驚心。我還可以舉一個例子，來證實你之所言並非誇大其辭：一位廣東的中學語文老師將學生的優秀作文編成一本題為《表達》的雜誌，寄來給我，我看了很感興趣，寫了封信給他，表示我的敬意與支持。他來信告訴我：在學校大多數老師與同學的眼裏，他是一個「瘋子」，有的學生「欣賞」他，也是因為他「天真」得可笑；而且他還為編這樣的雜誌，而被有關部門找去談話。這大概正是你，我，他，一切有理想、追求，獨立思考的教師的共同命運吧。你說：「在中學裏，我是找不到自己的位置的」，對此我是能夠理解，並深有同感的。你說得對，我的讀者、聽眾與學生本性都是善良的，他們現在成為「看客」，對我們的拒絕，是社會「教育」的結果，

現實生活的邏輯比我們在課堂上所講的思想文化的邏輯有力得多：這幾乎是一切信奉「教育至上」的理想主義者的共同悲劇。因此，當我們直面自己的尷尬處境的時候，應該對教育理想主義進行某種質疑，要充分地看到教育本身的局限，中國所面臨的是整個社會生活的全面改造，離開了政治、經濟、文化的改革，單向的教育改革是很難奏效的。作為一個有限的生命個體，所能發揮的作用就更其微弱，幾乎是不能心存什麼希望的；因此，我們認真地教學，首先是為「自己」的：是從自己的職業道德出發，為了對得起自己的良知，是只顧耕耘而無法預計效果的。在這個意義上，這也是「反抗絕望」，認定「絕望之於虛妄，正與希望相同」。因此，從另一面說，我們又要堅守崗位，不完全放棄理想，為自己尋求某種價值與意義。剛好我正在為《新語文讀本》作最後的審讀。其中選了陀斯妥也夫斯基《卡拉馬佐夫兄弟》的一個片段：小說主人公在早夭的同學的墓前發表了這樣的演說：「從兒童時代保存下來的美好、神聖的回憶」，「是世界上最高尚，最強烈，最健康，而且對未來的生活最為有益的東西」，「我們以後也許會成為惡人，甚至無力克制自己去做壞事，嘲笑人們所流的眼淚，取笑那些……喊出『我要為全人類受苦』的話的人們，……但是無論如何，無論我們怎樣壞，只要一想到我們怎樣殯葬伊留莎，在他一生最後的幾天裏我們怎樣愛他……，那麼就是我們中間最殘酷，最好嘲笑的人……也總不敢在內心裏對於他在此曾經是那麼善良這一點暗自加以嘲笑！不但如此，也許正是這一個回憶，會阻止他作出最大的壞事……」。我想，作為一個教師，我們所追求的，而且也是我們唯一能做的，就是成為我們的學生「兒童時代美好、神聖的回憶」中的一個有機部分，儘管他們以後在現實生活的影響下，會走上不同的道路，即使走向歧途，童年時代的美好、神聖的回憶卻是無法抹掉的，或許在某一個時刻，由於某一機緣，在他們的心上，會掠過我們的身影，想起我們有意無意地說過的某一句話，那都會給他們的心靈帶來片刻的溫馨。這正是對我們今天的勞動的一個報答。即使學生把我們忘卻了，我們仍會感到滿足，因為我們畢竟曾經試圖引導學生創造善良、美好的童年、青少年，或者

用我習慣的話來說，有過一個做夢的時代。一個人有過、還是從來不曾有過這樣的人生經歷，是大不一樣的。我們的意義與價值正在於以自己的存在，向學生們證明，儘管不合時宜，人還是可以以那樣一種方式生活的。——我的這種自我評價，在有些人看來，或許有些「阿Q氣」，大概是吧，從一個特定的角度說，人有時是不能不講點「精神勝利」的。……

　　　祝
好！

理群　2001年1月4日

一位中學語文老師來信，談到他的隱憂：「目前在中學語文教學中，普遍存在着一些錯誤的做法：注重『感悟』，輕視訓練；注重『理解』，忽視『積累』；注重興趣的激發，輕視習慣的培養」，「絕大部分教師把分析講解作為課堂教學的主要方法，上公開課，也以課堂氣氛是否活躍和教師是否講得深刻作為評課的主要標準，似乎只有這樣講，才能培養學生的語文能力，如果讓學生記一些，背一些就會有『幼稚』和『沒水平』之嫌」，「許多學生已養成懶於背誦的習慣，他們喜歡表演式的教學方法和茶館式的課堂環境，過分強調興趣而疏於訓練，缺乏刻苦勤奮的學習態度」。他把上述現象歸結為「語文教學思想上的浮躁之風以及教學方法上的形式主義」，結果是「上課熱熱鬧鬧，課後空空蕩蕩，學生一無所獲」，「以致於『10 年時間，1,700 多課時，用來學本國語文，卻是大多數不過關』的『咄咄怪事』至今還在繼續」。

XX 先生：

　　感謝你給我提供了來自中學語文教學第一線的「信息」。我從來認為，像我這樣的脫離了中學語文教學實踐、又不從事語文教育理論研究的大學教授，是只能打打邊鼓的，最有發言權的應是第一線的教師與研究者。儘管這幾年，我也頗為熱心地作語文教育改革的「吹鼓手」，但我心裏也很明白：鼓吹歸鼓吹，語文教育改革最終是要落實在每一個語文老師與學生的具體的「教」與「學」上的。也正因為如此，你的來信有兩點引起了我的注意與思考。一是你談到了現在所存在的「注重『感悟』、『理解』、『興趣的激發』，而忽略『訓練』、『積累』與『習慣的培

養』」的問題。我不知道這樣的現象是否具有普遍性，但確實是值得警惕的。這些年，針對語文教學中所存在的機械灌輸知識條文的弊端，我們比較強調教學中的「感悟」、「理解」與「興趣」，但確實不能走向另一個極端：忽略必要的知識的講授，基本能力的訓練，言語材料的積累與習慣的養成。這裏，還有一個或許是更為根本的問題：語文教育改革最終效果應該體現在哪裏？衡量語文教學成功與否的最基本的標準是什麼？我想，是要表現為每一個學生聽、說、讀、寫能力的實實在在的提高，以及在這一過程中，學生的感悟、理解、想像、審美……力的實實在在的提高，從而達到人的精神的實實在在的成長。這裏，聽、說、讀、寫能力的提高應是一個基礎。我在〈以「立人」為中心〉的那篇長文裏強調「以語文能力的訓練」為語文課程體系的中心，提倡「建立不同於『分析為主』模式的『積累—感悟—運用』的教學模式」，就是基於這樣的認識。在這個意義上，我是同意你關於「背誦」經典名篇、注重言語材料的積累的意見的。如果我們進行了這樣、那樣的「改革」，學生們依然寫文章錯別字連篇、詞句不通順，讀書抓不住要點，話說不清楚，不會聽別人說話……，那這樣的「改革」就根本失敗了。一個教師上課，即使講得生動，也充分顯示了老師知識的淵博，如果學生沒有學到實際的東西，學生的語文能力沒有實際的提高，這樣的教學也很難說是成功的。你在來信中將「浮躁之風」與「形式主義」作為兩個主要問題提出來，我以為是抓住了要害的。我們這個國家有「轟轟烈烈搞運動」的傳統，儘管現在不再搞政治運動了，但要辦什麼事，以至進行改革，也喜歡造聲勢，搞大場面，一陣風，熱衷於擺花架子，出花花點子，上報「經驗」，製造輿論……，這其實都是「運動遺風」，再加上商業社會的「表演」與「瞞騙」，結果不僅是你所說的「上課熱熱鬧鬧，課後空空洞洞，學生一無所獲」，更是敗壞了教風與學風，毒化了學校以至社會的風氣，這與我們所要進行的教育改革完全是南轅北轍。魯迅早就提醒人們注意中國的反改革者的計謀：當改革的要求剛提出來，他們總是利用自己手中的權力竭力壓制；一旦改革成為一種無法阻擋的趨勢，他們就搖身一變，也打出「改革」的旗幟，或故走極端，

或大搞形式主義，力圖使改革變質，或變成走過場，從而導致改革事實上的失敗；然後，他們又抓住這些自己製造的失誤，對真正的改革者以及整個改革進行反攻倒算，實行變本加厲的復辟，而且是「改革一兩，反動一斤」。在我看來，魯迅的警告並無過失。中國的真正的有志於語文教育改革的朋友，對此應該保持必要的警惕，同時也要與這種「形式主義的改革」劃清界限，如你信中所說，要「少趕點時髦，多一份實在」，通過一步一個腳印的探索，試驗，總結，扎扎實實地提高教學質量，提高學生的語文能力，為他們終生學習和精神發展真正打好「底子」。

再一次感謝你的來信，引發了我的思考。我的這些想法，也算是對你的一個響應吧。

　祝

好！

理群　2001 年 2 月 5 日

這是一封壓了很久、也許是終於寄不出去的信：收信人當時還是高三的學生，現在大概已經考上了大學，因為我弄丟了他的地址，沒有及時回信而失去了聯繫；而我信中提到的那個孩子，卻在那個令我震撼的電話掛上以後，消失在茫茫人群中，再也沒有他的任何信息。但我仍要記下這一切，算是給有類似情形的中學生的一個告誡，也作為自己的永遠的警戒。

XX：

⋯⋯接到你的來信與文章，我猶豫了很久，不知道該怎麼回信。一方面，我確實欣賞你的獨立思考與批判鋒芒；另一方面，又為你的鋒芒畢露，「赤膊上陣」而擔憂。你讓我想起了一年前發生的 ·件事，它一直壓在我的心上，如果不如實地講給你（以及所有的年輕朋友）聽，我將永遠不得安寧。

那是去年春節之前，剛放寒假的一個晚上，我突然收到一個電話，一個陌生的聲音，帶著哭音，劈頭說了一句：「錢教授，我被學校開除，走投無路了！」我嚇了一跳，在反覆的詢問和他斷斷續續的敍述中，我才弄清楚：這是一個山東農村裏的男孩子，開始一切處於懵懂之中，後來讀了一些書，好像也有我的書，於是，開始用一種新的眼光來看周圍的一切。首先感到的是現行中學教育對自己創造力的壓抑。於是，開始反抗，與班主任、校領導都發生了衝突。最後拒絕上課，躲在家裏自修，竟憑着自己的天賦與努力，以全縣第一的成績，考取了北京醫科大學。於是，充滿着幻想地來到北京，以為從此可以進入一個自由的學習天地，使自己的創造力得到充分的發揮。但敏感的他很快就發現

大學並非他所想像的那樣，他再一次感到了壓抑，並又開始了反抗：一再地逃課，去讀自己想讀的書，同時，不斷地給班主任，以至校領導寫信，對學校的教學提出尖銳的批評，並因此得罪了各級領導。校方決定以他曠課太多為理由對他進行紀律處分。他的家長聞訊趕來，向校方求情，校方提出要他承認錯誤，他認為自己無錯，拒絕作任何檢討。事情越弄越僵，校方最後作出了「取消學籍」的決定。……聽着他的這番敍述，我的心一直往下沉，沉……，一時竟至無語。我知道，這孩子是無辜的，這件事確實暴露了我們的大中學教育的許多問題；但我還能鼓勵他去反抗嗎？——他現在連最基本的學習與生存條件都沒有保障了！於是，我對他談起了魯迅關於「不要赤膊上陣」，關於「一要生存，二要溫飽，三要發展」，要善於保護自己的思想，希望他作一些必要的妥協，以獲得繼續學習的機會。這孩子聽了我這番話，只冒出了一句：「你為什麼不早說這樣的話？！現在說什麼都來不及了！」我的心受到猛烈的一擊，還來不及反應，電話掛上了。……整整一夜，我無法安眠，此後只要一想起這件事，我的心就隱隱作痛，即使是此刻我終於寫下了這一切時，我的手仍在顫抖：一種刻骨銘心的負罪感永遠追隨着我，而且永遠不會有彌補的機會：我不知道這孩子的名字，不知道他現在在哪裏，如何生活，不知道在經歷了這一切之後，他對人生、社會會有怎樣的看法，他將怎樣繼續走自己的人生道路……。而且，坦白地說，對發生的這一切，我至今也沒有想清楚，不知道該怎麼辦。現在，我如實地講給你（以及和你一樣的年輕朋友）聽了，希望能引起你們的思考，傾聽你們的意見。我願意和你們一起來討論這些人生的難題。……

　　祝

好

理群　2001年2月5日補寫

2001 年最後時刻是在和相識與不相識的朋友的通信中度過的。這裏摘錄其中 6 封。這封是一位雲南某工廠的讀者來信和我討論我的〈魯迅與 20 世紀〉那篇文章。

XX：

　　……來信字裏行間充滿了對民族、國家、人民的命運的關心，讀之令人感動。實際上我們都是在緊張而痛苦地思考着，因此，來信引起了我的極大共鳴。儘管我們的意見有一致之處，也有不同之處。

　　所謂「重新來過」當然不是要重新打倒什麼，來一次暴力革命。我個人也是主張走和平的逐步改革之路的。但對當下中國的改革也確有反省的必要。我之所以重提「立國」與「立人」的問題，也正是要促進這樣的反省。

　　信中提出要每一個人為國家的生存、發展作出犧牲的問題，從原則上說起來似乎不錯，但正如你在信中的後面所說，還有一個什麼樣的國家的問題。在一個「主僕顛倒的國家」裏，為國家犧牲實質上就變成了為國家的掌權者（他們自認是國家利益的代表，國家的代言人）犧牲，成為國家中的強勢集團、既得利益集團奴役、壓制弱勢集團、普通民眾的一個藉口，一個理論根據。

　　「消滅一切人壓迫人、人奴役的現象」這其實是一個終極性的目標，只可能無限地趨近，卻不可能完全實現。在這個意義上，它確實具有烏托邦性質。但我認為，人是不能沒有烏托邦的理想與信念的，有了

這樣的信念和目標，才可能對現實保持一個「永遠的批判」的清醒立場：「壓迫與奴役現象不可能完全消滅」這一判斷絕不能引出對現實壓迫與奴役現象的容忍與辯解。而批判一種奴役現象與如何消滅（或緩解）這種奴役，又是不同性質的問題：前者主要是思想、觀念層面上的，後者則還有一個操作層面上的問題。而作為一個知識分子，特別是我所認同的批判的知識分子，他對於一切壓迫與奴役現象都必須堅持一種批判的立場，不能有任何的讓步與妥協，但他又要認清自己批判立場的有限性。在實際政治、經濟、文化……的操作中，必須是漸近的，這其間就不能不有許多妥協。而對自己批判的有限性的清醒認識在批判的知識分子自身又不能不時時產生絕望與無奈之感，但又不能因這種絕望與無奈而放棄自己的反抗。這就是魯迅所說的「絕望的反抗」或「反抗絕望」。這也是我在自己的文章中不時談到絕望的原因與意思。

　　以上所說，都是我個人的意見，僅供參考。再一次謝謝你對我的信任，並要感謝來信引發了我的進一步思考。

　　即頌
冬安

錢理群　2001 年 12 月 28 日

一位年輕的學者寄來一篇關於「安徒生在中國」的論文。

XX：

　　……讀了大作，感到很興奮。因為安徒生是曾經給我以深刻影響的作家，以至從少年時代我就開始了做一個兒童文學家的夢。我所崇拜的外國兒童文學家還有一位是蘇聯的蓋達爾，你可能已經不熟悉了。以後又有了研究兒童文學的夢，安徒生自然是主要研究對象之一。可惜時間和精力都不允許我涉足兒童文學，但每當看到這方面的研究成果，總是很高興，甚至會產生一種羨慕之情。兒童文學所展示的是人的最美好的情感，兒童文學研究更需要一顆美的心靈，這是一個美的闡釋與創造的事業，是值得為之獻身的。祝賀你有了一個好的開端，並堅持走下去。我們這個污濁的世界，實在是太需要美了。

　　　即頌
文安

　　　　　　　　　　　　　　　　　　理群　12 月 28 日

一位河南的大學生來信談到一件司空見慣、卻又觸目驚心的事：「今年四月份因法輪功的問題，要求學校全體師生簽名，我討厭這種做法，逃離了。但接着便是要求每班同學在反對法輪功的誓詞上簽名，我拒簽了。我反對任何形式來殘害人的生命的邪教，但為何要強迫我簽名？但不久院團委書記找上了，含蓄地問我：『你為什麼不簽名，是不是有什麼想法？』我坦率地告訴了他；但他說，要是不支持的都得簽名，不簽名是不是支持法輪功；我說難道就是支持或反對這樣絕對的二元麼？他沒說什麼，我走了。但後來校團委書記直接召見我，開門見山的向我談了問題是如何重要，影響如何之大，又問我思想是否有問題，偉大的道理講了一大車，又列舉法輪功的危害和下場等等。我誠惶誠恐地聽着，唯唯諾諾。最後問我想通了麼？我連忙說想通了，認識到錯誤了，原來沒有趕上所以沒簽，其實我早就想簽了，並且還想發動簽名等等。我還不想讓黨委書記或市委、省委書記召見，或者不知別的什麼單位什麼見，我還有二個月畢業，並不想惹出什麼麻煩，我於是屈服了，投降了，他們於是滿意了，『孺子可教也』。出來後，我分明地感到了一種恐懼，一種鮮活的恐懼，一種烈日下的恐懼，從此我不信鬼神卻怕人了，害怕各種主義，害怕思想，害怕……。參照一下魯迅，我更感到了他的勇敢，偉大，堅韌不屈，那有形的小的障礙無形的無物之陣，正張着血口要吞下去一個虛弱的靈魂，我感到了無能為力，怕也有被吞沒的危險。……

畢業宴會上一位朋友的話凄凉而又悲壯，至今不忘：『你們別勸我了（我們勸他通融一下，拿到畢業證書再說），我要在大學中保持最後一分純潔，進入社會，我一定會適應它』。這究竟是誰的錯？」

XX：

　　……實際上我們每一個人每天都在面臨着「說謊」還是「說出真實」的矛盾。魯迅去世那一年寫的一篇文章題目就叫《我要騙人》，這可以說是終生困擾著魯迅的人生課題之一，魯迅的《傷逝》描寫的也就是這個問題。在我看來，這是現實生活中的人的基本生存困境，而在操作的層面上，則有幾條線。首先是高線，即說出自己心裏的話，說出真實。如果不能說、不許說，就求其次，維護自己沉默的權利，即不說不想說的話。有時候，連沉默的權利也沒有，只能說違心的話。但這仍然有幾條不可逾越的底線：第一，要清醒：自己是在說假話。千萬要警惕，不要說假話成了習慣，把假話當作真話，甚至不知道如何說真話了。第二，說假話必須是被動的，無奈的，千萬不要為了達到私利的目的，主動地去說假話。這個「口」一開，那就收不住了。第三，說假話也要以不損害他人為底線，也就是說，說謊話的苦果只能自己嚐，絕不能因為自己的謊言而損害他人。——以上也算是我的人生經驗，這經驗是苦澀的，是為我自己的；因為你的信中涉及這樣的問題，也就隨手寫出。

　　你大概就要（或者已經）走向社會了。進入以後就會有一個「適應環境」的問題。但這裏仍有一個「度」。即是要在適應中保持一定的原則。這很難，但也非絕對做不到。人的一生大概就在這兩者間不斷掙扎吧。——掙扎也仍有意義，最可怕的是，連最後的掙扎都沒有，那就真的被社會所改造，不，吞沒了。

　　我也正在掙扎着。因此又有了以上這番話。

　　匆匆寫此　即頌
文安

錢理群　12 月 30 日

一位河南的中學生小朋友已和我通了好幾封信。在最近的來信中寫道：「先生談到『現行教育制度的種種弊端』，其實不僅僅是『現行』的『弊端』，連『改革』的『弊端』也尖銳地叫喊。現在不是『素質』起來了麼？然而孩子依然在題海中掙扎，也間或有不平，然而班主任的一句『真話』便震懾住了：『什麼素質，高考還是要分數！』我現在大概是喜歡聽『真話』的吧，然而也駭然了（也許『真話』還不夠『順耳』）。這便是現實，我們的不幸的孩子碰在現實的壁上，鮮血迸流，可以『漂櫓』了。或許也有不『迸流』的，那是血已經被榨盡者！古人曾用『掛羊頭賣狗肉』諷刺貨假價虛的商戶。然而我總覺得我們的改革簡直是『掛羊頭賣真空』，連空氣也一併收回，人遲早要窒息」。「我發現現在還有一些老師在做着屠戮青年的劊子手。如果不是侵犯權利的話，我引一段朋友的信，給先生看那青年的血：『……而且歷史老師講了一句話：現在我們班開始兩極分化了，這是件好事！天啊！這是多麼大的打擊！！……我真的快失去最後一點信心了，幫幫我，好嗎？』我見着我的朋友流血了，觸目驚心！誠然這一番話在強者可以不理睬或者竟作為上進的動力；但在弱者，卻只抹殺了那最後一點光明，『恩賜』以完全的黑暗，從此完全的痛苦或竟至消失。這樣的老師就應該受『最黑最黑最黑的詛咒』！」

XX：

　　……信中所說的「我們班級開始兩級分化了，這是件好事」的言論確實觸目驚心。但豈只是班級，豈只是教育，在我們整個社會不正流行着這樣的「兩極分化好得很」的言論麼？而且有些知識分子不也正在

散布這種言論麼？——儘管他們用的是煞有介事的「學術語言」。在這個意義上，這位老師還算是可愛的：他起碼還有幾分坦誠。用冠冕堂皇點的「理論」來掩蓋「吃人」的真實，這是更應該用「最黑最黑最黑的語言」來「詛咒」的！

我也很贊成你的觀點：我們不僅應對「現行教育制度的種種弊端」進行質疑，也應該對所謂「改革」進行質疑，因為當前的「教育改革」正在變質，或成為一種「表演」。當然，也可能出現某些縫隙，為真正有志於改革的人提供某種空間——儘管極其有限。

讀來信，感到了你的敏感，思想的某些尖銳性，同時也擔心你的憤世嫉俗，會使你看不到生活中某些光明美好的東西。——就我的觀察與體驗，黑暗與光明是同在的，只是後者常處於受壓制的地位，需要更用心地去發掘與發現。

當然，你現在最重要的，還是要努力地充實自己，打好精神的底子，以更有力量地（我指的主要是自我內在的精神力量）對抗外在與內心的黑暗。

我所能幫助你的，只能寄一點書給你——當然是無償的。不過，要等幾天，等我的學生有空時再寄給你。我自己已經無暇去郵局寄書了。

　　致
新年的祝福

理群　2001 年 12 月 31 日

一位江西的女中學生來信傾訴她的孤獨感。

XX：

……謝謝你對我的信任，願意把內心的苦悶向我傾訴。

我知道自己不能給你以具體的幫助。因為我堅信，任何人的問題只能靠自己來解決。他人只能是一個傾聽者。

但我這個你說的「遠方的老人」正是真誠地願意做一個傾聽者，懷着最大的善意，並且努力理解。

我理解你與周圍人的格格不入，理解你的孤獨與敏感。但你能不能試圖從現實生活中發現、發掘那怕是最微末的美好的東西？在孤獨中你是否可以從書本中去尋找「遠方的友人」？

至少現在你有一個傾聽者了。而且我還要送一套我和朋友們一起編的《新語文讀本》給你——你將和世界上最善良、最有智慧的人對話，處處看到美好的人性的閃光，願它能溫暖你的心。

今天是歲末，就致以
新年的祝福

理群 2001 年 12 月 31 日

一位軍事院校的學員來信談他的理想的破滅，他對現實的絕望。

XX：

　　……從信中看，你的思想正處於極度的矛盾之中。也許經過這幾個月的思考，你以及從中解脫出來。

　　記得俄國批評家、教育家別林斯基說過，人的一生要經歷三個階段。首先是做夢的時代，這大概是在學校裏受教育的階段，充滿了理想，卻不知人事，也就是你信中所說的，「沉湎於天性中的純淨的世界」吧。以後，人開始接觸現實，就會出現理想的破滅，並時時感到理想與現實距離的矛盾、衝突與痛苦。據我看，你現在正處於這個階段。而且才是開始：以後你介入現實越深，這樣的衝突與痛苦還有加深，對此你要有充分的思想準備。這是一個人的一生中的關鍵階段，有的人就真的為現實吞沒了，一味地適應現實，根本放棄了自己的理想。而另一些人則堅持着掙扎，既在操作層面上不得不對現實作出某些妥協，同時又在對自己原先的理想的質疑中，有所堅持，有所調整，又有所擴展與深入：正是在這掙扎的過程中，建立起真正屬自己的信念與理想。——這個理想、信念，不是原先未經實踐檢驗、因而不免幼稚的理想、信念的簡單重複，而是在更高層面上的否定中的肯定。它已經化作了自己的血肉，因而是堅定的，能夠在與現實的衝突中，始終堅守不變。我希望並且堅信你能夠通過人生第二階級的掙扎達到第三階段的堅守。

　　以上這段話就算是我對你的新年祝福吧。

理群　2001 年 12 月 31 日

雜信編年

1989-1991 年

致易 XX（7 封）

1989 年 6 月 23 日

易 XX / 我和易 XX 的通信，始於 1989 年 6 月那個不尋常的歲月。我已經處於「無語」狀態，心裏有話也無處可說。而易 XX 當時正在陝西咸陽西藏民族學院圖書館工作，與我素不相識；但我從他的來信看出他「不僅是精神的流浪漢，而且是一個精神的浪漫主義者，這與我的「生命形態」就大概有了某種契合，他又在業餘時間研究《野草》：這自然就成了最好的傾訴對象。於是，在 1989 年至 1995 年間有了較為密切的通信往來與心靈交流。易 XX 最後考上了人民大學現代文學專業碩士研究生，並於 1995 年畢業。

XX：

你好。早就收到了你的來信。當時就想好好地給你寫封信，結果反而耽擱了下來。以後就不可能坐下來寫信了。──直到現在，突然無事可做了。這才想到要償還積壓下來的許多信債，你這已經是第十四封了。看來仍不能痛快地寫，只能寫一些「感覺」了。

怎麼說呢，無論你的信與文章，「感覺」都很好。給我最突出的印象，就是一個語言的細節：你喜歡用「澄紅」這個詞彙，這說明你不僅是精神的流浪漢，而且是一個精神的浪漫主義者，這與我的「生命形態」就大概有了某種契合。──當然，我們是兩代人，「澄紅」本身就更感性，更有肉感；而我年輕時是曾經喜歡過「天藍色」的，現在更喜歡「黑色」。

我以為你對魯迅《野草》以及當代新潮小說的內在矛盾的癥結所在，「感覺」都是極好的，我完全同意你的意見，當然，也許是你現在拿出來的東西僅是提綱，作為一篇論文，你似乎只有精彩的論斷，卻沒有展開，也無更充分的論證。比如，你關於魯迅《野草》生命結構與文本結構及其關係，都頗精彩，能給人以啟發；但又給人一種感覺，似乎是你讀了一些西方理論，感悟到了《野草》中的一些東西，與西方理論論述中的一些東西有一種契合，於是就把這種感覺式的發現匆匆寫出來了。這中間似乎缺少一些中間環節，缺少一些更細緻、更具體的分析：這裏似乎有更多的艱苦的研究工作要做。——不過，你已經說過，這僅是提綱，也許你正在做這些更具體細緻的分析；那麼，我所說的意見也許就是多餘的了。總之，我是期待着你的更進一步的分析的。

但我不知道，你是否真能寫出來，因為我們又面臨「無話可說」的困境。

我現在已是除讀金庸的武俠小說外，什麼事也不能做。以後會怎樣，都不知道。這大概是生命飛揚之後的困頓。如是這樣，那麼，還是會有新的飛揚的。

此刻，我意念中，升騰起的仍是魯迅〈雪〉裏的意象。

「在晴天之下，旋風忽來，便蓬勃地奮飛，在日光中燦燦地生光。如包藏火焰的大霧，旋轉而且升騰，彌漫太空，使太空旋轉而且升騰地閃爍。

在無邊的曠野上，在凜冽的天宇下，閃閃地旋轉升騰着的是雨的精魂……

是的，那是孤獨的雪，是死掉的雨，是雨的精魂。」

還是就此打住罷。願我們能夠成為朋友——讀你的信，就覺得我們應該成為朋友。

錢理群　1989 年 6 月 23 日

XX：

　　接到你的來信，我不知說什麼好。因為我的「首屆」研究生，今年畢業，竟弄到在北京找不到工作的地步 —— 不是要找一個「專業對口」的工作，而是任何工作；不是要搞研究，而是要「糊口」。他們可能最終都要回到本省去，雖然他們的妻子和女友都在北京；本省將有什麼工作在等待他們，卻不得而知。說不定像你現在的工作都是他們羨慕都不可得的。看着他們四處覓職而不得的慘狀，我心裏一陣陣的痛。我不知道自己培養研究生的工作有何意義。想到還有你，以及其他一些未見過面，或見過面的青年朋友，仍在嚮往着我「這間小屋」，我甚至懷疑自己是否在「犯罪」：不斷地給青年以希望，又使他們為希望的最終破滅而感到更當然痛苦！我這兩個研究生現在就是如此！

　　說這些話，是為了讓你、我、我們，大家都共同地正視這殘酷的現實！

　　還是我在《心靈的探尋》裏說過的：只有真正地「絕望」了，才會有新的出路。

　　沒想到我在《大學生》雜誌上發表的短文你也注意到了。你對我的關心，真讓我感動，謝謝。

理群　3 月 22 日

XX：

　　久未通信，接來信得知你有一次長久的遠足，十分羨慕。人總是為本能所驅，渴望到「不可知」的遠方探險；同時又有「歸依本土」的欲望與之抗衡。這兩種欲望的撞擊，構成了人的生命之流的一個重要方面。而我現在，既不能遠飛，又談不上「歸依」，只是困居京城，閉門讀書。但似乎也「自得其樂」：「人」總是能找到一種辦法，保持某種精神平衡。否則，人早就活不下去了。人類也就無法生存至今了。

　　當然，現在依然是──

　　「我沉默時覺得充實，我一開口即感到空虛」。

　　但我們也還總得做些事。因此，我依然在讀書，寫作，不敢因情緒與環境不佳而有半點鬆懈。

　　我以為，最重要的是要時時刻刻把握住「現在」，使自己的生命的每一瞬間，都過得充實。這就是「五四」以後的苦悶時期，朱自清等人提倡的「剎那主義」。我以為對於我們今天仍有一定現實意義。至少，我現在奉行的就是這種「剎那主義」。

　　假期中，你回家去麼？或者有什麼新的計劃？

錢理群　7 月 18 日

XX：

　　從來信得知，「多日以來」，你都向「熟悉或是不熟悉的朋友、師友和學生」談起我，這就使我不免有些擔心：你違背了我在給你同學的談話中所提出的希望不要過於「張揚」的要求，我以為，越是在這個時候，你越應該冷靜，清醒。中國的事情是隨時都可能起變化的。因此，在你正式來北大報到之前，都不能說你的錄取沒有任何問題。這個時候，任何一個人的「小報告」，都會使你功虧一簣。因此。你必須謹慎。不要張揚，應該不被人注意地悄悄地辦好一切手續，悄悄地離開。──這不是我的「世故」，而是人生經驗告訴我必須如此，當然，你也不要因此而緊張，至少目前還沒有出什麼事，但從接到這封信後，你應立即冷靜下來，不要再張揚了。照平常一樣，上你的班，讀你的書，少引入注目。切記，切記！

　　你對北大的嚮往之情，我是理解的。但我仍要潑你的冷水：北大也是一塊中國的土地，它並非你想像的「聖土」。你越是具體的接觸它，你就會越感到這一點。如果你現在過於「美化」了它，你最後會飽嘗「幻滅」之苦的。

　　而且等待着你的，將是艱苦的、枯燥的學習，並沒有那麼多的「詩意」，你瞧，我現在已經在給你上「第一課」了：要冷靜下來，沉住氣，少一點浪漫主義，多一點魯迅式的清醒的現實主義。

　　我打聽了一下，據說還在作政審。因此，還未發錄取通知書。因此，你還要耐心等待，並作好一切思想準備。

　　　　　　　　　　　　　　　　　　　　　理群　6 月 18 日

XX：

　　來電已經收悉。老實說，對於此事（按：指易 XX 研究生考試政審沒有通過，不能錄取），我早有預感，記得你的朋友來找，我就特地談到了要你注意政審問題。看來你還是太天真了，相信了別人對你說的不會放入檔案的話。而我們學校，對於這類事情是特別忌諱的。因此，這次政審，不由研究生院管，而由黨委學生部直接把關，務必不讓任何「異己分子」入學。現在在你的檔案裏，既已記入了你當時的活動，證明你有「異己」傾向，不管你們單位再來什麼證明，也是無濟於事的。看來，此事已無希望。我與溫老師對於此事都很氣憤，但也都無可奈何。

　　話又說回來，現在的北大，早已不是你所想像的「聖地」，而進入了最黑暗的一頁。在此時，做北大研究生，實在沒有多大意思。以後，我事實上也不可能在教學上有什麼作為。你的這件事，對於我，又是一個證明。從此，我大概真的要如魯迅所說，「躲進小樓成一統」，閉門讀書與寫作了。——這是一條唯一的路。

　　我與我溫老師都擔心你承受不了這樣的打擊。你的來電表示你「當再思奮起」，多少給了我們一點安慰。我想，你如決心要脫離你現在的學校，不妨明年考回自己的母校去當淩老師的學生，以此作為一個出路。

　　至於我，始終願意給你一切幫助——我已經把你列入我的「學生」的行列。

可惜你這次來北京，我們沒有來得及好好交談。當時還以為這樣的機會以後多着呢。

這一切都彷彿是一個「夢」——你我都應該清醒過來，不再做夢。

紙短情長，一言難盡。一切盡在不言中。

祝

好！

理群　1991 年 7 月 12 日

XX：

　　十分高興收到你的來信。我以為，你最後回到了長沙，並且能在湖南文藝出版社工作，這是很好的「結局」。我並不認為，非得從事專門的研究工作，才是研究生的最佳去處。這是我一貫的觀點：適合自己的選擇，就是最佳選擇。儘管你過去有過「學者夢」，這並不能說明你是「後退」了。因此，你完全不必為此而不安，更不要因為我而產生內疚。在任何崗位上都是能保持對精神的追求的；而且精神的追求也不是唯一的，人，特別是年青人，完全有權利要求必須的物質生活條件：這一切，我都能理解。你現在應考慮的，倒是應如何在現在的崗位上發揮自己的作用，部分實現自己原來的追求，不必讓「追悔」的陰影影響今天的新的選擇與新的生活。

　　因此我聽說你要編一套「二十世紀文學經典選」，是十分高興的。在我看來，好的出版社見將來是可以成為學術研究的組織者的，可以和學術界合作，通過編叢書的辦法，組織全國的學者完成某一項重要的研究課題。看來，我們倆，以後還是有合作的空間和機會的。

　　我現在手頭有幾個計劃，一個就是編選「二十世紀文學經典」，這與你的想法可以說是不謀而合。此外，我還想編一套「二十世紀中國文學與出版文化」叢書，這是開拓一個新的研究領域，即文學社會學的研究，是以研究幾個大的出版社，連同他們編的雜誌為中心，研究「作者—出版者—讀者」之間的互動關係，也就是「文學市場」的研究。我已經讓我的研究生葉彤以「開明書店研究」為題做碩士畢業論文，並

在此基礎上寫成一本專著。我初步擬定了一個計劃，打算組織人寫八本書。即「商務書店與新文學」、「泰東書店與新文學」、「北新書店與新文學」、「開明書店與新文學」、「文化生活出版社與新文學」、「人民文學出版社（五六十年代）與新文學」,「三聯書店（新時期）(含《讀書》) 與新文學」、「九十年代出版文化調查」，把每個書店（含雜誌）與他們聯繫的作者、讀者看作是一個文學與商業文化的結合體，要通過大量原始材料的梳理、描述，寫出一種「文化精神」。這套書可以把學術性、資料性、知識性與趣味性結合起來。

我這一計劃不知你是否有興趣，你們出版社是否有興趣，請及早與我聯繫。——你看，你能做的工作正多着呢，希望我們以後能夠不斷合作！

就寫到這裏。

祝

編安

理群　10 月 6 日

XX：

幾封來信均已收悉，勿念。

我完全理解你的心情。而且還要向你報告一個壞消息：我問過王富仁，他近幾年不會招研究生。我也問過淩宇，他說他明年不招研究生。——現在看來，事情已經發展到了「最低點」了。但願走到「絕望」的頂點，也就會有一個「轉折」。不管怎樣，你還是考出來再說吧。

我完全同意你的說法：這回這件事自然是北大的恥辱。我至今仍感到極不好受——與你同樣有一種說不出的壓抑感。我從來沒有像這次這樣感到自己作為一個知識分子的「無力」。我們所能做的，仍是「反抗絕望」，「知其不可為而為之」而已。

我正在給一年級新生講基礎課，引導他們讀魯迅。

研究工作也還在進行。儘管因打岔事太多，難以集中精力，但仍然勉力讀着，寫着。

目的還是一個：像魯迅當年所說的那樣，惡鬼似地站在某些人面前，對他們說：我還在這裏！

如此而已。

重要的不是做什麼，而是還在「做」，因而也就「證明」着什麼。

讓我們互勉罷。

祝

好！

理群　10 月 22 日

以上和易 XX 通信的 1989–1991 三年間，是我的「生命的低谷期」，我既是被迫、也是主動地選擇了閉門讀書、寫作，基本上斷絕了與社會的聯繫。1991–1996 年間，先後完成了《大小舞臺之間 —— 曹禺戲劇新論》、《豐富的痛苦 —— 堂吉訶德與哈姆雷特的東移》、《1948：天地玄黃》等重要學術著作。到 1998 年百周年校慶前後，寂靜、沉默了將近十年的北大，又開始發出了獨立的聲音。我也對自我選擇作了重大調整：從單純的學院學者，轉而追求「學者與精神界戰士」的結合，加強了對現實的介入：從積極參加北大百年校慶的民間活動，到介入中小學語文教育改革和青年志願者運動。到 2000 年遭到全國性大批判，影響力也超出了校園，於是，就有了與全國各地的相識與不相識的朋友的大量通信。

2000–2004 年

致李躍庭等 | 2000 年 12 月 5 日

收信人當時剛進大學就給我寫信求教，正值我在外在壓力下患病住院，勉力寫了這封信。後來李躍庭大學畢業後在中學任教，至今仍與我保持聯繫。

XX 及車、傅、樊、李、伊、馬、張、李、林諸同學：

　　我是在病房裏收到你們的來信的。你們在信中所表露的對我的充分信任，使我深受感動。其實，你們的來信已經給自己指明了路。如信中所說，「大學能夠提供給我們的是一種可貴的學術氛圍與思想的重新構建」。在大學裏，最重要的是自己自由的閱讀和寫作。老師的指導固然重要，最重要的還是靠自己去讀與寫。應多讀經典名著，要少讀小冊子（包括我們這些人寫的小冊子）。所謂閱讀經典名著，就是直接地與站在人類文明制高點上的大師巨人進行精神的對話，心靈的交流。這不需要什麼特殊條件，只要一卷書在手，就夠了。或許還應有一杯茶。主要靠自己用心去讀，去思考。若有可能，再有三五為友，互相交換學習心得，相互爭論、切磋，這就足夠了。這裏需要一種定力，不管外界環境怎樣，周圍同學作什麼選擇，反正我「定」下心來，按照自己的追求埋頭讀書，認認真真讀上幾年書，打下一個知識的「底子」，以後做什麼事都有根底。大學畢業後，有機會讀研究生，固然很好；沒有機會，一邊教書一邊讀書，也很有意思。你們是當老師的，要和青年學生打交道，就要讀一輩子的書 —— 教師這個職業最有魅力的就在於此。

學習是終生的，大學重要的是打好基礎。我就是當了一輩子老師的，就在病房裏，也還在讀書。我們也就以此共勉吧。

　　渾身無力，只能寫這幾句——原諒我字跡潦草。

　　匆匆寫就　即頌

學安

錢理群　2000 年 12 月 5 日

曾鋒 / 當時曾鋒還是一位外地現代文學專業研究生，以後就成了朋友。（編按：「致曾鋒」的信件還見於 2006 年。）

曾鋒先生：

你好！

我對你的論文的肯定，除你談的問題我很感興趣（儘管你談的，點太多，顯得亂，也未能充分展開，原因恐怕在於你沒有真正想透，「不從容」就是這個意思）外，還因為我感到你在獨立地思考，並且能思考——這是我要求、衡量、評價我的研究生的一個基本標準，對於年輕的學者也是如此。

你所說的「以道德、民族主義之類掩蓋、削弱合法性危機或填補信仰、價值空場」，在我看來，並非偏頗之言，而是抓住了當下中國思想、文化問題的要害。因此，對於一切「道德批判家」要保持高度的警惕，這是中國傳統的「道學家」的復活，五四那一代人（包括周作人）曾對之進行過尖銳批判。這是周作人遺產的一個重要方面。

周作人的一個致命問題，正是他一直鼓吹寬容，但骨子裏或者是有意無意而表現出不寬容的一面。特別是涉及他個人，一方面，他對自己也是寬容的（廢名指出了這一點），因而缺乏魯迅的自我懷疑、批判精神，另一方面，對他人對自己的冒犯，他是絕不寬容的，除你所說的大寫「蔣二禿子」之外，還有對傅斯年的「念念不忘」，對於因為事敵而受到的懲罰，他表面上說是「不辯解」，其實是一直心懷怨恨的。

兄弟失和以後，魯迅儘量避免在公開場合批評他（即使有文章涉及周作人，但也要把他當作一種「社會典型」，而絕非針對個人，如對「隱士」、「京派」的批評均是如此），在私下通信中儘管也曾說過老二太「昏」這樣的話，卻有更多的理解（如對周作人自壽詩的評價），特別是臨死前託周建人給周作人帶話，都是充滿兄弟之情的。周作人雖然也避免公開與魯迅的衝突，但他的〈破腳骨〉這類文章，確實是夠刻毒的。我曾與學生討論過一個問題：魯迅一生中最大的遺憾，是沒有遇到真正的「對手」（論敵）。後來有學生說，周作人或許可以作為這樣的能「擊中」魯迅要害的「對手」。我覺得此說或許有道理，但也未深想。這或許是一個有意思的問題。

「末摘花」的詳情我也不清楚，還得請教熟悉日本的專家。

你的畢業論文我本準備選一部分在《中國現代文學叢刊》上發表，後來也因為你談的論題不集中，論述不充分而未用。你是否可以改一下，或集中一個問題整理出來寄給我。

也很願意讀到你的《周作人與尼采》，這也是少有人論及而極有意思的題目。

　　匆匆寫訖　即頌
文安

錢理群　2002 年 1 月 13 日

李 XX 先生：

　　2003 年 3 月寄來的「公開信」以及以後陸續寄來的信，還有饋贈的食品，均已收悉，早就想回信，但每次都有別的事，忙於應付，回信一拖再拖，拖得都不好意思了，今天下定決心，回覆一下信，並首先表示我的歉意。

　　來信以及「公開信」，表示出對伊拉克戰爭的不同態度與不同意見，在我看來，這是正常的。實際上，伊拉克戰爭客觀上已將世界分裂了——從美國國內到世界上幾乎每一個國家，都分裂為「挺戰」與「反戰」的兩大營壘。不過，每個人參與的動機並不一致。因此，就呈現了十分複雜的情況：不僅同一「營壘」中人存在也許是更深層次的分歧，而且不同「營壘」的人之間也會有可以相通之處。比如，在反對國內外的獨裁專制這一點，我與你並無不同，但同時，我們在對「全球化」的理解與追求上也許有着更為深刻的分歧。我後來在《天涯》上發表的文章對我的觀點有進一步的闡述，這裏就不多說了。我對你的公開信唯一的意見是，你把是否擁戰提高到是否有「正義感」、「良知」是否「泯滅」的高度來分析，就過於情緒化了。這還是一種「劃線」與「站隊」思維，將自己置於真理、正義、良知的佔有者的地位，凡不同自己的意見就一定沒有正義感，良知泯滅等等。這與你所追求的「民主」、「自由」的觀念恰恰是背離的。

我們這場論爭自然是朋友之間的論爭 —— 真正的朋友是從不諱言彼此的分歧的，而且是相互平等的。

匆匆寫此　即頌

文安

錢理群　11·22（2003）

田 X 同學：

在鄭大匆匆一見以後，回到家裏，又讀到了先生的大作。

得知同學們就魯迅展開論爭，十分高興。這本身即說明了至少有一部分大學生是在關心魯迅的。而從你的文章裏可以看出，你對魯迅是有一定理解的，你的文章的觀點我也是同意的。說魯迅作品沒有愛，沒有光明，以至說魯迅缺乏自由、民主、博愛、平等的「先進思想」，其實正是當今思想、學術界的「時髦」觀點，有些同學沒有認真讀魯迅作品，就很容易上這類「時髦」觀點的當。魯迅早就說過，要防止上當，最好的辦法就是讀原著，讀了原著，就有了比較，知道了「真金」，就能識別「假銅」。

如有時間與可能，希望你多讀一點魯迅作品──在我看來，讀魯迅作品應是學新聞傳播的學生的「基本功」。

大作我可以轉給《魯迅研究月刊》，但他們如何處理，我就沒有把握了。

匆匆寫此　祝
好

錢理群　11·1

席 X 小友：

你好！

你的來信早已收悉，因為忙，沒有及時回信，請原諒。稱你為「小友」，你不會見怪吧。

我同意你的看法：應該年輕時候，多讀些書，樹立「終身學習」的觀念。不僅是因為未來的社會裏「不學習馬上就會被淘汰」，而且這關係着能否成為一個健全發展的人。因此，我十分欣賞你一邊打工一邊堅持學習的志向。

但具體怎麼學習，卻是有多種選擇的。比如，不一定非要立刻上大學，先進職業學校，這樣可以與自己的工作結合起來。當然也可以考慮進民辦大學 —— 但一定要注意挑選好學校，因為有的民辦大學是名不副實，是騙錢的，要切防上當。還可以考慮上電大，參加自學考試。

我不瞭解你的具體情況，更不瞭解你所住的杭州的具體情況，因此，無法向你提供出更具體的建議。一切只能由你自己決定。

如果你在具體的某一方面（例如你需要什麼方面的圖書）需要我幫助，請儘管來信，我就算是你的一個遠方的朋友吧。

因為有半年沒有聯繫，不知道你的地址變了沒有，先寫這封信試試。有時間可隨時給我來信，下次來信，請告訴我你的學習的學科是什麼，你繼續深造的方向是什麼。匆匆寫此。

祝好！

錢理群　2004 年 11 月 10 日

沈 XX 老師：

　　原諒我，你的來信與大作收到一年多以後給你回信 —— 我實在太忙了。但我仍惦記着你 —— 一位遠方的「有思想的小學老師」。而一有思想，而且是自己的思想，在當今的中國，就必然將自己置於尷尬、孤獨的境地。甚至會威脅到自己的生存；同時也必然陷入極度的痛苦之中。我讀你的來信與大作，就深深地感受到你的深刻的痛苦。

　　但我們既然已經有了一顆能思想的頭顱，大概就很難回到無思無想的狀態。於是，我們只能往前走 —— 繼續在痛苦中思考。這就是你、我以及我們同類的宿命。為緩釋這樣的痛苦，我的辦法是 ——：

　　一，「想大問題，做小事情」，既不放棄自己對「大問題」即根本問題的思考，同時，在力所能及的範圍內，做一些有益的「小事情」，將自己的思想極其有限度的化為現實，多少獲得某些成功感，以使自己得以把自己的思考堅持下去。

　　二，在可能的範圍內，尋找自己的「同道者」，既共同做事情，也彼此在精神上相互支持，即所謂「相濡以沫」。

　　三，用筆將自己的思考作為「抽屜寫作」，或三五朋友間傳閱也好。

　　其實，在我看來，這幾點你都在做。包括我們之間的通信，也就是這樣的「相濡以沫」。希望以後繼續保持聯繫。—— 我的處境比你好得多，但也時時有孤獨感。

　　匆匆寫就　即頌

教安！　　　　　　　　　　　　　　錢理群　2004 年 11 月 10 日

王 XX 同學：

原諒我拖了這麼長的時間才給你回封信。記得當初收到你的來信時，我正忙於一些事，未能及時函覆，就將信壓在一堆信中了。今天重理舊信，才得以重讀來信，並匆匆寫這封遲覆的信，這是首先要請你原諒的。而且時過一年多，想來你的思想已有了很多變化，這封回信也不知從何說起。

來信談到你在中學時盲目地相信別人告訴你的一切，到大學，接觸到更廣大的世界後，就開始懷疑，開始獨立思考，在享受思考的快樂的同時，又感到思考的痛苦與迷茫，其實這都是正常的。無論如何，能夠追求思想的獨立與自由，追求思想者的境界，這就走向了獨立自主的「人」的第一步，而且應該珍惜並堅守着第一步。但確又不能止於此，還要有第二步，第三步。在我看來，至少還需要解決兩個問題。

一是作為一個獨立的思想者，就必然要面對孤獨與痛苦的命運，在這種情況下，能否堅持下去，就是一個考驗。

另一是當以懷疑的眼光重新審視一切時，就要防止陷入虛無主義。能不能做到在勇敢地面對社會、歷史與人性的假、惡、醜的同時，又堅持對社會、歷史與人性的真、善、美的信念與追求，這同樣也是一個考驗。

另外，要使自己成為一個真正的獨立的思想者，就必須不斷的充實自己，用人類文明的優秀成果來武裝自己的頭腦，只有站在巨人的肩

膀上，才能真正看得遠，想得深，進入思想與生命大境界，而不會孤芳自賞，自戀自憐。

　　以上所說，均是我的人生經驗，僅供參考。

　　匆匆寫此　即頌

學安

錢理群　2004・11・11

馬 XX 同學：

原諒我，你的來信，我拖了一年才回覆，實在是太忙，積壓的信已堆成山，這兩天才下決心償還信債。

我想說的是，如果你下決心要做一個「知識分子」，一個獨立的思想者，孤獨與寂寞大概就是你的宿命。

但還要補充兩點——

一是在堅持自己的選擇的同時，也不要將其絕對化，對不同於自己的選擇，也要持理解與寬容的態度。魯迅說，青年有醒着的，但也有睡着的，玩着的。對「睡着的，玩着的」青年，只要是用自己誠實的勞動，追求自己的人生（如「玩的人生」）就應該得到理解與尊重。而且應該從與你「志」不同的人的身上尋找美好的人性因素，不然你就會陷入「孤芳自賞」。

二是要堅信，與你有同樣或類似選擇的也大有人在。他們在人口總數中的比例極小，但由於中國人多，絕對量就不會太小。要善於發現、尋找自己的同道者，哪怕只有一、二個，也就可以營造一個相對好的小環境小氣氛，互相交流，互相支持。

如果實在沒有，就自己讀書，在讀書中與「遠方的朋友」交談。而且可以打破時空界限，而且可以想結交什麼朋友，就結交什麼朋友。如不相投，還可以隨時「斷交」。——在我看來，讀書是最好的交

友之道，所以魯迅、周作人都引用過一個外國人的話：「因為寂寞，所以讀書；因為寂寞，所以寫作」。

過兩天，再寄一本《心靈的探尋》給你。

　　匆匆寫此　即頌

學安

　　　　　　　　　　　　　　　　　　　　錢理群　11・11

賈 X 同學：

　　你好！

　　原諒我，你一年多前的來信，我現在才回信，估計你大學都快畢業了。

　　我能理解你的困惑。我想對你說的是，在我看來，人性都是善、惡並存的，可以說對於每一個人都是如此的。我們既要正視人性的假、惡、醜，要有一定的識別力、警惕性，否則就要上當受騙；同時又要善於發現人性的真、善、美，哪怕只是處於萌芽狀態，並保持對真、善、美的理想人性的信心與追求，否則就會陷入虛無主義。這個問題對於即將畢業的你，是更為重要的。因為你走向社會以後，會發現更多的、超乎你的想像的假、惡、醜的現象，越是這樣，就越要堅持對真、善、美的理想的追求。

　　儘管你就要畢業，我仍勸你抓緊大學最後的時光，多讀一些書，因為走向工作以後，這樣的自由地讀書的時間就不多了。

　　匆匆寫此　即頌
學安

　　　　　　　　　　　　　　　　　　錢理群　11．11

林 XX 同學：

　　首先要請你原諒，拖了這麼久，才給你回信。

　　來信談到你的思想經歷：由沉睡而覺醒，又感到了孤獨與迷茫。這其實是人生發展的必經階段。一位俄國著名的思想家、教育家說過，人在少年時期是「做夢的年代」，然後要經歷「夢的破滅」，但最後又要達到更高層次的「夢」。

　　比如，你談到了共產主義理想 —— 按我的理解，其核心是「消滅一切人剝削人、人壓迫人的現象」。這曾經是我們的一個「夢」，我們曾經相信，它是能夠在此岸、現實世界實現的。於是，就出現了「夢的破滅」，我們終於認識，在此岸現實世界是不可能完全實現的，它是人的「烏托邦」理想。但隨着認識的深化，我們又認識到「烏托邦」理想儘管不能實現，但作為一個「彼岸」在此岸世界的理想，一個人追求的終極目標，它仍是有益：它能以理想之光照亮此岸世界，使我們對此岸（現實）世界的一切人壓迫人、人奴役人的現象，採取一種批判的態度。既堅持烏托邦理想，又將其彼岸化，這就是更高層次上的做「夢」。

　　信中還談到「經濟、政治與思想文化」的關係，其實馬克思主義倒是堅持經濟是基礎，是決定政治、文化等上層建築的。但我認為，在現實操作中，卻不能區分先後，先經濟變革再思想文化變革再政治變革，而實際上是應該同時進行，互相影響、促進；具體到我們每一個個體，只能根據自己的條件，投身於某一方面的變革。在這個意義上，魯

迅強調思想文化的啓蒙，胡適強調制度建設，都是各有價值，而很難在二者之間做出誰更重要，誰更高明的判斷。

　　以上所說都是回答你一年多前提出的問題，應該說已經是「馬後炮」，僅供參考吧。

　　即頌
學安

錢理群　11‧11

黃 XX 同學：

你好！

原諒你一年前的來信，我拖到現在才給你回信。現在你應該正是大學二年級的學生了。而且也應該已適應大學的生活了。

在我看來，大學是人一生中最自由的一段時間。因為時間是屬你的，空間是屬你的，你可以集中精力自由地讀書。

因此，我對你的期待，依然是我原來說過的話：排除一切干擾，集中精力，讀自己想讀的書，實實在在地充實自己，提高自己，為自己的未來打好底子。

說要「排除一切干擾」，是因為我知道，現在大學也並不純淨，有許多干擾，也有許多誘惑。現在大學生讀書風氣極其薄弱，一個人要真正靜下來讀書，並不容易。這同樣需要「定力」。正因為如此，我要送給你的話是——「沉潛十年」，沉下來讀書，潛入到歷史的最深處，生命的最深處，不求一時一地之功利，而要着眼於自己一生長遠的發展，打好終生學習的底子，與終生精神發展的底子。從來信看，你雖然內心或有軟弱之處，但你是有一股勁頭，有一種內在的力量的。對自己也要有信心。

以上所言，是經驗之談，僅供參考。

匆匆寫迄　即頌
學安

錢理群　2004 年 11 月 11 日

張 X 同學：

非常抱歉，你一年前的來信，我拖到現在才給你回信。算起來你已經進入大四了，我要說的話已屬「馬後炮」了。

在我們中國要做一個獨立思考的人，大概都會遇到你這樣的孤獨的宿命。而且從根本上說，一切思想者都是孤獨的。因此，許多有孤獨感的人，都是在書本裏去尋找自己的朋友的。在打破時空限制，與遠方的朋友的交談中感到吾道不孤。而大學，則是自由讀書的時期。排除孤獨的最好辦法 就是「排除干擾，閉門讀書」。在讀書中，使自己的心沉靜下來，同時，也擴大起來，看到身外更廣大的世界。

而在日常生活中，卻要善於與自己志不同道不合的人相處。對別人的弱點，心裏要有數；但同時也要善於發現別人內心的美好的因素，在不同中尋找某些相同之點，從美好的方面，相同的方面與人相處。除品質惡劣者之外，對他人的弱點都要持寬容的態度。品質惡劣的小人，也不必與之衝突，避而遠之就是了。

以上所言，都是經驗之談，僅供參考而已。

匆匆寫此，即頌
學安

錢理群　11・11

周 XX 先生：

　　來信及大作已經收悉，原諒我拖了一年多才給你寫回信。

　　看了大作《大學起源和中國高等教育》，頗受啟發。根源於「人類好奇心」的問題意識確實是一切創造性的學術的基本動力。而我一直憂慮的中國學術、教育的原創性的匱缺，批判性（批判性本質就是「重新估定價值」）的匱缺，其癥結也正在於此。我曾說過，第一流的教授必然是「胡說八道，胡思亂想」的。用你的概念來說，其實也就是善於提出別人想不到、提不出的「新問題」；要辦第一流大學的基本前提，也是要給予大學裏的教師的「胡說八道，胡思亂想」的權利，「學術思想無禁區」就是這個道理。而且應該立法，有法治與制度的保證。

　　但這一切，在現實中國，還是一個「夢」。甚至人們還沒有這樣的「問題意識」，也就根本沒有提到高等教育改革的議事日程上，甚至可以說，我們當下的「中國高等教育改革」在改革方向上就是與此背道而馳的。我擔心，恐怕越「改革」，問題越大，越糟糕。我對當下中國教育，也包括北大教育的極度失望正產生於此。至於學術自由，在根源上，是與中國政治思想的民主自由的匱缺直接聯繫在一起的。而「大愛」的匱缺，又是與在大學裏掌握了權力，包括學術權力的人已經成了一個利益集團有關。他們的一切行為的出發點與歸宿都是為了維護他們的既得利益，怎麼會有「大愛」？即使做出「愛」的姿態，不過演戲而已。總之，對於教育的大局，我是悲觀的。只能管住自己，在自己力所能及的範圍內，做一些有益的事，堅守自己的底線，從「愛」一個一個

具體的人做起，幫助一個、拯救一個算一個，不能有更大的期待。如果有期待的話，也就是希望有更多的人都這麼做，做的人多了，或許會有一點作用。

感謝你的來信，引發了我的這些思考與議論。

___

匆匆寫此　即頌

教安

錢理群　11‧11

陳 XX 先生：

你好！

原諒我這麼晚才給你回信。

大作已經拜讀。

大作談到了東方文化在當下中國與世界的意義。這或許正是我們感到困惑之處。為了對抗「西方中心主義」，強調世界文化的多元性，人們自然注意到東方文化的意義與獨特價值。在這種情況下，我們又需要警惕對東方文化的美化。如先生在文中所說，東方文化是最講「生存哲學」的，而這種生存哲學常常變成「對困境和危難的逃避」。這正是當下彌漫中國的虛無主義、市儈主義與犬儒主義。因此，先生的大作《也說放棄》所提出的問題其實是非常重要，切中時弊的，確有深入討論的必要。

謝謝你的大作引發了我的思考。

匆匆寫此　即頌

文安

錢理群　11・11

夏 X 同學：

　　原諒我，你的來信，拖了一年，才寫回信——我實在是太忙了。

　　坦白的說，讀了你的來信，我非常感動，也引發了許多感慨，在中國人要按照自己的意願生活，實在是太難了。

　　但我仍認為你最終沒有選擇讀中文，可能是一個正確的選擇。這是我的一個基本觀點：文學，最好是作為「業餘愛好」，不要隨意將其作為「專業」。這倒不是因為學文學有危險，而是因為文學從本質上說是有「餘裕」的產物（這是魯迅的觀點）。周作人也引述過章太炎的一個觀點：最好是有了一個穩定的職業，有碗飯吃以後，才去搞文學。以文學作為吃飯的工具，反而喪失了寫作的自由，因為你要將自己的作品轉換為商品，就必須考慮市場的需要，在政治上也不得不有所顧忌。因此，所謂「自由職業者」其實是最不自由的。你現在既已學習了電子工程專業，以後吃飯應無問題，就可以利用業餘時間，讀自己想讀的書，寫自己想寫的小說，而且不以發表為目的，更可以自由地聽音樂，看畫展，提高自己的文學藝術素養，享受更為豐富的精神生活。在某種程度上，這是一個更為理想的人生。在大學學習期間，你自然應以專業學習為主，但也可以學點文學與藝術。當然，在具體時間上會有衝突，但也並非無法安排，關鍵是要調整好自己的心態。你在專業之外還有文學的愛好，這其實也是一種優勢，我在北大就為理科學生上過一門「大一語文」課，第一堂課就講到如缺少文學修養，就會犯「現代科技」病。你是新一代理科學生，正應該走一條「文理交融」的路。

随信寄上一本我寫的《魯迅作品十五講》，這是一本指導中文系之外的學生讀魯迅作品的書。另外，我與貴校的郜元寶教授等人彙編了一套《大學文學》讀本，即將在上海教育出版社出版，也是為非文科學生學習文學編的，估計你在上海可以買到，請留心就是。

匆匆寫此　即頌

學安

錢理群　2004・11・22

伯勇先生：

多年沒有聯繫，時在念中。先生寄來的信及大作均已收悉，但我的雜務太多，簡直應接不暇，於是，就把一大批的來信都壓下未覆，這一段我集中精力還信債，已經連續寫了一個多星期的回信了。

從信山中翻出先生的幾次來信，重讀一遍，仍能引起強烈的共鳴。如先生說：「在我們國家數十年意識形態化的情勢下，我們所處在其中的『中』（中國鄉村），並不為我們所認識。於是，對我們歷史學界、思想界，老是有一個『破蔽』的問題」，這也正是我所憂慮的，在我看來，這才是中國思想界、學術界、文藝界的真正危機所在。所幸現在正有一部分知識分子已經意識到這一點，以溫鐵軍等為代表的關心「三農」問題的知識分子正與大學生中的青年志願者聯合起來，在全國各地進行「鄉村建設」的實驗。在我看來，這是新一輪的知識分子「到民間去」的運動，值得為之鼓勵，我最近在大學生中作了一個「知識分子『到民間去』運動的歷史回顧與現實思考」的報告，引起了強烈反響。我也很自然地想起了先生的大作，在某種意義上，30 年代的贛南鄉村改造與建設也應是這一運動的一個部分。事實上，30 年代的鄉村改造與建設運動是得到國民黨那個政府的大力支持的。

先生的著作出版處處受阻，是可以想見的。我們也只能耐心等待，同時不放棄自己繼續寫作的努力。

我於 2002 年 8 月退休後，作了幾件大事。在學術上，正集中精力寫《1957 年學研究筆記》，清理反右運動在文革那段歷史，為下一階段

寫文革作準備；另外，接連出版了「走近魯迅三部曲」、《中學生魯迅讀本》、《魯迅作品十五講》(給大學生讀的)、《與魯迅相遇》(給研究生讀的)，以將魯迅精神在年輕一代中扎根為最求。在社會活動方面，我自覺地從中心走向邊緣、底層，去年編了一本《貴州讀本》，到貴州各地講學，與當地大學生討論「認識我們腳下的土地」。今年三四月到我的母校南師附中，為高一、高二學生開設了一門「魯迅作品選讀」的選修課。最近又是參與北京幾所大學的青年志願者開展的「西部陽光」行動，「北京打工子弟學校首屆作文競賽」等「到民間去」的活動。此時還到外地（上海、南京、杭州、開封、徐州、聊城、煙台）的大學講學，正在整理一本《錢理群講學錄》。正是忙的不可開支，不過卻感到了生命的充實，身體也很好。這或許是我生命的又一個高潮。當然，不可能長期堅持，下一步可能要做一點調整。

對於你這位始終未見面的朋友，還是很想念的。希望能有見面的機會。——江西教育界的朋友一直邀我去，我卻安排不出時間，以後再作安排吧。

匆匆寫就　即頌

教安

錢理群　2004・11・22

為先生大作作序言事，理應效勞。又及。

何賢桂 / 這是一位浙江寧波的民辦教師，是我沒有見過面的朋友。

何賢桂老師：

非常抱歉，你一年前的來信，我現在才給你回覆。想來你仍在任教，不知道是否還在準備考研究生。我的回信大概已是「馬後炮」了。

我完全能理解你的處境與心境，儘管我們現在在喊素質教育，而實際支配中小學教育的，仍是應試教育的邏輯，而你又處在寧波這樣的最講究「實利」的地方。實際上，不僅是你，我們的幾乎所有的中小學老師，都掙扎在這樣的困境中。看清這一點，我倒反要勸你堅守在教學崗位上，做一點力所能及的改革，在限制中求得發展。這不是為了別的，而是為了你所教的孩子的長遠發展 —— 儘監管他們自己也未必懂得你的一番苦心。試想，如果連你這樣的有追求、有思想的老師都留不住，我們的孩子又該怎麼辦呢，當然，你也不能操之過急，只能從一點一滴地改革入手。也不要指望會有什麼根本的大變化，只要有幾個學生在你的啓發下，有所變化就行了。我現在很多時候也是抱着這樣的態度，能幫助一個算一個，能影響一個算一個。這是一種低調的堅持，也就是魯迅所說的「反抗絕望」。不要說「孤獨地走在朝聖的路上」，因為並無「聖」的存在，只要「走」，這就是魯迅在〈過客〉裏所說，要聽「前面的聲音」，無論如何，要「往前走」，這是生命的絕對命令，儘管並不

知道「前面」有什麼在等待着自己。甚至不知道路該怎麼走,但仍然要「往前走」,選一條彷彿可走的路「姑且」走下去。

　　匆匆寫就,即頌

教安

錢理群 2004 年 11 月 22 日

(你在大學畢業前給我寫的信,今天也翻了出來,一併回覆。)

劉工昌 / 這又是一位有思想的底層農村教師。

劉工昌老師：

　　非常抱歉，拖了這麼長的時間才給你回信。

　　我認真讀了你的大作，非常感動。你想的很多，也想得很深，又非常的實際。如你文章所說，你「處在教育的底層」，因此有機會看到「這個龐大的教育金字塔底層的最真實的東西」。而這樣的最基本的最真實的東西卻被各種各樣的力量有意無意地遮蔽了。我非常贊同你的文章中提出的一些基本觀點，如「我們要關注的是孩子所成長的社會土壤」、「針對的應是在社會上佔支配地位的成人」；「現代化最需要的不是人才，恰是產生人才特別是讓人才得以很好立足的土壤——一個良性的健康的符合現代規範的適合人才自由發揮成長的社會環境」；我們的「培養目標應是培育與塑造一種適合技術時代的技術素養，具有內在的自覺的民主參與需求，能很好的組建和維護現代民主制度的現代人——公民」；「我們的教育不是要塑造一種學院式的人文精神，而是要打造一個有實際意義的公民社會」，如你所提出的「公民意識」教育、「生命意識」教育與「反省意識」教育三大教育，都是抓住了要害，並且是涉及我們教育的根本的目的。我很自然地聯想起魯迅當年所說的話：「天才大半是天賦的，獨有這培養天才的泥土，似乎大家都可以做。做土的功效，比要求天才還切近；否則，縱有成千成百的天才，也因為沒有泥土，不能發達，要像一碟子綠豆芽」。而我們的教育，現在越來越成為「天才」的教育，而恰恰忽略了「泥土」的培育。

如果你同意的話，我想把你的大作推薦給上海的《教育參考》(我
的一位朋友是在那裏任主編)。不知是否合適？你的來信再一次讓我深
信這一點：中國的教育希望，在第一線的教師。但他們都發不出自己的
聲音，是「沉默的大多數」，中國教育的癥結正是這裏。

___

　　匆匆寫就　即頌
敬安

錢理群　2004 年 11 月 22 日

另寄上拙作《語文教育門外談》，請批評指正。

劉 XX 老師：

大札與大作早已奉悉，遲覆為歉。

我完全贊同你的觀點：「新語改的成敗關係到廣大語文教師的士氣和自信心」，而「不從教師基礎素質的提高抓教改，新一輪教改潛在着危機。」因此，你們所做的教師培訓實在是一個關係教改全域的關鍵環節，而這樣的培訓又不能只限於觀念的更新，同時也需要有針對性的個案分析。

對先生的大作，因我對〈師說〉一文未作專門研究，提不出具體意見。但我認為你強調用「因文悟道，得道釋文」的原則，反對脫離文本的單一化解模式，是很有道理的。你的從「整體閱讀原則」出發的對〈師說〉的解讀，以「吾師道也」作為全文論證的內核，大體上是符合文本的論證實際，是可以成立的。這對教師正確地把握〈師說〉是大有幫助的。不過，我覺得在「語感」方面似乎還缺少更具體的分析。另外，教師對文本正確理解與把握之後，也還有一個如何「教」給學生的問題。這也有兩個方面的問題，一是如何根據學生實際及教學需求，正確地確定講這一篇文章的具體的教學目的，另一是化繁為簡，便於學生接受的問題。從這一角度看，我認為大作的分析對教師是合適的，作為教師就按這樣的分析直接向學生灌輸，就可能過於細緻，以至繁瑣了。——當然，我完全明白，大作是一篇分析文章，是作教參用的，因此，我所提的，是超乎文章本身的任務的。不當之處，還請原諒。

《名作重讀》是由上海教育出版社出版的，你能不能與他們郵約部聯繫一下，如有困難，再來找我。

　　另，我還寫了一本《魯迅作品十五講》，對魯迅作品有具體的分析，此書由北大出版社出版，購買應無困難。

　　匆匆寫就　　即頌

教安

　　　　　　　　　　　　　　　　　錢理群　2004・11・22

張 X 同學：

　　來信及大作早已奉悉，因雜事纏身，遲覆為歉！

　　大作拜讀以後，對所說「錯誤的愛情」或可接受，對「虛偽的人物」的分析則不敢苟同。因為涓生面臨的「說出真實」還是「說謊」的矛盾，其實已超越了愛情的範圍，而是涉及人的一個根本性的生存與言說困境。正如你所說，魯迅寫這篇小說時，也面臨這樣的困境；就是我們自己，不也時時面臨這樣的困境？在我看來，《傷逝》這篇小說的真正旨意也在於此。其實，從小說一開始，涓生與子君之間的愛情已經結束了。涓生已經不再愛子君，而子君仍然愛着他，這就面臨着「說出真實」還是「不說」的矛盾。小說的「中心詞」已經由「愛」變成「真實」與「說謊」了。——我的這一分析，在拙作《魯迅作品十五講》中第四講《「最富魯迅氣氛」的小說》裏，有進一步展開，可參考。（該書由北京大學出版社出版）——我的意見也真的只供「參考」。

　　匆匆寫此　即頌
文安

錢理群　11 · 22

曹 XX 先生：

　　你好！

　　一年半以前的來信，拖到現在才回覆，這是首先要請你原諒的。

　　大作強調「一、社會變革的要推動力來自組織起來的大眾，二、新思想必須找到與大眾共鳴的契合點」，這都是我贊同的。中國的改革的過程中，出現了各種利益集團，這就要求各個利益集團都應有自己的組織，自己來維護自己的利益。而中國現在的問題正在於弱勢群體不僅陷於物質的貧困，更處於權利的貧困，不能自己組織起來，維護自己的利益。而一些知識分子儘管對弱勢群體懷有同情，但他們的思想與行動都因找不到與大眾共鳴的契合點，因而成為空談。我自己大概也屬這樣的空談者。只能關注教育問題 —— 先生對所謂「新新人類」的這一代的分析十分深刻 ——，而孩子的問題根子在社會環境，我們既無力改變社會環境，教育的努力收效就必然是極為微弱。但似乎也只能如此，作絕望中的努力。

　　謝謝先生的來信，啓發了我的思考。

　　匆匆寫此　即頌
文安

　　　　　　　　　　　　　　　　　　錢理群　2004・11・23

赫 XX 同學：

你好。來信的真誠讓我感動。

我也完全能理解你的苦悶。

最近，我應北師大「農民之子」同學之約，在北師大作了一個「農村需要我們，我們需要農村」的報告，比較系統地談了我對青年志願者下鄉運動的看法。如你有興趣，我可以從網上將文章發給你。但要請你將網址告訴我。

關於你信中談到的問題，我有兩點看法：

一、要堅持自己的信念與理想：「關注三農，回歸鄉土」，在我看來，這背後是一個人生觀的問題。

二、而如何具體實踐這一理念、理想，途徑是多樣的，全身心投入鄉村改造與建設，成為一個鄉村建設人才，以此作為自己的事業，這是一條路；從不同方面、不同角度直接、間接的參與，這也是一條路。比如，你是學法律的，以後就可以在對弱勢群體進行法律援助與法律教育方面作一些有益的事情。這與面對現實、求得生存的要求並不矛盾。當然，你在走向社會以後，自然會遇到你所說的「忠實於理想，又協調現實」，「堅守與妥協」之間的矛盾。但無論如何，也要堅守做「人」的根本，堅守自己的理想，而絕不能與現實的黑暗面同流合污 —— 這是一條「底線」。

　　匆匆寫此　祝
好！

錢理群　2004・11・25

何 XX 同學：

　　來信早已收到，遲覆為歉！

　　謝謝你如此認真地讀了我的《話說周氏兄弟》，並且做了如此認真的思考，這真令我感動！

　　對你所提出的問題，我也正在思考，也只能談談我的看法。

　　在 20 世紀，我們確實曾經犯過將「彼岸世界」此岸化的錯誤，並帶來了災難性的後果，但我們卻不能因此否定對彼岸理想世界的嚮往，不能沒有終極理想。所謂彼岸理想是一個可以不斷接近卻永遠也不能達到的理想境界，它的作用是能夠照亮此岸世界，成為我們批判此岸世界的黑暗的一個思想動力，使我們永遠不滿足現狀，成為永遠的批判者與改革者。

　　魯迅那一代人提出的「改造國民性」的命題在我看來在今天仍有其意義，因為當下中國的問題很多，其中一個重要方面，就是「人心」出了問題，國民精神的頹喪，道德水平的急劇下降，等等。解決的辦法，我認為還是應從教育抓起，這也是我這些年一直關注教育問題的一個原因。——以上意見，僅供參考。

　　另寄上我的《魯迅作品十五講》一書，希望你能喜歡。

　　即頌

學安

　　　　　　　　　　　　　　　　　錢理群　11·26（2004）

文 X 老師：

來信與大作早已收悉，遲覆為歉。

大作拜讀至今，頗受啟發，並引起了共鳴。大作指出：「我國的教育科學體系是西方科學主義與傳統奴化教育的混血兒，兩者的根本目的是在使人變成工具。」這使我想起，幾年前我曾在一篇評論高考試題的文章裏，對科學主義對當下中學教育的直面影響有所論及，就有一位北京中學教育界的「權威」著文批判，並暗示我有不可告人的目的，此文即是以後對我的全國性批判的先聲。大作提出「語文教育的根本目的在於使靈魂轉向」的觀點，我也基本同意。這是因為某種程度上，語文教育是屬「人學」的一部分，是要能動人心的。說「基本同意」是因為大作已經提到的，在某種意義上，「使靈魂轉向」是整個教育的根本任務，語文教育在發揮這方面的功能上，有其特殊重要性，但特殊也還要通過自己學科的特點來發揮能動的作用，這就是我為什麼更贊同將義務教育的目的功能歸結為「為學生打造精神家園」的原因 —— 這一提法與你的觀點在精神上是一致，你似乎更能體現學科的特點。（又，「轉向」二字似也不夠準確。）

大作提到「語文教育要力爭為學生建立信仰系統」，大的原則也是我所贊同的，但是在中學階段能否「建立信仰系統」，我有所懷疑，人生觀的確定恐怕是大學以至更晚一些的時候的事，中學階段只能激發學生開始關注、思考方面的問題。再則信仰的確定，也是學生自己獨立思考、選擇的結果，為其「建立信仰系統」的說法似不夠科學。而且也為語文教育一個學科所難以勝任。其實「建立信仰系統」是一輩子的事，

對我個人而言，至今依舊在探索要建立什麼樣的信仰問題。當下整個中國，以至世界，都面臨一個「文化重建」的任務，而「文化重建」的核心就是價值理想的重建。從這樣的戰略目標出發，中學教育引導孩子關注思想信仰問題是十分重要的；但中學教育，特別是語文這樣一個具體學科，又是有限度的。不然的話，就會形成某個既定的信仰的強制灌輸，而這正是當下中國教育的一個根本性的弊端。

以上意思，僅供參考。

先生信中談到貴校在全國教育影響，這也是我所知道的，因此貴校與先生在教育改革方面所進行的試驗，也是我感興趣的。我始終認為，中學語文教育改革的關鍵在第一線的教師，我們這些關心中學語文教育的大學教授，只能作一些輔助性的工作。

另寄上拙作《語文教育門外談》，敬請批評指正。

匆匆寫就　即頌
敬安

錢理群　2004・11・26

沈 X：

來信早已收悉，未能及時函覆，望諒。

謝謝你對拙作閱讀的認真，並堅持了自己的獨立思考。

或許是因為我沒有寫清楚，我想你大概是誤讀了我的意思。從我對俞實夫這個人物的全面分析看，我大概絕沒有鼓吹「圓滑八面玲瓏地面對這個不明不暗不清不楚的現實世界」，「彰顯世故」等等的意思，因為我充分肯定，俞實夫「為實現理想的獻身精神，堅忍、執着的性格」等等。我所說的「弱點」是指「不曉人世艱難」、「不通世故（指對人性與人和人之間的關係的惡的方面缺乏清醒認識）」的脫離實際與「天真」，而且我所說的「弱點」，也並未完全否定性的概念，因此我說這些弱點引起的感情反應是複雜的：「既感動」（完全否定怎麼會感動？）「又不能不發笑」，還會「滴上一點兒苦味兒」。

記得沈從文對魯迅有一個很到位的評價：「既懂世故，自己又不世故」。「不世故」，就是堅守自己的理想、操守，不同流合污；但同時，還須「懂世故」，就是要充分認識到人性、人世、社會的險惡，不能過於天真。既要堅守自我人性之善，同時又要警惕人性之惡。如果只有前者而無後者，在現實生活中就會受騙上當，不能自我保護。從這個意義上說，「不懂世故」的「天真」確實是包括我們自己在內的知識分子的一個「弱點」。

當然，你對拙作的「誤解」也不是沒有道理，因為在當今的中國，「懂世故」進而「老於世故」的人太多，「不世故」的「天真」反而顯得可貴了。這其實也是我所說的「苦味兒」。

　　以上意見，僅供參考。

　　匆匆寫此　即頌

文安

錢理群　11・27

尊敬的錢老師：

　　您好！

　　猶豫了好久，我才給您寫這封信。有些話，不說出來，難受。於是，我就冒昧了，請原諒。

　　這些日子以來，我一直在看您的《現代文學三十年》。我常常流連於書中那些精美的闡釋，心想：怎麼到現在才知道有這本書？我是教育專業的畢業生，從教之餘，沒什麼愛好，除了看點自己喜歡的書。但我有個不好的習慣，凡是我自己喜歡的作者，我會想盡一切辦法把他的作品一網打盡。當然，很多時候，有很多不理解的地方，但我會一遍，兩遍……我讀書有一個原則：盡可能地進到書裏去，與書中的人物同悲歡、共呼吸，甚至揣摩作者的意圖或原因。我深知我的讀書沒有什麼系統性，沒有什麼具體的目的，僅憑自己的喜好而已。但是，有時我發覺，就在閱讀的過程中，我的愛豐富了起來、我的痛苦更加強烈、我的憎恨我的厭惡更加明確……甚至我的靈魂「壯大」了起來。這也許是我對書愛不釋手原因的吧。

　　您的《現代文學 30 年》我才看了一半，就通過電腦把您的其它書都給郵購了回來（很遺憾就差《人之患》、《世紀末的沉思》，當然我會想辦法）。昨天在讀您的《現代文學三十年》第二十八章，您對夏衍的《法西斯細菌》的主人公俞實夫的分析時，您有如下總結：「這個人物身上的弱點也是現代中國民族的，特別是他們中的知識分子的那不曉人世艱難的理想主義，那不通世故的天真，那股堂吉訶德式的勁頭，是讓人既感動又不能不發笑的，笑完了還會湧上一點兒苦味兒。」

我對「弱點」一詞一向很敏感，讀到「弱點」前的介紹時，我心潮澎湃——對錢老師的分析，抑或對俞實夫的人格魅力。才二行，您的筆一轉，映入眼的卻是如此的「弱點」，我的心緒頓時降到冰點。我心中疑惑，是錢老師的有意為之？（我為這幾個字而臉紅——我的胡思亂想——面對我敬重的錢老師的作品）還是錢老師的看法——一種客觀的類似錢鍾書打量知識分子的眼光。

我不是不同意俞實夫不能有缺點，而是我無法接受如此的「弱點」：

倘若所有的知識分子都在人世的艱難之中被壓垮了身軀，抽走了脊梁，閹掉了尊嚴，那這民族還有希望？倘若沒有人執拗於天真、純淨於世故之前，豈能彰顯世故的卑鄙、無恥，下流與墮落？倘若人都圓滑八面玲瓏地面對這個不明不暗不清不楚的現實世界，而缺乏堂吉訶德式的熱誠與執着，這人類還有希望麼？

寫到此，我絕望到了頂點。為俞實夫？為錢老師的分析？為我自己？我「感動」，但我笑不起來。也許我年少不經世，所以起了情感的波濤，不像歷經風雨的錢老師，只起「一點苦味兒」。

在讀您的書的時候，我往往放任自己的感情，以期能得到充分的享受。我沒讀過夏衍的正文，心中有些放不下，怕出錯。但我還是把這幾句話寫給您，這樣也許會好受點。

祝：身體健康！寫出更多作品來！

沈 X

潘 XX 同學：

　　來信收悉，遲覆為歉！

　　謝謝你對我的信任，說出了你的心裏話，但我恐不能為你「指點迷津」，因為我自己也在掙扎與探索中。我所能說的只是自己的一些信念——

　　一、思想者誠然是痛苦的，但他也是幸福的，如魯迅所說：「敢於直面慘淡的人生，這是怎樣的哀痛者與幸福者」——至少他知道人活着是為了什麼，因此，他所擁有的痛苦是「豐富的痛苦」，他的生命是充實的。

　　二、儘管當今社會的愛情危機重重，但我始終堅信「相濡以沫」的愛情是存在的，是應該而且可以追求的。

　　三、在我看來，思想與實踐是有不同邏輯的，思想要求徹底，實踐則要講妥協。人們因此可以有不同的選擇：或始終堅持做一個思想者，或著重做一個實踐者，更多的人是在思想與實踐的邏輯中取得某種平衡。

　　四、如果我是大學生的話，我只認準一點：大學四年是人生中最自由、最無負擔的黃金時節，要利用這四年，沉下來自由地讀書，充實自己，為自己一生的發展打好底子。按照自己設定的目標，我行我

素，而不管別人怎樣做，做什麼，不追求一時一地的功利，而着眼於長遠的發展。

以上所談，僅供參考。

　　匆匆寫此　　即頌
學安

錢理群　11·27

吳 XX 先生：

你好！

原諒我拖了一年多才給你回信。

我們之間的討論是非常有意義的，如先生所說：「立國與立人」的問題上，我們的意見是一致的，在「烏托邦」理想問題上，我仔細看了來信之後，覺得也基本上是一致的。即 (1) 都肯定「彼岸」的「烏托邦理想」的必要性，如先生所引邁斯納教授所言，「歷史的動力，不是烏托邦的實現，而是對它的奮力追求中」。(2) 都認為把「彼岸」的烏托邦理想「此岸化」，就會造成巨大的災難，這是二十世紀共產主義運動的一個教訓。因此，在堅持烏托邦彼岸理想的同時，更應該考慮現實的較好的文化與制度建設。

我們之間的區別可能是思考的着重點的不同，這又與我們的角色認定，以至精神氣質的不同。至少說，我是一個多少具有堂吉訶德氣質的理想主義者，更追求思想、理想的徹底性與對現實批判的徹底性，因此，我更強調「立人」與「烏托邦理想」，強調思想的啓蒙，而你比我更切實際，更面對現實可行的變革，強調相對合理的制度建設。

不知我這樣評論是否準確，但我們這樣坦率交換意見，促成了彼此的瞭解與深入思考，這是我所要感激你的。

匆匆寫就　即頌
文安

錢理群　2004 年 11 月 29 日

陳 XX 同學：

　　非常抱歉，我拖了這麼久才給你回信，估計你已經進入大四，快走出校門了。

　　對你來信所說的現實的苦悶與對未來的恐懼（「我怕我自己都掉進了社會這個大染缸，或者乾脆被社會遺忘、拋棄」），我都能理解，這是任何一個堅持獨立思考的年輕人都會面臨的問題。

　　但無論如何，你已經有了自己的「崗位」，就是要做一名教師。這既是你謀生的手段，也是你實現自己價值的場所。如你信中所說，中國國民（包括農民）人權意識、法律意識的薄弱，奴隸意識以及基層官僚的奴隸主意識，專制意識已成為中國前進的最大問題，而這都顯示出教育的極端重要。當然，作為一名普通教師，你所能發揮的作用是極其有限的。而且如你所說，當下教育的許多真實情況是被掩蓋的。你一參加工作，就會直接接觸到中國教育的許多黑暗面，對此你必須有足夠的思想與心理準備。

　　但也正因為如此，中國的教育才需要你這樣的有思想、有追求的新一代的教師。因此，無論如何，你要堅守在教師崗位上，要知道，「堅守」本身就是一種意義。同時，要從一點一滴做起，只要你能幫助了一個學生，你的工作就有了一分意義。長期堅持下去，你會在教師工作上找到自己生命的價值的。我常說，教師的價值，就在於能夠成為孩子童年記憶中最美好最神聖的一個瞬間。

以上所說，僅供參考，也算是你即將走向生活的一個贈言——

不要畏懼，大膽地走向生活。無論前面等待着自己的是什麼，總要勇敢地向前走去。

匆匆寫此　即頌
學安

錢理群　2004 · 11 · 29

浩 X：

　　你的幾次來信都已收悉，如你所估計，實在是太忙了，沒有及時回信，讓你久等，這是非常抱歉的。

　　你現在是真正地「走向生活」了。每個人人生中都是要遇到這個「坎」的，你現在所感到的迷惘與倦怠，都是可以理解的。我昨天還在對北大學生說，走向社會以後，在現實中必有種種妥協、調適，如何在妥協、調適中堅守自己的理想，是一個很大的人生命題。從來信得知，你已經調整好自己，「沒有承認自己的失敗，看不到未來所以有希望，一身輕鬆地向前走」。這是很好的。如魯迅〈過客〉裏所說，總要往前走，而不管前面是什麼在等待着自己——這是生命的絕對命令。

　　我的建議有兩條：無論條件如何艱難，一定要堅持讀書——它將把你帶入另一種生活，讓理想之光照亮你，使你不至為生活的灰色、黑色所吞沒；另外，有可能的話，用日記、隨筆的方式，將你平時接觸到的各色人等，形形色色記錄下來，這既是一種宣泄，同時也是生活的印證。以後回過頭來看，是會很有意思的。或者用給我寫信的方式——不過，我太忙，不會及時回信，信我一定會看，我永遠是你的心聲的忠實的傾聽者。

　　就寫到這裏　祝
好！

　　　　　　　　　　　　　　　錢理群　2004 年 12 月 1 日

另從郵局寄一本我的新作《與魯迅相遇》給你，或可一讀。

楊 X 同學：

很高興讀到你的來信及你所寫的文章。

你的文章讓我知道了許多我們不知道的事情，特別是關於當前校園文學發展的許多情況，這也是我要向你表示感謝的。

「校園文學」一直是 20 世紀中國文學的一個重要的有機組成部分，我過去做過一些粗略的考察。近年來，關於 30 年代北京校園文學與四十年代西南聯大的校園文學都成為博士論文的選題，我自己也主編過一套「20 世紀中國文學與大學文化的叢書」。而你們現在正在從事的校園文學活動，正是開拓校園文學的新篇章。它自然也會有自己的新特點。從你的介紹與論述中，我以為你所說的「成長的發現」與「網絡」的作用這兩點是特別重要的，前者表明當下的校園文學關注的是自身的成長——這與過去的校園文學更有社會的廣泛關注不同，這既是一個特點，某種程度上也會構成某種不足；而後者展現的是一個全新的寫作的精神空間與話語空間，其給新一代的校園文學產生的影響，是更加值得關注的。

也正因為如此，我對你們的校園文學活動懷有極大的興趣，也表示熱情的支持。不過，我並不贊成過早的自我命名——命名本身有一個危險：它強調的是共性，而容易忽略個性，而我以為個性化寫作可能正是當下的校園文學的一個重要特點。現在最重要的還是實踐，促其自然發展，發展到一定階段，再來總結，甚至命名。在發展的起始階段，做一些宣傳，製造某種輿論，是必要的；但一定要嚴防商業性炒作，那既不符合校園文學超功利的精神，而且也會使校園文學活動流於

形式，熱鬧一場，而無經得住歷史檢驗的實績。文學創作是一種嚴肅而自由的精神勞動，它需要的是默默的持續的耕耘。

　　以上意見，僅供參考。

　　衷心地祝願校園文學健康蓬勃地成長！

錢理群　2004・12・9

涂 XX 同學：

　　你好！

　　來信收悉，遲覆為歉！

　　來信所談到的父與子之間的衝突，是人人都會遇到的人生難題。今年我到南師附中給中學生講魯迅，一開始就是講「父親與兒子」這個題目。魯迅在〈五猖會〉裏表達的是父與子之間深刻的隔膜與壓抑感，由此產生的是不可遏制的「逃出父親範圍的願望」（卡夫卡語）；而魯迅在〈父親的病〉裏，卻寫出了自己對父親刻骨銘心的負罪感，父親永遠存在於自己的生命中，父與子之間的這一生命的纏繞，將伴隨你的終生──當你以後有一天成為父親，又會在另一個層面上，面對這樣的問題。但你現在你已經獨立成人，你應當走自己的路。你應該把自己的想法，用書面或口頭的方式坦誠地告訴父親，盡可能求得他的理解；如果不能，也要盡可能地減少對他的傷害，或者以後再作彌補。要相信，父子之愛，是永恆的，不管有多大的矛盾，最終都會得到相互的諒解。但在具體操作上一定要小心、細心與耐心，因為父子之情又是一種最脆弱的易受傷害的感情。

　　這是過來人的經驗，僅供參考。

　　即頌
學安

　　　　　　　　　　　　　　　錢理群　2004・12・9

呂 XX 先生：

　　來信與約稿早已奉悉。

　　坦白地說，你的來信與約稿給我出了一個難題。一方面，確如來信所說，「公共知識分子精神」的缺失，是中國當下思想、文化、學術界的一個重要問題；另一方面，又存在着對「公共知識分子」的炒作，這就是魯迅說的，「每一新制度，新學術，新名詞，傳入中國，便如落在黑色染缸，立刻烏黑一團，化為濟私助焰之具」。更重要的是，在我看來，我們的問題，不是人們對「公共知識分子」的概念不清，不知其意義，呼喚不力，而是沒有多少人願意認真實行，化為自身的實踐。因此，坦白地說，這類討論，儘管我不否認其意義，也不懷疑提倡者的真誠，但對於我，實在沒有太多的吸引力。我覺得與其寫文章大聲疾呼，還不如多做些實事，用行動來顯示這樣一種存在，一種選擇。這就是這些年我一直以「想大問題，做小事情」自勉自勵的原因。

　　原諒我終於交了這樣一份「白卷」。

　　匆匆寫此　即頌

編安

　　　　　　　　　　　　　　　　　　錢理群　2004・12・9

城 X：

　　這次在山東見到了你，十分高興。因為多年來不知你到哪裏去了。

　　你對當下學術界的種種弊端的不滿，我是理解的。但我以為你現在既已在廈門大學任教，有了一個基本的生存與研究的空間與時間，就應該埋頭作自己的學問，而不必過多的為學術環境所干擾。學術界最終是講「實力」的，是以研究的實績作為最終評價標準的。

　　而且，我隱隱地感到，你的學術研究的路子，可能有一些需要注意的地方。你似乎過於注意宏觀的研究，總體的概括，某種程度上，或許是受到了我們在 80 年代中期的研究的影響。在那個時候，為了從既定的研究模式中徹底走出來，開拓研究的新格局，這樣做，或許是必要的。但其問題也是明顯的，當時很多宏觀概括，都被後來的具體研究所推翻了。進入九十年代，我的研究實際上已將這樣一些宏觀問題懸置起來，進入對更具體的文學現象的研究，採取的是「以小見大」的方式。在這一過程中，逐漸積累、加深對現代文學的一些重大的根本性問題的認識，到這些認識積累到相當程度，或許可以再來作宏觀的概括。而我以為，目前恐怕主要還是處在一個「文學現象研究」的階段，而這樣的「文學現象」觀照在外延與內涵方面也都在繼續擴大、深入中，可作的文章很多，可發揮的餘地還很大。不知你對這樣的具體的一個一個的文學現象研究是否有興趣？

　　大作已經拜讀，坦率地說，我並不完全同意你的意見。因為你立論的前提，即你所說的「現代文學理想」實際是你理解的「現代文學」

概念內涵本身，如「對傳統的徹底變革」、「對西方文學理論與創作的全面系統接受」，都是大可懷疑的，一是是否符合事實，二是在理論與實踐上是否站得住腳，這都是問題。你由此而提出的「經典」標準，也大可質疑，比如你認為必須「遠離傳統」才能成為真正的現代經典，就很難說服人。當然，你仍可以堅持你的觀點，我的質疑僅供參考。

　　匆匆寫此　即頌
文安

錢理群　2004・12・9

張 X 先生：

拜讀了《苦難歷程》，感慨萬千。

這是真正的「倖存者」的寫作。

先生所描述的那位「不屈不撓的反右鬥士」，是極有價值的那個特定時代的「典型」。

但我仍還要追問：培育這樣的「鬥士」的土壤是什麼？

「土壤」不除，這樣的「鬥士」還會出現，當然，會有新的形式，新的包裝。

幸而生活中還有你描述的那位「老式共產黨人」的典型。

謝謝你用簡潔的筆觸真實地寫下這一切。

我正在寫一本關於反右運動的書，先生的回憶，對我的寫作很有幫助。謝謝。

匆匆寫此　即頌
大安

錢理群　2004・12・9

郭 XX 老師：

　　十分高興地收到了你的來信，並拜讀了大作，我覺得大作的基本觀點，我是同意的。道理很簡單，高考是不能取消的。如果不培養學生應試能力，讓學生順利通過高考這一關，我們是對不起學生的。這是我們必須面對的現實。應試與素質教育有統一的方面，也有矛盾的一面，我們只能在這兩者之間取得某種平衡。

　　來信談到目前語文教育的混亂，我是瞭解的。這裏的原因是一言難盡的。老實說，我對目前的教育改革的前景是悲觀的。

　　先生強調「讓語文教學回到文本中去，把老老實實地讀懂文本作為語文的基本功抓住、抓緊、抓牢」我是同意的。但先生進一步提出「努力引導學生去追求文本的唯一意義」則不敢苟同。問題是有沒有「唯一的意義」，由誰來確定這「唯一的意義」。先生說你想將「有關高中語文中有爭議的名篇難篇的解讀結集為《裸眼讀書》出版」，既「有爭議」，就沒有「唯一意義」，也沒有「一元化閱讀」。當然，提倡對文本的「多解」，並不是任何「解」都是有價值的，更不是鼓勵完全離開文本的任意發揮（這是造成當前的混亂的重要方面）。這裏也不排斥教師的引導，不能由學生願意怎麼說就怎麼說。文本中自然也有些是「唯一」的，比如某些基本詞語（不是全部）的解釋。過分強調「一元化閱讀」，就會「一元化」到《教參》的說法上，就有可能回到死記硬背《教

參》的觀點，完全排斥學生學會主動性、創造性的老路上去。我們在不滿意「現實的混亂」時，也要防止回到我們大家都不滿意的老路上去。

以上意見，僅供參考。

另寄拙作《語文教育門外談》，請批評指正。

即頌
教安

錢理群　2004‧12‧9

又讀了〈一元化閱讀〉一文以後，我覺得先生是否混淆了兩種文本的不同閱讀，先生所舉的高考看錯題的例子。多是「科技文本」這類文本要求「準確」地瞭解文本原意的文本，而先生批判的「有一千位讀者就有一千位哈姆雷特」，所指的卻是「文學文本」。其實，我們強調「多元化閱讀」，也主要是文學文本的閱讀，就絕不能說只有一個哈姆雷特是正確的，其餘 999 個都是「偏離」的。如果這樣，延續幾個世紀的莎士比亞研究就沒有存在的意義和價值了。

2005-2006 年

2005 年伊始，我收到一件最好的新年禮物：蘇東坡的家鄉四川眉州一位小學老師組織了一次很有創意的教學活動，組織全班同學給我這位北大老師寫一封信，談談他們的「夢想」。還讓她的兒子吳 XX 給我寄來了所寫的文章。

吳 XX 小朋友：

真高興收到了你的來信！

看得出，你是一個很有主見的孩子。

你的文章也寫得很好。好在你能夠用自己的眼睛去看周圍的世界，有自己的發現與看法，然後用自己的語言把它表達出來。還要謝謝指導你寫作的韓建英老師。

希望你多看，多想，多讀，多寫，而且要堅持下去。

寄上一套《新語文讀本》小學卷，算是我送給你的春節禮物。

向你的老師，爸爸、媽媽問好！

祝
快樂！

錢理群　2005 年 1 月 9 日

張 XX 老師班級的小朋友：

謝謝你們新年的祝福——這是我收到的最貴重的新年禮物！謝謝你們對我的信任，說出了自己的心裏的話。

你們的夢想讓我感動。

看得出你們很有個性，各自都有自己的的夢，不同於他人的夢。劉 X 同學寫得很好，要做一個「不愛效仿別人的人」。我同意李 X 同學的觀點：「我嚮往北大，卻不強求」，正如張 XX 同學所說，「努力過，奮鬥過，這些就足夠了」。

重要的是姚 XX 同學說的，「因為我存在，世界會精彩」！溫 XX 同學說：「我希望您記住我」——我已經記住了你們每一個人。希望有一天我們能在北京相見——其實通過這次通信，我們的靈魂已經相遇了。

我想念你們！

這是一位遠方的老人的祝福——

祝你們永遠快樂！

錢理群　2005 年 1 月 9 日

江帆 / 收信人當時還是一位中學生，卻有難得的理論興趣，我們在通信中就成了朋友。

江帆同學：

你好！

原諒我拖這麼久，才給你回信，我雜事太多，老是欠債不還，真沒辦法。

我贊成你對小亮的「反抗」——當然，從另一個角度看，他也是鼓勵「強權」的現行體制的受害者。我也贊同你對小陸文章的批評，現在「標新立異」成了一種時髦，有的「新」其實是「舊」，「再覓新歡」，不就是視婦女為玩物的舊傳統？

魯迅的雜文實際是現實針對性與超越性的統一，他是有強烈的現實關懷的，因此他的作品有時代性；但同時他對現實問題的分析，又常常深入到歷史的深處，人性的深處，因此具有超前性，以及長遠的生命力，超越了他的時代，而成了今天（以及以後）的現實存在。

《野草》確實令人震撼，我覺得最好的閱讀方式是反覆誦讀原文，感受其中意蘊，朦朧感悟，而不必深究其意義。當然，我是寫有有關研究文章的，不過那是我的《野草》觀，僅能供參考。而且這類解讀、分析是以將魯迅《野草》的豐富性、複雜性簡化作為代價的。可以寄送兩本書給你：《心靈的探尋》與《與魯迅相遇》，但要過幾天寄出，

假期中你能去學校取嗎？

胡河清是華東師大的一位年青教師，很有獨立見解，可惜英年早逝。

馮 XX 最大問題一直是想當「國師」，於是，總要依附最高統治者，前有蔣介石，後有毛澤東，後來想用《新編》重塑自己，實際已力不從心了。

———

　　匆匆寫此　祝頌
學安

錢理群　6·30

收信人是 2005 年我在北京大學附中開魯迅選修課的學生，以後一直與我
有通信聯繫。

李 XX 同學：

　　因為忙，拖到現在才給你寫信，請原諒。

　　讀到你傳來的郵件，我還是很感動的，又想起了上課的情景。我
對你寫的作業一直有很深的印象，可能與你的人不大對得起來，如果以
後再有機會見面，會一時認不出來，這也是要請你原諒的。

　　在我的印象裏，你是一個積極向上的，發展比較健康的孩子，沒
有現在一些中學生常有的毛病，也很能思考問題。你的家庭教育也很
好，這都是很難得的。你對自己要有信心，就沿着你選定的道路走下
去，不要管別人怎麼說。

　　我能理解你對周圍許多事的感受，我們這個社會欺騙的事情確實
太多了。要說真話是不容易的。但也要看到，還有許多人在努力地說真
話。你不是也向我說出了自己的心裏話嗎？最近巴金老人去世，大家都
在紀念他，原因之一就是都希望像他那樣敢於說真話。要相信一點：人
性是有善、惡兩個方面的，我們自己就是這樣，周圍的人也一樣。要學
會「揚善抑惡」，就是說，對自己，要儘量培育與發揮自己內心最善良
與美好的，積極向上的東西，也要努力地壓抑與克服自己內心消極的醜
惡的東西。對周圍世界與他人，一方面，要敢於正視生活的醜惡，保持
清醒的認識；另一方面，也要善於發現美好的、積極的東西，保持對生

活、生命的信心與信念。其實魯迅的「睜了眼看」也是包括這兩個方面的。這樣在與人（比如周圍的同學）相處時，對別人的缺點心裏要有數，但更要注意發現別人（包括你不喜歡的人）美好的方面，然後，只是在美好的這個層面上與之相處。這也是我的人生經驗，你不妨試一試。

和你一樣，我也經常有苦悶，感到寂寞，這個時候，我就去讀書，到書本裏去尋找一個更豐富、闊大、美好的世界，去與心中的朋友作心的交流。這樣就會使自己的心胸更開闊，站得更高，看得更遠，眼前的煩惱就微不足道了。你現在還是學生，處在為未來的人生之路做準備的階段，就更需要多讀書，讀經典，讀好書，多方面地吸取精神養料，打好精神的底子。

還有要區分一點：說真話，不等於把自己心裏的話，不分場合、地點全部說出來，還要學會保護自己。我在課堂上給你們講過，魯迅是反對「赤膊上陣」的。我就不多說了。

我今天就要到外地去講學，就寫到這裏吧。反正我們已經熟悉了，以後你有什麼話，可以儘管給我打伊美兒，不過，我事情多，不一定及時回覆，但一定會回覆，只是要等一等，這也是事先要請你原諒的。和你這樣的年輕人對話，我是很愉快的，所以你不必有什麼顧慮。

最後，順便說一句：你們的班主任董老師是一個很好的人，不妨多和他交流，還有要多和父母交流，這樣你就不寂寞了。

請代我向你的父母與董老師轉達問候之意。

祝

好

錢理群　2005 年 12 月 8 日晨

付 XX 老師：

　　你好，非常高興與你結識，以後還是叫我「錢老師」吧，我教過中學，退休以後還在南京與北京的中學裏上過課，我們都是同行，我一直以自己是一名「老師」而驕傲。

　　你的孩子的願望讓我感動而心酸，因為現在的孩子本應有的「無憂無慮，自由自在」地生活權利已經被我們的應試教育剝奪了。因此我對你的教育工作，包括對你自己的孩子的教育工作的建議就是要給他們快樂地成長，給他們以兒童應有的「無憂無慮，自由自在」！

　　另附一封給你兒子的信，請轉交。

　　也向老爺爺問好，也祝他「無憂無慮，自由自在」！

　　並致深深的祝福。

錢理群　2005 年 12 月 30 日

燕 X：

　　你好！

　　在歲末的寧靜裏，讀到你的來信，竟有一種生命的柔和感。

　　我覺得能夠有你這樣的追求「愛與智慧」的老師的學生，是幸福的。我們的教育過於僵硬、粗鄙，致使我們的孩子生命中太缺少這樣的柔和感了。我們的教育太需要礙於智慧了。你說得對：「錯了的不是我們的孩子，是我們的教育，是我們自己。」

　　在我的感覺中，你在你的教育實踐中，真的越來越接近教育的真諦了。比如你說：「沒有耐心就沒有教育」，你說「不犯錯誤的孩子其實是可怕的」。很多人當了一輩子老師都不會懂得這個道理。

　　我也很欣賞你的自我質疑，一個真正的教師是不能不時時反問自己：「我到底適合不適合當教師？」「我懂得教育的真諦嗎？」而我們現在的許多教師都把教師這個職業看得太簡單太容易了。

　　我倒是覺得你選擇回故鄉小縣，當一名「真誠地生活着」的教師是對的。這裏有真正適合於教育的寧靜。何況還有如此美好的愛情，有新的生命的誕生，我真的能夠想像，「腆着驕傲的大肚子行走在冬陽燦爛的街道上」的快樂！我真應該向你祝福。

　　謝謝你的來信給我帶來如此濃郁的詩意，──我突然想起了在我的青年時代，曾引起了我無限遐想的馬卡連柯的〈教育詩〉，而在當下

中國的教育界，教育的詩意已經蕩然無存，而妄談〈教育詩〉已成為人們嘲笑的對象了。真是教育的墮落與悲哀呵！

就寫到這裏吧。

致新年的祝福！

錢理群　2005 年 12 月 30 日

謝 XX 先生：

大扎與大作早已奉悉，遲覆為歉！

拜讀大作，十分興奮。這是一個理論上的重大突破。如先生所說，「現在，對於十年動亂的錯誤理論指導已經基本明確」，即「無產階級專政下繼續革命」的理論；但是，從 1957 年到 1966 年「左」的錯誤的理論根源究竟是什麼，則沒有人認真探究。筆者認為，被讚頌之語環繞的「人民內部矛盾」一說，實難辭其咎。這是真正抓住了要害。我之所以特別興奮，是因為我正在研究從 1957 年的反右運動到 1966 年文革開始這十年的中國歷史，大作為我提供了一個理論的反思的基礎。據我所知，對毛的兩類矛盾理論的質疑，僅王若水做過，但他未充分展開，最有力量的大概就是大作了。不知道大作發表後學術界有何反應。如反應不大，就太可悲了。

我正在寫《1957 年學研究筆記》，待整理後有些文章或可寄給貴刊，但論題可能比較尖銳，如發表有困難就算了，權且作為一個交流吧。但也要等到明年四、五月份才整理出來，到時候再說吧。

匆匆寫此 致
新年的祝福！

錢理群 2005 · 12 · 31

江帆：

你好！

寄還的書早已收到，信也收到了，遲覆為歉！

我認為你做出了一個正確的選擇。

中國的文科教育其實是誤人的，不如自己自學。更重要的是，中國更需要有人文關懷的科學技術人才。我是一直主張「文理交融」的，你應該以此作為自己的培養目標。不過，如你已經意識到的，中國的科技教育是不重視人文關懷的，因此，你仍然會有孤獨感，對此要有充分的思想準備。但你已經逐漸走向成熟，可以不管這些，走自己的路。上了大學以後，可以選修或旁聽一些人文方面的課程，也可以尋找一些志同道合的朋友。不過，這都是後話。你現在的任務是集中精力，準備高考，不管你對眼下的高考體制有何看法，你現在只能適應它，並在它的範圍內，力爭考出好成績，以便讀一所較好的學校，為自己一生長遠發展創造一個較好的條件。所以我也不多寫了，以免打擾你的備考。

儘管你以後不再學文，但需要我幫助時，可隨時找我，我們應該是「朋友」了。

　　匆匆寫此　祝
好！

錢理群　11・4

江帆同學：

你好！

幾次來信都已收悉，因為雜事太多，直到歲末才來集中償還信債。

魯迅那一代人對中國傳統文化的態度，今人已很難理解。在我看來，魯迅是真正把中國傳統文化吃透、看透了的人，他與中國傳統文化有一種十分纏繞的關係。你說的很對，傳統文化中的糟粕與精華是糾纏在一起，很難分清的。我常說中國傳統文化博大精深，很難「進去」，進去之後又很容易被他俘虜，不能「出來」。這就要求我們，在面對這樣的博大精深的傳統，要有極強的獨立自主性，一方面要勇於進去，勇於吸收，同時又保持一定的警惕，不為其俘虜。為做到這一點，一方面要有獨立審視的態度與眼光，一方面要大量吸取外國文化，有了比較，才「產生自覺」。而這一切的目的是為了促成現代新文化的創造。我以為這就是魯迅對傳統文化的基本立場。

而我們這一代人（也包括你們這一代）與魯迅那一代不同，基本處於還沒有「進去」的狀態。在這個意義上，強調要學習「國學」是有積極的一面的。但現在的問題是：認真學國學的少，炒作的多，最後成了一個表演。而且又走向「中華中心主義」，完全拜倒於傳統文化，缺少獨立審視態度，甚至因此排斥學習外國文化，這就走上了「固步自封」的老路。

來信還說到了魯迅有沒有錯誤或局限的問題。有的人認為魯迅的局限在對傳統否定太多，我的看法卻不同。在我看來，魯迅在將中國傳

統文化現代轉換中是發揮得最好的，甚至說，他已經發揮到了極致，因此，魯迅如果有局限的話，可能不是他個人的局限，而是中國傳統文化的局限。但這個局限究竟是什麼，坦白地說，我現在也說不清楚。因為要真正突破魯迅的局限，擊中他的要害，就需要具有比魯迅更為強大的思想力量和精神力量，這點我做不到，這也就構成了我的局限。因此有人說「錢理群走在魯迅的陰影下」，這批評是有道理的。對於你們這一代，要真正「走出」魯迅，「走出」傳統，第一步是得「進去」，而「進去」時一定要有自己的獨立的態度與立場。

　　匆匆寫此　致
新年的祝福！

錢理群 2005・12・31

曾鋒：

　　你好！

　　2005 年 3 月、10 月來信及隨寄來的大作均已收悉，拖到現在才予回覆，非常抱歉。

　　謝謝你對我的持續關注。

　　你說我「對人本化」的中學教育的推動，或可理解為欲和青少年共同體驗分享「生命中的自由創造，奔放的想像的快樂」，可謂「知我者」言。我這些年實際上是在「節節敗退」：從北京大學講壇退到城市重點中學（去年上半年我在北大附中與北師大實驗中學兩所中學上了一個學期課），從去年下半年又轉向關注地方文化研究與鄉村教育（因而連續兩次下貴州），另一方面，也是不斷地尋找新的烏托邦世界，尋找自我生命馳騁的新天地。——我正在整理我的一系列講話，可能會在上海文化網站上集中發表，可注意。我同時還在整理我的一系列學術演講，你看到論師陀小說的文章是其中之一。

　　我的關注與推動鄉村文化建設運動，其實是有一個大的想法的：我以為中國的改革開放，有兩大缺陷：一是自上而下的單一推動與控制，另一是單一的經濟改革，政治改革、社會改革嚴重滯後。因此，我想推動的鄉村建設運動，一是希望形成自下而上的民間改革力量，以對自上而下的政府改革形式補充與制約，另一則是希望形成全面的改革局面（以思想、教育為先導的經濟改革、政治改革與社會改革），而其核心是使農民自己成為改革的主人。同時，我提出希望年青志願者（青年知識分子）到農村去做三件事：進行以公民教育為核心的農民教育，喚

起農民公民意識；傳遞信息；幫助農民組織起來，以形成農村公共空間。——當然，我的這些設想在中國現行體制不變的情況下，很可能是一個空想，但內含的「絕望的反抗」意識我想你是能夠體會的。

大作寫得很好，提出的「魯迅的冤獄體驗」是對魯迅研究的一個新的開拓。我特別感興趣的是魯迅對專制體制下的「法」（偽法、惡法、無法）的不信任、不合作，這既與他的內在的「無政府主義情結」有關，也與他對中國社會、歷史、政治的深切認識與體驗有關，這是與以為只要將西方（美國）的法治觀點、法律體系搬到中國就可以解決問題的胡適不同。魯迅是深知中國國情的，他深知，外國任何好的東西搬到中國這個大染缸中都會變質。你在文章中涉及這一點，可惜未充分展開。而在現實中國，魯迅的揭示是極其重要的，因為許多中國自由主義知識分子都與胡適一樣，以為只要中國實行法制、民主憲政，就可以解決一切問題。他們可說是只知其一，不知其二：中國現在誠然存在法制不健全的問題，因此，我也認為推動法制建設，推動民主憲政是有意義的，但他們卻忽略了中國的國情：法制，甚至憲政，都可能成為專制體制的工具，魯迅所揭示的偽法、惡法、枉法、玩法現實不是比比皆在嗎？現在很多政府官員都是打着法律的旗號實行更嚴酷的專制。在立法、執法、督法者都是同一個黨的情況下，所謂的「以法治國」也是會變質的。法律萬能、制度萬能也是危險的。

這就說到了你的文章寫法上的一個問題。你談得很全面，引證材料很豐富，這都是你的文章的優點，但同時也產生新的問題，引證太多，幾乎成了引文的連綴，行文就很不流暢，也缺乏必要的展開與分析；另一面就是分成許多點，顯得過於瑣碎，內在的思想脈絡反而顯得不清晰，應提出幾個基本點，綱舉目張，把全文「拎」起來，而不能像現在這樣一點、兩點、三點……地平鋪直敘。這是寫作上的毛病，影響了文章的深度與衝擊力。

我明天就要外出開會，匆匆寫訖。

致新年的祝福！

錢理群　2006 年 1 月 6 日

袁 XX 同學：

　　你關注魯迅的語言（字、詞、句）的問題，是很有意思的，好像沒有人做這方面的專門研究。其實這是一個漢語史的問題。這牽涉兩個方面的問題，一是「時代」的字、詞、句的用法，比如「擁腫」，很可能就是魯迅那個時代的通用用法（我說「很可能」，是因為我沒有專門研究）。要知道，語言的規範是一個歷史的形成過程，也是一個約定俗成的過程，我們今天的某些規範，並非一開始就是這樣的；另一是魯迅為了表達自己的特殊用意，故意地違反語法，比如你所說的「大約孔乙己的確死了」，意思是說，孔乙己是「大約」死了，還是「的確」死了，已無人弄得清楚，更無人關心與過問了：孔乙己在眾人眼裏，本來就是一個可有可無的人。

　　我在一篇文章裏曾這樣談到魯迅語言的這一特點：「魯迅雜文的語言常是反規範的，他彷彿故意地破壞語法規則，違反常規用法，製造一種不和諧的『拗體』，以打破語言對思想的束縛，同時取得荒誕、奇峻的美學效果：這都是魯迅為表達自己對外部事物的獨特反應，內心世界的『離奇和荒蕪』所需要的。比如有時他將含義相反的或不相容的詞組織在一起，於不合邏輯中顯示深刻：『有理的壓迫』、『豪語的折扣』、『跪着的造反』、『在嫩苗上馳騁』等等。有時他又隨意亂用詞語，如女士們『勒令』腳尖『小起來』，用『一支細黑柱子』將腳跟支起，叫它『離開地球』：這是大詞小用；⋯⋯『雄兵解甲而密斯托槍』，這是中外對用；還有文白對用、莊詞諧用、雅俗雜用等等。還有有意地詞語配合不當，如『詩人』坐在『金的坦克車』上『凱旋』，老鼠『飄忽』地走着，

教育家『在杯酒間』『謀害』學生等……還有有意以名詞作動詞用：好像失去東三省，黨國倒愈像一個國，……可以博得『友邦人士』永遠『國』下去一樣：這就是明知故犯了……」。(原文參看《中國現代文學三十年》第十七章第二節)。

我可以做你的指導老師，如有興趣與時間，也可以到我家來。

錢理群　2月23日

李 XX：

　　你所提出的問題，使我想起了 1927 年許廣平想加入國民黨（那時正是國共合作時期）徵求魯迅的意見，魯迅回答說：加入政黨，是出於自己的政治信仰，也就是為實現自己的政治理想，大家集合在一個政黨裏，這就必須要有紀律，要求服從。如果你認同這個政黨的政治理念，並願意為此多少犧牲自己的自由，就可以加入；如你認為個人的獨立、自由更重要，就不要加入。——我以為，魯迅的這一意見，至今仍有意義。關鍵是兩條：一是你有沒有這樣的政治信念、信仰和政治興趣；二是你能不能接受一個政黨必須有的政治紀律。

　　可能是年齡的關係，我對超女的事情不是太關心。我只是有兩點感覺：一是被選為超女的女孩，可能是代表了當下許多年青人的追求，因而獲得大家的喜愛，這本身是好事；二是後來的炒作卻讓我反感：我感到了年輕人的純潔的美被利用、糟蹋了。

　　以上意見，僅供參考。

錢理群　2 月 23 日

張 X：

拜讀選題報告，頗受啓發與鼓舞。這是我一直期待的魯迅研究的新開始，我稱之為「全球化背景下的魯迅研究」。科學地總結「魯迅左翼」的歷史經驗（這是二十世紀中國經驗的核心部分），這既是我們作為有現實關懷的知識分子對當下中國的歷史責任，也是我們的國際責任。我非常贊同所提出的幾個研究的基本原則：一是區分「作為價值的左翼和作為社會運動的左翼」，二是區分「把導向『極左』的歷史結果的邏輯和依然能夠通向今天的邏輯」，三是注意「左翼運動的內部複雜性」與「多重可能性」，四是擺脫「以結果推論過程，以部分覆蓋全體的新舊曆史本質論」。我補充一點，是注意「啓蒙魯迅與左翼魯迅的內在聯繫與複雜關係」。我也贊同你在研究方法上所提出的「細密考證和深層闡釋的有效結合」，特別欣賞「尋找『歷史背後的歷史』」的自覺追求。另外，「探求魯迅此一時期的雜文和小說寫作與其左翼實踐的內在關聯和諸種奧秘」，也是我極感興趣的。

按照我的研究計劃，我原準備在後年回到「最後十年的魯迅」研究課題上，所要處理的，也是你的課題。因此，你的研究思路對我是非常重要的，期待你的研究成果早日出來。

我也常有你的苦惱。不採取「直接介入」的方式，對我來說，或許有更深的原因：「直接介入」是一種政治方式，而政治的邏輯是絕不同於思想的邏輯的。這樣，作為一個以堅持獨立性為至高追求的思想者在作政治介入時，就不能不多所顧慮，而由此產生的行動上的猶豫，又

會導致你所說的「不敢」直接介入的道德自譴的「羞愧感」。──不知道魯迅是否也有這樣的矛盾？這也是可以研究的。我總覺得研究魯迅也是在拷問自己。我明天就要去上海開會，匆匆寫此。

理群　2 月 23 日

錢永祥 / 錢先生是台灣著名的學者，在兩岸都很有影響的《思想》雜誌的主編。我和他曾經討論過文革研究的問題，以後就成了朋友。

永祥先生：

謝謝您對我的《精神自傳》的關心。許多朋友也在勸我及早出版。我原來的主要顧慮是怕引起不正當「爭論」。你知道大陸的學術環境很壞，因此不會有真正的學術爭論，而很可能是莫名其妙的排隊與謾罵，我又有知識分子的潔癖，最怕捲入污水混戰中。但轉而又想，能有同情的理解的還是大多數，我思考的問題與思想發展過程可能在當下還有點意義。因此，想來想去，還是決定把它推出去。大陸方面，我還沒有和任何出版社聯繫，估計即使出也還要有刪節，不妨先在台灣出一個全本。因此，您如覺得有必要，可以先在你們刊物上發表一、二章。也請代我聯繫台灣的出版社（我希望是學術性較強的出版社），看有沒有出版社願意出版，因我與台灣出版社沒有任何聯繫，只有麻煩您了。不知與您方便否？謝謝。

您今年有來北京的計劃嗎？很希望有當面請教的機會。

即頌

文安

理群敬上　2 月 23 日

胡 XX 先生：

　　傳來的郵件及大作早已收悉，遲覆為歉。我歷來認為，在學術問題上有不同意見，是正常的，對自己不以為然的觀點，可以指名道姓的批評，但應限制在就事論事，不要輕易給對方帶上一頂大帽子，那樣容易把自己置於「真理掌握者，甚至壟斷者」的地位，帽子一戴，別人就只有繳械投降，無爭辯的餘地了。——近來最盛行的帽子就是「過度闡釋」，我也經常被戴上這樣的帽子。動輒說別人「過度闡釋」，其邏輯就是：把衡量「度」的尺掌握在自己手裏：凡和自己一樣，或自己能夠接受的闡釋，就「不過度」，凡和自己不一樣，或自己不能接受的，就是「過度」。這實際上就是把自己的學術觀點，治學方法絕對化了，唯一化了。其實也讓自己處於被動：因為別人也可以以另一個尺度來看你的觀點，也給你戴上「過度闡釋」的帽子，你怎麼辦？總不能說：我怎麼說都「不過度」，你這麼說就是「過度」。在我看來，對文學作品的闡釋，是一個變動、發展的過程，因此，任何一種闡釋都是有限度的，在它具有某種價值的同時，就有可能遮蔽了某些方面。正是認識到這一點，我主張，在堅持自己的見解的同時，也要對自己的闡釋有所質疑，不要將其絕對化，以至拒絕別樣的闡釋。

　　這就說到了我對你的闡釋的意見，我認為，你從愛情的角度看《野草》，確實揭示了以前被包括我在內的研究者的闡釋中忽略、遮蔽的一個方面，因而是有價值的，至少可以給讀者的閱讀提供了一個新的視角。但恕我直言，你似乎過於沉湎於發現的喜悅中，沒有注意自己新的闡釋的有限性。這背後還隱含着用一個模式來闡釋《野草》的意圖。在

我看來，這就很容易把《野草》簡單化，封閉化，遮蔽了它的複雜性和豐富性——引發魯迅創作《野草》的動因是多方面的，不可能這麼單純，是不可能統一到某一個模式中的。

最後要說的是，我對於這類自認真理在握的批評的態度，就是不予理睬，我行我素。在這一點上，我贊成鄧大人的「不爭論」哲學：埋頭做自己的學問，別人愛怎麼說就讓他說。歷史對一個學者的評價，是看他寫了什麼，寫得如何，而不是他說了別人什麼，或者別人說了他什麼。——以上所說，僅供參考，也不必向他人說。我們所處的學術環境太不正常，這些話我平常都不說，現在因為是朋友間的私人通信，就隨便說了。我姑妄說之，你姑妄聽之吧。

理群　11 月 21 日

XX：

　　原諒我現在才給你回信：我的雜事實在太多了。我已於 2002 年 8 月退休。主要忙幾件事。一是繼續「拒絕遺忘」，研究「中國社會主義」的歷史經驗教訓，首先是對歷史失誤的批判與清理，同時發掘「民間社會主義運動」的資源（人們一講「中國社會主義」，就只注意國家社會主義，而忽略民間社會主義思潮，這是一個盲點），我正在寫一本《1957 年學研究筆記》，部分文章已在《今天》今年 1、2 期和網上發表了，下一步要研究毛和文革民間思潮。二是普及魯迅思想。我認為魯迅代表的是中國和東方世界最重要的左翼傳統，在當下中國和世界有特別大的意義，但卻被有意貶抑。我因此而連寫了四本書，向不同的對象（中學生，大學生，研究生和社會青年）講魯迅，並自己到三所中學開「魯迅作品選讀」的選修課，經過努力，選修課的教材已通過國家審批，成為正式教材。同時在全國各地大學演講，傳播魯迅思想。三是編寫中學、小學課外讀物《新語文讀本》，在青少年中提倡經典閱讀，提供全人類和民族的思想文化精品。四是支持大學生中的「民間青年志願者」行動，鼓勵他們到農村去，到城市裏的弱勢群體中去服務，同時為建立自己的信仰奠定基礎。當代中國大學生中出現了一批新的理想主義者，而且他們正在進行大量的農村建設、改革的實驗，這是最值得注意的動向，可惜知識界很少關注和參與。五是以我原來在的貴州為基地，關注和參與中國西部地區的農村教育和地方文化研究，編寫了《貴州讀本》，並在貴州各地巡迴演講，對青少年進行「認識你腳下的土地」的教育。在我看來，在全球化的背景下，這樣的本土文化的研

究與教育是十分迫切的。我在以上的工作中，不僅感受到自我生命的充實，更看到了中國的希望：現在有不少普通中國人（在總人口比例中是絕對少數，但由於中國人口多，其絕對量並不少）正在自己力所能及的範圍內，做改變中國的事情，儘管目前很艱難，效果也不明顯，但積以時日，總會顯示其力量。我建議你們觀察當代中國時，不要只注意知識分子的精英，而要盡可能關注魯迅所說的在「地底下」「埋頭苦幹的人，拼命硬幹的人」，他們在默默努力，「一面總在被摧殘，被抹殺，消滅在黑暗中，不能為大家所知道罷了」。這些青年群體大都有自己的網站，他們的情況還是可以瞭解的。

理群　11 月 21 日

XX：

　　又是不能及時回覆，你大概已經在全班面前講過了吧。「Q」的象徵意義是可以做各種理解與想像的。在我的想像中，「Q」字下面的小尾巴，就很像中國人頭上的小辮子，在魯迅這一代人的記憶裏，「辮子」是一個被奴役的象徵。（可以參看魯迅《頭髮的故事》）因此可以把「Q」字理解為「精神奴役」的象徵。——當然這也是聊備一說。阿 Q 畫圓圈，是寫中國人不敢正視生活中的缺陷，什麼事都求「圓滿」，這裏，阿 Q 死到臨頭，還想畫一個完整的「圓圈」，魯迅是懷着非常沉重的心情寫這個細節的。（可參看魯迅：〈論睜了眼看〉）小說最後一節，是沿着這樣的情緒繼續寫下去的：阿 Q 明明已經被押上刑場，要殺頭了，要示眾了，他還要找出理由來安慰、欺騙自己：「似乎覺得天地人世間，大約本來有時也未免要殺頭（示眾）的」：這可以說是「死不覺悟」了，這都是魯迅最感痛心的。——以上分析，僅供參考。

錢理群　12 月 17 日

致孟琢 | 2007 年 1 月 1 日

孟琢 / 收信人是我介入中小學教育改革最早認識的中學生朋友

孟琢：

　　你上次來電話，希望和我相見，我因為忙，拒絕了，心裏卻一直感到不安。今天早上起來，作去年的總結 —— 這是我多年形成的習慣，每年第一個清晨，都要早起，趁人們還睡着的時候，靜靜地獨自回顧過去的一年。今天也是這樣，寫着寫着突然又想起了你和我的回絕，正想找機會彌補，和你聊聊，沒有想到，剛才崔老師打開電腦，就告訴我，有你傳來的郵件！這真是神奇了！竟然心有所想，就突然而至，這大概就真是「心有靈犀一點通」了！於是，我決定放下正在寫的文章，先給你寫這「新年第一封信」。

　　你在信中談到了我在你生命成長中的重要性，其實，你對我也極端重要：你是我介入中學教育後有長期直接接觸的少數中學生之一，在某種意義上你是我的實驗對象，是我的教育理想、理念是否有價值的一個檢驗。因此，你的健康成長對我的意義和影響，實在是不亞於我對你的影響：這正是再一次證明，我和年輕人的關係，絕不是單向的「我教育，你接受」，而是相互影響，相互成長。在這個意義上，我也應該向你表示我的感謝。

關於理想主義，當代社會歷史條件下的理想主義者，是有許多話可說，可討論的，以後有機會我們再詳細探討。我只想講一點：我完全同意你所說的「理想和現實，激情和理性」的協調，其實我所提倡與身體力行的理想主義，是我經常說的「低調的，理性的理想主義」。你當然會注意到，我的理想主義的一個重要來源是魯迅，因此，我所堅守的「理想主義」，其實是帶有懷疑主義色彩的理想主義，是有很強的自我質疑精神的理想主義，是同時堅持又質疑理想主義，堅持又質疑懷疑主義，形成理想主義和懷疑主義之間的某種張力。至於你講到在「自由與制度」之間走「走鋼絲」，是一個更加複雜的問題，更是涉及我們對現行制度的認識，以及我們的現實選擇的問題，還需更從容、更充分的討論。

我過兩天就要去台灣，討論「華人世界裏的批判的知識分子」的問題，這也涉及理想主義者的選擇的問題。等我回來，有空的時候，我們再找機會聊聊吧。就寫到這裏。

致新年的祝福

理群　2007 年 1 月 1 日

「莽撞」的朋友江帆：

　　你好！

　　你一口氣要了四本書：《1948：天地玄黃》、《王瑤和他的世界》、《話說周氏兄弟》（談「食人」「做夢」「演戲」均收入此書）、《豐富的痛苦》，我都記下了。但我實在沒有時間去寄書，反而耽擱了給你回信。而且我現在也還不能寄，因為後天我就要外出開會，到這個月 20 號以後才回來，請在 20 號以後給我來個電話，告訴我書應寄到哪裏，因為放寒假了，我擔心書寄到學校會收不到。

　　你所談到的，都是這一個多世紀以來知識分子的道路選擇的問題，既是歷史問題，也是現實問題。對於我們這一代，更是與我們的生命聯結在一起的。我自己就曾背叛過五四傳統，背叛過自己的選擇，也曾看不清魯迅這樣的巨人，因此，我的關於中國知識分子的研究，帶有很大的自我反省、自我贖罪的成分，那真是和着血與淚寫成的。你作為一個剛開始走上人生之路的年輕人，對這段歷史感到興趣，這是我深為感動的。因為今天的統治者正在強迫人們，特別是年輕人遺忘這一切，於是，就有了「拒絕遺忘」的掙扎與努力。請你將你的網址告訴我，我可以把我的一些文章在網上傳給你，這樣交流起來也會快些。

　　這封信也只能寫到這裏，因為我還要做外出開會的準備。

　　匆匆寫此　致
新年的祝福！

錢理群　2007・1・3

爐生 / 收信人是北師大「農民之子」的骨幹，畢業後仍和他的朋友一起堅持作為志願者參與農村教育和建設的試驗，我也應邀多次參加他們的活動。

爐生：

　　你好。你的文章我都讀了，很有興趣，因為你們才是真正做事情的人，你所寫的看似瑣細，卻充滿了生命的活力，展現了一個活的，混亂的，迷茫的，卻有着多種可能性，各種生機的底層中國，這是我不熟悉的，卻是我極想知道的。你能身在其中，參與它的變革，並成長於其中，這是你們這一代的幸福，一定要珍惜它。你還能不斷反省自己，思考自己的「狀態和位置」，這更是難得。希望以後多寫這樣的筆記，並和讀書結合起來。我對你設計的「二百米兩個世界」的觀察遊戲，很有興趣。這是教育孩子的一個很好的方法。你和學生的討論，引導他們自己來管理自己，也是一個很好的教育方式，這都是自然教育的一些很好的萌芽，值得更有計劃地推行，作一些教育試驗。這樣一邊實踐，一邊總結，就會走出一條路來。因時間關係，就說這些吧。傳幾篇文章給你們，僅供參考吧。向你的同伴問好。

錢理群　5 月 19 日

呂 X / 收信人是中央戲劇學院的學生,我到他們學校作過演講,就有了這封通信。

呂 X 同學:

因為雜事纏身,直到現在才給你回覆,這是首先要請你原諒的,拜讀了大作,覺得你在自己的專業以外,還關注、思考許多問題,是很難得的。其實,你的專業 —— 戲劇影視文學 —— 本身,也就要求有比較廣泛的興趣,開闊的視野。而你的許多看法我也很同意,如媒體正逐漸成為「另一種『專制』」,「目前高等教育基本失敗」,「國民的思想素質,與魯迅時代沒有本質提高」,等等。你對「泛道德化」的批判,也是我所贊同的。不過,你對錢穆在蔣介石面前的表現的辯解,我卻不能贊同。在我看來,錢穆的表現確實不能簡單地歸之於道德問題。問題在於,其背後有一個「國師」情結,所以當蔣介石作出「禮賢下士」的姿態 (這不過是政治家、統治者的一個表演),他就「受寵若驚」了。其實這樣的國師情結正是應該質疑的:不僅這只是知識分子的一廂情願,更是會因此失去了知識分子自身的獨立性的。這裏,還涉及另一個問題,也是我不贊同的:你期待終有一天,會有知識分子「站出來,振臂一呼,引領我們前進的方向」,但這是不會發生的,而且我們也不應寄希望於任何人,「從來就沒有救世主,一切靠我們自己」。這也就是我在你們學校講演時所強調的魯迅的思想:青年人與其去找「導師」,不如自己聯合起來,在自己思考與實踐中找出一條路來,「地上本沒有路,走的人多了,也便成了路」。以上意見僅供參考。

錢理群 5 月 22 日

李慶西 / 收信人是浙江文藝出版社、上海《書城》編輯，也是我的老朋友。

慶西：

　　你好。傳上兩篇文章，請查收。你約我寫關於胡風家信的文章，我是感興趣的，但我現在在趕一本關於 1957 年的書，書稿完了以後還要趕還一批文債，估計短時間內難以寫此文。不過文章還是要寫的，只是時間問題。情急之下，想起了我剛完成的〈張中曉所提出的問題〉一文，此文有四萬字，是 1957 年這本書裏的一篇（我同時寫了三篇，談林昭、顧準與張中曉）。現在將其中第一部分獨立出來給你。這一部分和胡風的家信寫在同一時期，對照起來看，其實是很有意思的。我一直有一個看法：胡風與魯迅其實是「隔」的，真正懂得或接近魯迅的反而是他的弟子，如路翎。現在又有了一個新的例子：張中曉在建國初期的感覺是和胡風不同的，他比胡風清醒得多，他是真正懂得魯迅對自己在革命勝利後的命運的預言的。因此，張中曉這些書信在 49 年以後的知識分子精神史，以及魯迅接受史上的意義是非常獨特而重要的。我在第二部分寫到的張中曉經過胡風事件以後的思考，就遠遠地超越了胡風。但這一部分文章既長又太尖銳，我還不知道如何處理，或者就在網上發表吧。傳給你的這一部分，也有些尖銳，敏感之處，就請你刪改吧。如不便發表，也不要緊，告訴我一聲即可。我已經習慣了。不發表，我也已經向你交差了。餘不贅。

　　　　　　　　　　　　　　　　　　　　　　理群　5 月 22 日

XX 先生：

　　這兩天有些其他雜事，未及時函覆，望諒。我簡單寫了幾句，聊當賀信附後，請查收。

　　　　　　　　　　　　　　　　　　　理群　7 月 26 日

附：賀信

王 XX 先生並轉「第二屆海峽兩岸中學生演講大賽」組委會：

我因故不能參加你們組織的這次極有意義的活動，深感遺憾，只能略寫數言，以示祝賀。

在我看來，這次大賽有幾個關鍵詞，都很有深意。一曰「普通話」，即以普通話為載體，貫穿「熱愛母語」的理念。這是一個非常重要的教育命題，因為我們今天正面臨着母語危機，要在全球化背景下，維護民族文化的根基，必須緊緊抓住「母語」這一關鍵環節，中學語文教育，母語教育，正因此而顯示了它的特殊意義。二曰「交流」，即以普通話作為兩岸中學生的交流工具。這同樣抓住了根本：這是對「去中國化」的企圖的一個有力回應，通過對以漢語為母語的認同，探討彼此共同的文化淵源，以達到真正的心的交流，並且把這樣的文化認同深扎在兩岸青少年的心中，其意義和影響是深遠的。三曰「演講」，即通過演講的方式來吸引學生積極參與。這也是一個有着教育目標的支撐的很好的設計：在全球化的時代和現代社會，人與人的交往越來越密切，訓練學生的口語能力，是語文教育的一個長期被忽略，而日顯重要的任務；而發揮自己向公眾表達觀點，進行思想交流的演講才能，也是今天中學生內在生命的要求。因此，我相信，這次大賽，必將受到參與活動的兩岸中學老師和學生的歡迎，預祝比賽成功！同時，也要借此機會，對來自台灣的同行表示敬意，兩岸都在進行語文教育的改革，這次大賽本身就是教育改革的一次實驗，希望能夠因此良機而加強兩岸語文教育改革經驗的交流。讓我們在促進和發展漢語教育的事業中携手同行：這是一個關係民族未來的千秋大業，是值得為之獻身的。

錢理群　2007 年 7 月 26 日寫於北京寓所

甘其勛 / 收信人是一位教育專家,因共同關注語文教育改革而相識,並成為朋友。

甘其勛先生:

　　我前一段到美國開會和旅遊,剛回北京,未及時函覆,很可能耽誤了時間,深以為歉。我還是略寫幾句,以示祝賀,請查收。

錢理群　7 月 26 日

附：《閱讀》一周歲賀（錢理群）

　　講到賀歲，不知怎麼，就想起了魯迅的〈立論〉。於是，我也面臨了那個小學生「如何說話」的難題：說將來要大富大貴的謊話？說「阿唷！哈哈！」這類不着邊際的廢話？還是說不吉利的真話？

　　還是說說心裏想說的話吧：倒不至於說「這孩子將來要死的」這類雖是必然，因此也未必有多大意義的實話，最要說的是自己的親身感受：我編過《新語文讀本》這樣的中學語文課外讀物，因此懂得在中國當下的社會環境和教育體制下，要編供中學生課外閱讀的《讀書》版，是多麼的艱難：可以說是一場血淋淋的時間爭奪戰。在應試教育下，語文課早已邊緣化，留給它的時間本就有限；有限的時間，絕大部分都被課內作業佔據了；再剩下一點點可憐的課外閱讀的時間，又被網絡的閱讀吸引去了；孩子真要拿起《讀書》這類紙面閱讀材料，已經是筋疲力盡了。

　　這樣，就逼得課外讀物的編寫者必須以質量求生存，精心編選最精粹的文章，作最精巧的編排，既符合自己的選文和教育的理念，又能吸引中學生，讓他們在最短的時間吸取精神養料的精華，這真可謂煞費苦心而嘔心瀝血。這樣做，是需要有精神的支撐的：這就是我經常說的「要用我們民族與全人類最美好的精神食糧來滋養我們的孩子，讓他們的身心得到健全的發展，為他們的終身學習與精神成長打底」（《〈新語文讀本〉編者的話》）的理想主義的教育理念和精神。同時，還要有「認準目標，鍥而不捨，不求一時之效，但求百年樹人之功」的韌性戰鬥精神。我在甘其勛先生所主持的《讀書》版的工作中，看到的，感受到的，就是這樣的理想主義與韌性精神的結合。

在如此艱難的外部條件下，《讀書》版堅持出版一年了，應該祝賀；而背後的精神堅守，或許是更值得尊敬，更應該祝賀的。

末了，我又想起魯迅當年引述的前蘇聯作家愛倫堡的一句話：「一方面是莊嚴的工作，一方面卻是荒淫與無恥」。這是最能說明甘其勛先生和他的同事們的工作意義的，就以此語相贈並共勉。

2007 年 7 月 26 日急就

倪文尖 / 收信人在讀大學時就和我相識，以後又共同關注與參與中小學語文改革，算是老朋友了。

文尖：

　　讀到你的熱情洋溢的郵件，我非常感動，也喚起了許多的回憶，時間過得真快，但又真的是「往事並非如煙」。

　　我對教育的關注重心已轉向農村教育，原因是我對城市中學教育已經徹底失望。對語文教育改革我也無意、無力再介入。當然，也還是有想法。我以為值得做的事有二，一是總結第一線語文老師的教育理念與教學經驗，寫陳日亮老師的這篇即是一個嘗試。我可能還要寫幾篇。另一是重建語文學科的知識體系。我主張先從文體閱讀教育著手：這大概就是你所說的文學閱讀教育的第一方面（「客體閱讀」）吧。比如如何讀詩歌，小說，散文？過去，有一些相關閱讀知識，如景物描寫，人物肖像描寫——等等，這些知識在我看來，也還有其價值，但已顯然不夠，這就需要吸取有關學科的知識，如敘述學知識，結合中學語文教育的特點，轉化為語文文體閱讀學的知識。如你和我在講〈孔乙己〉時，就已經作了將「敘述者」的概念引入中學小說閱讀學裏的嘗試。問題是要將這樣的引入更自覺，更系統，以逐步形成一個知識體系。你現在所做的，實際上也是這方面的工作，這是很值得做下去的。這方面，我已經做不了了，就靠你們了。

我讀了你寫的幾個個案，有的閱讀點可以說「金點子」，很有創造性與啓發性；你的總體設計，如強調朗讀，提倡寫旁批，互文閱讀，我都很贊同。但我仍讀得很吃力，我猜想語文老師理解起來也會很吃力。一個是太深，包括內容深和語言表達上的深；一個是比較瑣碎，想通過一篇課文的教學傳授一種理念、知識，一種方法，結果鋪得很開，點太多，反而抓不住重點。儘管你也強調，這是需要經過教師根據其對象的特點，加以選擇和重新處理的，但我總覺得點太多，教師可能就摸不着頭腦。而且點太多，也會把課文弄得支離破碎。其實知識、方法都是要經過反覆訓練的，而且要形成一個由淺入深的知識系統。當然，我只讀了幾個片斷，你在整體上大概是有一個設計的。因此，我的感覺就不一定對，說出來，僅供參考。而且因為是老朋友，說得也比較坦率。你的腿完全恢復了嗎？請代向羅岡等老友問好。

理群　9 月 14 日夜

蔡 XX 先生：

對所提問題分類簡覆如下：

1. 關於「當年大學生在反右運動中擔當什麼角色」以及他們的主張。這也是拙作的中心論點：1957 年實際上有兩個運動，一是自上而下的整風運動，另一個是以北京大學為中心的自下而上的全國校園民主運動。這個運動的主要訴求，是要「真正的社會主義」，他們認為當時的中國實行的是「封建社會主義」。按照他們對社會主義的理解，又具體提出，一要社會主義民主，法制和人權，反對集權專制，二要堅持社會主義公有制，反對特權腐敗，防止形成新的特權階層。——可以看出，這樣的要求和後來的六四是一脈相承的，1957 年的大學生正是其先驅者。而這一代人從「社會平等」的理想出發，他們所謂的「社會主義民主」，主要是要維護社會底層，特別是普通工人、農民參與國家管理的權利，因此，就要求真正實現憲法所確立的「國家一切權利屬人民」的原則，真正地，而不是口頭上享有選舉權，監督權，言論、出版、結社自由。我想，這和今天香港老百姓所理解與要求的選舉權從基本精神上應該是一致的。而 1957 年即已提出的這些民主、法制、人權，維護憲法，反對特權等問題，至今在大陸仍是一個需要不斷解決，需要為之鬥爭的問題：這是一個歷史性的要求，它要經過一代又一代人的長期努力奮鬥，這必然是一個前仆後繼的歷史過程。我們今天緬懷先驅者，正是為了激勵我們自己，用魯迅所倡導的韌性的精神，把前人所提出的歷史任務繼續做下去。

2. 關於「文革是民主發展到極端」問題。這裏有一個根本的誤解：文革實際上是沒有民主可言的。文革提倡的「大民主」，實際上就是「領袖專政」與「群眾專政」相結合的「全面專政」。這絕不是「無政府主義」，也絕不是「民主發展到極端」，而是「發展到極端的專制」。

3. 關於「強迫遺忘」與「拒絕遺忘」的問題。這也是拙作的主題所在。今天的許多年輕人對當年的反右運動，文革，以至六四都不知道了，這正是強迫遺忘的結果。「遺忘」的後果是什麼呢？一是不能正視歷史的錯誤，就意味着不能吸取歷史的教訓，導致歷史悲劇的觀念與體制上的問題不能得到有力的改正，這就使歷史的悲劇有以另一種形式在不同的規模上重演的危險。另一方面，當年曾經進行過反抗的有血性的人物，那些真正的中國的脊梁，他們的英勇的業績和精神，以及思想成果就可能被遮蔽，淹沒，不能作為寶貴的精神遺產為後人所繼承。魯迅曾經說過，在西方社會裏，那些為信仰而犧牲的人，都被視為「聖徒」而為後人永遠敬仰；而在中國，卻都被抹殺而遺忘，這就是中國社會多「鄉愿」，而少有為信仰獻身的人的一個原因，這樣的遺忘對國民性的傷害的後果也許是更為嚴重的。因此，我們就需要「拒絕遺忘」。在我看來，巴金先生倡設文革博物館，就是「拒絕遺忘」。而應該拒絕遺忘的，當然不只文革，還有反右，大饑荒，六四，等等。

4. 關於「輕信」的問題。其實，我們每一個歷史的參與者，都應該吸取歷史的教訓，就我自己而言，在反右運動，文革中都說過不該說的話，因此在不同程度上傷害過別人，這是我至今仍感內疚的，是我最痛苦，並永遠不忘的記憶。這也是促使我寫《拒絕遺忘》這本書，提倡研究「1957 年學」的一個內在動因。總結教訓，其中之一，就是「輕信」。所謂「輕信」，在我看來，就是放棄了自己作為知識分子的獨立思考的權利，最終失去了自身的獨立性。因此，經歷了這一切之後，我的最大長進，就是懂得了在任何情況下，都要堅守自己的獨立思考的權利，都要說自己的話，發出獨立的聲音。這是絕對不能讓步的；一讓

步，就不是知識分子了。在這個意義上，這本《拒絕遺忘》也是我獨立思考的產物，是我對那段歷史獨立考察的結果，是我要發出的獨立的聲音。

過兩天我即要外出。有事再聯繫。

錢理群　11月6日

楊 XX 先生：

　　讀了你對於當下學界的批評，也有堵心的感覺，而且因為我也在其中，就格外沉重。知識分子總體被收編，這是一個必須正視的現實。這是體制所推行的新養士制度，新科舉制度的結果，知識分子自身也被名利之心所迷惑。我的辦法是逃離中心，自覺地把自己邊緣化，然後做自己願意做、能夠做的事情。你不能逃離，還得進入；但據我的經驗，學界無論如何墮落，也還有清醒、乾淨的人，因此，總可以找到志同道合的人，就可以聯合起來做一些事。這也就是我經常說的，大環境我們管不了，但身邊的小環境卻是自己可以營造的。你不是已經通過楊 XX 找到了我麼？這就叫「相濡以沫」。而且不要只是不滿現狀，要從改變自己的存在開始，從一件件事情做起，這也是我近年一直提倡的：「想大問題，做小事情」，行動比批評更重要。以上意見，僅供參考。

　　順祝
春節好
　　　　　　　　　　　　　　　　　　　　　　　　錢理群

先生：

　　因為不知大名，只有直呼先生了。謝謝你對我的信任，將你內心的苦悶向我傾訴。我大概能理解你所遇到的困惑，你對專業和學校的失望。但我仍然要勸你堅持在理工院校裏學習你的專業，不要轉到文科。這是我一貫的觀點：文科（尤其是文學藝術）最好作為業餘的興趣，修養，不宜於作為專業，因為文科是人的心靈之學，一把它職業化，就沒有意思、味道了。而心靈之學，又是每一個健全的人都必須有的修養。因此，最好的選擇是走「文理交融」的路。比如你可以以你所學的軟件工程作為本業，以此作為謀生手段，在業餘時間，讀一些文科的書，有一些文學、藝術的愛好（音樂，繪畫，等等）。而且今後理工科的發展也會走綜合的路，軟件開發是可以向文科發展的。你如果有理工課的底子，又有文科的興趣與修養，發展的餘地反而更大。而文科的業餘學習相對也是比較容易的：自己找相關的書來讀就行了，許多學文的人都是自學成才的，不一定非要轉入正規學校來學習。因為我不瞭解你的具體情況，只能這樣原則地談談我的意見，僅供參考。祝春節好！

錢理群

XX：

　　很高興又收到了你的來信，其實我還是一直在關心着你的，你已經構成了我那年在附中上課的美好記憶中的一個有機組成部分。我最近整理了你們當年的作業，其中也有你的，我還是很感動。你現在的煩惱，用一句通行的話，大概是「成長中的煩惱」吧。你說你最擔心的就是「怕自己以後不能成功」，問題是你心目中的「成功」是什麼樣的？我覺得對成功應有一個平常心，成為一個有影響的著名記者固然是成功，但這是要有各種機遇、條件的，可以去努力，如果條件不允許，做一個盡職盡業，對得起自己良知的普通記者、編輯，也是成功。我在給北大學生的演講中就說過：「有的同學可能表現比較突出，發揮比較充分，成為一個傑出人才；更多的同學則盡職盡責，但也自有操守，有所為（創造），有所不為（懷疑，批判），更有獨立、自由的思考與人格。這是作為『北大人』的底線，是不能輕言放棄的」。就以此作為對你的新春祝願吧。我最近出版了兩本書：《致青年朋友》、《論北大》，你有興趣可以去買，如果買不到，請來信，並告之地址，我會寄給你。

　　　　　　　　　　　　　　　　　　　　　　　　　　錢理群

章 X：

我覺得單獨地研究魯迅與佛法的關係，有相當的困難，因為有直接印記的東西，別人都已談過，而不露痕跡的也是最根本的，可意會卻難以言說。另外，魯迅的《野草》裏面的思想元素很多，而且是渾為一體的，也就是說佛法的元素是和其他思想資源混在一起的，單獨地強調佛法的元素反而會把魯迅的意思簡單化。你要作研究，準備工作也很簡單：一是多讀魯迅原著，至少是他寫《野草》之前與同時的全部著作，特別是他在日本留學期間的那幾篇文章；其次是讀佛書。研究可以從《野草》入手，一篇一篇地作「心解」，不要只局限於和佛的關係。我有一個學生叫汪衞東，他最近在《魯迅研究月刊》上發表了《〈野草〉心解》的一組文章，其中也涉及和佛的關係。他是蘇州大學文學院的教授，你可以和他聯繫與請教。另，你的朋友如對顧準有興趣，可以自己來研究，不必只作注釋。到現在，認真研究顧準的人很少，炒作者卻很多。希望你的朋友能作些認真研究。這方面的研究餘地還是相當大的。我寫過一篇，現傳上，或可參考。

錢理群

王 X 先生：

我剛從外地回京，才看到你的郵件，未能及時回覆，望諒。你所說的一切，我都能理解。因為這也都是我的問題：人文環境的惡劣，做「人」之難，「無物之陣」的包圍，抗拒同化的艱難，內心的自責，難以擺脫的孤獨感，等等。我也完全同意你的判斷：文革並未結束，我們正生活在「後文革」的時代。面對這樣的現實，我想說的是兩句話，也是我的基本態度。一句話是：這是思想者的宿命。也就是說，在一切時代，一切國家，古今中外的思想者都是這樣的命運，你只要想想中國古代的屈原，現代的魯迅，外國的蘇格拉底，就不難明白這一點。不過我們這個體制，集東方專制主義與西方文明病於一身，思想者的處境格外惡劣就是了。因此，當你選擇了思想者，那麼，你所遭遇到的外在的孤獨，寂寞，以及內心的痛苦都是「題中應有之義」，是用不着抱怨的。但還有一句話：在這樣的宿命面前，我們並非完全無所作為。這也是我的一個信念，我常說，我們都是普通百姓，大環境我們管不了，小環境卻是自己可以創造的。我的做法就是「想大問題，做小事情」，也就是把自己對「大問題」的關心與思考，也即自己堅守的理想，轉化為日常生活倫理，落實到做一件又一件的小事情，比如寫一篇文章，一本書，策劃一次志願者的行動，舉行一次讀書討論會，幫助一個人，給同道者寫一封信（就像我現在給你寫信）──等等，每做一件小事，都充滿熱情，全力以赴地去做，而且力圖做好，做成功，這樣就可以從所做的每一件有意義的小事情中取得成功感，獲得生命的意義和快樂，又反過來支撐着自己堅持理想，而避免無所事事，那是很容易陷入虛無的

泥潭的。我經常講，我們中國有三大優勢，一是人多，雖然思想者、理想主義者在人口比例中極少極少，但絕對數量絕不少，只要你細心尋找，總是可以找到一兩個、三五個，以至更多的志同道合者，這些人就可以聯合起來，做一些事情，我稱為「好人聯合起來做好事」，同時也是相互支持，即所謂「相濡以沫」，多年來我就是依靠一群朋友一起做小事，做好事，度過一個個精神危機的。其次，中國地方大，「東方不亮西方亮」，總是可以找到一定的活動空間，而且社會總在發展，空間也會越來越大，至少在我的經驗中，還沒有遇到完全的絕路，這裏走不通，就往另一方面去尋路。其三，中國文化悠久，無論問題多麼嚴重，大概不會發生民族文化毀滅的悲劇，我在去年救災時就說過，我們這個民族平時惰性很大，但到了真正危難的時候，就會爆發出一種自救的力量。以上三點，我稱之為「錢式樂觀主義」，也轉送給你吧。

錢理群

玉雯 / 收信人是台灣版《魯迅入門讀本》責任編輯。

玉雯：

　　你好。因為版權問題，需輾轉託人，耽誤了時間，未及時回覆，望諒。現除舒霄外，均已找到本人，或其家屬，都表示同意授權，請你們再作具體聯繫落實，聯繫時請說明是我讓你們去聯繫的。

　　另，關於書的編寫，有幾點意見：1，托爾斯泰的那段描寫沒有上下文讀者難以理解，就不用了。2，第五、六編都是針對大陸中學生的，可刪去，僅保留參考書目，作為附錄，補：《魯迅全集》，人民文學出版社，2005 年出版。《魯迅譯文全集》，福建教育出版社，2008 年出版。要不要補台灣方面出版的研究著作，請你們考慮。3，如篇幅允許，可選蕭紅全文。4，我想在「另一種看」裏補〈孔乙己〉和〈藥〉（讀本裏小說太少，這兩篇因大陸教材裏有，故未選，對台灣讀者，則應推薦）。如選入，相關的「補白」還要不要保留，請斟酌。5，如因增加兩篇小說，篇幅太多，則可考慮刪去《補天》，《我的種痘》，《雜憶》，《看司徒喬君的畫》（全刪，也可刪部分），如刪，則《導讀》裏相關的話也要刪去。

　　我的《後記》附後，請查收。還有什麼問題，請隨時聯繫。

錢理群

附：後記（錢理群）

今年下半年我有一個機會，來台灣為清華大學本科學生開一門魯迅選修課，本書即是為這門課準備的教材。現在，社會研究雜誌社的朋友又將其公開出版，使它能和更多的台灣年輕朋友見面，我是非常高興和感激的。

我一直把「研究和傳授魯迅」作為自己的基本職責，這既是教師、學者的本職，也是一個知識分子的社會責任。早在 1974–1976 年間，我就在秘密的狀態下，為當時的大陸「民間思想村落」的年輕朋友講魯迅。直到文革結束以後，我有機會在北京大學執教，就在 1985–2002 年，連續十七年向北大學生講「我之魯迅觀」。2002 年退休以後，我又於 2004 年、2005 年先後在我的母校南京師範大學附屬中學和北大附中、北師大附中向中學生講魯迅。此後，我繼續在全國很多大、中、小城市，向當地的大學生、中學生、研究生、社會青年講「我們今天為什麼需要魯迅」。前不久，我還和魯迅家鄉紹興的一位小學老師合作，編寫了一本《小學生魯迅讀本》。現在，我又要來台灣向這裏的年輕朋友講魯迅了。這真是不亦樂乎，不亦樂乎！

我為什麼如此樂此不疲，三十年痴心不變？這是出於我的一個堅定信念：魯迅是二十世紀中國，亞洲，東方和世界不可多得的文學家，思想家，他的著作開啓了中華文明和東方文明向現代文明的轉化，並集中了最為豐富的「二十世紀中國經驗」。而他的思想、人格已經凝結成一種「魯迅精神」，這更是二十世紀中國的最可寶貴的精神財富。在大陸，魯迅是影響了從五四開始一直到今天的一代又一代的知識分子的，他也同時贏得了他的反對者的尊敬，他是二十世紀中國不可忽略，無法繞開的巨大存在。你

要瞭解二十世紀的中國，二十世紀中國知識分子，你要成為一個現代中國人，你都需要讀他的著作。

而且我堅信，魯迅的思想和文學是通往未來的。魯迅是為數不多的這樣的現代文學家和思想家：他既有強烈的現實關懷，更有超越性的思考，他對人的存在，對人性，對中國國民性思慮之悠長，開掘之深廣，在現代中國是無出其右的。因此，即使是在二十一世紀我們來讀魯迅著作，仍然會感到他是一個「現實的存在」。

魯迅的心更是永遠和青年相通的。我曾這樣對大陸的年輕人說：「『魯迅與青年』本身就是一個講不完的話題；魯迅無論是在其生前還是去世後都對一代又一代青年產生巨大的吸引力，這絕非偶然。這首先是因為魯迅是一個『真的人』，他敢於公開說出別人不敢說、不願說、不能說的一切真實；魯迅恰恰是在人們因為缺乏勇氣和智慧而停止思考，滿足於似是而非以自欺欺人時，把思想的探索進行到底，從不顧慮將會引出什麼『可怕』的結論。這裏所表現出的正是年輕人所嚮往的大智大勇的大丈夫氣概。魯迅追求真的徹底性更表現在，他從不向讀者（包括年輕人）隱瞞自己內心的矛盾、痛苦、迷惘、缺陷、不足與失誤，他敢於面對自身的局限，更無情地批判自己。他從不以真理的化身自居，更拒絕充當『導師』，他將真實的自我袒露在年輕人面前，和他們一起探討和尋路，青年可以向他傾訴一切，討論、爭論一切，也可以毫不顧忌地批評他，甚至拒絕他：他是青年人的朋友。在年輕時候，能夠結識這樣一位『真』的成年人，應該是人生之一大幸」。

魯迅還是現代漢語文學語言的大師。他的語言以口語為基礎，又融入古語、外來語、方言，將漢語的表意、抒情功能發揮到極致，又極具個性和創造性。閱讀魯迅作品，不僅能得到精神的啟迪以至震撼，還能得到語言的薰陶與美的享受。儘管初讀時會有些困難，但堅持讀下去，自會有自己的發現和感悟，而且常讀常新。流連於魯迅所構建的漢語精神家園，也是人生之一大樂事。

儘管我「理直氣壯」地說了這麼許多，但坦白地說，對生長和生活在另外一個生活、社會環境中的台灣年輕人是否接受魯迅，我還是沒有把握。因此，將這本《魯迅入門讀本》(它是在為大陸年輕人編選的《讀本》基礎上略加調整而編成的) 獻給台灣的年輕朋友，我還是有點緊張：它需要接受新的檢驗。

2009 年 7 月 15 日

范老師：

　　因雜事纏身，未及時回覆，望諒。我仔細讀了你的課堂實錄，以為是一堂成功的課，對〈孔乙己〉的教學有新的推進。有的教學設計很有創意，如讓學生分角色朗讀掌櫃與酒客關於孔乙己被吊打的對話，並讓學生設身處地地想像掌櫃與酒客說話時的心態，這對引導學生理解魯迅描寫的深意，很有幫助。這堂課如果有不足，就是枝蔓太多，老師想告訴學生的東西太多，比如介紹王安憶對魯迅文字風格的概括，劉半農對魯迅的評價，以及關於人的悲劇和社會制度的關係的討論，等等，都沒有必要，一是與課文關係不大，二是孩子也很難理解。一堂課的目的和內容應單純一些，集中一些。在我看來，〈孔乙己〉這一課應圍繞「如何看待他人的不幸」來展開：這既是魯迅寫作的主要用意（這一點你基本上抓住了），同時也是學生在自己的生活、生命發展中遇到的問題：這就是我所說的「魯迅與學生心靈的契合點」，在教學中把這一點抓住了，整個教學就活了。這樣一個中心要緊緊抓住，與這個中心無關處要通通刪去，即所謂「刪繁就簡」，有關的部分則要緊緊抓住，比如有學生談到家鄉出現車禍時人們的冷漠態度，這就應該抓住，就勢引導學生討論「日常生活中應如何對待他人的痛苦」，並反省自己對今天的不幸者（不同形態的「孔乙己」）的態度，魯迅寫作的目的就是要激起讀者的這種反省。講完了這些，還要引導學生討論：魯迅是用什麼寫作方法來表達自己的這一意思的？我以為還是應抓住故事的敍述者的選擇這一點來講，而不要泛泛地講魯迅用筆簡練這一類寫作特點。——以上意

見，僅供參考。我過兩天就要去台灣講學，年底才回北京，有什麼事等我回來再聯繫吧。

錢理群

2010–2012 年

致解志熙 | 2010 年

解志熙 / 收信人是嚴家炎先生的博士研究生，清華大學教授，也是我的學界朋友。

志熙：

　　剛寫完的《讀錢谷融先生》，也發給你，這是對〈樊〉文的必要補充，這樣，討論現代文學研究的傳統就比較全面了。同時發出的是《錢理群現代文學研究論集》的目錄與後記，這是你一直關心的，終於整理出來了。我想交北大出版社或人民文學出版社出版，還沒有具體聯繫（只是給北大出版社提及過，沒有最後落實）。你發來的文章我已經拜讀。我覺得你近年一直做的兩個工作，一是新史料的發掘，一是以逆向性思維對既定「公論」提出質疑，都非常有意義，並開拓了一條「重新研究」的路子。我也認為現在是對胡風派所存在的問題進行學理的討論的時候，我正在準備寫一篇關於舒蕪的長文，對所謂舒蕪的「背叛」作出更複雜的分析。為尊者諱，不能面對研究對象的複雜性，是當下學術研究的一大問題，我在〈錢〉文裏也有所涉及。我對你文章的意見，是你引用馮至的一個回憶，對魯迅作了一些猜測性的分析，這恐怕缺乏說服力。不僅是孤證，也不符合魯迅的一貫思想，他對利用權力來打擊不同於己者是有警惕的。我一直覺得胡風於魯迅是相當「隔」的，他的《時間開始了》以致《上書》，魯迅都絕對不會寫，不會做的，倒是

路翎、張中曉等學生輩更接近、懂得魯迅,但也只是接近,多少懂得而已,魯迅其實是並無繼承人的(馮雪峰也不是),有了繼承人,就不是魯迅。另,毛澤東對胡風問題的處理,是和他的政治鬥爭的全域的部署聯在一起的,僅從文藝界內部矛盾來討論胡風事件是抓不住要害的,在準備寫的舒蕪文章裏,我準備處理這個問題。寫出來再向你請教。

理群

戴明賢 / 戴明賢先生是貴州著名的書法家和作家，出身於安順世家，也是我晚年的好友，安順地方文化研究的密切合作者，同為《安順城記》的主編。寫這封信是明賢先生構想了一部電視劇（電影）的大綱，題為《安順紀實》，徵求我的意見，引發了我關於「如何在文學、藝術上表現安順」的「胡思亂想」。

明賢兄：

　　前幾天才看到你的提綱，這兩天一直在想着這件事，也和應國交換過意見，今早又把大作翻了一遍，形成一些想法。

　　一是總體風格設計。我是把《紀實》看成是形象化的《安順城記》的，它的最高目標是要展示安順城的「城氣」（性格，精神，生命）和展現在大時代（從抗戰到今天）的小城的「命運」。因此，建議這部電影（電視）的風格、類型還是定位為你原先定的「文化誌」式的「散文體」電影（電視）。由此而引申出幾個問題。

　　1，既要有一定的故事情節，又要有一定的記錄性，是介於故事片與記錄片之間，又偏向於後者的一種特殊類型。而在我看來，這也是符合當下文學、電影藝術強化紀實性、記錄性的歷史趨勢的。

　　2，要把「細節描寫」放在更加突出的地位。在現有的故事梗概下，要以大量的細節來充實。比如第一部可以用適園小女孩的眼光，寫出入適園的各色人物。如你的《一個人的安順》裏寫到的幹針線活的親友、信徒、縉紳、女先生——，還有哪些異人、畸人，以及那些「瞬

間」。這些人物，可以隨來隨去，抓住一兩個細節，刻畫出特殊風貌就可以了，不必追求完整性與連貫性。

3，要注意表現小城的「氣氛、氣息」。比如街景（《浮世繪》裏描述的石頭城，最有特色的風景點，街頭練攤，趕場風光——如果把新發現的安順「廣場圖」畫面化，就太精彩了。還有：影院風景，馬幫過街；聲音（打更、軍號，等等），生活中的鬼神，日常生活習俗背後的安順人的習性等等。

4，要突出安順的方言，揭示背後的安順人的智慧與性格。因此，我建議劇中安順人都用安順方言，外地人用國語，形成有趣對照。

5，這又說到了安順文化的一個特點，即它的開放性與移民性。現在這樣的設計，每一章都有一個本地人與外地人的交往，構成基本故事情節，是一個很好的想法。還可以更自覺些，豐富些。比如「來了美國兵」，比如抗戰時期的外來宣傳隊的活動（像音樂家宋揚在安順采風寫《讀書郎》就可以大做文章），故宮文物藏華嚴的洞是否可以寫入，也要考慮。

6，安順文化的「詭異性」這一面如何表現，是需要考慮的。我有一個設想：第二部裏那個上海女孩，是否可以寫她在文革時被下放到農村去教書，既可以顯示「小亂進城，大亂下鄉」的特點，把安順城與鄉結合起來，又可以借鑒宋茨林的回憶裏寫到的「邂逅放鴨人」的神奇，深山舊廟的「白果樹鬼神」的詭異、神秘。

7，還有一個安順文化裏的商業性特色，如何表現，也要考量。

8，整個影片的敍述節奏，總體應是舒緩，從容的，以體現「小城人看慣寵辱哀榮的氣定神閒的風姿」，但這是「大時代裏的小城故事」，也應有緊張，急促，大開大闔的一面。如何處理這兩者的張力，也是需要考慮的。

9，還有小城的「命運」問題。現在第三章處理為喜劇，我覺得單調了一點。賈正寧的《回家》寫到的「喜鵲樹的轟然倒地」是否可以

改造成一個情節，這是能顯示當下大開發裏的鄉村危機的。這樣的悲劇因素的引入（當然不能過分渲染），可以使整個影片的美學內涵更為豐富，也留下一些讓人深思的東西——我期待的是一部有「生命溫度」的、有「思想韻味」的影片。

以上都是我的又一個「夢」。它的理想主義和不可操作性是明顯的，屬「站着說話不腰疼」。因此，我姑妄說之，你和導演姑妄聽之吧。

理群　2012 年 12 月 2 日

趙玲 / 趙玲是我最早接觸的青年志願者，她當時是北師大農民之子社團的骨幹；大學畢業後仍堅守在農村公益活動第一線。這次她和朋友們發起「愛故鄉」公益活動，來信請我為他們的活動題詞，我欣然應命，寫下一句「認識我們腳下的土地」，並有以下「說明」。

　　「漂泊」——在遠方求發展；「固守」——在本土求生存：這本是人的生命發展的兩個述求與選擇，本身並無高下、好壞之分。而且無論是漂泊者，還是固守者，心中都應該有一個自己的「家園」。正是這家園的存在，使得漂泊中會有鄉思，固守者也自有依傍：他們都是有「根」的。而我們現在卻面臨着釜底抽薪的危險：當人們，特別是年輕一代，對生養、培育自己的這塊土地一無所知，對其所蘊含的深厚的文化，世代生活其中的父老鄉親，在認識、情感，以至心理上產生陌生感、疏離感時，就在實際上失落了不只是物質的，更是精神的家園。於是漂泊者走上永遠的「心靈的不歸路」，固守者也因為心不在家，而陷入精神的空虛。這不僅是精神的危機，更是人的存在危機：一旦從養育自己的泥土中拔出，人就失去了自我存在的基本依據，成為「無根」的人。因此，我們需要重新認識腳下的土地，和土地上的文化與人民建立血肉聯繫，使之成為自我生命的底蘊與存在之根。這就能為以後一生的發展，奠定一個堅實、豐厚的精神的底子。

錢理群　2013 年 4 月 7 日

致曹 XX | 2013 年 4 月 8 日

曹 XX／收信人是北京部分打工子弟學校的老師編輯的網上報紙《城市燭光》的編輯，來信請我為報紙題詞。我一直關注打工子弟教育，對在極其艱難條件下，堅持打工子弟教育的老師懷有深深的敬意。他們自身大多數也是打工者，無論是物質生活，還是精神生活也都處於十分艱難處境之中。因此對他們要求支持的呼籲，義不容辭地要予以回應。於是就有了回信中的題詞，

得知《都市之光》將以全新的面貌，和打工子弟學校的老師見面，非常高興，特致祝賀。

從表面上看，「都市燭光」在茫茫大都市裡，似乎是微弱的；但它所燭照的打工子弟教育，卻自有特殊的意義與價值。我曾經說過，老師們是「在最缺少愛的地方，堅守着愛的教育；在最不公平的地方，堅守教育的公平；在最沒有尊嚴的地方，堅守教師的尊嚴」，它因此不可替代，並且應當受到人們的尊重。在大都市的璀璨中，它也有自己的光！

我同時期待着，這屬打工子弟學校老師的「都市燭光」，不僅照亮學生，也照亮老師自己；在培育孩子的過程中，也能享受快樂，獲得自我生命的意義和價值。

錢理群　2013 年 4 月 8 日

李超宇 / 李超宇是我晚年的北大學生中的「小朋友」。他在讀中文系本科時，就趁我來系裏參加一個會議的機會，「半路攔截」與我相見，以後就一直保持密切聯繫。

超宇：

　　謝謝你對我的信任，寫了這麼長的信，說了這麼多心裏話。我因為忙着寫文章，沒有及時回覆，望諒。我能夠理解你的心情與苦惱。我經常說，每個時代的青年，都會遇到這樣那樣的問題，而且都能自己解決。你生活在一個消費主義、頹廢主義、虛無主義、實利主義、實用主義盛行，平庸化的時代，你要堅持理想，自然會感到寂寞。我對你的建議，有兩條，一是堅持讀書，而且要多讀經典，在書中尋求真朋友，豐富自己的精神資源，另一是適當參加支農支教的志願者活動，在那裏尋求志同道合者，更重要的是，接觸中國社會底層，瞭解中國國情。在這兩方面打好精神的底子。總之，要着眼於自己一生的長遠發展，要沉住氣。我還要送給你一句話：「沉潛十年」。我有三本書，是給青年人看的：《致青年朋友》、《夢話錄》、《我的教師夢》，可以一讀，許多具體的意見，都在上面了。如果找不到，再找我，我可以送給你。就寫到這裏。以後有問題隨時寫郵件給我。我不一定及時回覆，但我都會看的。

錢理群

王 XX/ 收信人和信中提到的張 X 都是我中學的同學,在大學裏都在 1957 年被打成「右派」,並發配到新疆兵團「勞動改造」。1980 年「平反」後又恢復了和老同學的聯繫。

王 XX:

　　你上次談到的對 1957 年學研究的看法,我當時沒有往下看,就沒有看到,這回才看到了,覺得你談得很好。我其實也談過類似的看法:大多數的右派是糊糊塗塗的受害者,但也有北大和其他部分高校(如清華、北師大、南大)有人(當然也是少數)是自覺的要推動民主運動的。更多的右派是受迫害後,才成為真正的「右派」的。包括林昭,也是在反右以後才與體制徹底決裂的。問題是,不論是被動的右派,還是自覺的右派,許多人在受迫害的同時,也不同程度上接受了毛澤東的邏輯。這樣的精神毒害與控制是更難被察覺的,以至於今天在某些活躍的右派身上,我還看到了「小毛澤東」的影子,因此感到非常的悲哀。我之所以勸張 X 不要參加一些活動,這也是一個重要原因。寫下了自己所經歷的一切,對歷史與後代有了一個交代以後,就可以安度晚年,不要管其他事了。我是被歷史推到了現在這個位置,因此,還要做些事,但我也是儘量少參加活動,而閉門寫作。此信也可以轉張 X 一讀。

理群　4 月 15 日

2013 年 12 月，我應邀到中國農業大學作了一次關於鄉村建設問題的演講，聽眾反應頗為強烈。這是對來信提出問題的一位青年教師的回覆。

李老師：

　　你提到的是兩個要害。中國鄉村改造的根本的問題，從來就是「農民主體的缺失」。當年梁漱溟、晏陽初都看到了這個問題，他們後來提出「縣政改革」與「村治」都是為了解決這一問題，但後來因為戰爭而中斷。今天我們依然面臨着這樣的政治體制改革的問題。執政者總要把自己當做農民、人民的「代表」，而不願農民自己組織起來，表達和爭取自己的權利和利益。第二個「精神發展主義」更是每個人都要遇到的現實問題。我以為關鍵是我們為自己預設的「卓越目標」是什麼？是像發展主義標榜的物質與地位，還是另有自己的精神目標？我一直向年輕朋友說，魯迅說：一要生存，二要溫飽，三要發展。首先是生存與溫飽的問題，就脫離不了物質與地位（比如職稱）的問題，必須作出必要的妥協；但這兩個問題基本解決（具體地說，我以為在大學裏評上副教授就基本解決了生存與溫飽的問題）以後，就應該看淡名和利，偏向於自己的精神追求。這也是我的導師當年告誡我的：一定要把握好，你需要什麼，不需要什麼；需要的就努力爭取，發揮；不需要的就要放棄，必定要「有所不要才能有所要；有所不為才能有所為」。以上意見，僅供參考。

　　祝
新年好！

錢理群　12 月 31 日

2015–2021 年

致李超宇 | 2015 年 3 月 28 日

　　發給你兩篇我最近寫的文章，或許你就能體會我為什麼要「告別一切」，閉門寫作的原因了。你不能來，有點可惜，因為我還要送一本你要的書：《精神的煉獄》，或許你可以委託一個同學，座談時來要這本書。我理解你的苦惱。你遇到的是已經體制化、技術化、利益化的「學術」。學術的本質，一是探求真理，二是成為自己的生命存在方式，在學術內部尋求意義，而不在學術之外，如功利、學界、社會評價等等，那都是身外之物，不應計較的。但我們又生活在現實社會裏，不能不有功利的考慮，如果要當學者，就必須得到學界的承認，這就必須作出種種妥協。我在八十年代就有意壓抑自己本性上的野性，作一個規規矩矩的學者，到我獲得了相應的學術地位，特別是退休以後，才成了我自己認可的學者，現在我要告別，就是要和你現在遭遇的「學術界」徹底告別。但你卻不能，因為你還沒有進入學術界，你可以有兩個選擇，或者如周作人引述章太炎的話，另謀生計，以學術研究為業餘愛好，但在當今體制下，很難堅持。另一就是先以進入學術界為追求，這就需要作許多妥協，同時自己要有定力，才能掌握好妥協的度。我覺得關鍵還在如何利用現有條件充實自己，打好精神與學術的底子，越深厚越好。以上所說，僅供參考。

錢理群

　　剛讀完你的幾篇文章，感到很高興，沒有想到你進步這麼快，再想想，你已經讀到大三，是應該有這個水平了。不過你的起步還是比我讀大學時高，當然時代不同，本也應該如此。總之，你對魯迅其人，其文，有自己的問題意識，因而有了自己的體驗和看法，並能夠有初步的論證，這就真的有了一個好的起點。你應該是一個做學術研究的料子，還是應該堅持下去，否則就可惜了。我理解你對當下學術，包括北大中文系的學術，甚至是現代文學老師走的路子，有自己的看法。我要說的是，第一，你的看法或許有一些片面，應該善於從你不以為然的學術路子裏看到它的合理性，並儘量吸取過來。你可能也瞭解，我對學院派的研究一直是有看法的，但我並沒有一開始就採取對抗的態度，而是在把他們的長處全部吸收過來以後再提出我的批評，走自己的路的。第二，嚴格地說，你現在還沒有走上學術之路，就沒有必要過早地把自己的學術取向定死，而應該作多方面的嘗試，開拓自己的學術視野和研究路子。其三，學術歸根究底是自己獨立創造的，當然要力爭一個好的學術環境，但也不要看得太重。學術環境再不如意，也不妨礙自己走自己的路。真正有獨創性的學者、知識分子都是孤獨寂寞的。你應該看出，即使是在北大的學術圈子裏，我也是寂寞的。我的學術是後繼無人的。關鍵是你自己要足夠強大，作出成績來，就會有人理解你，不以為然者也不得不承認你，至少是尊敬你。我一再勸你要使自己強大起來，就是這個道理。其四，讀研究生的目的，是要使自己獲得一個集中精力研究的時間與空間，在這方面，北大是最好的。你不要放棄這個機會。我最近又出了一本書，是我和青年與學術界的「告別詞」，想說的

話都在上面了。有機會再給你吧。有機會我們可以再找時間單獨深入地
談一談。

錢理群

2014 年底，在《錢理群精編系列作品》討論會上，我宣布，「要告別學術界，告別青年，退出歷史舞臺」，轉向「為未來寫作，為自己寫作」，並於 2015 年 7 月 10 日搬進泰康之家（燕園）養老院。此後基本上停止了和相識與不相識者的通信。但在 2016 年，我突然接到了薛文山先生的來信，自我介紹說，他 1942 年出生，1966 年畢業於山西大學化學系，一直在山西運城從事環境保護工作，退休後寫了一本《心靈自傳》，想請我看看。我拜讀之後，「頗受震撼」，立刻寫了一封回信。

這幾天，就在我整理自己的《書信集》時，突然收到了薛文山先生寄來的《靈魂的懺悔 —— 我的心靈自傳》，厚厚兩大卷，由香港中天書社於 2020 年 6 月剛剛出版，也收入了我的信。我喜出望外，也就將我 2016 年 8 月的信收錄，以作紀念。

薛文山先生：

拜讀大作，頗受震撼：這是我所看到的第一本中國當代《懺悔錄》。我也讀過一些懺悔文章，自己也寫過，但沒有像您這樣全面、徹底，更沒有您這麼多的細節。您所寫的絕不是個人的《心靈自傳》，寫的是我們這一代人的「趨時附勢，靈魂扭曲，人格分裂」的心靈史。問題是這樣的心靈史還在繼續。因此，大作不僅令我輩汗顏，更足以警示當代。

希望有一天能夠公開出版。不僅有歷史與現實的意義，也有另一種學術意義與價值。我說過，我們的歷史書寫，只有歷史事件，沒有

人；即使寫人，也是寫事功不寫心靈；寫大人物而不寫普通人；即使寫心靈，也很少解剖靈魂。可以說，大作在這幾個方面，都有新的突破。大作也證實了我的一個預感或期待：有時候文學、學術的突破，不在專業人員，他們受既定框架束縛太深，倒反非專業的業餘作者可以寫出創新之作。總之，要感謝您寫出了這麼好的書。

望保重！

錢理群　2016 年 8 月 18 日

和外界的書面聯繫中斷了一段日子，直到 2018 年，又有了和「為中國而教」的朋友們的通信，已收本書第二輯。今年（2021 年）7 月初，我任主編的《小學生名家文學讀本》出版十周年，在杭州召開紀念會，我因疫情影響不能出席，只得寫了一封書面賀信，也正好為我對中小學語文教育改革的民間參與作一個總結。

祝賀《小學生名家文學讀本》出版十周年

這幾天都在翻閱十年間的有關通信和文件，真的感慨萬千。記得我們從一開始就提出了一個「把『編書—應用—總結』結合起來」的總體規劃，提出把編書「當作學術工作」來做，要通過編書，「形成自己的教育理念」，要注意積累資料，「最後要有理性提升的總結」。那麼，經過十年的努力。並且已經經過了實踐的檢驗，獲得了教育界和社會的認可，我們就可以、也應該進行「有理性的總結」了。——在我看來，這應該是這次十周年紀念的主要任務之一。

我還處於疫情期間的封閉狀態，不能外出；只能把我的一些思考寫下，作一個書面發言。我以為，我們的經驗大概有以下幾個方面。

首先是我們當年的定位與追求，即把《小學生名家文學讀本》看作是一次「小學語文教育中的經典作品教育的實驗，小學課外閱讀的實驗」。這背後的理念是：「用人類文明和民族文明中最好的精神食糧來滋養我們的孩子，為他們終身精神成長和學習打底」。——十年後來看，這樣的定位與理念，仍不失其意義，或許是更加重要和迫切了。

而且我們還找到了小學生名家經典作品閱讀教育的基本路徑，即要找到每一位名家（經典作家）的特點，特別是找準他們的作品與孩子精神的契合點，並且具體落實到每一篇具體文本之中。——這就要求教師要做到兩個「吃透」，即吃透名家名作的基本精神，吃透學生的精神需求。

　　我們還找到了這樣的小學經典閱讀教材編寫的基本組織方式，即小學教師、大學教授與名家後人三者的結合。它以有理想、有經驗的小學教師為主體。我們的實踐證明，優秀的小學語文教師不僅能上好課，也能不同程度地進行語文教育學的研究與探索，語文教材的編寫。但同時教材的編寫也需要專業化學者的參與：不僅提供教育新思想，而且也進行質的把關。我曾經提出，「給孩子的讀物不允許有錯誤」，作為編寫兒童教材的基本要求。在這一點上，是絕對不能掉以輕心的。名家後人的支持也很重要，我們在這方面也積累了豐富的經驗。

　　更要強調的，是出版社的組織作用：從選題，編選原則、指導思想的確定，到具體編選過程，出版社編輯一路參與，「編輯—出版—發行」一條龍運作：我們的實踐證明，這是「出精品，出人才」的最基本的保證。在我看來，這在出版業的發展上也是重要的經驗，值得認真總結。

　　不可忽略的，還有家長的參與。某種程度上，我們這套書也是一個家庭教育的讀物，一開始就提出：「期待這套書能夠成為家長與孩子課外共讀的理想讀本」。今天來看，這一期待或許有更大的意義：大家都注意到，在疫情期間，以至後疫情時代，家庭教育的地位越來越凸顯；「父（母）子（女）共讀」，還有很大的發展空間。

　　以上的討論，都可以歸結為一點：這是一次「理想主義者的聚合」：我們從一開始就確定：要「把它當作一件能給自己的生命帶來快樂、意義的工作來做」。這也是我們當年的基本信念與目標：「一個好的群體能夠『揚善抑惡』，把每個人心中的『善』最大限度地發揮出

來」,「在合作中逐漸形成一個美好的精神共同體」。現在,經過十年的實踐、努力,我們可以自豪地總結說,我們做到了這一點,編書和教學的過程,成了我們每個人「生命成長的過程」。在我看來,這才是我們十年「編書—應用」的主要收穫。我們應該十分珍惜現在這個已經形成的《小學生名家文學讀本》編委會的「精神共同體」,並且通過總結,將它發展得更健全,更自覺地合作,做更多的事。這在理想主義逐漸淡出的當下中國教育界,其意義和價值彌足珍貴。大家心裏都有數,就不用我多說了。

我的這些總結,偏於宏觀的概括,多少有些空泛,這也難免:因為我並沒有參與具體的教學實踐。我不過是拋磚引玉,更期待在教學第一線直接運用這套讀物的老師、朋友們,能夠根據你們與學生共讀的實際經驗和體味,作出更具體、深入,更具創造性的總結。同時,對在教學實踐中暴露的這套讀物的缺憾與不足,作出認真的反思。我更期待,在總結經驗教訓基礎上的理論提升。我始終認為,富有實踐經驗的語文教師是有權利、也有能力對「語文教育學」的建構作出自己的獨特貢獻的。

記得我在 1999 年開始主持《新語文讀本》的編寫工作,2000 年正式出版,2006 年進行修訂,並在這一年的年底,也即七年之後,又主持編寫、出版了總結性的文集《〈新語文讀本〉:一段歷史,一個故事》,共分「緣起」、「理念」、「反響」、「回憶」四大卷,並附「大事記」。現在,我們編寫的這套《小學名家文學讀本》也有十年的歷史,正是出一本具有學術含量的總結性文集的時候:這樣一步一個腳印,我們就為中國的語文教學和語文教育學留下「一段歷史,一個故事,一個未完成的過程」,對個人的生命歷程也留下一個美好的記憶。

2021 年 6 月 29-30 日

致小樂

2021 年 8 月初，網上播出「十三邀」對我的採訪視頻，引發了出乎意料的強烈反響，除了彼此相傳、網上留言外，還有人特意給我寫信，想方設法和我聯繫，希望交流與討論。我似乎又重新回到了年青一代中間。於是，就有了隔離六、七年之久的新的對話。這裏收入的三封信，對話的對象，一位是「80 後」，兩位是我完全不熟悉的「90 後」，討論的卻是「中國向何處去，世界向何處去，我們自己向何處去」的「大問題」。這本是我在文革後期的 1974 年與貴州朋友討論的三大問題，沒有想到，將近 40 年後又重新成為有思想追求的中國人「憋不住」最想探討的課題。這本身就反映了中國當代歷史發展的曲折性、複雜性：我們似乎又回到了歷史的起點，這確實令人震驚。而今天我這個「30 後」與「90 後」一起討論中國與世界發展的大趨勢，也顯示了一種精神的傳承。可以說，我這一輩子都在和青年朋友（從 40 後到 90 後，整整六代人）一起為中國和世界的現實與未來焦慮，從未停止過我們的思考與探討。這其實正是我的《書信集》的內在思想線索；現在以 2021 年這四封信作為結束，也是一個最好的總結。

小樂 / 這是一位沒有見過面的老朋友。他好像是一位農村教師，時不時在電腦上發郵件，傾訴他的所思所想所感；我也即興作簡要回覆，交往不多，卻自有一種說不出的親切感。這一回發來的「可愛的錢老好，晚輩還活着」的郵件卻嚇了我一跳。

小樂：

坦白地說，你和你的孩子這一次「意外」也把我嚇壞了：在這多災多難的時代，什麼事都隨時會發生！我最擔心的，還是你的孩子：他

們受傷的情形以及現在身體恢復的情況，你信中沒有多說，下次來信務必詳細告之！

出乎我意外，也讓我感到震驚的，還有你突遭大難，首先想到的是我，而且用受傷的耳朵與眼睛來聽和看採訪我的錄音與視頻！——讀到這裏，我也禁不住流下淚來——

而且我完全理解你的心情：在大難之後「還活着」，最重要的就是要思考和尋求：如何「更好的活下去」！現在，我們所面臨的最大問題，恰恰是不知道「該怎麼活」！——這或許是當下我們這些人遇到的更大、更為根本的生存危機。這一次「十三邀之錢理群」引起這樣大的反響，也很出於我的意外；我現在想想，或許就是因為我顯示一種生命存在方式，強烈共鳴。你說得很好：「自由需要思考，思考需要自由」。我想起了笛卡爾的那句名言：「我思故我在」，「我」作為「人」的存在，最根本的就是「我在思考」，「思考」正是人之為人的本質：「我活着」的基本標誌就是「我思」。而且這必須是「自由」地「獨立」地思考。當下中國的最大問題，就是禁止「我思」，即使「思」，也是「大一統」的集體之「思」，而絕非「個人之思，獨立之思」。問題是當大多數人不思、無思之時，就像你說的那樣，就只有剩下對謬誤的「反覆宣傳」，「野蠻與時俱進」，「妖和魔都說自己好」！我也因此贊同你對我的一個說法的發揮：現在應該是「好人聯合起來」爭取「自由思考」的權利的時候了。你的一個提醒也很重要：「真正的思考始於摧毀自我思維中的障礙或邊界」，這就提出了自由思考的另一面：它不僅需要自由言說的外部條件，還要求對「自我思維」的反思與調整。我們現在很難進行自由思考與討論的一個重要原因，就是我們擺脫不了「二元對立」的思維方式，把自己的思考絕對化，真理化，拒絕一切不同於己的思考與意見：禁止獨立的「他思」，也就不能有真正獨立的「我思」。——這個問題很重要很複雜，我們以後再找機會詳細討論。

最後要說的是，你的來信結尾處稱我為「可愛的錢老師」。我讀到這裏，不禁笑了起來：你說我「可愛」，你這樣在身體受傷以後還和

我大談「自由思考」，不也同樣十分「可愛」嗎？其實，我們都是「可愛的人」。我曾經發揮說：「這背後有幾層意思：一是真誠——但有點傻；二是沒有機心——但不懂世故；三是天真——但幼稚；四是有『赤子之心』——但永遠長不大」，因此，「『可愛的人』也是『可笑的人』」。——讓我們就以作一個「可愛和可笑的人」相互激勵吧。

理群　2021 年 9 月 11 日

林 X 朋 / 8 月底，我在養老院裏突然收到來自成都的署名「林 X 朋」的在讀研究生的來信，讀了以後也受到很大震撼。

XX：

我們完全不相識，你僅因看了我和許知遠先生的對談，對我產生信任感，就費盡心思、想方設法與我聯繫，我真的十分感動。而且我讀了來信之後，立刻有一種若獲知音之感，確實有許多心裏話要和你交流討論。

我首先注意到，你說你是在讀的碩士研究生；那麼，你就是一個二十多歲的「小青年」，應該屬「九〇後」，這是我很少有機會接觸的全新的一代；坦白地說，我是懷着一種好奇心讀你的來信的。但你一開始就說，當你把「認識世界」看作「人類的天職」，並且自己也超越專業自覺思考世界問題時，你卻不被周圍的人理解，陷入「難以名狀的苦悶狀態」，又立刻喚起了我的記憶，回到了二、三十歲的年輕時代。那正是在文革後期，我只是貴州安順一個師範學校的普通教師，我周圍的一些青年朋友，也都是沒有上過大學的中學生，有的甚至只讀過小學，當時他們都是知青或小城裏的打工者。但我們卻因為面對文革產生的種種後果，處於極度苦悶狀態，而開始了「中國向何處去，中國向何處去，我們自己向何處去」的思考。你可以想見，我們這樣的文化程度，如此低微的社會地位，又處在邊遠地區，卻在思考中國與世界的大問題，在當時是不可能為周圍的人所理解的，今天許多人看來，大概也是不可思議的。我們自然就被視為「怪人」以至「危險的人」，而且事

實上從一開始就處在有關部門的嚴密監控之下。我記得當時這些年輕朋友為了跟我學一點魯迅與外國文學作品，也都得選擇小城深巷裏的破屋，掛上窗簾偷偷地講與聽。——不知道我回憶的這些往事，會在你的心裏引起什麼反應；但在我的感覺裏，1974 年左右的我們，與 2021 年的你，處境儘管大不相同，但在精神上卻有根本性的相通，說明：任何時代，都有喜歡思考「大問題」的年輕人，這是青年的本性；而且這樣的具有超越性思考的興趣與能力的年輕人，任何時候都是孤獨的，很難為大多數人所理解，而且不被權力所容。但他們卻因此獲得生命的特殊價值，並收穫「豐富的痛苦」。我自己的一生就是在不斷思考「中國向何處去，世界向何處去，自己向何處去」的「大問題」中度過的，今天也還在繼續思考與追問：「30 後」的「我」，與「90 後」的「你」也就這樣不期而遇了，這是偶然，也是必然。

而我們的相遇，更不止於此。當讀到你宣稱：「不知是否是我的物理專業作祟，我總是會將一些大家看來是習以為『常』的問題重新思考，並且得出一些看似有些和主流想法相左的結論」時，我的心也為之一動：這也正是我一直追求的「異端思維」。我是從魯迅那裏學來的；前天我還做過一個報告，講魯迅是一個具有原創性的思想家，他在中國現代思想、文化傳統中，是一個「別樣的異類存在」，始終對現存社會既定的公論、共識、權威結論持質疑、批判的態度，保持一種張力，這樣他也就開創了「另一種可能性」。你談到你持這樣的異樣思維，是「物理專業作祟」，這是有道理的。我在準備送給你的《八十自述》裏有一篇〈在當今中國與世界，我們將何為〉，就引述了兩位中國科學家提出的「原始創新，顛覆性創新」的概念，強調「人類是在不斷建立起超世界的存在，超自然存在的過程中，更好地成為他自己的」。因此，對人來說，最重要的是，「對現存世界中某些東西的超越和批判性思維」，要「入世而不屬世」，對既定結論，進行「理性的征服」，而非「理性的適應」，後者只能在現有技術上作修補、改進的「增量創新」；只有前者才會作出前人所沒有的「原始創新」。作為人的，而非機器人的學者、科

學家，「應該聚焦『從 0 到 1』的原始創新，而不是『從 1 到 2』的跟蹤研究；更多地前往科研『無人區』，而不是『焦點景區』，從而獲取前人未曾獲的發現」。我說，這是「人工智能時代」所要堅持的「人的學術」的本質。對於我這樣的人文學者也是根本性的。

你在信中提出，「如果按照現在的國家和社會狀態繼續發展，順由其澤，中國和中國人在可能並不遠的將來會面臨巨大的精神危機，整個社會也會存在滑向極端化的道德衰落之虞。這崩潰的前奏使我感到悲傷和恐懼」。這樣的悲傷與恐懼，也屬我：在我看來，這是「疫情和後疫情時代」中國與世界的最大危機。我曾經說過，疫情在全球的泛濫，意味着「全世界都病了」，所有的現行社會制度、發展道路、模式，以及所有的文明形態，都徹底地暴露了自身的弊端與危機，可以說，現行的所有的理論，價值理想都對已經開始、還要繼續發展的「人類歷史的大變動」失去或部分失去了解釋力與批判力，中國與世界，以至我們每一個人都處於「歷史的十字路口」，必須開始新的「尋路」。在這樣的關鍵時刻，人類最需要作的，就是對現行的既定社會制度、發展道路、文明形態進行根本的質疑、批判，這才會有新的調整，變革，並在此基礎上，提出新的理想，價值觀念，創造出新的可能性。而當下中國的問題，恰恰出現在這一關鍵時刻、關鍵環節上：我們完全拒絕對疫情中暴露無餘的制度、發展模式、文明形態、國民性、人性的弊端、弱點，進行任何反省與反思；相反，卻將其極度美化，趨向極端，還想推向全球，引領世界。而這樣的逆流而動，是遲早要走向反面，導致整體性的危機的。中國的問題不在於有沒有弊端，錯誤，人們在探路過程中出現差錯，是正常的；危險在於缺乏糾錯的自覺，更沒有糾錯的機制。這正是你、我這樣的愛「想大問題」的人的真正焦慮不安之處。儘管我們對此依然束手無策，但我們還是「要想」，「要說」，這一次討論就算有了一個開始。——我們也就此打住吧。

理群　2021 年 9 月 11 日深夜 23 時

李 X 山 / 這也是一位網上時不時有點交往的我的少有的「九 O 後」朋友，
這一次突然來信，提出自己對一系列重大問題的思考，我也有點出乎意料。

X 山：

你在「深夜」給我寫的信一開頭就說，中國近來不斷發生的奇事、
怪事，讓你有一種窒息之感，「有些話實在憋得很難受」。其實，在當
下中國，幾乎所有還多少有點獨立思考的人都有這樣的「憋」的感覺：
不僅外在環境不讓人說心裏話，整個社會也沒有了共識，說了也沒人
聽，還會引來意想不到的攻擊，干擾，只能「憋」在心裏不說。坦白地
說，我自己也正處於這樣的言說困境之中。你的來信，恰恰給了我一個
傾訴的機會：這是我首先要感謝你的。而且，你在來信中透露，你「是
92 年出生的」，這就更引起了我的好奇：我很少接觸的「90 後」中的
喜歡「想問題」的青年，他們在「想」什麼，我們這些「30 後」的老
頭兒，還能與他們交流嗎？這也是我要感謝你的：你提供了一個「隔代
對話」的機會。而且，我很快就發現，我們還大有共鳴之處：我真有喜
出望外的感覺！

你在信裏反覆強調，自己最感「悲哀」，「異常的蝕骨」的，是突
然發現，「我們從未真正走出多年前的陰影」，「三代億萬人在這片土地
上的苦旅，生離死別，又回到了起點，繼續迷路，兜圈子」，我們正面
臨「全民返祖」的歷史大倒退的危機。——我讀了你這些坦言，真有一
種觸目驚心之感！因為你一語點破了我心中最大的憂慮：今天正有一種
力量，要把中國推向文革時代，其結果就像你所擔心的，「會不會再死

上一些（林昭式）的張昭、王昭，（遇羅克式的）張羅克、王羅克，（顧準式的）張準、王準等作為時代的殉葬」。林昭、遇羅克、顧準對你們這一代，都是「歷史人物」；而我們是他們的同代人，可以說是經過我們和他們的共同努力奮鬥，甚至流血犧牲，才導致文革的結束，迎來改革開放的新時代。現在有人要回覆文革時代，「又回到起點」，這是我們這一代絕對不能接受、容忍的。現在，我又在你們這一代這裏，聽到了反對的聲音，真有若獲知音之感。它有力地說明，在經歷了改革開放時代的中國，在全球化的當今世界，要想復辟文革，實行歷史的倒退，是不得人心的。

你在信中還強調，當下後疫情時代所期待解決的問題，恐怕比顧準他們在「當時（文革時期）所面臨的要沉重得多」。這也深得我心；在我看來，要廣泛得多，也複雜得多。你提出了三大必須認真面對，反省、反思的問題：一是對中國「傳統文明和 49 年以來的體制的畸形融合和對抗的清理」，「對世界範圍內 XX 主義運動遺留問題的清理」；二是「對資本主義對人的異化」帶來的「複雜問題的清理」；三是「現代化、信息化」的高科技時代「人本身的尊嚴和價值」等「更加複雜和糾葛的歷史挑戰」。這都點到了當下中國與世界的要害：坦白地說，你這樣的 90 後，思想如此敏銳，思考達到了這樣的高度、廣度和深度，完全出乎我的意料，讓我驚嘆不已，更引發了我這 30 後的老頭兒強烈的共鳴：這正是我苦思不解，極想探索、討論的問題。在我看來，疫情和後疫情時代面對的「歷史大變動」所提出的最大歷史性課題，就是要「重新估定價值」，重新「尋路」：對曾經深刻影響了我們人生選擇的現行的所有的社會制度、發展道路、文明形態、價值理想，進行全面、徹底的反省和反思，科學地總結其中的經驗與教訓。你所提出的對 XX 主義和資本主義的重新「清理」（不是簡單的絕對肯定，或絕對否定），就是其中的核心。另一方面，人類社會從農業化、工業化發展到今天的高科技的「知識經濟」的時代，就提出了對「人」的存在（你所說的「人的尊嚴和價值」等等）的根本性挑戰，高科技與極權體制的結合，更會

形成「人」被控制、扭曲，以至毀滅的危機。這都是當下中國與世界，活在地球上所有的人，包括你，我，我們幾代人必須面對的回避不了的共同問題。前面所討論的我們所有的焦慮、恐懼，其深層次的根就在這裏。這是疫情、後疫情時代的「大問題」，你現在敏銳地提出，我們進行了討論，也只是一個「開始」。

你在信的結尾，說到「真切地感到一種枷鎖難逃的宿命感」。我完全理解，但卻有不同的想法。在我的理解裏，疫情、後疫情時代的「歷史大變局」，是「一個陷阱四伏，危機重重的時代，又是有新的使命，新的機遇的時代」。我準備送一本由香港出版的新書《八十自述》給你，其中有一篇〈在當今中國與世界，我們將何為 —— 八十寄語〉，其中就特地談到，我們在充分估計中國現行體制的弊端，危機，對人的自由創造的限制的同時，也要看到現行體制仍然存在某種發展空間。這就需要我們以「韌性與智慧」去尋找和發現生命存在和事業發展的空間：即使現在不是一個「大有作為」的時代，但要做到「小有可為」甚至「中有可為」，還是可能的。我們要有危機感，卻絕對不能陷入虛無主義與消極無為的另一個極端。我對當下中國與世界的態度，就是四句話：觀察，等待，堅守，在可能範圍內積極做事，即「想大問題，做小事情」，也提出來供你參考吧。

理群　2021 年 9 月 12 日晚 11 時

XX：

　　那天晚上，朋友把你們兩位「北大歷史系、中文系本科大學生」介紹給我，我是十分驚喜的。這正是我期待的一次見面與交流：最近這一段因為許知遠對我的採訪錄像在網上流傳，以及這一次「講魯迅」的視頻錄像，我這個「30 後」老頭兒第一次有機會和「90 後」、「00 後」的青年朋友進行對話，讓我興奮不已；我自然想起北大的同學，他們如果也在場，那該多好啊！這大概就是我內心深處的「北大情結」吧。我是把北大和貴州視為自己的兩大「精神基地」的，但 2002 年退休以後，就越來越趨近於貴州，逐漸遠離北大，這其中的原因不說也罷。但我卻暗暗感到不安，總想找一個機會作一點彌補。因此，當我從你的談話和來信中，聽到你「自己的苦悶」：你喜歡「思考大問題」，卻「被嘲笑至今」；你仍然和當年「五四」青年一樣，焦慮於「這個世界會好嗎？」一想起「不久的將來」（而不是「長久後的將來」），你「似乎逐漸悲觀起來」；你一再表示，「不願僅僅成為一個過日子的人」，「希望自己的人生充實而有意義」，「同時希望身邊的人，社會的人，大家都有更充實、更有意義的幸福生活」，但現實與未來「始終充滿不確定性」，「這種不確定性讓人着迷又讓人仿徨，讓人隨波逐流，又猛然驚醒」——，我的第一個反應是：這就是「北大人」！我也想起了自己這個「老北大人」，不也這麼走過來的？我 1956 年 17 歲時，懷着青春夢想考入北大；21 歲分配到貴州，歷經磨難，到文革後期才開始覺醒，「思考大問題」：「中國向何處去，世界向何處去，自己向何處去」。我也是帶着這樣的問題，於 1978 年以 39 歲的高齡回到北大當研究生，在整個讀書

期間，始終處於苦悶、焦慮，忽而悲觀，忽而驚醒之中，情況和今天的你和你的朋友非常接近：這恐怕也絕非偶然。我 1981 年研究生畢業留在北大講課，以及 2002 年退休後與北大和更廣範圍的青年的交往中，所討論的主要話題，其實也還是這三大問題；可以說，我與 40 後、50 後、60 後、70 後、80 後五代青年一起，就不同時期反覆提出的「中國向何處去，世界向何處去，自己向何處去」的問題探索了將近 40 年；如今，又和你們這批 90 後、00 後的北大人一起討論「疫情與後疫情時代」的中國、世界和我們「何處去」，這自有歷史回覆、循環的悲哀，也有精神傳承的永恆意義與價值。我也因此翻出了 2002 年《我的告別詞——在北大最後一次講課》，2013 年《青年朋友，你們準備好了嗎？——和青年志願者談心》，2018 年《在當今中國與世界，我們將何為——八十寄語》相距 16 年的三次講話，以供我們此刻的討論參考。

　　我要說的話，似乎也還是這些。需要強調的，也是我那天在聊天時說過的話：你們距離我這個年齡，還有近 60 年的時間；而這 60 年期間，無論中國，還是世界，都將出現前所未有、難以預計的「歷史大變動」，你們自己的人生也會發生相應的變動。當下的中國與世界，正處於「歷史的十字路口」，中國與世界未來的發展，還處於你已經感覺到的「不確定」的狀態，再加上「無真相，無共識」的現實，這就是你和我，以及一切還在「思考問題」的人們，都陷入了極度困惑、焦慮、絕望之中的原因所在：時代要求我們「重新選擇」，我們卻「不知所措」。好在你們現在還是在讀的大學生，不需要直接面對這些嚴峻的現實問題；而你們又及早地意識到了這未來歷史大變動的趨勢，這本身就是一個優勢：你們正可以以主動的姿態，從現在開始，就及早作好準備。這樣的準備，我以為主要有兩個方面：一是「觀察，等待，堅守」——絕不能隨波逐流，而要堅持自己的獨立思考；同時又要耐心觀察、等待：這是一個實實在地認識中國和世界的實情的過程，是一個不斷反省和調整自己的認識的過程，不然就會陷入盲動。更重要、最基本的，還是緊緊抓住在校學習的機會，為未來自己的人生選擇，應對歷

史大變動作知識、理論、思想、精神的準備。我說過，疫情意味着「全世界都病了」，現行的所有的社會制度、發展道路模式，所有的文明形態，都徹底暴露了其內在矛盾與危機，這就提供了一個「重新檢討一切，重新探討一切」的歷史機遇；而這樣的檢討與探討，是要建立在堅實的知識、思想、理論基礎上，本身就是一個當代中國與世界最大的學術課題。你們正可以利用在校讀本科、研究生的時機作準備。而你作為學歷史的學生，在這方面更有一種優勢：借對近、現、當代中國歷史的學習與研究，清理近一、二百年中國憂國憂民之士，在應對三大時代問題的思考與實踐所積累的歷史經驗教訓，為創建對近、現、當代中國與世界歷史具有解釋力與批判力的理論打下堅實的基礎。我也因此向你介紹我的《毛澤東時代和後毛澤東時代（1949–2009）：歷史的另一種書寫》一書，這是我對共和國歷史經驗教訓的總結，或可參考。我同時還要向你推薦華東師範大學歷史系副教授唐小兵所寫的《書架上的近代中國——一個人的閱讀史》（東方出版社，2020 年出版），他也是我近年結識的研究歷史的青年學者，他的研究思路對你或許更為親切，更有參考價值。——你看，我一下子就把這麼多文章與書塞給你，我的這封信也可以就從結束，以後，你可以隨時用這個郵箱與我聯繫，交流。

理群　2021 年 9 月 26 日晚 9 時

後記

　　有許多話，在〈前言〉裏，都已說了；這裏要補充說明的，是《書信集》的特殊意義和價值。我在整理《書信集》的同時，還在為王得后兄編選、評點他的《魯迅研究筆記》，其中一個重要方面，就是他的《〈兩地書〉研究》。在其所寫的〈重印後記〉裏，就談到了魯迅與許廣平之間的「書信」對理解魯迅的意義，這也引發了我的許多聯想與思考。如研究者所說，「私人語境」中的「人」（魯迅），與「公共語境」裏的「人」（魯迅）是不一樣的；私人通信裏，就蘊含了「人」（魯迅）「內心更為幽微的部分」，「固有的複雜性和某種隱蔽性，充滿了異乎尋常的豐富、複雜，乃至某些矛盾的內容」，「有更多的細緻的心理活動的表現」。得后更具體分析說，「人的群居有三大最基本形態和關係」：首先是「男女關係」，「夫妻關係」，「這是最自然的關係，最基本的關係，又因為這是當事人極想排他的私事，而他人又偏偏極關注，極感興趣，極想干預。倘在社會發展的關頭，就更是這樣。這是瞭解一個人和觀察一個人的基本窗口，是人類文明的基本標尺」。其二，「不以人的意志為轉移的關係，就是家庭關係」，「在承前啓後的家族系列中，人是上下兩代中的一員」，得后因此認為，「在中國歷史文化背景中，探索在母親與兒子之間的魯迅，也是發人深省的」。其三，就是「人的社會關係」，研究集中於人一身的社會關係，以及他在這種關係中的言論行動，「他的氣質、品性、心理和思想感情，反映着怎樣性質的社會關係」，本身就很有意思。得后的這些論述，啓示了我：從處於三大基本關係中的人入手，就可以「更豐富更深刻更細緻入微地揭示人更為隱蔽，在公開言論和行為中難以展現的個性和心理特徵」：這不僅是認識他人，也是認識自我的一個最佳途徑。這大概就是私人書信的特殊意義與價值吧。我

也因此明白了，在整理 1980 年代初至今四十多年的書信，讓人如此感慨，彷彿重新認識了自己的原因所在。

當然，我的書信也自有特點。這本書信集裏，第一次收入我和老伴的書信。儘管只有我於 1994 年 9 月至 1995 年 6 月在韓國外國語大學任教時寫給可忻的信，但也從家庭生活的角度透露了我在 1990 年代生活與內心的困境。我手頭還藏有 1978 年來北京讀研究生，1981 年畢業留校，到 1986 年全家遷入北京前後八年的「兩地（北京—安順）書」，有待整理：那裏就有更多的困擾、苦悶與掙扎。我曾經在很多場合，說自己前半生歷經磨難，到 1978 年重返北大，就一路「順風」：這些書信無情地打破了這一「自我陶醉」。事實上我作為一個來自貴州的「邊民」，又是這樣一個「不守規矩」的文人，要得到學術、教育體制的承認，獲得生存權、發展權（其中最重要的是發言權）是要付出生活與精神的巨大代價的：這其實也是 1980 年代、1990 年代中國知識分子的真實處境與命運的反映。

而且我還沒有魯迅那樣的「在家庭（家族）關係中」展現自己的歷史機遇。細心的讀者不難發現，在我的私人通信裏，我的「父與子」都是缺席的。這又是一部慘烈的歷史：我出生於 1939 年，到 1949 年十歲時，正逢歷史的大變動，我的在國民黨政府擔任高級官員的父親，遠離家庭，一個人到了台灣。這樣的「海外關係」就成了我母親以及全家兄弟姐妹的一大「罪責」，從此斷絕來往，父親也在我們生活裏「徹底消失」。我遲遲到 37 歲才結婚，而且結婚以後根本不敢有孩子。當時正是文革後期「最黑暗的日子」，深怕「家庭出身不好」會影響到「第三代」，就乾脆「斷子絕孫」，再大的「罪名」也由自己這一代獨自承擔。記得後來王瑤先生問起，我為什麼沒有孩子；我把這原因告訴他時，他深深嘆息一聲，我也痛心不已。這樣的歷史慘狀，是今天的人們絕難想像的。但卻是不可遺忘的最真實的歷史。

這樣，我的私人書信的主要對象，就只剩下我的朋友和學生，而且是許多相識或不相識，見過或沒有見過面的年輕人。我在其中投入的

精力和感情，是異乎尋常的。曾經一段時間，我幾乎每年都要寫一二百封信，這本書信集留下的只是其中很少一部分。有的朋友對此覺得有些不可思議。這背後其實是另有隱痛的：我實際是把這些學生、年輕人看作是我的「孩子」，用「父親」般的無私的愛，傾注於他們身上，以彌補自己從小「失愛」的遺憾。而且不僅是「泛愛」，更有具體的對象：有些學生，我和可忻都是視為自己的「義子」而給予無微不至的關愛。在我們把自己的愛，投注於年輕學生和讀者時，在他們面前，確實是敞開一切的。在無所顧忌、也無遮蔽的言談中，也就更為真實地展現了自己。特別是在遭遇重大的歷史事件，自己內心的焦慮、困惑，不能公開申說，就只能在與年輕朋友的書信裏傾訴了。這樣，我的這些書信也就像得后所說的那樣，擁有私人通信「固有的複雜性和某種隱蔽性，充滿了異乎尋常的豐富，乃至矛盾的內容，有更多的細緻的心理活動的表現」，展現了「內心更為幽微的部分」。

　　但如果把我和學生、年輕人的關係，簡單歸之於「父愛」，也會造成新的遮蔽與誤讀。我在《難得明白──錢理群序跋選集》後記裏，已經說得很清楚，我主動、自覺和年輕一代廣泛來往，通信，更是為了與實際生活，特別是我所不熟悉的底層生活保持聯繫的一種方式和途徑，因此，我和青年的交往，是一種相互吸取，彼此的關係也是平等、獨立自主的。我所追求的，是一種「心心相印」的境界。

　　這樣，我的書信，就具有了雙重意義：它既是處於 1980-2020 四十年中國歷史大變革時代，我這樣的獨立知識分子的「心史」，也是堅持獨立思考、行動的青年學生、志願者，教師，學者，社會上的「精神流浪漢」──的「民間困惑、掙扎與堅守」的真實記錄：它構成了共和國「歷史的另一面」。每當和這些「民間思想者」交往，我總要想起魯迅所說的話──

　　　　「我們從古以來，就有埋頭苦幹的人，有拼命硬幹的人，有為民請命的人，有捨身求法的人 ── 雖是等於為帝王將相作家譜的所謂『正史』，也往往掩不住他們的光耀，這就是中國的脊梁」，「這一類

的人們，就是現在也何嘗少呢？他們有確信，不自欺；他們在前仆後繼的戰鬥，不過一面總在被摧殘，被抹殺，消滅於黑暗中，不能為大家所知道罷了」。結論是：「要論中國人，必須看不被搽在表面的自欺欺人的脂粉所誑騙，卻看看他的筋骨和脊梁。自信力的有無，狀元宰相的文章是不足為據的，要自己去看地底下。」（《中國人失掉自信力了嗎？》）

魯迅寫於 1934 年，將近九十年前說的話，今天依然有力。

2021 年 6 月 30 日 – 7 月 1 日

传统学术，……实质还是在做"思想"……对我的选择，有你的话？

……一行……特别在那一夜，我……也好，……过于……我……兴就……了……

……人……这样……但……我……想……

我……真正珍惜这次……的……我……机……这……"……"：大家都已"成……"……这样……一起已经不会再……内容，还……别的人都想……起……都……我感到高兴的是，你我之间……的。有这一点，就足够了。不知

今後
要努力
在此
設備
一事
為能
在此
以這
能以
如此
以此